Schockierend und aufwühlend: Mark Roderick wagt den Blick in die Hölle ...

Eine Familie verschwindet spurlos. Ein Mann stirbt durch zwei Schüsse. Er war Reporter, einer großen Sache auf der Spur.

Seine zwei letzten Nachrichten sendet er an seinen Bruder Avram Kuyper, einen skrupellosen Profi-Killer, und an Emilia Ness, eine unbestechliche Interpol-Agentin. Avram soll ihn und seine Familie rächen, Emilia den Fall vor Gericht bringen.

Beide sehen das Horror-Video, das ihnen jemand zuspielt. Beide blicken direkt in den Schlund der Hölle. Wer ist diese Bestie, die kein Gewissen und keine Grenzen kennt? Können Avram und Emilia ihn gemeinsam zu Fall bringen?

Mark Roderick arbeitete nach dem BWL-Studium jahrelang als Personalentwickler und Projektmanager im Finanzbereich, bevor er 2008 ins Controlling eines juristischen Fachverlags wechselte. Er lebt mit seiner Familie in der Nähe von Stuttgart.

Weitere Informationen, auch zu E-Book-Ausgaben, finden Sie bei www.fischerverlage.de

MARK RODERICK

POST MORTEM

TRÄNEN AUS BLUT

THRILLER

FISCHER Taschenbuch

»Ähnlichkeiten mit lebenden Personen oder
Organisationen sind nicht beabsichtigt.«

Erschienen bei FISCHER Taschenbuch
Frankfurt am Main, März 2016

© 2016 S. Fischer Verlag GmbH, Hedderichstr. 114,
D-60596 Frankfurt am Main
Die Publikation des Buches erfolgt durch die freundliche Vermittlung der
Literarischen Agentur Thomas Schlück GmbH, 30827 Garbsen.
Satz: Pinkuin Satz und Datentechnik, Berlin
Druck und Bindung: CPI books GmbH, Leck
Printed in Germany
ISBN 978-3-596-03142-9

POST MORTEM
TRÄNEN AUS BLUT

Prolog

Der fensterlose, weiß gekachelte Raum hatte etwas von einer Leichenhalle – das empfand Leon Bruckner jedes Mal so, wenn er hierherkam. Alles war sauber und glänzte im kühlen Neonlicht. Alles war aufgeräumt, alles ordentlich. Und dennoch konnte man ahnen, dass hier unten der Tod hauste.

Ein wohliger Schauder überkam Bruckner, und ein dünnes Lächeln legte sich auf sein Gesicht. Er hatte diesen Raum in jahrelanger Arbeit zu dem gemacht, was er heute war, ohne jede fremde Hilfe. Er hatte die Fliesen verlegt, er hatte die Wände gekachelt, er hatte alle Schränke eigenhändig aufgebaut und die Ausrüstung hierhergeschleppt. Es war eine Knochenarbeit gewesen. Aber wenn er heute all das von seinem weißen Couchsessel aus betrachtete, hatte sich jede Minute davon gelohnt.

Es gab nur eines, was Leon Bruckner störte: der Geruch von Ammoniak, der ihm beißend in die Nase stieg. Das gehörte zwar auch zu einer Leichenhalle, aber das war der Teil, der ihm weniger gefiel. Der ätzende Gestank hielt sich hartnäckig in dem Raum, weil es keine Lüftung gab. Und eine Lüftung konnte er nicht einbauen, weil man draußen sonst die Schreie hätte hören können. Ein Teufelskreis.

Nein, dann doch lieber der Ammoniakgeruch. Irgendwie musste er all das Blut schließlich wegwaschen. Blut war das Einzige, das nach ein paar Tagen noch schrecklicher stank als Ammoniak.

Bruckners Blick wanderte durch den etwa sieben auf zehn Meter messenden Raum. Weiße Schränke. Weiße Regale. Ein weißer Lacktisch. Weiße Kacheln und Fliesen. Aber es gab auch Dinge, die aus all dem Weiß heraustachen: die Studioecke mit der Filmausrüstung natürlich. Die Computerausstattung. Der gynäkologische Stuhl. Der Seziertisch. Ein hüfthoher Käfig mit fingerdicken Eisenstangen. Polierte Ketten, die an verschiedenen Stellen von der Decke herabhingen. An einem davon baumelte ein Fleischerhaken.

Aber auch diese Dinge waren sauber. Beinahe wie neu. Das war Leon Bruckner wichtig.

Dieses geheime Reich war sein ganzer Stolz. Sein Refugium, seine Inspiration. Ein Paradies des Schmerzes, in dem er von Zeit zu Zeit seinen inneren Dämon entfesseln und ganz er selbst sein konnte.

Er schloss einen Moment lang die Augen, genoss die Stille und wartete auf eine Eingebung. Es gab viele Möglichkeiten – eine verlockender als die andere –, und es dauerte oft eine Weile, bis Belial in ihm erwachte und ihm seine Befehle erteilte. Heute ließ er sich damit besonders viel Zeit. Aber als Leon Bruckner die Augen wieder öffnete, hatte er eine klare Vorstellung davon, was in der nächsten Stunde geschehen würde.

Pures Adrenalin jagte durch seinen Körper. Er war jetzt nicht mehr Leon Bruckner, sondern das Werkzeug einer Macht, die stärker war als er und vollständig von ihm Besitz ergriffen hatte. Nicht, dass ihm dieser Zustand nicht gefiel. In gewisser Weise war es sogar befreiend, die Kontrolle über sich abzugeben und damit auch die Verantwortung für das eigene Handeln – an jemanden, der keine Grenzen kannte und keinem Gewissen unterlag. Aber es war auch schockierend, zu welchen Taten die Bestie in ihm fähig war.

Er erhob sich von seinem bequemen Ledersessel und ging hinüber zum Studioset – einer geräumigen Ecke, die für seine Filmaufnahmen reserviert war. Mehrere Digitalkameras standen an unterschiedlichen Positionen, teils auf Dreibeinstativen, teils fest installiert, um das Leid seiner Opfer in allen Details festzuhalten. Drei leistungsstarke LED-Videoleuchten und ein Doppelreflektor sorgten für eine ausgewogene Beleuchtung. An einer Kette, die von der Decke herabhing, baumelten Handschellen aus Metall.

Ein wohliges Kribbeln durchflutete Leon Bruckner alias Belial. Er ging zu dem CD-Player, der auf einem hüfthohen weißen Konsolenschrank neben dem Set stand, und schaltete ihn an. Als die ersten Takte von Black Sabbaths »Master of Reality« ertönten, drehte Bruckner die Lautstärke noch ein bisschen weiter auf, dann holte er aus einer Schublade eine aufgerollte Lederhülle und breitete sie mit genussvoller Langsamkeit vor sich auf der Konsole aus. Zum Vorschein kam eine beachtliche Palette von Folterinstrumenten, dutzendfach erprobt, manche von ihnen in liebevoller Detailarbeit selbst gefertigt: glänzende Messer mit verzierten Klingen, Flach- und Spitzzangen, fingerlange Stahlnägel mit Widerhaken, Brenneisen, Kabel mit Elektroden und vieles mehr.

Die Arbeitsgeräte eines Künstlers.

Belial überprüfte ein letztes Mal die Positionen der Kameras und schaltete sie ein. Dann ging er zu dem schwarzen Sack in der Mitte des Sets und öffnete den Reißverschluss. Er blickte in ein tränenverschmiertes Gesicht, das ihm zitternd vor Angst entgegenstarrte.

SONNTAG

*Komm nach
Hause
und räche dich
an denen,
die uns
getötet haben*

1 Unweit von München

Der Morgen dämmerte, düster und bedrohlich wie in einem Gemälde von Hieronymus Bosch. Schwarzgraue Wolken bedeckten den Himmel, so weit das Auge reichte. Nur in der Ferne, am östlichen Horizont, deutete ein schwacher Schimmer den anbrechenden Tag an.

Im Moment regnete es nicht mehr, aber in der Nacht hatte es geschüttet. Die Straßen waren noch nass und glänzten im Scheinwerferlicht. Aus den Feldern und Wiesen links und rechts der Fahrbahn stieg Nebel auf. Der Anblick hatte etwas Geisterhaftes.

Avram Kuyper saß hinter dem Steuer seines anthrazitfarbenen 5er BMWs und zwang sich, das Tempolimit von hundert Stundenkilometern nicht wesentlich zu überschreiten. Er hatte es eilig. Genau genommen hatte er es noch nie so eilig gehabt wie jetzt. Aber er wollte nicht riskieren, so kurz vor dem Ziel von einer Polizeikontrolle angehalten zu werden. Das hätte ihn noch mehr Zeit gekostet.

Er warf einen Blick auf das Armaturenbrett. 5.32 Uhr. Die Fahrt von Amsterdam nach München hatte länger gedauert als erhofft. Ein Unfall bei Köln und eine Nachtbaustelle auf der A8 hatten ihn über eine Stunde gekostet. Avram Kuyper trommelte nervös mit den Fingern auf das Lenkrad.

Er durchquerte ein kleines Waldstück, fuhr eine Anhöhe hinauf und erreichte nach einer Kurve wieder freies Feld. Hier war die Straße kerzengerade, und er hatte gute Sicht. Von Polizei keine Spur. Überhaupt war an diesem frühen

Sonntagmorgen weit und breit kein einziges anderes Auto zu sehen.

Vor zwanzig Minuten hatte er die A8 kurz vor München verlassen und war bei Fürstenfeldbruck in südlicher Richtung abgebogen. Bei Tag und bei schönem Wetter hatte man von hier aus schon einen wundervollen Blick auf die Alpen, aber im Moment betrug die Sicht nur ein paar hundert Meter.

Es begann wieder zu nieseln, und Avram Kuyper schaltete die Scheibenwischer ein. Die stahlgrauen Augen hinter seiner Hornbrille waren starr auf den Lichtkegel gerichtet, den die Xenonscheinwerfer auf die Straße warfen. Die meisten Menschen fürchteten sich vor diesen Augen, weil sie Härte, Kälte und vor allem bedingungslose Entschlossenheit ausstrahlten. Heute lag in ihnen aber noch etwas anderes. Ein Gefühl, das Avram Kuyper in den letzten Jahren beinahe fremd geworden war: Angst. Und je näher er seiner alten Heimat kam, desto größer wurde sie.

Was würde ihn dort erwarten? Die Nachricht, die sein Bruder Goran ihm auf den Anrufbeantworter gesprochen hatte, war mehr als beunruhigend gewesen. Avrams Magen zog sich zusammen, wenn er daran dachte, wie er vor gerade mal sieben Stunden die Nachricht abgehört hatte. Er hatte sofort versucht, Goran zurückzurufen, aber am Festnetzanschluss meldete sich wiederum nur sein Anrufbeantworter, und beim Handy kam die Bandansage, dass zurzeit kein Empfang bestand. Danach war Avram sofort aus Amsterdam aufgebrochen.

Noch von Holland aus hatte er bei der bayerischen Polizei angerufen und darum gebeten, eine Streife bei Goran vorbeizuschicken. Eine Stunde später hatte man ihn auf dem Handy zurückgerufen und berichtet, dass niemand zu Hause sei. Es seien aber auch keine Auffälligkeiten festzustellen.

Die Meldung hatte Avrams Sorgen nicht vertreiben können.

Er war jetzt seit über sechsunddreißig Stunden auf den Beinen, und die Müdigkeit forderte allmählich ihren Tribut. Nur die Angst um Goran, Nadja und die beiden Kinder hielt ihn wach. Nicht auszudenken, wenn ihnen etwas zugestoßen war.

Seine Augen brannten, und er musste gähnen. Um die Müdigkeit zu vertreiben, fuhr er sich mit der Hand durch das kurzgeschorene, angegraute Haar und über das von dichten grauen Bartstoppeln überzogene Kinn mit der Kerbe in der Mitte. Tiefe, wie in Stein gemeißelte Falten hatten sich in seine hohlen Wangen und in seine Stirn eingegraben. Die etwa fünf Zentimeter lange Narbe über dem linken Auge – ein Andenken aus Bolivien – fiel da kaum mehr auf.

Sein Magen knurrte. Es war mindestens zehn Stunden her, seit er zum letzten Mal etwas gegessen hatte. Beim Tanken auf der A 61 hatte er noch keinen Appetit gehabt. Jetzt dafür umso mehr. Aber er war seinem Ziel bereits so nah, dass sich ein weiterer Zwischenstopp nicht mehr lohnte.

Hunger und Müdigkeit ignorierend, fuhr er weiter. Ohne Unterlass kreisten seine Gedanken um Gorans Nachricht. Goran war niemand, der andere gerne um etwas bat, schon gar nicht seinen älteren Bruder. In den letzten zehn Jahren war das nicht ein einziges Mal vorgekommen. Und jetzt das!

Avram Kuyper erreichte ein Ortsschild mit der Aufschrift Oberaiching und drosselte sein Tempo. Während er die ersten Bauernhöfe und Häuser passierte, stiegen längst vergessen geglaubte Erinnerungen in ihm auf. Er hatte den Großteil seiner Kindheit in Oberaiching verbracht, war hier zur Schule gegangen und hatte hinter der Scheune des Berglerhofs zum ersten Mal ein Mädchen geküsst. Das war über vierzig Jahre her. Seitdem war der Ort zwar gewachsen, aber er verströmte immer noch denselben ländlichen Charme wie damals.

Avram überlegte, wann er zum letzten Mal hier gewesen war. Das musste schon sieben oder acht Jahre her sein. Seitdem hatte er kaum mehr Kontakt zu Goran und dessen Familie gehabt. Umso sonderbarer, dass sein Bruder sich plötzlich bei ihm gemeldet hatte.

Der Ort war zu dieser frühen Stunde nahezu verwaist, nur beim Bäcker brannte schon Licht. Avram fragte sich, ob der alte Wiedmüller immer noch in seiner Backküche stand, oder ob er den Laden inzwischen an seinen Sohn übergeben hatte. Einen Moment überlegte er auch, ob er anhalten und sich ein Frühstück kaufen solle. Aber er entschied sich dagegen. Die Zeit drängte.

Er verließ Oberaiching in östlicher Richtung. Weiße Nebelschwaden hingen wie dünne Leichentücher über den Äckern zu beiden Seiten der Fahrbahn. Er hatte das Gefühl, als ob Ameisen in seinem Magen krabbelten.

Fünfhundert Meter weiter bog eine kleine asphaltierte Straße nach rechts ab, die hangaufwärts führte – die reguläre Zufahrt zum Gutshof. Von der Hauptstraße aus konnte man allerdings nur den Viehhof der Botts mit seinen beiden Rinderställen sehen. Der Kuyperhof lag in der Senke auf der anderen Seite der Anhöhe.

Avram blieb auf der Landstraße. Erst einen Kilometer weiter bog er ab. Die Fahrbahn schlängelte sich ein Stück durch Felder und Obstwiesen und mündete schließlich in einen Wald, wo er seinen BMW auf einem Parkplatz parkte und ausstieg.

Er trug Gummistiefel, Baumwollhosen und einen dicken Strickpullover – es war ein kühler Junimorgen. Im Kofferraum löste er die Seitenverkleidung und holte ein Schulterholster und eine Glock 22 heraus. Er streifte sich das Holster über, vergewisserte sich, dass die Pistole geladen war, und steckte sie weg. Dann zog er die ärmellose Daunenweste an, die im Kofferraum lag, schob sein Fernglas in die Tasche und machte sich auf den Weg.

Es war so kalt, dass der Atem vor seinem Gesicht kondensierte, aber die frische Luft rüttelte ihn wach, und er bekam wieder einen klaren Kopf. Vermutlich würde er den auch schon bald dringend brauchen.

Der Waldweg war vom nächtlichen Regen aufgeweicht. In der matschigen Erde verursachte jeder Schritt ein schmatzendes Geräusch. Avram musste seinen Gang zügeln, um nicht auszurutschen.

Im Wald war es so dunkel, dass man kaum etwas erkennen konnte. Das erschwerte das Vorankommen zusätzlich, aber andererseits hieß das, dass man auch ihn nicht sehen konnte. Das war der Grund, warum er nicht den direkten Weg über die Hofzufahrt genommen, sondern den Fußmarsch durch den Wald gewählt hatte.

Zehn Minuten später verließ er den Waldweg und ging querfeldein durch dichtes Gehölz. Die aufkommende Dämmerung durchdrang allmählich den schwarzgrauen Wolkenteppich und sickerte immer mehr durch die Wipfel der Kiefern und Lärchen, so dass die Schemen der Bäume sich wie düstere Skulpturen vom frühen Morgenlicht abhoben. Nebelschlieren hingen zwischen den Ästen wie Totengeister. Das hatten Goran und Avram sich zumindest so vorgestellt, als sie noch Kinder gewesen waren. Sie hatten oft hier gespielt, auch bei Wetter wie diesem. Und sie hatten sich vor diesem geisterhaften Gruselwald gefürchtet, vor allem der fünf Jahre jüngere Goran, der Avram eine Zeitlang wie ein

Schatten gefolgt war. Manchmal hatte Avram ihn in den Arm genommen, um ihn zu trösten. Aber meistens hatte er sich einen Spaß daraus gemacht, seinem kleineren Bruder noch mehr Angst einzujagen, indem er schnell davonlief und sich hinter den Bäumen oder im Unterholz versteckte. Beinahe schien es ihm, als könne er Gorans dünne Stimme noch heute hören: »Avram? Wo bist du? Komm zurück! Bitte!« Einmal hatte Goran sich sogar vor Angst in die Hosen gemacht.

Und jetzt war er vielleicht tot, ebenso wie Nadja und die Kinder. Die Vorstellung schnürte Avram beinahe den Hals zu.

Er näherte sich dem Waldrand und zog seine Pistole aus dem Holster. Vorsichtig schlich er bis zur letzten Baumreihe, wo er sich hinter dem Stamm einer mächtigen Kiefer und ein paar mannshohen Tannen versteckte. Von hier aus hatte er freie Sicht auf den Gutshof, der in der Mitte einer langgezogenen Senke wie in einem Wellental lag: Vom Waldrand führte eine saftige, mit kniehohem Nebel überzogene Wiese bis zu den Apfelbäumen. Dahinter kam der Pferdestall. Links vom Stall befand sich die Scheune, rechts der Geräteschuppen und ein paar alte Futtersilos. Dem Pferdestall gegenüber, auf der anderen Seite des Hofs, stand das Wohnhaus, ein zweistöckiges Fachwerkgebäude aus der Mitte des neunzehnten Jahrhunderts, mit dunklem Gebälk und weißem Putz. Ein fünfstufiger Steinsockel vor dem Haus führte zur Eingangstür. Vor den kleinen Kreuzfenstern im Erdgeschoss und im Obergeschoss hingen Geranienkästen. Die Ziegel des Satteldachs zeigten aufgrund vielfältiger Reparaturarbeiten unterschiedliche Rottöne, auch wenn sie im Nebel beinahe grau wirkten. Links neben dem Wohnhaus befand sich wie ein missratener Anbau die Garage – ein unschöner weißer Kasten, der erst in den 1960er Jahren errichtet worden war. Das Garagentor war geschlossen. An der Außenwand lehnte ein Fahrrad.

Alle Gebäude standen um einen zentralen Innenhof. Von rechts führte die Zufahrtstraße aus Oberaiching über eine Hügelkuppe zum Anwesen. Nur wenige Meter hinter den Gebäuden floss der Waidbach. Über eine kleine Brücke führte die schmale Zubringerstraße weiter zum Wolfhammerhof. Bei gutem Wetter hätte man von Avrams erhöhter Position aus die Dächer des Wolfhammeranwesens erkennen können. Im Moment verhüllte jedoch der Nebel die Sicht.

Avram konzentrierte sich wieder auf den Kuyperhof. Aus der Entfernung sah er einsam und unbewohnt aus. Hinter den Fenstern brannte kein Licht, niemand war zu sehen. Aus dem Kamin stieg kein Rauch auf. Das Haus wirkte verlassen. Doch der Eindruck konnte täuschen. Immerhin war es noch früh am Sonntagmorgen.

Avrams Blick wanderte über die Wiese zur angrenzenden Koppel, wo ein schwarzer Wallach und zwei Fuchsstuten grasten. Ihre Leiber dampften in der morgendlichen Kälte, aus ihren Nüstern stoben weiße Kondenswolken. Sie sahen kräftig und gesund aus. Agamemnon, den Wallach, erkannte Avram an seiner auffälligen weißen Blesse auf der Nase. Auf ihm hatte er schon ein paar Ausritte in die nähere Umgebung gemacht. Eine der beiden Fuchsstuten kam ihm ebenfalls bekannt vor, aber er erinnerte sich nicht an ihren Namen. Die andere Stute hatte er noch nie gesehen. Goran musste sie nach seinem letzten Besuch angeschafft haben.

Dass die Pferde im Freien waren, schien Avram kein gutes Zeichen zu sein. Normalerweise kamen die Tiere über Nacht in den Stall, zumindest war das früher immer so gewesen. Und so früh am Morgen hatte sie bestimmt noch niemand auf die Koppel gelassen.

Avram zog das Fernglas aus seiner Westentasche und beobachtete das Wohnhaus. Der Nebel wirkte in der Vergrößerung wie ein Weichzeichner, aber die Sicht auf die Fenster war recht gut. Niemand war zu erkennen, weder im Erdgeschoss noch in der oberen Etage. Keine sich bewegende Silhouette. Kein Schatten. Keine glimmende Zigarette. Dasselbe galt für die anderen Gebäude, soweit er sie einsehen konnte.

War das da unten nur ein friedliches, schlafendes Gehöft? Oder war es eine Falle? Solange er es nicht genau wusste, musste er vorsichtig bleiben.

Ein Stück weiter plätscherte die Dräu, die nur wenige hundert Meter links des Kuyperhofs in den Waidbach mündete. Die Dräu bildete die natürliche Grenze zwischen dem Kuyper-Anwesen und den Äckern des alten Josef Wolfhammers. Obwohl sie kaum mehr als ein Rinnsal war, wuchs an ihren Ufern dichtes Gebüsch und eine Reihe ausladender Ulmen, die Avram ausreichend Blickschutz bieten würden, um vom Haus aus nicht gesehen werden zu können.

Er steckte das Fernglas in die Tasche und machte sich auf den Weg. In geduckter Haltung pirschte er sich hinter dem Gebüsch hangabwärts. Weiter unten, dort, wo die Dräu in den Waidbach floss, endete das Gebüsch. Von hier aus watete Avram im Bachlauf unter der kleinen Brücke hindurch bis zur Rückseite des Hauses, geschützt von der abfallenden Uferböschung.

Hinter der verrosteten Karosserie des ausgeschlachteten MAN-Traktors, der schon seit mindestens zehn Jahren hinter dem Haus stand, schlich er die Böschung hinauf. Er verharrte einen Moment an dem mannshohen Hinterrad und beobachtete die Fenster, aber auch hier war niemand hinter den Scheiben zu erkennen.

Von seinem Versteck aus waren es nur ein paar Schritte bis zur Garage. Mit der Waffe im Anschlag rannte er zur Hinterwand, wo der aufgeschichtete Brennholzvorrat lagerte. Von dort aus schlich er seitlich an der Garage entlang, um einen Blick auf den Innenhof zu werfen.

Rechts von ihm, keine zehn Meter entfernt, stand auf der anderen Straßenseite die Scheune, ein Stück weiter links der Pferdestall und daneben wiederum, auf der anderen Seite des Hofs, der Geräteschuppen und die ausgedienten Silos. Als Avrams Eltern in den fünfziger Jahren von Holland nach Deutschland eingewandert waren, hatten sie das Anwesen als Getreidebauernhof übernommen und ihn mit harter Arbeit zu einem gewinnbringenden Betrieb gemacht. Aber weder Avram noch Goran hatten nach dem Tod ihrer Eltern Lust gehabt, das harte Leben als Bauern weiterzuführen. Zuerst hatten sie die Ackerflächen an die Nachbarn verpachtet, später – in Zeiten der Geldnot – sogar verkauft. So war das einst 150 Hektar umfassende Anwesen auf den Hof, ein paar Obstwiesen und die Pferdekoppel zusammengeschrumpft.

Avram hatte irgendwann erkannt, dass es hier keine Perspektive für ihn gab, und war ins Ausland gegangen. Der bodenständigere Goran hatte es nicht übers Herz gebracht, von hier wegzuziehen, und irgendwie war es ihm tatsächlich gelungen, die Reste des elterlichen Besitzes zusammenzuhalten. Heute war der Kuyperhof ein malerisches kleines Anwesen ohne wirtschaftlichen Nutzen. Die drei Pferde waren reine Liebhaberei. Sein Geld verdiente Goran seit zwanzig Jahren als Reporter.

Avram wandte sich wieder den Gebäuden rund um den

Innenhof zu. Er konnte nichts Auffälliges an ihnen entdecken, dennoch barg der Weg über den Vordereingang zu viele Risiken.

Er schlich an der Garage entlang zurück, am Holzvorrat vorbei zur Hinterseite des Wohnhauses, wo ein paar Stufen zum Kellereingang hinabführten. Die Tür war abgesperrt, aber Avram konnte das alte Schloss problemlos mit seinem Taschenmesser öffnen.

Vorsichtig drückte er gegen die Tür. Als sie zu knarren begann, hielt er inne. Ein paar Sekunden lang lauschte er, ob im Innern des Hauses etwas zu hören war. Aber alles blieb ruhig.

Was jetzt? Die Tür mit Schwung öffnen, um das Knarren zu umgehen? Aber falls dahinter etwas stand – angelehnte Bretter, ein alter Eimer, ein Werkzeugkasten ... irgendetwas –, würde er einen Höllenlärm verursachen.

Er entschied sich für die langsame Variante und drückte wieder sanft gegen die Tür. Zentimeter für Zentimeter wurde der Spalt größer, bis er schließlich breit genug war, um hindurchschlüpfen zu können.

Drinnen war es staubig und dunkel, und es roch nach altem Holz. Es dauerte einen Moment, bis Avrams Augen sich an die schlechten Lichtverhältnisse gewöhnt hatten, aber dann schälten sich aus der Düsternis konkrete Konturen: zwei Bauernschränke, die einmal im Schlafzimmer seiner Eltern gestanden hatten, Regale mit Holzkisten, in denen sich Kinderspielzeug, Bücher und altes Geschirr türmten, gestapelte Umzugskartons, die schon seit mindestens fünfzehn Jahren unberührt so dastanden, ein eingestaubter Geigenkasten, ein Puppenwagen ... Es war wie eine Reise in die Vergangenheit. An jedem Stück, das hier unten lagerte, hingen Erinnerungen an eine bessere, sorglosere Zeit.

Aber im Moment hatte er keinen Sinn für Nostalgie.

Er schlich durch den dunklen Raum, die Pistole immer geradeaus gerichtet. Falls jemand im Haus war und ihn gehört hatte, würde er jetzt vielleicht an der Tür zum Flur warten. Aber die Luft war rein.

Avram schlich weiter. Im Kellerflur war es heller, und es roch auch nicht mehr so muffig. Nach wenigen Schritten erreichte er den Vorratsraum, aber außer einer Regalwand mit Lebensmitteln und ein paar Getränkekästen befand sich darin nichts. Auch im daneben liegenden Wäschekeller lauerte keine Gefahr. Ein paar Kleidungsstücke hingen auf dem Wäscheständer. Die Waschmaschine blinkte, weil sie durchgelaufen war.

Avram beschloss, die anderen Kellerräume vorerst unbeachtet zu lassen, weil er nicht glaubte, dass sich dort jemand versteckte. Wenn, dann lauerten sie oben. Also nahm er die Steintreppe, die an der Innenwand nach oben führte. Eine Tür gab es hier nicht. Die Treppe mündete unweit der Eingangstür in einen offenen Wohnbereich: Im vorderen Teil stand, der Kellertreppe gegenüber, eine Garderobe, an der ein paar Jacken hingen. Danach kam ein großer Esstisch aus Massivholz, umringt von einer Eckbank und drei Stühlen. Links davon schloss sich das Wohnzimmer an, mit einer wuchtigen Couchgarnitur und einer weißen Regalwand, in der Bücher, Musik-CDs, ein paar Dekorationsgegenstände und vor allem der große LED-Fernseher Platz fanden. Links neben dem Wohnzimmer gab es die Küchenecke, die nur durch einen Anrichteblock vom Rest des großen Raums abgetrennt war. Sie war ebenfalls vorwiegend in Weiß gehalten. Blumige Bauernmalereien auf den Schranktüren gaben ihr etwas Heimeliges.

Niemand war hier. Allerdings fiel Avram auf, dass die

Fernsehecke und der Esstisch sauber hergerichtet waren – ganz im Gegensatz zur Küche. Auf dem Herd standen zwei offene Töpfe mit Essensresten. Auf der Anrichte lagen zwei benutzte Teller und zwei Gläser, eins davon umgekippt und zerbrochen. Die rötliche Flüssigkeit – Kirsch- oder Traubensaft, möglicherweise auch Wein – war teilweise auf den Boden getropft und bereits eingetrocknet. Einige Scherben lagen ebenfalls dort. Das Spülbecken war mit Wasser gefüllt, aber es schäumte nicht mehr. Darin lagen ein paar Gabeln und Messer und die Spülbürste.

Es sah so aus, als sei die Küche ziemlich überstürzt verlassen worden.

Avram ging an der Kellertreppe vorbei in den schmalen Flur, der in den anderen Gebäudetrakt führte. Hier befanden sich die Toiletten, das Bügelzimmer und ein Raum, in dem zwei Kleiderschränke sowie ein Gästebett standen. Der Flur selbst war mit ein paar alten Massivholzkommoden ausgestattet. An den Wänden hingen eingerahmte Landschaftsaquarelle und ein mannshoher Spiegel. Durch die Fenster behielt Avram den Innenhof im Auge, aber dort rührte sich immer noch nichts.

Als er am Fuß der Treppe zum Obergeschoss ankam, hörte er etwas – ein leises Kratzen, als würde jemand mit Fingernägeln über den Holzbohlenboden fahren. Es kam eindeutig von oben. Mit ausgestreckten Armen zielte Avram auf das Ende der Treppe, bereit zu schießen, falls es nötig sein sollte. Adrenalin durchströmte seinen Körper, vergessen waren Erschöpfung und Müdigkeit.

Langsam stieg er die Stufen hinauf. Er wusste genau, welche Stellen knarrten, und versuchte, sie zu vermeiden. Dennoch ächzte das alte Holz zweimal verräterisch.

Aber niemand schoss oder stürzte sich auf ihn.

Am oberen Rand der Treppe wurde das Kratzen lauter. Es kam aus Gorans Arbeitszimmer. Außerdem war von dort jetzt ein leises Wimmern zu hören.

Bevor er der Ursache der Geräusche nachging, überprüfte er das Schlafzimmer, die beiden Kinderzimmer und das Bad, um nicht aus einem Hinterhalt heraus überrumpelt zu werden. Überall standen die Türen offen. Im Schlafzimmer waren die Betten gemacht, und alles sah aufgeräumt aus. Die beiden Kinderzimmer waren ebenfalls ziemlich ordentlich, nur in einem davon stand das Fenster weit offen. Avram warf einen raschen Blick hinaus auf das Garagendach. Nichts. Das Bad war so sauber, wie man es in einem Haushalt mit zwei Kindern erwarten konnte.

Niemand hatte sich irgendwo versteckt.

Jetzt richtete Avram seine Aufmerksamkeit wieder auf Gorans Büro – der einzige Raum mit zugezogener Tür. Er riskierte einen Blick durchs Schlüsselloch, konnte aber nichts Ungewöhnliches erkennen.

Wieder das Kratzen, es kam eindeutig von da drinnen. Und das unterdrückte Wimmern, wie bei jemandem, der der Verzweiflung nahe war und innerlich längst aufgegeben hatte.

Mit der Waffe im Anschlag, riss Avram die Tür auf, aber das einzige Ziel, das sich ihm bot, war eine dicke, schwarze Katze, die erschreckt vom Boden aufsprang und auf den Schreibtisch hüpfte. Mit gesträubtem Fell machte sie einen Buckel und fauchte.

Avram beachtete die Katze nicht weiter, sondern nahm sich die Schränke vor. Vielleicht war dort jemand eingesperrt. Aber in dem einen Schrank befanden sich nur Akten, im anderen Bücher, Schreibzeug und Computerzubehör.

Avram blieb stehen und lauschte. Jetzt war nichts mehr

zu hören, nur Vogelgezwitscher, das von draußen durch das gekippte Fenster hereindrang.

Die Katze hatte sich mittlerweile wieder beruhigt. Sie schien zu erkennen, dass sie von Avram nichts zu befürchten hatte, und hüpfte vom Schreibtisch. An einer nassen Stelle auf dem Boden blieb sie stehen und schnupperte daran. Dann versuchte sie, die Lache mit einer Pfote zuzuscharren. Als das nach einigen Versuchen nicht gelang, stieß sie ein herzerweichendes Wimmern aus.

Avram verstand. Die Katze war in diesem Zimmer eingesperrt gewesen und hatte auf den Boden gemacht. Allmählich begann er, sich ein wenig zu entspannen. Im Haus schien niemand auf ihn zu lauern, und er hatte auch nicht das befürchtete Blutbad vorgefunden. Gleichzeitig wusste er, dass es draußen noch die Scheune, den Pferdestall und jede Menge Gebüsche gab, die eine unangenehme Überraschung für ihn bereithalten konnten. Er musste nach wie vor wachsam sein.

2   Frankfurt am Main, Hotel Estoria

Die Kopfschmerzen brachten sie noch um. In der Nacht hatte sie schon drei Tabletten geschluckt, aber das Stechen hinter den Augäpfeln ließ einfach nicht nach. Es war eine schreckliche Woche gewesen. Jetzt musste sie dafür büßen.

Emilia Ness stand im Bad ihres Hotelzimmers und betupfte mit einem feuchten Handtuch die Stirn. Die Kühlung tat gut, vermochte den Schmerz jedoch kaum zu lindern. Sie hatte das Gefühl, dass ihr Kopf kurz davor war zu platzen.

Außerdem war Emilia hundemüde. Die ganze Nacht hatte sie kaum ein Auge zugetan, weil ihre Gedanken unaufhörlich um den Gerichtsprozess kreisten, in dem sie diese Woche als Zeugin ausgesagt hatte.

Habe ich alles richtig gemacht, fragte sie sich. Wird Robert Madukas verurteilt?

An seiner Schuld zweifelte sie keine Sekunde. Dennoch hatte sie ein ungutes Gefühl, was den Ausgang des Prozesses betraf. Madukas' Anwälte waren mit allen Wassern gewaschen, und im Kreuzverhör hatten sie es immer wieder geschafft, Zweifel an seiner Schuld zu säen. Wenn sie es schafften, eine Bewährungsstrafe oder gar einen Freispruch zu erwirken, wäre monatelange Arbeit umsonst gewesen.

Emilia seufzte und massierte sich die pochenden Schläfen, aber es half nichts. Ihr war, als würde ihr jemand einen Dolch durch den Kopf jagen. Verdammt!

Nicht nur der Prozessmarathon der vergangenen Woche

saß ihr im Nacken, auch der Stress mit ihrer Tochter. Emilia hatte Becky ursprünglich versprochen, sie am Samstagmorgen vom Internat abzuholen und mit ihr übers Wochenende in den Europapark zu fahren. Aber dann war die Gerichtsverhandlung am Freitag unerwartet abgebrochen und die Fortführung auf den gestrigen Samstag verlegt worden. Becky hatte für das geplatzte Mutter-Tochter-Wochenende nicht viel Verständnis aufgebracht. Zuerst hatte sie darauf beharrt, alleine nach Rust zu fahren – sie sei schließlich schon vierzehn und kein Kind mehr, hatte sie gesagt. Aber für Emilia war das nicht in Frage gekommen. Sie hatte versucht, Becky damit zu trösten, dass sie sie am Sonntag besuchen kommen würde. »Wir machen uns einen schönen Tag«, hatte sie gesagt. »Lass uns ins Freibad oder ins Kino gehen.«

Aber im Vergleich zu einem Wochenende im Europapark klangen »Freibad« und »Kino« wie Nieten, das war auch Emilia klar. Kein Wunder also, dass Becky das komplette psychologische Arsenal eines pubertierenden Teenagers aufgefahren hatte, um ihr zu zeigen, dass sie als Mutter eine Versagerin war. Becky hatte geschmollt, sie hatte geweint, sie hatte Emilia beschimpft und ihr vorgehalten, sie nur der Karriere zuliebe ins Internat abgeschoben zu haben. Und natürlich hatte sie ein Dutzend weiterer Situationen angeführt, in denen Emilia ihr leere Versprechungen gemacht hatte.

Auch wenn Becky vieles dramatisierte, musste Emilia sich doch eingestehen, dass sie in einigen Punkten recht hatte. Genau deshalb hatten die Worte ihrer Tochter sie wie schallende Ohrfeigen getroffen. Eine Stunde lang hatte sie mit Engelszungen versucht, den entfesselten Teenagerzorn zu besänftigen, aber schließlich hatte sie aufgegeben. Seit dem Telefonat plagten sie Gewissensbisse, und sie fühlte sich wie die schlechteste Mutter der Welt.

Sie legte die Hände in den Nacken und begann, sich die verspannten Muskeln zu massieren. Ohne Erfolg, es war zum Verrücktwerden. Genervt ließ sie die Hände wieder sinken.

Mit kritischem Blick betrachtete sie sich im Badezimmerspiegel. Im Allgemeinen war sie mit ihrem Äußeren recht zufrieden. Paul, einer ihrer Kollegen in Lyon, hatte ihr auf der letzten Weihnachtsfeier gesagt, sie sehe aus wie Winona Ryder, und Emilia fand, dass es sogar tatsächlich ein bisschen stimmte. Aber im Moment fühlte sie sich eher wie Winona Ryders ältere, hässliche Schwester. Ihr schulterlanges, braunes Haar kam ihr kraftlos und spröde vor, ihr Gesicht rundlicher als sonst, wie aufgedunsen. Die Ringe unter ihren Augen waren überdeutliche Zeichen des Schlafmangels der letzten Tage. Und bei genauerer Betrachtung waren auch schon kleine Fältchen an ihren Augen- und Mundwinkeln zu sehen – nicht besonders attraktiv, aber wohl unvermeidlich bei einer Frau Mitte dreißig. Vor allem bei ihrem Lebenswandel. Die regelmäßigen Siebzig-Stunden-Wochen hinterließen allmählich ihre Spuren.

Erste Anzeichen von körperlichem Verfall. Ich sehe aus wie ein Zombie.

Vielleicht werden die Schmerzen erträglicher, wenn ich gefrühstückt habe, dachte sie. Wie viel Uhr ist es?

Sie ging ins Zimmer zurück, setzte sich aufs Bett und griff nach dem Handy auf dem Nachttisch. Kurz vor halb sieben. Mit etwas Glück hatte das Hotelrestaurant schon geöffnet. Nach einer Tasse Kaffee würde sie sich vielleicht besser fühlen.

Als sie das Handy gerade zurücklegen wollte, fiel ihr auf, dass das Display einen eingegangenen Anruf anzeigte. Es war die Nummer ihres Chefs bei Interpol – Frédérique Tréville. Er hatte es vor wenigen Minuten bei ihr versucht.

Was will der denn schon so früh von mir?

Emilia hatte nicht die geringste Lust, mit ihrem Chef zu telefonieren. Sie wollte jetzt nur einen Kaffee trinken, ein Croissant essen und dann endlich ihre Kopfschmerzen loswerden. Aber sie wusste auch, dass er nicht ohne triftigen Grund so früh am Sonntagmorgen bei ihr angerufen hatte.

Sie drückte die Rückruftaste.

»Es tut mir leid, aber ich muss Sie bitten, noch eine Weile in Frankfurt zu bleiben«, begann er ohne Umschweife.

»Sie meinen wegen des Prozesses?«

Einen Moment lang schien Tréville nicht zu wissen, wovon sie sprach. »Nein, nicht wegen Madukas«, sagte er schließlich. »Es geht um einen Toten in einem Frankfurter Hotel.«

Emilia stöhnte auf – so laut, dass Tréville es auch ganz bestimmt hören konnte. Sollte er ruhig wissen, was sie von seinem Anliegen hielt. »Frédérique, ich habe eine wirklich anstrengende Woche hinter mir. Der Prozess steckt mir in den Knochen, meine Tochter hasst mich, und mir platzt gleich der Kopf.«

»Ich würde Sie nicht darum bitten, wenn ich es nicht für wichtig halten würde.«

»Das weiß ich. Aber ich habe Becky ein Wochenende im Europapark versprochen. Dann ist daraus ein Sonntagmittag im Kino geworden. Und jetzt soll ich ihr ganz absagen?«

»Sie können das alles am kommenden Wochenende nachholen«, erwiderte Tréville unbeirrt. »Die Frankfurter Polizei benötigt Ihre Hilfe.«

»Was ist mit Louis? Kann der nicht für mich einspringen?« Sie meinte damit Louis Verbier, ihre rechte Hand im Madukas-Fall. Am Freitag und Samstag hatte auch er vor dem Frankfurter Gericht seine Aussage gemacht. Er schlief zwei Zimmer weiter, und er schuldete Emilia noch einen Gefallen.

»Die Frankfurter Polizei hat ausdrücklich Sie angefordert, Emilia«, sagte Tréville ruhig.

Das erstaunte Emilia nun doch. So etwas war ganz und gar unüblich. »Mich? Warum denn das?«, fragte sie.

»Weil der Tote eine Nachricht hinterlassen hat«, antwortete Tréville. »Für Sie persönlich.«

3

Avram Kuyper hatte die noch fehlenden Räume des Hauses durchsucht, aber niemanden gefunden. Weder Goran noch Nadja, noch die Kinder versteckten sich hier. Feinde auch nicht. Das Haus war sicher.

Jetzt nahm er denselben Weg zurück, den er gekommen war – durch den Keller bis hinters Haus zum alten MAN-Traktor und von dort die Böschung hinab in den Waidbach. Durch die Gummistiefel konnte er das kalte Wasser spüren. Als Kinder hatten er und Goran sich hier im Sommer gerne Abkühlung verschafft. Es kam ihm vor wie gestern und doch auch wie in einem anderen Leben.

Draußen war es inzwischen heller geworden, und der Nebel begann sich zu lichten. Die Sonne stand als matte Scheibe über dem Horizont, aber noch war es frisch und feucht.

Avram watete ein paar Schritte durch das plätschernde Wasser, schlich unter der Brücke hindurch und kroch auf der anderen Seite wieder nach oben. Hier war das Gras nicht gemäht, so dass er sich problemlos an die Scheune heranpirschen konnte, ohne gesehen zu werden.

Komm nach Hause und räche dich an denen,
die uns getötet haben

– so lautete die Nachricht, die Goran ihm auf dem Anrufbeantworter hinterlassen hatte.

Avram schluckte trocken. Wenn er den Anrufbeantworter doch nur schon von unterwegs aus abgehört hätte! Aus Marseille kommend, wäre er dann nicht erst nach Amsterdam zurückgefahren, sondern bei Basel oder Straßburg direkt nach Deutschland abgebogen. Das hätte ein paar wertvolle Stunden gespart – Stunden, die den Unterschied zwischen Leben und Tod ausmachen konnten.

Was zum Teufel war hier los? Wo steckten Goran, Nadja und die Kinder? War ihnen tatsächlich etwas zugestoßen? Aber wie hatte Goran wissen können, dass sie sterben würden?

Vielleicht waren sie auch nur verschleppt worden. In diesem Fall bestand Hoffnung, vorausgesetzt, Avram fand Spuren, die er verfolgen konnte – irgendetwas, das ihm einen Hinweis auf den oder die Entführer gab.

Natürlich war es im besten Fall auch möglich, dass die Familie seines Bruders noch rechtzeitig hatte fliehen können. Wenn Goran eine Morddrohung erhalten hatte – hätte er dann nicht versucht, sich und die anderen rechtzeitig in Sicherheit zu bringen? Doch aus irgendeinem Grund glaubte Avram nicht, dass Goran die Flucht geglückt war. Seine Stimme auf dem Anrufbeantworter hatte so verzweifelt geklungen, so resigniert. Wie bei jemandem, der sich mit seinem Schicksal längst abgefunden hatte.

*Komm nach Hause und räche dich an denen,
die uns getötet haben.*

Mit einer Handbewegung verscheuchte Avram eine Fliege vor seinem Gesicht und konzentrierte sich wieder auf die Scheune. Zum Hof hin hatte sie einen großen Eingang ohne Tür, so dass sie an dieser Seite fast ganz offen war. Die Wände bestanden aus grob gezimmerten Holzlatten, die Wind und Wetter dunkel gefärbt hatten.

Im hohen Gras schlich Avram hinter das Gebäude. Schnell fand er eine Stelle, wo zwischen den Latten eine Lücke klaffte. Von hier aus hatte er gute Sicht ins Innere, aber wieder konnte er nichts Verdächtiges feststellen.

Er beschloss, die Scheune genauer zu inspizieren, und lief um sie herum – in geduckter Haltung, um kein klares Ziel abzugeben, falls ihn jemand vom Hof aus ins Visier nahm. Er huschte in den Eingang, verschwand hinter der Wand und ging hinter den Strohballen in Deckung, die wie riesige Bauklötze zu einer mannshohen Mauer aufgetürmt worden waren. Niemand schoss auf ihn, aber das musste nichts zu bedeuten haben.

Sein Blick wanderte durch die Scheune, die sich seit seinem letzten Besuch vor einigen Jahren kaum verändert hatte. Immer noch stand der alte Mähdrescher darin, auch wenn er längst nicht mehr funktionierte. Daneben lagerten andere ausgediente Gerätschaften – ein Ladewagen, eine Drillmaschine und die alte Egge – Reliquien aus einer Zeit, in denen der Kuyperhof noch ein intakter Betrieb gewesen war und Getreide produziert hatte. Heute nagte der Rost an den Geräten, und sie besaßen allenfalls noch Schrottwert.

Im anderen Teil der Scheune stapelten sich die tischgroßen Heuballen, hinter denen Avram sich versteckt hielt, bis zur Wand. Hinter ihm lag in einer dunklen Ecke alles, was auf dem Hof irgendwann einmal ausrangiert worden war und entsorgt werden sollte – und dann aus irgendeinem Grund in Vergessenheit geraten war. Avram erkannte den alten Couchsessel seines Vaters, Mutters Fahrrad, ein paar alte Lampen und den klobigen Röhrenfernseher, der früher im Wohnzimmer gestanden hatte. In dieser hässlichen dunklen Ecke lagerte ein Teil seiner Vergangenheit. Seiner und Gorans.

Er unterdrückte einen Anflug von Sentimentalität und richtete seinen Blick wieder auf den Hof. Noch immer war weder am Pferdestall noch bei den Silos jemand zu sehen.

Und noch immer traute Avram dem Frieden nicht. Jahrelange Erfahrung hatte ihn gelehrt, stets auf der Hut zu sein.

Der Stall lag etwa dreißig Meter entfernt. Es war ein weiß verputzter Steinbau mit Fachwerkelementen und ein paar kleinen Fenstern. Avram sprintete los. Das große, doppelflügelige Holztor war verschlossen, aber die Eingangstür daneben stand offen. Avram huschte hindurch. Früher war hier ein Teil des Maschinenparks untergebracht gewesen, bis Goran nach dem Tod der Eltern die Getreidewirtschaft endgültig aufgegeben und dafür seine Liebe zu den Pferden entdeckt hatte. Es befanden sich fünf geräumige Boxen darin. In zweien lagerten die Futtervorräte, das Zaumzeug und alles, was für die Tierpflege notwendig war. Daran schlossen die Boxen für die drei Pferde an.

Hier gab es mehr als genug Versteckmöglichkeiten, um jemanden aus dem Hinterhalt anzugreifen.

Mit der Pistole im Anschlag kontrollierte Avram zuerst die beiden Nischen mit den Vorräten. Danach nahm er die Pferdeboxen ins Visier. Am Gatter der ersten Box hing ein Schild mit dem Aufdruck Agamemnon. Das war also der Unterstellplatz für den Rappen, der draußen auf der Koppel graste. Die Box war mit frischem Heu ausgelegt, an der Wand hingen zwei Eimer – einer mit Wasser, der andere mit einem Rest Futter. Abgesehen davon war die Box leer.

Auch an der nächsten Box konnte Avram keine Auffälligkeiten feststellen. Sie gehörte Sunflower – offenbar eine der beiden Fuchsstuten. Erst an der letzten Box stieß er auf etwas, das seine Aufmerksamkeit erregte. Auf dem Schild am Gatter stand der Name Cascada, und auf den ersten Blick unterschied sich die Box nicht von den beiden anderen. Doch dann erkannte Avram das Blut. Es war nicht viel, nur ein Spritzer im Stroh, ganz hinten in der Ecke.

Avram öffnete das Gatter und betrat die Box. Als er sich dem Fleck näherte, stellte er fest, dass er größer war, als es zunächst den Anschein gehabt hatte. Avram war, als würde jemand ein Feuer in seinem Magen entzünden. Seine Zunge klebte plötzlich trocken am Gaumen, und obwohl er in gewissen Kreisen den Ruf genoss, stets einen kühlen Kopf zu bewahren, spürte er, wie ihm die Nerven in diesem Moment einen Streich zu spielen drohten.

Denk nicht daran, dass es um deinen Bruder, um Nadja und um die Kinder geht, mahnte er sich. Stell dir vor, es handelt sich um einen ganz normalen Einsatz. Um Menschen, die dir nichts bedeuten.

Aber es half nicht.

Er wischte das Stroh beiseite und erkannte ein Einschussloch im Boden. Die Kugel steckte noch im Holz. Als er sich umsah, fand er ein zweites Einschussloch in der Seitenwand der Box, ziemlich weit hinten. Es war ein glatter Einschlag ohne Absplitterungen und ohne Blut drum herum. Also kein weiterer Treffer. Vom Gatter aus war das Loch kaum zu sehen. Der Polizeistreife, die in der Nacht hier gewesen war, konnte er also keinen Vorwurf machen, zumal es im Stall kein elektrisches Licht gab.

Die Seitenwand der Box war nur etwa brusthoch. Bei genauerer Betrachtung bemerkte Avram am oberen Rand eine weitere Blutspur, verwischt, als habe jemand versucht, sich auf die andere Seite zu retten, wo eine Hintertür nach draußen führte.

Avram eilte zurück zum offenen Boxengatter und folgte dem abknickenden Gang zur Hintertür. Sie war nicht abgeschlossen, sondern hing lose in den Angeln. Mit einem gedehnten Quietschen schwang sie nach außen auf.

Der würzige Geruch von Heu und Pferdedung wich der

klaren Morgenluft, obwohl der Misthaufen nur wenige Meter entfernt war. Daneben stand Gorans Schubkarre, an der Außenwand lehnte eine Mistgabel. Hinter dem Misthaufen wuchsen die Apfelbäume. Dahinter kam die Koppel, ein grasbewachsener Hang, an dessen oberem Ende der Wald begann, von wo aus Avram vorhin den Hof beobachtet hatte.

Jetzt suchte er nach weiteren Blutspuren. Sein Blick wanderte rastlos über den Boden, bemüht, in dem ausgetretenen, vom nächtlichen Regen durchnässten Morast etwas erkennen zu können. Aber es war hoffnungslos.

Er versuchte, sich vorzustellen, was im Stall vorgefallen war. Zwei Schüsse. Einer davon hatte getroffen. Keine tödliche Verletzung – dafür gab es in Cascadas Box zu wenig Blut. Nur ein Streifschuss. Der Angeschossene war groß und sportlich genug gewesen, um sich auf der Flucht über die Boxenwand schwingen zu können. Damit schieden Nadja und die Kinder aus. Blieb nur noch Goran. Er hatte es also bis hierher, ins Freie, geschafft. Wohin war er dann geflüchtet?

Rechts von ihm gab es entlang der Stallwand keinerlei Deckung, nur kniehohes Gras und Gestrüpp – ein denkbar ungeeigneter Fluchtweg. Nach vorne boten nur der Misthaufen und die Apfelbäume ein wenig Schutz – ebenfalls keine besonders gute Wahl. Wenn Goran seine Sinne einigermaßen beieinandergehabt hatte, musste er den Weg nach links eingeschlagen haben. Dort wucherte ein gewaltiger Forsythienstrauch. Dahinter parkte Gorans alter Wohnwagen neben dem Stall, ein paar Meter weiter stand der Geräteschuppen. Das alles taugte als Deckung zwar ebenfalls nicht viel, aber zumindest verhinderte es die freie Sicht, womit ein weiterer gezielter Schuss deutlich erschwert wurde.

Avram folgte dem Weg und ging um das Gebüsch herum.

Blutspuren gab es zwar auch hier keine mehr, aber irgendwo musste er mit seiner Suche ja fortfahren.

Zuerst nahm er sich den Geräteschuppen vor. Vielleicht hatte Goran versucht, dort so etwas wie eine Waffe zu finden. Eine Axt, eine Hacke, ein Stemmeisen – irgendetwas, womit er sich verteidigen konnte. Aber die Tür wurde durch ein Vorhängeschloss verschlossen.

Avram ging zum Wohnwagen. Vorsichtig spähte er durch ein Seitenfenster, aber es schien niemand drinnen zu sein – weder Goran noch sonst jemand. Bei genauerer Betrachtung fand er jedoch ein Einschussloch, knapp neben dem Radkasten. Ziemlich tief, fand Avram, was für ihn nur einen Schluss zuließ: Goran hatte sich zum Zeitpunkt des Schusses schon nicht mehr aufrecht halten können. Er musste neben dem Wohnwagen auf die Knie gefallen sein, oder er hatte sich schon vom Stall aus auf allen vieren hierhergeschleppt.

Avram ging in die Hocke. Unter dem Wohnwagen, geschützt vor dem nächtlichen Regen, fand er jetzt tatsächlich noch mehr Blut – eine grausige, dunkle Lache, die ahnen ließ, wie schwer Goran verletzt gewesen sein musste.

Avram biss die Zähne zusammen. Wo bist du?, fragte er Goran in Gedanken. Wohin bist du von hier aus weitergelaufen?

Er stand auf, ging zur Vorderseite des Wohnwagens und ließ seinen Blick über den Hof schweifen. Bis zum Haus waren es dreißig Meter, bis zur Scheune noch weiter – eine unüberbrückbare Distanz für einen Schwerverletzten, der verfolgt wurde.

Nach rechts kam nur die ansteigende Straße nach Oberaiching, flankiert von Kuhweiden und freiem Feld. Die Kuppe war drei- oder vierhundert Meter entfernt, dahinter lag, außer Sichtweite, der Bott'sche Hof. Hätte Goran versucht, dorthin zu fliehen, wäre er wie auf dem Präsentierteller gewesen.

Nein, Goran musste sein Glück bei den beiden Silos auf der anderen Straßenseite gesucht haben – silberne Säulen, die wie haushohe Zigarren in den Himmel ragten. Sie standen seit Jahren leer und dienten nur noch als Versteck für die Kinder.

Ob auch Goran gestern Nacht versucht hatte, sich dort zu verstecken?

Aber bei den Silos fanden sich keine weiteren Spuren. Kein Blut, weder außen noch innen, keine Einschusslöcher, keinerlei Anzeichen eines Kampfs. Hatte Goran es womöglich nicht mehr bis hierher geschafft? War er irgendwo zwischen dem Wohnwagen und den Silos von einer weiteren Kugel tödlich getroffen worden? Aber wo war dann seine Leiche? Und was war mit Nadja und den Kindern geschehen?

Avrams Kinn bebte, während die stahlgrauen Augen hinter der Hornbrille vergeblich nach weiteren Hinweisen auf dem Hof suchten.

4

Emilia Ness saß im Taxi und sah geistesabwesend aus dem Fenster, während sie durch die endlos scheinenden grauen Häuserschluchten Frankfurts gefahren wurde. Im Hotel hatte sie noch auf die Schnelle gefrühstückt und eine Tablette genommen. Tatsächlich war der stechende Schmerz hinter den Augen inzwischen zu einem dumpfen Pochen verebbt. Emilia war dankbar dafür. So wie jetzt war der Schmerz erträglich, und mit etwas Glück würde sich das Pochen vielleicht auch noch legen.

Sie schloss die Augen und versuchte, sich zu entspannen. Aber im Moment beschäftigten sie zu viele Fragen, um wirklich abschalten zu können.

Da war zum einen der Prozess gegen Robert Madukas, der in ihrem Kopf herumgeisterte. Madukas – die Bestie von Hanau. Sieben Säureanschläge in vier verschiedenen europäischen Ländern wurden ihm zur Last gelegt. Seine Opfer hatten schwerste Verletzungen davongetragen, sechs waren daran gestorben. Würde er seine gerechte Strafe dafür erhalten?

Die Säureattentate waren Emilias neunter eigenständiger Fall bei Interpol. In monatelanger Kleinarbeit hatten sie und ihr Team in Zusammenarbeit mit Dutzenden von Polizeibehörden in Deutschland, Frankreich, Österreich und Italien Spuren verfolgt und Beweise gesichert. Dann, Mitte Januar, hatte man das überlebende Opfer aus dem künstlichen Koma erweckt – eine junge Frau namens Meike Trasser. Die Säure hatte ihr das halbe Gesicht und die linke Brust weggeätzt – Entstellungen, die kein plastischer Chirurg auf diesem Planeten jemals würde beheben können. Aber sie hatte eine sehr exakte Täterbeschreibung und einige weitere wertvolle Hinweise geben können. Vier Tage später konnte Robert Madukas verhaftet werden.

Emilia schauderte. Der Prozess in Frankfurt hatte all die schrecklichen Bilder wieder hochkommen lassen, mit denen sie im Lauf ihrer Ermittlungen konfrontiert worden war. Grausame Verätzungen. Offenes Fleisch, zerfressen bis auf die Knochen. Jetzt wollte sie nur noch vergessen.

Sie öffnete die Augen, um die Schreckensbilder zu vertreiben. Nicht mehr daran denken, sagte sie sich. Einfach nicht mehr daran denken. Wenn du es nicht schaffst, loszulassen, wird die Arbeit dich eines Tages auffressen.

Während die grauen Häuserreihen Frankfurts weiter an Emilia vorbeizogen, seufzte sie in sich hinein. Ihre Karriere konnte sich sehen lassen. Mit fünfundzwanzig Jahren war sie zur jüngsten Polizeikommissarin Hamburgs befördert worden. Mit siebenundzwanzig war sie zu Interpol gewechselt, wo man ihr drei Jahre später, kurz nach ihrem dreißigsten Geburtstag, die Leitung eines zehnköpfigen Ermittlerteams übertragen hatte. Es war ständig bergauf gegangen. Nur einmal war sie kurz gestrauchelt. Als man ihr in der Fabiani-Affäre vorgeworfen hatte, von einem römischen Mafiaboss Bestechungsgelder in Millionenhöhe angenommen zu haben. Es waren harte Wochen mit vielen Anfeindungen seitens der Öffentlichkeit gewesen, aber letztlich hatte Emilia ihre Unschuld beweisen können, und sie war aus der Fabiani-Affäre gestärkt herausgekommen. Ness, die Unbestechliche. So hatte *Le Monde* einen ihr gewidmeten Leitartikel tituliert, in Anspielung auf ihren berühmten Namensvetter Elliott Ness aus der Zeit der amerikanischen Prohibition. Ihr Vater – früher selbst Polizist und für Emilia ein leuchtendes Vorbild in Sachen Ehrenhaftigkeit und Integrität – wäre stolz auf sie gewesen.

Aber kein Licht ohne Schatten. Die Arbeit forderte vollen Einsatz und raubte ihr oft genug den Schlaf. Außerdem hatte sie nach der Scheidung von Mark ihren Beruf nur dadurch weiter ausüben können, dass sie Becky in ein Internat gesteckt hatte. Es war eine notwendige, aber schwere Entscheidung gewesen, die Becky ihr bis heute nachtrug.

Das Taxi hielt an einer Ampel. Emilias Blick wanderte an den Häusern entlang in Richtung Himmel. Dunkles Grau, so weit das Auge reichte. Gott, wie sie dieses Wetter hasste!

Das Taxi fuhr weiter, und Emilias Gedanken schweiften wieder ab, diesmal zu dem toten Mann, zu dem sie gerade unterwegs war. Warum hatte er ihr eine Nachricht hinterlassen? Auch Tréville, ihr Chef, hatte darauf keine Antwort gewusst. Aber angesichts der Tatsache, dass Emilia sich ohnehin in Frankfurt aufhielt, hatte er schnelle Amtshilfe zugesagt.

Wer war der Tote? Ein Bekannter? Ein ehemaliger Schulfreund vielleicht, oder jemand, mit dem sie einmal zusammengearbeitet hatte? Der Name, den Tréville genannt hatte – Georg Kleinert – sagte Emilia nichts.

Das Taxi verließ die Innenstadt in nördlicher Richtung und erreichte schließlich ein ziemlich heruntergekommenes Gebiet, das von alten Ziegelsteinbauten beherrscht wurde. Hier und da gab es ein paar leerstehende Fabrikgebäude. Dazwischen lagen weite Flächen Brachland, auf denen früher einmal Wohnhäuser für die Arbeiter oder andere, längst abgerissene Fabrikbauten gestanden haben mussten. Alles wirkte trist und grau und ziemlich verlassen. Der bewölkte

Himmel und der aufkommende Regen verstärkten diesen Eindruck noch.

Der Wagen hielt vor einem fünfstöckigen Bau, von dem an unzähligen Stellen der Putz bröckelte. Die Fenster zum Keller und im Erdgeschoss waren vergittert. Über der Eingangstür hing ein verwittertes Schild mit der Aufschrift *Hotel Postmeister*. Nichts an dem Gebäude hätte Emilia dazu veranlassen können, hier als Übernachtungsgast einzuchecken.

Beim Haus rechts daneben waren ein paar Fenster eingeschlagen und die Tür mit Holzlatten zugenagelt worden. Offenbar war es unbewohnt. Das Areal links neben dem *Postmeister* war von einem übermannshohen Lattenzaun umgeben, an dem zerrissene Werbeplakate hingen. Dahinter konnte Emilia einen Bagger erkennen. Gearbeitet wurde sonntags natürlich nicht.

Zwei Streifenwagen, ein Polizeitransporter und ein schwarzer A6 parkten vor dem Hotel. Emilia bezahlte den Taxifahrer, stieg aus und blickte sich um. Auf dem Gehweg war niemand zu sehen. Vielleicht lag es daran, dass es ein früher Sonntagmorgen war. Autos fuhren hier ebenfalls keine. Emilia kam sich vor wie in einer Geisterstadt.

Auf der anderen Straßenseite stand ein halbfertiger Rohbau. Ein Schild auf dem Bauzaun verriet, dass hier ein Einkaufszentrum entstehen sollte.

Wer um alles in der Welt will denn hierher zum Einkaufen kommen?

Emilia kehrte dem Rohbau den Rücken zu und ging auf das *Hotel Postmeister* zu. Vor der Eingangstür stand ein junger Polizist, Anfang zwanzig, mit einer Zigarette in der Hand. Er sah aus wie ein Südländer, hatte dichtes schwarzes Haar und bronzefarbene Haut. Im Moment war er ziemlich bleich um die Nase und wirkte beinahe apathisch. Die Zigarette zwischen seinen Fingern zitterte.

Wahrscheinlich sein erster Mordfall, dachte Emilia. Ihr selbst war es beim Anblick ihrer ersten Leiche so schlecht gegangen, dass sie sich übergeben hatte. Das war jetzt vierzehn Jahre her.

Sie ging zu dem Polizisten und wies sich aus.

Er nahm einen Beruhigungszug von seiner Zigarette, stieß den Rauch durch die Nase aus und nickte. »Zimmer 207. Im zweiten Stock. Ich kann Sie hinbringen, wenn Sie wollen.«

Emilia sah ihm an, wie viel Überwindung ihn dieses Angebot gekostet hatte. »Ich werde mich schon allein zurechtfinden«, sagte sie und bedankte sich.

Die Tür quietschte, als sie eintrat. Drinnen war es düster wie in einem Spukschloss, und sofort stieg Emilia der für alte Häuser typische modrige Geruch in die Nase. Fünf Stufen führten über einen schmalen Treppenaufgang zu einer Eichenholztheke, die mehr an einen Bartresen als an eine Rezeption erinnerte. Dahinter saß eine grauhaarige, dürre Frau, die Emilia gar nicht beachtete, weil sie vollauf damit beschäftigt war, in ein Stofftaschentuch zu schluchzen. Dabei murmelte sie immer wieder etwas in einer Sprache, die Emilia nicht verstand. Polnisch vielleicht oder Russisch.

Über das Treppenhaus ging sie weiter nach oben. Im zweiten Stock traf sie auf einen Querkorridor mit ausgeblichener Tapete und fadenscheinigem Teppich. Am Ende des linken Korridorflügels standen zwei Männer, beide in Zivil und in eine Unterhaltung vertieft. Einer der beiden trug einen offenen beigefarbenen Trenchcoat und darunter einen schwarzen Anzug mit weißem Hemd und Fliege. In seinem Revers steckte eine weiße Rose. Er war schlank, etwa 1,85 Meter groß und glattrasiert. Sein dichtes schwarzes Haar war für Emilias Geschmack etwas zu lang, aber sehr gepflegt und perfekt gestylt – ein kunstvoll choreographiertes Durcheinander, das mit viel Sinn für Mode und noch mehr Haargel zurechtgezupft worden war. Emilia fragte sich, wie lange der Mann heute Morgen vor dem Spiegel gebraucht hatte. Aber irgendwie fand sie ihn sympathisch.

Er stellte sich als Hauptkommissar Mikka Kessler vor und begrüßte Emilia mit einem gewinnenden Lächeln. »Bitte entschuldigen Sie meinen Aufzug«, sagte er, »aber ich komme direkt von einer Hochzeitsfeier hierher.«

Der andere Mann hieß Paul Bragon und war ebenfalls Hauptkommissar. Er hatte einen untersetzten Körperbau, war kaum größer als Emilia und trug eine Bomberjacke zu seinen Bluejeans. Das Auffälligste an ihm war sein mächtiger, grauweißer Schnauzbart wie aus der Kaiserzeit. Emilia schätzte ihn auf Anfang fünfzig. Er wirkte gemütlich, ja sogar ein bisschen träge, aber in seinen kleinen, schlauen Augen funkelte ein Feuer, das verriet, dass er sich innerlich noch längst nicht auf den Ruhestand vorbereitete.

»Ich bin gespannt, was mich hier erwartet«, sagte Emilia, nachdem sie sich vorgestellt hatte. »Wo ist der Tote?«

Bragon deutete mit einer Kopfbewegung auf eine offene Zimmertür, ein paar Meter weiter den Gang entlang. »Da drinnen. Nummer 207. Aber das Spurensicherungsteam ist noch bei der Arbeit.«

»Kann ich mal reinsehen?«

Bragon zuckte mit den Schultern. »Nur zu.«

Mit wachsendem Unbehagen ging Emilia zu dem Zimmer und warf einen Blick durch die offene Tür. Die Vorhänge waren geöffnet, aber durch das kleine Fenster drang wegen der frühen Morgenstunde und des schlechten Wetters nur wenig Licht. Alles wirkte grau und düster. Den Toten konnte Emilia vom Eingang aus nicht sehen, dafür aber ein paar Männer und Frauen in weißen Schutzanzügen, die mit Pinzetten und durchsichtigen Verschlussbeuteln das Zimmer absuchten. Einer von ihnen schoss Fotos an Stellen, die mit Nummernkärtchen markiert worden waren – die Fundstellen der Beweisstücke.

Emilia konnte ihre Neugier kaum zügeln. Wer war der Tote? Woher kannte sie ihn? Wie war er gestorben?

Sie gesellte sich wieder zu den anderen. »Wie lange wird die Spurensicherung noch dauern?«, fragte sie.

Hauptkommissar Bragon zog die Mundwinkel nach unten. »Die sind schon eine Ewigkeit da drin«, sagte er. »Müssten bald fertig sein. Noch zehn Minuten, schätze ich. Vielleicht zwanzig.«

Tatsächlich dauerte es nicht einmal mehr fünf Minuten, bis eine zierliche Frau mit Vogelgesicht aus Zimmer 207 kam, den Reißverschluss ihres weißen Tyvek-Schutzanzugs öffnete und sich die Kapuze vom Kopf streifte. Darunter kam eine orangerote Ananasfrisur zum Vorschein.

»Judith Claasen«, flötete sie fröhlich und reichte Emilia die Hand. »Ich bin die Leiterin des Spurensicherungsteams. Wir packen nur noch unsere Sachen zusammen, dann sind wir fertig. Und Sie sind von Interpol?«

Emilia nickte. »Man hat mir gesagt, dass der Tote eine Nachricht für mich hinterlassen hat«, sagte sie.

»Der Brief.« Judith Claasen schien einen Moment nachzudenken. »Wollen Sie ihn gleich sehen?«

»Ja, gerne. Wenn das geht.«

Die Leiterin des Spurensicherungsteams ging mit schnellen Tippelschritten ins Hotelzimmer zurück und kehrte mit zwei in Plastikhüllen verpackten Papierstücken zurück. In der einen Hülle befand sich ein Kuvert, in der anderen ein DIN-A5-Blatt.

Als Erstes nahm Emilia die Hülle mit dem Kuvert entgegen – allem Anschein nach ein handelsüblicher C6-Umschlag. Die Rückseite des Kuverts war leer, die Vorderseite mit Kugelschreiber beschrieben. EMILIA NESS – INTERPOL stand in Druckbuchstaben darauf. Daneben befanden sich ein paar rotbraune Sprenkel, vermutlich Blut.

Emilia spürte, wie ihr Magen sich zusammenzog, als sie von Judith Claasen die andere Plastikhülle in Empfang nahm. Das Blatt darin war kariert. Auch hier war nur eine Seite beschrieben, ebenfalls mit Kugelschreiber. Die Handschrift wirkte ziemlich krakelig. Blutspuren gab es keine.

Emilia las: Helfen Sie mir! BITTE! Ich weiß nicht, wem ich noch trauen kann. G. K.

Das war alles.

»G. K. – Georg Kleinert«, murmelte sie und fragte sich, wer dieser Mann war. Sosehr sie in ihrem Gedächtnis auch forschte, sie kannte niemanden, der so hieß.

»Zumindest ist das der Name, unter dem er hier eingecheckt hat«, sagte Judith Claasen. »Papiere haben wir leider keine bei ihm gefunden. Der Geldbeutel fehlt. Der Autoschlüssel auch, falls er einen dabeihatte. Ich gehe davon aus, dass der Mörder beides gestohlen hat.«

Emilia nickte. Der Name Georg Kleinert konnte also auch falsch sein, aber fürs Erste gab sie sich damit zufrieden.

Sie betrachtete den Brief noch einmal genauer. »Die Schrift ist ziemlich schlampig«, bemerkte sie. »An dieser Stelle ist der Text kaum lesbar.« Sie deutete mit dem Finger auf die Worte »wem ich noch trauen kann«.

»Es fehlen zwar noch die konkreten Blutwerte«, sagte Judith Claasen, »aber so wie es aussieht, hat er sich kurz vor seinem Tod richtig volllaufen lassen. Ein Wunder, dass er überhaupt noch schreiben konnte.«

Emilia betrachtete die beiden Hüllen noch einmal eingehend, konnte aber keine weiteren Auffälligkeiten daran feststellen.

Als sie Bragon die Beweisstücke reichte, gab er sie gleich an Judith Claasen weiter. »Hauptkommissar Kessler und ich kennen den Brief schon«, erklärte er. »Wir waren die Ersten am Tatort und haben ihn gefunden.«

Der Rest des Spurensicherungsteams kam aus dem Hotelzimmer, zwei Männer und zwei Frauen in weißen Schutzanzügen. Eine der beiden Frauen trug eine Klappbox wie einen Bauchladen vor sich. Darin befanden sich der Fotoapparat sowie Dutzende von durchsichtigen Plastikbeuteln und Probenbehältern, alle sauber beschriftet. Die andere Frau hatte einen großen, schwarzen Plastiksack über die Schulter geworfen, dessen Inhalt nicht erkennbar war. Die beiden Männer trugen vier glänzende, klobige Metallkoffer mit der Ausrüstung des Teams.

»Bringt die Sachen runter und fahrt schon mal aufs Revier«, sagte Judith Claasen, während sie die beiden Beutel in die Klappbox legte. »Ich bleibe noch hier und zeige Frau Ness den Tatort.«

»Ein paar Sachen sind noch im Zimmer«, sagte die Frau mit der Klappbox.

»Kein Problem. Die bringe ich später mit.«

Das Spurensicherungsteam setzte sich im Gänsemarsch in Bewegung und verschwand im Treppenhaus.

»Kommen Sie, ich zeige Ihnen alles«, sagte Judith Claasen und ging voraus.

Emilia kam nach, dicht gefolgt von den beiden Hauptkommissaren. Trotz des aufgezogenen Vorhangs wirkte das Zimmer dunkel wie eine Höhle. Es gab nur ein einziges Fenster, klein und milchig. Dicke Regentropfen prasselten von draußen gegen die Scheibe. Das fahle Licht der Deckenlampe erreichte kaum den Boden.

Umso gespenstischer wirkte das Opfer, das halb unter einem altmodischen Tisch lag, eingeklemmt zwischen der linken Wand und dem Stuhl, auf dem es vor seinem Tod gesessen haben musste. Die Wand war blutverschmiert, und auch auf dem Boden und auf dem Tisch gab es viel Blut. Ein süßlicher, kupferartiger Geruch lag in der Luft. Emilia unterdrückte ein Würgen. Normalerweise unterstützte sie die örtlichen Behörden nicht an vorderster Front. Sie arbeitete vielmehr koordinierend im Hintergrund – einer der Vorteile ihres Jobs bei Interpol. Sie hatte schon beinahe vergessen, wie der Tod roch.

Jetzt erinnerte sie sich wieder.

Sie versuchte, sich auf die Identität des Toten zu konzentrieren. Er lag verdreht auf der Seite wie eine weggeworfene Puppe. Um das Gesicht erkennen zu können, ging Emilia an der Vorderseite des Tischs in die Hocke. Der Kupfergeruch wurde noch penetranter. Emilia biss die Zähne zusammen und hoffte, dass sie sich nicht übergeben musste.

Ein lebloses Paar Augen starrte sie vom Boden aus an. Der Kopf lag in einer rotbraunen, halbgetrockneten Blutlache. Die Lippen waren einen Spaltbreit geöffnet, als wolle der Mann ihr zuflüstern, wer ihn umgebracht hatte und warum es dazu gekommen war. Aber diese letzten Geheimnisse hatte er in eine andere Welt mitgenommen.

Georg Kleinert war in guter körperlicher Verfassung, etwa 1,80 Meter groß und Ende vierzig, schätzte Emilia. Er trug Bluejeans und ein kariertes Hemd. Sein graumeliertes Haar war kurzgeschnitten, und in seiner Stirn hatten sich tiefe Falten eingegraben wie bei jemandem, der in ständiger Sorge lebt. Um seinen Mund herum und an seinen Wangen zeichnete sich ein dunkelgrauer Bartansatz ab – er hatte sich seit Tagen nicht mehr rasiert.

Emilia versuchte sich vorzustellen, wie der Tote frisch zurechtgemacht aussah oder mit Vollbart oder einige Jahre jünger und mit anderer Frisur. Schließlich schüttelte sie den Kopf.

»Und?«, fragte Hauptkommissar Kessler, der mit seinem Kollegen in der Zimmermitte stehen geblieben war. »Woher kennen Sie den Mann?«

»Ich habe keine Ahnung, wer das ist«, sagte Emilia und richtete sich wieder auf. Einerseits war sie darüber erleichtert, andererseits blieb die Frage offen, warum der Tote ausgerechnet für sie eine Nachricht hinterlassen hatte.

»Wie genau ist er gestorben?«, wollte Hauptkommissar Bragon wissen. Er schob sich einen Kaugummistreifen in den Mund und verstaute das Papier in seiner Hosentasche.

»Durch einen Kopfschuss aus nächster Nähe«, sagte Judith Claasen. »Ich will keine voreiligen Schlüsse ziehen, aber ich denke, er saß hier am Tisch vor dem Laptop, als es geschah. Die Kugel traf ihn seitlich in die rechte Schläfe und trat an der linken Kopfseite wieder aus – daher das Einschussloch in der Wand und das viele Blut drum herum. Wahrscheinlich ein 9-mm-Kaliber, aber genau kann ich das erst nach der ballistischen Untersuchung sagen.«

»Ein Schuss in die Schläfe«, wiederholte Hauptkommissar Kessler, der in seinem Hochzeitsaufzug irgendwie fehl am Platz wirkte. »Wie bei einem Selbstmord. Nur, dass die Tatwaffe fehlt.«

»Nicht nur die Tatwaffe. Wir haben auch keinen Geldbeutel gefunden«, ergänzte Judith Claasen. »Außerdem wurde der Mann gefoltert, bevor er starb. Ein Schuss in die linke Hand, senkrecht von oben. Ebenfalls aus nächster Nähe, wir haben Schmauchspuren auf der Haut gefunden. Die Hand muss flach auf dem Tisch gelegen haben. Die Kugel durchschlug den Handteller und die Tischplatte und blieb im Boden stecken.«

Emilia nickte nachdenklich. Also Raubmord, und zwar einer von der brutalen Sorte. »Wo haben Sie das Kuvert für mich gefunden?«, fragte sie.

»Auf dem Tisch, direkt neben dem Laptop«, antwortete Judith Claasen und deutete auf die genannte Stelle.

Emilias Aufmerksamkeit richtete sich auf den aufgeklappten Computer, ein 17-Zoll-Gerät mit angeschlossener Maus. In der Seite steckte ein mobiler Surfstick. Der Bildschirm war schwarz.

Links neben dem Gerät standen in einer festgetrockneten Blutlache ein Trinkglas und eine nahezu leere Flasche Schnaps – billiger Fusel, den es in jedem Supermarkt zu kaufen gab. In der Mitte des Blutflecks klaffte ein Loch vom Durchmesser eines Bleistifts.

Emilia versuchte sich vorzustellen, wie dieser Teil der Tat verübt worden war. Ein Schuss in den Handteller, senkrecht von oben. Das konnte zweierlei bedeuten: Entweder war die Kugel so überraschend abgefeuert worden, dass Georg Kleinert seine Hand nicht schnell genug hatte wegziehen können – falls er tatsächlich den ganzen Schnaps getrunken hatte, musste sein Reaktionsvermögen ohnehin mehr oder weniger lahmgelegt gewesen sein. Oder jemand hatte seine Hand festgehalten, während der Schuss abgegeben worden war – vielleicht der Mörder, vielleicht ein Komplize.

»Nach dem Schuss in die Hand blieb Kleinert trotz der

Schmerzen aus irgendeinem Grund am Tisch sitzen«, sagte Judith Claasen. »Sonst wären die durch den Kopfschuss verursachten Blutspuren an der Wand nicht genau hier, neben dem Tisch.«

»Vielleicht wurde er weiterhin mit der Waffe bedroht«, mutmaßte Hauptkommissar Bragon und kaute an seinem Kaugummi weiter.

»Gut möglich«, sagte Judith Claasen, und auch Emilia konnte sich keinen anderen Grund vorstellen. Wie betrunken Georg Kleinert auch gewesen sein mochte – die Schmerzen mussten höllisch gewesen sein. Nur die Aussicht auf noch mehr Schmerzen oder auf den Tod konnten ihn davon abgehalten haben, von seinem Stuhl aufzuspringen.

Emilia konnte Georg Kleinert geradezu bildlich vor sich sehen – auf dem Stuhl sitzend, die blutende linke Hand an den Körper gepresst, vor Schmerz keuchend, vielleicht weinend. Und panisch, weil er wusste, dass ihm nicht mehr viel Zeit blieb. Was hatte sich danach abgespielt? Was hatte der Unbekannte mit der Pistole von ihm gewollt? Nur seinen Geldbeutel oder noch mehr? Hatte er versucht, Informationen von ihm zu bekommen? Wenn ja, worum mochte es gegangen sein?

Oder hatte hier eine als Raubmord getarnte Exekution stattgefunden? Um Kleinert aus dem Weg zu räumen oder um irgendjemanden abzuschrecken? Wenn ja, aus welchem Grund?

Im Augenblick gab es noch zu viele Möglichkeiten, um klar zu sehen.

Draußen zuckte ein Blitz vom Himmel, und Emilia schreckte auf. Automatisch wanderte ihr Blick zum Fenster. Durch die dicken Regentropfen auf der Scheibe konnte man nur vage den Rohbau auf der gegenüberliegenden Straßenseite erkennen, ein grauer Betonbunker wie aus einem Endzeitfilm.

Wer um alles in der Welt würde jemals freiwillig in diese gottverlassene Gegend ziehen?, dachte sie. Sei es auch nur für ein paar Tage in diesem Hotel.

Sie fand darauf keine Antwort.

»Wurden beide Schüsse aus derselben Waffe abgegeben?«, fragte sie.

»Ich denke schon«, antwortete Judith Claasen. »Geben Sie mir bis morgen Zeit, dann kann ich es verbindlich sagen.«

Emilias Blick wanderte über den schwarzen Laptop-Bildschirm und blieb an dem Surfstick hängen. »Wissen Sie, was Kleinert zuletzt an dem Gerät gemacht hat?«, fragte sie.

Judith Claasen schüttelte den Kopf. »Noch nicht«, sagte sie. »Als wir hier eintrafen, war es auf Stand-by. Ich habe versucht, es hochzufahren, aber man braucht dazu ein Passwort. Da müssen unsere Experten ran.«

»Haben Sie sonst etwas gefunden, das uns weiterhelfen kann?«

»Fingerabdrücke von mindestens zwei Dutzend verschiedener Personen. Mit dem Putzen scheint man es hier nicht so genau zu nehmen.«

Warum wundert mich das nicht?, dachte Emilia. Das passte zum Gesamteindruck. »Hatte Kleinert andere private Dinge hier?«

»Seine Reisetasche. Sie war im Schrank. Darin befanden sich Ersatzwäsche, ein paar Stifte und ein Notizblock. Von dem Block stammt auch die Seite, auf der er die Nachricht für Sie hinterlassen hat – der Stift hat durchgedrückt. Sonst war nichts in der Tasche. Aus dem Bad haben wir seinen Kulturbeutel mitgenommen.«

»Hatte Kleinert ein Handy bei sich?«, fragte Hauptkommissar Bragon.

»Wir haben keines gefunden. Weder in der Reisetasche noch sonst wo im Zimmer. Entweder hatte er kein Handy dabei, oder es wurde ihm zusammen mit dem Geldbeutel und den Papieren gestohlen.«

Emilia warf einen Blick auf ihre Armbanduhr. Es war kurz vor halb acht. »Wie lange ist Georg Kleinert schon tot?«, wollte sie wissen.

»Etwa zehn Stunden«, antwortete Judith Claasen. »Er ist gestern Nacht zwischen neun und elf Uhr gestorben.«

»Wann wurde er gefunden?«

»Heute Morgen um halb fünf. Die Hotelbesitzerin sagte, Kleinert wollte um diese Zeit geweckt werden. Also hat sie geklopft. Als niemand aufgemacht hat, ist sie reingegangen.«

Emilia nickte gedankenversunken. »Wenn Sie nichts dagegen haben, würde ich gerne noch mal selbst mit ihr reden«, sagte sie.

5

Auf der Suche nach Hinweisen, was mit Goran, Nadja und den Kindern geschehen war, hatte Avram Kuyper den kompletten Hof noch einmal abgesucht. Nicht nur so oberflächlich wie beim ersten Mal, als er noch befürchtet hatte, angegriffen zu werden. Diesmal hatte er gründlich gesucht, in jeder Ecke und in jedem Winkel jedes einzelnen Gebäudes. Vergeblich. Von der Familie seines Bruders fehlte jede Spur.

Jetzt gab es nur noch einen Ort auf dem Kuyper-Grundstück, an dem sie sich versteckt haben konnten: die alte Jägerhütte. Sie lag auf der anderen Seite des Waidbachs hinter der nächsten Anhöhe und war somit vom Hof aus nicht zu sehen. Avram wollte sich gerade auf den Weg machen, als er hörte, wie ein Auto über die Zubringerstraße von Oberaiching näher kam. Vorsichtshalber ging er hinter einem Gebüsch bei den Silos in Deckung.

Da der Kuyperhof in einer Senke lag, konnte Avram das Auto erst sehen, als es die Anhöhe erreicht hatte. Ein alter Mercedes C180, dunkelgrün, mit klobigen Scheinwerfern, die im Nebel diffus schimmerten. Der Wagen rollte in gemächlichem Tempo näher, fuhr an den Silos vorbei und hielt vor dem Wohnhaus. Die Fahrertür öffnete sich, und ein Mann stieg aus, krumm und gebeugt, mit einem Filzhut auf dem Kopf. Er blieb in der Wagentür stehen, zog eine Pfeife aus seiner Westentasche und steckte sie an. Einige Züge lang paffte er gemütlich vor sich hin. Nach ein paar Minuten wurde er jedoch ungeduldig. Er warf einen Blick auf seine Armbanduhr, dann zum Haus. Als er merkte, dass sich hinter den Fenstern nichts regte, ging er die Treppen zur Tür hinauf und klopfte mit der Pfeife.

»Goran, Sascha! Was ist los? Soll ich hier Wurzeln schlagen?«, krakeelte er mit heiserer Stimme und wartete einen Moment. Als sich drinnen noch immer nichts regte, klopfte er kräftiger, diesmal mit der geballten Faust.

Avram erkannte den Mann jetzt, auch wenn seit ihrem letzten Treffen zwei Jahrzehnte lagen. Er trat hinter den Silos hervor und kam auf ihn zu. »Sie werden dir nicht öffnen, Ludwig«, sagte er. Am Auto blieb er stehen.

Der andere drehte sich zu ihm um und brauchte einen Augenblick, bis er sich erinnerte. Während er die Treppen herunterkam und auf Avram zuging, verengten sich die Augen unter der Hutkrempe zu gefährlichen, schmalen Schlitzen.

»Sieh mal einer an! Der verschollene Kuyper!«, krächzte er. »Ich hab gehofft, dass dich die Würmer gefressen haben.«

»Tut mir leid, wenn ich dich enttäusche. Was hast du hier zu suchen?«

»Dasselbe wollte ich dich gerade fragen.«

»Ich will eine Antwort: Warum bist du hier?«

Der andere blieb stur. »Ich wüsste nicht, was dich das angeht!«, knurrte er. »Das ist eine Sache zwischen deinem Bruder und mir. Und spar dir deinen frostigen Blick! Der hat mich früher vielleicht beeindruckt. Heute nicht mehr!«

Avram entgegnete nichts. Stattdessen musterte er sein Gegenüber genauer. Der Mann hieß Ludwig Bott und bewohnte das Gehöft, das zwischen Oberaiching und dem Kuyperhof auf der anderen Seite der Anhöhe lag, etwa einen Kilometer entfernt. Er war mit Avram zur Schule gegangen.

Nicht in dieselbe Klasse, sondern zwei Stufen über ihm. Aber sie hatten damals denselben Fußweg gehabt und sich dadurch zwangsläufig angefreundet.

Bis es dann irgendwann zum Streit gekommen war.

»Goran ist nicht zu Hause«, sagte Avram. »Niemand ist da.«

Das schien Bott zu verwundern. »Davon hat er mir nichts gesagt.« Er klang beinahe enttäuscht.

»Mein Bruder und du – ihr scheint euch ganz gut zu verstehen«, stellte Avram fest.

Bott lächelte kalt und offenbarte dabei eine Reihe gelb verfärbter Zähne. »Dein Bruder ist ein feiner Kerl«, sagte er. »Nur dich kann ich nicht ausstehen.«

Avram hielt Ludwig Botts bohrendem Blick stand und dachte nach. Er wollte wissen, was mit Goran geschehen war, und konnte dazu jede Hilfe gebrauchen. »Können wir die alten Zeiten nicht einen Moment ruhen lassen?«, bat er. »Wir haben damals beide unsere Fehler gemacht.«

»Nur, dass dein Fehler mich drei Finger gekostet hat«, zischte Bott und hielt Avram die rechte Hand vors Gesicht. Der kleine Finger und der Ringfinger waren noch da, Daumen, Zeige- und Mittelfinger fehlten.

»Du weißt, dass das keine Absicht war.«

»Das bringt mir meine Finger nicht zurück.«

Avram nickte langsam. »Ich bin nicht gekommen, um mit dir zu streiten, Ludwig«, sagte er. »Ich bin hier, weil ich mir große Sorgen um Goran mache. Er hat mir eine Nachricht zukommen lassen. Ich glaube, dass ihm etwas zugestoßen ist. Vielleicht auch Nadja und den Kindern. Lass uns einen Moment lang unseren alten Streit vergessen und hilf mir, herauszufinden, was passiert ist.«

Bott ließ seine Hand sinken und wirkte auf einmal unschlüssig. »Warum rufst du nicht einfach die Polizei?«, fragte er.

»Das habe ich schon getan«, antwortete Avram. »Sie haben gestern Abend eine Streife vorbeigeschickt, aber nichts gefunden.«

»Vielleicht ist ja gar nichts passiert.«

Avram überlegte, ob er Ludwig Bott etwas von dem Blut im Stall erzählen sollte, entschied sich aber dagegen. »Ist dir Goran in letzter Zeit irgendwie sonderbar vorgekommen?«

»Sonderbar? Wie meinst du das?«

»Wirkte er nervöser als sonst? Oder eingeschüchtert? War er gereizt oder abweisend? Hast du irgendetwas an ihm bemerkt, das anders war als sonst?«

Bott zögerte und paffte nachdenklich an seiner Pfeife. Dann schüttelte er den Kopf.

»Ist dir sonst etwas aufgefallen?«, hakte Avram nach. »Hat Goran in letzter Zeit etwas erzählt, das dir merkwürdig vorkam? Oder hatte er Besuch von irgendwelchen Fremden? War gestern jemand hier?«

»Was ist los mit dir?« Ludwig Bott sah Avram jetzt mit unverhohlener Skepsis an. »Bist du ein Bulle oder was?«

»Ich versuche nur, herauszufinden, was passiert ist. Und dazu brauche ich deine Hilfe, Ludwig!«

Bott schien zu begreifen, dass Avram es ernst meinte. Die Feindseligkeit wich aus seinem Gesicht. Er senkte den Blick und wirkte dabei irgendwie betreten. »Dein Bruder ist ein feiner Kerl«, sagte er. »Täte mir leid, wenn ihm etwas passiert ist. Aber ich kann dir nicht helfen. Ich habe Goran schon eine Woche lang nicht mehr gesehen. Sonntags gehen wir immer fischen, und ab und zu trinken wir einen zusammen im Dorf. Abgesehen davon führt jeder sein eigenes Leben. Ich glaube, letzten Sonntag hat er erzählt, dass er ein paar

Tage weg muss. Dienstreise oder so. Seitdem habe ich ihn nicht mehr gesehen, nur Nadja und die Kinder. Am Mittwoch oder Donnerstag. Bei einem Ausritt.«

Als Reporter für das Zeitschriftenmagazin Horizont war Goran immer wieder tageweise unterwegs, um Interviewpartner zu treffen und an Originalschauplätzen zu recherchieren. Meistens berichtete er über irgendwelche Skandale in Politik und Wirtschaft, aber auch über Ausschweifungen in der Kirche oder über Verfehlungen der Prominenz. Avram kannte nicht jeden seiner Artikel, aber er hatte das Magazin abonniert und las auch regelmäßig darin. Dass Goran sich mit seiner Arbeit in gewissen Kreisen nicht gerade beliebt machte, lag auf der Hand. Vielleicht hatte er in den letzten Tagen in ein Hornissennest gestochen und war deshalb auf die Abschussliste geraten.

»Hat Goran gesagt, wohin er auf Dienstreise musste?«, fragte Avram.

Ludwig Bott zog nachdenklich die Mundwinkel nach unten. »Nein. Jedenfalls kann ich mich nicht erinnern.«

Avram unterdrückte ein Seufzen. Ludwig war keine Hilfe. Er fragte sich, ob die anderen Nachbarn, Josef Wolfhammer oder einer seiner Söhne, vielleicht mehr wussten. Das Wolfhammer-Anwesen lag nur ein paar hundert Meter weiter die Straße entlang hinter der nächsten Hügelkuppe. Jedenfalls musste Avram es auch dort versuchen. Und dann wollte er sich in Gorans Redaktion auch noch nach dessen letzter Dienstreise erkundigen. Jede Spur konnte hilfreich sein.

»Ich werde dann mal wieder gehen«, murmelte Ludwig Bott, der jetzt einen ziemlich verwirrten Eindruck machte.

»Du meldest dich, wenn dir noch etwas einfällt«, bat Avram.

Bott nickte, stieg in den Wagen und startete den Motor.

Dann ließ er das Fahrerfenster herunter. »Ach ja, eine Sache ist da noch«, sagte er. »Odin.«

Er sprach von Gorans Hund, einer dunkelbraunen dänischen Dogge, die größer war als ein Kalb. Sie musste mittlerweile an die zehn Jahre alt sein.

»Was ist mit Odin?«, fragte Avram.

»Er hat gestern Abend ein arges Gebell veranstaltet. So gegen zehn. Esther lag schon im Bett, und sie war ziemlich aufgebracht, weil sie den ganzen Tag lang Kopfschmerzen gehabt hatte und einschlafen wollte. Aber der verdammte Köter hat so ein Theater veranstaltet, dass ich drauf und dran war, hierherzukommen. Ich stand schon bei mir in der Haustür und hatte die Jacke an, aber dann hat er plötzlich von allein aufgehört. Also hab ich mich wieder ausgezogen. Ich muss zugeben, dass ich ziemlich froh darüber war, bei diesem Mistwetter nicht rauszumüssen. Gestern hat es hier wie aus Kübeln geschüttet.« Er fuhr sich mit seinen zwei Fingern übers Kinn. »Denkst du, das Gekläff von Odin hat was zu bedeuten?«

»Ich weiß es nicht«, antwortete Avram. »Aber ich werde der Sache nachgehen. Und wenn dir noch etwas einfällt oder wenn dir etwas zu Ohren kommt, das wichtig sein könnte, gibst du mir Bescheid, in Ordnung?«

Ludwig Bott steckte sich die Pfeife in den Mundwinkel und nickte. Dann fuhr er genauso langsam davon, wie er gekommen war.

6

Die Betreiberin des *Hotel Postmeister* war eine Exilrussin namens Ludmilla Rostow – die Frau, die bei Emilias Ankunft hinter der Rezeption geweint hatte. Ihr schlohweißes Haar war nach hinten zu einem Dutt zusammengebunden. Passend zur düsteren Umgebung trug sie eine dunkelgraue Schürze über einer etwas helleren grauen Bluse. Emilia schätzte sie zwischen sechzig und siebzig.

Ludmilla Rostow hatte sich immer noch nicht beruhigt. Ihre spindeldürren Finger umklammerten ein Taschentuch, als wolle sie es nie wieder loslassen. Immer wieder tupfte sie sich damit die verquollenen Augen trocken. Ihre dünnen Lippen zitterten. Mit hängenden Schultern und gebeugtem Rücken stand sie hinter der Theke, als Emilia sich ihr vorstellte und sie um ihre Aussage bat.

»Ich habe doch schon alles erzählt, was ich weiß«, sagte sie mit rollendem R, aber beinahe akzentfrei. Dabei deutete sie auf Hauptkommissar Kessler, der mit Emilia das Treppenhaus heruntergekommen war. Bragon hatte Judith Claasen seine Hilfe bei den restlichen Aufräumarbeiten in Zimmer 207 angeboten und war oben geblieben.

»Die Frankfurter Polizei leitet die Untersuchung«, erklärte Emilia. »Dennoch wäre es hilfreich, wenn Sie mir noch einmal schildern könnten, was sich ereignet hat.«

Ludmilla Rostow sah Emilia mit wässrigen Augen an. Ihr Kinn bebte. »Der Mann kam am Dienstag hier an und hat nach einem Zimmer gefragt«, begann sie. »Also habe ich ihm eins gegeben. Danach habe ich ihn nicht mehr gesehen. Bis gestern. Da hat er mir gesagt, dass ich ihn am Sonntagmorgen – also heute – wecken soll. Um halb fünf. Weil er keinen Wecker dabeihatte. Also habe ich bei ihm um halb fünf an die Türe geklopft. Aber er hat nicht aufgemacht. Auch beim zweiten Mal nicht. Ich habe ihn gerufen. Wieder nichts. Da dachte ich, ich geh lieber mal rein. Nicht, dass was passiert ist. Und dann *das*!« Ihre Stimme brach ab, und sie presste das Taschentuch vors Gesicht. »Das ganze Blut überall – es war fürchterlich!«

Emilia gab ihr ein paar Sekunden, um sich wieder zu fangen. »Soweit wir wissen, ist der Mann gestern Abend zwischen neun und elf Uhr ermordet worden. Haben Sie irgendetwas bemerkt, das uns weiterhelfen könnte?«

Ludmilla Rostow schüttelte den Kopf. »Ich war gar nicht hier«, schluchzte sie. »Ich war einkaufen.«

»Um diese Uhrzeit?«

»Da ist es nicht so voll. Der Supermarkt drei Querstraßen weiter hat immer bis um Mitternacht offen.«

»Wann sind Sie von hier weggegangen?«, fragte Emilia.

»Etwa um halb neun. Ich war zuerst noch bei einer Freundin Kaffee trinken. Dann bin ich einkaufen gegangen.«

»Wie heißt Ihre Freundin?«

»Maler. Lena Maler. Das hab ich alles schon zu Protokoll gegeben.«

Hauptkommissar Kessler nickte. »Das stimmt«, sagte er. »Frau Rostow hat außerdem angegeben, beim Einkaufen mit einer der Kassiererinnen gesprochen zu haben.«

Kein besonders stichfestes Alibi, aber immerhin, dachte Emilia. Kesslers Herrenparfum stieg ihr in die Nase. Es roch nach Abenteuerlust und Freiheit – jedenfalls sehr angenehm und männlich.

»Wann waren Sie von Ihrem Einkauf zurück?«, fragte sie die Hotelbesitzerin.

»So gegen halb zwölf, würde ich sagen.«

»Und wer hat sich um das Hotel gekümmert, während Sie weg waren?«

Ludmilla Rostow senkte den Blick. »Niemand. Aber irgendwann muss man auch mal hier raus. Sonst bekommt man den Koller.«

Das glaube ich sofort!

»Betreiben Sie das Hotel ganz alleine?«, fragte Emilia.

Die Frau schluckte. »Es hat früher meinem Mann gehört. Aber dann ist er eines Tages verschwunden. Hat mich und Kolja sitzengelassen, einfach so. Seitdem versuche ich, das Hotel am Laufen zu halten. Was nicht gerade einfach ist. Das hier war noch nie eine besonders gute Gegend. Aber seit die Baustellen hier sind, steht das Haus oft genug leer. Personal kann ich mir nicht leisten.«

»Ist Kolja Ihr Sohn?«, hakte Emilia nach.

Ludmilla Rostow nickte.

»Wie alt ist er?«

»Zweiundzwanzig.«

»Hilft er manchmal aus?«

Die Frau betupfte sich mit dem Taschentuch die Augenwinkel. »Er hilft, wo er kann«, sagte sie. »Aber er ist ein junger Mann. Er hat auch andere Interessen.«

Hauptkommissar Kessler nahm Emilia die nächste Frage aus dem Mund. »Wo war Ihr Sohn zur mutmaßlichen Tatzeit?«

Ludmilla Rostow hörte auf zu schluchzen und wurde plötzlich kreidebleich. »Wollen Sie damit andeuten, er könnte …«

Kessler hob beschwichtigend die Hand. »Ich will damit

gar nichts andeuten«, sagte er sanft. »Ich denke nur, er könnte ein wertvoller Zeuge sein.«

Das schien die Frau zu beruhigen. Sie entspannte sich sichtlich. Dennoch hatte sie keine guten Nachrichten. »Kolja hat das Haus gestern noch vor mir verlassen«, sagte sie. »Er wollte etwas trinken und anschließend in die Disko gehen.«

»Können wir trotzdem mit ihm reden?«

Ludmilla Rostow zögerte einen Moment. »Als ich ... den Toten fand, wollte ich Kolja zu Hilfe holen. Aber er war noch nicht wieder da. Und seitdem ist er auch nicht gekommen. Wahrscheinlich hat er bei einem Freund übernachtet. Das macht er öfter.«

»Sagen Sie ihm bitte, dass er sich bei der Polizei melden soll, wenn er wiederkommt«, bat Kessler und reichte ihr eine Visitenkarte. »Jeder, der etwas mitbekommen haben kann, ist für uns wichtig.«

Die Frau nickte und wirkte dabei ziemlich betreten.

Von oben waren Schritte im Treppenhaus zu hören. Kurz darauf bogen Hauptkommissar Bragon und Judith Claasen um die Ecke, beide mit Klappboxen ausgestattet, in denen sich die restlichen Sachen aus Georg Kleinerts Zimmer befanden.

Emilia wartete, bis die beiden vorbei waren, dann fragte sie: »Wie viele Gäste hatten Sie gestern Nacht hier? Ich meine außer Georg Kleinert.«

»Nur einen.« Ludmilla Rostow schnaubte, als würde sie sich dafür selbst verachten. »Ich habe Ihnen ja gesagt, dass die Zeiten ziemlich schlecht sind.«

»Und wissen Sie zufällig, ob dieser Gast gestern Nacht auf seinem Zimmer war?«

Sie schüttelte den Kopf. »Keine Ahnung. Was meine Gäste machen, hat mich nicht zu interessieren.«

Emilia wandte sich mit einem fragenden Blick an Kessler. Der zog einen Notizblock aus seiner Tasche und blätterte eine Seite um. »Der Gast heißt Martin Sonnenberg«, sagte er. »Zimmer 302, das ist eine Etage über dem Tatort, am gegenüberliegenden Ende des Korridors.«

Emilia fragte sich, ob Kessler seinen Block auch auf der Hochzeit dabeigehabt hatte, ließ es aber dabei bewenden. »Ist Sonnenberg oben?«, fragte sie.

Keller schüttelte den Kopf. »Wie es aussieht, ist er schon wieder abgereist. Sein Zimmer steht leer.«

»Und der Schlüssel lag heute Morgen auf der Theke«, ergänzte Ludmilla Rostow.

Emilia dachte nach. »Können Sie sagen, wann Herr Sonnenberg abgereist ist?«, fragte sie.

Die Hotelbesitzerin zog abwägend die Mundwinkel nach unten. »Ich bin seit heute Morgen um halb fünf Uhr wach«, sagte sie. »Da lagen die Schlüssel schon hier. Aber vielleicht ist er bereits gestern Abend gegangen. Ich weiß es nicht.«

Emilia ließ sich die Sache durch den Kopf gehen. Zimmer 302 lag nur ein Stockwerk über dem Zimmer des Toten. Vorausgesetzt, dass kein Schalldämpfer benutzt worden war, musste Martin Sonnenberg etwas mitbekommen haben – falls er nicht sogar selbst der Mörder war.

»Sprechen wir noch einmal über Georg Kleinert«, sagte sie. »Sie haben angegeben, dass Sie ihn zweimal gesehen haben: am Dienstag, als er das Zimmer reservierte, und gestern, als er Sie darum bat, geweckt zu werden. Ist das richtig?«

Ludmilla Rostow nickte.

»Ist Ihnen an Georg Kleinert irgendetwas aufgefallen? Wirkte er nervös? Oder hat er etwas Auffälliges gesagt oder getan? Irgendetwas, das Ihnen im Gedächtnis haftengeblieben ist?«

Die Hotelbesitzerin ließ sich mit der Antwort Zeit. Ihre Augen hüpften nachdenklich hin und her. »Wenn ich es mir recht überlege – ein bisschen nervös schien er mir schon«, sagte sie. »Gestern noch mehr als am Dienstag. Hat die ganze Zeit mit dem Schlüssel in der Hand herumgespielt. Ich dachte, das liegt nur daran, dass er ... na ja, dass er eben Besuch erwartet.«

»Besuch?«, wiederholte Emilia hoffnungsvoll.

»*Damen*besuch. Sie wissen schon. Mein Haus ist eigentlich ein seriöses Hotel. Aber das Geld ist knapp. Ich kann mir meine Gäste nicht aussuchen. Man muss nehmen, was man kriegen kann.«

Emilia verstand und versuchte, ihre Enttäuschung zu verbergen. »Haben Sie beim Einchecken Georg Kleinerts Personalien überprüft?«

Ludmilla Rostow schnäuzte sich und winkte ab. »Er hat in bar bezahlt, genau wie dieser Sonnenberg. Das tun die meisten Gäste hier. Sie bezahlen in bar, und ich stelle keine unnötigen Fragen. Anonymität ist einer der wenigen Vorzüge, die ich noch bieten kann.«

Emilia unterdrückte ein Seufzen. Also konnte Georg Kleinert auch ein frei erfundener Name sein. Sie wandte sich an Hauptkommissar Kessler. »Haben Sie seine Adresse schon aufgenommen?«

»Bragon hat alles aufgeschrieben«, sagte Kessler. »Eine Adresse in Kiel. Auch die lassen wir schon überprüfen.«

Emilia nickte. Sein Parfum roch wirklich äußerst angenehm.

7

Avrams Hoffnung, dass Goran, Nadja und die Kinder sich in der alten Jagdhütte am anderen Ende des Kuyper-Grundstücks versteckt hatten, zerschlug sich. Die Hütte stand leer. In allen Ecken hingen Spinnweben, der Boden, der ausrangierte Holztisch und die beiden Klappstühle waren mit einer dicken Staubschicht bedeckt. Hier war seit Monaten niemand mehr gewesen.

Mit schwerem Herzen ging Avram zum Rand der Anhöhe zurück, von wo aus er freie Sicht auf die vor ihm liegende dampfende Wildwiese, den Waidbach und das dahinterliegende Gehöft hatte. Links davon befand sich die von Nebelschlieren bedeckte Bott'sche Kuhweide, durch die der Waidbach in Richtung Oberaiching weiterfloss. Rechts an das Gehöft schloss sich, dem Waidbach stromaufwärts folgend, eine Allee mit knorrigen alten Ulmen an. Dahinter lag das Wolfhammer-Anwesen – Avrams nächste Station auf der Suche nach den Vermissten. Es war nur eine kleine Chance, das wusste er. Aber bei der Durchsuchung des Kuyperhofs hatte er festgestellt, dass die Garage leer stand. Außerdem gab es keine Leichen. Vielleicht hatten Goran und die anderen also mit dem Auto fliehen können. Und dann gab es nur zwei Möglichkeiten: Erstens hätten sie die Durchgangsstraße nach Oberaiching nehmen können, was sie jedoch zwangsläufig am Hof von Ludwig Bott vorbeigeführt hätte. Der hatte aber nichts davon erwähnt. Deshalb kam für Avram allenfalls die zweite Möglichkeit in Betracht: Sie hatten den

Weg nach Kirchbrunn eingeschlagen. Und das bedeutete wiederum, dass sie am Wolfhammerhof vorbeigekommen sein mussten.

Dasselbe galt, falls sie entführt worden waren.

Avram beschloss, nicht erst wieder zum Haus zurückzukehren, sondern querfeldein auf dem Kamm der Anhöhe zum Wolfhammerhof zu marschieren. Von seinem Standpunkt aus war das der kürzeste Weg. Außerdem hatte er gute Sicht – vielleicht würde er von hier oben etwas bemerken, das ihm sonst entging.

Unterwegs pfiff er mehrmals durch die Finger und rief nach Odin, Gorans Dogge. Aber auch der Hund war wie vom Erdboden verschluckt.

Avram seufzte. Seine Gedanken wanderten wieder zu den Ereignissen der letzten Nacht zurück. War Goran und den anderen wirklich die Flucht geglückt? Mitsamt Odin? Immerhin hatte Goran gewusst, dass jemand sie umbringen wollte, sonst hätte er Avram nicht diese Nachricht auf Band gesprochen.

Komm nach Hause und räche dich an denen,
die uns getötet haben.

Mit Sicherheit hatte Goran sich nicht einfach in sein Schicksal ergeben und tatenlos auf den Tod gewartet. Er musste Vorkehrungen für die Flucht getroffen haben – jeder vernünftige Mensch hätte das getan.

Nur waren die Verfolger offenbar früher hier aufgetaucht, als Goran es erwartet hatte.

Und dann? Was war danach geschehen?

Während Avram durch das kniehohe, feuchte Gras stapfte, versuchte er noch einmal, die ersten Puzzlestücke in seinem Kopf zusammenzusetzen. Gestern Nacht waren sie gekommen. Goran hatte gesagt: *Räche dich an denen, die uns ge-*

tötet haben. Also mussten es mehrere gewesen sein. Einer oder zwei waren ins Haus eingedrungen. Sie hatten Nadja beim Abwasch in der Küche überrascht. Wahrscheinlich hatte sie vor Schreck aufgeschrien. Was dann? Hatte sie versucht, aus dem Haus zu fliehen? Nein, vermutlich hatte sie eher versucht, die Kinder zu beschützen.

Goran war zur selben Zeit aus irgendeinem Grund im Stall gewesen. Auch dort waren ein oder mehrere Verfolger eingedrungen, und sie hatten auf ihn geschossen. Mindestens zweimal. Ein Schuss war in die Boxenwand eingeschlagen, ein zweiter Schuss hatte Goran getroffen – vermutlich ins Bein, denn die Kugel steckte im Boden. Dennoch hatte er sich über die Brüstung und durch den Hinterausgang ins Freie schleppen können. Draußen war mindestens noch ein weiterer Schuss gefallen. Er hatte den Wohnwagen getroffen, unter den Goran in seiner Verzweiflung gekrochen war.

Sie mussten Waffen mit Schalldämpfern benutzt haben, überlegte Avram. Sonst hätte Ludwig Bott die Schüsse erwähnt, nicht nur Odins Gebell. Wer waren diese Leute, die den Hof überfallen hatten?

Avram fröstelte, und das lag nicht nur an der frischen Morgenluft.

8

Nachdem Emilia ihre letzten Fragen an Ludmilla Rostow gestellt hatte, erinnerte sie sie noch einmal daran, dass ihr Sohn sich so bald wie möglich auf dem Polizeirevier melden solle. Die Frau versprach, es ihm auszurichten.

Als Emilia das Hotel verließ, fiel ihr zum ersten Mal auf, dass ihr Kopf nicht mehr schmerzte. Entweder hatten die Tabletten geholfen, oder die Besichtigung des Tatorts hatte sie abgelenkt. Jedenfalls war nur noch ein vager Druck hinter den Augen zu spüren – eine Wohltat im Vergleich zu den Schmerzen in der Nacht.

Draußen regnete es in Strömen. Glücklicherweise hatte Hauptkommissar Kessler einen Schirm dabei. Auf dem Weg zu den Polizeiautos schmiegte Emilia sich enger als nötig an ihn – nicht nur, um trocken zu bleiben. Aus irgendeinem Grund gefiel ihr seine Nähe. Gleichzeitig war ihr bewusst, wie kindisch sie sich verhielt. Außerdem war jetzt weiß Gott nicht der richtige Zeitpunkt für einen Flirt.

Hast du es schon so nötig, dass du dich während einer Ermittlung an einen wildfremden Kollegen heranmachst?, schalt sie sich. Vielleicht ist er verheiratet und hat zwei entzückende Kinder.

Andererseits trug er keinen Ehering, das war ihr schon bei ihrer ersten Begegnung im Korridor aufgefallen.

Die frische Luft tat ihr gut. Sie vertrieb nicht nur den Blutgeruch, der sich in ihrer Nase festgesetzt hatte, sie sorgte auch für einen klaren Kopf. Und den hatte Emilia dringend nötig, denn nach allem, was sie heute Morgen gesehen und gehört hatte, war sie immer noch nicht viel schlauer als vorher. Ein Mann, den sie nicht kannte, hatte kurz vor seiner Ermordung eine Nachricht für sie hinterlassen und sie um Hilfe gebeten. Hilfe wobei? Und wie war er ausgerechnet auf Emilia gekommen? Abgesehen von den letzten fünf Tagen, war sie noch nie in Frankfurt gewesen. Hatte der Mord etwas mit dem Madukas-Prozess zu tun? Die ganze Sache war Emilia ein Rätsel.

Judith Claasen stand mit aufgespanntem Regenschirm bei den Einsatzfahrzeugen und rauchte eine Zigarette. Mit ihrem orangeroten Haar sah sie aus wie ein Paradiesvogel. Der junge Polizist, der Emilia ins Hotel gelassen hatte, leistete ihr Gesellschaft. Er war nicht mehr ganz so blass wie zuvor, offenbar hatte er sich von dem ersten Schock erholt.

Hauptkommissar Bragon saß in einem der Polizeiwagen hinter dem Lenkrad und sprach mit der Einsatzzentrale, aber der Regen prasselte so laut auf das Fahrzeugdach nieder, dass Emilia nicht verstehen konnte, was er sagte.

»Und Sie haben den Mann tatsächlich noch nie gesehen?«, fragte Kessler neben ihr.

Emilia schüttelte den Kopf. »Dabei bilde ich mir ein, ein gutes Gedächtnis für Gesichter zu haben«, sagte sie. »Aber der Mann ist mir völlig unbekannt.«

»Vielleicht klärt sich das noch, wenn wir Genaueres über ihn wissen.« Anzug und Trenchcoat standen Kessler wirklich ausgezeichnet. Er sah darin aus wie ein vollendeter Gentleman. Gleichzeitig ließ ihn seine kunstvoll zurechtgezupfte Strubbelfrisur auch ein bisschen verwegen erscheinen. »Ich frage mich, wann Kleinert die Nachricht für Sie geschrieben hat«, sagte er. »Es muss kurz vor seinem Tod gewesen sein. Also wusste er, dass er in Gefahr schwebt.«

Der Gedanke war Emilia auch schon gekommen. Kleinert musste gewusst haben, dass er verfolgt wurde. Aber warum war er dann nicht einfach zur Polizei gegangen? *Ich weiß nicht, wem ich noch trauen kann*, hatte er geschrieben. Galt das auch für die Frankfurter Kollegen?

Emilia seufzte innerlich auf. Die Fragen nahmen kein Ende. Je mehr sie darüber nachdachte, desto merkwürdiger schien ihr der ganze Fall zu sein. Was hatte Kleinert mit der Nachricht bezweckt? Bestimmt wollte er sie nicht einfach auf dem Hoteltisch liegenlassen, sondern sie nach Lyon verschicken, wo sich die Interpol-Zentrale befand. Aber wenn er schon gewusst hatte, dass er verfolgt wurde, warum hatte er seinen Hilferuf dann so vage formuliert? Warum hatte er nicht irgendeinen Hinweis genannt, der Emilia auf die Spur des Mörders führen würde?

Und warum hatte der Mörder ein Kuvert auf dem Zimmertisch liegenlassen, das offenkundig für Interpol bestimmt war? Das ergab keinen Sinn.

»Vielleicht ist Kleinert von seinem Mörder gezwungen worden, die Nachricht für mich zu hinterlassen«, sagte Emilia.

»Das würde bedeuten, dass Sie bewusst hierhergelockt werden sollten«, erwiderte Hauptkommissar Kessler.

Emilia nickte ernst. Die Vorstellung gefiel ihr überhaupt nicht.

Ein schwarzer Mercedes-Sprinter kam die Straße entlang und parkte neben ihnen. Die zwei Männer, die ausstiegen, kamen von der Gerichtsmedizin und sollten die Leiche dorthin überführen. Sie ließen sich von Hauptkommissar Kessler erklären, wohin sie mussten, dann holten sie eine Bahre aus dem Wagen und verschwanden damit im *Postmeister*.

Emilias Blick wanderte auf die andere Straßenseite, wo sie

eine Bewegung wahrgenommen hatte. Hinter dem Bauzaun streunte ein Hund in dem Rohbau herum – ein Terrier mit einer verbundenen Vorderpfote. Er hatte dort offenbar vor dem strömenden Regen Schutz gefunden und schnüffelte in aller Ruhe den Boden ab.

Emilia kam eine Idee.

9

Der Wolfhammerhof war ein Milchproduktionsbetrieb mit fünf Nutzgebäuden und einem Wohnhaus, das gut doppelt so groß war wie das der Kuypers. Früher hatte das Anwesen einen eher verwahrlosten Eindruck auf Avram gemacht, aber in den letzten Jahren waren offensichtlich viele Ausbesserungs- und Erweiterungsarbeiten durchgeführt worden. Heute handelte es sich um einen modernen landwirtschaftlichen Großbetrieb.

Avram fand Udo Wolfhammer im Kuhstall, wo er gerade mit einer Reparatur an der Melkanlage beschäftigt war. Udo war der jüngste der drei Wolfhammer-Söhne und musste nach Avrams Erinnerung etwa fünfunddreißig sein, obwohl er mit seiner angehenden Halbglatze, den roten Wangen und der wettergegerbten Haut auch als Mittvierziger durchgegangen wäre. Die Landarbeit hatte bei ihm ihre Spuren hinterlassen.

Udo Wolfhammer erkannte Avram erst, nachdem er sich vorgestellt hatte – zu viele Jahre lagen seit ihrer letzten Begegnung zurück. Dann legte sich aber ein Lächeln auf sein Gesicht. »Was führt dich denn wieder in die Heimat zurück?«, fragte er und ließ von seiner Reparatur ab. Den Schraubenschlüssel behielt er in der Hand.

»Goran hat mich angerufen«, sagte Avram. »Gestern Abend. Ich glaube, er steckt in Schwierigkeiten. Deshalb bin ich hier.«

»Schwierigkeiten? Was meinst du damit?«

»Das weiß ich noch nicht genau. Er hat mir nur eine kurze Nachricht auf Band gesprochen. Aber es klang ziemlich ernst.« Der Gestank nach Kuhmist war überwältigend. Avram versuchte, ihn zu ignorieren. »Goran ist nicht auf dem Hof. Nadja und die Kinder auch nicht. Udo, hast du gestern Abend irgendetwas bemerkt, das dir sonderbar vorkam?«

Udo Wolfhammer klopfte sich nachdenklich mit dem Schraubenschlüssel in die flache Hand, schüttelte dann aber den Kopf. »Euer Hund hat gebellt«, sagte er schließlich. »So gegen halb zehn oder zehn, schätze ich. Der spinnt aber immer, wenn ein Unwetter aufzieht. Nach ein paar Minuten hat er sich dann auch wieder eingekriegt.«

Das stimmte mit Ludwig Botts Angaben überein. Immerhin ein Anfang.

»Ist Goran gestern Nacht weggefahren?«, hakte Avram nach. »Oder war jemand auf unserem Hof?«

Wieder schüttelte Udo Wolfhammer den Kopf. »Nicht, dass ich wüsste. Allerdings habe ich den Fernseher angehabt. Möglich, dass ich etwas überhört habe.«

»Was ist mit deinen Eltern? Oder mit deinen Geschwistern? Haben die etwas mitbekommen? Ich würde gerne mit ihnen reden.«

Doch an Udo Wolfhammers Gesicht erkannte Avram sofort, dass das nicht möglich war. »Ich bewirtschafte den Hof allein«, sagte er. »Vater und Norbert sind vor fünf Jahren bei einem Autounfall ums Leben gekommen. Ingo hat die Greiner-Liesl aus Grüntal geheiratet und deren Hof übernommen. Und Mutter ist inzwischen ein Pflegefall. Ist in einem Altersheim am Ammersee. Ich konnte sie hier nicht länger versorgen. Der Hof, die Tiere und dann noch eine Mutter, die sich kaum mehr alleine bewegen kann – das war zu viel.«

Avram nickte und versuchte, sich seine Enttäuschung

nicht anmerken zu lassen. Wie es aussah, verlief seine einzige Spur bereits hier im Sand. »Was für einen Wagen fährt Goran denn gerade?«, wollte er wissen.

»Einen Passat«, antwortete Udo Wolfhammer. »Eine ziemliche Rostlaube, aber ich glaube, er hängt irgendwie dran.«

Schade, dachte Avram. Manche modernen Autos hatten eingebaute GPS-Sender, mit denen sie geortet werden konnten. Aber Goran fuhr offenbar immer noch denselben Wagen wie vor acht Jahren – und der war damals schon eine echte Antiquität gewesen.

»Ist dir sonst etwas Ungewöhnliches aufgefallen?«, fragte Avram. »Irgendetwas, das mir helfen könnte, Goran und die anderen zu finden?«

»Tut mir leid«, antwortete Udo Wolfhammer. »Ich würde dir gern helfen, aber ich weiß nichts.«

Avram seufzte. »Gib mir Bescheid, wenn dir noch etwas einfällt«, sagte er und gab ihm seine Handynummer. Dann verabschiedete er sich von Udo Wolfhammer und machte sich auf den Rückweg, enttäuscht darüber, dass er keinen Schritt weiter war als vorher. Goran, Nadja, die Kinder und der Hund konnten in der Nacht am Wolfhammer-Hof vorbeigekommen sein oder auch nicht. Wenn ihnen tatsächlich die Flucht geglückt war, wohin waren sie dann gefahren? Es gab Tausende von Möglichkeiten, wenngleich keine davon so vielversprechend war, dass es sich lohnte, genau dort mit der Suche zu beginnen. Aber wenn es sein musste, würde Avram jeder einzelnen davon nachgehen.

Er erreichte die Kuppe zwischen Wolfhammer- und Kuyperhof. Dort, wo die Ulmenallee begann, die sich bis zu der kleinen Waidbach-Brücke am Kuyper'schen Anwesen erstreckte, zog er sein Smartphone aus der Westentasche und versuchte zum zwanzigsten Mal, seit er aus Holland aufgebrochen war, Goran über dessen Mobilfunknummer zu erreichen. Wieder meldete sich nur die Bandansage: kein Empfang.

Danach hörte er über das Smartphone auch noch einmal seinen Anrufbeantworter in Amsterdam ab. Goran hatte ihm keine weitere Nachricht hinterlassen. Sicherheitshalber überprüfte Avram auch noch sein Mail-Postfach. Ebenfalls nichts.

Es war zum Verrücktwerden.

Als er gerade sein Smartphone wieder in der Westentasche verstaut hatte, hörte er ein Geräusch, das sich ins Rascheln der Ulmenblätter mischte. Zuerst war es ganz leise, so dass er schon dachte, er habe sich geirrt. Aber dann, als die sanfte Morgenbrise kurz nachließ und das Rascheln des Laubs einen Moment lang verklang, war es klar und deutlich zu vernehmen: ein Winseln. Es kam von links aus dem Weizenfeld. Avram überquerte den Straßengraben und suchte das Feld ab. Ein paar Meter weiter erkannte er hinter ein paar Reihen Korn einen Hundekörper: Odin. Er lag mit ausgestreckten Beinen seitlich auf dem Boden, den Kopf mühevoll erhoben, die Zunge hing seitlich aus seinem Maul.

Avram rannte ins Feld, teilte die Ähren mit seinen Armen und kniete sich neben Odin nieder, dessen Winseln jetzt aufgeregter wurde. Er erkannte Avram, kein Zweifel. Sein Schwanz bewegte sich freudig hin und her, und er versuchte aufzustehen, aber es gelang ihm nicht. Zwei große Löcher klafften in seiner Seite, eins an der hinteren Flanke, eins in der Brust. Sein Fell war blutverschmiert, und auch unter seinem zitternden Körper hatte sich eine rote Blutlache gebildet.

Zu schwach, um seinen Kopf länger aufrecht zu halten,

ließ er ihn wieder auf die Erde sinken. Sein Winseln ging jetzt in ein schwaches Röcheln über. Odin war am Ende, für ihn gab es keine Rettung mehr. Gestern Abend, gegen zehn Uhr, hatte er die nahende Gefahr bemerkt und gebellt, um die anderen zu warnen – so laut, dass sowohl Ludwig Bott als auch Udo Wolfhammer es gehört hatten. Dafür hatte er zwei Kugeln in den Leib bekommen.

Avram legte ihm behutsam eine Hand an die Schnauze, und Odin leckte sie ab. Seine Zunge war heiß, seine Augen glasig. Er litt nur noch, ertrug die Schmerzen. Avram wusste, dass er nur noch eines für Odin tun konnte. Er zog seine Pistole aus dem Schulterholster und setzte sie an Odins mächtigem Schädel an. Aber er musste gar nicht mehr abdrücken, denn in diesem Moment durchfuhr den Hundekörper ein letzter zuckender Schauder, bevor seine Muskeln erschlafften und das Leben für immer aus ihm wich.

10

Der Rohbau gegenüber dem *Hotel Postmeister* war ein Labyrinth aus Beton. Im Erdgeschoss und in der ersten Etage gab es zwar viele größere Raumeinheiten, aber der Hund, den Emilia verfolgte, war über eine der Bautreppen weiter nach oben gegangen. Hier gab es keine Freiflächen mehr, nur noch kleine Zellen, die später wohl zu Büros ausgebaut werden sollten. Das Ganze war ziemlich verwinkelt. Man konnte kaum ein paar Meter geradeaus gehen, bevor man die nächste Mauer erreichte. Es war der reinste Irrgarten.

»Wo ist er?«, fragte Hauptkommissar Kessler, der sich dicht bei Emilia hielt und ebenso wie sie versuchte, den Hund nicht aus den Augen zu verlieren.

»Keine Ahnung. Ich glaube, dort vorne.« Emilia deutete auf das Ende eines kurzen Gangs, wo sie glaubte, den Terrier zuletzt gesehen zu haben. Als sie dort ankamen, war er jedoch wie vom Erdboden verschluckt.

Mist, zu langsam!, dachte Emilia. Aber es lag auch an den schlechten Lichtverhältnissen. Die Betonwände verwandelten den Innenbereich des Rohbaus in einen Ort der Düsternis.

»Gehen wir da lang«, sagte sie.

Obwohl sie die Orientierung verloren hatte, glaubte sie, dass sich in dieser Richtung das *Postmeister* befand. Ein paar Ecken später wurde es tatsächlich wieder heller, und sie erreichten schließlich einen Raum mit Aussparungen für zwei Fenster zur Straße.

Draußen goss es noch immer wie aus Eimern, aber trotz des Regens hatte man einen guten Blick auf das Hotel gegenüber. Auf dem Boden lagen ein paar Zigarettenkippen. Eine davon qualmte noch. Emilia lächelte zufrieden. Das war genau das, was sie sich erhofft hatte. Bis vor wenigen Augenblicken musste jemand hier gewesen sein.

»Hallo?«, rief sie. »Ist da jemand? Wir würden gerne mit Ihnen reden!«

Statt einer Antwort bellte der Hund.

»Da entlang!« Gefolgt von Kessler, eilte Emilia in die Richtung, aus der das Bellen gekommen war. Plötzlich hörten sie Schritte vor sich. Jemand rannte davon.

Emilia beschleunigte ihr Tempo, Kessler ebenfalls. Dicht hintereinander rannten sie durch das verwinkelte Betonlabyrinth, bis sie einen Bereich ohne Zwischenwände erreichten. Am anderen Ende des großen Raums lief ein Mann davon. Der Rucksack auf seinem Rücken schlackerte hin und her. Neben ihm rannte der Hund.

»Polizei! Stehen bleiben!«, rief Kessler so laut, dass Emilia erschrak.

Nicht nur Emilia, auch der Mann, der vor ihnen flüchtete, zuckte zusammen. Er machte noch ein paar kraftlose Schritte, dann blieb er stehen und drehte sich keuchend um.

Als Emilia näher kam, sah sie, dass der Mann mindestens sechzig Jahre alt war. Sein dünnes graues Haar klebte fettig an seinem Kopf. Tiefe Falten hatten sich in seine Stirn und in seine Wangen gegraben. Er trug einen zerschlissenen Mantel, zerrissene Hosen und löchrige Schuhe. Und er hatte sich vermutlich schon seit Wochen nicht mehr gewaschen, denn er verströmte einen intensiven Körpergeruch.

Der Hund begann zu knurren und die Zähne zu fletschen.

Emilia blieb stehen.

Kessler trat mutig einen Schritt vor sie. »Nehmen Sie den Hund an die Leine!«, forderte er und zog seine Waffe. »Wenn er uns angreift, werde ich schießen.«

Emilia fiel ein Stein vom Herzen. »Sie haben Ihre Pistole dabei?«, raunte sie. Ihre eigene Waffe hatte sie in Lyon gelassen – ohne behördliche Genehmigung durfte sie sie nicht tragen. »Ich dachte, Sie kommen von einer Hochzeit.«

»Allzeit bereit«, sagte Kessler, und seine Mundwinkel verzogen sich zu einem knappen Lächeln. »Nein, Unsinn. Ich hatte meine Ausrüstung im Auto.«

Der Hund zeigte noch immer die Zähne. Trotz seiner verbundenen Vorderpfote würde er sie zweifellos anfallen, wenn er den Befehl dazu erhielt.

Ein paar lange Sekunden vergingen, ohne dass etwas geschah. Dann sagte der Fremde: »Ruhig, Tyson. Die tun uns nichts.« Jedes ›S‹ verursachte dabei einen leichten Pfeifton, denn ihm fehlten die beiden Vorderzähne.

Der Hund setzte sich auf den Betonboden und schleckte die Hand mit den gelblichen Fingernägeln ab.

»Wie heißen Sie?«, fragte Emilia und trat neben Kessler.

Der Fremde ließ sich mit der Antwort Zeit, als müsse er sie sich gut überlegen. »Holbeck«, sagte er. »Aber so hat mich schon seit einer Ewigkeit niemand mehr genannt. Die meisten nennen mich einfach nur Herbert. Was wollen Sie von mir?«

Er sprach undeutlich, was nicht nur an der Zahnlücke lag. Seine Zunge war schwer, seine Augen blutunterlaufen. Wahrscheinlich war sein Frühstück ziemlich hochprozentig gewesen. Aber er stand aufrecht vor ihnen, mit großen Augen und betont selbstbewusstem Blick. Emilia war sicher, dass er damit nur seine Angst überspielte.

»Wie lange sind Sie schon hier?«, wollte sie wissen. »Ich meine in diesem Gebäude.«

Er zuckte mit den Schultern. »Ein paar Wochen, denke ich. Seit die Bauarbeiten stillstehen. Es ist nicht gerade das Ritz, aber es ist trocken. Und Tyson gefällt's auch.«

Als er seinen Namen hörte, stellte der Hund die Ohren auf und sah zu seinem Herrchen hoch.

»Sie haben gesehen, dass wir kommen, nicht wahr?«, fragte Emilia.

Holbeck schüttelte den Kopf.

»Warum haben Sie dann versucht wegzulaufen?«

»Hab ich gar nicht. Ich wollte mir nur einen anderen Platz suchen, das ist alles.«

Der Mann log, so viel stand fest. Dennoch ließ Emilia es erst einmal dabei bewenden. »Wo haben Sie heute Nacht geschlafen, Herbert?«

»Da drüben irgendwo.« Er deutete mit dem Kopf in die Richtung, aus der sie gekommen waren.

»Und ist Ihnen in der Nacht irgendetwas aufgefallen?«

Er schüttelte den Kopf – einen Tick zu energisch, um glaubhaft zu sein.

»Wir brauchen Ihre Hilfe«, sagte Emilia eindringlich. »Im Hotel auf der anderen Straßenseite wurde heute Nacht ein Mann erschossen. Wenn Sie etwas gesehen oder gehört haben, müssen Sie uns helfen.«

Wieder schüttelte Holbeck den Kopf. »Tut mir leid, aber ich hab nichts bemerkt. Wenn ich abends bechere, schlaf ich wie ein Murmeltier.«

»Und Sie haben gestern Abend gebechert?«, hakte Kessler nach.

Holbeck grinste und entblößte dabei die volle Größe seiner Zahnlücke. »Nicht zu wenig, will ich meinen. Konnte ja nicht ahnen, dass die Polizei heute meine Hilfe braucht. Sonst hätt' ich's natürlich bleibenlassen.«

Emilia wusste nicht, ob das ernst oder ironisch gemeint war. Es hörte sich jedenfalls ironisch an, und ein Anflug von Ärger überkam sie.

Kessler ging es offenbar genauso, denn mit fester Stimme sagte er: »Wenn Sie wollen, können wir Ihnen gerne auf dem Revier Zeit zum Nachdenken geben.«

Holbeck versteifte sich. »Sie können mir Zeit geben, so viel Sie wollen. Ich hab nichts gesehen, und ich hab auch die Schüsse nicht gehört.«

Emilia spürte, wie ihre Nackenhaare sich aufstellten, und sie ein wohliges Kribbeln durchlief. Endlich ein Hoffnungsschimmer. Holbeck hatte sich verraten. »Hauptkommissar Kessler, nehmen Sie den Mann bitte fest – wegen bewusster Irreführung der Polizei. Stecken Sie ihn in die Ausnüchterungszelle. Vielleicht ist sein Gedächtnis morgen besser.«

Holbeck spuckte auf den Boden. »Scheißbullen! Das ist Willkür! Das könnt ihr mit mir nicht machen!«, schrie er. Der Hund neben ihm zuckte zusammen, sprang auf und fletschte instinktiv wieder die Zähne.

»Sie wissen mehr, als Sie uns verraten«, sagte Emilia und fixierte Holbeck dabei mit Blicken. »Sie verheimlichen uns Informationen, die für die Ergreifung eines Mörders wichtig sind. Und das ist Irreführung – im besten Fall.«

Holbeck schüttelte den Kopf. »Aber wenn ich doch nichts weiß!«

»Sie haben gerade gesagt, Sie hätten die Schüsse nicht gehört. Woher wussten Sie denn, dass es mehrere Schüsse waren und nicht nur einer?«

Der Mann zögerte. Seine Lippen bewegten sich, aber es kam kein Ton heraus. »Weil ... weil Sie das gesagt haben«, stammelte er schließlich. »Am Anfang. Da haben Sie gefragt, ob ich die Schüsse gehört habe.«

Aber Emilia wusste ganz genau, welche Worte sie gewählt hatte. »Ich habe nur gesagt, dass jemand erschossen wurde. Ob es ein oder mehrere Schüsse waren, habe ich nie erwähnt. Wenn Sie also nicht mit aufs Revier wollen, schlage ich vor, dass Sie ab jetzt kooperieren.« Sie ließ die Drohung einige Sekunden lang wirken, bevor sie in milderem Ton fortfuhr: »Wir haben in einem der Räume hier Zigarettenkippen gefunden. Ich gehe davon aus, dass die von Ihnen stammen. Ist das so? Wenn Sie Wert darauf legen, können wir es auch gerne auf eine Speicheluntersuchung ankommen lassen. Das kann allerdings ein paar Tage dauern. So lange müssten wir Sie natürlich in Gewahrsam nehmen.«

Aber noch bevor sie den Satz beendet hatte, wusste sie, dass das nicht nötig sein würde. Herbert Holbeck ließ die Schultern hängen, und es war, als würde plötzlich alle Energie aus ihm weichen. Einen Moment lang stand er da wie das buchstäbliche Häufchen Elend. Dann gab er sich einen Ruck. »Schon gut«, sagte er mit belegter Stimme. »Ich werde Ihnen erzählen, was ich weiß.«

11

Mit einem Gefühl, als würde eine eiserne Faust seinen Magen zerquetschen, durchstreifte Avram das Weizenfeld. Immer wieder rief er dabei die Namen der Gesuchten, falls sie wie Odin angeschossen auf dem Boden lagen: »Goran! Nadja! Sascha! Akina!« Aber er fand niemanden.

So hatte die Suche keinen Sinn. Die Ähren standen viel zu hoch, um etwas erkennen zu können. Außerdem gab es eine ganze Reihe weiterer Felder rund um den Kuyperhof. Für eine flächendeckende Suche würde er bis zum Abend brauchen. Noch dazu der Nebel, der sich hartnäckig über dem Boden hielt. Hier hätte eine ganze Kompanie unbemerkt herumliegen können.

Avram kehrte zum Hof zurück. Diesmal betrat er das Haus durch die Vordertür, den Schlüssel dafür hatte er bei seinem ersten Rundgang auf der Ablage neben der Garderobe gefunden. Die Wanduhr im Wohnzimmer zeigte inzwischen Viertel vor zehn. Als er eintrat, kam ihm die Katze entgegen. Sie strich ihm penetrant um die Beine und schnurrte. Aber bevor er sich um sie kümmern würde, wollte er zuerst noch etwas überprüfen.

Er ging nach oben, nahm sein Fernglas zur Hand und spähte nacheinander durch alle Fenster. Wenn Goran und die anderen durch die Felder oder durch hohes Gras geflüchtet waren, musste es abgeknickte Ähren und Halme geben. Das würde man auch jetzt noch, Stunden später, deutlich erkennen.

Aber es gab keine solchen Spuren, zumindest nicht, soweit der Nebel die Sicht freigab. Resigniert ging Avram wieder nach unten, gefolgt von der Katze, die ihn auf Schritt und Tritt begleitete. Erst nachdem er ihren Futternapf in der Küche aufgefüllt hatte, wich sie ihm von der Seite.

Während er die Katze beim Fressen beobachtete, verharrten seine Gedanken bei den Vermissten. Die Angst um sie drohte ihn zu zermürben, dabei wusste er genau, dass er sich keine Angst erlauben durfte. Angst machte verletzlich. Sie verhinderte klare Gedanken und nährte Fehler. Wenn es überhaupt eine Chance gab, Goran und seine Familie zu retten, dann nur, wenn er professionell blieb.

Er rieb sich mit beiden Händen das müde Gesicht und fuhr sich durch das weißgraue Stoppelhaar. *Denk nach! Welche Möglichkeiten gibt es herauszufinden, wo Goran und die anderen sind?*

Ihm kam eine Idee.

Er lief durch den Gang neben der Kellertreppe in den anderen Gebäudetrakt, wo das Telefon auf einer Kommode im Flur stand. In der Schublade fand er ein Adressbuch mit Telefonnummernverzeichnis. Wenn es sein musste, würde er jede einzelne Nummer durchprobieren, um Goran und die anderen aufzuspüren. Aber im Moment interessierte er sich nur für die Einträge unter dem Namen »Kuyper«.

Gorans Handynummer war dieselbe wie früher. Avram hatte sie in den letzten Stunden mehrmals probiert, und er rief auch jetzt noch einmal dort an. Aber es meldete sich wieder nur eine Bandansage, die ihm mitteilte, dass zurzeit kein Empfang bestand.

Unter »Kuyper« waren aber auch zwei Handynummern eingetragen, die Avram noch nicht kannte – die von Nadja und die von Akina. Sascha besaß offenbar noch kein Handy.

Mit seinen sieben Jahren war er dafür wohl ein bisschen zu jung.

Zuerst wählte Avram Nadjas Nummer. Wenn ihr die Flucht geglückt war und sie das Handy bei sich hatte, konnte sie ihm sagen, wo sie steckte und was in der Nacht passiert war. Aber schon nach wenigen Sekunden hörte er einen Klingelton aus dem Wohnzimmer. Als er nachsah, fand er das Handy in einer Damenwolljacke, die an der Garderobe neben der Eingangstür hing.

Bei Akinas Handy meldete sich die Sprachbox. Avram bat sie, sich so schnell wie möglich bei ihm zu melden, und gab ihr seine Mobilfunknummer durch.

Um keine weitere Zeit zu verlieren, wählte er als Nächstes die Nummer von Helena Zeidler, einer alten Bekannten, mit der er in der Vergangenheit schon oft zusammengearbeitet hatte. Sie war eine Pfennigfuchserin, wie sie im Buche stand, aber in Sachen Telekommunikation verfügte sie über ausgezeichnete Verbindungen. Oder vielleicht war sie auch nur eine hervorragende Hackerin. Jedenfalls konnte sie schnell und zuverlässig nahezu jede Art von Information beschaffen, die mit der Nutzung von Telefon und Internet zu tun hatte.

Avram kam gleich zur Sache. »Ich möchte, dass du zwei Handys für mich ortest«, sagte er und gab ihr die Nummern von Goran und Akina durch. »Jetzt gleich. Kannst du das für mich erledigen?«

»Am frühen Sonntagmorgen?«

Es war schon nach zehn Uhr. Aber Avram wusste, worauf sie hinauswollte. »Ich zahle das Doppelte, Helena. Aber es muss schnell gehen. Es ist dringend.«

»Heiße Ziele?« Damit meinte sie, ob die Handys im Besitz von polizeilich gesuchten Personen waren – Diebe, Mörder,

Terroristen und so weiter. Das hätte den Preis abermals in die Höhe getrieben.

»Nein«, antwortete Avram. »Es geht um den Apparat meines Bruders und den meiner Nichte.«

»In Ordnung«, sagte Helena Zeidler und nannte ihm ihren Preis. »Ich melde mich, sobald ich etwas weiß.«

Avram bedankte sich und beendete das Gespräch. Als er Gorans Adressverzeichnis in die Kommode zurücklegte, fielen ihm in der Schublade ein paar Papiere auf. In der Hoffnung, dass sie ihm irgendwie weiterhelfen würden, nahm er sie heraus und überflog sie. Das Erste war eine Einladung zu einem Elternabend in der Schule, das Zweite ein ausgeschnittener Zeitungsausschnitt über das Dorffest in Kirchbrunn am kommenden Wochenende. Nichts von Belang.

Danach kam allerdings etwas, das Avrams Aufmerksamkeit erregte: eine Auftragsbestätigung der örtlichen Autowerkstatt für die Reparatur des Auspuffs an Gorans VW-Passat. Der Auftrag trug das Datum von vorgestern, und jemand hatte mit Kugelschreiber daraufgekritzelt: Abholung am Montag, 16.00 Uhr. Das war morgen. Also musste der Wagen noch in der Werkstatt sein.

Aber wie weit konnten Goran, Nadja und die Kinder ohne Auto gekommen sein? Avram schluckte. Seine Zunge klebte plötzlich so trocken am Gaumen, dass er in der Küche ein Glas Wasser trinken musste.

Denk positiv!, mahnte er sich. Du darfst jetzt nicht die Hoffnung verlieren! Vielleicht hat Goran in der Werkstatt einen Ersatzwagen bekommen.

Aber eine innere Stimme sagte ihm, dass das nicht der Fall war. Er kannte die Werkstatt. Bei seinem letzten Besuch vor acht Jahren hatte er dort den Anlasser reparieren lassen müssen. Es war eine kleine Klitsche mit nur einer Hebebühne unmittelbar an der Hauptstraße von Oberaiching. Bei der Durchfahrt heute Morgen hatte er bemerkt, dass sich zumindest optisch nichts daran verändert hatte. Und einen Ersatzwagen hatte es beim alten Genzmüller seines Wissens noch nie gegeben.

Avram rieb sich die brennenden Augen und überlegte. Was nun? Natürlich würde er alle Nummern in Gorans und Nadjas Telefonverzeichnis anrufen. Vielleicht waren die Vermissten bei Freunden oder Bekannten untergeschlüpft, oder vielleicht gab es zumindest jemanden, der einen Hinweis darauf geben konnte, was sich gestern Nacht hier abgespielt hatte. Mit etwas Glück würde sich auch Helena Zeidler schon bald bei ihm melden. Dann hätte er vielleicht eine konkrete Spur, die er verfolgen konnte, um Goran und die anderen zu finden oder – falls sie tot waren – zumindest ihre Mörder zu jagen.

Noch etwas gab es zu tun: Er musste die Polizei über die aktuelle Situation informieren. Das bedeutete in gewisser Weise zwar, dass er sich selbst in Gefahr brachte, denn in den letzten zwanzig Jahren hatte er oft genug auf der falschen Seite des Gesetzes gestanden – nicht nur in Deutschland, sondern in vielen Ländern der Welt. Aber wenn Goran und die anderen noch lebten, war es das Risiko wert. Die polizeilichen Möglichkeiten der Spurensicherung und Fahndung überstiegen seine bei weitem.

Er nahm sein Smartphone zur Hand, wählte die 112 und erstattete Bericht. Man versprach ihm, so schnell wie möglich einen Einsatzwagen zu schicken.

12

Nachdem Herbert Holbeck seine Aussage gemacht hatte, fuhr Emilia mit Hauptkommissar Kessler in dessen schickem schwarzem Audi A6 ins Polizeipräsidium. Sie fragte sich, was ein solcher Wagen kostete. Er sah neu aus, roch neu, und die vielen Knöpfe auf der chromfarbenen Armatur deuteten an, dass es diesem Auto nicht an Komfort mangelte. Sie schätzte vierzigtausend Euro. Eher mehr. Woher hatte Kessler das Geld für so einen Wagen?

Noch mehr beschäftigte sie allerdings die Frage, weshalb er ein so großes Auto besaß. Ein Single mit Geld würde doch wohl eher einen Sportwagen fahren. War der A6 also ein Indiz für Ehefrau und Familie? Wenigstens befanden sich im Fond des Wagens keine Kindersitze. Immerhin etwas.

Das Polizeipräsidium Frankfurt lag zentral im nördlichen Stadtzentrum der Mainmetropole. Es war ein modernes, sechsgeschossiges Gebäude mit acht Innenhöfen und einer Front aus dunklem Granit und Glas, das gleichermaßen schlicht wie streng wirkte, vor allem bei so regnerischem Wetter wie an diesem Tag.

Kessler parkte seinen Wagen auf einem freien Parkplatz vor dem Gebäude und führte Emilia durch den Haupteingang zu den Aufzügen. »Der Grundriss des Gebäudes umfasst die Fläche von fast vier Fußballfeldern«, erzählte er, während sie auf den Lift warteten. »Hier gibt es tausendfünfhundert Büros und knapp zweieinhalbtausend Arbeitsplätze. Wie mache ich mich als Fremdenführer?«

»Sehr gut«, sagte Emilia und grinste. Kesslers lockere Art gefiel ihr, aber sie war auch beeindruckt von der Größe des Gebäudes. Das Generalsekretariat von Interpol in Lyon machte zwar optisch mehr her, dafür war es deutlich kleiner. Es bot nicht einmal Platz für fünfhundert Beamte.

Der Aufzug kam, und sie stiegen ein.

»Die Stadt wollte mit diesem Bau ein Zeichen setzen«, sagte Kessler und drückte den Knopf für den dritten Stock. »Frankfurt hat seit Jahren die höchste Kriminalitätsrate in Deutschland. Wir brauchten etwas, das die Halunken in der Gegend abschreckt.«

»Und?«, fragte Emilia. »Hat es funktioniert?«

Kessler winkte lachend ab. »Nicht die Spur. Im Gegenteil – die Verbrechensrate steigt hier seit Jahren an. Als Polizist in Frankfurt zu arbeiten ist wie ein Kampf gegen die Hydra. So hieß doch dieses antike Vieh, dem zwei Köpfe nachwuchsen, wenn man ihm einen abschlug. So ähnlich ist es in Frankfurt mit den Verbrechern. Legst du einem das Handwerk, kommen zwei andere nach. Die reinste Sisyphosarbeit. Ich hoffe, Sie haben gemerkt, wie raffiniert ich die griechische Mythologie in meinen Vortrag eingebaut habe.«

Er war ein echter Sonnenschein an diesem trüben Tag. Emilia freute sich auf die weitere Zusammenarbeit. Sie hoffte nur, dass man ihr das nicht allzu deutlich am Gesicht ansah. »Ich dachte, die Verbrechensrate ist hier nur deshalb so hoch, weil auch alle Flughafendelikte in die Statistik von Frankfurt einfließen«, sagte sie. Das hatte sie einmal in einer Zeitschrift gelesen.

Kessler hob die Augenbrauen. »Mist! Und ich hatte gehofft, dass Sie mir die Ich-habe-den-schwierigsten-Job-der-Welt-Nummer abkaufen.«

Sie erreichten den dritten Stock und folgten einem langen Gang, der mit kubistischen Bildern ausgestattet war.

»Da vorne müssen wir hin«, sagte Kessler und deutete in die entsprechende Richtung. »Das sind eigentlich die Räume der Sitte, aber vorübergehend ist da auch ein Teil des KDD untergebracht, also meiner Einheit. Bei uns wird gerade umgebaut.«

Sie passierten eine Glastür mit der Aufschrift »Sittendezernat«. Darunter hatte jemand mit Tesafilm ein Türschild angeklebt, auf dem »KDD - Kriminaldauerdienst: Zimmer 345-367« stand.

»Kriminaldauerdienst«, wiederholte Kessler kopfschüttelnd, während er Emilia die Tür aufhielt. »Keine Ahnung, wer sich den Begriff ausgedacht hat. Hat gute Chancen auf das Unwort des Jahres, finden Sie nicht? Deshalb verwendet ihn wohl auch kaum jemand. Sagen Sie lieber nur KDD. Dann blamieren Sie sich nicht.«

Er führte sie in Zimmer 352, einen Besprechungsraum, in dem mehrere Tische zu einem großen Rechteck zusammengestellt worden waren. Am Kopfende des Tischs standen ein Flipchartständer und zwei Pinnwände. An der Decke über dem Tisch hing ein Videobeamer, der im Moment aber ausgeschaltet war. Durch die Fensterfront hatte man den typischen Großstadtblick auf die Straße und die gegenüberliegenden Gebäude.

»Hauptkommissar Bragon und Judith Claasen, unsere Leiterin der Spurensicherung, kennen Sie ja schon«, sagte Kessler.

Die beiden saßen am Tisch und nickten Emilia zur Begrüßung zu.

»Kommissar Pezzoni haben Sie am Tatort auch schon kennengelernt«, fuhr Kessler fort. Emilias Blick wanderte einen Stuhl weiter, wo der junge Polizist saß, der bei ihrer Ankunft am *Hotel Postmeister* einen so elenden Eindruck gemacht hatte. Inzwischen hatte sein Gesicht wieder Farbe angenommen, und er konnte auch schon wieder lächeln.

»Und das hier ist Kommissarin Dittrich. Sie wird das Kernteam während der Ermittlungen verstärken.«

Die beiden Frauen reichten sich die Hände, und Kessler stellte Emilia noch einmal kurz vor. Während Kommissarin Dittrich Emilia etwas zu trinken hinstellte, hängte Kessler seinen Trenchcoat und seine Anzugjacke an die Garderobe und schlug die Hemdsärmel hoch. Mit seinen Notizen in der Hand setzte er sich zu den anderen an den Tisch.

»Habt ihr in dem Rohbau tatsächlich einen Zeugen gefunden?«, fragte Bragon.

Kessler nickte und sah Emilia an. »Wollen Sie berichten, oder soll ich?«

Die Frage überraschte Emilia. Normalerweise war sie bei Ermittlungsarbeiten vor Ort nicht so nah am Geschehen, sondern operierte mehr im Hintergrund. Aber es gefiel ihr, wie die Frankfurter Kollegen sie von Anfang an ins Team integrierten. Vielleicht lag es nur daran, dass Georg Kleinert ihr diese sonderbare Nachricht hinterlassen hatte. Das machte sie zu einer zentralen Figur in dem Fall. Jedenfalls fühlte Emilia sich durch die Einbindung ins Team an ihre alten Zeiten bei der Hamburger Polizei erinnert. Die Vorstellung, wieder an vorderster Front mitzumischen, trieb ihr einen wohligen Schauder über den Rücken.

Ein Lächeln huschte über ihre Lippen. Dann konzentrierte sie sich und wurde wieder ernst. »In dem Rohbau gegenüber dem *Hotel Postmeister* stießen wir auf einen Obdachlosen«, begann sie. »Sein Name ist Herbert Holbeck. Er hat dort seit mehreren Wochen sein Quartier. Er trinkt gerne einen über den Durst, aber seine Aussage stimmt mit unseren bisherigen Erkenntnissen überein. Demnach hat Holbeck um Viertel nach zehn gestern Abend einen Schuss im Hotel gehört. Er hatte sein Quartier im zweiten Stockwerk des Rohbaus und direkte Sicht auf das Hotel. Als er hinübersah, waren alle Zimmer dunkel, bis auf eines. Dort war ein schwacher Lichtschimmer durch einen Spalt im zugezogenen Vorhang zu erkennen. Keine Zimmerbeleuchtung, nur flackerndes Licht, wie bei einem Fernseher, sagte Holbeck. Er hat uns das Zimmer gezeigt – es war das Zimmer von Georg Kleinert. Da der Fernseher im Zimmer ausgeschaltet war und Kleinert von seinem Schreibtischstuhl aus auch keine gute Sicht auf den Fernseher gehabt hätte, gehe ich davon aus, dass der Lichtschimmer von seinem Laptop kam. Vielleicht hat er sich kurz vor seinem Tod einen Film im Internet angesehen. Eine andere Erklärung habe ich im Moment nicht dafür. Unmittelbar nach dem Schuss ging in einem zweiten Zimmer das Licht an. Im dritten Geschoss. Die Vorhänge wurden aufgezogen, und einen Moment lang hat ein Mann aus dem Fenster gesehen. Holbeck hat uns das Fenster gezeigt. Es gehört zu Zimmer 302 – das Zimmer von Martin Sonnenberg. So hieß er doch?«

Die Frage war an Kessler gerichtet, der in seinem Block blätterte und nickte. »Der Gast, der in der Nacht abgereist ist«, ergänzte er.

»Nach Holbecks Aussage hat der Mann im Fenster sich umgeschaut, als würde er nach der Ursache für die nächtliche Ruhestörung suchen«, berichtete Emilia weiter. »Er hat Holbeck nicht entdeckt, sondern sich auf die Straße konzentriert, weil er wohl glaubte, dass der Schuss von dort gekommen war.« Sie machte eine Pause, dachte kurz nach und nippte an ihrem Kaffee. »Es war schon ziemlich dunkel, und wie üblich hatte Holbeck auch an diesem Abend einiges getrunken. Deshalb konnte er nur eine vage Beschreibung des Mannes am Fenster geben. Er ist etwa fünfzig Jahre alt und hager. Er hat schütteres blondes Haar und trägt eine Brille. Wenn ich mich recht entsinne, kommt Sonnenberg aus Bremen.«

Bragon nickte und fuhr sich mit zwei Fingern über seinen Walrossschnauzbart. »Das hat er beim Einchecken angegeben.«

»Haben die Bremer Kollegen schon die dortige Adresse überprüft?«

»Ja. Aber das war eine Fehlanzeige. Die Adresse existiert zwar – es ist ein Mehrfamilienhaus –, aber dort gibt es niemanden, der Martin Sonnenberg heißt. Auch niemanden, der einen Martin Sonnenberg kennt. Ich werde die Personenbeschreibung aber gerne nach Bremen weitergeben. Vielleicht war der Kerl im Hotel dumm genug, die richtige Adresse anzugeben und nur einen falschen Namen zu verwenden.« Bragon machte sich eine Notiz und sah wieder auf. »Was hat Holbeck noch beobachtet?«

»Wenige Sekunden nach dem ersten Schuss folgte ein zweiter«, sagte Emilia. »Der Mann am Fenster sah sich noch einmal nach allen Seiten um. Entweder wollte er wissen, was los war, oder er wollte sichergehen, dass er nicht gesehen worden war. Jedenfalls verschwand er danach wieder in seinem Zimmer, zog die Vorhänge zu und löschte das Licht.« Emilia dachte nach. Was hatte Holbeck noch erzählt? Ohne Mitschrieb war es gar nicht so einfach, seine Aussage präzise und geordnet zu wiederholen. »Kurz nach den Schüssen ging im Zimmer des Toten das Licht an«, sagte sie. »Durch die geschlossenen Vorhänge konnte Holbeck leider nichts erkennen, nicht einmal Schattenrisse, und auch der offene

Spalt zwischen den Vorhängen war nicht groß genug, um etwas sehen zu können. Nur den Lichtschimmer. Ein paar Minuten später hat der unbekannte Gast aus Zimmer 302 mit einem Koffer in der Hand das Hotel verlassen. Andere Personen sind in dieser Zeit nicht ein und aus gegangen.«

Einen Moment lang herrschte Schweigen.

»Der Kerl aus Zimmer 302 scheidet als Mörder wohl aus«, sagte Hauptkommissar Bragon schließlich. »Den ersten Schuss könnte er theoretisch zwar abgegeben haben, aber wenn er das Fenster im dritten Stock nur wenige Sekunden nach dem Knall geöffnet hat, müsste er hochgesprintet sein. Warum hätte er das tun sollen? Und den zweiten Schuss kann er nicht abgegeben haben, weil Holbeck ihn am Fenster gesehen hat.«

Emilia nickte. »Hauptkommissar Kessler und ich haben uns auf der Herfahrt natürlich auch schon unsere Gedanken gemacht«, sagte sie. »Wir sehen das genauso. Es wäre zwar möglich, dass der Mann einen Komplizen hatte und sie die Tat gemeinsam verübt haben. Aber das halte ich für unwahrscheinlich. Viel eher glaube ich, dass er durch den ersten Schuss aufgeschreckt wurde und das Fenster aufriss, um zu sehen, was los ist. Dann kam der zweite Schuss, und er begriff, dass in unmittelbarer Nähe geschossen worden war. Daraufhin hat er es mit der Angst zu tun bekommen und ist so schnell wie möglich abgehauen.«

»Auch wenn er vermutlich nicht der Mörder ist, könnte er als Zeuge in Frage kommen«, warf Kommissarin Dittrich ein. »Er war zur Tatzeit im Hotel. Er ist kurz danach sogar durchs Treppenhaus gegangen. Es ist nicht auszuschließen, dass er jemanden gesehen oder etwas gehört hat.«

Emilia nickte und wollte Kommissarin Dittrich gerade beipflichten, als ihr Handy klingelte. Sie zog es aus der Tasche und warf einen Blick aufs Display. Es war Becky. Emilia entschuldigte sich, bat Hauptkommissar Kessler weiterzumachen und verließ den Raum.

»Sorry, wenn ich gestern so ein Theater gemacht habe«, begann Becky. »Wegen unseres geplatzten Wochenendes im Europapark, meine ich. Das war blöd von mir. Ich weiß, dass du das nicht absichtlich gemacht hast. Ich werde dich im Kino auf ein Eis einladen, wie klingt das?«

Emilia schluckte trocken. »Becky ...«

»Papperlapapp! Ich hab mich wie eine Schreckschraube benommen. Das will ich wiedergutmachen. Wann wirst du hier sein? Dann hol ich dich vom Bahnhof ab. Das Kino ist gar nicht weit davon entfernt. Bei diesem Mistwetter bleibt sowieso nichts anderes übrig als Kino. Hast du den neuen Film mit Brad Pitt schon gesehen?«

»Ist der nicht erst ab sechzehn?«

»Aber das merkt doch keiner! *Bitte*, Mama, sag ja! Bitte, bitte, bitte!«

Emilia fühlte sich erbärmlich. »Es geht nicht!«, sagte sie.

»Och, Mama, jetzt gib dir schon einen Ruck ...«

»Du verstehst nicht, Becky! Ich kann heute nicht nach Landau kommen. Ich bin noch in Frankfurt festgehalten worden, und wie es aussieht, wird das hier auch noch ein paar Tage dauern.«

Sekundenlang sagte Becky kein Wort.

Um das Schweigen zu brechen, schob Emilia ein reumütiges »Es tut mir leid, Schatz. Ich verspreche dir, dass ich es wiedergutmachen werde« hinterher.

Aber Becky zischte nur: »Wofür hast du überhaupt ein Kind bekommen, wenn du es doch nie sehen willst? Als Mutter bist du wirklich eine totale Niete!« Dann legte sie ohne ein weiteres Wort auf.

Emilia seufzte. Einen Moment lang spielte sie mit dem Gedanken, die Rückruftaste zu betätigen, aber sie wusste, dass Becky das Gespräch nicht annehmen würde. Sie war eingeschnappt, und irgendwie konnte Emilia das sogar verstehen.

Bin ich wirklich so eine Rabenmutter?

Sie musste sich eingestehen, dass sie Becky in den letzten Monaten wirklich vernachlässigt hatte, und diese Erkenntnis versetzte ihr einen Stich ins Herz. Es hatte eine Zeit gegeben, in der Becky bei ihr an erster Stelle gestanden hatte. War ihr die Karriere wirklich so wichtig geworden, dass sie sie über Beckys Wohl stellte?

Sie steckte das Handy wieder weg. Zurück blieb das schlechte Gewissen.

Und zunehmende Wut.

Wut auf ihren Job, der sie oft viel zu viel Zeit kostete. Wut auf Tréville, ihren Chef, obwohl sie wusste, dass ihn diesmal gar keine Schuld traf. Wut auf Becky, weil sie kein Verständnis für Emilia aufbringen konnte, es noch nicht einmal versuchte. Und sogar Wut auf den Toten, weil er ihren Namen auf ein Stück Papier gekritzelt und sie um Hilfe gebeten hatte und er damit der Auslöser für die ganze verdammte Situation war.

Emilia spürte, dass sie erst wieder ein bisschen herunterkommen musste, bevor sie zu den anderen zurückkehren konnte. Im Augenblick hätte sie sich sowieso nicht konzentrieren können. Sie schlenderte ein paar Schritte durch den Flur, bog in einen Seitengang ein und blieb an einer Sitzgruppe stehen, von der aus man freie Sicht in einen der Innenhöfe hatte. Obwohl er wie ein kleiner Park bepflanzt worden war, wirkte er an diesem regnerischen Tag nur grau und traurig. Es schien, als wolle es in dieser verfluchten Stadt überhaupt keine Farben geben. Emilia war zum Heulen zumute.

Dann meldete sich die Polizistin in ihr. *Was bist du nur für ein jämmerlicher Profi! Lässt du dich von deiner vierzehnjährigen Tochter tatsächlich komplett aus der Bahn werfen?*

Aber es brodelte in ihr, sie konnte nichts dagegen tun. Sie war eben auch nur ein Mensch aus Fleisch und Blut, kein verdammter Roboter. Und wenn ihre Tochter ihr so deutlich die Meinung sagte, tat das weh. Sehr sogar.

Ein paar Minuten später hatte sie sich wieder im Griff. Als sie ins Besprechungszimmer des KDD zurückkam, machten die anderen gerade die Arbeitsaufteilung für den Rest des Tages. Judith Claasen hatte sich vorgenommen, mit der Untersuchung der Gegenstände aus dem Hotelzimmer des Toten zu beginnen. Bragon wollte die sichergestellten Fingerabdrücke durch den Polizeicomputer laufen lassen und Fotos des Toten mit der Vermisstendatei abgleichen. Außerdem bot er an, einen ersten Bericht zu schreiben und den Bremer Kollegen die Beschreibung des unbekannten Gasts aus Zimmer 302 zukommen zu lassen. Kommissar Pezzoni, Kommissarin Dittrich und Hauptkommissar Kessler beugten sich über eine Stadtkarte und teilten das Gebiet rund um das *Hotel Postmeister* für die Suche nach weiteren Zeugen auf. Pezzoni und Dittrich bildeten ein Team, und als Emilia zu ihnen an den Tisch stieß, fragte Kessler sie, ob sie Lust habe, ihn auf seiner Tour zu begleiten.

Emilia nahm das Angebot gerne an.

Bevor sie ihr Revier ansteuerten, fuhr Kessler bei sich zu Hause vorbei, weil er sich umziehen wollte. »Niemand traut einem Polizisten in Anzug und Fliege«, flachste er und parkte den Wagen vor einem dreigeschossigen Haus mit hübsch angelegtem Vorgarten.

Seine Wohnung lag im zweiten Stock. Auf dem Namensschild an der Eingangstür stand »M. Kessler«. Emilia wollte eigentlich gar nicht darauf achten, aber es passierte einfach. Ermittlerinstinkt – eine andere Erklärung hatte sie dafür nicht.

Das M musste für Mikka stehen. Hieß das, dass er hier alleine wohnte? Jedenfalls deutete Emilia es als gutes Zeichen.

Sie überlegte, wann sie das letzte Mal mit einem Mann zusammen gewesen war. Ungefähr in der Steinzeit, dachte sie. Zumindest war es schon eine gefühlte Ewigkeit her. Mindestens neun oder zehn Monate. Kein Wunder, dass ihre Hormone verrücktspielten.

Während Kessler sich im Schlafzimmer umzog, sah Emilia sich in der Wohnung um. Sie war mindestens hundert Quadratmeter groß und gleichermaßen modern wie geschmackvoll eingerichtet. Die Küche bot alles, was das Herz eines Hobbykochs höher schlagen ließ, und war ein Traum in Weiß. Im Flur stand eine Schrankkombination aus Weiß und Mahagoni, die sich im Wohnzimmer fortsetzte. Dort befand sich auch eine beeindruckende cremefarbene Ledercouch. An der Wand hing ein eleganter Flachbildschirm. Die Einrichtung musste ein Vermögen gekostet haben.

Während sie durch die Zimmer streifte, achtete Emilia ganz automatisch auch wieder auf Anzeichen einer Familie. Aber nirgends waren Fotos von einer Frau oder von Kindern zu sehen. Nirgends lagen Spielsachen herum. Und im Badezimmer steckte nur eine Zahnbürste im Zahnputzbecher.

Dennoch wollte Emilia auf Nummer Sicher gehen. »Schön haben Sie es hier«, sagte sie so laut, dass man es auch im Schlafzimmer hören konnte. »Schöne Möbel. Schöne Bilder. Sogar schöne Gardinen. Außergewöhnlich für einen Mann.« Das klang viel unaufdringlicher als: Gibt es eine Frau an Ihrer Seite, mit der Sie sich die Wohnung teilen?

»Ich mag es gern gemütlich«, kam es aus dem Schlafzimmer.

Unter »gemütlich« verstand Emilia eigentlich etwas anderes, aber sie wusste, wie er es meinte.

»Ich finde, hier und da fehlen noch ein paar Dekogegenstände«, sagte er. »Aber ich bin erst vor drei Monaten hier eingezogen. Eine Wohnung einzurichten dauert seine Zeit.«

»Wem sagen Sie das? Ich bin schon seit drei Jahren in meiner Wohnung in Lyon, und es ist immer noch nicht alles fertig.«

Als Kessler aus dem Schlafzimmer trat, trug er einen grauen Pullover, Bluejeans und Lederslipper. Darin gefiel er Emilia noch besser als in seinem Anzug. Wenn er jetzt einen Annäherungsversuch gewagt hätte – sie hätte ihm womöglich nicht widerstehen können.

Eine halbe Stunde später waren sie wieder beim *Hotel Postmeister*. Zu zweit durchstreiften sie ihr Areal, aber die Suche nach Zeugen gestaltete sich schwierig. Um das Hotel herum gab es fast nur Abbruch- und Baugelände und ein paar leerstehende Häuser, und hinter dem Hotel führte die Eisenbahnlinie vorbei.

Nach drei Stunden intensiver Suche hatten sie dann zwar doch ein paar Anwohner gefunden und sie befragt. Aber entweder wollten die Leute nicht in eine polizeiliche Ermittlung verwickelt werden, oder sie hatten tatsächlich nichts mitbekommen. Es war offenbar die perfekte Gegend für einen Mord ohne Zeugen.

Sie statteten auch Ludmilla Rostow noch einen Besuch ab in der Hoffnung, ihren Sohn im Hotel anzutreffen, aber der war den ganzen Tag über nicht aufgetaucht. Als sie wieder im Freien standen, warf Hauptkommissar Kessler einen

Blick auf seine Uhr. »Mir knurrt der Magen«, sagte er. »Wie steht's mit Ihnen?«

»Ich könnte auch einen Happen vertragen«, antwortete Emilia.

»Also dann. Ein Stück weiter stadteinwärts gibt es einen hervorragenden Chinesen. Sie mögen doch hoffentlich asiatisch?«

Emilia lächelte. Für ein Date mit Mikka Kessler hätte sie heute auch frittierten Chow-Chow gegessen.

13

Am Nachmittag war es warm geworden, richtig heiß sogar. Die Sonne hatte den Nebel und die Wolken vertrieben, und obwohl es am Morgen nicht danach ausgesehen hatte, war es ein wunderschöner Tag geworden.

Zumindest in Bezug auf das Wetter.

Avram stand auf dem Hof des Kuyper-Anwesens und sah den Einsatzfahrzeugen nach, die soeben über die Zubringerstraße in Richtung Oberaiching davonfuhren. Vorder- und Hintereingang des Wohngebäudes waren mit gelb-schwarzem Absperrband versiegelt worden, ebenso sämtliche Nebengebäude – die Scheune, der Pferdestall und der Schuppen. Sogar die Hundehütte.

»Sie dürfen über Nacht nicht im Haus bleiben«, hatte der Chef des Spurensicherungsteams ihm vor dem Weggehen gesagt. »Morgen oder übermorgen werden wir mit der Beweissicherung fertig sein. Danach dürfen Sie wieder rein. Bis dahin empfehle ich Ihnen ein Hotel.« Er hatte Avram noch um seine Handynummer gebeten, für etwaige Rückfragen. Dann war er in seinen Wagen gestiegen, und der Tross hatte sich in Bewegung gesetzt.

Avram nahm seine Hornbrille ab und massierte sich mit zwei Fingern den Nasenrücken. Seine Augen brannten. Sein Magen fühlte sich an, als habe er ein glühendes Stück Kohle verschluckt. Die Polizei hatte bisher zwar keine Leichen entdeckt, aber obwohl er sich immer wieder einredete, dass noch Hoffnung bestand, war ihm – realistisch betrachtet –

klar, dass die Chancen, Goran und die anderen unversehrt wiederzusehen, ziemlich schlecht standen. Er rechnete inzwischen mit dem Schlimmsten.

Seufzend setzte er die Brille wieder auf. Während die Gedanken in seinem Kopf flirrten, ging er zu seinem Wagen, der neben den beiden leeren Silos stand. Er hatte ihn im Lauf des Nachmittags geholt, während die Leute von der Spurensicherung das Haus durchsucht hatten. Avram öffnete den Kofferraum, in dem sich seine Reisetasche befand, löste die Seitenverkleidung und steckte die Pistole samt Schulterholster in ihr Versteck zurück. Heute Abend würde er die Waffe nicht mehr brauchen.

Er brachte die Seitenverkleidung wieder an und schloss den Kofferraum. Sein Blick wanderte über den Hof. Was um alles in der Welt war hier geschehen?

Während die Leute von der Spurensicherung das Haus und die Nebengebäude untersucht hatten, hatte Avram die Telefonnummern sämtlicher Verwandter und Bekannter durchprobiert, die er in Gorans und Nadjas Telefonverzeichnis gefunden hatte. Diejenigen, mit denen er gesprochen hatte, wussten noch weniger als er. Bei einigen hatte er eine Nachricht auf Band hinterlassen. Bei zweien war er gar nicht durchgekommen. Es war ernüchternd.

Auch die Ortung der Handys hatte nichts gebracht. Helena Zeidler war es zwar gelungen, beide Apparate zu lokalisieren, aber das Ergebnis enttäuschte: Akinas Handy befand sich im Haus. Offenbar hatte sie den Klingelton ausgestellt, sonst hätte Avram ihn bei seinem Testanruf gehört. Und Gorans Handy befand sich in Frankfurt, laut Helena Zeidler in einem Schließfach der Galerie Adler, denn sie hatte dort bereits angerufen und zeitgleich Gorans Handy klingeln lassen, um eine verlässliche Auskunft zu erhalten.

Dort lag es schon seit fünf Tagen. Seitdem war es nicht mehr benutzt worden.

Avram seufzte. Sackgassen, wohin er sah. Morgen wollte er sich in Gorans Zeitungsredaktion umhören. Vielleicht fand er dort eine Spur. Aber für heute war es genug. Er war schon seit achtundvierzig Stunden auf den Beinen, und allmählich spürte er die Müdigkeit in den Knochen.

Er stieg in seinen schwarzen BMW, ließ den Motor an und fuhr gemächlich in Richtung Oberaiching. Gedankenversunken folgte er der schmalen Straße hügelaufwärts aus der Senke. Als er die Kuppe passierte, stand die Sonne so tief, dass sie schon den Horizont berührte und das Land in leuchtendes Orangerot tauchte. Wären die Umstände anders gewesen, hätte es ein wundervoller Abend sein können.

Er fuhr weiter und gelangte zum Bott'schen Hof. Links neben der Durchfahrtstraße standen eine große Scheune und die beiden Rinderställe, rechts ein großer Lagerschuppen und das Wohnhaus, das im typisch bayerischen Stil errichtet worden war. Die Wände waren bis zum ersten Stock weiß getüncht, hätten allerdings einen neuen Anstrich vertragen können. Die Vorderfassade zierte eine hübsche, aber ebenfalls schon in die Jahre gekommene Lüftelmalerei. Vom ersten Stock aufwärts war das Haus mit Holz verkleidet. Am Balkon hing eine lange Reihe von Geranienkästen. Avram erinnerte sich, wie er als Kind oft hier entlanggelaufen war, auf dem Weg zur Schule. Jahrelang hatte er sich hier mit Ludwig Bott getroffen, und sie waren gemeinsam weitergeschlendert. Manchmal hatten sie auch geschwänzt, um im Wald zu spielen oder im Entenweiher zu schwimmen, aber das war selten der Fall gewesen. Als der jüngere Goran in die Schule gekommen war, hatten sie ihn ebenfalls mitgenommen.

Damals waren sie beinahe unzertrennlich gewesen, Goran, Ludwig und er.

Avram fuhr in langsamem Tempo weiter. Esther, Ludwigs Frau, war gerade dabei, Wäsche neben dem Haus aufzuhängen. Als sie ihn sah, gab sie ihm ein Zeichen, stehen zu bleiben.

Einen Moment lang spielte Avram mit dem Gedanken, so zu tun, als habe er sie übersehen. Er war übermüdet, hatte noch keine Unterkunft und wollte mit sich und seinen Sorgen einfach allein sein. Anderseits hatte er ihr schon zugenickt, und er wollte nicht unhöflich erscheinen.

Er hielt den Wagen neben dem Holzzaun und ließ das Fenster herunter. Esther Bott legte ein Flanellhemd in den Wäschekorb zurück und kam zu ihm herüber.

In all den Jahren hatte sie sich kaum verändert. Auch sie war mit ihm in die Schule gegangen, zwei Stufen über ihm, in dieselbe Klasse wie Ludwig. Heute sah man natürlich auch ihr das Alter an, aber irgendwie war sie unter den vielen kleinen und größeren Fältchen und dem angegrauten, lockigen Haar immer noch dieselbe.

Und sie war immer noch genauso neugierig wie früher, denn sie wollte genau wissen, was vorgefallen war. »Die ganzen Polizisten, die hier entlanggefahren sind!«, sagte sie aufgeregt. »Du musst mir alles erzählen! *Alles!* Komm erst mal mit rein und iss mit uns zu Abend.«

Avram lehnte dankend ab, aber das ließ Esther Bott nicht gelten. »Keine Widerrede! So weit kommt's noch, dass du in einem Hotel übernachtest. Wir haben ein Gästezimmer. Nichts Besonderes, aber es ist sauber und gemütlich. Ich bin sicher, Ludwig wird es auch gefallen, wenn du bleibst.«

Avram teilte ihren Optimismus nicht. »Sprich lieber vorher mit ihm, bevor du mich einlädst«, sagte er.

»Unsinn! Was soll Ludwig schon dagegen haben?«

Ihre bestimmende Art ließ Avram kaum eine andere Wahl. Er hätte nicht ablehnen können, ohne sie dabei vor den Kopf zu stoßen. Ihm war klar, dass sie ihn aus Neugier einlud. Sie wollte bis ins Detail wissen, was auf dem Kuyperhof vorgefallen war, und er konnte ihr das nicht einmal verdenken. Aber er spürte auch die Herzlichkeit in ihren Worten. Sie wollte ihm helfen. Ihm ein offenes Ohr schenken. Ihm in dieser schwierigen Zeit beistehen. Und obwohl Avram es gewohnt war, mit seinen Problemen und Ängsten alleine fertig zu werden, ahnte er doch, wie gut ihm das Gespräch mit Esther tun würde. Also willigte er ein.

Er parkte den Wagen neben dem Schichtholzvorrat an der Hauswand, holte seine Reisetasche aus dem Kofferraum und betrat, begleitet von Esther Bott, das Haus. Drinnen führte ein schmaler Treppenaufgang ins Wohnzimmer. Avram stellte fest, dass sich seit seinem letzten Besuch nichts verändert hatte. Das musste nun schon mindestens zwanzig Jahre her sein.

Der ganze Raum wurde von Naturholz beherrscht: Es gab einen Holzdielenboden, Deckenbalken und rustikale Bauernmöbel. Alles wirkte sehr einfach, aber auch gemütlich und sauber. Durch die kleinen Kreuzfenster drang trotz der glühenden Abendsonne nur wenig Licht. Dadurch war es im Vergleich zu draußen angenehm kühl.

Genauso kühl, nur weniger angenehm, war die Begegnung mit Ludwig. Er saß an der Eckbank und blätterte in einer Zeitung. Als er Avram sah, verdüsterte sich sein Blick.

»Sieh mal, wen ich mitgebracht habe«, flötete Esther, die seinen Stimmungsumschwung gar nicht wahrzunehmen schien. »Avram darf das Haus seines Bruders nicht mehr betreten, weil die Polizei mit der Spurensuche noch nicht fertig ist. Ich habe ihm angeboten, hier zu übernachten. Das ist dir doch recht, nicht wahr?«

Eine rhetorische Frage. Aber obwohl man Ludwig Bott ansah, dass er lieber den Teufel im Haus gehabt hätte, knurrte er seine Einwilligung, und Esther zeigte Avram sein Zimmer.

Wie der Rest des Hauses war es ziemlich schlicht. Es gab ein Bett, einen Schrank, einen kleinen Tisch und zwei Stühle. An der Wand hing ein Jesuskreuz. Auf dem Tisch stand ein ausgestopftes Wiesel. Avram stellte seine Reisetasche in die Ecke und folgte Esther zurück ins Wohnzimmer.

»Vielen Dank für die Gastfreundschaft«, sagte er.

»Das ist doch selbstverständlich!«, erwiderte sie. »Wie lange kennen wir uns schon? Über vierzig Jahre.«

Wovon wir uns die letzten zwanzig Jahre nicht gesehen haben, dachte Avram im Stillen. Aber Oberaiching ist ein Dorf. Wer hier aufgewachsen ist, wird immer dazugehören, egal, wie lange er weg gewesen ist.

Aus irgendeinem Grund tröstete ihn dieser Gedanke. Er war wieder zu Hause, und es war ein gutes Gefühl, auch wenn der Anlass seines Besuchs kein angenehmer war.

Esther lächelte ihn voller Wärme an. »Ich will nur noch die Wäsche vollends aufhängen«, sagte sie. »Danach gibt's Abendessen.« Sie nahm seine Hand und drückte sie. Dann verschwand sie in Richtung Treppe und ließ Avram mit Ludwig allein.

Eine Minute sagte keiner der beiden Männer ein Wort. Schließlich brach Avram das Schweigen.

»Ich kann gehen, wenn du willst«, sagte er.

Ludwig Bott tat so, als würde er in seiner Zeitung lesen, aber Avram sah ihm an, dass es in ihm arbeitete. »Bleib meinetwegen«, knurrte er. »Aber nur für heute Nacht. Ich möchte, dass du morgen wieder verschwindest.«

Avram nickte. Sein Blick fiel auf Ludwigs rechte Hand – auf die beiden Finger, die ihm noch geblieben waren: den kleinen Finger und den Ringfinger. Ludwig hatte ihm die Schuld an der Verstümmelung gegeben, und in gewisser Weise hatte er damit sogar recht. Avram fragte sich, warum Ludwig ihn nicht einfach aus dem Haus warf.

Beim Abendessen hielt Ludwig Bott sich auffallend zurück, Esther und Avram bestritten die Unterhaltung quasi allein. Esther wollte bis ins Detail wissen, was vorgefallen war, und Avram spürte, wie gut es ihm tat, sich jemandem zu öffnen. Als das Gespräch später darauf kam, wie es ihm in den letzten zwanzig Jahren ergangen war, wo er wohne, was er arbeite und ob er Familie habe, erzählte Avram seine Lügengeschichte, wie immer, wenn er darauf angesprochen wurde. Er sei Berater für Sicherheitsfragen und reise viel herum, so dass er nie die Zeit gefunden habe, sich an eine Frau zu binden. Dabei schmückte er seine fiktive Vergangenheit routiniert mit ein paar glaubwürdigen Details aus, wie er es schon hundertmal getan hatte. Esther gab sich damit zufrieden, und Ludwig interessierte sich nicht dafür.

Nach dem Essen verzog Ludwig sich zum Fernsehen ins Wohnzimmer. Avram half Esther beim Abwasch in der Küche.

»Mach dir nichts draus«, raunte Esther ihm zu, während sie Wasser ins Becken einließ und Spülmittel dazugab. »Ludwig ist oft ein bisschen mürrisch. Das liegt nicht an dir.«

Avram nickte, aber er wusste, dass sie sich diesmal irrte. Um vom Thema abzulenken, erkundigte er sich nach dem Hof und den Tieren, und Esther erzählte ihm, wie schwer das Bauernleben in den letzten Jahren geworden war. »Ich beklage mich nicht«, sagte sie. »Aber die Subventionen werden immer weniger und die Auflagen immer strenger. Ich weiß nicht, wie lange wir noch durchhalten können. Manchmal denke ich, wir hätten es wie du machen sollen. Rechtzeitig weg von hier. In gewisser Weise beneide ich dich. Du hast etwas von der Welt gesehen.«

Avram nickte. »Ja, das habe ich«, sagte er. Vor allem den Tod, fügte er in Gedanken hinzu.

Nachdem der Abwasch erledigt war, setzten sie sich wieder an den Tisch und unterhielten sich. Ludwig würdigte sie dabei keines Blickes, sondern starrte stur auf seine Sportsendung.

Bei einer Flasche Rotwein kamen Esther und Avram auf alte Zeiten zu sprechen und ließen Erinnerungen an Lehrer und Mitschüler wiederaufleben. Ein nostalgischer Rückblick in die Vergangenheit, in der es für sie noch keine Sorgen und keine Nöte gegeben hatte.

Vor allem Esther taute unter dem Einfluss des Alkohols zunehmend auf. Sie lachte viel, erzählte eine Anekdote nach der anderen und stupste Avram dabei immer wieder freundschaftlich an, wenn er, scheinbar gedankenversunken, in sein Weinglas starrte.

Avram war dennoch erleichtert, als das Telefon klingelte und Esther aufstand, um das Gespräch anzunehmen.

»Meine Cousine«, stellte sie mit einem raschen Blick auf das Display fest. »Das kann eine Weile dauern.« Sie drückte einen Knopf und ging zum Telefonieren in ein Nebenzimmer.

Im Fernseher lief die Zusammenfassung der Bundesligaspiele.

»Lass die Finger von ihr!«, zischte Ludwig Bott, ohne die Augen vom Bildschirm abzuwenden.

Avram fiel erst jetzt auf, dass er einen hochroten Kopf hatte. »Ich habe nicht vor ...« Weiter kam er nicht.

»*Lass die Finger von ihr! Verstanden?* Wenn du die Finger nicht von ihr lässt, schneide ich sie dir ab, das schwöre ich! So, wie du es damals mit mir gemacht hast!«

Avram zweifelte nicht eine Sekunde daran, dass Ludwig es ernst meinte. Zumindest würde er sein Bestes versuchen, wenn Avram ihm einen Anlass dazu gab. »Ich werde Esther nicht anrühren«, sagte er ruhig. »Und wenn du willst, kann ich auf der Stelle gehen.«

Ludwig Bott schien sich zu entspannen. Die rote Farbe wich aus seinem Gesicht, und er sank tief in seinen Sessel zurück, wie jemand, den mit einem Mal sämtliche Kräfte verlassen haben.

»Du weißt nicht, wie es ist, ein Krüppel zu sein«, sagte er so leise, dass er beinahe vom Fernseher übertönt wurde. »Wie es ist, von den anderen angestarrt zu werden. Wie es ist, wenn man nur noch eine Hand richtig gebrauchen kann, weil an der anderen nur noch zwei Finger dran sind. Wie schwer einem die Arbeit fällt, weil man nicht mehr richtig zupacken kann. Und wie schwer es ist, eine Frau zu finden.« Er seufzte, wartete einen Moment. Der Fernseher plapperte weiter. »Du hast mir das angetan«, fuhr er schließlich fort. »Du ganz allein. Und ich habe dich dafür gehasst. Aber jetzt, wo Goran und die anderen vielleicht tot sind, bringe ich die Kraft nicht mehr auf, dich zu hassen. All die Jahre wollte ich es dir heimzahlen. Und jetzt endlich hätte ich die Gelegenheit dazu. Aber ich kann es nicht mehr. Vielleicht habe ich es nicht anders verdient.« Wieder machte er eine Pause, und Avram glaubte, Tränen in seinen Augen zu erkennen. Er wusste nicht, was er sagen sollte.

Ludwig Bott stierte jetzt mit glasigem Blick auf den Fernseher, ohne ihn wirklich wahrzunehmen. »Was ich damit sagen will ist, dass ich unseren Streit endlich vergessen will«, nahm er den Faden wieder auf. »Was geschehen ist, ist geschehen. Wir können es nicht mehr rückgängig machen, und ich will auch nicht mehr daran denken. Ich will nicht mehr in die Vergangenheit sehen, sondern in die Zukunft. Das Schicksal hat es letztlich gut mit mir gemeint und mir Esther geschenkt. Und ich will sie nicht verlieren.« Tränen rannen ihm übers Gesicht. Avram schenkte Ludwigs Weinglas voll und reichte es ihm. Der nahm es und leerte es in einem Zug. Dann rieb er sich mit seinem Hemdsärmel die Augen trocken, stand auf und ging zur Kommode, wo er aus einer Schublade ein weißes Briefkuvert zog und es Avram reichte.

»Was ist das?«

»Goran hat es mir gegeben. Letzten Samstag, glaube ich. Er sagte, ich solle es dir geben, falls du hier aufkreuzt und er nicht da ist. Heute Morgen hab ich nicht gleich daran gedacht, und als es mir wieder einfiel, war die Polizei bei dir. Da wollte ich nicht stören.«

Sie setzten sich an den Esstisch, und Avram betrachtete das Kuvert genauer. Keine Aufschrift. Nur ein einfaches, weißes Kuvert, wie man es in jedem Schreibwarenladen kaufen konnte. Er öffnete es und entfaltete ein Blatt Papier, mit Filzstift beschrieben. Es war eindeutig Gorans Handschrift. Avram las die wenigen Zeilen, verstand nicht, las sie noch einmal. Es fühlte sich an, als würde ein eisiger Finger über seinen Rücken fahren.

»Was steht drin?«, wollte Ludwig Bott wissen. »Oder willst du es mir lieber nicht verraten?«

Avram zögerte einen Moment, entschied sich dann aber dafür. Ludwig hatte sich ihm gegenüber von seiner verwundbarsten Seite gezeigt und damit Vertrauen verdient. Avram schenkte sich nach und nippte am Glas, um seine trockene

Kehle zu befeuchten. Dann las er laut: »*Geh zur Hölle, Avram. Dort wartet der Teufel auf dich. Ich habe ihn mit eigenen Augen gesehen. Nur Gottes Gnade kann dir jetzt noch helfen. Goran*«

Einen Moment lang saßen die beiden Männer schweigend am Tisch. Dann begann Ludwig Bott, heiser zu lachen. Als er damit fertig war, räusperte er sich und sah Avram aus kleinen, funkelnden Augen an. »Ich glaube, dein Bruder konnte dich noch weniger leiden als ich«, sagte er.

MONTAG

*Komm nach
Hause
und räche dich
an denen,
die uns
getötet haben*

14

Goran Kuyper, seine Frau Nadja sowie die Kinder Sascha und Akina saßen in einem dunklen Raum, jeder auf einen Stuhl gefesselt. Vor ihnen stand ein Tisch mit mehreren Lampen, die auf sie gerichtet waren. Die Männer dahinter konnten sie nicht sehen. Sie waren nur dunkle Schemen im grellen Gegenlicht.

Sascha weinte. Akina versuchte, ihre Angst zu beherrschen, aber sie zitterte am ganzen Leib. Nadja wimmerte und bettelte darum, dass man sie endlich freilassen möge. Goran saß einfach nur da, gekrümmt und blutüberströmt. Seine Nase war gebrochen, sein Unterkiefer ebenfalls. Ein schwarzgekleideter Hüne mit einer Ski-Maske über dem Gesicht schlug ihm noch einmal mit brutaler Gewalt gegen den Schädel. Dann ging er zu den anderen hinter den Tisch und verschmolz mit ihnen zu einer anonymen, bedrohlichen Masse.

»Ich frage Sie zum letzten Mal: Woher wussten Sie, dass wir dahinterstecken?«, sagte eine Stimme hinter den Strahlern. Sie klang nasal, scharf und unnachgiebig.

Goran starrte gegen das Licht und schwieg. Selbst wenn er gewollt hätte, hätte er nichts sagen können, denn er brachte den Mund kaum noch auf. Seine Lippe war geschwollen und aufgeplatzt. Mit der Zungenspitze konnte er fühlen, dass ihm mindestens drei oder vier Zähne fehlten.

Sie waren verloren, alle miteinander.

»Wie Sie wollen«, sagte die Stimme. »Murat, nehmen Sie

sich das Mädchen vor. Und hören Sie nicht auf, bis wir eine Antwort haben.«

Der Hüne in Schwarz trat wieder aus dem Schatten. Diesmal hatte er einen Schlagstock in der Faust. Seine Schritte hallten im Raum, als er zu Akina hinüberging und dicht vor ihr stehen blieb.

»Die letzte Chance für Sie, Kuyper«, näselte die Stimme hinter dem Tisch. »Nutzen Sie sie, sonst ist es zu spät.«

Goran schluchzte. Akina zitterte noch mehr als vorher und presste die Augen zu, als könne sie dadurch dem Grauen entgehen, das ihr bevorstand.

»Sag es endlich!«, kreischte Nadja hysterisch. Die Tränen hatten ihre Wimperntusche verschmiert. »Goran, ich flehe dich an! Sag ihnen, was sie wissen wollen, sonst tötet er sie!«

Goran starrte noch immer gegen das Licht und schwieg.

Das schwarze Monster hob den Schlagstock und holte aus ...

Avram Kuyper zuckte zusammen und riss die Augen auf. Sein Puls raste. Schweißperlen standen ihm auf der Stirn. Im ersten Moment wusste er nicht, was passiert war. Dann registrierte er, dass er nur geträumt hatte.

Ein Stein fiel ihm vom Herzen, und sein Puls begann, sich wieder zu normalisieren. Gleichzeitig wusste er, dass Goran und die anderen vielleicht noch viel Schlimmeres durchlebten als in seinem Traum. Falls sie nicht schon tot waren. Aber daran wollte er gar nicht denken.

Er nahm seine Hornbrille vom Fenstersims, setzte sie auf und warf einen Blick auf seine Armbanduhr. Kurz vor halb sieben. Das fahle Licht der Dämmerung sickerte durchs Fenster. Als Avram den halb zugezogenen Vorhang zur Seite schob, empfing ihn ein wolkenloser Morgenhimmel, doch die Aussicht auf einen schönen Tag wollte so gar nicht zu seiner Stimmung passen.

Er stand auf und zog sich an. Als er das Zimmer verließ, fiel sein Blick auf das Jesuskreuz an der Wand. Die Erfahrung hatte ihn gelehrt, dass es keinen Gott gab. Heute hoffte er, dass er sich täusche.

In der Küche trank er einen Schluck Milch aus dem Kühlschrank, dann ging er die Treppen hinab zum Ausgang. Unten hörte er aus dem hinteren Teil des Hauses gedämpftes Schnarchen. Esther und Ludwig schliefen offenbar noch. Leise schlich Avram aus dem Haus.

Auf der Fahrt nach München dachte er über Gorans sonderbaren Brief nach.

Geh zur Hölle, Avram. Dort wartet der Teufel auf dich.

In der Nacht hatte er lange darüber gegrübelt, was Goran damit meinte. Aber wie er die Sache auch drehte und wendete, es konnte nur eines bedeuten: Irgendwie war Goran dahintergekommen, dass er und Nadja miteinander geschlafen hatten. Das war zwar schon sieben oder acht Jahre her, aber Avram konnte es seinem jüngeren Bruder nicht verübeln, dass er ihn dafür verfluchte. An seiner Stelle hätte er dasselbe getan. Wenn nicht sogar Schlimmeres.

Er biss die Zähne zusammen und versuchte, sich wieder auf die Straße zu konzentrieren – vergeblich. Was war nur auf dem Kuyperhof geschehen? Ein Eifersuchtsdrama? Hatte Goran Nadja und den Kindern etwas angetan, weil er es nicht ertragen konnte, der gehörnte Ehemann zu sein?

Aber das passte nicht zu der Botschaft, die er Avram auf dem Anrufbeantworter in Amsterdam hinterlassen hatte.

Komm nach Hause und räche dich an denen,
die uns getötet haben.

Es sei denn, Goran wollte ihn bewusst hierherlocken, um ihm eine Falle zu stellen.

Avram schluckte. Der Gedanke war völlig abwegig. *Genauso abwegig wie die Vorstellung, ein Verhältnis mit der Frau seines Bruders einzugehen.*

Er fühlte sich miserabel. Konnte es tatsächlich sein, dass seine Affäre mit Nadja der Auslöser für eine Familientragödie war? Weil er vor einigen Jahren seine Hormone nicht im Griff gehabt hatte – nur ein einziges Mal? Etwas in ihm sträubte sich, das zu glauben. Er kannte Goran von klein auf, wusste, wie er tickte. Wenn sein jüngerer Bruder die Wahrheit erfahren hätte, wäre für ihn zwar eine Welt zusammengebrochen und vermutlich hätte er sich tief verletzt in sein Schneckenhaus zurückgezogen. Er hätte Nadja eine Szene gemacht, sie vielleicht sogar angeschrien, und zweifellos hätte er Avram zum Teufel gewünscht, so wie in seinem Brief. Aber weder hätte er seiner Familie etwas angetan noch Avram in eine Falle gelockt, um sich an ihm zu rächen. So war Goran nicht.

Zumindest nicht der Goran, den er kannte.

Nein, ihm ist etwas zugestoßen. Und ich muss herausfinden, was das war.

Ein schwarzer Lieferwagen lenkte Avram von seinen düsteren Grübeleien ab. Er fuhr in einigem Abstand hinter ihm, blieb aber stets in Sichtweite. Avram behielt den Wagen über den Rückspiegel im Auge, konnte aber das Nummernschild nicht erkennen, dafür war die Distanz zu groß. Als er das Tempo drosselte, fiel auch der Lieferwagen zurück. Zufall? Wenn, dann ein ziemlich merkwürdiger.

Aber irgendwann bog der Lieferwagen ab, und Avram gestand sich ein, dass er sich wohl getäuscht hatte. Verfolgungswahn – ein Berufsrisiko.

Eine halbe Stunde, nachdem er den Bott'schen Hof in Oberaiching verlassen hatte, schwenkte er in eine Seitenstraße der B11 in München-Pullach ein, wo sich der Firmensitz des *Horizont* befand – der Zeitschrift, für die Goran arbeitete. Avram hatte die Adresse auf der Herfahrt über sein Smartphone gegoogelt. Hier wollte er herausfinden, woran sein jüngerer Bruder in den letzten Wochen gearbeitet hatte. Vielleicht hatte er bei den Recherchen zu einem seiner Artikel in ein Hornissennest gestochen und sich dabei Feinde gemacht.

So früh am Morgen war in dieser Gegend wenig los, so dass Avram einen Parkplatz direkt vor dem Firmengebäude fand – einem schlichten, würfelförmigen Bau aus Glas und Beton, fünf Stockwerke hoch. Ein Schild am Postkasten verriet, dass in den unteren vier Etagen zwei IT-Firmen residierten. Die *Horizont*-Redaktion befand sich ganz oben. Ein schwacher Lichtschein in der Fensterfront verriet, dass dort schon irgendwo gearbeitet wurde.

Die Eingangstür war verschlossen. Avram wollte gerade klingeln, als eine Frau mit draller Oberweite und viel zu engen Jeans auf ihn zustöckelte. Sie war im selben Alter wie Avram, schminkte sich aber wie ein Teenager. Immerhin schien sie bestens gelaunt zu sein.

»Wohin wollen Sie denn, junger Mann?«, fragte sie kess.

»Ich habe einen Termin mit einem Reporter vom *Horizont*.«

»Ach ja? Bei wem denn?« Anscheinend kannte sie sich in der Redaktion aus.

»Goran Kuyper«, sagte Avram.

Die Frau zog die Augenbrauen nach oben. »So früh? Ich weiß nicht, ob der schon da ist. Aber kommen Sie einfach mit, dann werden wir ja sehen.«

Sie gingen zum Aufzug, fuhren in den fünften Stock und betraten durch eine Glastür die Redaktion. Schon das zweite Zimmer war Gorans Büro. Die Frau klopfte an der Tür und steckte den Kopf hinein.

»Wie vermutet, noch nicht da«, stellte sie fest. »Entweder Sie probieren es später noch mal oder Sie warten. Dort drüben ist ein Kaffeeautomat. Bedienen Sie sich, wenn Sie wollen.«

Avram witterte eine Chance, sich ungehindert in Gorans Büro umsehen zu können. »Kaffee klingt nicht schlecht«, sagte er und bedankte sich.

Der Wartebereich bestand aus einer beigen Kunstledercouch und einem kleinen Tisch, auf dem einige Ausgaben des Magazins als Leseprobe ausgelegt waren. Avram nahm sich die letzten beiden Hefte und fand darin zwei Artikel von Goran, die er aber schon kannte, weil er den *Horizont* abonniert hatte. Keiner davon war so brisant, dass Goran sich damit echte Feinde gemacht haben konnte.

Avram holte sich einen Espresso und sah sich in der Redaktion um. Im Wesentlichen war das ein großer, durch eine lange Glastheke vom Wartebereich abgetrennter Raum mit einem Dutzend Schreibtische. Im Moment war nur einer davon besetzt, von einem jungen Mann mit Ziegenbart, der in eine Computerarbeit vertieft war. Die Frau, die Avram hereingelassen hatte, war in einem der umliegenden Büros verschwunden.

Perfekte Voraussetzungen.

Avram leerte seinen Becher und trat an die Theke. Der Ziegenbart sah von seinem Bildschirm auf.

»Ich wollte zu Carola Friedrich, aber sie ist noch nicht da«, sagte Avram. Der Name hatte an der Tür neben Gorans Büro gestanden. »Leider bin ich in Eile. Ich werde es später noch mal probieren. Wären Sie wohl so freundlich, mir ein Taxi zu rufen?«

»Kein Problem.«

»Ich warte unten. Vielen Dank!«

Avram wandte sich zum Gehen. Am Ausgang vergewisserte er sich, dass der Ziegenbart wieder mit dem Rücken zu ihm saß und durch das Telefonat abgelenkt war. Dann schlüpfte Avram leise in Gorans Büro und zog die Tür hinter sich zu. Mit etwas Glück würde er jetzt genug Zeit haben, um sich hier umzusehen.

15

Die Sonne schien in feinen Streifen durch die heruntergelassene Lamellenjalousie des Besprechungszimmers 352 im Frankfurter Polizeipräsidium. Dadurch wirkte der Raum viel freundlicher als am Sonntag, fand Emilia. Die Fotos, die vom Deckenbeamer an die Leinwand geworfen wurden, waren dagegen alles andere als freundlich – Bilder, die das Spurensicherungsteam vom Tatort im *Hotel Postmeister* gemacht hatte.

Die Runde war größer als gestern. Hauptkommissar Bragon und Judith Claasen standen vorne neben der Leinwand und führten durch die Besprechung. An der U-förmig gestellten Tischreihe saßen außer Emilia die beiden jungen Beamten, die sie schon tags zuvor kennengelernt hatte – Kommissar Pezzoni und Kommissarin Dittrich. Auch der Leiter der Mordkommission war anwesend, der Erste Polizeihauptkommissar Eibermann. Verstärkt wurde das Ermittlerteam durch vier weitere Polizisten, die Emilia erst kurz vor Beginn der Besprechung kennengelernt hatte.

Mikka Kessler fehlte. Abgemeldet hatte er sich nicht, und er ging auch nicht ans Handy. Niemand wusste, wo er steckte.

Hauptkommissar Bragon und Judith Claasen wechselten sich bei den Erläuterungen zum aktuellen Stand der Ermittlungen immer wieder ab. Die Leiterin der Spurensicherung war dabei sichtlich in ihrem Element. Sie spulte über den Beamer eine ganze Galerie von Fotos ab, kreiste mit ihrem

Laserpointer wichtige Details ein und unterstrich Dinge, die ihres Erachtens besondere Beachtung verdienten, mit ausladenden Gesten. Bei Rückfragen der anderen zuckte ihr Vogelgesicht unter der orangeroten Ananasfrisur hin und her. Dann flötete sie ihre Antworten schnell und präzise.

Bragon war das krasse Gegenteil. Auch er wusste genau, wovon er sprach, aber er verströmte bei seinen Ausführungen so viel Gemütlichkeit, dass es Emilia nach einer gewissen Zeit schwerfiel, sich zu konzentrieren. Allein das Thema hielt sie bei der Stange.

Judith Claasen begann damit, für alle neuen Mitglieder des Ermittlerteams den mutmaßlichen Tathergang zu erläutern: Ein Unbekannter hatte sich am vergangenen Dienstag im *Hotel Postmeister* ein Zimmer genommen und war dort in der Nacht von Samstag auf Sonntag überfallen worden, während er bei einer Flasche Schnaps an seinem Laptop saß. Der Täter hatte ihm zuerst in den linken Handteller geschossen und ihn dann mit einem weiteren Schuss in den Kopf getötet.

»Wenigstens dürfte er davon nicht mehr allzu viel mitbekommen haben«, sagte Judith Claasen. »Er hatte zu diesem Zeitpunkt 2,5 Promille im Blut. Seine Leberwerte belegen aber, dass er kein Trinker war. Das heißt, dass er schon beinahe bewusstlos war, als der Mörder auf ihn schoss.«

Der Name des Opfers war immer noch unbekannt, fuhr sie fort. Man hatte seine Kleidung und sein Gepäck im Labor untersucht, aber weder Papiere noch andere Gegenstände gefunden, die auf seine Identität hindeuteten. Die Analyse der Fingerabdrücke auf der Schnapsflasche, dem Trinkglas und der Laptoptastatur hatte keine Ergebnisse gebracht. Anhand einer Blutprobe wurde zurzeit auch eine DNS-Analyse durchgeführt. Das Ergebnis lag aber noch nicht vor.

Bragon schilderte die Zeugensituation: Es gab einen Obdachlosen namens Herbert Holbeck, der vom Rohbau auf der anderen Straßenseite aus das Hotel beobachtet hatte. Er hatte gesehen, wie ein Hotelgast nach dem ersten Schuss aus dem Fenster geschaut hatte und anschließend wieder nach drinnen verschwunden war. Der Mann war zu diesem Zeitpunkt, abgesehen vom Mordopfer, der einzige weitere Gast im Hotel gewesen. Da Holbeck ihn am Fenster gesehen hatte, schied er als Mörder aus, aber er konnte eventuell wertvolle Hinweise auf den Tathergang liefern. Das Problem war, dass er sein Zimmer unter einem falschen Namen angemietet hatte: Martin Sonnenberg. Von ihm fehlte bislang jede Spur.

Immerhin gab der Laptop des Toten Anlass zu der Hoffnung, in dem Fall bald ein Stück weiterzukommen. Das Windows-Passwort war von einem Polizeiexperten problemlos geknackt worden. Jetzt mussten die Dateien noch gesichtet werden, um festzustellen, ob sie Hinweise darauf lieferten, wem der Laptop gehörte.

»Das Gerät ist etwa fünf Jahre alt«, sagte Judith Claasen und blendete ein Bild des Laptops ein. »Aber es enthält ziemlich viele Dateien, auch aus der Zeit davor. Beinahe so, als hätte der Besitzer den Laptop als eine Art Back-up-System benutzt. Die erste Sichtung hat gezeigt, dass viele Dateien passwortgeschützt sind – leider mit unterschiedlichen Passwörtern. Es ist zwar kein Problem, sie zu knacken, aber es wird eben ein bisschen länger dauern, bis wir herausgefunden haben, ob irgendwo eine aktuelle Adresse oder wenigstens der Name des Toten abgespeichert ist.«

»Liegen irgendwelche Vermisstenmeldungen vor, die auf den Toten passen?«, fragte EPHK Eibermann.

Bragon schüttelte den Kopf. »Ich habe heute Morgen einen Suchlauf durchgeführt. Fehlanzeige. Auch in der Verbrecherdatei ist niemand gespeichert, der auf den Toten passt. Im Moment können wir leider nur sagen, dass es sich um einen männlichen Weißen handelt, etwa Mitte bis Ende vierzig. Er hat links oben einen goldenen Backenzahn und eine gut verheilte Wunde am Knie, die offenbar von einer Operation herrührt. Wir gehen davon aus, dass er verheiratet war. Er trug zwar keinen Ehering, aber er hat eine weiße Stelle am Ringfinger. Ansonsten gibt es keine weiteren körperlichen Besonderheiten.«

Anschließend ging Judith Claasen auf einzelne Aspekte des Tathergangs ein. Auch hierzu warf sie über den Beamer Bilder an die Leinwand.

»Wir haben in dem Hotelzimmer insgesamt achtunddreißig verschiedene Fingerabdrücke gefunden – zusätzlich zu denen des Toten«, sagte sie. »Einer davon ist registriert, die anderen siebenunddreißig nicht. Ob eine dieser Personen der Mörder ist, steht im Moment noch offen.« Sie drückte einen Knopf auf ihrer Fernbedienung, und auf der Leinwand erschien das Foto eines etwa zwanzigjährigen dunkelhäutigen Mannes mit hohen Wangenknochen und schräger Nase. »Der registrierte Fingerabdruck gehört zu diesem Mann: Kemal Bourgasi. Stammt aus Marokko. Hat drei Jahre in der Strafvollzugsanstalt Stuttgart-Stammheim gesessen, wegen Diebstahls und schwerer Körperverletzung. Er hat einen Rentner mit einer Brechstange zusammengeschlagen und ihm das Auto geklaut. Das war vor acht Jahren. Bourgasi ist heute neunundzwanzig. Aufenthaltsort unbekannt.«

Bragon strich sich mit zwei Fingern über den Schnauzbart. »Ich habe eine deutschlandweite Fahndung nach ihm ausgeschrieben«, sagte er in die Runde.

»Ich werde sehen, was sich bei Interpol über Bourgasi herausfinden lässt«, warf Emilia ein. »Vielleicht war er in den letzten Jahren auch im Ausland aktiv.«

EPHK Eibermann nickte mit ernstem Gesicht.

»Zu wem die anderen Fingerabdrücke gehören, wissen wir im Moment nicht«, fuhr Judith Claasen fort. »Ich gehe davon aus, dass zwei davon den Betreibern des *Hotels Postmeister* gehören – Ludmilla Rostow und ihrem Sohn Kolja. Im Lauf des Tages werden wir das genau feststellen.«

»Ist Kolja Rostow inzwischen aufgetaucht?«, fragte Emilia, die sich daran erinnerte, dass seine Mutter ihn übers Wochenende nicht gesehen hatte – zumindest hatte sie das behauptet.

»Ich habe heute noch nicht mit Frau Rostow telefoniert«, sagte Bragon. »Falls der Junge verschwunden bleibt und sich aus irgendeinem Grund als verdächtig erweist, können wir ihn natürlich auch zur Fahndung ausschreiben.«

Kommissarin Dittrich fragte nach der Mordwaffe.

Judith Claasens orangeroter Schopf zuckte wie bei einer aufgeregten Henne. »Inzwischen steht fest, dass es sich um ein 9-mm-Kaliber handelt. Da beide Schüsse aus nächster Nähe abgegeben wurden und auf hartem Untergrund einschlugen – eine in den Boden und eine in die Wand –, sind die Deformierungen so stark, dass weitere Rückschlüsse leider nicht möglich sind.« Sie wartete einen Augenblick auf weitere Fragen. Als diese ausblieben, drückte sie wieder auf die Fernbedienung. Auf der Leinwand erschien das Bild eines schwarzen, ledernen Schlüsseletuis. Die dazugehörigen Schlüssel lagen einzeln daneben, sauber aufgereiht wie in einer Verkaufsauslage. »Dieser Schlüsselbund befand sich in der Hostentasche des Toten«, sagte Judith Claasen und richtete ihren Laserpointer auf die Leinwand. »Die drei großen Schlüssel sind gewöhnliche Haus- und Zimmerschlüssel ohne besondere Merkmale. Dieser kleinere hier gehört wahrscheinlich zu einem Briefkasten oder zu einem Vorhängeschloss. Auch an ihm gibt es keine Auffälligkeiten. Nur dieser hier hat eine Besonderheit ...« Der rote Lichtpunkt auf der Leinwand beschrieb einen Kreis um den letzten der fünf Schlüssel, der sich in Form und Größe kaum von dem vorherigen unterschied. Aber auf dem Griff war etwas eingraviert.

Judith Claasen drückte erneut auf die Fernbedienung. Das Bild zeigte jetzt eine Vergrößerung des Schlüssels. Die Gravur war eine Zahl: 33.

»Wir gehen davon aus, dass es sich um einen Schließfachschlüssel handelt«, übernahm Bragon wieder das Wort. »Leider wissen wir nicht, zu welchem Schließfach er gehört.«

»Wir können das Bild an Interpol schicken und es mit unserer Bestandsdatei abgleichen«, schlug Emilia vor. Im Lauf vieler Jahrzehnte hatte sich in Lyon ein ordentliches Archiv aufgebaut. Mit etwas Glück würde es ihnen verraten, zu welchem Schließfach der Schlüssel passte.

EPHK Eibermann nickte, dankbar für jede noch so kleine Spur. »Tun Sie das«, brummte er. »Im Moment kann alles wichtig sein. Prüfen Sie Ihre Datei und geben Sie Bescheid, wenn Sie etwas finden.«

Bragon nickte Judith Claasen zu, die das nächste Bild an die Leinwand warf. Es zeigte eine Handfläche mit einem schwarzroten Loch in der Mitte. Darüber hatte jemand etwas mit Kugelschreiber gekritzelt.

»Das hier ist die verletzte linke Hand des Toten«, sagte Bragon, ohne sich zur Leinwand umzudrehen. »Der Schriftzug, den Sie sehen, ist erst bei der Obduktion aufgefallen, nachdem der Pathologe das Blut abgewaschen hatte. Es handelt sich um dieselbe Schrift wie in dem Brief an Agentin Ness, den wir im *Hotel Postmeister* gefunden haben. Das heißt, der Tote hat sich diesen Vermerk selbst auf der Hand angebracht. Wir gehen davon aus, dass er beim Telefonieren oder in einem anderen Gespräch keinen Notizblock dabeihatte. Deshalb hat er seine Handfläche als Merkzettel benutzt.«

»Und was hat er da geschrieben?«, fragte einer der Neuzugänge im Team. Auch Emilia konnte den Schriftzug nicht entziffern. Selbst als Judith Claasen das Bild vergrößerte, ergab das Gekrakel keinen Sinn – bringligltto stand dort. Vielleicht auch bningliytto. Was sollte das bedeuten?

»Zugegeben – das war nicht leicht zu entschlüsseln«, sagte die Leiterin der Spurensicherung. »Und es ist uns nur mit Hilfe des Briefs an Agentin Ness gelungen, den wir als Vergleichsmuster zu Rate gezogen haben. Auf der Hand des Toten steht *bringlightto*. Englisch – bring light to. Bringe jemandem Licht. Oder: Bringe Licht irgendwohin. Allerdings wissen wir noch nicht, warum er es aufgeschrieben hat und was er damit gemeint haben könnte.«

»Wir wissen noch nicht einmal, ob dieser Vermerk irgendetwas mit seinem Tod zu tun hat«, warf EPHK Eibermann ein und sah ungeduldig auf seine Armbanduhr. »Gibt es sonst noch etwas, das im Moment wichtig sein könnte? In einer halben Stunde sollte ich nämlich bei der Einsatzbesprechung für die angekündigte Demo heute Mittag sein.«

»Ich denke, für den Augenblick ist das alles«, sagte Bragon. Judith Claasen nickte.

»Das heißt, unsere heißeste Spur ist dieser Marokkaner?«, seufzte Eibermann.

»Und der Unbekannte, der unter dem Namen Martin Sonnenberg ein Zimmer im Stockwerk über dem Tatort gemietet hat«, ergänzte Bragon.

»Ja, richtig«, brummte Eibermann. »Sonnenberg. Sehen Sie zu, dass Sie den Kerl irgendwie auftreiben. Vielleicht hat er etwas gesehen.«

»Ich finde, wir sollten ihn einfach fragen.« Der Einwurf kam von jemandem, der sich unbemerkt zur Tür hereingeschlichen hatte – Mikka Kessler. Alle Blicke richteten sich auf ihn. Wer zu einer so wichtigen Besprechung eine Dreiviertelstunde zu spät kam, setzte sich normalerweise schweigend oder allenfalls eine Entschuldigung murmelnd an seinen Platz. Kessler stand dagegen mit einer geradezu unverschämten Lässigkeit im Eingang, eine Hand locker in der Hosentasche, mit strahlenden Augen und einem verschmitzten Lächeln, das vor Selbstbewusstsein nur so strotzte.

»Und würden Sie wohl die Güte haben, uns zu erklären, wo wir Sonnenberg finden können?«, knurrte Eibermann mit einem Blick, der klarmachte, dass er von solchen Auftritten nicht besonders angetan war.

Kessler ließ das unbeeindruckt. »Ja, Chef«, antwortete er mit erhobenen Augenbrauen. »Ja, ich glaube, das kann ich.«

16

Mikka Kessler stellte seinen Audi im Parkhaus des Frankfurter St. Elisabethen-Krankenhauses ab und führte Emilia in die chirurgische Abteilung. Der Stationsarzt, mit dem sie sprachen, bat sie, behutsam mit dem Patienten umzugehen, denn er hatte außer einem mehrfach gebrochenen Bein und zahlreichen Prellungen auch eine schwere Gehirnerschütterung.

Sie betraten Zimmer Nummer 14, in dem nur ein Bett stand. Darin lag ein etwa sechzigjähriger Mann mit bandagiertem Kopf und hochgelagertem Gipsbein. Sein rechter Wangenknochen war violett verfärbt und geschwollen. Als Emilia und Kessler näher traten, griff er nach der Triangel über seinem Bett und versuchte, sich aufzurichten. Auch sein Arm war von blauen Flecken und Schürfwunden übersät. Emilia fragte sich, was mit ihm passiert war. Auf der Herfahrt hatte Kessler nicht viel verraten. Irgendwie schien es ihm Spaß zu machen, sie ein bisschen zappeln zu lassen.

Der Mann vor ihr drückte einen Knopf am Bett, so dass das Kopfteil nach oben fuhr. Emilia versuchte, ihn sich ohne Bandage und ohne Schwellungen vorzustellen, und kam zu dem Schluss, dass er tatsächlich auf die Beschreibung passte, die Ludmilla Rostow und der obdachlose Herbert Holbeck abgegeben hatten.

Kessler warf einen Blick auf das mit Filzschreiber geschriebene Namensschild am Fußende des Bettes. »Sind Sie Dieter Grabert?«

Der Mann verzog keine Miene. »Wer will das wissen?«

»Die Frankfurter Polizei. Und Interpol.« Kessler zeigte seine Marke und stellte sich und Emilia vor.

Falls Grabert das beeindruckte, ließ er es sich nicht anmerken. »Was wollen Sie hier?«, fragte er barsch. »Alles, was ich weiß, habe ich schon zu Protokoll gegeben. Haben Sie die Scheißkerle endlich erwischt?«

Emilia hatte keine Ahnung, wovon er sprach.

Kessler klärte sie auf: »Herr Grabert wurde Samstagnacht überfallen, so gegen 22.30 Uhr. Er wurde von drei Halbstarken angegriffen und zusammengeschlagen. Einer von ihnen hatte eine Eisenstange. Der Vorfall wurde von einem Beamten aufgenommen, der am Samstag in Ginnheim Streife fuhr. Gestern Abend habe ich ein bisschen im Polizeicomputer herumgestöbert und bin auf den Eintrag gestoßen. Der Überfall fand nur einen Kilometer vom *Hotel Postmeister* statt.«

Graberts Blick verfinsterte sich, wohl weil er begriff, dass die beiden Polizisten gar nicht wegen des Überfalls hier waren.

»Sind Sie hergekommen, um Vorträge zu halten, oder was? Ich habe alles zu Protokoll gegeben, was ich weiß«, knurrte er grimmig.

Kessler hielt seinem Blick mühelos stand. »Was ich noch vergessen habe«, sagte er. »Herr Grabert ist Gemeinderatsvorsitzender von Wetzlar und hat höllische Angst, in einen Mordfall verwickelt zu werden.«

Grabert war Politiker genug, um äußerlich ruhig zu bleiben. Aber seine Augen versprühten plötzlich eine Kälte, die die Temperatur im Zimmer um zwanzig Grad zu drücken schien.

»Keine Ahnung, wovon Sie reden.«

»Woher habe ich nur gewusst, dass Sie das sagen würden?«

»Wahrscheinlich, weil Sie nur versuchen, mir etwas zu unterstellen.«

Aus irgendeinem Grund waren die beiden Männer sich nicht grün. Sie stierten sich an wie Preisboxer vor dem Kampf. Emilia beschloss einzuschreiten, bevor das Gespräch jetzt schon in eine Sackgasse geriet.

Sie berührte Kessler am Arm. Er begriff, was sie ihm damit sagen wollte, und gab ihr mit einem knappen Nicken zu verstehen, dass er damit einverstanden war, wenn sie die Gesprächsführung übernahm.

»Herr Grabert, wir ermitteln in einem Mordfall, der sich am vergangenen Samstag im *Hotel Postmeister* ereignet hat. Wir wissen, dass Sie dort übernachtet haben«, sagte sie.

»Wenn schon? Ich kann ja wohl übernachten, wo ich will.«

»Aber Sie waren zur Tatzeit im Hotel. Deshalb sind wir hier. Sie sind ein potentieller Zeuge in einem Mordfall, und ich frage Sie, ob Sie irgendetwas gesehen oder gehört haben, das uns weiterhelfen kann. Ihre Aussage ist wichtig. Sie wäre die erste brauchbare Spur in unserem Fall.«

Die Kälte in seinen Augen ließ nach, und er schien sich ein bisschen zu entspannen. Anscheinend hatte sie mit der Mischung aus Geradlinigkeit und Bauchpinselei den richtigen Ton bei ihm getroffen.

»Ich würde Ihnen ja gerne weiterhelfen«, sagte Grabert. »Aber ich weiß von keinem Mord. Tut mir leid.«

»Sie haben also nichts mitbekommen?«

Er schüttelte den Kopf mit dem Ausdruck von aufrichtigem Bedauern im Gesicht. Eine reife schauspielerische Leistung. Hätte Emilia nicht gewusst, dass er log, wäre sie glatt darauf reingefallen.

»Sie haben keine Schüsse im Hotel gehört?«, hakte sie nach.

»Absolut gar nichts.«

Er nahm sie offenbar nicht für voll. Vielleicht schien sie ihm zu jung, um professionell zu sein, oder vielleicht lag es daran, dass sie eine Frau war. Mit solchen Vorurteilen hatte sie oft zu kämpfen. Nach ihrer Erfahrung half dagegen nur ein Mittel – sie musste sich Respekt verschaffen. Erst danach war ein zielführendes Gespräch möglich.

»Herr Grabert, mit Ihren schauspielerischen Fähigkeiten sollten Sie sich beim Theater bewerben«, sagte sie. »Denn wenn erst bekannt wird, aus welchem Grund Sie im *Postmeister* waren, werden Sie einen neuen Job brauchen.« Sie kannte diesen Grund nicht, aber sie war ziemlich sicher, dass er etwas mit Prostituierten zu tun hatte. Warum sonst hätte ein Gemeinderatsvorsitzender eine Absteige wie das *Postmeister* gewählt?

Graberts Wangenknochen zuckten. Sie hatte ins Schwarze getroffen.

»Sie sind zur Tatzeit gesehen worden«, fuhr Emilia fort. »Es gab zwei Schüsse. Kurz nach dem ersten haben Sie das Fenster geöffnet. Kurz nach dem zweiten haben Sie das Hotel verlassen. Wir haben einen Augenzeugen. Er sitzt unten im Wagen. Soll ich ihn holen?« Natürlich stimmte das nicht. Aber sie war gerade so schön in Fahrt, und sie hatte genug Details erwähnt, um durchblicken zu lassen, dass sie nicht nur blufte.

Graberts Blicke hätten sie am liebsten schockgefroren. Jetzt wusste er wenigstens, woran er war.

»Ich bewundere Ihr subtiles Vorgehen«, raunte Kessler ihr zu. »Macht so ein Gespräch doch gleich viel entspannter.«

Emilia unterdrückte ein Schmunzeln und konzentrierte sich wieder auf Grabert. »Hält Ihre partielle Amnesie an, oder erinnern Sie sich jetzt an die Schüsse?«, drängte sie.

An seiner Miene erkannte sie, wie sein Widerstand nachgab. Er brach den Augenkontakt ab. Seine Kiefer mahlten. Er sah ein, dass Leugnen keinen Sinn mehr machte. »Ja, ich habe die Schüsse gehört«, gab er zu. »Beim ersten Schuss dachte ich, er käme von draußen auf der Straße. Deshalb bin ich zum Fenster. Dann habe ich erkannt, dass dort nichts war und dass der Schuss im Hotel gefallen sein musste. Was soll ich sagen? Ich hatte Angst. Und ich wollte in nichts hineingeraten. Also habe ich meine Sachen zusammengerafft und bin abgehauen.«

»Was haben Sie dabei gesehen oder gehört?«

»Wenn ich es Ihnen doch sage: Nichts. Absolut gar nichts!«

Er versuchte immer noch, sich mit vorgeschobener Unwissenheit aus der Affäre zu ziehen, da war Emilia sicher. Zeit für die nächste Eskalationsstufe. »Ich sehe, Sie tragen einen Ehering«, sagte sie. »Wie wird Ihre Frau reagieren, wenn sie erfährt, aus welchem Grund ihr Mann in diesem Hotel war?«

»Sie hat meine gelegentlichen Ausrutscher längst akzeptiert.«

»Oder wenn morgen in der Zeitung steht, dass der Gemeinderatsvorsitzende von Wetzlar wegen Mordverdachts verhaftet wurde?«

Das saß. Dass er nicht nur als Zeuge, sondern auch als Täter in Frage kam, war ihm offenbar noch gar nicht in den Sinn gekommen. Plötzlich wich alle Farbe aus Graberts Gesicht.

»Es gefällt Ihnen, mich in die Ecke zu treiben, nicht wahr?«, zischte er. »Es gefällt Ihnen so sehr, dass Sie dabei vergessen, sich auf Ihre eigentliche Aufgabe zu konzentrieren – nämlich den *wahren* Täter zu schnappen.«

»Genau das will ich«, entgegnete Emilia. »Aber das kann ich nur mit Ihrer Hilfe, denn Sie sind im Moment der Einzige, der uns auf die richtige Spur führen kann. Sagen Sie mir, was Sie wissen, und ich verspreche Ihnen, dieses Gespräch so diskret wie möglich zu behandeln.«

Grabert zögerte noch einen Moment, dann brach sein letzter Widerstand in sich zusammen. »Also schön«, seufzte er. »Wo soll ich anfangen? ... Da war also dieser Schuss. Ich war wie gesagt ziemlich sicher, dass er aus dem Hotel kam, und ich hatte eine Scheißangst. Im ersten Moment wollte ich mich im Zimmer einschließen und warten, bis die Luft wieder rein ist. Dann kam der zweite Schuss, und ich dachte, dass es besser ist, zu verschwinden, bevor noch mehr passiert. Deshalb habe ich meine Sachen geschnappt und bin in den Flur geschlichen.«

»Haben Sie auf dem Weg nach unten jemanden gesehen?«

»Ja. Im zweiten Stock. Dort kam jemand aus dem Korridor. Ein junger Mann mit einer Pistole in der Hand. Mir ist vor Schreck fast das Herz stehengeblieben.«

»Haben Sie sein Gesicht gesehen?«

Grabert schüttelte den Kopf. »Trotzdem wird es nicht schwer sein, ihn zu identifizieren. Er hatte eine Glatze mit einem Tattoo darauf. Ich glaube, das ist der Sohn der Hotelbesitzerin.«

»Kolja Rostow?«

»Keine Ahnung wie er heißt. Aber ich habe ihn ein paarmal im Hotel gesehen.«

»Was für ein Tattoo ist das?«, fragte Kessler. Er hatte Stift und Block in der Hand und machte sich ein paar Notizen.

»Eine Art Drache würde ich sagen.«

»Und hat Rostow Sie in der Mordnacht gesehen?«

Grabert verzog seinen Mund zu einem bitteren Grinsen. »Wäre ich sonst noch am Leben? Er ist die Treppen runtergelaufen und dann im Keller verschwunden. Als er weg war, bin ich nach draußen geschlichen und abgehauen. Bin die Straße entlanggerannt. Ich wollte einfach nur weg, so schnell wie möglich – und dann bin ich ausgerechnet diesen verfluchten Kanaken in die Arme gelaufen.«

Kessler warf Emilia einen vieldeutigen Blick zu. »Herr Grabert hat im Polizeibericht angegeben, von vier Türken überfallen worden zu sein«, sagte er.

Emilia nickte. Obwohl Grabert schlimm zugerichtet war, konnte sie kein Mitleid mit ihm empfinden. Er hatte seine Aussage als Mordzeuge umgehen wollen, um seine politische Karriere nicht zu gefährden – und das Leben hatte ihn dafür bestraft. Für Emilia war das so etwas wie ausgleichende Gerechtigkeit.

Sie wandte sich an Kessler. »Ich denke, Sie sollten für Herrn Grabert einen Polizisten als Wache abstellen«, sagte sie. »Oder Sie lassen ihn in ein anderes Krankenhaus verlegen – für den Fall, dass Kolja Rostow ihn vielleicht doch gesehen hat und versucht, ihn aufzuspüren.«

Grabert hatte während seiner Aussage die meiste Zeit auf die Bettdecke gestarrt. Jetzt blickte er erschreckt zu Emilia.

»Denken Sie, dass ich mich in Gefahr befinde?«, fragte er. Seine Stimme war plötzlich kratzig geworden. »Denken Sie, dass Rostow weiß, wie er mich finden kann?«

Emilia hob die Augenbrauen und beugte sich zu ihm. »Im Moment wissen wir nicht einmal, ob er wirklich der Mörder ist«, sagte sie. »Aber wir müssen davon ausgehen. Und wer einen Mord begeht, scheut in der Regel auch vor einem zweiten Mord nicht zurück. Wenn er Sie gesehen hat, wird er versuchen, Sie zum Schweigen zu bringen. Darauf sollten wir vorbereitet sein.«

Dieter Grabert nickte. Er sah plötzlich aus wie ein Geist.

17

In Gorans Redaktionsbüro hatte Avram Unterlagen zu zwei aktuellen Fällen entdeckt, die ihm heiß genug erschienen, dass sein jüngerer Bruder sich damit in ernsthafte Gefahr gebracht haben konnte.

Beim ersten Fall ging es um einen vertuschten Giftmüllskandal bei Landshut. Die Firma, die im Verdacht stand, Phenole und schwermetallhaltige Stoffe in die Isar zu leiten, hieß HANOC, und es gab Gerüchte, dass die chinesische Mafia dabei ihre Finger im Spiel hatte. Leider gab die Akte nur wenig her, aber Avram war sicher, dass er auf dem Kuyperhof in Gorans Homeoffice eine Unterlage mit dem Stichwort HANOC gesehen hatte. Sobald die Spurensicherung auf dem Hof abgeschlossen war, würde er dort nach weiteren Hinweisen suchen.

Der zweite Fall war konkreter: Es ging um einen bulgarischen Menschenhändlerring, der sich darauf spezialisiert hatte, Kinder aus Osteuropa einzuschleusen, damit sie für Organspenden missbraucht werden konnten. Avram hatte in den vergangenen zwanzig Jahren genug Grausamkeiten erlebt, um innerlich abgehärtet zu sein. Aber organisierter Menschenhandel, der Kinder wie Vieh zur Schlachtbank führte? Das war selbst ihm zu viel.

Gorans Recherchematerial belegte, dass das Thema heiß genug war, um sich Todfeinde zu schaffen. Wie so oft ging es um Geld. Um sehr viel Geld sogar. Auf kriminellem Weg ließ sich heutzutage nur noch mit Waffenhandel mehr verdienen. Längst hatte der illegale Organhandel dem Drogenschmuggel und der Prostitution den Rang abgelaufen. Gut möglich, dass Goran bei seinen Recherchen in die Schusslinie geraten war.

In der Redaktion hatte Avram die Adresse einer auf Organtransplantation spezialisierten Privatklinik gefunden, die in die illegalen Machenschaften des Kinderhändlerrings verwickelt zu sein schien. Hier wollte Avram mit der Suche beginnen.

Die Klinik lag ein gutes Stück östlich von München bei Grafing, auf einer sauber gemähten Anhöhe, von wo aus man einen wundervollen Blick auf das umliegende Land hatte. Das Wetter war schön, der Himmel wolkenlos blau. Von hier aus konnte man die Alpen heute in ihrer vollen Pracht am Horizont sehen.

Avram parkte seinen BMW neben einem grellgelben Lamborghini und ging durch einen edel angelegten Vorgarten zum Haupteingang.

Lazlo
Privatklinik für Transplantationschirurgie

stand auf einem Schild. Drinnen war es großräumig und hell. Durch eine Glaskuppel flutete Sonnenlicht ins Foyer. Links plätscherte ein Wasserspiel, rechts befand sich die Rezeptionstheke.

Avram ließ sich den Weg zu Doktor Lazlos Büro erklären, das sich im angrenzenden Hauptgebäude befand. Der Weg dorthin war mit Marmorboden ausgestattet und geschmackvoll mit Ölgemälden und Bronzeskulpturen versehen. Avram fragte sich, ob hinter der eleganten Fassade womöglich eine Hölle lauerte, in der Kinder wie Tiere ausgewaidet wurden, um ihre inneren Organe meistbietend zu verhökern. Allein die Vorstellung war ungeheuerlich und trieb Avram einen eisigen Schauder über den Rücken. Doch die Hinweise in Gorans Redaktionsbüro deuteten genau darauf hin.

Im Vorzimmer von Dr. Pavel Lazlo wurde Avram von einer freundlichen Sekretärin begrüßt. »Bedauere, aber Dr. Lazlo ist gerade auf Visite«, sagte sie.

»Das wird nicht mehr lange dauern«, entgegnete Avram.

Die Sekretärin warf einen Blick auf die Wanduhr. »Erfahrungsgemäß noch etwa eine Stunde, schätze ich.«

»Ich denke, er wird in einer Minute hier sein. Ich warte in seinem Büro.«

Das freundliche Lächeln im Gesicht der Sekretärin verflog, und sie begann, lautstark zu protestieren. Als sie merkte, dass das nichts half, griff sie zum Telefon und wählte hastig eine Nummer.

Avram ließ die Tür ins Schloss fallen und sah sich um. Das Büro war modern eingerichtet und so ordentlich aufgeräumt, dass es beinahe steril wirkte. Auf dem Schreibtisch lagen weder Akten noch Schreibzeug, nur eine Computerausstattung. Dahinter standen Hunderte von Fachbüchern sauber aneinandergereiht im Schrank. An der Wand hing ein Kupferstich aus der Renaissance, der den Aufbau des menschlichen Körpers zeigte.

Von draußen eilten Schritte heran. Avram atmete durch und konzentrierte sich. Er hätte es bevorzugt, unauffälliger vorzugehen: nachts einbrechen und sich in aller Ruhe nach Indizien für illegale Geschäfte umsehen. Die Klinik eine Weile aus der Entfernung beobachten, um Unregelmäßigkeiten herauszufinden. Aber er hatte keine Zeit. Der Kuyperhof war am Samstagabend überfallen worden, heute war Montag.

Wenn er nicht sehr bald eine brauchbare Spur fand, würde für Goran, Nadja und die Kinder jede Hilfe zu spät kommen. Deshalb hatte Avram sich für den direkten, schnelleren Weg entschieden. Allerdings machte er dadurch nicht nur die Polizei auf sich aufmerksam, sondern er schreckte womöglich einen ganzen Verbrecherring auf. Das war das Ziel – aber eben auch die Gefahr bei der Sache.

Die Tür flog auf, und ein untersetzter Mann mit Halbglatze und Schnurrbart trat ins Zimmer. Er hatte einen weißen Arztkittel an und trug ein Klemmbrett unter dem Arm. Mit seinen rabenschwarzen Augen funkelte er Avram böse an.

»Was fällt Ihnen ein, einfach in mein Büro zu platzen?«

Avram stand am Fenster und begegnete dem angriffslustigen Blick mühelos. »Schließen Sie die Tür«, sagte er.

»Nein! Sie schließen die Tür!«, entfuhr es Lazlo. »Und zwar von außen. Sonst sehe ich mich gezwungen …« Als Avram sich in Bewegung setzte, hielt Lazlo inne. Seine Miene wurde siegesgewiss.

Aber anstatt das Büro zu verlassen, blieb Avram dicht vor dem einen Kopf kleineren Mann stehen und beugte sich zu ihm hinab. »Wenn Sie diesen Tag überleben wollen, dann schließen Sie jetzt die Tür und setzen sich an Ihren Tisch«, raunte er.

Lazlo schluckte trocken und gehorchte, ohne dabei jedoch seinen arroganten Gesichtsausdruck zu verlieren. »Was wollen Sie?«, fragte er, als er Platz genommen und das Klemmbrett vor sich abgelegt hatte.

»Ich suche jemanden. Goran Kuyper. Er war vor zehn Tagen hier.« Das wusste Avram aus einem Eintrag in Gorans Bürokalender.

Lazlo zog die Mundwinkel nach unten. »Goran Kuyper? Kenne ich nicht.«

»Vielleicht hat er einen falschen Namen benutzt.« Avram schob ein Foto über den Tisch, das er in Gorans Büro gefunden hatte. Es zeigte Goran, Nadja und die Kinder. Sascha trug eine Schultüte.

Lazlo zog eine Lesebrille aus seinem Arztkittel, setzte sie auf die Nase und betrachtete das Foto. Für den Bruchteil einer Sekunde zuckten seine Lider – für Avram ein klares Zeichen, dass er Goran erkannt hatte.

Lazlo schob das Bild über den Tisch zurück und zögerte kurz. Dann sagte er: »Ja, er war hier.«

Die Wahrheit. Ein kluger Mann.

»Hat sich für eine Spenderleber interessiert. Für seinen Sohn. Wir haben das übliche Vorgespräch geführt.«

»Was heißt das?«

»Wir haben über die Chancen und Risiken einer Behandlung gesprochen. Über die verschiedenen Möglichkeiten eines operativen Eingriffs. Über die Kosten, die Vorlaufzeiten und so weiter. Herr Kuyper meinte, dass sein Sohn ohne Spenderleber nur noch wenige Monate zu leben hätte. Ich habe ihm gesagt, dass es eine Warteliste gibt.«

»Und?«

»Das war alles.« Diesmal log Lazlo. Wieder verrieten ihn seine Augen.

»Ich will wissen, was Goran Kuyper noch mit Ihnen besprochen hat«, sagte Avram betont ruhig. Er wusste, dass er so am bedrohlichsten wirkte.

Tatsächlich wurde Lazlo nervös. Er rieb seine Finger aneinander und senkte den Blick, als stünden die Antworten auf Avrams Fragen vor ihm auf dem Klemmbrett. »Herr Kuyper hat mir Geld geboten«, sagte er schließlich. »Dreißigtausend Euro, wenn ich innerhalb der nächsten vier Wochen operiere. Ich habe ihm gesagt, dass das unmöglich sei. Selbst wenn ich ihn ganz oben auf die Warteliste setzen würde, hätten wir im Moment keine passende Spenderleber.«

»Warum? Hat sein Sohn eine seltene Blutgruppe?« Oder waren dreißigtausend Euro zu wenig?

»Das Problem ist, dass es so gut wie keine Spender gibt«, antwortete Lazlo. »In Europa warten vierzigtausend Menschen auf eine Ersatzniere, im Durchschnitt fünf Jahre lang. Dabei ist die Niere das einzige Organ, das einem Spender lebend entnommen werden kann. Da können Sie sich ausmalen, wie eng der Markt erst für andere Organe ist.«

»Wie ging das Gespräch weiter?«

»Gar nicht. Herr Kuyper hat gesagt, dass er sich auch in anderen Kliniken nach der Wartezeit erkundigen will. Dann ist er gegangen.«

Das ergab keinen Sinn. Wenn Goran hergekommen war, um herauszufinden, ob Lazlo in dreckige Geschäfte mit Kinder- und illegalem Organhandel verwickelt war, hätte er niemals so schnell aufgegeben.

»Ich glaube Ihnen nicht, dass das alles war«, sagte Avram. »Sie verheimlichen mir etwas.«

Der Arzt schluckte, machte aber keine Anstalten weiterzusprechen.

Avram zog seine Pistole aus dem Schulterholster und den Schalldämpfer aus der Jackentasche. Dann schraubte er beides ohne Eile zusammen. »Es gibt jetzt genau zwei Möglichkeiten«, sagte er. »Entweder Sie rücken mit der Wahrheit heraus – mit der *ganzen* Wahrheit, und zwar so, dass ich Ihnen glaube. Oder Sie halten mich weiter zum Narren. Dann werde ich Ihnen weh tun, und Sie werden Ihre Hände nie wieder zum Operieren benutzen können. Entscheiden Sie sich.«

»Sie sind wahnsinnig!«

Vielleicht hatte er sogar recht damit.

»Ich will wissen, wo Goran Kuyper steckt. Ich weiß, dass er hier war, weil er für eine Reportage über illegalen Organhandel recherchiert hat. Kurz danach wurden er und seine Familie überfallen und verschleppt. Letzte Chance! Wenn Sie mir etwas zu sagen haben, dann tun Sie es jetzt.« Er stand auf und richtete die Mündung des Schalldämpfers auf die sich nervös knetenden Finger des Arztes.

Lazlo erstarrte. »Kuyper hat mir noch mehr Geld geboten. Fünfzigtausend. Als ich wieder ablehnte, ging er sogar auf achtzigtausend. Er sagte, dass er keine Fragen über die Herkunft der Spenderleber stellen wird. Er will nur, dass sein Sohn gesund wird. Dann hat er mir seine Karte gegeben und mich gebeten, ihn anzurufen, wenn mir eine Lösung einfällt.«

»Und? Haben Sie ihn angerufen? Oder einer Ihrer Freunde?«

Panisch schüttelte Lazlo den Kopf. »Nein, das habe ich nicht! Weil ich mit dem, was Sie mir unterstellen, nichts zu tun habe.«

»Goran Kuyper war offenbar anderer Meinung.«

»Ich weiß nicht, wie er dazu kam.«

»Er hat einen Tipp bekommen.«

Lazlos feistes Kinn begann unkontrolliert zu zittern. »Natürlich. Ein Tipp. Jede Wette, dass der von Sandhock kam.«

»Sandhock?« Der Name war in Gorans Unterlagen nirgends aufgetaucht.

»Ein Konkurrent aus Dresden. Kämpft mit harten Bandagen darum, die Nummer eins in Deutschland zu werden. Letztes Jahr hat er versucht, einen meiner Assistenzärzte zu bestechen, damit er Kolibakterien in meinen OP-Saal einschleust. Jetzt geht er offenbar dazu über, verleumderische

Gerüchte über mich in Umlauf zu bringen. Das ist Rufmord!«

Avram beobachtete Lazlo ganz genau. Er schwitzte und zitterte inzwischen am ganzen Leib.

Avram ging einen Schritt auf ihn zu. Lazlo wagte nicht, den Blick zu heben.

»Ich glaube Ihnen«, sagte Avram. »Deshalb werde ich jetzt auch gehen. Aber sollte sich irgendwann herausstellen, dass ich mich getäuscht habe, komme ich wieder.«

18

Nach dem Besuch bei Dieter Grabert fuhren Emilia und Mikka Kessler auf dem Weg zum *Hotel Postmeister* bei einer Großbaustelle in Frankfurt-Bockenheim vorbei. Kessler sagte, er habe am Vorabend einen Anruf von einem potentiellen Zeugen in einem anderen Mordfall erhalten.

»Es wird nicht lange dauern«, meinte er, während er den Wagen auf einen Baucontainer zusteuerte. »Eine halbe Stunde – höchstens. Wollen Sie mitkommen?«

»Ich bleibe hier«, entschied Emilia. Insgeheim ärgerte sie sich ein bisschen darüber, dass Kessler ihre Zeit verschwendete.

»Hören Sie, es tut mir wirklich leid«, sagte Kessler, der ihre Gedanken erraten zu haben schien. »Aber das hier ist wichtig. Der Kerl, den wir suchen, hat zwei siebzehnjährige Mädchen im Grüneburgpark misshandelt und sie dann erwürgt. Der Mann, den ich hier treffe, sagt, dass er den Täter beschreiben kann. Nur arbeitet er hier als Ingenieur und fliegt heute Mittag nach Brasilien auf Montage. Wenn ich ihn jetzt nicht befrage, ist er weg. Und Kolja Rostow ist sowieso seit Samstagabend untergetaucht. Bei dem kommt es auf ein paar Minuten mehr oder weniger nicht mehr an.« Er setzte wieder dieses unverschämt selbstbewusste Grinsen auf, das Emilia durch Mark und Bein ging.

»Dafür habe ich ein Mittagessen bei Ihnen gut«, sagte sie. Wenn sie wollte, konnte sie auch ziemlich selbstbewusst wirken, sogar, wenn sie sich gar nicht so fühlte.

Sein Lächeln wurde breiter. »Sie bringen mich an den Bettelstab, Frau Ness«, sagte er. Dann stieg er aus dem Wagen und verschwand im Eingang des Baucontainers.

Emilia warf einen Blick auf ihre Armbanduhr. Kurz nach zwölf. Im Trifels-Internat gab es gerade Mittagessen, bevor um halb zwei der Nachmittagsunterricht losging. Sie beschloss, die Wartezeit im Auto für ein Gespräch mit ihrer Tochter zu nutzen. Am Freitag hatten sie sich gestritten, weil der Madukas-Prozess sich auf den Samstag ausgedehnt hatte und das Wochenende im Europapark dadurch ins Wasser gefallen war. Am Sonntag hatten sie sich gestritten, weil Emilia wegen des Mordes im *Hotel Postmeister* in Frankfurt bleiben musste. Vielleicht würde das Gespräch heute erfreulicher verlaufen.

Vielleicht aber auch nicht.

Sie seufzte, zog ihr Handy aus der Jackentasche und wählte die Nummer.

Tatsächlich nahm Becky das Gespräch an. »Ich bin gerade beim Essen, Mama.«

Tolle Begrüßung.

»Und ich würde gerne mit dir reden. Unsere letzten beiden Gespräche verliefen ja nicht gerade harmonisch.«

»Was nicht an mir lag.«

Emilia zählte in Gedanken bis zehn. Wenn sie sich von Becky provozieren ließ, würde das Telefonat in eine völlig falsche Richtung abdriften. »Ich weiß, dass das Wochenende nicht gut gelaufen ist«, lenkte sie ein. »Aber ich werde es wiedergutmachen.«

»Nicht gut gelaufen?«, wiederholte Becky. »Es war für'n Arsch.«

»Ich will nicht, dass du solche Ausdrücke benutzt!«

»Also gut«, zischte Becky. »Es war *totale Scheiße*. Jetzt besser?« Sie war immer noch sauer – und wollte Emilia das auch spüren lassen.

»Ich gebe zu, dass du allen Grund hast, auf mich wütend zu sein«, sagte Emilia. »Ich will nur, dass du verstehst, dass ich uns das Wochenende nicht absichtlich verdorben habe. Ich habe im Moment nur verdammt viel um die Ohren.«

»Das behauptest du jedes Mal, wenn du mich abservierst.«

Abservieren. Wie das klang! Wenn Becky sich ungerecht behandelt fühlte, verstand sie es wirklich, Dinge hässlich klingen zu lassen.

»Ich habe hier einen toten Mann, der mir eine Nachricht hinterlassen hat«, sagte Emilia schärfer als beabsichtigt. »Er wurde gefoltert und erschossen, und kurz vor seinem Tod hat er mich um Hilfe gebeten. Was hättest du denn an meiner Stelle getan?«

Becky schwieg – ein gutes Zeichen, das auch Emilia wieder versöhnlicher stimmte. »Ich weiß, dass ich etwas wiedergutmachen muss«, sagte sie. »Wie wäre es, wenn wir das nächste Wochenende miteinander verbringen?«

Am anderen Ende war ein Schnauben zu hören. »Das klappt doch eh wieder nicht!«

»Ich würde es nicht vorschlagen, wenn ich glauben würde, dass wieder etwas dazwischenkommt«, sagte Emilia. Im Moment konnte zwar niemand sagen, wie lange sich der Mordfall in Frankfurt noch hinziehen würde, aber sie war Becky etwas schuldig – nicht erst in ein paar Wochen, sondern so bald wie möglich.

Emilia unterdrückte ein Seufzen. Als Baby war Becky für sie das Wichtigste auf der Welt gewesen. Was war aus diesem Gefühl nur geworden?

Es entstand eine kleine Pause. »Du versetzt mich nicht schon wieder, oder?«, fragte Becky.

»Das werde ich nicht. Ehrenwort.«

»Schwörst du es?«

»Ich schwöre es. Hauptsache, wir sind wieder gut miteinander.«

»Was bekomme ich, wenn du dein Wort wieder brichst?« Beckys Stimme war zuckersüß und gleichzeitig scharf wie ein Messer.

Emilia begriff, dass sie sich zu früh gefreut hatte. »Was soll das, Becky? Ich dachte, hier geht es um ein Mutter-Tochter-Wochenende.«

»Wenn man etwas Unrechtes tut, wird man bestraft, oder nicht?«, sagte Becky. »Ich will, dass du eine Strafe bezahlst, wenn du wieder wortbrüchig wirst.«

»Eine *Strafe* ...?«

»Ein neues Smartphone. Meins ist schon fast zwei Jahre alt.«

»Becky! Das geht wirklich zu weit!«

»Du hast doch gerade eben geschworen, dass nichts dazwischenkommt. Das heißt, du bist dir absolut sicher. Also ist dein Risiko, mir ein neues Smartphone kaufen zu müssen, so gut wie null. Und falls doch wieder etwas dazwischenkommt, habe ich etwas, das meinen Schmerz lindert.«

Eine schlüssige Argumentationskette, die Emilia keinen Ausweg ließ, wenn sie Beckys Vertrauen zurückgewinnen wollte. Also stimmte sie zu, wissend, dass sie sich dadurch auch in Zukunft erpressbar machte.

Als sie das Gespräch beendete, blieb das schale Gefühl zurück, soeben von der eigenen Tochter ausgetrickst worden zu sein.

Sie fragte sich gerade zum zwanzigsten Mal, an welcher Stelle des Telefonats sie den entscheidenden Fehler begangen hatte, als Mikka Kessler aus dem Baucontainer zurückkam. Wenigstens er schien zufrieden zu sein, denn er strahlte mit sich selbst um die Wette.

»Ihr Zeuge hat offenbar eine ziemlich gute Täterbeschreibung abgeben können«, sagte Emilia, nachdem Kessler auf dem Fahrersitz Platz genommen hatte.

»Noch viel besser!«, entgegnete Kessler mit einem Leuchten in den Augen, das irgendwo zwischen wilder Entschlossenheit und Irrsinn lag. »Er hat mit seinem Handy einen Schnappschuss von ihm gemacht. Damit kriegen wir das Arschloch. Da bin ich mir ganz sicher!«

Auf der Fahrt zum *Hotel Postmeister* erzählte Kessler von den beiden toten Mädchen im Wald und erwähnte dabei mehr Details, als Emilia recht war. Es gab zwar kaum eine Grausamkeit, mit der sie in ihrem Berufsleben noch nicht konfrontiert worden war, aber in drei Jahren würde Becky ebenfalls siebzehn. Nicht auszudenken, wenn ihr auch so etwas zustieße.

Bei Sonnenschein sah das Rohbaugelände rund um das *Postmeister* nicht ganz so verwahrlost und verwaist aus wie am regnerischen Vortag. Hier und da arbeiteten sogar ein paar Bauarbeiter. Kessler parkte den Wagen direkt vor dem Hotel, und sie gingen hinein. Die Rezeption war unbesetzt.

Emilia läutete die Glocke. Keine Reaktion.

»Vielleicht ist sie oben«, sagte Kessler.

Tatsächlich fanden sie Ludmilla Rostow am Tatort. Die Tür von Zimmer 207 stand offen, das Sperrband war weg. Als Emilia und Kessler eintraten, war sie gerade dabei, das Blut auf dem Teppichboden mit einem Küchenschwamm wegzuschrubben.

Sie sah auf und zuckte vor Schreck zusammen. »Ich habe Sie gar nicht gehört«, sagte sie. Mühsam stand sie auf, während sie sich die Gummihandschuhe von den dürren Händen streifte und sich eine weiße Haarsträhne aus der Stirn wischte, die ihr bei der Arbeit ins Gesicht gefallen war.

»Sie müssen das professionell reinigen lassen«, sagte Kessler und deutete auf den dunkelbraunen, schaumigen Fleck auf dem Fußboden. »Wegen der Hygienevorschriften.«

Ludmilla Rostow schluckte. Mit der Schürze und dem strohigen Haar sah sie aus wie eine alte Vogelscheuche. Ihr gequälter Blick schien zu fragen, wie sie diese Reinigung bezahlen sollte.

»Wir sind hier, weil wir mit Ihrem Sohn sprechen wollen«, sagte Emilia. »Ist er hier?«

Ludmilla Rostow schüttelte den Kopf. »Er war das ganze Wochenende weg. Seit Samstagabend habe ich ihn nicht mehr gesehen. Sonst hätte ich ihm gesagt, dass er sich bei der Polizei melden soll. Das habe ich Ihnen doch versprochen.«

»Können Sie uns ein Foto von ihm zeigen?«

Die Frau griff in ihre Schürze, zog ein Portemonnaie heraus und fand darin ein Foto, das sie Emilia reichte. Nach der Qualität zu urteilen, stammte es aus einem billigen Passbildautomaten. Darauf zu sehen war ein junger Mann mit schulterlangen Rastalocken, dunkelgrünen Augen und einem breiten Lächeln auf den Lippen. Von einem der oberen Vorderzähne war eine Ecke abgebrochen.

Dieter Grabert hatte im Krankenhaus einen komplett anderen Menschen beschrieben.

»Das ist Ihr Sohn Kolja?«

Ludmilla Rostow nickte.

Emilia reichte das Foto an Mikka Kessler weiter. »Frau Rostow, wir suchen einen jungen Mann mit Glatze und einer Tätowierung auf dem Kopf. Kennen Sie diesen Mann, oder haben Sie ihn hier schon einmal gesehen?«

Die Augen der Frau wurden feucht, ihr Kinn begann zu zittern. »Wieso? Was ist mit ihm?«, fragte sie, um Fassung bemüht.

»Er wurde mit einer Pistole bewaffnet am Tatort gesehen. Kurz nach dem Mord«, antwortete Emilia. »Wenn Sie den Mann kennen, müssen Sie uns helfen, ihn zu finden.«

Eine Träne rann an Ludmilla Rostows Wange herab. Sie zögerte einen Moment, dann sagte sie: »Glatze und Tattoo – so sieht Kolja aus, seit wir den Ärger mit den Neos haben. Er hat sich verändert. Ich weiß nicht, was mit ihm los ist. Aber er hat keinen Mord begangen. Er ist ein guter Junge.«

Sie tat Emilia leid. Würde man Becky des Mordes verdächtigen, würde sie das auch niemals glauben.

»Neos«, wiederholte Kessler. »Meinen Sie damit Neonazis?«

Die Hotelbetreiberin nickte. Zwischen ihren grauen Augenbrauen bildete sich eine tiefe Sorgenfalte. »Sie sind vor einem halben Jahr zum ersten Mal hier aufgetaucht und wollten Geld. Wenn wir nicht zahlen, würden sie alles kaputtschlagen, haben sie gesagt. Ich habe ihnen gegeben, was in der Kasse war – viel ist es ja nicht gewesen. Dann sind sie abgehauen. Aber natürlich kamen sie wieder. Seitdem tauchen sie alle paar Wochen hier auf und nehmen mir das bisschen, das ich mit dem Hotel verdiene, wieder weg.«

»Waren Sie deswegen schon bei der Polizei?«

Die Frau schnaubte. »Natürlich. Ich habe alles zu Protokoll gegeben. Geholfen hat es nichts.«

»Und was hat das alles mit Koljas Veränderung zu tun?«, fragte Emilia.

»Ich glaube, die Neos haben ihm aufgelauert und ihm Angst eingejagt. Damit er mehr Geld lockermacht. Aber so genau weiß ich es nicht. Kolja ist nicht der Typ, der gerne über seine Probleme spricht, schon gar nicht mit seiner Mutter.« Sie zog ein Taschentuch aus der Hosentasche und tupfte sich damit die Augen trocken. »Jedenfalls hat er sich die Haare abrasiert und sich eine Tätowierung auf dem Kopf stechen lassen.«

»Was für eine Tätowierung ist das?«

Ludmilla Rostow zuckte mit den Schultern. »Irgend so ein grässliches Vieh. Er nennt es seinen *Dämon*. Er hat sich total entstellt.«

Das passte wiederum exakt zu Dieter Graberts Beschreibung.

»Frau Rostow – Sie sagen, Sie wissen nicht, wo Kolja zurzeit steckt. Aber haben Sie irgendeine Vermutung? Wissen Sie, wo seine Freunde wohnen, oder kennen Sie wenigstens ihre Namen? Wir müssen mit Ihrem Sohn sprechen.«

Die Frau presste die zitternden Lippen zusammen und schüttelte den Kopf. »Kolja ist kein Mörder!«, wisperte sie.

Instinktiv griff Emilia nach den spindeldürren Fingern von Ludmilla Rostow – eine Geste des Mitgefühls von Mutter zu Mutter. »Wenn Sie wissen, dass Ihr Sohn unschuldig ist, dann helfen Sie uns, ihn zu finden, damit wir das klären können«, sagte sie.

19

Auf dem Weg zurück nach München dachte Avram über das Gespräch mit Dr. Lazlo nach. Der Chirurg hatte anfangs versucht, die Fassung zu wahren, aber nachdem Avram ihn mit der Pistole bedroht hatte, war er völlig in sich zusammengebrochen. Mit ziemlicher Sicherheit hatte er die Wahrheit gesagt.

Wenn das stimmte, war Goran einem falschen Hinweis gefolgt. Es ging nicht um illegalen Organhandel, sondern darum, dass ein Konkurrent versuchte, Lazlo zu verleumden. Unschön, vor allem für Lazlo, aber unter dem Strich eher harmlos. Avram konnte sich nicht vorstellen, wie sein Bruder sich dabei in ernsthafte Gefahr hätte bringen können.

Er seufzte. Sackgasse! Blieb zu hoffen, dass die zweite Spur, die er in der *Horizont*-Redaktion gefunden hatte, nicht ebenfalls im Sande verlief – der Giftmüllskandal, in den angeblich die chinesische Mafia verstrickt war.

Um in dieser Angelegenheit voranzukommen, musste Avram zurück zum Kuyperhof und dort Gorans Unterlagen durchstöbern. Er hoffte, dass die polizeiliche Spurensicherung auf dem Anwesen inzwischen abgeschlossen war, so dass er wieder ins Haus konnte.

Tief in Gedanken fuhr er über die Landstraße, vorbei an Weizen- und Hopfenfeldern, die sich mit sanften, grünen Hügeln abwechselten. Das Radio hatte er ausgeschaltet. So konnte er am besten nachdenken. Waren Goran, Nadja und die Kinder noch am Leben? Ging es ihnen gut? Oder war alle Mühe umsonst, und er würde sie nur noch tot – oder im schlimmsten Fall gar nicht – finden? Fest stand: Je mehr Zeit verstrich, desto geringer wurden die Aussichten auf ein freudiges Wiedersehen. Umso ärgerlicher war der unnütze Ausflug in die Lazlo-Klinik.

Plötzlich meldete sich sein Instinkt. Zuerst war es nur eine vage Ahnung – ein Kribbeln im Nacken, als hätte ihn jemand ins Visier genommen. Dann wurde ihm klar, dass das Gefühl der Bedrohung aus dem Rückspiegel kam.

Er wurde wieder verfolgt – von demselben Lieferwagen, der ihm schon heute Morgen aufgefallen war. Ein schwarzer Transit. Vielleicht war er auch grau. Im spiegelnden Sonnenlicht konnte man das nicht so genau erkennen.

Dennoch war Avram sicher, dass es sich um denselben Wagen handelte.

Wer steckte dahinter? Lazlo? Aber der Lieferwagen hatte Avram schon am frühen Morgen verfolgt. In die Klinik war er erst viel später gefahren. Falls der Verfolger etwas mit Lazlo zu tun hatte, wäre es also reiner Zufall.

Aber wenn nicht Lazlo, wer dann? Avram musste unbedingt herausfinden, wer in dem Wagen saß. Mit etwas Glück würde er ihn zu Goran und den anderen führen. Ein Lichtblick im Nebel der Ungewissheit.

Er beschloss, nicht den direkten Nachhauseweg zu nehmen, sondern durch die Münchener City zu fahren. Im Stadtverkehr wäre der Verfolger gezwungen, dichter aufzufahren, um ihn nicht zu verlieren. Das eröffnete Avram wiederum die Chance, das Nummernschild zu identifizieren.

In der Praxis erwies sich das jedoch als schwierig, weil zu viele Autos hinter ihm die Sicht auf den Lieferwagen versperrten. Nur, wenn der Wagen die Spur wechselte, konnte

Avram einen Blick darauf werfen, aber im Rückspiegel war das Kennzeichen zu klein und zu verwackelt, um Details erkennen zu können.

Also Plan B.

An einer Ampel bog Avram ab. Als er sah, dass der Lieferwagen hinter ihm die Grünphase verpasst hatte und nicht nachkam, lenkte Avram seinen BMW wenige hundert Meter weiter auf einen Supermarktparkplatz. Er nahm die erste Parklücke, die sich ihm bot, ließ den Motor laufen und wartete, während er aufmerksam die Straße beobachtete. Keine zwei Minuten später fuhr der Lieferwagen vorbei. Avram setzte zurück und nahm nun seinerseits die Verfolgung auf.

Ein paar Querstraßen weiter hatte er so weit aufgeschlossen, dass er das Nummernschild erkennen konnte. Über die Freisprechanlage rief er seinen alten Freund Ronald Diekens an.

»Ich brauche den Fahrzeughalter eines Ford Transit-Lieferwagens«, sagte er und gab Diekens das Kennzeichen durch. »Kannst du mir das besorgen?«

»Klar«, sagte Diekens. »Bleib kurz dran.« Im Hintergrund hörte Avram das Klappern einer Computertastatur. Diekens murmelte etwas Unverständliches, dann klapperten wieder die Tasten. »Sonderbar«, sagte Diekens, als er wieder am Apparat war. »Das Zeichen ist nicht registriert.«

»Als gestohlen gemeldet?«

»Nein, hab ich schon gecheckt. Bist du sicher, dass die Nummer stimmt?«

»Absolut.«

»Dann hat sich da wohl jemand falsche Schilder prägen lassen. Ich fürchte, hier kann ich dir nicht weiterhelfen.«

Avram bedankte sich, beendete das Gespräch und konzentrierte sich wieder auf den Lieferwagen, der in einigem Abstand vor ihm fuhr. Kein registriertes Kennzeichen also. Nicht einmal gestohlen waren die Schilder. Wer immer das war, legte großen Wert darauf, anonym zu bleiben.

20

Die *Speisekellerei* war ein nobles Restaurant im Stadtzentrum von Frankfurt. Mikka Kessler saß Emilia gegenüber an einem kleinen Mahagonitisch und studierte mit sichtlichem Genuss die Karte. Als Emilia einen Blick hineinwarf, verschlug es ihr jedoch beinahe die Sprache. Von dem, was ein Mittagessen hier kostete, konnte sie sich in Lyon problemlos zwei Wochen mit Lebensmitteln eindecken.

Irgendwie war es ihr plötzlich peinlich, dass sie Mikka Kessler dazu genötigt hatte, sie zum Essen einzuladen. »Ein Schnitzel mit Pommes hätte mir absolut gereicht«, raunte sie ihm zu.

Kessler sah sie über den Rand seiner Speisekarte hinweg an. »Jetzt wird es wohl das Wagyu Kobe Rindersteak. Glauben Sie mir, Sie werden es genießen.«

Daran hatte Emilia keinen Zweifel. In der Luft lag ein feiner Duft von Kräutern und Gebratenem. Ihr lief schon das Wasser im Mund zusammen. Dennoch konnte sie eine solche Einladung nicht annehmen. Als der Kellner kam und nach ihren Wünschen fragte, bestellte sie nur einen Salat.

Kessler schüttelte lachend den Kopf. »Angst vor der eigenen Courage!«, stellte er fest. »Zuerst wollen Sie sich von mir einladen lassen, und wenn ich dann darauf eingehe, machen Sie einen Rückzieher. Psychologisch sehr interessant.«

Emilia fühlte sich ertappt. Was wollte er damit andeuten?

»Zweimal die Seeteufel-Suppe und als Hauptspeise das Rindersteak«, sagte er zum Kellner. Und bevor Emilia protestieren konnte, fügte er in ihre Richtung hinzu: »Ob Sie es glauben oder nicht, ich kann mir das leisten.«

Bis die Vorspeise kam, unterhielten sie sich über ihren Fall. Sie hatten das Foto von Kolja Rostow an das Präsidium gemailt und eine Beschreibung seines aktuellen Aussehens beigefügt. Ein Graphiker war gerade dabei, ein aktuelles Fahndungsfoto am Computer zu generieren, indem er Rostows Rastalocken durch eine Glatze mit Drachentattoo ersetzte. In einer halben Stunde würde jeder Beamte im Umkreis von hundert Kilometern wissen, wie der Gesuchte aussah.

»Wie sind Sie überhaupt zu Interpol gekommen?«, fragte Kessler, als der Hauptgang serviert wurde – ein saftiges Stück Steak mit gratinierten Kartoffelscheiben, das verführerisch duftete. Insgeheim dankte Emilia Kessler, dass er ihr nicht nur den Salat bestellt hatte. Sie wäre vor Hunger gestorben.

»Ich habe bei der Hamburger Polizei meine Ausbildung gemacht und bin danach irgendwie bei der Mordkommission gelandet«, sagte sie, während der Kellner ihr Wasser nachgoss.

»Ich wette, Sie wollten unbedingt dorthin«, entgegnete Kessler. Er schob sich ein Stück Kartoffel in den Mund und begann, genüsslich zu kauen.

»Stimmt. Ich wollte wirklich unbedingt zur Mordkommission.« Emilia schmunzelte. Kessler las in ihr wie in einem offenen Buch, als würden sie sich schon eine Ewigkeit kennen. Irgendwie unheimlich. Gleichzeitig aber auch irgendwie angenehm. »Allerdings habe ich es auch meinem Vater zuliebe getan, glaube ich. Er war selbst Polizist und hatte eine ziemlich hohe Erwartungshaltung an mich.« Sie begann, ebenfalls zu essen. Das Fleisch schmeckte vorzüglich und zerging fast auf der Zunge.

»Sie haben Ihre Berufswahl also getroffen, um Ihrem Vater etwas zu beweisen?«

»Nicht nur – aber auch.«

»Psychologisch wieder sehr interessant.« Kessler lächelte verschmitzt. »Sprechen Sie weiter. Sie sind ein faszinierender Fall.«

»Nun, ich schätze, ich hatte einfach Glück«, sagte Emilia. »Eines Tages wurde der Cousin des Bürgermeisters getötet. Ich war diejenige, die den Mörder fasste. Im Grunde habe ich gar nicht viel dazu beigetragen. Es war ein Großeinsatz mit einem SEK-Team. In einer Fischfabrik. Das Sondereinsatzkommando hat die Fabrik gestürmt, weil Rupert Hagen, der Mörder, sich dort versteckt hielt. Irgendwie kam es zu einer Verfolgungsjagd durchs ganze Fabrikgelände, und Hagen hat versucht zu türmen. Ich stand mit meinem Kollegen einfach nur zur richtigen Zeit am richtigen Ausgang. Er ist uns quasi in die Hände gelaufen.« Das war nur die halbe Wahrheit. Aber sie spürte, wie die alten Erinnerungen wie bittere Galle in ihr hochstiegen, und sie wollte das Thema nicht weiter vertiefen. »Jedenfalls hat der Bürgermeister dafür gesorgt, dass ich zur Kommissarin befördert wurde.« Sie nippte an ihrem Wasserglas. »Damals hatte ich zum ersten Mal Kontakt mit Interpol«, fuhr sie fort. »Rupert Hagen war auch in Frankreich und in den Benelux-Staaten ein gesuchter Mörder. Interpol und das BKA hatten uns Kontaktleute zur Verfügung gestellt. Ich sage ja – es war eine großangelegte Aktion. Meine Mutter ist Französin, deshalb wurde ich dem Mann von Interpol als Dolmetscherin zur Verfügung gestellt. Ich schätze, ihm hat meine Arbeit gefallen.« Und mein Hintern, dachte sie. Denn irgendwie war sie mit ihm im Bett gelandet. Sie spürte, wie ihr eine unangenehme Hitze ins Gesicht stieg, und sie versuchte, sich wieder auf etwas anderes zu konzentrieren. »Als der Fall beendet war, hat er mich gefragt, ob ich bei Interpol anfangen will. Zwei Jahre später habe ich das tatsächlich getan.«

»Dafür, dass Sie es gar nicht selbst wollten, haben Sie eine bemerkenswerte Karriere hingelegt«, sagte Kessler. »Wie bringen Sie die Arbeit mit Ihrem Familienleben unter einen Hut? Ist Ihr Mann nicht höllisch eifersüchtig, wenn Sie tage- oder gar wochenlang von zu Hause wegbleiben?«

»Das war er.«

»Und jetzt ist er nicht mehr eifersüchtig?«

»Jetzt ist er nicht mehr mein Mann.« Emilia nahm einen weiteren Bissen und tupfte sich den Mund mit ihrer Serviette ab. »Was ist mit Ihnen?«, fragte sie. »Haben Sie Familie?« In seiner Wohnung hatte sie gestern zwar keinerlei Hinweise auf eine Ehefrau oder auf Kinder entdeckt, aber das musste nichts heißen.

Kessler schüttelte den Kopf.

»Warum nicht?«, hakte Emilia nach.

»Keine Ahnung«, sagte Kessler und wirkte dabei plötzlich ernst. »Zu viel zu tun. Der Drang nach Freiheit. Die falschen Prioritäten im Leben – was weiß ich? Oder vielleicht habe ich einfach noch nicht die Richtige gefunden.« Die Art, wie er Emilia dabei ansah, ging ihr durch Mark und Bein. Als wolle er damit andeuten, dass sie diese Frau sein könnte. Sie schluckte. Obwohl ein Teil von ihr sich ein solches Kompliment gewünscht hatte, ging ihr das nun doch ein bisschen zu schnell.

Sie brauchte dringend ein unverfänglicheres Thema. Nur welches? Becky? Die meisten Männer fanden Frauen mit Kindern im Teenageralter nicht besonders attraktiv. Gehörte Kessler auch zu denen? Oder würde er es nur wieder »psychologisch sehr interessant« finden, wenn sie versuchte, seinen Annäherungen auf diese Weise zu entkommen? Dabei wollte sie ihm gar nicht entkommen. Sie wollte nur das Tempo ein wenig drosseln, ohne ihn vor den Kopf zu stoßen.

Emilia fiel ein Stein vom Herzen, als sein Handy klingelte. Das war Rettung in letzter Sekunde!

Kessler nahm das Gespräch an, stand vom Tisch auf und ging mit dem Gerät am Ohr ins Foyer. Als er ein paar Minuten später zurückkehrte, schien er das Thema von eben bereits vergessen zu haben.

»Wir wissen jetzt endlich, wer der Tote ist«, sagte er. »Unsere Computerexperten haben auf seinem Laptop einige Briefe und Steuererklärungen gefunden, die auf den Namen Stefan Wieland lauten. Eine Adresse in Bad Homburg. Das ist nur ein paar Kilometer von Frankfurt entfernt.«

Auf der Fahrt dorthin erzählte Kessler, was er sonst noch von der Zentrale erfahren hatte. Neben den bereits erwähnten Dateien gab es auf dem Laptop auch einige Gebäudegrundrisse, eingescannte Grundbuchauszüge, Auftragsbestätigungen und To-do-Listen, die darauf schließen ließen, dass Wieland Architekt oder Statiker gewesen war. Vielleicht auch eine Art Ingenieur.

»Kann man nachvollziehen, was Wieland am Samstag an seinem Laptop gemacht hat?«, fragte Emilia. »Ich meine, welche Dateien er aufgerufen hat?«

»Das versuchen unsere Jungs noch herauszufinden«, sagte Kessler. »Ich denke, in ein paar Stunden wissen wir mehr.«

Für Emilias Geschmack war der quaderförmige Bungalow in dem noblen Frankfurter Vorort Bad Homburg viel zu modern. Kessler hingegen kam aus dem Staunen kaum noch heraus.

»Arm ist Wieland jedenfalls nicht gestorben«, raunte er und klingelte.

Drinnen klackerten Schritte heran. In dem sich öffnenden Türspalt erschien eine schlanke Blondine in einem marineblauen Hosenanzug. Sie mochte vielleicht Mitte vierzig sein, gehörte aber zu jener Sorte von Frauen, die versuchten, ihr fortschreitendes Alter durch den übermäßigen Gebrauch von Make-up zu kompensieren. Ihre mandelförmigen Augen musterten Emilia aufmerksam, bevor sie zu Kessler weiterwanderten und an ihm haftenblieben – einen Tick länger als nötig. Sie wusste ganz genau, wie man flirtete. Und nach Kesslers Gesichtsausdruck zu urteilen, hing er auch schon beinahe am Haken.

»Ich bin Agentin Ness von Interpol«, sagte Emilia, um die aufkommende Elektrizität schon im Keim zu ersticken. »Und das ist Hauptkommissar Kessler von der Frankfurter Kripo. Sind Sie Frau Wieland?«

Die Frau nickte.

»Dürfen wir einen Moment reinkommen?«

»Worum geht es denn?«

»Um Ihren Mann.«

Sie zögerte eine Sekunde. »Dann kommen Sie bitte wieder, wenn er zu Hause ist«, sagte sie. »Heute Abend, so gegen sieben Uhr, denke ich. Wenn Sie mich jetzt entschuldigen würden. Ich bin mitten in der Vorbereitung für einen Kundentermin.« Sie machte sich schon daran, die Tür wieder zu schließen, als Emilia sich mit einer Hand dagegenstemmte.

»Frau Wieland, wir müssen Ihnen leider mitteilen, dass Ihr Mann tot ist.«

Augenblicklich wurde die Frau aschfahl, das war sogar durch die dicke Schicht Schminke zu erkennen. Ihre Lippen und ihr Kinn begannen, unkontrolliert zu zittern, ihre

Schultern sanken herab. Sie schien regelrecht in sich zusammenzufallen.

Kessler trat einen Schritt auf sie zu und bot ihr an, sie zu stützen. Sie ließ es bereitwillig geschehen.

Zu dritt gingen sie ins Wohnzimmer, wo Frau Wieland sich mit zitternden Fingern eine Zigarette ansteckte. »Was ist mit Stefan passiert?«, fragte sie mit brüchiger Stimme.

Kessler gab Emilia durch eine knappe Kopfbewegung zu verstehen, dass er es für besser hielt, wenn das Gespräch von Frau zu Frau geführt würde.

Emilia seufzte still in sich hinein, wusste aber, dass er recht hatte. »Ihr Mann wurde erschossen«, sagte sie. »In einem Frankfurter Hotel. Wir konnten keine Papiere bei ihm finden, aber einen Laptop mit Dokumenten, aus denen hervorgeht, wer er war. Deshalb sind wir hier.«

Frau Wieland führte die Zigarette an ihren Mund und zog daran. Eine Träne rann an ihrer Wange herab und tropfte auf das Revers ihres blauen Jacketts. Sie schien es nicht zu merken.

»Um sicherzugehen, dass es sich um Ihren Mann handelt, müssen wir Sie bitten, ihn zu identifizieren«, sagte Emilia. »Ich habe ein paar Fotos von ihm dabei. Fühlen Sie sich dazu in der Lage, oder sollen wir das lieber später nachholen?«

»Es führt wohl kein Weg daran vorbei.« Sie versuchte, tapfer zu sein, war aber so blass geworden, als stünde sie kurz vor einem Kollaps. Emilia machte sich innerlich auf alles gefasst. Sie holte aus ihrer Tasche einen Umschlag und legte ihn auf den Wohnzimmertisch.

Eine Zeitlang starrte Frau Wieland auf das braune Kuvert, ohne es anzurühren. Man konnte ihr den inneren Kampf, den sie mit sich austrug, förmlich ansehen. Hin- und hergerissen zwischen Neugier und nackter Angst, saß sie da, schwer atmend, um Fassung ringend und dennoch in Tränen aufgelöst. Dann stand sie plötzlich auf und eilte hastig in den Flur.

Kessler warf Emilia einen fragenden Blick zu. Sie hörten eine Tür ins Schloss fallen, das Klappern eines Klodeckels, dann ein nicht enden wollendes Würgen.

Minuten später kam sie zurück, gebeugt wie eine alte Frau. Ihre Haut war beinahe durchsichtig, der Lippenstift am Mundwinkel verschmiert. Sie setzte sich wieder und wirkte dabei wie ein Gespenst.

»Ich bin schwanger«, wisperte sie tränenüberströmt. »Neunte Woche. Stefan hat es noch nicht einmal gewusst.« Sie tupfte sich die Augen trocken. »Wir haben alles Mögliche probiert. Nie hat es geklappt. Sie ahnen nicht, wie belastend es für eine Ehe sein kann, wenn man sich Kinder wünscht, aber keine bekommt. Ich war seit Jahren nicht mehr so glücklich wie an dem Tag, als mein Arzt mir sagte, dass wir ein Baby bekommen. Und jetzt ...« Sie brach mitten im Satz ab und begann, wieder zu weinen. »Wie kann das sein?«, schluchzte sie. »Heute Morgen war die Welt noch ein Paradies, und jetzt ist sie plötzlich nur noch ein Scherbenhaufen.«

In Emilias Kopf klingelte eine Alarmglocke. »Wann haben Sie Ihren Mann zum letzten Mal gesehen, Frau Wieland?«, fragte sie.

»Na, beim Frühstück. Bevor er zur Arbeit fuhr.« Sie schnäuzte in das Taschentuch und wischte sich die Nase ab.

»Der Mann, bei dem wir den Laptop gefunden haben, wurde in der Nacht von Samstag auf Sonntag ermordet«, sagte Emilia.

Ein Hoffnungsfunke flammte in den Augen der Frau auf. »Heißt das, dass Stefan vielleicht gar nicht tot ist?« Gefangen in einem Wechselbad der Gefühle, schlug sie die geballten Fäuste vors Gesicht, drehte sich weg und begann wieder, hemmungslos zu schluchzen.

Emilia wartete eine Minute. Als sie merkte, dass die Frau sich nicht mehr von allein fangen konnte, stand sie auf, stellte sich neben sie und legte ihr sanft eine Hand auf die Schulter. »Es tut mir leid, wenn wir Ihnen einen Schrecken eingejagt haben«, sagte sie mit Blick auf den Umschlag, der immer noch unangetastet auf dem Wohnzimmertisch lag. »Bitte sehen Sie sich die Fotos an. Haben Sie den Toten schon einmal gesehen?«

21

Avrams Laune war auf dem Tiefpunkt.

Er hatte den Kerl in dem schwarzen Transit bis zu einer Pizzeria in München-Bogenhausen verfolgt und in sicherer Entfernung gewartet. Ein schlaksiger Bursche, Mitte zwanzig, mit schulterlangem blondem Haar war ausgestiegen und in dem Restaurant verschwunden. Seitdem hatte Avram ihn nicht mehr gesehen. Nach einer Weile war er zwar skeptisch geworden und hatte in der Pizzeria nach ihm gesucht, aber weder das Personal noch die anderen Gäste hatten den Mann bemerkt. Allerdings hatte in der Toilette im Keller ein Fenster offengestanden, und das Gitter über dem Lichtschacht war zur Seite geschoben worden. Der Mistkerl hatte also bemerkt, dass Avram ihm auf den Fersen war, und das Weite gesucht.

Wenigstens war die Spurensicherung auf dem Kuyperhof inzwischen abgeschlossen. Als Avram dort ankam, stand nur noch ein Streifenwagen vor dem Haus. Zwei Polizisten entfernten gerade das Sperrband, einer an der Eingangstür, der andere an der Scheune.

Der an der Eingangstür sah unerfahrener aus. Avram stieg aus dem Wagen, ging die Treppen hinauf und begrüßte ihn. Mit Blick auf das zerknüllte Plastikband in der Hand des Beamten fragte er: »Heißt das, dass ich wieder ins Haus kann?«

»Wir sind hier so gut wie fertig. In ein paar Minuten sind wir weg. Wenn Sie wollen, können Sie schon reingehen.«

So eilig hatte Avram es nicht. Er zog aus seiner Jackentasche eine Packung Zigaretten und steckte sich eine an.

Normalerweise rauchte er nicht – nur, wenn es darum ging, Vertrauen zu gewinnen. »Auch eine?«, fragte er.

»Warum nicht?«, sagte der Polizist, griff zu und ließ sich von Avram Feuer geben. Dann standen sie auf dem Steinsockel vor dem Eingang, nahmen ein paar Züge und unterhielten sich über Belanglosigkeiten, die nur dazu dienten, ins Gespräch zu kommen.

Beiläufig kam Avram auf die Spurensicherung zu sprechen. »Gibt es eigentlich schon irgendwelche Neuigkeiten?«, erkundigte er sich. »In Bezug auf das Verschwinden meines Bruders, meine ich.«

Der Polizist schüttelte entschuldigend den Kopf. »Das ist eine laufende Ermittlung. Darüber darf ich nicht sprechen.«

Avram nahm einen Zug von seiner Zigarette und stieß den Rauch durch die Lippen aus. »Ich dachte nur, weil es um meinen Bruder und seine Familie geht«, sagte er. »Ich will morgen nicht in der Zeitung lesen müssen, was passiert ist. Ich würde es gerne vorher wissen.«

»Ich verstehe Sie«, entgegnete der Polizist. »Und vielleicht würde ich genau wie Sie versuchen, an Informationen heranzukommen – eine Zigarette spendieren, ein nettes Gespräch anfangen, ein paar harmlose Fragen stellen. Und von zwei Beamten, die zur Wahl stehen, hätte ich mir wahrscheinlich auch den jüngeren ausgesucht. Aber Sie sollten sich nicht in polizeiliche Angelegenheiten einmischen, Herr Kuyper. Heute Mittag waren die Kollegen von der Münchener Kripo in der Redaktion vom *Horizont*. Jemand, der Ihnen zumindest sehr ähnlich sieht, ist am Morgen dort gewesen.«

»Ich weiß nicht, wovon Sie sprechen.«

»Das dachte ich mir schon.«

Avram lächelte. Ihm war klar gewesen, dass die Polizei das bemerken würde.

»Dann kennen Sie wahrscheinlich auch keinen Dr. Lazlo?«, fragte der Polizist.

»Wieso? Was ist mit ihm?«

»Er hatte heute Besuch von einem Mann, der ihm Fragen zu Ihrem Bruder gestellt und ihn sogar bedroht hat. Die Personenbeschreibung passt ebenfalls haargenau auf Sie. Waren Sie dort?«

»Wir haben uns nur ein bisschen unterhalten.« Dass Lazlo die Polizei gerufen hatte, wertete Avram als gutes Zeichen. Wäre er in illegale Organgeschäfte verwickelt gewesen, hätte er das wohl kaum getan.

»Sie haben sich nur ein bisschen unterhalten?«, wiederholte der Polizist. »Dr. Lazlo behauptet, Sie haben ihn mit einer Waffe bedroht.«

»Gibt es dafür denn Zeugen?«

Der Polizist fixierte Avram mit Blicken und wirkte plötzlich gar nicht mehr so unerfahren. »Besitzen Sie eine Waffe, Herr Kuyper?«, fragte er.

»Ich besitze sogar einen Waffenschein. Wollen Sie ihn sehen?«

Er ging gar nicht darauf ein. »Haben Sie Dr. Lazlo mit einer Pistole bedroht? Ja oder nein?«

»Was würden Sie sagen, wenn ich behaupte, dass es umgekehrt war?«

»Sie meinen, dass *er Sie* bedroht hat?«

Avram nickte.

»Ich würde Ihnen nicht glauben«, sagte der Polizist. Zumindest war er ehrlich.

»Warum nicht? Weil ich nicht so vertrauenswürdig aussehe wie Dr. Lazlo? Oder weil er Arzt ist?«

»Weil Sie sich in den Kopf gesetzt haben, Ihren Bruder auf eigene Faust zu suchen. Sie waren heute Morgen in der *Ho-*

rizont-Redaktion und haben dort Unterlagen gefunden, die darauf hindeuten, dass Lazlo in kriminelle Geschäfte verwickelt ist. Dann sind Sie hingefahren und haben ein paar Antworten aus ihm herausgepresst.«

»Das ist Spekulation.«

»Ich gebe Ihnen auch nur den wohlgemeinten Rat, sich ab sofort aus den polizeilichen Ermittlungen herauszuhalten.«

»Und ich will wissen, was mit meinem Bruder passiert ist.«

Der zweite Polizist war von der Scheune herübergekommen. »Irgendwelche Probleme?«, fragte er seinen Kollegen.

Der schüttelte den Kopf. »Nein, ich denke, wir sind hier fertig«, sagte er.

Gorans Heimbüro war der Raum, in dem die Katze eingeschlossen gewesen war, als Avram gestern Morgen das Haus durchsucht hatte. Es lag im ersten Stock neben dem Schlafzimmer und beherbergte neben einem Schreibtisch und zwei Schränken eine kleine Couch, ein Gästebett und ein offenes Regal mit allerlei Kleinkram – Bilder von Sascha und Akina, zwei Sportpokale, ein paar Bücher und so weiter. Durch ein kleines Kreuzfenster in der Dachschräge sah man die sanft ansteigende Bott'sche Rinderweide, hinter der der Hof von Ludwig und Esther lag. Später würde Avram den beiden einen Besuch abstatten und seine Sachen vom Vorabend abholen. Im Moment war es ihm wichtiger, Gorans Unterlagen zu durchforsten, um die zweite Spur zu verfolgen, die er in der *Horizont*-Redaktion entdeckt hatte: der Giftmüll-Skandal der Firma HANOC.

Wo hatte er den Namen gesehen? Irgendwo hier, in diesem Zimmer. Gestern früh, als er mit gezogener Waffe das Haus durchkämmt hatte.

Der Schreibtisch war leer. Hatte dort gestern nicht ein

Stapel Papier gelegen? Er konnte es nicht mehr mit Sicherheit sagen. Vielleicht irrte er sich. Vielleicht hatten auch die Polizisten oder die Leute von der Spurensicherung das Material mitgenommen.

Dann entdeckte er die gesuchten Unterlagen im Schrank bei den Akten. Es war eine Arbeitsmappe, auf die Goran mit Filzschreiber den Namen HANOC gekritzelt hatte. Avram öffnete sie und begutachtete ihren Inhalt. Es waren vor allem ausgeschnittene Zeitungsartikel, aber auch Entwürfe für einen potentiellen Artikel im *Horizont*-Magazin sowie einige handschriftliche Notizen.

Avram nahm den obersten Zeitungsbericht zur Hand und begann zu lesen. Einem Randvermerk Gorans zufolge, stammte der Artikel aus der *Süddeutschen Zeitung* und war etwa drei Monate alt. Es ging um ein paar tote Rehe, die von einem Angler am Ufer der Isar gefunden worden waren, unweit von Moosburg. Der tierärztliche Befund deutete auf massive Vergiftungserscheinungen hin, ausgelöst durch Schwermetalle und Quecksilber. Artikel anderer Zeitungen berichteten von ungewöhnlich hohem Fischsterben in dieser Region. Offenbar hatte es irgendwann im Herbst des Vorjahres begonnen und war seitdem immer wieder in unregelmäßigen Abständen aufgetreten. Einmal hatten sogar ein paar badende Kinder ins Krankenhaus eingeliefert werden müssen. Eines davon war auf der Intensivstation gestorben.

Eine von Goran getippte Aktennotiz gab das Interview mit einem Informanten wieder, der unter dem Decknamen Kobold ausgesagt hatte. Kobold gab sich als Mitarbeiter von HANOC zu erkennen und äußerte den Verdacht, dass die Firma heimlich Giftmüllfässer in die Isar entleere, um Entsorgungskosten zu sparen.

Avram legte den Bericht zur Seite und dachte nach. Brisanter Stoff. Aber ging es tatsächlich um so viel Geld, dass Goran sich mit seinen Recherchen in Lebensgefahr gebracht hatte?

Avram nahm einen Artikel zur Hand, der von einem toten Fuchs handelte. Auch er war in dieser Gegend am Isarufer gefunden worden, und man hatte bei ihm Vergiftungserscheinungen festgestellt, das war aber schon im Jahr 2002 gewesen. Am Seitenrand hatte Goran handschriftlich vermerkt, dass die Firma HANOC erst drei Jahre später gegründet worden war.

Avram seufzte. Wieder eine Sackgasse.

Er überflog auch noch das restliche Material der Mappe, aber es gab keine Hinweise auf eine andere Spur, die Goran verfolgt hatte.

Um einen klaren Kopf zu bekommen, trank er in der Küche ein Glas Orangensaft. Die Katze saß auf der Spüle, beobachtete ihn mit großen Augen und maunzte ihn an. Avram gab ihr frisches Wasser und Futter. Danach war sie zufrieden.

Anschließend ging er nach draußen, um die Pferde zu versorgen und seine Reisetasche vom Bott'schen Hof abzuholen. Währenddessen behielt er unauffällig die Gegend im Blick, auf der Suche nach dem Mann in dem schwarzen Transit. Aber falls der die Beobachtung wiederaufgenommen hatte, tat er das so geschickt, dass Avram ihn nicht entdecken konnte.

22

»Was zum Teufel haben Sie mit meiner Frau angestellt?«

Stefan Wieland stand wie ein Fels hinter seinem massiven Schreibtisch, die Arme zornig auf die polierte Arbeitsplatte gestemmt. Er war ein großer, sportlicher Mann mit blondem Kraushaar, das seinen kantigen Schädel wie eine Löwenmähne umsäumte. Überhaupt verströmte Wieland die Gefährlichkeit eines Raubtiers. Seine Augen funkelten wild, und seine Mundwinkel zuckten, als wolle er gleich über den Tisch springen. »Sie war völlig aufgelöst, als sie vorhin anrief. Was fällt Ihnen ein, sie mit einer solchen Meldung zu überfallen?«

Emilia konnte seinen Zorn gut verstehen. Sie hatten seiner Frau einen gehörigen Schrecken eingejagt – ungewollt natürlich, aber der Auftritt im Wieland-Haus war nicht gerade eine Glanzleistung gewesen.

»Herr Wieland, wenn Sie sich setzen, können wir das in Ruhe besprechen«, sagte Mikka Kessler, offenbar unbeeindruckt von Wielands animalischer Ausstrahlung. »Am Sonntagmorgen wurde in einem Frankfurter Hotel ein Toter entdeckt. Er hatte keine Papiere bei sich, dafür aber einen Laptop auf dem haufenweise Dateien sind, in denen Ihre Anschrift zu finden ist. Auch Ihre Steuererklärungen. Wir *mussten* also davon ausgehen, dass Sie der Tote sind.«

Wielands Miene entspannte sich. Sein Blick wanderte noch einmal zwischen Emilia und Kessler hin und her, dann nahm er auf dem ledernen Drehstuhl hinter seinem Schreibtisch Platz, langsam wie in Zeitlupe. »Mein alter Laptop«, murmelte er, jetzt gar nicht mehr aggressiv, sondern sichtlich geschockt. »Also ist Kip tot.« Gedankenverloren schüttelte er den Kopf. »Als er kam und sich einen Computer von mir ausleihen wollte, dachte ich zuerst, er macht Witze. Ich hatte ihn schon seit Jahren nicht mehr gesehen. Da steht er plötzlich bei mir vor der Tür, völlig heruntergekommen, und bittet mich um einen Computer. Sagt, es sei dringend. Weil er ins Internet muss.«

»Wann genau war das?«, hakte Emilia nach.

Wieland überlegte. »Am Freitag, glaube ich. Nein, am Samstag. So gegen sechs Uhr abends. Ich hatte ein paar Geschäftspartner zum Essen eingeladen, und Kip kam mir ehrlich gesagt ziemlich ungelegen. Er sah aus wie der leibhaftige Tod. Unrasiert, ungewaschen. Alkohol hatte er auch getrunken.« Wieland machte eine Pause, starrte auf den Tisch. Während die Erinnerungen durch seinen Kopf jagten, zuckten seine Augen hin und her. »Trotzdem wollte ich ihm helfen. Deshalb habe ich ihm angeboten, den Computer in meinem Arbeitszimmer zu benutzen. Aber das wollte er nicht. Mein Handy wollte er auch nicht, und in ein Internet-Café wollte er schon gar nicht. Keine Ahnung, warum. Irgendwie war er an dem Abend komisch. Als hätte er Angst. Ich kenne ihn so gar nicht.«

»Sagten Sie nicht gerade, dass Sie ihn schon seit Jahren nicht mehr gesehen hatten?«, fragte Emilia.

Wieland nickte. Eine Haarsträhne fiel ihm ins Gesicht. Er schob sie beiläufig beiseite. »Ich kenne Kip ziemlich gut«, sagte er. »Von früher. Wir haben uns als Studenten eine Bude geteilt, fünf Jahre lang. Er hat Journalismus studiert, ich Architektur. Das hat zwar nicht viel gemein, aber wir haben uns prächtig verstanden. Daraus ist eine intensive Freundschaft entstanden – eine, die auch bestehen bleibt, wenn man sich für eine gewisse Zeit aus den Augen verliert. Als ich ihn am Samstagabend sah, wusste ich, dass ich ihm helfen musste. Da fiel mir mein alter Laptop ein. Der stand sowieso nur im Schrank herum. Meinen Surfstick habe ich ihm auch geliehen.«

»Und Sie wollten nicht wissen, wofür er das braucht?«, fragte Kessler.

»Er wollte es mir nicht sagen. Das war für mich in Ordnung, er ist einer meiner besten Freunde. Wieso interessiert Sie das? Was hat er damit angestellt?«

»Das wissen wir noch nicht. Vorläufig sind wir noch auf der Suche nach seiner wahren Identität.«

Emilias Blick wanderte durch den Raum. An den Wänden hingen Schwarzweißfotografien ausgefallener Bungalows und Villen. Auf den Bildern stand *Antwell & Fromm, Architekturbüro*. Es hatte sich offenbar auf eine gutsituierte Klientel spezialisiert. »Sie haben erwähnt, dass Ihr Freund ängstlich wirkte«, sagte Emilia. »Hat er irgendwelche Andeutungen gemacht? Dass er verfolgt wird? Dass jemand ihm nach dem Leben trachtet? Etwas in dieser Art?«

»Nichts dergleichen. Nachdem ich ihm den Laptop gegeben hatte, ist er auch gleich wieder verschwunden. Er wollte ihn mir in den nächsten Tagen zurückbringen.«

Emilia zog den Umschlag mit den Bildern vom Tatort aus ihrer Tasche und schob sie über den Tisch. »Ist das Ihr Freund, Herr Wieland?«, fragte sie.

Wieland nahm die Bilder an sich und betrachtete sie mit ernster Miene. Dann nickte er. »Ja, das ist Kip«, seufzte er. Seine Kiefermuskulatur arbeitete. »Kein Zweifel, leider.«

»Er hat sich ein Hotelzimmer unter dem Namen Georg

Kleinert genommen«, sagte Emilia. »Ist das sein richtiger Name?«

»Georg Kleinert?« Wieland zog die Mundwinkel nach unten. »Keine Ahnung, wie er auf den Namen kommt – seiner ist es jedenfalls nicht. Er heißt Kuyper. Goran Kuyper. Wohnt in der Nähe von München.« Er holte ein Taschentuch aus einer Schublade und tupfte sich damit die Augen trocken. »Wenn Sie wollen, kann ich Ihnen seine Adresse geben.«

23

Avram hatte die Pferde von der Koppel geholt, die Blutspuren im Stall beseitigt und neue Streu ausgelegt. Dann hatte er in den drei Boxen die Eimer mit Wasser und Futter nachgefüllt, bevor er zum Bott'schen Hof gegangen war, um seine Sachen vom Vorabend zu holen. Esther und Ludwig hatten ihm angeboten, noch eine Nacht länger zu bleiben – das Verhältnis zu Ludwig war seit der gestrigen Aussprache deutlich besser geworden, und Esther mochte ihn sowieso. Dennoch hatte Avram abgesagt. Nach den letzten kurzen Nächten wollte er heute zeitig schlafen gehen.

Obwohl es noch früh am Abend war, ließ er im Haus alle Rollläden herunter, für den Fall, dass der Kerl aus dem Lieferwagen irgendwo dort draußen war und ihn beobachtete. Dann setzte er sich mit einem Glas Wein auf die Couch, schaltete den Fernseher ein und ließ sich von einer Doku-Soap berieseln, während seine Gedanken unablässig um das Verschwinden von Goran, Nadja und den Kindern kreisten. Seine Pistole lag griffbereit neben ihm.

Im Geist ging er noch einmal den Tag durch. Die erste Spur, die er verfolgt hatte, war im Sand verlaufen: Dr. Lazlo hatte höchstwahrscheinlich gar nichts mit illegalem Organhandel zu tun, sondern er war Opfer eines versuchten Rufmords geworden. Was Avram von der zweiten Spur halten sollte – dem Giftmüllskandal bei Moosburg –, wusste er noch nicht. HANOC war, wie es schien, aus dem Schneider, weil es bereits lange vor der Firmengründung Giftmüllvorfälle in der Region gegeben hatte. Aber irgendjemand musste dafür verantwortlich sein. War Goran so tief in den Fall eingestiegen, dass er die eigentlichen Übeltäter identifiziert und sich dadurch in Gefahr gebracht hatte? Wenn ja: Ging es dabei um Geld oder womöglich um etwas ganz anderes? Und vor allem: Hatte Goran noch irgendwo Unterlagen versteckt, die Avram auf die richtige Spur lenken konnten?

Die Katze sprang aufs Sofa und sah ihn mit großen Knopfaugen an. Als Avram nicht reagierte, stupste sie ihn mit dem Kopf gegen den Arm und gab ein klägliches Miauen von sich. Avram kraulte sie hinter den Ohren, bis sie zu schnurren begann.

Eine Weile saß er so da und ließ sich, begleitet vom Schnurren der Katze, von seinen Gedanken treiben. Ab und zu nippte er an seinem Rotweinglas. Er genoss die beruhigende Wirkung des Alkohols, wusste aber gleichzeitig, dass er seinen Schmerz nicht in dem Maß betäuben durfte, wie er es gerne getan hätte. Er musste einen klaren Kopf behalten.

Wieder und wieder fragte er sich, was am Samstagabend auf dem Kuyperhof geschehen war und was er noch tun konnte, um Goran, Nadja und die Kinder zu retten. Die Zeit zerrann wie Sand zwischen seinen Fingern, und er kam nicht voran.

Gorans Brief kam ihm in den Sinn – der Brief, den Ludwig Bott ihm gestern gegeben hatte. Allein die Erinnerung an die hässlichen Worte versetzte ihm einen Stich. Dennoch beschloss er, den Brief aus der Reisetasche zu holen, um ihn noch einmal in Ruhe auf sich wirken zu lassen.

Als er zurückkam, hatte die Katze sich auf einer Wolldecke zusammengerollt und die Augen geschlossen. Avram zog das Papierblatt aus dem Kuvert und spürte, wie sich sein Magen zusammenzog.

Geh zur Hölle, Avram. Dort wartet der Teufel auf dich. Ich habe ihn mit eigenen Augen gesehen. Nur Gottes Gnade kann dir jetzt noch helfen. Goran

Avram legte den Brief beiseite, zog die Brille ab und massierte sich mit Daumen und Zeigefinger die Nasenwurzel. Er kam sich schäbig vor. Und schuldig. Er und Nadja hatten vor einigen Jahren miteinander geschlafen. Das war kurz nach der Katastrophe in Bolivien gewesen, von der die fünf Zentimeter lange Narbe über seinem linken Auge stammte – und die sieben Schusswunden, die seitdem seinen Körper verunstalteten. Nur mit riesigem Glück hatte er überlebt.

Sein erster misslungener Einsatz.

Es hatte Monate gedauert, bis er genesen war, und noch einmal so lange, bis er sich fähig gefühlt hatte, den nächsten Auftrag anzunehmen. Irgendwann in dieser Zeit war in ihm der lange unterdrückte Wunsch nach Familie erwacht. Nach Wärme und Geborgenheit. Deshalb hatte er Goran besucht, den einzigen Menschen, dem er sich zugehörig fühlte. Nur war Goran auf einer Geschäftsreise in Berlin gewesen – nachdem er sich tags zuvor fürchterlich mit Nadja gestritten hatte.

So war eins zum anderen gekommen. Avram und Nadja hatten sich bis tief in die Nacht unterhalten. Natürlich hatte Avram ihr nichts von seiner Arbeit und schon gar nicht von seinem gescheiterten Bolivien-Auftrag erzählen können. Aber er hatte es genossen, mit jemandem zu reden, genau wie Nadja.

Und so war es passiert.

Avram setzte die Brille wieder auf und trank einen Schluck Wein. Sie hatten nur eine Nacht miteinander verbracht, und am nächsten Morgen war beiden klar gewesen, dass es für sie keine Zukunft geben konnte. Dennoch war es geschehen.

Jetzt, Jahre später, musste Goran hinter dieses schreckliche kleine Geheimnis gekommen sein. Was konnte es Schlimmeres für einen Mann geben, als zu wissen, dass seine Frau ihn mit dem eigenen Bruder betrogen hatte? Insofern war der Brief an Avram sogar noch harmlos.

Dennoch tat jedes Wort davon weh.

Avram trank sein Glas leer und spürte, wie eine Welle aus Trauer und Schuldgefühlen über ihn hereinbrach. Früher waren er und Goran trotz des Altersunterschieds unzertrennlich gewesen. Dann, nach dem Tod der Eltern, hatte Avram den Hof verlassen, und sie hatten sich aus den Augen verloren. Das allein war schlimm genug, aber zu wissen, dass Goran jetzt vielleicht tot war und ihn in den letzten Tagen seines Lebens nur noch gehasst hatte, schmerzte Avram zutiefst.

Ganz zu schweigen von der Angst um Nadja und die Kinder, deren Schicksal ebenfalls im Ungewissen lag.

24

»Georg Kleinert. Goran Kuyper. Dieselben Initialen«, sagte Emilia, während sie die Treppen ins dritte OG des Frankfurter Polizeipräsidiums hinaufstiegen.

»Stimmt«, pflichtete Kessler bei. »Ist mir noch gar nicht aufgefallen. Denken Sie, das hat etwas zu bedeuten?«

Emilia zuckte mit den Schultern. »Keine Ahnung.«

»Jedenfalls zeigt es, dass man schlau genug sein sollte, wirklich alle Verbindungen zu seinem alten Leben zu kappen, wenn man untertauchen will«, sagte Kessler. »Denn wer immer Kuyper auf den Fersen war – er hat ihn gefunden.«

»Bestimmt nicht nur, weil er einen Decknamen mit denselben Initialen gewählt hat.«

»Aber wer so etwas macht, macht noch mehr Fehler.«

Emilia schmunzelte. »Eine eigenwillige Logik«, sagte sie. »*Psychologisch sehr interessant.* Aber vermutlich haben Sie sogar recht.«

Im Büro von EPHK Eibermann, dem Chef der Mordkommission, schilderten Emilia und Kessler den neuesten Stand der Ermittlungen. Emilia sagte, dass sie angesichts der jüngsten Erkenntnisse nach München fahren wolle, um dort in Goran Kuypers persönlichem und beruflichem Umfeld zu recherchieren. Eibermann versprach, parallel dazu die Ermittlungen in Frankfurt weiter voranzutreiben.

»Dann scheinen sich unsere Wege hier wohl zu trennen«, meinte Kessler, als sie wieder im Gang standen. Täuschte sie sich, oder wirkte er dabei tatsächlich ein bisschen betrübt?

»Ich bleibe nur für ein paar Tage in München«, sagte Emilia. »Sobald ich eine brauchbare Spur habe, die zu unserem Mörder im *Postmeister* führt, komme ich wieder.« Sie lächelte, obwohl sie sich nicht danach fühlte. Sie kannte Mikka Kessler erst seit zwei Tagen. Erstaunlich, wie schnell sie ihn ins Herz geschlossen hatte.

Einen Moment lang standen sie sich schweigend gegenüber und schauten sich einen Moment lang zu tief in die Augen. Emilia schluckte, in ihrem Körper krabbelten Ameisen. Ein Teil von ihr wünschte sich, dass Kessler sie in die Arme nehmen und küssen würde. Aber obwohl er beim Flirten bisher das personifizierte Selbstbewusstsein gewesen war, zögerte er jetzt.

Da klingelte sein Handy, und die Magie verpuffte wie eine Rauchwolke im Wind.

Er nahm das Gespräch an. »Was gibt's, Paul?«

Gedämpft hörte Emilia die Stimme von Hauptkommissar Bragon durch das Gerät. »Wo steckt ihr? Ich suche euch schon überall.«

»Wir sind im dritten Stock und kommen gerade aus Eibermanns Büro«, sagte Kessler. »Was gibt's so Eiliges?«

»Kommt runter in den Verhörraum, dann seht ihr es«, antwortete Bragon und legte auf.

Wenige Minuten später nahm Emilia in einem kahlen Raum mit Neonbeleuchtung neben Hauptkommissar Bragon Platz und musterte den jungen Mann, der ihnen gegenübersaß. Er trug ein enganliegendes schwarzes T-Shirt und hatte eine Glatze mit einem Drachentattoo, das sich über die Stirn bis zur rechten Augenbraue hinzog.

Kolja Rostow.

Er gab sich Mühe, seinem Aussehen entsprechend angemessen abgeklärt zu wirken, schien aber ziemlich nervös zu sein. Seine Kiefer bearbeiteten ohne Unterlass den Kaugummi in seinem Mund, und unter dem Tisch wippte er andauernd mit einem Bein, was seinen ganzen Körper in eine Art Dauerzittern versetzte. Außerdem hatten sich während des Wartens feine Schweißperlen auf seinem Kopf gebildet, obwohl Emilia es in dem Verhörraum eher kühl fand.

Bragon schaltete das Mikro an, belehrte Rostow über seine Rechte und erläuterte die Formalitäten. Dann übergab er das Wort an Emilia – sie waren zuvor übereingekommen, dass sie das Verhör leiten sollte.

»Kolja Alexander Rostow«, las sie aus dem Pass des tätowierten Mannes vor. Sie nannte sein Geburtsdatum, seine Größe und das *Hotel Postmeister* als seinen aktuellen Wohnsitz. »Sind Sie das?«

Rostow nickte.

»Ich bitte Sie, während des Verhörs laut und deutlich auf meine Fragen zu antworten, damit wir Ihre Aussagen auf Band aufzeichnen können«, sagte Emilia. »Also noch mal: Treffen die genannten Angaben auf Sie zu?«

»Ja, tun sie«, sagte er betont gelangweilt. Aber sein Blick zuckte zwischen Emilia, Bragon und dem verspiegelten Glas an der Wand hin und her.

Er fragt sich, ob wir ihm seine Geschichte abkaufen werden.

Emilia fragte sich wiederum, ob er ihnen die Wahrheit erzählen oder eine Lüge auftischen würde.

»Das hier ist Hauptkommissar Bragon von der Frankfurter Kripo«, sagte sie und deutete mit dem Kopf auf ihren Sitznachbarn. »Mein Name ist Emilia Ness. Ich leite eine Spezialeinheit zur Verbrechensbekämpfung bei Interpol. Sie sind hier, weil im *Hotel Postmeister* in der Nacht von Samstag auf Sonntag ein Mord begangen wurde. Haben Sie davon gehört?«

»Sonst wäre ich ja wohl kaum hier«, sagte Rostow. »Meine Mutter hat gesagt, dass ich mich melden soll.«

»Haben Sie den Mann im Hotel umgebracht?« Natürlich würde er das niemals so einfach zugeben. Emilia wollte nur seine Reaktion testen.

Die kam prompt: Sein rechtes Auge begann zu zucken, so dass es aussah, als würde der Drache sich in seinem Gesicht bewegen.

»Ich hab den nicht umgebracht!«, blökte er. »Scheiße! Da meldet man sich freiwillig, um seine Aussage zu machen, und dann schiebt ihr einem gleich 'nen Mord unter! Fuck!«

Die Nerven begannen schon, mit ihm durchzugehen. Sehr gut. Die Frage war nur, weshalb? Weil er zu Unrecht verdächtigt wurde? Oder weil er schuldig war?

»Ihre Mutter hat ausgesagt, dass Sie am Samstagabend noch vor ihr das Hotel verlassen haben, um einen Freund zu besuchen«, fuhr Emilia fort. »Stimmt das?«

»Ja.«

»Wie kommt es dann, dass jemand Sie zur Tatzeit im Hotel gesehen hat?«

Kolja Rostow erstarrte zu Eis. Er kaute seinen Kaugummi nicht weiter, und sein wippendes Bein stand plötzlich still. Auf diese Frage war er nicht vorbereitet.

Dann schüttelte er energisch den Kopf. »Das ist unmöglich!« Es klang wie das heisere Krächzen eines Raben.

Emilia beschloss, ihm vorläufig *kein* Getränk anzubieten. »Wir haben einen Zeugen, der aussagt, Sie am Samstagabend im Hotel gesehen zu haben. Mit einer Pistole in der Hand, kurz nachdem der Mann aus Zimmer 207 erschossen worden ist. Sie sind die Treppe runtergegangen und dann irgendwo im Erdgeschoss oder im Keller verschwunden.«

Kolja Rostows Mund formte Worte, ohne einen Ton herauszubringen. »Das muss eine Verwechslung sein«, wisperte er schließlich.

»Unser Zeuge sagt, er habe einen jungen Mann mit Glatze und Tattoo auf dem Kopf gesehen. Mit einem Drachentattoo, um genau zu sein. Herr Rostow, kennen Sie irgendeine andere Person, auf die diese Beschreibung zutrifft und die den Mord verübt haben könnte?«

Kolja Rostow sank regelrecht in sich zusammen. Der psychische Druck war ganz offensichtlich zu viel für ihn. »Scheiße!«, zischte er vor sich hin und wirkte dabei ziemlich verzweifelt. »Gottverdammte Scheiße noch mal! Was bin ich nur für ein bescheuertes Arschloch!« Und dann liefen ihm plötzlich Tränen über die Wangen. So hart er mit seinen zweiundzwanzig Jahren wirken wollte – ein Teil von ihm war immer noch ein kleines, verängstigtes Kind, das sich vor den Konsequenzen seiner Tat fürchtete.

Emilia ließ ihm Zeit. Sie spürte, dass er bereit war, seine Geschichte zu erzählen.

Endlich stieß er ein gequältes Seufzen aus. »Ja, es stimmt«, sagte er. »Ich war im Hotel. Eigentlich wollte ich zu Mick, aber der war nicht da, also bin ich wieder zurück. Ich hab 'ne Weile in meinem Zimmer ferngesehen, irgend son amerikanischen Krimi. Später wollte ich noch in die Disko. Aber dazu kam's nicht mehr. Ich glaube, es war etwa zehn, als der Schuss fiel. Verdammt, das war laut. Zuerst hab ich gar nicht geblickt, was los ist. Ich bin in den Flur gerannt und hab gelauscht, ob draußen vielleicht 'ne Schlägerei oder so was stattfindet. Dann kam der zweite Schuss. Von oben.

Ich wusste ja, dass nur zwei Zimmer belegt waren. Also bin ich zu Nummer 207 gerannt. Ich hab kurz an der Tür gelauscht – es hätte ja auch ein Überfall sein können. Aber drinnen war alles still. Ich hab geklopft. Keine Reaktion. Dann bin ich rein.«

»War die Tür nicht abgeschlossen?«, fragte Emilia.

»Ich hab 'nen Generalschlüssel.«

»Und Sie sind ins Zimmer gegangen, obwohl dort ein Mörder hätte lauern können?«

Einen Moment lang schien Rostow verwirrt. Sein Blick wanderte zu Emilia und blieb auf ihr haften. »Ich sag ja, es war still im Zimmer. Außerdem hat der Typ mich 'ne Stunde vorher noch gefragt, ob wir Alkohol im Haus haben. Hat mir 'nen Fünfziger gegeben für 'ne Flasche Schnaps. Da hatte ich schon son Gefühl.«

»Was für ein Gefühl?«, fragte Bragon und strich sich mit dem Daumen über den Schnauzbart.

»Na, dass der sich was antun will.«

»Warum haben Sie nichts unternommen?«

»Was hätt' ich denn tun sollen? Es war ja nur 'ne Ahnung. Ein Gefühl. Wenn's nicht gestimmt hätte, hätt' ich ihn womöglich vertrieben. Ich wollte nicht auch noch unsere letzten Gäste vergraulen. Es ist ja nicht gerade so, dass wir 'ne Warteliste hätten.«

Emilia wusste noch nicht, was sie davon halten sollte. »Sie haben also mit dem Generalschlüssel das Zimmer geöffnet. Hatten Sie keine Angst?«

Rostow zuckte mit den Schultern. »Ein bisschen vielleicht. Aber wie gesagt – ich hatte schon sone Ahnung. Und außerdem: Hätte ein Mörder nicht 'nen Schalldämpfer benutzt?«

»Dafür, dass zwei Schüsse im Hotel gefallen sind, haben

Sie ja einen ziemlich kühlen Kopf bewahrt«, meinte Bragon. »Ich wette, es gibt nicht viele, die so mutig gewesen wären.«

Emilia musste zugeben, dass sie diesen Teil von Rostows Aussage ebenfalls nicht plausibel fand. »Wie ging es dann weiter?«, fragte sie.

Kolja Rostows trotziger Ich-habe-doch-nichts-getan-Blick ruhte noch einen Moment auf Bragon, dann sagte er: »Als ich rein bin, ins Zimmer meine ich, lag der Kerl schon tot auf dem Boden. Überall war Blut, auch an der Wand. Es war ekelhaft.«

»Sonst war niemand im Zimmer?«

Kolja Rostow schüttelte den Kopf.

»Bitte sprechen Sie ins Mikrophon.«

Er holte tief Luft. Sein Gesicht sah aus, als müsse er sich gleich übergeben. »Nein, sonst war niemand im Zimmer«, sagte er laut.

»Was geschah dann, Herr Rostow?«, fragte Emilia.

Sein Mund verzog sich zu einem bitteren Grinsen. »Sie werden mir das nicht glauben, aber im ersten Moment wollte ich tatsächlich die Polizei rufen«, sagte er. »Ich schwöre, das ist die Wahrheit. Aber dann hab ich die Waffe auf dem Boden gesehen. Direkt vor meinen Füßen lag sie. Muss dem Kerl aus der Hand geflogen sein, als er sich das Licht ausgepustet hat.« Kolja Rostow schüttelte angewidert den Kopf. »Ich hab sie an mich genommen. Hab sie einfach aufgehoben, ohne weiter darüber nachzudenken.«

»Warum haben Sie das getan?«, fragte Emilia. »Ihnen muss doch klar gewesen sein, dass es eine polizeiliche Untersuchung geben wird.«

»Schon. Aber irgendwie dachte ich, ich komm damit durch. Konnte ja nicht ahnen, dass mich dieses Arschloch aus Zimmer 302 sieht. Der ist es doch gewesen, der mich verpfiffen hat, oder?«

Emilia ging nicht darauf ein. »Wo ist die Waffe jetzt?«, wollte sie wissen.

»Zu Hause bei mir im Zimmer. Hab sie in meinem Videoschrank versteckt. Fuck!«

»Herr Rostow, Sie behaupten also, dass Sie in ein abgeschlossenes Zimmer gegangen sind, aus dem Sie zwei Schüsse gehört haben. Dort haben Sie eine Leiche und eine Pistole auf dem Boden gefunden, und die Pistole haben Sie an sich genommen. Stimmt das soweit?«

Er war jetzt der Verzweiflung nahe. »Ich weiß selber, dass das scheiße klingt«, wisperte er. »Aber das ist die Wahrheit, verdammt. Ich hab die Pistole da liegen gesehen und sie genommen, weil die Drecks-Neos mich die ganze Zeit drangsalieren. Ich wollte niemandem damit was tun. Ich wollte denen mit der Waffe nur ein bisschen Angst einjagen, wenn sie das nächste Mal auftauchen. Damit sie in Zukunft vom Hotel wegbleiben.«

Emilia nickte. Kolja Rostows Mutter hatte schon erwähnt, dass ihr Sohn mit den Neonazis auf Kriegsfuß stand. Sie konnte sogar nachvollziehen, dass Kolja Rostow sich eine Waffe wünschte. Aber würde er wirklich die Pistole eines Selbstmörders an sich nehmen, nur wenige Augenblicke, nachdem der sich eine Kugel durch den Kopf gejagt hatte?

»Was du da erzählst, ist Bullshit, Junge!«, blaffte Bragon, der in der Rolle des bösen Bullen eine hervorragende Figur abgab. »Der Kerl aus Zimmer 207 hatte nicht nur ein Loch im Kopf, sondern auch noch eins in der Hand. Und du willst uns weismachen, dass das Selbstmord war? Wenn du uns keine bessere Geschichte lieferst, weiß ich, wo wir dich die nächsten dreißig Jahre besuchen können.«

Kolja Rostow riss den Kopf hoch. Eine Sekunde lang glaubte Emilia, er würde über den Tisch springen und Bragon an die Gurgel gehen. Aber dann schien er sich daran zu erinnern, wo er war, und beließ es bei einem finsteren Blick.

»*Es war Selbstmord*«, knurrte er. »Ich weiß nicht, warum der Kerl sich zuerst in die Hand geschossen hat. Aber ich schwöre, dass er schon tot war, als ich ins Zimmer kam.« Er erkannte, dass Bragon ihm das nicht abkaufte und wandte sich hilfesuchend an Emilia. »Ich hab ihn nicht umgebracht. *Ehrlich!*«

Aber auch Emilia war vom Wahrheitsgehalt seiner Aussage nicht restlos überzeugt. »Herr Rostow, ich muss Ihnen mitteilen, dass wir Sie vorläufig hierbehalten werden, bis Sie dem Untersuchungsrichter vorgeführt werden können«, sagte sie. »Wollen Sie mit einem Anwalt sprechen?«

25

Avram Kuyper nahm die Fernbedienung zur Hand und schaltete den Fernseher aus. Eine Weile starrte er auf den schwarzen Bildschirm, dann fielen ihm in der Regalwand ein paar Fotoalben auf, und ihn überkam ein sentimentaler Anflug von Nostalgie. Er stand auf holte sie sich.

Die Katze begann wieder zu schnurren, als er sich setzte.

Das erste Album beinhaltete Bilder neueren Datums von Gorans Familie – Ausflüge, Urlaube, Feste. Auch Fotos von Saschas Einschulung waren dabei, und von Akina, die feierlich gekleidet mit einer Kerze in der Hand vor dem Kirchenaltar stand. Darüber hatte jemand mit Filzstift *Konfirmation Akina* geschrieben. Avram hatte nicht einmal gewusst, dass sie evangelisch war.

Überhaupt wusste er viel zu wenig von den Kindern, und das machte ihm das Herz schwer.

Er griff zur Weinflasche und nahm den Korken ab. Dann steckte er ihn wieder in die Öffnung zurück, ohne sich nachzugießen. Wie schmerzhaft die Situation auch sein mochte, er brauchte einen klaren Kopf – zum Nachdenken, aber auch zum Schießen, falls jemand vorhatte, hier einzudringen.

Er stellte die Flasche ab und nahm das zweite Album zur Hand. Es begann mit Babybildern von Sascha – im Krankenhaus, auf der Wickelkommode, auf der Krabbeldecke, später im Kindergarten. Ein ausgelassener kleiner Bursche, der stets ein bisschen ängstlich zu sein schien, genau wie Goran in seinem Alter.

Seufzend nahm Avram das nächste Album zur Hand. So saß er eine Stunde lang da, blätterte die Seiten um und versuchte sich vorzustellen, wie es gewesen wäre, bei all den Anlässen dabei gewesen zu sein.

Viel zu viele verpasste Gelegenheiten, dachte er trübsinnig. Ob er jemals eine Chance bekommen würde, dieses Versäumnis wiedergutzumachen?

Am Ende war nur noch ein Album übrig. Es war mit altmodischem, vergilbtem Stoff überzogen und an einigen Stellen abgewetzt – Gorans und Avrams Kinderalbum. Mit klammem Gefühl öffnete Avram es.

An vieles konnte er sich nur noch vage entsinnen. Andere Situationen spielten sich so realistisch vor seinem inneren Auge ab, als hätte er sie erst gestern erlebt. Selbst jene Fotos, die ihm völlig unbekannt schienen, ergänzten das Mosaik, denn in jedem Gesichtsausdruck, in jedem Kleidungsstück, in jedem Gegenstand der damaligen Wohnungseinrichtung steckten Erinnerungen, die wiederum zu anderen Erinnerungen führten und das Durchblättern des Albums zu einer plastischen Reise in die Vergangenheit werden ließen.

Meistens waren es fröhliche Bilder. Geburtstage, Oster- und Weihnachtsfeiern, eine Schneeballschlacht hinter der Scheune mit Pudelmützen und Wollhandschuhen. Aber es waren auch Fotos dabei, die unangenehme Gefühle hervorriefen: ein Festessen, bei denen alle Gäste, sogar die Kinder, schwarz gekleidet waren. Das musste die Beerdigung von Onkel Albert, dem Bruder seines Vaters, gewesen sein. Avram erinnerte sich, wie traurig seine Eltern damals gewesen waren. Mutter hatte tagelang nur geweint und danach wochenlang kaum ein Wort gesprochen. Vater hatte mehr getrunken, als er vertragen konnte, und war in dieser Zeit oft gereizt und jähzornig gewesen. Erst sehr viel später war

Avram klargeworden, dass er sich nur aus Verzweiflung so schrecklich aufgeführt hatte. Aber damals war es für ihn und Goran die Hölle gewesen. Deshalb hatten sie auch den Weinkeller so genannt. *Hölle.* Weil ihr Vater sie im Jähzorn manchmal dort eingesperrt hatte. Und weil er dann immer gebrüllt hatte, sie kämen in die Hölle, weil sie so laut und unartig gewesen waren.

Der Weinkeller war ein hässlicher kleiner Raum unter der Erde, kalt und abweisend. Dort gab es nicht einmal ein Fenster oder einen Lichtschacht. Wenn man die Türe zusperrte und von außen die Sicherung herausdrehte – und genau das hatte ihr Vater damals getan –, war es drinnen so dunkel, dass man die Hand nicht vor Augen sehen konnte. Vor allem für den jüngeren Goran waren die Stunden im Weinkeller wie Jahre in einem Verlies gewesen. Danach hatten ihn oft quälende Albträume geplagt – Nächte, in denen er erst Ruhe fand, wenn er sich zu Avram ins Bett schlich und sich eng an ihn schmiegte.

Erst als Avram heimlich eine Taschenlampe im Keller versteckt hatte, war es mit Gorans Albträumen besser geworden. Später waren auch Süßigkeiten und kleine Bücher dazugekommen, mit denen man sich die Angst oder Langeweile vertreiben konnte. Avram und Goran hatten die Sachen im Innern eines alten Eichenholzfasses deponiert, das dort unten nur als rustikaler Ablagetisch diente. Durch ein Loch in der Hinterwand konnte man hineingreifen und die Schätze bei Bedarf herausholen.

Während Avram so dasaß und sich von seinen Erinnerungen treiben ließ, fügten sich plötzlich ein paar Puzzlestücke zusammen.

Der Weinkeller.

Die Hölle.

Vom Nacken beginnend breitete sich ein Kribbeln in seinem Körper aus. Er spürte, dass der Gedanke richtig war.

Geh zur Hölle. Dort wartet der Teufel auf dich.

War Gorans Brief etwa gar kein Vorwurf in Bezug auf seine Affäre mit Nadja? Hatte sein Bruder ihm damit etwas ganz anderes sagen wollen?

Geh zur Hölle.

Bedeutete das, dass Avram in den Keller gehen sollte, weil Goran dort etwas für ihn in ihrem alten Kinderversteck hinterlegt hatte?

Dort wartet der Teufel auf dich.

Das Kribbeln war jetzt so stark wie ein Stromstoß. War das die fehlende Spur? Hatte Goran ihm kurz vor dem Überfall auf den Kuyperhof diese Nachricht hinterlassen, weil er gewusst hatte, in welche Gefahr er sich begab? Weil er wollte, dass Avram diese Spur fand und weiter verfolgte?

Es gab nur einen Weg, das herauszufinden. Avram nahm seine Pistole und stand auf.

Sein Weg führte ihn quer durch den Keller in den alten Gebäudeteil, wo eine schmale Steintreppe weiter in die Tiefe führte. An ihrem Ende befand sich eine schwere Holztür. Als Avram sie öffnete und das Licht einschaltete, war ihm, als wäre hier unten die Zeit stehengeblieben. Kaum etwas hatte sich verändert. Natürlich waren im Lauf der Jahre viele Flaschen Wein getrunken und durch neue ersetzt worden. Aber Goran, dieser alte Sentimentalist, hatte es offenbar nie übers Herz gebracht, etwas an diesem Raum zu verändern, und das, obwohl er ihn als Kind wirklich gehasst hatte.

Avram stieg die letzten Stufen hinab und sah sich um. Die 40-Watt-Lampe an der Decke flackerte wie in einem billigen Horrorfilm und schaffte eine Atmosphäre zum Gruseln. Der modrige Geruch und die Kälte hier unten taten ihr Übriges.

Genau wie damals, dachte er.

Aber noch schlimmer war es gewesen, wenn Vater die Tür hinter sich zugezogen und die Sicherung aus dem Sicherungskasten herausgedreht hatte. Umgeben von absoluter Finsternis, war es hier drinnen wirklich zum Fürchten gewesen.

Das schwere Eichenholzfass stand immer noch in der hinteren Ecke, eingeklemmt zwischen zwei Weinregalen, als wäre es dort festgewachsen. Mit steigender Nervosität trat Avram näher. Hatte Goran hier tatsächlich etwas für ihn hinterlegt?

Er ging in die Knie und tastete nach dem Loch auf der Rückseite. Es war wie erwartet mit einem Pfropfen verschlossen. Avram rüttelte daran, nahm ihn ab und steckte vorsichtig zwei Finger hinein. Tatsächlich bekam er ein Stück Schnur zu fassen, so wie früher.

Avram schluckte. Seine Kehle fühlte sich plötzlich rau und kratzig an.

Als er an der Schnur zog, kam eine kleine Plastiktüte zum Vorschein, die mit einem Ringgummi verschlossen war. Er entfernte die Tüte und brachte ein Stofftaschentuch zutage. Darin eingewickelt lag ein einziger Gegenstand: ein chromfarbener USB-Stick.

Eine Welle der Erregung erfasste Avram, während er den Stick in seiner offenen Hand betrachtete.

Geh zur Hölle, Avram. Dort wartet der Teufel auf dich. Ich habe ihn mit eigenen Augen gesehen. Nur Gottes Gnade kann dir jetzt noch helfen. Goran

Was hatte es mit diesem winzigen Stick auf sich?

Avram ging nach oben in Gorans Büro und startete den Computer. Dann steckte er den Stick in den USB-Port und klickte im Dateimanager das entsprechende Laufwerk an.

Auf dem Bildschirm öffnete sich ein Nachrichtenfenster: Enter password.

Verdammt!

Er versuchte es mit *Goran*, erfolglos. Danach mit *Nadja, Sascha, Akina* – jeweils in Groß- und Kleinschreibung – und auch mit allen Geburtsdaten, die ihm einfielen.

Fehlanzeige.

Würde er so kurz vor dem Ziel scheitern?

Im Geiste ging er sämtliche Hacker durch, mit denen er in den letzten Jahren zusammengearbeitet hatte. Sie würden das Passwort bestimmt knacken. Aber noch während er darüber nachdachte, wer für diesen Job am besten geeignet war, kam ihm eine Idee.

Nur Gottes Gnade kann dir jetzt noch helfen.

Hatte Goran ihm mit seiner Nachricht nicht nur das Versteck verraten, sondern auch den Zugangscode zu den Daten auf dem Stick?

Erneut klickte er auf das USB-Laufwerk. Als sich das Feld für die Passworteingabe öffnete, tippte er »Gottes Gnade« ein.

Auf dem Bildschirm erschien die Nachricht: Access allowed.

26

»Frau Ness? Hier ist die Rezeption. Ihr Taxi ist da.«

Emilia bedankte sich und legte den Hörer auf. Ihre Sachen hatte sie schon gepackt. Sie nahm den Koffer, überprüfte, ob sie ihren Geldbeutel griffbereit hatte, und verließ das Hotelzimmer. In weniger als fünf Stunden würde ihr Zug in München ankommen. Gleich morgen früh hatte sie bei der zuständigen Behörde einen Termin, um sich aus erster Hand über den Stand der Ermittlungen auf dem Kuyperhof zu informieren.

Sie fuhr mit dem Aufzug nach unten. In der Hotellobby wartete zu ihrer Überraschung Mikka Kessler auf sie. »Was machen Sie denn hier?«, fragte sie. »Ich habe es leider ziemlich eilig. Mein Taxi wartet.«

Kessler nahm ihr den Koffer ab. »Ich bin Ihr Taxi«, sagte er.

Sie gingen nach draußen, wo er sein Auto am Straßenrand geparkt hatte. Irgendwie fühlte Emilia sich geschmeichelt, dass er sie zum Bahnhof bringen wollte. Zum Einsteigen hielt er ihr sogar die Tür auf.

»Übertreiben Sie es nicht, sonst gewöhne ich mich noch daran«, sagte sie.

»Das ist Absicht«, erwiderte er und setzte wieder dieses unverschämt selbstbewusste Lächeln auf. Einen Moment lang sahen sie sich tief in die Augen. Emilia fragte sich, ob er wusste, welchen Eindruck er mit diesem Lächeln auf Frauen machte.

Natürlich weiß er es, dachte sie. Er weiß es sogar ganz genau. Gerade deshalb macht er das ja.

Sie nahm sich vor, ihn etwas hinzuhalten, aber sie war nicht sicher, wie lange sie ihm würde widerstehen können, wenn er es wirklich darauf anlegte.

Sie stieg ein. Er drückte die Tür hinter ihr zu, verstaute ihr Gepäck im Kofferraum und nahm hinter dem Steuer Platz.

»Denken Sie, dass Kolja Rostow den Kerl im *Postmeister* ermordet hat?«, fragte Kessler, während er sich in den Verkehr einfädelte. Er hatte während der Vernehmung im Polizeipräsidium hinter der Spiegelglaswand gesessen und alles beobachtet.

»Nein«, sagte Emilia. »Denke ich nicht. Wenn, dann hätte er bei der Vernehmung eine Oscar-reife Vorstellung abgegeben.«

»Mich hat er mit seiner Version der Geschichte nicht überzeugt. Wer schließt schon ein Hotelzimmer auf, wenn er hinter der Tür zwei Schüsse gehört hat?«

»Kolja Rostow sagt, er habe geahnt, dass Goran Kuyper sich umbringen wollte.«

»Weil Kuyper ihn gebeten hat, ihm eine Flasche Schnaps zu besorgen?«

»Ja.«

Kessler schüttelte belustigt den Kopf. »Trotzdem haben Sie ihn in U-Haft gesteckt.«

»Weil ich mir nicht hundertprozentig sicher bin.«

»Aha! Psychologisch wieder sehr interessant.«

Eine Weile fuhren sie schweigend weiter. Die Lichter der Straßenlaternen huschten über die Windschutzscheibe und zauberten flirrende Schattenspiele auf Kesslers Gesicht. Im Radio lief ein Klassiksender, der irgendetwas Langsames, Getragenes spielte. Bach vielleicht oder Händel. Die Musik machte Emilia müde. Die letzten Tage waren anstrengend gewesen. Im Zug würde sie ein wenig schlafen.

Ihr fiel ein Straßenschild auf, das den Bahnhof in entgegengesetzter Richtung anzeigte. »Hey, wo bringen Sie mich hin?«, fragte sie.

Kessler warf ihr einen geheimnisvollen Blick zu. »Überraschung«, sagte er. Es klang irgendwie spannend, aber auch ein bisschen unheimlich.

»Ich habe morgen früh um 8.00 Uhr einen Termin bei der Münchner Kripo«, sagte Emilia. »Den will ich nicht verpassen.«

»Werden Sie nicht. Ich bin nämlich bei Ihrer Party dabei.«

Im ersten Moment verstand Emilia nicht.

»Eibermann hat mich gebeten, Sie zu begleiten«, erklärte Kessler. »Er denkt, wir sind als Team schon so gut eingespielt, dass er mich für ein paar Tage abgestellt hat, Ihnen zu helfen.«

»Das glaube ich nicht.«

Er lachte und schaltete einen Gang herunter, weil ein Lkw vor ihm fuhr. »Ich auch nicht«, gab er zu. »Aber Eibermann sitzt nicht gerade fest im Sattel, wenn Sie verstehen, was ich meine. Der Bürgermeister übt gewaltigen Druck auf ihn aus. Ein Fall mit Interpol kommt ihm da gerade recht. So etwas hat eine gewisse Medienwirksamkeit. Außerdem kann er dabei nicht verlieren. Wenn der Fall ungelöst bleibt, ist Interpol schuld. Und wenn er gelöst wird, kann Eibermann behaupten, dass die Frankfurter Polizei maßgeblich daran beteiligt war. Es ist eine Win-Win-Situation. Allerdings nicht für Sie, nur für ihn. Und auch ein bisschen für mich.«

Entwaffnend ehrlich, dachte Emilia schmunzelnd. »Ich bin also nur Mittel zum Zweck«, sagte sie.

»So könnte man es sagen«, gestand Kessler. Dann fügte

er etwas zögernd hinzu: »Aber ich gebe zu, dass Eibermann mich nicht lange überreden musste.«

Emilia erwiderte nichts. Das Kompliment klang so ehrlich, dass es ihr durch und durch ging. Was hatte dieser Mann nur an sich, das sie so fesselte?

Sie fuhren auf die A3 Richtung Würzburg. Kessler erzählte Emilia, was er inzwischen herausgefunden hatte: Die Münchener Kripo hatte Goran Kuypers Gehöft – einen stillgelegten Bauernhof mit ein paar Pferden – durchsucht, nachdem sein Bruder gestern Vormittag eine Vermisstenmeldung aufgegeben hatte. Die ganze Familie war verschwunden, nicht nur Goran, sondern auch dessen Frau und die beiden Kinder. Blutspuren im und um den Stall herum deuteten auf eine Gewalttat hin. Den Hofhund hatte man in einem angrenzenden Feld gefunden, von zwei großkalibrigen Pistolenkugeln tödlich getroffen.

»Wann hat der Überfall denn überhaupt stattgefunden?«, fragte Emilia.

»In der Nacht von Samstag auf Sonntag. Die Nachbarn sagen aus, dass sie den Hund gegen zehn Uhr bellen gehört haben. Das heißt, der Überfall fand wahrscheinlich ziemlich genau zur selben Zeit statt wie der Mord im *Hotel Postmeister*.«

»Oder der Selbstmord«, entgegnete Emilia, obwohl ihr klar war, dass das zeitliche Zusammentreffen beider Zwischenfälle eher für einen koordinierten Plan sprach.

»Ich weiß nicht, warum Sie Rostow in Schutz nehmen« sagte Kessler. »Den Selbstmord für sich genommen, könnte ich ja noch glauben. Aber dass Kuyper sich vorher in die Hand schießt? Warum sollte er das tun?«

Darüber hatte Emilia bereits nachgedacht. »Vielleicht hat er sich aus irgendeinem Grund gehasst«, sagte sie.

»So sehr, dass er sich eine Kugel durch die Hand jagt, bevor er sich umbringt? Ich bitte Sie!«

»Mehr als zehn Prozent aller Jugendlichen verstümmeln sich aus Selbsthass«, sagte Emilia. »Das ist statistisch erwiesen. Sie verletzen sich in der Regel mit Messern, oder sie fügen sich Verbrennungen zu. Aber ich hatte auch schon mal einen Fall, bei dem ein Mädchen Glasscherben geschluckt hat – weil sie dachte, ihre Eltern würden sie nicht lieben.«

»Teenager tun verrückte Dinge, wenn die Hormone durchdrehen. Aber Goran Kuyper war ein erwachsener Mann.«

»Der ziemlich verstört war. Das hat sein Freund Wieland ausgesagt, der Architekt. Und Kuyper hat sich bis zum Anschlag betrunken. Fast eine ganze Flasche Schnaps. 2,5 Promille im Blut. Er war an diesem Abend nicht mehr bei Sinnen.«

Kessler seufzte. »Ich weiß nicht«, sagte er. »Ich kann das einfach nicht glauben. Und im Zusammenhang mit dem Überfall in München gleich zweimal nicht. Ich denke, da hatte es jemand auf die ganze Familie abgesehen. Jemand, der mächtig genug ist, Kuyper in Frankfurt umbringen zu lassen und gleichzeitig ein Killerkommando nach München zu schicken, das seine Frau und die Kinder beseitigt. Alle auf einen Streich – wie beim tapferen Schneiderlein. Nur, dass das tapfere Schneiderlein in unserem Fall der Bösewicht ist.«

Emilia ließ den Gedanken auf sich wirken. »Nehmen wir einmal an, es gäbe dieses böse tapfere Schneiderlein tatsächlich«, sagte sie. »Es beauftragt den Überfall in München und will gleichzeitig Goran Kuyper in Frankfurt umbringen lassen. Wie kommt es ausgerechnet auf Kolja Rostow als Mörder? Ausgerechnet der Sohn der Besitzerin des Hotels, in dem Kuyper abgestiegen ist?«

»Vielleicht wurde Kuyper bewusst in eine Falle gelockt, und diese Falle heißt *Postmeister*.«

Ein paar Sekunden lang war nur das sanfte Brummen des Motors zu hören. Dann murmelte Emilia: »Ja, vielleicht.« Sie wusste allmählich nicht mehr, was sie denken sollte. Ihr Instinkt sagte ihr, dass Kolja Rostow kein Mörder war. Aber möglicherweise irrte sie sich. Noch war es für seriöse Schlussfolgerungen zu früh.

»Gibt es in München schon konkrete Verdächtige?«, fragte sie.

»Meines Wissens nach nicht.«

»Was war Goran Kuyper von Beruf?«

»Reporter. Bei einem Klatsch- und Nachrichtenmagazin namens *Horizont*.«

»Hat er in jüngster Zeit an etwas gearbeitet, das ihn in Gefahr gebracht haben könnte?«

»Irgendeine Story über illegalen Organhandel, glaube ich. Aber so genau habe ich den Polizeibericht aus München noch gar nicht gelesen. Wenn Sie wollen, können Sie ihn sich gern ansehen. Ich habe ihn auf mein Handy runtergeladen.« Er zog es mit einer Hand aus der Jackentasche, tippte mit dem Daumen etwas ein und reichte Emilia das Gerät.

Während Kessler seinen Wagen durch den dichten Autobahnverkehr manövrierte, studierte Emilia die digitalen Unterlagen. Zuerst begutachtete sie die Fotos vom Kuyperhof, wodurch sie einen recht exakten Eindruck vom Tatort in München gewann. Alle Gebäude waren um einen Innenhof angeordnet: das bäuerliche Wohnhaus mit den Geranienkästen vor den Fenstern, nur ein paar Meter daneben, abgetrennt von einem kleinen Sträßchen, die große, halboffene Scheune mit den alten Gerätschaften und den Heuballen darin. Gegenüber dem Wohnhaus der Pferdestall und zuletzt der Schuppen und die beiden Silos. Dann kamen Detailfotos von den Spuren, die die Münchner Kripo auf dem Hof entdeckt hatte. Hauptsächlich waren das Blutspuren und Einschusslöcher im und um den Stall herum, sauber mit Nummernkärtchen dokumentiert. Bei Aufnahmen aus größerer Entfernung waren die relevanten Stellen mit weißen Kreisen oder Pfeilen markiert.

Es folgten Bilder aus dem Wohnhaus, aber hier gab es weder Blutspuren noch Einschüsse, nur zerbrochenes Geschirr in der Küche und unerledigten Abwasch – Dinge, die darauf hinwiesen, dass die Bewohner des Hauses völlig unerwartet aus ihrem normalen Leben herausgerissen worden waren. Aufnahmen vom Telefon, insbesondere von dessen Innenleben, belegten, dass der Apparat auf der Flurkommode abgehört worden war. Allerdings gab es weder Fingerabdrücke noch irgendwelche anderen Hinweise darauf, wer dahintersteckte.

Nachdem sie alle Fotos eingehend betrachtet hatte, las Emilia die Berichte. Einiges davon hatte Kessler schon erwähnt, anderes war ihr neu, aber insgesamt bekam sie allmählich ein erstes grobes Bild von den Geschehnissen auf dem Hof. Jemand war im Stall angeschossen worden und hatte versucht, durch die Hintertür ins Freie zu fliehen. Blutspuren unter dem Wohnwagen zeigten, dass der Verletzte dort Schutz gesucht hatte. Aber ein Einschuss in der Wohnwagenwand deutete darauf hin, dass er weiterhin von seinem Verfolger gejagt worden war. Dann verloren sich die Spuren, weil es in der Nacht von Samstag auf Sonntag stark geregnet hatte.

Die Ergebnisse der Blutuntersuchung lagen noch nicht vor. Eine Blutspur auf der Brüstung an der hinteren Pferdebox legte jedoch die Vermutung nahe, dass es sich um einen

Erwachsenen gehandelt haben musste, wahrscheinlich um einen Mann oder eine sportliche Frau. Jemand anderes hätte die brusthohe Mauer nicht überwinden können.

Weitere Blutspuren waren nicht gefunden worden, weder in den Nebengebäuden noch im Wohnhaus. Der Bericht der ermittelnden Beamten in München schloss mit der Vermutung, dass es sich bei dem Verletzten um Goran Kuyper handelte.

Was Emilia definitiv ausschließen konnte, denn Goran Kuyper war nahezu zeitgleich in einem Frankfurter Hotelzimmer gestorben. Wer war also im Pferdestall angeschossen worden?

»Schon irgendwelche neuen Erkenntnisse, Sherlock?«, fragte Kessler nach einer Weile.

Emilia schüttelte den Kopf. »Ich frage mich, ob Goran Kuypers Bruder irgendwie in der Sache mit drinsteckt. Dieser Avram.«

»Hat der nicht ausgesagt, dass er zum Zeitpunkt des Überfalls auf dem Weg nach Amsterdam war?«

»Ja. Und dass Goran ihm dort eine Nachricht auf dem AB hinterlassen hat. Genauer gesagt, einen Hilferuf. Irgendwie merkwürdig, wenn man bedenkt, dass Avram Kuyper schon jahrelang nicht mehr in München gewesen ist.«

»Woher wissen Sie das?«

»Das steht in den Aussagen, die die Besitzer der beiden Nachbarhöfe gemacht haben, Wolfhammer und Bott.«

»Ich finde es eher merkwürdig von Goran Kuyper, ausgerechnet seinen Bruder anzurufen, wenn er in Schwierigkeiten steckt«, meinte Kessler. »Hatte er denn keine Freunde? Irgendjemanden, der ihm näherstand als sein ausgewanderter Bruder?«

Bevor sie den Gedanken weiter vertiefen konnten, klingelte das Handy. Emilia reichte es Kessler, der das Gespräch annahm.

»Ah ... hallo, Axel, was gibt's?« Und nach einer kurzen Pause: »Verstehe. Warte, ich schalte auf laut.« Er nahm das Gerät vom Ohr und drückte einen Knopf. »Das ist unser Computerexperte vom Präsidium«, sagte er zu Emilia. »Axel Weber. Er hat den Laptop untersucht, den wir im *Postmeister* sichergestellt haben.« Etwas lauter fügte er hinzu: »Axel, also jetzt erzähl uns genau, was du rausgefunden hast.«

»Okay – also, ich habe versucht, herauszubekommen, was Kuyper am Samstag mit dem Laptop gemacht hat. Die schlechte Nachricht ist: Ohne Key-Logger kann man nicht nachvollziehen, welche Eingaben er über die Maus oder die Tastatur gemacht hat.«

»Was ist ein Key-Logger?«, fragte Kessler.

»Ein Spähprogramm, das man vorher auf den Rechner eingeschleust haben muss. Hacker machen das zum Beispiel, um Zugangsdaten für Bankkonten auszuspionieren. Mit einem solchen Programm könnte man ganz genau sehen, was an dem Laptop gemacht wurde – welche Dokumente aufgerufen und welche Menübefehle eingegeben wurden, man könnte sogar jeden einzelnen Tastenanschlag nachvollziehen.«

»Und all das können wir *nicht*? Habe ich das richtig verstanden?« Kessler seufzte.

»Vielleicht ist das aber nicht ganz so schlimm, wie es sich anhört«, kam es aus dem Handy. »Sämtliche Dokumente auf dem Laptop sind mindestens sechs Monate alt. Das heißt, Kuyper hat am Samstagabend weder ein neues Dokument erstellt noch ein altes Dokument bearbeitet.«

»Was zum Geier hat er dann gemacht?«

»Fest steht, dass der Laptop am Samstagabend um

19.53 Uhr eingeschaltet wurde. Drei Minuten später hat Kuyper sich ins Internet eingeloggt. Da er den Cache-Speicher und das Verlaufsprotokoll nicht gelöscht hat, wissen wir, dass er nur eine einzige Seite aufgerufen hat: www.bringlight.to.«

»Der Begriff, den er sich auf die Handfläche gekritzelt hat«, stellte Emilia fest, während sie gleichzeitig versuchte, diese neue Information in einen sinnvollen Zusammenhang zu bringen: Von irgendjemandem hatte Goran Kuyper diese Internetadresse genannt bekommen. Vielleicht am Telefon, und weil er keinen Zettel bei sich gehabt hatte, hatte er die Adresse auf seinen Handteller geschrieben, um sie nicht zu vergessen. Dann hatte er sich von seinem alten Freund Wieland, dem Architekten, den Laptop samt Internetstick ausgeliehen und damit die Seite aufgerufen.

So oder ähnlich musste es sich abgespielt haben. Aber warum so kompliziert? Warum war er nicht kurzerhand in ein Internetcafé gegangen? Was war an dieser Seite so besonders, dass Goran Kuyper sich all die Umstände machte? Dass er sie unbedingt alleine in seinem Hotelzimmer ansehen wollte, abgeschirmt von der Außenwelt?

»Haben Sie diese Internetadresse schon aufgerufen, Herr Weber?«, fragte sie.

»Ja. Aber das bringt nichts. Es erscheint nur eine leere, weiße Seite mit einem Fenster, in das man ein Passwort eingeben muss.«

»Wissen Sie, welches Passwort das ist?«

»Nein. Und ohne Key-Logger haben wir auch keine Chance, es herauszufinden.«

Kessler trat auf die Bremse, weil vor ihm ein Lkw ausscherte. »Kannst du den Seitenbetreiber feststellen?«, fragte er und betätigte die Lichthupe.

»Das wird schwierig. www.bringlight.to – das ist die Domäne von Tonga. Es kann Wochen oder gar Monate dauern, bis wir eine Antwort bekommen – wenn überhaupt.«

»Lassen Sie's gut sein«, sagte Emilia. »Ich werde versuchen, das über Interpol herauszubekommen.«

Während Kessler das Gespräch mit Weber beendete, hatte sie schon ihr Handy aus der Tasche gezogen und die Nummer von Frédérique Tréville, ihrem Chef in Lyon, eingegeben. Nach dem zweiten Klingeln nahm er ab. Sie erläuterte ihm in kurzen Worten den aktuellen Stand der Ermittlungen, und Tréville hörte sich alles an, ohne sie zu unterbrechen. Danach entstand eine Pause.

»Sie sagen also, dass noch unklar ist, ob Goran Kuyper in seinem Hotelzimmer ermordet wurde oder ob er Selbstmord begangen hat?«

»Ja.«

»Aber Sie halten es für möglich, dass er sich selbst in die Hand geschossen hat?«

»Ja.«

»Weil er diese Internetseite aufgerufen hat?«

»Ich glaube, er hat auf dieser Seite irgendetwas gesehen, das ihm den Lebensmut nahm. Vielleicht den Überfall auf seine Familie, der zeitgleich in München stattfand. Deshalb bitte ich Sie, die IT-Abteilung damit zu beauftragen, herauszufinden, wer diese Seite ins Internet gestellt hat. Mein Instinkt sagt mir, dass das die richtige Spur ist.«

Am anderen Apparat war ein Seufzen zu hören. »Ihr Instinkt hat mich beim letzten Mal eine Stellungnahme vor dem Präsidenten des Exekutivkomitees gekostet. Weil bei dem Einsatz in Paris eine halbe Fabrik in die Luft geflogen ist.«

»Aber wir haben den Mörder gefasst, oder etwa nicht?«

Wieder seufzte Tréville. »Ist ja schon gut«, lenkte er ein. »Ich werde mit der Technikabteilung reden. Sobald ich etwas weiß, melde ich mich wieder.« Es klickte, und die Verbindung war unterbrochen.

Emilia bemerkte, wie Kessler sich neben ihr kaum das Lachen verkneifen konnte. »Erzählen Sie mir ein bisschen von Paris?«, fragte er. »Das würde mich wirklich sehr interessieren.«

27

Avram legte die Brille weg, schloss die Augen und rieb sich mit beiden Händen übers Gesicht. Er war nicht müde – ganz im Gegenteil. Aber das lange, konzentrierte Starren auf den Computerbildschirm hatte seine Augen ausgetrocknet. Und seinen Hals.

Er massierte sich die Nasenwurzel, zog die Brille wieder auf und ging ins Wohnzimmer, wo er sich die angebrochene Flasche Wein und sein Glas holte.

Zurück in Gorans Büro setzte er die Sichtung der Daten fort. Was sich auf diesem kleinen, chromfarbenen USB-Stick befand, den er im Keller gefunden hatte, war in seiner Brutalität so schockierend und verstörend, dass es sogar einem alten Profi wie ihm graute. Er fragte sich, was es mit diesem Sammelsurium von Grausamkeiten auf sich hatte. Vor allem fragte er sich, was Goran damit zu tun gehabt hatte. Wie er an diese Dateien gekommen war. Jedenfalls wusste er jetzt, warum sein Bruder den Stick so unheilvoll als »Teufel« bezeichnet hatte.

Geh zur Hölle, Avram. Dort wartet der Teufel auf dich. Ich habe ihn mit eigenen Augen gesehen. Nur Gottes Gnade kann dir jetzt noch helfen.

In was für eine verfluchte Geschichte war sein kleiner Bruder da nur hineingeraten?

Avram öffnete noch einmal den Explorer und überflog die Dateien, deren kryptische Namen er noch nicht entschlüsselt hatte.

BvT040612
AG980330
MT-H110822

Und so weiter.
Die Zahlenkombinationen konnten Datumsangaben sein: 040612 – 12. Juni 2004. Das war zumindest die naheliegende Erklärung. Aber was steckte hinter den Buchstaben?
Die ersten zehn Dateien – Videos von unterschiedlicher Länge – hatte Avram bereits angeschaut, und die Erinnerung daran trieb ihm einen kalten Schauder über den Rücken. Einen Moment lang zögerte er. Dann beschloss er weiterzumachen und klickte auf den nächsten Dateiordner.
Er beinhaltete kein Video, sondern eine Reihe von Bildern – eine Fotoserie von einer Geldübergabe. Zwei Männer trafen sich nachts auf einem Fabrikgelände. Im Hintergrund waren ein Lagerhaus und eine Art Kühlturm zu erkennen. Die Aufnahmen waren schwarzweiß und grobkörnig und offenbar aus großer Entfernung mit einem Restlichtverstärker fotografiert worden. Außerdem hatte es stark geregnet. Trotz der schlechten Bildqualität konnte man aber genug erkennen, um den Verlauf der Übergabe nachzuvollziehen:

Bild 1: Ein großer Mann mit hellem Regenmantel steigt aus einer Mercedes-Limousine aus. Er hat einen Koffer in der Hand.
Bild 2: Der Mann mit dem Regenmantel geht auf den anderen Mann zu, der eine dunkle Jacke mit einer Kapuze trägt. Die Kapuze hat er so tief ins Gesicht gezogen, dass man ihn auch bei besserer Bildqualität nicht hätte erkennen können.
Bild 3: Die beiden Männer stehen sich gegenüber, anscheinend reden sie miteinander.

Bild 4: Der Mann im Regenmantel übergibt den Koffer.
Bild 5: Der Kapuzenträger öffnet den Koffer.
Bild 6: Der Kapuzenträger überprüft den Inhalt des Koffers.
Bild 7: Der Kapuzenträger klappt den Koffer wieder zu.
Bild 8: Der Kapuzenträger führt den Mann im Regenmantel zu einem schwarzen Audi.
Bild 9: Der Mann im Regenmantel öffnet den Kofferraum.
Bild 10: Der Kofferraum ist leer.
Bild 11: Der Mann im Regenmantel ist aufgebracht. Trotz starker Grobkörnigkeit ist der Zorn in seinem Gesicht deutlich zu sehen. Er hat eine Hand in die Manteltasche gesteckt.
Bild 12: Der Mann im Regenmantel hat die Hand wieder aus der Tasche gezogen. Jetzt hält er ein Messer in der erhobenen Faust und will auf den Kapuzenmann losgehen. Doch der zielt bereits mit der Pistole auf ihn.
Bild 13: Ein Schuss hat den Mann im Regenmantel getroffen. Die Wucht des Aufpralls schleudert ihn nach hinten. Das Messer fliegt in hohem Bogen zu Boden.
Bild 14: Der Mann im Regenmantel liegt mit dem Oberkörper im offenen Kofferraum des Audis. Der Kapuzenmann steckt seine Pistole weg.
Bild 15: Der Kapuzenmann packt die Beine des Toten, um sie in den Kofferraum zu stopfen.
Bild 16: Der Kapuzenmann klappt den Kofferraum zu.
Bild 17: Der Kapuzenmann fährt mit dem Audi weg.

Avram nippte an seinem Glas und dachte nach. Im Vergleich zu dem, was er bisher gesehen hatte, waren die Bilder harmlos. Es war nur eine Reihe von Fotos, kein zusammenhängender Film. Außerdem war der Mord kurz und schmerzlos durchgeführt worden, nicht quälend langsam. Es gab keine Folter, keine Schreie, kein Flehen um Gnade.

Was die Fotos jedoch mit den Videos verband, war die Echtheit. Nichts davon war gestellt, nichts gespielt. Es waren allesamt Momente des Todes, aufgenommen von einer unerbittlichen Kamera, die ihre Opfer mal mehr, mal weniger detailreich auf ihrem Weg in eine bessere Welt begleitete.

Avram klickte den nächsten Dateiordner an. Diesmal handelte es sich um eine Liste mit Namen und Adressen in Deutschland, Europa, aber auch teilweise im außereuropäischen Ausland.

Pavel Adamcik, Al. Pilsudskiego 11, 90-368 Lodz
Darius Gregorian, Petrinjska 71, 10000 Zagreb
Tino Peruggio, Via Villafranca, 20, 00185 Rom
Adam Kessler, Warthestraße 20, 14513 Teltow
Ulrich Sattler, Neutorstraße 12, 89073 Ulm
...

Hatten sie etwas mit den Morden zu tun? Avram verglich die Initialen der Namen mit den Buchstabenkombinationen der Dateibezeichnungen, fand jedoch keine Übereinstimmungen.

Er seufzte. Wo lag der Zusammenhang? Gab es überhaupt einen? Oder hatte Goran auf dem Stick die Recherchearbeiten zu mehreren verschiedenen Fällen gespeichert, die gar nichts miteinander zu tun hatten?

Auch die nächste Datei legte diese Vermutung nahe, eine Sammlung von eingescannten Zeitungsartikeln über unterschiedliche Firmen auf der ganzen Welt. Soweit Avram es erkennen konnte, nichts von Brisanz.

Er öffnete den nächsten Ordner.

Wieder ein Video.

Sofort kehrte das Gefühl der Beklemmung zurück, als würde jemand seinen Brustkorb zusammenquetschen. Avram atmete durch und klickte es an.

Auf dem Bildschirm erschien das Gesicht einer jungen Frau mit rötlichem Haar und Sommersprossen auf der Nase. Es war unschwer zu erkennen, dass sie unter normalen Umständen sehr hübsch gewesen wäre – kein geschminktes Püppchen, sondern eine natürliche Schönheit. Aber die Umstände waren nicht normal. In ihrem weit aufgerissenen Mund steckte ein Ballknebel von der Größe einer Apfelsine. Ihre Miene war eine Fratze der Angst. Sie hatte ein Veilchen, offenbar war sie geschlagen worden. Unter dem Auge war die Haut aufgeplatzt.

Dann zuckte sie plötzlich zusammen. Sie kniff die Augen zu und brüllte in ihren Knebel, als würde sie bei lebendigem Leib aufgespießt. Eine Träne quoll aus ihren geschlossenen Lidern, floss in die aufgeplatzte Stelle und rann dann als roter Blutfaden an ihrer Wange herab.

Sie schrie eine ganze Minute lang, so schmerzerfüllt, dass es Avram durch Mark und Bein ging. Die ganze Zeit hielt die Kamera dabei starr auf ihr Gesicht – das Leiden einer jungen Frau, festgehalten in Großaufnahme.

Endlich ging ihr Schrei in ein heiseres Keuchen über, erstickt von dem Knebel in ihrem Mund. Speichel troff daraus hervor und floss bis zum Kinn.

Dann begann sie wimmernd zu weinen.

Schnitt. Die Kamera zeigte die Frau jetzt in der Halbtotalen. Sie saß auf einem Stuhl, hatte nur noch ihren Slip an. Ihre Knöchel waren mit Kabelbindern an die vorderen Stuhlbeine gefesselt worden, ihre Arme hinter dem Rücken verschränkt, vermutlich ebenfalls gefesselt. Von oben ragte ein gespanntes Seil ins Bild, das sich in Form einer Galgenschlinge um ihren Hals wand. Sie hatte noch immer den Knebel im Mund und wimmerte. Ihre rechte Brust war blutüberströmt. Dunkle Hämatome und violette Striemen überzogen ihren Körper von Kopf bis Fuß. Gott allein wusste, welches Leid diesem armen Geschöpf schon vor Beginn der Kameraaufnahme zugefügt worden war.

»Jetzt der Schweißbrenner«, sagte eine Männerstimme.

Die Frau brach in Panik aus. Wie eine Wahnsinnige riss sie an ihren Fesseln. Sie achtete nicht einmal auf das Seil um ihren Hals, das sich mit jeder ihrer Bewegungen enger zuzog.

»Hey, verdammt, wie geht das Scheißding an?« Wieder die Stimme aus dem Hintergrund. »Ah, jetzt hab ich's!«

In die hysterischen Schreie der Frau mischte sich jetzt ein helles Zischen. Die Kamera zoomte näher heran, so dass nur noch der Kopf und der nackte Oberkörper der Frau zu sehen waren.

Im Bild erschien ein Metallstab mit einer Düse am Ende, aus der eine bläulich-weiße Flamme hervorstach. Unerbittlich näherte sich die Flamme der kreischenden Frau.

Avram brach den Film ab.

28

Seit dem Telefonat mit Tréville war es im Auto ruhig geworden. Eine Weile hatten Emilia und Kessler sich noch über ihren Fall unterhalten, aber schließlich war jeder seinen eigenen Gedanken nachgegangen.

Im Radio plätscherte leise Musik, und es hatte leichter Nieselregen eingesetzt. Das monotone Hin und Her des Scheibenwischers wirkte auf Emilia geradezu hypnotisch. Ihre Augenlider wurden immer schwerer.

Noch schlimmer wurde es, als ab Erlangen Nebel aufzog. Zuerst waren es nur ein paar weiße Schlieren, die wie Straßengeister über der Autobahn hingen. Aber ab Nürnberg wurde die Sicht auf der A 9 so schlecht, dass man kaum noch die Hand vor Augen sehen konnte. Der Audi kroch mit 40 km/h in Richtung Ingolstadt, mehr war einfach nicht drin.

Emilia gähnte. Ihr Nacken schmerzte, und sie bekam schon wieder einen Anflug von Kopfschmerzen. Sie sehnte sich nach einem weichen, kuscheligen Bett, aber wenn es in diesem Tempo weiterging, würde die Fahrt nach München noch mindestens drei Stunden dauern.

Auch Kessler gähnte. Kein Wunder: Am Sonntag war er direkt von einer Hochzeit zum Tatort im *Hotel Postmeister* gekommen. Die Müdigkeit musste ihm noch in den Knochen stecken. Emilia überlegte sich, ob sie ihm einen Fahrerwechsel anbieten sollte. Zumindest aus Höflichkeit hätte sie es tun sollen, aber sie brachte es nicht über sich. In ihrem Zustand wäre sie keine fünf Kilometer weit gekommen.

Als sie zu Kessler hinübersah, ließ er den Kopf auf so ulkige Weise kreisen, dass sie lachen musste.

»Was ist?«, fragte Kessler verdutzt. »Habe ich im Radio einen Witz verpasst?«

»Nein, es ist nur ...« Emilia ließ den Satz offen. Was hätte sie auch sagen sollen? Dass sie es sympathisch fand, wie er sich gedehnt hatte? Stattdessen fragte sie: »Was halten Sie davon, wenn wir die nächste Ausfahrt nehmen und uns ein Hotel suchen? Ich bin todmüde, und Ihnen geht es, glaube ich, nicht viel besser.«

Kessler nickte. »Wenn überhaupt. Ich habe seit Nürnberg gar nichts mehr mitbekommen.«

Eine Viertelstunde später betrat Emilia in Allersberg ihr Hotelzimmer. Es war klein, und die aufgeschlagene Bettdecke und das pralle Daunenkissen erschienen ihr in diesem Moment wie eine paradiesische Verlockung. Sie war stehend k. o.

Dennoch wollte Emilia zuerst eine Dusche nehmen. Sie fühlte sich verschwitzt und klebrig. Zähne putzen musste sie auch.

Sie zog aus ihrem Gepäck den Kulturbeutel und ging damit ins Bad, wo sie eine Ibuprofen-Tablette mit einem Schluck Wasser aus dem Hahn hinunterspülte.

Jetzt noch die Dusche, und ich bin ein neuer Mensch.

Als sie mit ihrem Shampoo die Duschkabine betrat, hörte sie, dass Kessler ebenfalls das Wasser aufdrehte, und obwohl ihr Körper nur noch ins Bett wollte, wanderten ihre Gedanken unwillkürlich nach nebenan. Nackt, wie sie war, stand sie plötzlich vor ihm ...

Meine Güte, was mache ich hier? Stelle ich mir tatsächlich gerade vor, wie ich mich von einem Mann, den ich gerade mal seit zwei Tagen kenne, unter der Dusche verführen lasse?

Sie drehte das Wasser auf – einen Tick kälter, als es ihr angenehm war – und versuchte, nicht mehr an Kessler zu denken.

Es gelang ihr nicht wirklich. Sie war viel zu lange nicht mehr mit einem Mann zusammen gewesen.

Manchmal dachte sie wochenlang nicht an Sex. Aber im Moment war es schier unerträglich. Und je mehr sie darüber nachdachte, desto schlimmer wurde es.

Soll ich zu ihm rübergehen? Einfach bei ihm anklopfen und sehen, wie er reagiert?

Aber welchen Eindruck würde das auf ihn machen? Sie wollte sich ihm nicht aufdrängen. Schon gar nicht wollte sie Kessler mit ihrer ungestümen Art erschrecken. Andererseits war Emilia sicher, dass er ebenfalls nicht abgeneigt gewesen wäre.

Was spricht also dagegen? Wenn es mit uns klappt, werden die nächsten Tage ein Fest. Die Nächte noch mehr.

Und wenn es nicht klappte? Wenn sie aus irgendeinem Grund nicht miteinander harmonierten?

Wir sind beide erwachsen und können mit der Situation umgehen. Falls wir heute Nacht feststellen, dass wir nicht zueinanderpassen, werden wir trotzdem gute Kollegen bleiben.

Aber wie oft waren solche Vorsätze schon gefasst worden? Und wie oft waren sie an gekränkter Eitelkeit und verletzten Gefühlen gescheitert? War Mikka Kessler überhaupt der Richtige, wenn sie schon im Vorfeld darüber grübelte, was passieren würde, wenn es *nicht* mit ihnen klappte?

Seufzend zog sie sich einen frischen Slip an und streifte ihr Nachthemd über – ein rosa T-Shirt mit Cinderella-Motiv. Es war drei Nummern zu groß und schon ziemlich verwaschen.

Nicht gerade sexy.

Dennoch hing sie an dem Shirt, weil Becky es ihr vor anderthalb Jahren zu Weihnachten geschenkt hatte. Seitdem benutzte sie es als Schlafanzug. Trotz der ständigen Differenzen mit ihrer Tochter gab ihr dieses schlackerige Aschenputtel-Oberteil das Gefühl, Becky nahe zu sein.

Kessler würde sie damit vermutlich nicht scharfmachen.

Ihre Kopfschmerzen meldeten sich wieder. Sie nahm aus dem Mini-Kühlschrank ein Fläschchen Apollinaris und trank es in einem Zug leer. Eine zweite Tablette wollte sie nur im Notfall nehmen.

Sie war jetzt so aufgedreht, dass an Schlafen nicht zu denken war. Um sich von Mikka Kessler abzulenken, beschloss sie, ihre E-Mails zu checken. Sie zog ihr Handy aus der Tasche, setzte sich aufs Bett und loggte sich ein.

Charles Courbier, ein Kollege aus der IT-Abteilung in Lyon, hatte ihr geschrieben, dass er von Tréville den Auftrag erhalten hatte, etwas über die Internetseite www.bringlight.to herauszufinden, und dass er bereits erste Maßnahmen eingeleitet hatte. Aber es könne eine ganze Weile dauern, bis ein Ergebnis vorliege. Tonga gehöre zwar zu den Mitgliedstaaten von Interpol, aber die Zusammenarbeit habe sich in den letzten zehn Jahren eher schwierig gestaltet. Erst seit der Südpazifik-Reise des Interpol-Generalsekretärs im Februar 2013 sei wieder eine Annäherung spürbar. Das gebe Hoffnung, sei aber keine Garantie für einen raschen Erfolg. Er würde sich melden, sobald er etwas in Erfahrung gebracht habe.

Es folgten ein paar weitere E-Mails mit Werbung, Online-Rechnungen sowie der Einladung einer Freundin zu ihrer Geburtstagsfeier am Samstagabend. Emilia wollte schon spontan zusagen, entschied sich dann aber dagegen. Das kommende Wochenende gehörte ihr und Becky. Nichts auf der Welt konnte das verhindern.

Ein Stück weiter unten im Postfach fand sie eine zweite Nachricht von Interpol. Ein Kollege aus der Datenbankrecherche hatte sich wegen des Schlüssels mit der eingravierten 33 gemeldet, der bei Goran Kuyper gefunden worden war. Der Abgleich mit den Archivdatenbanken von Interpol und BKA hatte kein Ergebnis gebracht. Es war also nach wie vor unklar, in welches Schloss der Schlüssel passte. Lyon wollte nun auf verschiedene Schlüsselhersteller und -dienste zugehen, aber bis auf diesem Weg ein Erfolg zu verzeichnen war, konnte es eine Weile dauern.

Emilia beendete das Mailprogramm, aktivierte die Weckfunktion für 5.30 Uhr, schaltete das Licht aus und legte sich ins Bett. Im Geist ging sie noch einmal die letzten beiden Tage durch. Verrückter Fall. Wie um alles in der Welt kam Goran Kuyper darauf, ausgerechnet ihr eine Nachricht zu hinterlassen? Sie kannte den Mann nicht, hatte ihn noch nie gesehen oder auch nur seinen Namen gehört. Hoffentlich brachte der morgige Tag etwas mehr Licht ins Dunkel.

Trotz zugezogenen Vorhangs drang das gedämpfte Licht der Straßenlaternen ins Zimmer. Während Emilia die Schattenspiele betrachtete, wanderten ihre Gedanken wieder zu Kessler. Wie er frisch geduscht auf dem Bett lag, mit nacktem Oberkörper vielleicht oder noch besser ganz nackt. Ob er Haare auf der Brust hatte und wieder so verführerisch nach seinem Herrenparfum roch?

Ein Anflug von Ärger überkam sie. Warum zum Teufel schaffte sie es nicht, ihre Phantasien zu zügeln? Hatte sie es tatsächlich *so* nötig, dass sie Sklavin ihrer eigenen Triebhaftigkeit war?

Ein paar Minuten lang quälte sie sich noch damit, wieder

an ihren Fall zu denken, aber die Vorstellung, den Rest der Nacht mit Mikka Kessler unter einer Decke zu verbringen, war wie ein Sog, aus dem man nicht mehr herauskam, wenn man einmal hineingeraten war.

So hatte es keinen Sinn! Sie stand auf, ging zur Tür und spähte hinaus. Als sie sicher war, dass niemand auf dem Gang war, schlich sie auf Zehenspitzen zur Nachbartür. Mit Ameisen im Bauch fasste sie sich ein Herz und wollte klopfen.

In diesem Moment hörte sie von drinnen ein leises Schnarchen.

Verdammt!

DIENSTAG

*Komm nach
Hause
und räche dich
an denen,
die uns
getötet haben*

29

Avram zuckte aus dem Schlaf auf, und wie so oft dauerte es eine Sekunde, bis er wieder wusste, wo er war.

Das viele Reisen brachte es mit sich, dass er sich fast überall auf der Welt zurechtfand, aber wirklich zu Hause war er nirgends, nicht einmal in Amsterdam, wo er wohnte, wenn er nicht gerade auf Tour war. Am ehesten vielleicht noch hier, auf dem Kuyperhof, an dem die Erinnerungen an seine Kindheit hingen. Hier war er aufgewachsen – hier, auf den Feldern und in den Wäldern und nicht zuletzt in diesem Haus, hatte er die ersten fünfundzwanzig Jahre seines Lebens verbracht. Der Hof vermittelte ihm immer noch ein Gefühl von Wärme und Geborgenheit – Dinge, die er in seinem jetzigen Leben kaum noch kannte, die er normalerweise noch nicht einmal vermisste. Aber seit er wieder hier war, wuchs in ihm von Stunde zu Stunde das Bewusstsein, dass ihm in den letzten Jahren etwas gefehlt hatte.

Er dehnte sich und wischte sich mit einer Hand die Müdigkeit aus dem Gesicht. Seine Armbanduhr zeigte 03.52 Uhr. Mitten in der Nacht.

Er saß noch immer in Gorans Büro, am Schreibtisch vor dessen Computer. Der Bildschirm war auf Stand-by. Die Katze lag eingerollt auf dem Gästebett und schlief. Ihr Atem ging langsam und gleichmäßig.

Ich muss eingenickt sein, dachte Avram und gähnte, während er sich mit einer Hand den verspannten Nacken massierte. Vielleicht sollte ich mich auch eine Weile hinlegen. Ein paar Stunden richtig schlafen. Die Vorstellung war verlockend.

Andererseits musste er unbedingt herausfinden, was es mit diesem ominösen USB-Stick aus dem Weinkeller auf sich hatte. Die Erinnerung daran trieb ihm einen kalten Schauder über den Rücken.

Er stieß die Computermaus an, und der Monitor erwachte zum Leben. Es erschien das Bild einer Frau, die nackt auf einer Y-förmigen Streckbank lag. Ihre Hände waren am oberen Ende an einen massiven Eisenring angebunden. Der untere Teil der Bank gabelte sich auf Hüfthöhe in zwei Hälften, auf denen die gespreizten Beine der Frau mit Stahlschellen an Knöcheln und Knien fixiert worden waren. Ihre Nacktheit und die Art, wie sie auf diese Folterbank gezwungen worden war, ließen keinen Zweifel, dass es diesmal um Sex ging. Um eine Kombination aus Sex und Gewalt, um genau zu sein.

Die Frau war noch jung, dem Aussehen nach Anfang bis Mitte zwanzig. Sie hatte den Kopf angehoben, um sehen zu können, was als Nächstes mit ihr geschehen würde. Der Ballknebel in ihrem Mund wurde von einem dicken Lederriemen festgehalten, der hinter den Ohren zusammengegurtet worden war. In ihrem Gesicht spiegelten sich Schmerz, Abscheu und Panik wieder. Obwohl es nur ein Standbild war, lag darin so viel Angst und Leid, dass es Avram beinahe die Kehle zuschnürte.

Der Oberkörper und die Arme der jungen Frau waren gespickt mit Akupunkturnadeln – mindestens zwei Dutzend mussten es sein. Manche waren nur flach unter der Haut durchgeschoben worden, einige steckten senkrecht im Fleisch, ein paar davon bis zum Anschlag.

Auch die Oberschenkel des armen Geschöpfs waren mit

Nadeln übersät, und ganz besonders konzentrierten sich die Einstiche auf ihren Schambereich. Noch viel schlimmer als die Nadeln war jedoch die Tatsache, dass in ihrem Unterleib etwas steckte: der Lauf einer Pistole. Wer immer diese Frau quälte, tat es, weil ihr Schmerz, ihre Angst und ihre Hilflosigkeit ihn auf perverse Art und Weise erregten.

Angewidert sah Avram sich auch diesen Film an. Vielleicht stieß er auf Hinweise, die ihm helfen würden, Goran zu finden. In welche Abgründe der menschlichen Seele war sein jüngerer Bruder da nur hineingeraten?

Avram selbst hätte keine Sekunde gezögert, sich als böse zu bezeichnen. Er hatte schon viele abscheuliche Dinge in seinem Leben getan, meistens für Geld. Aber im Vergleich zu dem, was er heute Nacht an Gorans Computer gesehen hatte, war er ein Waisenknabe. Niemals hatte er Menschen gequält, weil es ihn in irgendeiner Weise angemacht hatte. Doch genau darum ging es hier: sich am Leid anderer zu laben. Wie krank musste jemand sein, um sich so etwas auszudenken oder sich auch nur an dieser Art von Bildern zu erfreuen?

Beinahe zwangsläufig stellte sich die Frage, was Goran mit alldem zu tun hatte. Wie war er an diese Dateien gekommen? Und aus welchem Grund? Hatte er nur für eine Story recherchiert, oder hegte er womöglich abartige Neigungen, von denen Avram nichts wusste? Aber warum hatte Goran ihm dann über Ludwig Bott eine Nachricht zukommen lassen, die ihn in den Weinkeller zu diesem USB-Stick geführt hatte?

Geh zur Hölle, Avram. Dort wartet der Teufel auf dich. Ich habe ihn mit eigenen Augen gesehen.

Ganz offensichtlich hatte Goran gewollt, dass Avram den Stick fand. Die Frage war nur, warum? Wollte er Avram damit auf irgendeine Spur führen? Oder ging es ihm nur darum, sein Gewissen zu erleichtern?

Avram strich sich mit beiden Händen übers Gesicht und seufzte. Ergab das alles überhaupt Sinn?

Etwas in ihm wollte einfach nicht glauben, dass sein Bruder ein perverser Irrer war, dem es gefiel, Filme anzusehen, in denen Menschen gequält, verstümmelt und sogar getötet wurden. Das war nicht der Goran, den Avram von früher kannte, der Goran, mit dem er aufgewachsen war. Aber Menschen veränderten sich. Und hatte nicht jeder kranke Geist in der Welt da draußen einen nahen Angehörigen, der beschwören würde, dass er zu nichts Bösem fähig wäre?

Außerdem schien ein gewisses Maß an Skrupellosigkeit in der Familie zu liegen. Avram selbst war der beste Beweis dafür. Vielleicht lag die Ursache dafür in ihrer genetischen Anlage, nur dass sie bei Goran eine andere Ausprägung entwickelt hatte.

Avram seufzte. Die Vorstellung, dass sein Bruder diese Filme nur zu Recherchezwecken im Keller aufbewahrt hatte, gefiel ihm besser.

Ob in den Filmen ein oder mehrere Mörder zugange waren, ließ sich nicht sagen. Nie war ein Gesicht zu sehen, höchstens Masken oder Helme. Nur einmal hörte man eine Stimme – in dem Video mit dem Schweißbrenner. Hände waren entweder undeutlich im Bild oder mit Latexhandschuhen kaschiert.

Die Tatorte variierten. Meistens waren es kleine, kellerartige Räume, aber es gab auch Videos, die vor einer Fototapete erstellt worden waren. Eines sah aus, als habe man einen OP-Saal zu einem Folterverlies umfunktioniert.

Die Opfer unterschieden sich hinsichtlich Geschlecht, Alter, Rassenzugehörigkeit, Größe, Körpergewicht und allen anderen denkbaren Kategorisierungen. Jedenfalls konnte Avram kein Muster erkennen, ebenso wenig wie bei den angewandten Foltermethoden. In manchen Filmen wurden Messer, Zangen oder Peitschen benutzt, in anderen Feuer, Brenneisen, kochendes Öl oder Chemikalien.

All das deutete darauf hin, dass es sich um Foltervideos unterschiedlicher Herkunft handelte, zusammengetragen auf diesem kleinen, unscheinbaren USB-Stick, den Avram im Weinkeller gefunden hatte. Was um alles in der Welt hatte Goran damit zu tun?

Ein Geräusch riss Avram aus seinen Gedanken – nur leise und scheinbar weit weg, aber dennoch nah und deutlich genug, um eine potentielle Bedrohung zu sein. Instinktiv schaltete er den Monitor aus. Jetzt war es beinahe vollkommen dunkel um ihn herum.

Er zog die Pistole aus dem Holster, stand lautlos auf und schlich zur Bürotür. Dort wartete er. Lauschte, während er mit der vorgehaltenen Waffe in Richtung Treppe zielte. Am Abend hatte er zwar die Rollläden heruntergelassen, dennoch drang an einer Stelle das Licht der Hoflaterne herein. Viel war es nicht, aber immerhin konnte Avram Schemen erkennen.

Wieder ein Geräusch: das leise Knarren der Bodendielen. Es kam nicht aus diesem Teil des Gebäudes, sondern aus dem Wohnbereich mit der Essecke und der Küche.

Jemand war im Haus!

In Avram schrillten alle Alarmglocken. Er spürte, dass er mehr Wein getrunken hatte, als es gut für ihn war, einen Fehler durfte er sich jetzt nicht erlauben.

Seine Gedanken rasten. Wie viele mochten es sein? Nur einer? Zwei? Oder noch mehr? Es waren zweifellos diejenigen, die am Samstag den Hof überfallen hatten.

Warum sind sie zurückgekommen? Suchen sie mich? Oder den Stick aus dem Keller, weil sie ihn Samstagnacht nicht gefunden haben?

Viele offene Fragen, aber irgendwo da unten war jemand, der sie ihm beantworten konnte. Jemand, der wusste, was hier vor sich ging. Wo Goran, Nadja und die Kinder steckten.

Diese Chance wollte Avram sich nicht entgehen lassen!

Leise entsicherte er seine Waffe und schlich zum oberen Rand der Treppe. Einen Moment lang harrte er dort aus, den Lauf der Pistole in den unteren Flur gerichtet und bereit abzudrücken, falls dort jemand lauerte. Aber es war niemand zu sehen.

Mit vorgehaltener Waffe schlich Avram nach unten, Stufe für Stufe, wobei er sorgsam darauf bedacht war, die knarrenden Stellen zu vermeiden. Nur einmal ächzte das alte Holz unter seinem Gewicht, aber er war davon überzeugt, dass es leise genug war, um im anderen Gebäudetrakt nicht gehört werden zu können. Zumindest hoffte er es. Dennoch machte er sich auf alles gefasst.

Auf halber Höhe bemerkte er einen schwachen Lichtschein im Wohnbereich. Er kam nicht von außen. Jemand musste eine Taschenlampe benutzen.

Vorsichtig schlich Avram nach unten, lauschte wieder und beobachtete. Eine Minute lang tat sich nichts – kein Geräusch, keine sich verändernden Schatten. Hatten sie ihn bemerkt? Er entschied sich für ein Ablenkungsmanöver, um sie aus dem Konzept zu bringen.

Adrenalin breitete sich in seinem Körper aus wie ein Flächenbrand. Das war bei ihm immer so, kurz bevor es ernst wurde. In all den Jahren hatte er das nie abstellen können. Aber Adrenalin war auch wichtig. Es schärfte die Sinne, verbesserte die Reflexe, steigerte die Konzentration.

Auf der Kommode neben dem Telefon lag neben dem Zettelblock ein Kugelschreiber. Avram nahm ihn und schlich durch den Flur in Richtung Wohntrakt. Der Lichtschimmer bewegte sich nicht. Entweder harrten die Eindringlinge starr aus, oder – was wahrscheinlicher war – sie hatten die Taschenlampe irgendwo hingelegt, um nicht zur Zielscheibe zu werden.

Auf Zehenspitzen schlich Avram näher. Rechts neben ihm führte die Kellertreppe nach unten, aber da schien niemand zu sein.

Er atmete tief durch und vergegenwärtigte sich noch einmal die Einrichtung des loftartigen Raums. Wo befanden sich Verstecke und Deckungsmöglichkeiten, nicht nur für ihn, sondern auch für seine Gegner? Wenigstens einen von ihnen musste er am Leben lassen, wenn er Antworten auf seine Fragen erhalten wollte.

Dann verlief alles wie in Zeitlupe.

Er warf den Stift in hohem Bogen ins Wohnzimmer.

Wartete eine Sekunde, bis er klappernd auf den Boden traf.

Drückte den Lichtschalter.

Machte einen Satz nach vorn.

Der Lauf seiner Pistole schwenkte in weitem Bogen durch den Raum.

Jemand stieß einen Schrei aus.

Avram registrierte eine menschliche Gestalt links hinter dem Küchenblock, zusammengekauert auf dem Boden. Er zielte mit der Waffe auf sie, während er gleichzeitig nach anderen Personen im Wohnzimmer suchte. Aber da war niemand. Erleichterung machte sich in ihm breit.

»Aufstehen!«, zischte er. »Ganz langsam. Und Hände hinter den Kopf!«

Erst jetzt bemerkte er, dass es kein Erwachsener war. Hinter zerzausten, schulterlangen Haaren und einem dreckverschmierten Gesicht erkannte er ein junges Mädchen, kaum älter als zwölf oder dreizehn Jahre alt, das weinend, zitternd und völlig verängstigt vor ihm neben dem halbgeöffneten Kühlschrank hockte, ein Stück Brot in der erhobenen Hand, eine Packung Wurst vor den Füßen.

Avram ließ die Waffe sinken, ging auf das Mädchen zu und kniete sich nieder. Als es ihn mit ihren großen, tränennassen Kinderaugen anblickte, verflogen seine letzten Zweifel. Er kannte dieses Mädchen aus den Fotoalben, die er am Abend durchgeblättert hatte.

»Akina«, flüsterte er mit trockener Kehle.

Sie sah ihn an wie einen Geist. Dann schien sich etwas in ihr zu erinnern. Vielleicht war es auch die Ähnlichkeit mit Goran, die sie Vertrauen fassen ließ.

»Onkel Avram?«, fragte sie.

Avram nickte.

Die Kleine begann zu schluchzen, fiel ihm in die Arme und presste sich so fest an ihn, als wolle sie ihn nie wieder loslassen.

Eine Weile saßen sie einfach so da, und Avram ließ sie weinen. Als er merkte, dass sie sich nicht von alleine wieder fing, begann er, ihr behutsam über Kopf und Rücken zu streicheln. Dabei murmelte er immer wieder Sätze wie »Ich bin jetzt bei dir. Alles wird gut«, obwohl er nicht wusste, ob das auch wirklich stimmte. Aber es schien Akina allmählich zu beruhigen.

Später saßen sie auf der Couch. Avram hatte eine Decke um Akina gelegt, und sie hatte sich bis zum Hals darin eingekuschelt, die Arme um die eng an den Körper gepressten Knie geschlungen.

Instinktiv war sie wieder auf Distanz gegangen. Für Avram, der am anderen Ende der Couch saß, war es zwar schwer zu ertragen, seine Nichte leiden zu sehen, aber er konnte es nachvollziehen, dass sie mehr Abstand brauchte. Nach der ersten Erleichterung musste ihr aufgegangen sein, wie wenig sie sich im Grunde genommen kannten. In den letzten acht Jahren hatten sie sich nicht gesehen. Es grenzte ohnehin fast an ein Wunder, dass sie sich an ihn erinnerte.

»Ich bin froh, dass du da bist«, sagte sie. Es war kaum mehr als ein Flüstern. Dabei sah sie Avram nicht an, sondern starrte nur leer vor sich hin, in Gedanken noch immer bei dem, was sie in den letzten Tagen durchgemacht hatte.

»Ich bin auch froh«, antwortete Avram. »Obwohl du mir einen wahnsinnigen Schrecken eingejagt hast.«

Sie brachte ein kleines Lächeln zustande. »Du mir auch. Im ersten Moment dachte ich, du würdest mich erschießen.«

Viel hatte dazu auch nicht gefehlt, dachte Avram. Aber das behielt er lieber für sich. »Es war leichtsinnig von dir, hierher zurückzukommen«, sagte er. »Wenn jemand auf dich gelauert hätte, wärst du ihm direkt in die Arme gelaufen.«

Sofort kamen Akina wieder die Tränen. Avram begriff, dass er zu grob gewesen war, auch wenn er sie nur aus Sorge ermahnt hatte. Stumm seufzte er in sich hinein. Er hatte keine Erfahrung mit Kindern. Woher auch?

»Warum bist du überhaupt zurückgekommen?«, fragte er.

Sie wischte sich mit der Decke die Wangen trocken. »Ich hatte Hunger«, sagte sie tonlos. »Ich habe mich seit Samstagnacht im Wald versteckt und mich nirgendwo anders hingetraut. Ich wollte nur Mamas Haushaltsgeld aus der Kaffeebox holen, damit ich mir was zu essen kaufen kann. Aber dann stand ich am Kühlschrank und konnte nicht widerstehen.«

Avram verkniff sich eine weitere Rüge. Akina war erst vierzehn, das durfte man nicht vergessen. In Anbetracht dessen, was sie mitgemacht hatte, hielt sie sich erstaunlich tapfer.

»Warum bist du nicht zu einer Freundin gegangen?«, fragte er. »In Oberaiching wohnen doch bestimmt welche.«

»Schon. Aber ich wollte sie nicht in Gefahr bringen.«

»Und warum hast du dich nicht an die Polizei gewandt?«

Akina schluckte. »Weil Papa gesagt hat, dass die da mit drinstecken«, raunte sie.

Avrams Augen verengten sich. »Was meinst du damit?«, fragte er. »Wo stecken die mit drin?«

Ein paar Sekunden lang schien sie gedanklich wieder in weite Ferne abzuschweifen. Dann sagte sie: »Ich weiß es nicht.«

»Hat dein Vater nichts Genaueres erwähnt?«

Sie schüttelte langsam den Kopf. »Ich weiß nur, dass es etwas Schlimmes sein muss. Etwas *wirklich* Schlimmes. In den Tagen, bevor er weggefahren ist, war er verändert. Ich glaube, er hatte Angst. Ich habe ihn so noch nie erlebt.«

»Wohin ist er gefahren?«, wollte Avram wissen.

»Das hat er mir nicht verraten. Er hat es nicht mal Mama gesagt.«

Avram entsann sich an das geortete Handy. »Ist er nach Frankfurt?«

Akina zuckte mit den Schultern. »Schon möglich. Ich weiß nicht.«

So kamen sie nicht weiter. Avram hasste den Gedanken, Akina zu quälen, aber er brauchte Antworten, um Goran, Nadja und Sascha helfen zu können. Vorsichtig griff er nach Akinas Hand. »Traust du dir zu, mir zu erzählen, was am Samstag passiert ist?«, fragte er eindringlich. »Es ist wichtig, dass du mir alles sagst, woran du dich erinnern kannst. Schaffst du das?«

Akina bekam wieder gläserne Augen, nickte aber.

»Dann lass uns ganz von vorne beginnen. Von Anfang an. Was hast du gemacht, bevor der Überfall losging?«

»Ich war oben in meinem Zimmer. Hab ferngesehen. Mein Film war gerade zu Ende, das muss so gegen zehn gewesen sein, schätze ich. Da hat Odin plötzlich angefangen, wie verrückt zu bellen. Ich hab mir nichts dabei gedacht. Odin hat manchmal solche Anwandlungen, vor allem, wenn das Wetter umschlägt – und am Samstag ist ja das reinste Unwetter aufgezogen. Dann hat Mama plötzlich geschrien. Ich glaube, sie war hier in der Küche und hat gerade den Abwasch gemacht.«

Avram erinnerte sich an die Glasscherben, die er bei seinem ersten Rundgang durchs Haus auf dem Boden neben der Spüle gefunden hatte. War Nadja beim Abwasch überrascht worden und hatte ein Glas fallen gelassen? Oder war das Glas beim anschließenden Kampf zu Bruch gegangen?

»Zuerst war es nur ein Aufschrei, als hätte sie sich erschreckt«, fuhr Akina fort. »Aber gleich danach hat sie meinen Namen geschrien und gebrüllt, dass ich weglaufen solle. Das hab ich gemacht. Bin von meinem Zimmerfenster auf die Garage gesprungen und beim Holzvorrat runtergeklettert. Dann bin ich hinter dem Haus zum Waidbach gerannt und hab mich hinter der Uferböschung versteckt.« Sie geriet ins Stocken. Ihr Kinn zitterte.

Sie ist aus ihrem Zimmer geflüchtet, dachte Avram. Deshalb stand das Fenster am Sonntag sperrangelweit offen.

»Hast du gesehen, was mit deiner Mutter und mit Sascha passiert ist?«, fragte er.

»Sascha ist am Samstag gar nicht von der Schule zurückgekommen«, antwortete Akina. »Ist wahrscheinlich bei einem Freund geblieben. Das macht er öfter. Der Michi hat eine Xbox, da zocken die Jungs manchmal stundenlang.«

»Wie heißt dieser Michi mit vollem Namen?«

»Michael Kerner«, sagte Akina. »Wohnt im Lerchenweg, direkt am Feld in Oberaiching.«

Avram nickte. Er würde gleich am Morgen dort nachfragen. »Was ist mit deiner Mutter passiert?«

Akina biss sich auf die Unterlippe und schluckte. »Sie haben sie mitgenommen – die Männer, die den Hof überfallen haben. Einer hat ihr ein Tuch vors Gesicht gehalten, und sie hat sich nicht dagegen gewehrt. Ich glaube, sie war ohnmächtig.«

»Wie viele Männer haben euch überfallen?«, wollte Avram wissen.

»Zwei«, sagte Akina. »Aber richtig gesehen hab ich nur einen. Der andere hatte schon das Auto gewendet und saß mit dem Rücken zu mir.«

Avram spürte, wie ein wohliges Kribbeln sich auf seiner Haut breitmachte. *Jagdtrieb.*

»Den, den du gesehen hast … kennst du ihn?«, fragte er.

Akina schüttelte den Kopf.

»Könntest du ihn beschreiben?«

»Ich weiß nicht … es ging alles so schnell!«

»Du musst dich jetzt konzentrieren«, beschwor Avram seine Nichte. »Schließ die Augen und denk an Samstagabend.«

Sie tat es.

»Ruf dir jetzt alles ins Gedächtnis, was du in dieser Nacht gesehen hast. Erinnere dich an den Mann. Wie er mit deiner Mutter aus dem Haus kam, ihr das Taschentuch vors Gesicht hielt und zum Auto lief. Stell ihn dir ganz genau vor, in allen Details ... Denkst du, du kannst ihn jetzt für mich beschreiben?«

Hinter Akinas geschlossenen Lidern tanzten ihre Augen wild hin und her. Ihr Atem ging flach, jede Faser ihres Körpers war angespannt vor Angst und Aufregung. Aber sie ließ die Augen fest zugepresst, hochkonzentriert, fixiert auf den Mann, der ihre Mutter entführt hatte.

»Kannst du ihn mir beschreiben, Akina?«, flüsterte Avram eindringlich wie ein Hypnotiseur. »Versuche, ihn dir genau vorzustellen. Jedes Detail kann wichtig sein ... Siehst du ihn vor dir?«

»Ja«, hauchte Akina. »Ja, ich sehe ihn.«

30

Auf der Fahrt von Allersberg nach München sprachen Emilia und Kessler wenig miteinander. In der Nacht hatte Emilia kaum ein Auge zugetan. Sie hatte andauernd an Mikka Kessler im Nachbarzimmer denken müssen, daran, wie es wäre, in seinen Armen zu liegen.

Warum hatte er keinen Versuch unternommen, sich ihr im Hotel zu nähern?

Sie gestand sich ein, dass sie nicht nur enttäuscht war, sondern auch ein wenig verletzt. Würde ein Mann sich wirklich so passiv verhalten, wenn er eine Frau attraktiv fand? Er hatte einfach eine Dusche genommen und war dann alleine in seinem Zimmer eingeschlafen.

Während ich dumme Gans in meinem Bett gelegen und in erotischen Phantasien geschwelgt habe, dachte Emilia. Meine Güte!

Sie war über sich selbst überrascht. Wenn er es darauf angelegt hätte, hätte sie gestern Nacht ohne zu zögern mit ihm geschlafen – dabei kannte sie ihn gerade mal seit zwei Tagen. Wie unprofessionell!

Sie spürte, wie ihr das Blut in die Wangen schoss. Ihre Gedanken waren ihr unendlich peinlich, umso mehr, als das Objekt ihrer Begierde direkt neben ihr hinter dem Steuer saß.

Wenn er nur nicht so verdammt gut aussehen würde!

Sie seufzte still in sich hinein und zwang sich, wieder an etwas anderes zu denken, bevor er die Röte in ihrem Gesicht bemerkte. Vielleicht wäre es eine gute Idee, Becky eine SMS zu schreiben, dachte sie und zog ihr Smartphone aus der Tasche. Sie tippte: *Bin die nächsten Tage in München. Der Fall geht gut voran. Freue mich aufs Wochenende. Kuss, Mama*

Dass der Fall gut voranging, war zwar die reinste Übertreibung – viel mehr als die Identität des Toten aus dem *Hotel Postmeister* hatten sie bislang nicht vorzuweisen. Aber nach dem verunglückten letzten Wochenende wollte Emilia Becky ein Gefühl von Stabilität vermitteln.

Zwei Minuten später erschien Beckys Antwort auf dem Display: *Denk an das Smartphone!* Eine Anspielung auf die »Strafe«, die Becky sich für sie ausgedacht hatte, falls das kommende Wochenende wieder ins Wasser fiele.

Emilia verdrängte einen Anflug von Ärger. So fing der Tag ja schon richtig gut an!

»Alles in Ordnung?«, fragte Kessler und warf ihr einen Blick zu.

»Stress mit meiner Tochter«, antwortete Emilia. »Das Übliche.« Sie erzählte ihm von dem Smartphone.

»Sie will Ihnen damit nur zeigen, wie sehr sie Sie braucht«, sagte Kessler.

»Momentan bin ich gar nicht so sicher, was ihr lieber wäre – das Smartphone oder ich.«

»Hören Sie auf, sich etwas einzureden. Sie wissen, dass ich recht habe.«

Emilia seufzte. Ja, sie wusste es. Dennoch hätte sie sich von Becky ab und zu einmal ein nettes Wort gewünscht.

Um kurz nach halb neun Uhr trafen sie unweit der Altstadt im Kriminalfachdezernat 1 des Polizeipräsidiums München ein, einem modernen Betonwinkelbau mit viel Glas. Die Mordkommission residierte im dritten Stock.

Der leitende Beamte hieß Ulrich Lohmeyer, ein sportlicher junger Mann in Zivil, der zu Bluejeans und Karohemd ein dunkles Sakko und Turnschuhe trug, was ihn noch jünger aussehen ließ, als er ohnehin schon wirkte. Hätte Emilia nicht gewusst, dass er Hauptkommissar war, hätte sie ihn für einen Frischling von der Polizeischule gehalten.

Lohmeyer informierte sie in seinem Büro über den neuesten Stand der Ermittlungen. »Von den Frankfurter Kollegen habe ich vor ein paar Minuten die Meldung erhalten, dass die mutmaßliche Tatwaffe bei einem gewissen ...« - er blätterte in seinen Unterlagen - »... einem gewissen Kolja Rostow im *Hotel Postmeister* gefunden wurde. In seinem Zimmer. Das ist der Sohn der Hotelbesitzerin, korrekt?«

Kessler nickte. »Er steht im Verdacht, Goran Kuyper erschossen zu haben, behauptet allerdings, dass es Selbstmord gewesen sei.«

»Ja, das habe ich im Bericht gelesen. Er hat sich freiwillig gestellt, nicht wahr?« Ohne die Antwort abzuwarten, fuhr Lohmeyer fort: »Wie dem auch sei, die Waffe wurde jedenfalls bei ihm gefunden, und die vorläufige ballistische Untersuchung hat ergeben, dass der Tote tatsächlich damit erschossen wurde. Es befanden sich Fingerabdrücke von Kolja Rostow und von dem Toten darauf. Sie sind so angeordnet, dass beide einen Schuss aus der Waffe hätten abgeben können.«

»Was zum Beispiel dadurch verursacht worden sein könnte, dass Kolja Rostow Goran Kuypers Hand auf die Waffe gepresst hat, als dieser schon tot war«, sagte Kessler, der in den Neuigkeiten offenbar nur eine Bestätigung seines bisherigen Verdachts sah.

»Warum hat er dann nicht vorher seine eigenen Abdrücke weggewischt?«, fragte Emilia.

Kessler zuckte mit den Schultern. »Vielleicht geriet er plötzlich in Panik und hat es dabei vergessen.«

Für den Augenblick ließ Emilia es dabei bewenden. »Steht schon fest, woher die Waffe stammt?«, fragte sie.

Lohmeyer blätterte wieder in seinen Unterlagen und schüttelte dann den Kopf. »Das ist noch unklar«, sagte er. »Fest steht nur, dass die Waffe nicht registriert ist.«

»Sonst noch etwas aus Frankfurt?«, wollte Kessler wissen.

»Im Moment nicht.«

»Und aus München?«

»Nichts von Bedeutung. Meinen Bericht hatte ich Ihnen ja schon gestern gemailt. Den habe ich kurz vor Feierabend geschrieben. Seitdem hat sich nicht viel getan.« Lohmeyer nippte an einer Tasse, die auf seinem Schreibtisch stand. »Auch einen Kaffee?«

Emilia und Kessler hatten schon im Hotel gefrühstückt und lehnten dankend ab.

Lohmeyer goss sich nach. »Ach ja, eine Sache gibt es tatsächlich. Ich habe heute Morgen die Auswertung der Blutspuren auf dem Kuyperhof reinbekommen«, fuhr er fort. »In einer Pferdebox im Stall wurde ja Blut entdeckt, unter dem Wohnwagen neben dem Stall ebenso. Es stammt ausschließlich von dem Hund. Wir vermuten, dass auf ihn geschossen wurde, weil er beim Überfall auf den Hof gebellt hat. Dann ist er in den Stall gerannt, wo er mindestens einmal getroffen wurde. Er ist über die Boxenbrüstung gesprungen und durch den Hintereingang verschwunden. Irgendwie hat er es geschafft, wegzulaufen, aber er hat viel Blut dabei verloren. Am Sonntagmorgen wurde er von Goran Kuypers Bruder in einem Feld unweit des Hofs gefunden.«

»Was ist mit den Einschüssen im und am Stall?«, fragte Emilia. »Irgendwelche Besonderheiten?«

»Alle Kugeln stammen aus derselben Waffe. Kaliber 9 mm. Die Beschaffenheit der Kugeln lässt darauf schließen, dass ein Schalldämpfer benutzt wurde, was zu der Aussage der Nachbarn passen würde, dass sie in der Nacht von Samstag auf Sonntag keine Schüsse gehört haben. Aber der Hund hat etwa um zehn Uhr gebellt. Das lässt uns vermuten, dass der Überfall zu dieser Zeit stattfand.«

Emilia nickte. Das hatte sie gestern im Bericht gelesen. »Goran Kuyper ist ziemlich genau zur selben Zeit in Frankfurt gestorben«, sagte sie. »Deshalb schließen wir nicht aus, dass jemand es auf die ganze Familie abgesehen hatte. Jemand, der die Mittel und Möglichkeiten hat, zwei Überfälle zeitgleich an zwei verschiedenen Orten zu koordinieren. Aber – wie gesagt – das ist momentan nur eine Theorie. Die andere Theorie ist, dass Goran Kuyper sich selbst erschossen hat.«

Lohmeyer zog die Brauen nach oben. »Sie denken, dass es wirklich so gewesen sein könnte? Steht im Polizeibericht aus Frankfurt nicht, dass Kuyper vor seinem Tod gefoltert wurde?«

»Ihm wurde in die Hand geschossen«, bestätigte Emilia. »Aber es wäre auch denkbar, dass er das selbst getan hat.«

Lohmeyer nickte, doch der Blick, den er Kessler in diesem Moment zuwarf, sprach Bände. Er glaubte keine Sekunde an diese Theorie.

Kessler zuckte mit den Schultern, als würde er sich dafür entschuldigen. »Momentan sind noch viele Fragen offen«, sagte er. »Wir müssen alle Möglichkeiten in Betracht ziehen.«

Das Telefon klingelte. Lohmeyer nahm den Hörer ab. »Was gibt's? ... Ja ... ja ... aha. Und sie sind beide hier? ... Okay, dann lass sie nach oben kommen. In Besprechungsraum eins. Ich bin gleich da.«

Er legte auf, schien einen Moment nachzudenken und sagte dann: »Es gibt eine überraschende Entwicklung. Der Bruder des Toten ist hier, Avram Kuyper – mit seiner Nichte. Sie will eine Aussage machen.«

Wohlige Wärme durchströmte Emilias Adern. Mit etwas Glück würden sie an diesem Dienstagmorgen einen entscheidenden Schritt weiterkommen. Allerdings gab es da etwas, das sie störte. »Avram Kuyper – stand in Ihrem Bericht nicht, dass er sich in Ihre Ermittlungen eingemischt hat?«, fragte sie.

»Hat er«, pflichtete Lohmeyer bei. »Er ist ein sonderbarer Typ Mensch. Einer, aus dem man nicht schlau wird, wenn Sie verstehen, was ich meine.«

Emilia überlegte, was genau in dem Bericht aus München gestanden hatte. Hatte Avram Kuyper nicht gestern Morgen im Redaktionsbüro seines Bruders herumgeschnüffelt? Ja, genau! Anschließend hatte er einem Arzt für Transplantationschirurgie einen Besuch abgestattet und ihn angeblich mit einer Waffe bedroht, damit der verriet, was Goran Kuyper ein paar Tage zuvor bei ihm gewollt hatte.

»Was wissen Sie über Avram Kuyper?«, fragte sie. »Kommt er auch aus der Branche?«

»Sie meinen, ob er Polizist ist?« Lohmeyer schüttelte den Kopf. »Als Beruf hat er *Consultant* angegeben – was immer das genau heißen mag.«

»Was wissen Sie sonst noch über ihn?«

»Nicht viel, fürchte ich. Er war nicht besonders gesprächig, und der Computer hat kaum etwas über ihn ausgespuckt. Wohnt in Holland. Genauer gesagt in Amsterdam. Und er ist viel auf Reisen. Ich könnte mir vorstellen, dass er im Sicherheitsgewerbe tätig ist. Vielleicht ein ehemaliger Soldat oder so was. Jedenfalls jemand, der ein echtes Problem mit Autoritäten hat. Ich schließe nicht aus, dass er auch weiterhin versucht, auf eigene Faust zu ermitteln.«

Emilia seufzte still in sich hinein. Wenn sie eines nicht brauchen konnte, dann einen selbsternannten schwarzen Sheriff, der glaubte, besser für Recht und Ordnung sorgen zu können als die Polizei.

31

Avram saß mit Akina in einem geräumigen Zimmer mit Blick auf die Straße. Die Holzstühle waren einfach, aber bequem, in die Tischplatte hatte jemand ein paar unleserliche Initialen eingeritzt. Das milchige Licht, das durch die lange Fensterreihe hereindrang, vermittelte ein Gefühl von Kälte.

Akina empfand es wohl ähnlich, denn sie rieb sich die Oberarme, als würde sie frösteln. »Wir sollten lieber wieder gehen«, raunte sie und sah dabei aus wie ein verängstigtes Reh.

Avram sagte nichts. In der Nacht hatten sie eine lange Diskussion darüber geführt, ob sie herkommen sollten oder nicht. Zuerst hatte Akina sich standhaft geweigert. Sie fürchtete sich vor der Polizei.

Weil Papa gesagt hat, dass die da mit drinstecken.

Aber sie hatte einen der Entführer mit eigenen Augen gesehen. Aus ihren Angaben hatte Avram in der Nacht eine Täterbeschreibung formuliert und sie an verschiedene Informanten übermittelt. Nur gab es bis jetzt noch kein brauchbares Ergebnis, und die Zeit rann dahin.

Deshalb hatte Avram seine Nichte dazu überredet, mit ihm aufs Polizeipräsidium zu fahren. Eine professionelle Phantombilderstellung war der schnellste Weg zur Täteridentifikation. Er hoffte inständig, dass sich heute Morgen eine konkrete Spur ergeben würde.

Die Tür öffnete sich, und drei Personen kamen herein,

zwei Männer und eine Frau. Den jüngeren der beiden Männer kannte Avram – es war der Polizist, der die Durchsuchung des Kuyperhofs geleitet hatte. Für Akina stellte er sich noch einmal vor: »Ich bin Hauptkommissar Lohmeyer von der Münchener Kripo«, sagte er. »Das hier sind Hauptkommissar Kessler aus Frankfurt und Agentin Ness von Interpol.«

Avram spürte, wie sich seine Nackenhaare aufstellten. Frankfurt und Interpol hier in München. Das konnte nichts Gutes bedeuten.

»Bevor wir mit der Befragung beginnen, würden wir Sie gerne allein sprechen, Herr Kuyper«, sagte Lohmeyer. »Können wir uns einen Moment draußen unterhalten?«

Instinktiv griff Akina nach Avrams Hand. Sie drückte sie so fest, als wolle sie sie nie wieder loslassen.

»Meine Nichte hat in den letzten Tagen Fürchterliches durchgemacht«, sagte Avram. »Ich würde es begrüßen, wenn wir das Gespräch hier führen könnten. Ich habe keine Geheimnisse vor ihr.«

Lohmeyer warf Emilia Ness einen Blick zu, als habe er diese Reaktion erwartet. Daraufhin übernahm sie das Wort. Sie setzte sich neben Akina und wartete geduldig, bis das Mädchen sie ansah.

»Wie heißt du?«, fragte sie, obwohl sie es bestimmt schon längst aus den Akten wusste.

Akina zögerte einen Moment. Dann nannte sie ihren Namen.

»Ich heiße Emilia«, fuhr die Interpol-Beamtin fort. »Ich habe eine Tochter, die ist im selben Alter wie du. Und wenn jemand versuchen würde, ihr etwas anzutun, dann würde ich das nicht zulassen. Ich kann also gut verstehen, dass dein Onkel dich beschützen will. Und ich kann mir vorstellen, dass das alles hier ziemlich beängstigend für dich sein muss. Aber du bist hier in den besten Händen, die du dir vorstellen kannst. Wir alle wollen nur dein Bestes. Wir wollen herausfinden, was am Samstag vorgefallen ist, um deine Mutter und deinen Bruder so schnell wie möglich zu finden. Dazu brauchen wir deine Hilfe. Aber bevor du uns alles erzählst, muss ich ein paar Worte mit deinem Onkel wechseln. Es ist wichtig. Bist du damit einverstanden?«

Akina sah sie ein paar Sekunden lang einfach nur an. Dann nickte sie und gab Avrams Hand frei.

»Es wird nicht lange dauern, versprochen.«

Emilia lächelte ihr aufmunternd zu und stand auf. Avram folgte ihr aus dem Zimmer. Als er sich noch einmal zu Akina umdrehte, sah er eine Träne an ihrer Wange herunterlaufen.

Die Polizisten führten Avram in das Besprechungszimmer nebenan, wo sie sich setzten. Avram ahnte schon, was die drei ihm ohne Akinas Beisein sagen wollten. Er machte sich auf das Schlimmste gefasst.

»Herr Kuyper, es tut mir sehr leid, aber ich fürchte, ich habe schlechte Nachrichten für Sie«, begann Emilia Ness. »Wir glauben, dass Ihr Bruder tot ist.«

Das hieß, dass noch ein Funke Hoffnung bestand. »Sie *glauben* es?«

»Ein Freund von ihm hat ihn identifiziert. Aber ich bitte Sie, sich ein paar Fotos anzusehen, damit wir sicher sein können. Natürlich nur, wenn Sie sich dazu in der Lage fühlen.«

Avrams Brustkorb schien plötzlich viel zu eng zu sein, als würde eine unsichtbare Faust ihn zusammenquetschen. Aber er nickte.

Die Interpol-Agentin schob eine Handvoll Bilder über den Tisch. Avram nahm sie und betrachtete sie nacheinander, bemüht, sachliche Distanz zu wahren. Sie zeigten alle dasselbe Motiv, wenn auch aus unterschiedlichen Perspektiven: Gorans Gesicht auf einem Edelstahltisch. Obwohl der Fotograf versucht hatte, unschöne Details zu retuschieren, stimmte offensichtlich etwas mit seiner linken Gesichtshälfte nicht. Die Schläfenpartie wirkte deformiert.

Avram schluckte. Kein Zweifel, der Mann auf den Bildern war sein kleiner Bruder. Obwohl er damit gerechnet hatte, traf ihn die Nachricht wie ein Keulenschlag. Die Welt schien sich plötzlich langsamer zu drehen, und alle Gedanken kreisten jetzt nur noch um eine einzige Frage: »Wie ist er gestorben?«

Emilia Ness erzählte es ihm. Keine Einzelheiten, aber zumindest so viel, dass er ungefähr wusste, was vorgefallen war. Er schloss die Lider, nahm die Hornbrille ab und rieb sich mit der freien Hand übers Gesicht. Vor seinem geistigen Auge sah er Goran mit einem Loch im Kopf und einem weiteren im Handteller, in einem billigen Frankfurter Hotelzimmer auf dem Boden liegend, in Blut getränkt.

»Wissen Sie, ob Ihr Bruder Feinde hatte?«, fragte die Agentin. »Oder können Sie uns sonst irgendetwas sagen, das uns in diesem Fall weiterbringt?«

Avram schüttelte den Kopf. »Ich war seit acht Jahren nicht mehr in Oberaiching«, sagte er und setzte die Brille wieder auf. »In dieser Zeit hatte ich auch sonst wenig Kontakt mit Goran. Ein paar E-Mails, ein paar Telefonate, mehr nicht.«

»Was für ein Verhältnis hatten Sie zu Ihrem Bruder, Herr Kuyper?«

Avram zuckte innerlich zusammen. Die Beziehung zu Goran war ein wunder Punkt.

Ich habe ihn geliebt, dachte er und spürte, wie seine Augen glasig wurden. Mehr als ich es getan habe, kann man seinen Bruder nicht lieben. Dennoch habe ich ihn mit seiner Frau betrogen und mich so sehr dafür geschämt, dass ich es seitdem nicht mehr gewagt habe, ihm unter die Augen zu treten.

»Wir hatten ein ganz normales Verhältnis von Bruder zu Bruder«, sagte er. »Wir standen uns früher recht nah. Aber seit ich in Holland lebe, ist der Kontakt irgendwie abgebrochen. Wenn es darum geht, was am Samstag passiert ist, wird Ihnen meine Nichte viel besser Auskunft geben können.«

Er schob die Fotos wieder über den Tisch. Emilia Ness steckte sie in ein Kuvert.

»Wir werden Ihre Nichte ausführlich befragen«, versicherte sie. »Aber zuerst möchte ich noch ein paar Fragen mit Ihnen klären.«

Die plötzliche Schärfe in ihrem Unterton machte sie nicht gerade sympathisch.

»Na schön. Fragen Sie mich.«

»Sie hatten also seit Jahren kaum Kontakt mit Ihrem Bruder. Dennoch hat er Sie kurz vor seinem Tod angerufen. Was hat er gesagt?«

Avram erinnerte sich, dass er das Telefonat gegenüber Udo Wolfhammer erwähnt hatte, als er am Sonntag bei ihm im Stall gewesen war und sich nach Gorans Familie erkundigt hatte. Udo musste das zu Protokoll gegeben haben.

»Goran hat mir auf den Anrufbeantworter gesprochen«, sagte Avram. »Ich war zu dem Zeitpunkt auf dem Heimweg von einer Geschäftsreise und habe seine Nachricht erst nach meiner Rückkehr abgehört.«

»Wann war das?«

»Samstagnacht. So gegen elf Uhr, würde ich sagen.«

»Was hat Ihr Bruder denn auf Band gesprochen?«

*Komm nach Hause und räche dich an denen,
die uns getötet haben.*

»An den genauen Wortlaut kann ich mich nicht mehr erinnern«, antwortete Avram. »Aber Goran hat mich gebeten, nach Oberaiching zu kommen. Es hat sich angehört, als würde er in Schwierigkeiten stecken.« Avram hatte die Nachricht gleich nach dem Abhören gelöscht. Falls die Amsterdamer Polizei seine Wohnung durchsuchte, würde sie nichts finden.

Jetzt schaltete sich erstmals der Beamte aus Frankfurt ein – Hauptkommissar Kessler. »Damit ich das richtig verstehe: Sie kommen am Samstag mitten in der Nacht von einer Geschäftsreise nach Hause, hören den Anrufbeantworter ab und setzen sich sofort wieder ins Auto, um nach Oberaiching zu fahren – nur, weil Sie *vermuten*, dass Ihr Bruder in Schwierigkeiten steckt?«

Avram nickte. Ihm war klar, dass das für die Polizei sonderbar klingen musste, aber es war ihm gleichgültig.

»Haben Sie eine Erklärung dafür, warum Ihr Bruder Sie gebeten hat, nach Oberaiching zu kommen, obwohl er in Frankfurt war?«

»Vielleicht wollte er, dass jemand bei Nadja und den Kindern ist. Vielleicht ahnte er, dass sie in Gefahr sind.«

»Und da bittet er ausgerechnet seinen älteren Bruder um Hilfe, zu dem er seit Jahren kaum noch Kontakt hatte?«

Avram zuckte mit den Schultern. »Ich weiß nicht, was er sich dabei gedacht hat. Aber er hat es nun einmal getan.«

Jetzt übernahm wieder Emilia Ness das Gespräch. »In welcher Art von Schwierigkeiten könnte Ihr Bruder gesteckt haben?«, wollte sie wissen.

»Ich wünschte, ich wüsste es«, sagte Avram. »Aber ich habe keine Ahnung.«

Einen Moment lang sah sie ihn prüfend an. »Ich glaube Ihnen«, sagte sie schließlich. »Schon, weil Sie gestern versucht haben, auf eigene Faust herauszufinden, was passiert ist. Aber ich muss darauf bestehen, dass Sie das künftig unterlassen. Wir kümmern uns um diesen Fall mit hoher Priorität, Herr Kuyper. Versprechen Sie mir, sich künftig aus den polizeilichen Ermittlungen herauszuhalten.«

Avram nickte. Es schien ihm ratsam, Einsicht zu zeigen. »Ja, ich verspreche es. Das habe ich gestern auch schon Hauptkommissar Lohmeyer gesagt.« Wohl wissend, dass es eine Lüge war, gestern wie heute. Nichts und niemand würde ihn davon abhalten, auf eigene Faust auf die Jagd zu gehen, schon gar nicht jetzt, wo er von Gorans Tod wusste.

Emilia Ness' prüfender Blick ließ keinen Zweifel daran, dass sie ihm misstraute. Und wenn schon?

»Nachdem das geklärt ist, würde ich jetzt gerne die Aussage Ihrer Nichte aufnehmen«, sagte sie.

Kurz darauf saßen sie wieder nebenan – Avram und Akina auf der einen Seite des Tisches, die Polizisten auf der anderen. Hauptkommissar Lohmeyer hatte ein Mikrophon und ein Aufzeichnungsgerät in die Tischmitte gestellt. Die Formalitäten waren bereits erledigt.

Avram hatte mit den Polizisten vereinbart, dass er Akina erst später über den Tod ihres Vaters informieren würde. Im Moment war ihre Verfassung viel zu zerbrechlich für eine solche Nachricht. Sie war erst vor wenigen Tagen überfallen und ihre Mutter entführt worden. Wo ihr Bruder steckte, wusste niemand. Eine weitere Hiobsbotschaft würde sie in ihrem jetzigen Zustand nicht verkraften.

Emilia Ness übernahm wieder die Gesprächsführung und bewies dabei viel Einfühlungsvermögen. Zuerst ging es gar nicht um den Fall, sondern um Akinas Leben – um ihre Hobbys, das Verhältnis zu ihren Eltern und zu ihrem Bruder, um Probleme in der Schule und sogar um Jungs. Obwohl Akina anfangs noch sehr zurückhaltend war, taute sie immer mehr auf, bis sie zuletzt gar keine Scheu mehr hatte, offen zu sprechen.

Erst danach lenkte die Polizistin das Gespräch auf den Überfall vom Samstag. Akina wurde zwar wieder ernster, aber sie schilderte ausführlich, was sich auf dem Kuyperhof zugetragen hatte. Wenn etwas unklar war, hakte die Polizistin nach, und ein paarmal stellten auch ihre beiden männlichen Kollegen Fragen. Aber im Großen und Ganzen ließen sie Akina einfach reden.

Avram kannte das meiste davon. In der Nacht hatte Akina es ihm bereits erzählt. Dennoch blieb er die ganze Zeit bei ihr, um ihr das Gefühl zu geben, nicht allein zu sein, und um sie zu beschützen, falls es bei der Polizei tatsächlich schwarze Schafe gab, so, wie Goran es vermutet hatte.

Wer kam dafür am ehesten in Frage? Lohmeyer? Der Beamte aus Frankfurt? Die Agentin aus Lyon? Oder gar alle drei? Solange er nicht wusste, wem er trauen konnte, war jeder von ihnen verdächtig. Nur leider hatte Avram im Moment keine Wahl. Er war auf die Hilfe der Polizei angewiesen, wenn er herausfinden wollte, wer den Hof überfallen hatte.

»Lass mich noch einmal kurz auf deinen Bruder zurückkommen«, sagte Emilia Ness gerade. »Der ist bei dem Überfall also nicht auf dem Hof gewesen?«

»Nein. Ich weiß nicht, wo er steckt. Er ist am Samstag nach der Schule nicht nach Hause gekommen. Aber das macht er oft. Ist am Wochenende bei Freunden und übernachtet dort auch. Am Samstag habe ich mir darüber keine Gedanken gemacht. Aber jetzt ...« Sie brach in Tränen aus und schluchzte so herzerweichend, dass es Avram einen Stich versetzte. Er griff nach ihrer Hand und drückte sie.

»Kennst du die Freunde, bei denen er für gewöhnlich ist?«, fragte die Agentin.

Akina nickte und nannte die Namen und Adressen. Hauptkommissar Lohmeyer schrieb alles auf. Nachdem Akina fertig war, verließ er das Zimmer, um eine Streife loszuschicken. Avram betete dafür, dass sie den Jungen unversehrt finden würden, aber er rechnete nicht damit. Er hatte heute Morgen bei allen Adressen telefonisch nachgefragt. Vergeblich – Sascha war dort schon länger nicht mehr zu Besuch gewesen.

»Wir tun, was in unserer Macht steht, um deinen Bruder zu finden«, sagte Emilia Ness zu Akina. »Lass uns jetzt aber darauf zurückkommen, was am Samstagabend bei euch auf dem Hof passiert ist. Du hast erzählt, dass du gesehen hast, wie einer der beiden Männer deine Mutter in ein Auto gezerrt hat. Weißt du, was für ein Auto das war?«

»Ein Mercedes, glaube ich.«

»Kannst du uns auch das Modell nennen?«

Akina schüttelte den Kopf.

Die Polizistin zog ihr Handy aus der Tasche, tippte etwas ein und reichte es Akina. »War es eins von diesen Modellen?«

Akina nahm das Gerät und betrachtete konzentriert die Bilder der Suchanfrage. Mit dem Finger scrollte sie die Ergebnisliste weiter herunter. Dann hielt sie plötzlich inne.

»So einer war es«, sagte sie und schob das Handy wieder über den Tisch, ohne den Finger vom Display zu nehmen. »Genau der hier, aber nicht in Schwarz.«

Die Polizistin betrachtete das Bild, das Akina ihr zeigte. »Also ein alter C-Klasse-Kombi. Der mit den Spiegeleier-

Lichtern. Wenn er nicht schwarz war, welche Farbe hatte er dann?«

»Ich weiß nicht. Am ehesten grün, würde ich sagen.«

»Konntest du das denn so genau sehen?«

»Die Straßenlaterne auf dem Hof war an.«

Die Agentin nickte nachdenklich. »Fürs Protokoll: Wir suchen eine grüne C-Klasse, T-Modell, Baureihe 203.«

Avram räusperte sich. »Ich würde nicht ausschließen, dass das Auto auch blau gewesen sein könnte«, warf er ein.

Die Polizistin schien einen Augenblick verwirrt, vielleicht auch verärgert über die Unterbrechung. Dann hellte sich ihre Miene plötzlich auf. »Sie meinen wegen des Laternenlichts?«

Avram nickte. »Ein blaues Auto unter gelbem Licht wirkt grün.«

Aus dem Blick, den sie ihm zuwarf, konnte er nicht erkennen, ob sie ihm für den Einwand dankbar war. Wohl eher nicht.

Sie widmete sich wieder Akina. »Kannst du dich auch an das Nummernschild erinnern?«, fragte sie.

Akina überlegte ein paar Sekunden und schüttelte dann erneut den Kopf.

»Versuche, dich zu konzentrieren, Akina. Das ist sehr, sehr wichtig, wenn wir deine Mutter finden wollen. Kannst du dich vielleicht an einzelne Buchstaben oder Zahlen auf dem Nummernschild erinnern?«

Akina presste die Lippen zusammen und war plötzlich wieder den Tränen nahe. »Ich habe nicht darauf geachtet«, sagte sie mit zitterndem Kinn. »Ich hatte solche Angst.«

Die Polizistin gönnte ihr einen Moment Pause. »Möchtest du etwas trinken?«, fragte sie. »Wie wäre es mit einem Kakao?«

Akina sah Avram von der Seite an, als wolle sie ihn fragen, ob das in Ordnung gehe. Avram nickte. Eine Minute später stand eine dampfende Tasse auf dem Tisch, und Akina rührte mit einem Löffel darin herum.

»Du hast vorhin ausgesagt, dass es zwei Männer waren, die euren Hof überfallen haben«, sagte die Polizistin. »Aber du hast nur einen von ihnen gesehen.«

»Der andere saß mit dem Rücken zu mir hinter dem Steuer des Autos.«

»Und der, der deine Mutter ins Auto gezerrt hat – wie sah der aus?«

»Er war groß. Etwa so wie mein Onkel«, sagte Akina.

»Wie groß sind Sie, Herr Kuyper?«, fragte die Polizistin.

»Eins sechsundachtzig«, sagte Avram.

»Und war der Mann auch etwa so alt wie dein Onkel?« Die Frage richtete sich jetzt wieder an Akina.

»Nein, er war jünger. Vierzig vielleicht.«

»Welche Statur hatte er? War er dick oder eher dünn? Muskulös oder schwächlich?«

»Dünn«, antwortete Akina wie aus der Pistole geschossen. »Er hatte ein Sakko an, das bei ihm irgendwie zu groß wirkte. So, als würde er es gar nicht richtig ausfüllen.« Akina nahm die Tasse in die Hand, führte sie zum Mund und pustete vorsichtig den Dampf weg. »Aber er war sportlich. Er hat Mama ins Auto gezerrt, als würde sie kaum etwas wiegen.«

»Was hatte er außer dem Sakko sonst noch an?«

Akina überlegte. »Ich glaube, unter dem Sakko hat er ein T-Shirt getragen. Dazu eine Jeans. An die Schuhe kann ich mich nicht erinnern.«

»Welche Farbe hatten das Sakko und das T-Shirt?«

»Beides war dunkel. Schwarz oder grau, würde ich sagen.«

»Hast du auch sein Gesicht sehen können?«

Akina nickte. »Es war hager. Mit schmalem Gesicht und eingefallenen Wangen, fast, als wäre er krank oder so.«

»Trug er einen Bart?«

»Nein.«

»Oder eine Brille?«

»Auch nicht.«

»Wie sahen seine Haare aus?«

Bei dieser Frage geriet Akina ins Stocken. Avram wusste bereits weshalb, weil Akina es ihm schon in der Nacht erzählt hatte. Aber er konnte sich keinen Reim darauf machen.

»Ich weiß nicht, was für Haare er hatte«, sagte Akina. »Er trug einen Helm auf dem Kopf.«

»Was für ein Helm war das? Ein Motorradhelm?«

»Ich glaube schon. Aber einer, wie ihn Hardrocker manchmal anhaben. Oder Soldaten. Ohne Visier. Nur eine Stahlhaube. Allerdings war an dem Helm noch irgendwas dran.«

Die Polizistin sah ihre beiden Kollegen fragend an, dann wandte sie sich wieder Akina zu. »Was meinst du damit? War auf den Helm etwas aufgemalt?«

»Nein. Er hatte eine Art Aufsatz. Nicht obendrauf, sondern an der Seite. Er war nach vorne geklappt und hatte eins seiner Augen verdeckt.«

»Ein Nachtsichtgerät vielleicht«, meinte Hauptkommissar Kessler, der bis dahin geschwiegen hatte. »Oder ein Restlichtverstärker.«

Emilia Ness googelte wieder in ihrem Handy und hielt es Akina hin. »Sah der Aufsatz so aus?«, fragte sie.

Wieder studierte Akina die Trefferliste. »Nicht genau, aber so ungefähr«, sagte sie schließlich.

»Hast du gehört, ob die beiden Männer miteinander gesprochen haben?« Die Polizistin klappte das Handy zu, ließ es aber vorsorglich auf dem Tisch liegen.

»Miteinander gesprochen haben sie nicht«, antwortete Akina. »Aber der mit dem Helm hat ab und zu etwas gesagt. So ähnlich wie: Das geschieht dir ganz recht, du Sau. Ich glaube ...« Sie geriet wieder ins Stocken, und an ihrer Wange rann eine Träne herab. »Mama war da schon bewusstlos im Auto, aber ich glaube, er hat es zu ihr gesagt.«

»Ist dir an seiner Sprache etwas aufgefallen?«

Die Frage schien Akina zu verwirren.

»Ich meine, hatte er einen Akzent oder einen Sprachfehler? Hat er zum Beispiel gelispelt? Das R gerollt? Irgendetwas, an das du dich erinnern kannst?«

Akina dachte eine Weile darüber nach. »Nein«, sagte sie schließlich und wischte sich ihre Tränen mit dem Ärmel weg. »Ich glaube, er hat ganz normal gesprochen.«

Emilia Ness nickte nachdenklich. »Wenn du dich dazu in der Lage fühlst, würde ich gerne versuchen, ein Phantombild erstellen zu lassen, damit wir uns noch besser vorstellen können, wie der Mann aussieht. Anschließend können wir das Phantombild mit den Verbrecherdateien von Interpol und der deutschen Polizei abgleichen. Mit etwas Glück finden wir auf diese Weise heraus, wer der Mann ist. Bist du damit einverstanden?«

32

Auf dem Weg zur Abteilung ›Zentrale Dienste‹, zu der auch der Aufgabenbereich der Gesichtserkennung gehörte, kribbelte Emilias Körper von Kopf bis Fuß, wie jedes Mal, wenn sie glaubte, kurz vor einem entscheidenden Schritt zu stehen. Als sie gestern aus Frankfurt aufgebrochen waren, hatte nichts auf einen schnellen Durchbruch hingedeutet. Aber falls es mit Akina Kuypers Hilfe tatsächlich gelang, einen der beiden Männer zu identifizieren, die am Samstag den Kuyperhof überfallen hatten, wären sie wirklich ein gutes Stück weiter.

Ihr Hochgefühl bekam einen Dämpfer, als sie das blasse, traurige Gesicht des Mädchens sah, das neben ihr durch den Gang lief. Was hatte sie mit ihren vierzehn Jahren durchgemacht! Hilflos zusehen zu müssen, wie die eigene Mutter verschleppt wurde, musste grauenhaft sein. Um ein Haar wäre auch sie selbst entführt worden. Akina Kuyper hatte Todesängste durchlebt und sich zwei Tage lang im Wald versteckt. Sie musste zutiefst traumatisiert sein. Dafür hielt sie sich erstaunlich tapfer.

»Warum bist du nicht zur Polizei gegangen?«, fragte Emilia und bog hinter Hauptkommissar Lohmeyer in einen Seitengang ab. »Tagelang allein im Wald – das muss doch gruselig sein.«

Emilia bemerkte, wie Akina wieder den Blickkontakt zu ihrem Onkel suchte, der neben ihr ging und sie an der Hand hielt. Als suche sie in seinen Augen die Antwort. Oder als wolle sie sich erst die stillschweigende Erlaubnis abholen, eine Antwort geben zu dürfen.

»Sie hat eine Menge durchgemacht und war verwirrt«, sagte Avram Kuyper. »In ihrer Situation dürfte das kaum verwunderlich sein.«

»Ich bin mir der Situation Ihrer Nichte durchaus bewusst«, antwortete Emilia. »Ich habe mich nur gefragt, warum sie lieber im Wald geblieben ist, anstatt sich an die Polizei zu wenden.«

»Jetzt sind wir ja hier. Und wie Sie schon sagten: Mit etwas Glück wissen wir bald, wer den Hof überfallen hat.«

Emilia verkniff sich jeden weiteren Kommentar. Irgendetwas an diesem Mann störte sie, auch wenn sie es noch nicht konkretisieren konnte. War es nur die Tatsache, dass er sich in polizeiliche Ermittlungen eingemischt hatte? Nein, es war vielmehr die Überzeugung, dass er es auch in Zukunft tun würde. Er mochte das Gegenteil behauptet haben, aber sein Blick – dieser stahlgraue, harte, unergründliche, ja beinahe unheimliche Blick – sagte ihr, dass er auch weiterhin unbeirrt seinen Weg gehen würde.

Sie fuhren mit dem Aufzug in die dritte Etage und erreichten ein kleines Büro, in dem eine junge Kommissarin namens Sandra Fischer vor einem PC mit großem Monitor saß. Sie war eine kompakte Frau mit grobschlächtigem Gesicht, aber als sie Akina begrüßte, wurde schnell klar, warum Hauptkommissar Lohmeyer ausgerechnet sie für die Phantombilderstellung ausgesucht hatte. Sandra Fischer war eine echte Glucke.

Sie schob Akina einen Stuhl an den Schreibtisch und erklärte ihr, wie die Phantombilderstellung funktionierte, während sie gleichzeitig das Programm aufrief.

»Wir werden als Erstes eine grobe Skizze auf dem Computer anfertigen«, sagte sie. »Dazu verwenden wir Standardvorlagen. Zuerst legen wir die ungefähre Gesichtsform fest, dann die einzelnen Gesichtspartien – Augen, Nase, Mund und so weiter. Es kann auch sein, dass du im Lauf unserer Sitzung feststellst, dass du dich getäuscht hast. Dass zum Beispiel die Nase zu dick oder der Mund zu breit ist. Wir können das jederzeit korrigieren, überhaupt kein Problem, okay?«

Akina nickte. Die beiden Hauptkommissare Kessler und Lohmeyer setzten sich neben Akina und sahen ebenfalls auf den Bildschirm. Emilia blieb stehen.

»Wenn wir einen fertigen Entwurf haben, jagen wir ihn als Suchlauf durch den Computer«, erläuterte Kommissarin Fischer weiter. »Alle Treffer werden uns anschließend auf dem Monitor angezeigt. Mit etwas Glück ist der, den wir suchen, dabei. Wollen wir loslegen?«

»Okay. Was muss ich tun?«

»Versuchen wir zuerst, die Kopfform zu definieren. Schau auf den Monitor. Welche Form passt am besten?«

Emilias Blick wanderte zu Avram Kuyper, der unauffällig und ohne ein Wort zu sagen hinter seiner Nichte stand. Seine Hand ruhte auf ihrer Schulter, als wolle er ihr damit Kraft geben, aber seine Augen waren wie gebannt auf den Monitor gerichtet. Mehr als jeder andere im Raum schien er wissen zu wollen, wer am Samstag den Kuyperhof überfallen hatte.

Emilia berührte ihn am Arm. »Darf ich noch mal einen Moment mit Ihnen sprechen?«, fragte sie. »Lassen Sie uns dazu rausgehen.«

Er nickte, wohl weil er wusste, dass er keine andere Wahl hatte.

Sie gingen in den Flur, und Emilia schloss die Tür hinter sich. »Herr Kuyper, ich möchte, dass Sie während der Phantombilderstellung draußen warten«, sagte sie ohne Umschweife. »Wenn Sie wollen, dort drüben auf der Bank. Oder in der Cafeteria. Trinken Sie etwas oder lesen Sie Zeitung. Wenn Sie mir Ihre Nummer geben, sage ich Ihnen Bescheid, wenn wir hier fertig sind. Dann können Sie Ihre Nichte wieder abholen.«

Sein Blick verfinsterte sich. »Darf ich fragen, warum?«

»Weil Akina befangen ist, wenn Sie dabei sind.« Das war zwar nicht der Hauptgrund, aber es war auch nicht gelogen. »Sie hat bei ihrer Zeugenaussage vorhin dauernd den Blickkontakt zu Ihnen gesucht. In Ihrer Gegenwart ist sie nicht voll bei der Sache. Sie achtet zu sehr darauf, welche Signale Sie ihr geben.«

Sein Blick schien sie einfrieren zu wollen. »Akina hat Angst«, sagte er. »Ich bin im Moment der Einzige, zu dem Sie Vertrauen hat.«

»Obwohl Sie sich seit acht Jahren nicht gesehen haben?«

»Ich bin ihr Onkel. Die Familie hält immer zusammen.«

Er schien nicht lockerlassen zu wollen. Aber Emilia konnte ebenfalls stur sein. Er durfte nicht mitbekommen, wer am vergangenen Wochenende den Hof seines Bruders überfallen hatte, sonst würde er die Jagd auf eigene Faust fortsetzen – was Emilia wiederum unter keinen Umständen zulassen konnte.

»Ich werde Ihnen Bescheid geben, wenn wir mit der Phantombilderstellung fertig sind«, sagte sie.

Avram Kuyper schien einen Moment zu brauchen, bis er begriff, dass sie sich nicht umstimmen lassen würde. Er zog einen Kaugummi aus der Hosentasche, entfernte das Papier und steckte ihn sich in den Mund, als würde das Kauen ihm beim Nachdenken helfen. Endlich nickte er. »Also schön. Lassen Sie mich nur noch einmal kurz zu meiner Nichte. Ich möchte, dass sie weiß, wo ich auf sie warte. *Bitte.*« Er hielt die Hand vor den Mund, hustete und räusperte sich. Einen Moment befürchtete Emilia, er würde an seinem Kaugummi ersticken, aber dann fing er sich wieder.

Auf ihr Gesicht legte sich ein schmales Lächeln. »Natürlich. Sagen Sie ihr kurz Bescheid.« Sie gingen wieder nach drinnen, und Emilia beobachtete, wie Avram Kuyper neben Akinas Stuhl in die Knie ging. »Hier ist es so eng im Zimmer«, sagte er. »Deshalb werde ich draußen warten. Vor der Tür ist eine Sitzbank. Ich gehe nur kurz in die Cafeteria und hole mir ein Rätselheft. Danach komme ich wieder und setze mich draußen in den Flur, okay?«

Akina schien darüber nicht sehr glücklich zu sein.

»Du brauchst keine Angst zu haben«, sagte Avram. »Ich bin nur ein paar Meter entfernt.«

Die Kleine nickte mit zusammengepressten Lippen.

Beim Aufrichten stützte er sich an Akinas Stuhl ab.

»Arthrose in den Knien«, sagte er zu Emilia. »Mal mehr, mal weniger schlimm, je nachdem, wie das Wetter ist.«

Seine Miene war ernst, aber aus irgendeinem Grund hatte sie das Gefühl, dass er sich über sie lustig machte. Einen Moment lang versuchte sie, sich darüber klarzuwerden, woran das lag, aber sie kam nicht darauf.

Ein sonderbarer Typ, dachte sie.

Sie wartete, bis er das Zimmer verlassen hatte, dann schloss sie die Tür. Zurück blieb das schale Gefühl, dass er etwas im Schilde führte.

33

Avram brauchte dringend frische Luft. Die Nachricht von Gorans Tod hatte ihn bis ins Mark getroffen. Obwohl er schon damit gerechnet hatte, war ihm, als habe ihm jemand den Boden unter den Füßen weggezogen.

Er musste nach draußen. Zwar hatte er Akina versprochen, in ihrer Nähe zu bleiben, aber er glaubte nicht, dass sie sich in Gefahr befand. Außerdem wollte er gleich wieder zurück sein.

Ein paar Minuten lang tigerte er vor dem Präsidium hin und her, rastlos wie ein Raubtier in Gefangenschaft. Als es ihm endlich gelang, wieder einen klaren Gedanken zu fassen, führte er ein Telefonat mit einem Kontaktmann in Frankfurt, um ihn zu bitten, weitere Details über Gorans Tod in Erfahrung zu bringen. Die Interpol-Agentin hatte ihm vorhin zwar im Wesentlichen geschildert, was vorgefallen war, aber natürlich war sie nicht so sehr in die Tiefe gegangen, dass er eine konkrete Spur hätte verfolgen können – zumal im Augenblick ja nicht einmal klar zu sein schien, ob Goran ermordet worden war oder Selbstmord begangen hatte.

Avram graute vor dem Moment, Akina die traurige Wahrheit sagen zu müssen, aber es war unumgänglich. Wie würde sie reagieren? Er kannte sie zu wenig, um das einschätzen zu können. Sie war erst vierzehn Jahre alt. Man hatte ihre Mutter verschleppt, von ihrem Bruder fehlte jede Spur. Und jetzt war auch noch ihr Vater tot. Womit hatte dieses unschuldige Geschöpf so viel Grausamkeit verdient?

Obwohl die Morgensonne allmählich ihre frühsommerliche Wärme entwickelte, fröstelte Avram. In welchen Sumpf hatte Goran sich und seine Familie hineingezogen? Seine Augen füllten sich mit Tränen. Am liebsten hätte er laut geschrien.

Nachdem er sich wieder ein wenig beruhigt hatte, ging er nach drinnen und kaufte in der Cafeteria eine Zeitschrift, einen Cappuccino und eine neue Packung Kaugummis. Damit kehrte er in den dritten Stock zurück, wo er sich auf eine der Bänke im Wartebereich setzte.

Knapp eine Stunde, nachdem er das Zimmer verlassen hatte, öffnete sich die Tür wieder, und Akina kam heraus, gefolgt von Emilia Ness und Hauptkommissar Kessler. Akina wirkte ernst, aber ihre Miene hellte sich sofort auf, als sie Avram sah.

Er klappte seine Zeitschrift zusammen und kam ihr entgegen.

»Sie hat das toll gemacht«, lobte die Interpol-Agentin und legte ihr eine Hand auf die Schulter. »Wie ein Profi.«

Akinas Lächeln wurde breiter.

»Dann habt ihr den Mistkerl also identifiziert?«, fragte Avram.

Akina nickte stolz. »Wir haben so lange herumprobiert, bis ein Bild herauskam, das ihm wirklich ähnlich sieht«, erzählte sie. »Dann haben sie das Bild in den Computer eingelesen, und der hat einige Treffer ausgespuckt, die ich mir wieder anschauen musste. Bei einem wusste ich es sofort: Der ist es, auch wenn er auf dem Foto noch viel jünger war.«

»Ihre Nichte hat uns wirklich sehr geholfen«, sagte Hauptkommissar Kessler. Er und Emilia Ness standen hinter Akina wie ein stolzes Elternpaar hinter seiner Tochter.

Avram streckte demonstrativ seine Hand aus. Akina kam zu ihm und nahm sie.

»Dann werden wir jetzt wieder gehen«, sagte Avram zu den Polizisten. »Das heißt, natürlich nur, wenn Sie uns nicht mehr brauchen.«

»Sie beide haben für heute genug getan«, sagte Emilia. »Falls uns noch etwas einfällt, wissen wir ja, wie wir Sie erreichen können. Ich habe sowieso vor, mir im Lauf des Nachmittags den Hof anzusehen.«

Avram nickte. Er hatte keineswegs vor, den Rest des Tages tatenlos auf dem Kuyperhof zu verbringen. Aber das musste er den Polizisten ja nicht auf die Nase binden.

»Dann vielleicht bis später«, sagte er und wandte sich an seine Nichte. »Wie sieht's mit deinem Hunger aus? Du hast heute Morgen gar nichts gefrühstückt. Magst du jetzt etwas essen?«

Im Treppenhaus steckte er sich einen Kopfhörer ins Ohr.

»Was ist das, Onkel Avram?«, wollte Akina wissen.

»Ich höre nur ein bisschen Musik«, antwortete er – eine Lüge. In Wahrheit verfolgte er das Gespräch mit, das in dem Büro von Kommissarin Fischer geführt wurde. Das hatte er schon während des Wartens im Flur getan.

Er gestattete sich ein dünnes Lächeln. Als er heute Morgen hierhergefahren war, hatte er schon damit gerechnet, dass die Polizei ihr Möglichstes tun würde, um ihn aus den laufenden Ermittlungen herauszuhalten. Die gestrige Einmischung hatte sie gewarnt. Aber er hatte Vorkehrungen getroffen. Die etwas umständliche Verabschiedung von Akina vor einer Stunde hatte nicht nur dazu gedient, ihr die Angst zu nehmen – Avram hatte die Gelegenheit auch genutzt, um mit seinem Kaugummi eine Wanze unter ihrem Stuhl anzukleben. Die Tonqualität des winzigen Geräts war zwar nicht überragend, aber zumindest so gut, dass er alles verstehen konnte, was im Büro gesprochen wurde.

Der Mann, den er suchte, hieß Milan Kovacz.

Auf dem Parkplatz führte Avram ein paar Telefonate. Akina saß schon im Auto, und Avram achtete darauf, genug Abstand zu halten, damit sie nicht mitbekam, worum es ging. Er wollte, dass sie jetzt erst einmal wieder ein bisschen zur Ruhe kam – bevor er ihr dann beichten musste, dass ihr Vater gestorben war.

»Ja, bitte?«, meldete sich Rutger Bjorndahl, Avrams wichtigster Informant. Seine Stimme klang wie immer, als habe er mit Rasierklingen gegurgelt.

»Ich bin's. Avram. Hast du schon etwas herausgefunden?«

In der Nacht hatte er Bjorndahl Akinas Kidnapperbeschreibung durchgegeben. Außerdem hatte er ihm eine Kopie der Dateien auf dem USB-Stick gemailt und ihn beauftragt, so viel wie möglich darüber in Erfahrung zu bringen.

»Ich habe alle meine Kanäle aktiviert, aber so was dauert seine Zeit«, antwortete Bjorndahl. »Bis jetzt kann ich dir nur etwas zu den Adressen sagen, die du mir geschickt hast. Darius Gregorian, Petrinjska 71, 10000 Zagreb, Tino Peruggio, Via Villafranca, 20, 00185 Rom und so weiter. Das sind alles Hotelanschriften.«

»Und was ist mit den Namen, die dazu angegeben sind? Arbeiten diese Leute in den Hotels?«

»Soweit ich es bisher herausfinden konnte, nicht«, sagte Bjorndahl. »Vielleicht handelt es sich um Gäste, die sich dort mal aufgehalten haben. Ich lasse das noch prüfen.«

»In Ordnung. Melde dich, sobald du Neuigkeiten hast. Im Moment hat aber etwas anderes Priorität. Der Kerl, den meine Nichte beim Überfall am Samstag gesehen hat, heißt Milan Kovacz. Schon mal gehört?«

Einen Moment lang herrschte Stille. Dann röchelte Rutger Bjorndahl: »Noch nie. Irgendwelche Informationen, auf die ich aufbauen kann?«

Avram wiederholte das wenige, das er bei der Polizei heimlich mitgehört hatte: »Er ist siebenunddreißig. Seine Eltern stammen aus Serbien, aber er ist in Deutschland geboren, genauer gesagt in Würzburg. Er hat einen deutschen Pass. Gilt als gefährlich. Ist mehrmals verurteilt worden und war auch schon zweimal wegen schwerer Körperverletzung im Gefängnis. Einmal in Stuttgart, einmal in Ulm. Zuletzt ist er vor drei Jahren auffällig gewesen, als er in Nürnberg wegen des Mordes an einer Prostituierten vor Gericht stand. Angeblich hat er sie geknebelt, an ein Bett gefesselt und sie vergewaltigt, während er sie gleichzeitig bei lebendigem Leib mit einem Jagdmesser aufgeschlitzt hat. Er wurde verhaftet, aber aus Mangel an Beweisen freigesprochen. Seitdem ist er untergetaucht.«

»Ein Psychopath«, knurrte Bjorndahl.

»Von der übelsten Sorte«, bestätigte Avram. Der Gedanke, dass dieser Irre Nadja gekidnappt hatte, schnürte ihm beinahe die Kehle zu. »Ich muss wissen, wo sich das Schwein aufhält. Und ich brauche ein paar Bilder von ihm. So schnell wie möglich. Also beeil dich. Geld spielt keine Rolle.«

Sein nächster Anruf galt Clara Winterfeld, einer alten Bekannten, die ihm ab und zu Waffen und andere Ausrüstung besorgte, wenn er in Süddeutschland unterwegs war und dringend etwas benötigte, das er nicht dabeihatte. Mit ihren fünfundsiebzig Jahren war sie eigentlich längst aus dem Geschäft ausgestiegen. Aber für Avram organisierte sie hin und wieder kleinere Lieferungen, um, wie sie gerne lachend betonte, ihre Witwenrente ein wenig aufzubessern. Natürlich wussten beide, dass sie es nur wegen des Nervenkitzels tat.

Normalerweise ließ Avram sich bei Telefonaten mit Clara Winterfeld genug Zeit für einen kleinen Plausch, weil er wusste, dass ihr das gefiel. Heute fasste er sich kurz. »Ich brauche deine Hilfe, Clara«, sagte er ohne Umschweife und erklärte ihr in knappen Worten die Lage.

Sie litt förmlich mit ihm mit. »Das ist ja eine grauenvolle Geschichte!«, sagte sie. »Wo bist du da nur hineingeraten?«

»Ich weiß es nicht«, seufzte Avram. »Noch nicht. Aber um das herauszufinden, muss ich ein paar Dinge erledigen, bei denen ich meine Nichte nicht dabeihaben will. Sie wäre mir im Weg. Außerdem könnte es gefährlich werden.«

»Und jetzt suchst du jemanden, bei dem du sie unterbringen kannst.«

»So ist es. Ich könnte natürlich auch unsere Nachbarn in Oberaiching fragen. Aber das wäre zu riskant. Ich bin ziemlich sicher, dass der Kuyperhof beobachtet wird. Die wissen, dass Akina heute Nacht aufgetaucht ist. Und sie wollen sie aus dem Weg räumen, weil sie einen Schwerverbrecher identifiziert hat.«

»Woher sollten die das wissen?«

»Weil es bei der Polizei einen Maulwurf gibt. Das hat mein Bruder zumindest vermutet. Das heißt, sie werden versuchen, Akina zu töten. Nicht nur sie, auch alle, die sie beschützen wollen. Deshalb will ich dich auch zu nichts überreden, Clara. Wenn du mir hilfst, gehst du dabei selbst ein Risiko ein.«

Clara Winterfeld dachte einen Moment nach. »Solange die Kerle nicht wissen, wo deine Nichte steckt, ist sie nicht in Gefahr. Also sei auf der Hut, wenn du sie bringst. Nicht, dass man dich von der Polizei aus verfolgt.«

Eine Welle der Erleichterung überkam Avram. »Du bist ein Schatz, Clara«, sagte er.

Avram schlug nicht den direkten Weg nach München-Trudering ein, wo Clara Winterfeld wohnte, sondern fuhr erst einmal kreuz und quer durch die Innenstadt. Als er sicher war, dass ihm auf Sichtweite niemand folgte, stieg er an einer roten Ampel aus, um einen kurzen Blick unter den Wagen und in die Radkästen zu werfen. Tatsächlich klebte am Auspuff ein Peilsender. Avram entfernte ihn und nahm ihn mit nach vorne.

»Was hast du gemacht, Onkel Avram?«, fragte Akina.

»Ich wollte sehen, ob genug Luft in den Reifen ist«, antwortete er. Es missfiel ihm, Akina dauernd anzulügen, aber er wollte ihr nicht unnötig Angst einjagen.

Während er den Weg zum Münchener Mittelring einschlug, ließ er das Fenster herunter und warf den Peilsender einem vorbeifahrenden Pick-up auf die Ladefläche. Das würde die Verfolger eine Weile beschäftigen.

Sein Handy klingelte. Im Display stand *Rutger Bjorndahl*. Avram schaltete den Lautsprecher aus und hielt sich das Gerät ans Ohr, um zu vermeiden, dass Akina den Inhalt des Gesprächs mitbekam.

»Was gibt's?«

»Ich habe dir ein Foto von Milan Kovacz gemailt«, sagte Bjorndahl. »Es ist etwa zwei Jahre alt. Etwas Aktuelleres war auf die Schnelle nicht zu bekommen. Ein paar Infos über Kovacz habe ich auch für dich. Abgesehen von seinem richtigen Namen nennt er sich manchmal auch Thomas Orloff oder Ramos Vidal. Die kleinen Delikte in seiner Jugend überspringe ich jetzt mal. Ein paar der großen hast du vorhin schon genannt. Darüber hinaus steht er im Verdacht, ein halbes Dutzend Serben in der Nähe von Erlangen getötet zu haben. Sie wurden bei lebendigem Leib in einer Baugrube verschüttet. Vorher hat er ihnen die Zungen herausgeschnitten. Auch diese Tat konnte ihm nie zweifelsfrei nachgewiesen werden, genau wie bei der aufgeschlitzten Frau. Bei dem Verfahren mit den toten Serben sind angeblich Beweise verschwunden. Es könnte sein, dass Kovacz die Polizei besticht. Aber alle Indizien sprechen dafür, dass er die Taten begangen hat. Er ist ein Psychopath der übelsten Sorte. Mach dich auf das Schlimmste gefasst, wenn du ihn verfolgst.«

»Irgendwelche Anhaltspunkte, wo ich mit der Suche beginnen kann?«

»Es gibt da jemanden, der dir weiterhelfen könnte. Ein Mann namens Daiss.«

»*Konrad* Daiss?«

»Du kennst ihn?«

Avram fluchte still in sich hinein. Ausgerechnet Daiss – noch so ein Irrer!

»Kennen ist das falsche Wort«, sagte er und fügte in Gedanken hinzu: *Hassen* wäre passender. Aber das ging niemanden etwas an. »Ich habe hier und da ein paar Dinge über ihn gehört. Ging nicht diese Sache mit Sergej Malakov auf sein Konto?«

Malakov war ein Münchner Unterweltboss gewesen, der vor etwa zwei Jahren tot in einem Müllcontainer gefunden worden war. Man hatte ihm alle zehn Finger abgeschnitten und ihn anschließend totgeprügelt.

»Ja«, krächzte Rutger Bjorndahls Stimme aus dem Handy. »Der Malakov-Mord wird Daiss nachgesagt. Aber im Moment ist er der Einzige, der dir weiterhelfen kann. Also sei auf der Hut.«

»Wo finde ich ihn?«

»Es gibt einen Club im Osten von München. Monarch. In Bogenhausen.« Bjorndahl nannte die Adresse. »Das ist gewissermaßen seine Residenz. Daiss und Kovacz haben den Club vor einigen Jahren zusammen aufgebaut. Irgendwann haben sie sich aber gestritten, und Daiss hat den Laden alleine übernommen. Kovaczs Spur verliert sich danach. Aber es könnte gut sein, dass Daiss weiß, wo du ihn finden kannst – er ist nachtragend und weiß gerne über seine Feinde Bescheid. Wenn er dir Auskunft gibt, wird das aber nicht ganz billig. Unter zehn brauchst du bei ihm gar nicht anzufangen.«

»Zehntausend?« Avram pfiff durch die Zähne. Das war Wucher, und wahrscheinlich würde Daiss bei ihm sogar noch mehr verlangen.

»Er ist teuer. Aber er ist im Augenblick deine einzige Chance, schnell an Kovacz heranzukommen. Also überleg's dir.«

Hätte es eine Wahl gegeben, hätte Avram sich anders entschieden. So aber bat er Rutger Bjorndahl, einen Termin für ihn auszumachen. Wohl war ihm dabei nicht.

34

Für Emilia stand außer Zweifel, dass der Tod Goran Kuypers in Frankfurt mit dem Überfall auf das Familiengehöft in Oberaiching zusammenhing, sie wusste nur noch nicht genau, wie. Aber das würde sie noch herausfinden. Durch die Aussage von Akina Kuyper war die Polizei einen guten Schritt vorangekommen.

Die Zusammenarbeit mit der Münchener Kripo klappte vorbildlich, die mit Kessler sowieso. Er stand am Fenster des Büros, das Emilia und ihm interimsweise zur Verfügung gestellt worden war, und telefonierte mit einem alten Bekannten beim BKA in Wiesbaden; er wollte ihn bitten, ihm alle verfügbaren Informationen über Milan Kovacz zu mailen. Hauptkommissar Lohmeyer ließ parallel dazu die Daten in München zusammentragen, und Emilia hatte sich mit der Interpol-Zentrale in Lyon in Verbindung gesetzt. Unter der Bezeichnung ASF – Automated Search Facility – gab es dort diverse Auswertungsdatenbanken: für abhandengekommene Ausweise, für gestohlene Fahrzeuge, für vermisste Personen – und natürlich für international gesuchte Verbrecher. Ein Kollege der Research-Abteilung versprach ihr, einen entsprechenden Suchlauf durchzuführen und ihr alles zu schicken, was der Interpol-Rechner über Kovacz ausspuckte.

Innerhalb weniger Minuten lag es vor.

»Und? Was ist das nun für ein Kerl, den wir suchen?«, fragte Mikka Kessler, während Emilia die eilig zusammengestellte Datei aus Lyon überflog. Er klappte sein Handy zusammen und setzte sich neben sie.

Wie damals, vor dem *Hotel Postmeister*, als sie dicht an dicht unter dem Regenschirm gestanden hatten, stieg Emilia der sinnliche Duft seines Parfums in die Nase. Diese weiche Mischung aus Sandelholz, Moschus und irgendetwas, das sie im Moment nicht zuordnen konnte, wirkte auf sie wie ein Aphrodisiakum, das nur den Gedanken zuließ, wie er wohl ohne Hemd und Bluejeans aussah.

Dennoch wusste sie, dass es im Moment Wichtigeres gab als Mikka Kesslers nackten Hintern. Sie stieß einen stillen Seufzer aus und versuchte, sich wieder auf die Arbeit zu konzentrieren. »Kovacz ist in Würzburg geboren«, sagte sie. »Seine Eltern waren kurz zuvor von Serbien nach Deutschland ausgewandert. Der Vater hatte anfangs Schwierigkeiten, einen festen Job zu finden, deshalb ist die Familie ein paarmal umgezogen. Nürnberg, Mainz, Augsburg, München. Sie waren nie länger als zwei oder drei Jahre an einem Ort.«

Aus irgendeinem Grund gelang es ihr nicht, Mikka Kessler aus ihrem Kopf zu verbannen. Ein Teil von ihr wollte es auch gar nicht.

»Hier ist eine Liste seiner Vorstrafen«, sagte Kessler und deutete auf den Monitor. »Diebstahl, Trickbetrug, Tierquälerei, Körperverletzung. Er wurde ein paarmal verhaftet, war aber nie länger als zwei oder drei Monate im Knast.«

Hätte er nur halb so viel Interesse an Emilia gezeigt wie an Kovaczs Vorstrafen, wäre sie ihm verfallen. Ob sein Arbeitseifer nur eine Masche war, um sie zu ködern?

»Das hier ist hart«, fuhr er fort, ohne den Blick vom Monitor zu wenden. »Mordverdacht. Genauer gesagt, Verdacht auf Foltermord. Marie Köster, vierundzwanzig, Prostituierte. Wurde in einem alten Wohngebäude gefunden, das kurz vor dem Abriss stand. Sie war nackt, Hand- und Fußgelenke waren an die vier Ecken eines Bettes gefesselt. Der Gerichtsmediziner hat an ihrem Körper zwei Dutzend Hämatome und jede Menge Schnittverletzungen festgestellt. Todesursache: massives Organversagen durch einen tiefen Schnitt vom Schambein bis zu den Rippen. Wer das getan hat, ist ein Schlächter.«

Die Auflistung der Grausamkeiten bewirkte zumindest, dass Emilia sich wieder auf den Fall konzentrieren konnte. »Milan Kovacz geriet in Verdacht, weil er kurz vor Maries Tod mit ihr gesehen worden war«, sagte sie, während sie die Zeilen überflog. »Er hatte für die Tatzeit auch kein wasserdichtes Alibi. Aber da keine Spermaspuren und kein anderes Blut als das des Opfers am Tatort gefunden wurden, konnte der Mörder nie zweifelsfrei identifiziert werden. Kovacz hatte wohl auch kein nachweisbares Motiv.«

Sie scrollte den Bildschirm nach oben.

»Das hier ist auch interessant«, sagte Kessler. »Kovacz hat vor fünf Jahren für eine private Security-Firma gearbeitet und war einige Monate für einen Einsatz im Kosovo abgestellt. Nur vier Wochen nach seiner Rückkehr wurde er wegen Verdachts auf illegalen Menschenhandel von der Ulmer Kripo festgenommen. Auch da konnte man ihm nichts nachweisen.«

»Das zieht sich durch wie ein roter Faden«, sagte Emilia. »Viele Verbrechen, aber keine stichfesten Beweise. Zumindest nicht bei den wirklich schlimmen Dingen.«

»Vielleicht war er unschuldig«, warf Kessler ein und fügte grinsend hinzu: »Vielleicht aber auch nicht.«

»Jedenfalls ist er ganz sicher nicht unschuldig in Bezug auf den Überfall auf den Kuyperhof«, sagte Emilia. »Und hier steht, dass er nicht nur zu serbischen Gangsterkreisen

Kontakt hatte, sondern zu kriminellen Organisationen in halb Europa. Das Problem ist nur, dass der letzte Eintrag in seiner Akte schon fast vier Jahre alt ist. Das bringt uns bei unserer Suche nicht weiter.«

»Wir können versuchen, seine Eltern ausfindig zu machen«, schlug Kessler vor.

Emilia nickte. »Können Sie das bei Lohmeyer veranlassen?«

»Sicher. Ich bin gleich wieder da.«

»Sagen Sie ihm auch, dass ich über Interpol eine europaweite *red notice* für Milan Kovacz ausgeben lasse. In einer Stunde weiß jede Polizeibehörde vom Nordkap bis nach Gibraltar, dass Kovacz festgenommen und nach Deutschland ausgeliefert werden soll.«

Kessler verließ das Zimmer, um Lohmeyer zu informieren. Emilia sah ihm nach und ertappte sich dabei, wie sie ihm auf den Hintern starrte.

Kopfschüttelnd schaltete sie ihr Handy ein, um mit Frédérique Tréville, ihrem Chef in Lyon, zu sprechen.

35

Avram stand vor dem gusseisernen Tor von Clara Winterfelds Anwesen und klingelte. Eine Männerstimme fragte über eine Gegensprechanlage nach seinem Namen. Am Stamm einer mächtigen Eiche, im Halbschatten kaum sichtbar, erkannte Avram eine Überwachungskamera. Clara war schon immer eine vorsichtige Person gewesen, und seit sie sich offiziell zur Ruhe gesetzt hatte, galt das doppelt. Genau deshalb war sie perfekt geeignet, um Akina für ein paar Stunden bei sich zu beherbergen.

Die Tür wurde von Rogoff geöffnet, Clara Winterfelds Bodyguard. Falls er einen Vornamen besaß, hatte Avram ihn noch nie gehört.

Der Exilrusse war ungefähr fünfzig Jahre alt und arbeitete schon seit einer halben Ewigkeit für Clara. Er war beinahe zwei Meter groß und hatte die Statur eines Grizzlys. Einmal hatte er Clara vor drei Killern gerettet, die sie hier, in diesem Haus, hatten töten wollen. Obwohl er dabei ein Messer in den Rücken gerammt bekommen hatte, war es ihm gelungen, alle drei Angreifer zu eliminieren. Außer Avram gab es wohl niemanden, der Akina besser beschützen konnte als dieser gewaltige russische Bär.

Clara empfing sie im Salon, wo sie gerade Tee trank. Mit ihrem weißen, hochgesteckten Haar, der Stehkragenbluse und dem üppigen Perlenschmuck an Ohren, Hals und Handgelenken wirkte sie wie eine Grande Dame der Gründerjahre. Seit Avrams letztem Besuch war sie sichtlich gealtert, aber ihre betont aufrechte Körperhaltung und die gestochen klare Sprache verströmten den Eindruck von Kraft und ungebeugtem Lebenswillen. Nichts würde diese Frau jemals aus der Bahn werfen.

Als Avram hinter Akina den Salon betrat, stellte Clara ihre Teetasse auf dem Beistelltisch ab und kam mit offenen Armen auf sie zu. Sie hauchte Avram einen Kuss auf die Wange, betonte noch einmal, wie sehr sie sich über seinen Besuch freue, und begrüßte Akina anschließend mit überschwänglicher Herzlichkeit.

Avram war erleichtert, als er sah, dass Akina davon gewissermaßen angesteckt wurde. Die nächsten Stunden würde sie hierbleiben müssen, und er wollte, dass sie sich dabei wohl fühlte.

»Du wirst mir heute also ein bisschen Gesellschaft leisten?«, flötete Clara und legte Akina eine Hand auf die Schulter. »Das freut mich – ich habe nicht mehr allzu oft Besuch, weißt du? Aber ich bin sicher, dass wir uns prächtig verstehen werden, bis dein Onkel wiederkommt. Ich denke, Rogoff soll dir als Erstes das Haus zeigen. Dann treffen wir uns wieder hier im Salon, in Ordnung?«

Akina nickte, und Clara rief ihren Leibwächter herein. Als sie aus dem Zimmer waren, fragte sie Avram: »Weiß sie schon, dass ihr Vater tot ist?«

Avram schüttelte den Kopf und rang einen Moment lang selbst mit seinen Gefühlen. »Es gab noch keine passende Gelegenheit, es ihr zu sagen. Also tu mir den Gefallen und behalt es für dich. Am besten, ihr vermeidet es auch, über den Überfall auf den Hof zu sprechen. Führt einfach ganz normale Frauengespräche, in Ordnung?« Er versuchte zu lächeln, wusste aber, dass es misslang.

Clara legte ihm eine Hand an die stoppelige Wange und

sagte: »Deine Nichte und ich werden gut miteinander auskommen. Mach dir keine Sorgen.«

Das Handy klingelte. Es war Rutger Bjorndahl, der ihm sagte, dass Konrad Daiss ihn in einer Stunde im Club Monarch erwartete.

Avram beendete das Gespräch und stieß einen stillen Seufzer aus. Warum musste ausgerechnet Daiss der Einzige sein, der ihm im Moment weiterhelfen konnte? Schlechter hätte die Suche nach Milan Kovacz gar nicht anfangen können.

Schwer und zermürbend wie ein Mühlrad kreiste dieser Gedanke in Avrams Kopf, auch noch, als er zum Wagen zurückging, der draußen vor dem Tor parkte.

Die zehntausend Euro, die Daiss voraussichtlich verlangen würde, waren ihm gleichgültig. Er würde auch das Doppelte bezahlen, Hauptsache Daiss half ihm weiter. Aber genau das war die Frage.

Bevor ich dorthin fahre, muss ich ein paar Vorsichtsmaßnahmen treffen, dachte er.

Er fuhr in eine öffentliche Tiefgarage, um Schutz vor neugierigen Blicken zu haben, und wählte einen Parkplatz in der entlegensten Ecke hinter einem klobigen Van. Dann öffnete er den Kofferraum, nahm die Seitenverkleidung ab und legte das Geheimfach frei, in dem er seine Pistole, die Wanzen und ein paar andere Dinge versteckte, die er regelmäßig benötigte. Für seinen Besuch bei Konrad Daiss entschied er sich für eine halbierte Rasierklinge und einen fingerlangen Zimmermannsnagel. Er ging davon aus, dass man ihn filzen würde, bevor man ihn zu Daiss vorließ. Die Pistole würden sie ihm abnehmen. Das taten alle. Die Klinge und den Nagel übersahen die meisten jedoch, obwohl beide, fachmännisch verwendet, effektive Waffen waren.

36

Milan Kovaczs Eltern lebten mittlerweile schon seit fünfundzwanzig Jahren in München. So rastlos die Familie nach der Einwanderung aus Serbien gewesen war, so sesshaft war sie danach geworden. Das hatte eine schnelle Recherche der Münchner Kripo ergeben, die durch weitere Details aus der Interpol-Datenbank ergänzt wurde.

»Gregorij Kovacz, 75 Jahre alt, ehemaliger Industriemechaniker«, las Kessler aus einem Schnellhefter vor. Er saß neben Hauptkommissar Lohmeyer auf dem Beifahrersitz eines Polizeiwagens. Emilia hatte die Rückbank genommen, weil sie die Kleinste war. »Kovacz senior hatte vor zehn Jahren einen Arbeitsunfall, der ihn ein Bein gekostet hat. Ist in einer Stahlpresse hängen geblieben – ziemlich üble Angelegenheit.« Er blätterte die Seite um. »Milans Mutter heißt Svetlana. Auch sie hat ihr ganzes Leben lang gearbeitet, als Putzfrau in einem Münchner Einrichtungshaus. Seit zwei Jahren ist sie pensioniert. Die Akten geben keinerlei Hinweise darauf, ob Milans Eltern in irgendeiner Weise in seine kriminellen Tätigkeiten verstrickt sind.«

Sie verließen die Hauptstraße und bogen in eine Reihenhaussiedlung im Stil der sechziger Jahre ein. Hier beherrschten Mehrfamilienhäuser mit kleinen Fenstern, engen Balkonen und graugeschindelten Wänden das Bild. Falls Milan Kovacz mit seinen Verbrechen viel Geld verdiente, war er entweder zu geizig, seinen Eltern etwas davon abzugeben, oder die Familie war zu schlau, ihren Wohlstand zur Schau zu stellen, weil sie wusste, dass das Fragen aufwerfen würde.

Hauptkommissar Lohmeyer parkte den Wagen am Straßenrand, und sie stiegen aus. Im Lauf des Vormittags war die Sonne hinter einer dicken Wolkenschicht verschwunden, und es war deutlich kühler geworden. Emilia hielt sich mit einer Hand die Jacke zu, während sie über eine kleine Grünfläche zum Eingang von Haus Nummer 147 gingen.

Lohmeyer klingelte. Kurz darauf ertönte der Summton für die Eingangstür. Eine Gegensprechanlage gab es nicht.

Im zweiten Stock stand eine untersetzte grauhaarige Frau mit Schürze in der Tür. Emilia erkannte in ihrem zerknitterten Gesicht eine Mischung aus Skepsis und Ängstlichkeit.

»Wollen Sie was verkaufen?«, fragte sie. »Ich kaufe nichts.« Nach all den Jahren in Deutschland sprach sie immer noch mit starkem Akzent.

»Wir sind von der Polizei«, sagte Hauptkommissar Lohmeyer und zeigte seine Marke. »Dürfen wir reinkommen? Es geht um Ihren Sohn.«

Die Frau blickte sie erschrocken an. Sie schien einen Moment unentschlossen zu sein. Dann nickte sie, öffnete die Tür und ging voraus ins Wohnzimmer.

Dort saß Gregorij Kovacz in einem Rollstuhl. Ein Hosenbein war bis zum Knie eingeschlagen. Auf seinen Oberschenkeln ruhte eine Schale Bohnen, die er mit einem kleinen Küchenmesser putzte. Im Fernseher lief eine Quizshow.

»Bitte setzen Sie sich«, sagte Svetlana Kovacz und deutete auf die Couch an der Wand. Zu ihrem Mann sagte sie: »Diese Leute sind von der Polizei. Es geht um Milan.«

Gregorij Kovacz legte das Messer zu den Bohnen in die Schale und wischte sich die Hände an dem Küchentuch ab, das über der Armlehne seines Rollstuhls lag. Dann stellte er die Schale auf einem Beistelltisch ab und schob sich näher an den Wohnzimmertisch heran.

Emilia, Kessler und Lohmeyer setzten sich. Svetlana Kovacz zog sich einen Stuhl vom Esstisch heran und nahm neben ihrem Mann Platz. »Wie können wir Ihnen helfen?«, fragte sie.

»War Ihr Sohn in letzter Zeit zu Besuch hier?«, begann Lohmeyer die Befragung.

»Nein, schon lange nicht mehr«, antwortete die Frau. »Das ist schon ein halbes Jahr her, denke ich. Mindestens.«

»Wann hat er zuletzt angerufen?«

Sie dachte einen Moment nach. »Letzte Woche. Am Mittwoch oder Donnerstag. Genau weiß ich es nicht mehr.«

»Was wollte er?«

»Das müssen Sie meinen Mann fragen. Er hat mit ihm telefoniert.«

Hauptkommissar Lohmeyer nickte. »Herr Kovacz?«

»Es ging um nichts Besonderes. Milan wollte wissen, wie es uns geht. Ich habe ihn gefragt, wann er wieder mal vorbeikommt. Aber er ist mir ausgewichen. Er hat sich noch nie gerne festlegen lassen.«

Lohmeyer machte sich eine Notiz. Kessler, der zwischen Lohmeyer und Emilia saß, übernahm das Wort. »Wo wohnt Ihr Sohn?«, fragte er. »Hier in München?« Sein Parfum roch immer noch wie die Sünde, nur wurde es im Moment von dem Essensduft aus der Küche überlagert.

»Nein, in Nürnberg«, antwortete Kovacz senior.

»Können Sie uns seine Adresse geben? Am besten auch seine Telefonnummer.«

Die Eheleute tauschten einen Blick aus. »Er hat kein Telefon«, sagte Svetlana Kovacz. »Nur ein Handy.«

»Geben Sie uns einfach, was Sie haben.«

Sie stand auf und ging in den Flur, von wo sie mit einem kleinen Zettel in der Hand zurückkehrte. Emilia nahm ihn an sich. Die Handynummer sagte ihr nichts, aber die Adresse stimmte mit der in der Interpol-Datei überein. Dort wohnte Milan Kovacz schon seit Jahren nicht mehr.

Sie reichte Kessler den Zettel. Seinem Blick zufolge, wusste auch er sofort, dass die Adresse veraltet war.

»Haben Sie Ihren Sohn schon einmal in Nürnberg besucht?«, fragte Emilia. Einen Versuch war es wert.

Svetlana Kovacz schüttelte langsam den Kopf. »Gregorij ist seit seinem Unfall nicht mehr gerne unterwegs«, sagte sie und setzte sich wieder. »Ich habe keinen Führerschein, und er kann mit nur einem Bein nicht mehr Auto fahren.« Sie legte ihre Hand liebevoll auf die ihres Mannes.

»Wissen Sie, ob Milan übers Wochenende in München war?«, fragte Lohmeyer.

»Nein«, sagte Svetlana Kovacz. »Das kann ich mir auch nicht vorstellen.«

»Wenn er hier gewesen wäre, hätte er bestimmt bei uns vorbeigeschaut«, bekräftigte ihr Mann.

»Wissen Sie, ob er in München irgendwelche Freunde hat?«

Ein paar Sekunden lang dachten die beiden nach. »Früher, als er noch bei uns gewohnt hat, da hatte er natürlich Freunde. Aber seit er weggezogen ist, hat sich das verlaufen. Ich glaube nicht, dass er noch Kontakt zu denen hält.«

»Hatte er auch eine Freundin?«, wollte Emilia wissen.

Gregorij Kovaczs Gesicht verdunkelte sich. »Einmal hat Milan ein Mädchen mitgebracht. Da war er Anfang zwanzig, glaube ich. Sie hat uns ein paarmal besucht. Aber die beiden sind schon nach wenigen Wochen wieder auseinandergegangen. Sie hat behauptet, er würde sie schlagen. Aber das war natürlich Unsinn.«

Emilia dachte an Milan Kovaczs Kriminalakte. Mehrfache Körperverletzung und der Verdacht auf Mord in einem besonders grausamen Fall. »Ihr Sohn hat bereits wegen verschiedener Gewalttaten vor Gericht gestanden.«

»Was aber nicht heißt, dass er dafür auch tatsächlich verantwortlich war.«

Emilia entgegnete nichts. Im Grunde hatte Gregorij Kovacz recht. Keines der Schwerverbrechen, die seinem Sohn zur Last gelegt worden waren, hatte ihm schlüssig nachgewiesen werden können. Insofern galt er als unschuldiger Mann.

Allerdings gab es inzwischen einen Fall, an dem Milan Kovacz mit ziemlicher Sicherheit beteiligt gewesen war. Am vergangenen Samstag hatte er mit einem Komplizen den Kuyperhof überfallen und eine Frau entführt. Vielleicht hatte er auch etwas mit dem Verschwinden ihres Sohnes zu tun. Jede Spur, die helfen konnte, ihn aufzuspüren, war willkommen.

»Wie hieß Milans Freundin?«, fragte Emilia. Vielleicht hatte sie wieder Kontakt mit ihm, oder sie kannte jemanden, der es hatte.

»Petra«, sagte Svetlana Kovacz. »Petra Schelling. Aber die wohnt schon lange nicht mehr in München. Ich glaube, die ist schon vor zehn Jahren in die USA ausgewandert.«

Zehn Minuten später saßen sie wieder im Polizeiwagen.

Kessler versuchte, die Handynummer anzurufen, die Svetlana Kovacz ihnen gegeben hatte. Er wartete einen Augenblick, dann schaltete er auf Lautsprecher.

»Dieser Anschluss ist vorübergehend nicht erreichbar«, meldete eine Bandansage.

»Lassen Sie prüfen, seit wann es die Nummer nicht mehr gibt«, bat er Hauptkommissar Lohmeyer. »Wenn die Nummer erst vor ein paar Tagen gesperrt worden ist, haben seine Eltern es vielleicht nicht gewusst und uns die Wahrheit erzählt. Wenn nicht, haben sie uns ordentlich verarscht.«

»Das haben sie sowieso«, warf Emilia von der Rückbank aus ein. »Sie verheimlichen uns etwas. Deshalb schlage ich vor, dass Sie die beiden bis auf weiteres observieren lassen, Hauptkommissar Lohmeyer. Die beiden wissen ganz genau, dass Milan am Wochenende hier war. Und dass er in eine ganz krumme Sache verwickelt ist.«

»Ach ja?«, fragte Hauptkommissar Lohmeyer und drehte sich zu ihr um. »Und wie kommen Sie darauf?«

»Weil die beiden bei ihrem Schauspiel eine wichtige Sache vergessen haben«, sagte Emilia. »Eine Frage, die jedes unschuldige Elternpaar gestellt hätte.«

»Sie meinen, warum wir ihren Sohn suchen?«, fragte Kessler.

Emilia nickte. »Und das lässt für mich nur einen Schluss zu: Sie haben uns die Frage nicht gestellt, weil sie die Antwort bereits kennen.«

37

Die Uhr auf Avrams Armaturenbrett zeigte genau 13.30 Uhr, als er mit seinem BMW auf den Parkplatz vor dem Club Monarch in München-Bogenhausen einbog. Das Gebäude befand sich etwas abseits in einem verlassen wirkenden Gewerbegebiet und erinnerte mit seiner Wellblechverkleidung und dem Flachdach an ein Lagerhaus.

Avram parkte vor dem Eingang, stieg aus und klingelte.

»Was gibt's?«, quäkte eine gelangweilte Frauenstimme aus dem Lautsprecher.

»Mein Name ist Jakob Leymann«, sagte Avram. Wenn er mit Rutger Bjorndahl zusammenarbeitete, benutzte er immer diesen Decknamen. »Ich bin mit Konrad Daiss verabredet.«

Die Tür schwang summend auf, und Avram fand sich in einer weitläufigen Bar im pompösen Stil eines Königshauses wieder. Die Tische waren mit Intarsien verziert, die Sitze mit rotem Plüsch und Brokat überzogen. An den schweren Vorhängen vor den Fenstern hingen dicke Kordeln und unzählige Troddeln, alles in Gelb, Gold und Rot. In der Luft hing der Geruch von Holz, Schweiß und Alkohol. Aus den Lautsprechern in den Ecken drang gediegene Violinmusik.

Das alles war viel zu aufgesetzt und irgendwie kitschig, in sich aber stimmig.

Gäste gab es nur wenige. Zwei Männer saßen an einem Tisch und begafften eine Tänzerin, die sich barbusig, aber mit Rokoko-Perücke und Pluderhose auf der Bühne räkelte. Auch am Bartresen hockten nur eine Handvoll Männer. Schwer vorstellbar, dass hier abends mehr los war.

Ein dicker Kerl im schwarzen Anzug kam auf Avram zu. Er hatte eine Glatze, in der sich das gedämpfte Deckenlicht widerspiegelte wie in einer Billardkugel. Etwas an ihm erinnerte Avram an einen Maori. »Herr Leymann?«

Avram nickte.

»Kommen Sie bitte mit.«

Er ging voraus, und Avram folgte ihm durch einen langen Flur in einen separaten Trakt, der durch eine massive Tür und dicke Wände vom Rest des Etablissements abgetrennt war.

»Strecken Sie die Arme seitlich aus«, sagte der Maori, tastete Avram nach Waffen ab und nahm die Pistole an sich. Die halbe Rasierklinge in seiner Jackentasche und der Zimmermannsnagel in der anderen waren zu klein, um von ihm bemerkt zu werden.

»Ziehen Sie das über den Kopf«, sagte der Glatzkopf und reichte Avram einen schwarzen Stoffbeutel.

Avram gehorchte, weil er keine Wahl hatte. Er wollte etwas von Daiss, nicht umgekehrt. Deshalb konnte Daiss ihm auch seine Bedingungen aufzwingen.

Es war nicht das erste Mal, dass Avram mit solchen Vorsichtsmaßnahmen konfrontiert wurde, dennoch behagte es ihm nicht. Noch weniger behagte ihm, dass der Maori den Stoffbeutel an seinem Hals raffte und ihn mit Klebeband umwickelte. Avram konnte jetzt nichts mehr sehen, und stickig wurde es auch sofort.

»Jetzt die Hände auf den Rücken«, hörte Avram den anderen sagen. Er tat es und spürte kaltes Metall an seinen Gelenken.

Handschellen. Auch das noch!

Er wurde am Arm gepackt und nach vorne gezerrt, musste sich führen lassen wie ein Blinder. Sie gingen ein paar Schritte geradeaus, dann um eine Ecke in einen Raum, in dem es spürbar kühler war.

»Jetzt vorsichtig«, sagte der Maori. »Kopf einziehen und einen Schritt nach oben. Gut so. Jetzt setzen Sie sich.«

Avram folgte den Anweisungen. Er war ziemlich sicher, dass er sich jetzt in einem Lieferwagen befand.

Tatsächlich sagte die Stimme: »Wir werden eine kleine Spazierfahrt machen. Dauert nicht lange. Bleiben Sie ruhig, dann passiert Ihnen nichts. Wenn Sie anfangen, Krach zu schlagen, werde ich für Ruhe sorgen. Verstanden?«

Avram nickte. Er hörte, wie die Wagentür zugezogen wurde. Kurz darauf sprang der Motor an, und die Fahrt begann.

Sehen konnte er immer noch nichts. Der Stoffbeutel war zu dick, und wahrscheinlich hatte der Laderaum des Lieferwagens nicht einmal Fenster.

Isolation und Dunkelheit brachten die Ängste zum Vorschein, die Avram bis dahin erfolgreich verdrängt hatte. Wohin fuhr man ihn? War Konrad Daiss wirklich bereit, ihm eine Auskunft zu verkaufen? Oder würde er sich nur an ihm rächen?

Avram blieb nichts anderes übrig, als abzuwarten und zu improvisieren. Als die Fahrt nach einigen Minuten endete, wurde er mit einer Hand am Arm aus dem Auto geführt. Nach wenigen Schritten musste er stehen bleiben. Hinter ihm fiel eine Tür ins Schloss.

Jemand machte sich an dem Klebeband um seinen Hals zu schaffen und zog ihm den Stoffbeutel vom Kopf. Endlich! Er hatte schon fast keine Luft mehr bekommen.

Die Handschellen musste er anbehalten.

»Kommen Sie mit.« Es war derselbe Kerl, der ihn im Club Monarch in Empfang genommen hatte.

Avram folgte ihm ein paar Treppen hinab. Von dort aus ging es durch ein kleines Labyrinth von Gängen zu einer Art offenem Kellerraum, mindestens zweihundert Quadratmeter groß. Fenster gab es hier nicht. Aber an ein paar Stellen erhellten Deckenlampen die Düsternis.

Der Maori führte Avram zum hinteren Teil des Raums, wo sich eine Gruppe Männer in einer Seitennische aufhielt. Die meisten von ihnen trugen ebenfalls dunkle Anzüge, beinahe wie Uniformen. Einer stach mit seiner nietenbesetzten Lederjacke, den ausgewaschenen Bluejeans und den Lederstiefeln aus der Einheitsoptik hervor. Er war auch schon ein paar Jahre älter und nicht mehr ganz so durchtrainiert wie der Rest. Dennoch war er in seinem Rudel eindeutig der Leitwolf.

Konrad Daiss.

Als Avram näher kam, sah er, dass sich im hinteren Teil der Nische ein Stuhl befand. Darauf stand ein hagerer Bursche, etwa dreißig Jahre alt, nur mit einer Unterhose bekleidet. Seine Hände waren hinter den Rücken gefesselt, sein Kopf steckte in einer Schlinge. Das Seil, das von seinem Hals zur Decke führte, war so straff gespannt, dass er auf Zehenspitzen balancieren musste, um nicht zu ersticken.

»Warten Sie hier«, sagte der Maori. Er ging zu dem Biker in Lederjacke, wechselte ein paar Worte mit ihm und winkte dann Avram herbei.

Es waren insgesamt sieben Männer: sechs Anzugträger und Konrad Daiss. Avram hoffte, dass seine Vorsichtsmaßnahmen ausreichen würden, falls es hart auf hart kam.

Daiss' Gesicht schien einen Moment zu erstarren, als er Avram erkannte. Dann verzogen sich seine Lippen zu einem kalten Lächeln. »Du hast vielleicht Nerven!«, raunte er. »Nach all den Jahren einfach hierherzukommen, noch dazu unter falschem Namen ...«

Der Schlag kam so unvermittelt, dass Avram keine Chance hatte, sich wegzudrehen. Daiss' Faust traf ihn mit voller Wucht in die Magengrube, so dass er keuchend in die Knie ging. Sofort wurde er von den kräftigen Händen des Maori wieder auf die Füße gezerrt.

»Ich kümmere mich gleich weiter um dich«, sagte Daiss. »Aber zuerst muss ich noch etwas anderes erledigen. Der hier«, er deutete mit dem Kinn auf den Kerl in der Unterhose, »schuldet mir übrigens auch noch Geld. Schau gut zu, damit du weißt, was mit Leuten passiert, die glauben, sie können mich verarschen!« Er wandte sich an den armen Teufel auf dem Stuhl. »Stimmt's, Opitz? Du schuldest mir schon seit Monaten Kohle und willst mich immer wieder mit faulen Ausreden abspeisen!«

Opitz' Kopf zuckte in der Schlinge hin und her. »Ich hab das Geld, Daiss! Heute Morgen bekommen, das schwör ich. Ich kann's dir geben. In einer Stunde hast du's.« Er wollte noch etwas hinzufügen, aber die letzten Worte blieben ihm förmlich im Hals stecken, weil er vom Stuhl zu kippen drohte und erst das Gleichgewicht wiederfinden musste.

»Spar dir das Gesülze!«, knurrte Daiss und funkelte ihn aus mitleidlosen Augen an, bevor er sich wieder Avram zuwandte. »Dieses scheiß Gewäsch muss ich mir schon seit Wochen anhören. Aber irgendwann platzt bei mir der Kragen. Dann fühle ich mich verarscht. Und dann passiert zum Beispiel so was!«

Mit einem einzigen großen Schritt war er bei Opitz und trat ihm den Stuhl unter den Füßen weg. Eine Sekunde lang hing der überraschte Mann starr vor Schreck an seinem Fallstrick. Dann erwachte er aus seiner Starre und versuchte, mit zuckenden Beinbewegungen, sich aus der Schlinge zu winden – vergeblich. Daiss und seine Leute standen drum herum und sahen teilnahmslos zu.

Der Anblick des armen Schweins an dem Seil löste bei Avram Mitgefühl aus, aber er war gleichzeitig auch dankbar, denn der Todeskampf zog Aufmerksamkeit auf sich und ermöglichte es ihm, mit seinen gefesselten Händen unbemerkt den Zimmermannsnagel aus der Jackentasche zu ziehen und damit im Schlüsselloch seiner Handschellen herumzustochern.

Opitz' Zucken wurde unkoordinierter. Sein linker Fuß zitterte wie bei einem Parkinsonkranken, beim rechten spreizten sich die Zehen krampfartig auseinander. Sein Gesicht lief violett an, seine Augen schienen beinahe aus den Höhlen zu quellen. Dann drückte er seinen Körper nach hinten durch wie einen Bogen – ein letztes Aufbäumen, bevor die Dämonen der ewigen Finsternis ihn zu sich holen würden.

Verdammt!, dachte Avram. Seine Handschellen wollten sich nicht öffnen lassen.

»Lass den Pisser runter«, zischte Daiss zu einem seiner Männer. »Sag ihm, wenn ich bis heute Abend mein Geld nicht habe, wird er beim nächsten Mal nicht so viel Glück haben. Seine Frau auch nicht.« Er zündete sich eine Zigarette an und wandte sich an Avram. »So, und jetzt zu uns beiden. Was mache ich nur mit dir?«

»Wie wäre es, wenn du dir erst mal meinen Vorschlag anhörst?«, sagte Avram.

Daiss zeigte wieder sein Wolfsgrinsen. »Dein Geld interessiert mich einen Dreck, Kumpel. Viel lieber will ich dich bluten sehen.«

Er gab Avram eine so kräftige Ohrfeige, dass er zur Seite

torkelte. Avram ging diesmal zwar nicht in die Knie, aber seine linke Gesichtshälfte schien zu explodieren, und der Geschmack von Blut breitete sich in seinem Mund aus.

»Alles, was ich will, ist eine Auskunft«, fuhr er unbeirrt fort. Mit der Zungenspitze tastete er seine Mundhöhle ab. Alle Zähne waren noch an ihrem Platz. Außerdem gelang es ihm endlich, die Handschellen hinter seinem Rücken so weit zu öffnen, dass er sich nötigenfalls daraus befreien konnte.

»Zufälligerweise will ich dir aber keine Auskunft geben«, höhnte Daiss. Diesmal holte er nicht zu einem Schlag aus, sondern packte Avram mit beiden Händen an der Gurgel. »Alles, was ich will, ist ein bisschen Genugtuung für deinen Verrat.«

»Ich habe dich nicht verraten«, keuchte Avram.

»Wie würdest du es nennen, wenn jemand auf dich schießt und dann mit deinem Geld abhaut?«

»Es war *mein* Geld. Und du hast die Waffe zuerst auf mich gerichtet. Außerdem ist das zwanzig Jahre her.« Avram bekam keine Luft mehr. Er war drauf und dran, Daiss den Nagel in den Hals zu stoßen. Das Einzige, was ihn davon abhielt, war, dass er dann die Chance vertan hätte zu erfahren, wo Milan Kovacz sich aufhielt. Und nur deshalb war er hier.

Wild entschlossen harrte er aus, bis Daiss endlich wieder von ihm abließ.

»Lass uns damit aufhören«, krächzte Avram und hustete. Daiss hatte einen verdammt harten Griff. »Ich bin nicht hier, um mich zu streiten. Ich will ein Geschäft mit dir abschließen. Dreißigtausend in bar, nur für eine Auskunft. Das dauert eine Minute. So schnell hat nicht mal Bill Gates sein Geld verdient.«

Der hohe Betrag schien Daiss trotz seines Zorns nachdenklich zu machen. Avram sah es an seinen Augen.

»Also schön«, willigte er schließlich ein. »Worum geht es?«

»Ich suche jemanden«, sagte Avram. »Sein Name ist Milan Kovacz. Ich habe gehört, dass du vielleicht weißt, wo er im Moment steckt.«

Daiss zog an seiner Zigarette und stieß den Rauch durch die Nase wieder aus. »Der gute alte Milan. Wenn es jemanden gibt, den ich noch weniger leiden kann als dich, dann ist es diese beschissene kleine Ratte. Um die ist es wirklich nicht schade. Wo hast du das Geld?«

38

Emilia stand mit dem Handy am Ohr im Flur des Polizeipräsidiums und schaute aus dem Fenster des dritten Stocks auf den Parkplatz hinunter. In wenigen Minuten begann eine von Hauptkommissar Lohmeyer einberufene Lagebesprechung, und sie wollte die Zeit bis dahin für ein Gespräch mit ihrer Tochter nutzen.

Becky hatte erstaunlich gute Laune. Sie machte Emilia keine Vorwürfe, beleidigte sie nicht, motzte sie nicht an. Sie klang auch nicht so, als würde sie heimlich etwas im Schilde führen, um wieder einen Vorteil für sich herauszuschlagen. Es war einfach nur ein harmonisches, durchweg schönes Mutter-Tochter-Gespräch – wie ein Sechser im Lotto und auch ungefähr genauso häufig. Was wollte man mehr?

Kessler kam am Ende des Flurs aus dem Besprechungsraum und winkte ihr zu. Sie signalisierte ihm durch ein Nicken, dass sie verstanden hatte.

»Hör zu, Spätzchen, ich muss jetzt Schluss machen«, sagte sie. »Wie sieht's mit unseren Wochenendplänen aus? Bleibt es dabei?«

An Beckys Zögern erkannte sie sofort, dass etwas nicht stimmte. »Oh, Mama, du weißt, dass ich mich darauf gefreut habe«, begann sie. »Aber Jana hat mich gefragt, ob ich am Samstag mit ihr zum Reiten gehe. Ihre Eltern würden mich mitnehmen.«

Emilia erinnerte sich dunkel an Beckys Zimmergenossin im Internat. »Und wohin soll es gehen?«

»Nach Stelzenberg. Das ist in der Nähe von Kaiserslautern. Da gibt es einen Reiterhof. Jana war mit ihren Eltern schon oft dort. Komm schon, Mama. *Bitte!* Du weißt, wie gern ich reiten lernen würde.«

Emilia wusste nicht, ob sie froh oder traurig sein sollte. Einerseits hatte sie sich auf das Wochenende mit Becky gefreut, und es versetzte ihr einen Stich, auf der Prioritätenliste ihrer Tochter nicht mehr ganz oben zu stehen. Andererseits konnte sie im Moment noch nicht einschätzen, wie ihr Fall sich entwickeln würde. Wenn sie am Wochenende keine festen Pläne hätte, würde ihr das ein bisschen Druck von den Schultern nehmen.

»Einverstanden«, sagte sie. »Aber das Wochenende danach sehen wir uns auf jeden Fall, okay?«

»Versprochen! Danke, Mama, du bist ein Schatz!«

Sie vereinbarten, morgen wieder miteinander zu telefonieren, und beendeten das Gespräch. So richtig freuen konnte Emilia sich nicht.

Der Besprechungsraum war modern eingerichtet, wirkte aber wie ein Klassenzimmer. Emilia teilte sich mit Mikka Kessler einen Tisch in der ersten Reihe. An den anderen Tischen saßen, immer paarweise, acht weitere Beamte. Zwei davon waren ihr im Lauf des Tages schon vorgestellt worden, den Rest kannte sie nicht.

Hauptkommissar Lohmeyer stand an einem Rednerpult vor einer Leinwand, aber der Beamer an der Decke war nicht angeschaltet. Allerdings hatte Lohmeyer jedem Anwesenden eine Mappe mit den wichtigsten Informationen an den Platz gelegt. Außerdem hatte er eine Handvoll Moderationskarten an eine Pinnwand geheftet. Auf der ersten stand MILAN KOVACZ.

Lohmeyer räusperte sich, und die bis dahin geführten Unterhaltungen verstummten. »Bevor ich beginne, möchte ich allen, die sie noch nicht kennen, zwei neue Gesichter vorstellen«, sagte er und sah dabei in Emilias und Mikka Kesslers Richtung. Dann nannte er ihre Namen, den jeweiligen Dienstrang und die Dienststelle sowie die Umstände, die sie aus Frankfurt hierhergeführt hatten. »Um alle auf einen einheitlichen Kenntnisstand zu bringen, möchte ich die wichtigsten Punkte der Ermittlung kurz mit Ihnen durchgehen und den jeweils aktuellen Stand erläutern.« Er tippte auf die oberste Karte. »Milan Kovacz steht in dringendem Verdacht, am vergangenen Samstag eine Frau auf einem Pferdehof in Oberaiching entführt zu haben. Vielleicht hat er auch etwas mit dem Verschwinden des Sohns aus der Schule zu tun. Fotos von Kovacz finden Sie in Ihren Unterlagen, allerdings sind die schon einige Jahre alt. Aktuell ist er wesentlich dünner. Das wissen wir von der Tochter der Entführten, Akina Kuyper. Sie hat Kovacz identifiziert. Das aktuelle Phantombild finden Sie ebenfalls in Ihren Unterlagen.«

Er machte einige Detailangaben zum Kuyperhof sowie zu den beiden Verschwundenen, Nadja und Sascha Kuyper. Auch von ihnen befanden sich Fotos in der Mappe.

»Agentin Ness, Hauptkommissar Kessler und ich waren heute bei Kovaczs Eltern«, fuhr er fort. »Sie behaupten, ihren Sohn schon seit mindestens sechs Monaten nicht mehr gesehen zu haben, allerdings glauben wir, dass sie gelogen haben. Für einen Durchsuchungsbefehl reicht unser Verdacht nicht aus, aber ich habe ein Observationsteam beauftragt, die beiden zu beschatten.«

Er nippte an der Kaffeetasse, die auf seinem Rednerpult stand, und stellte sie wieder ab. »Die Fahndung nach Milan Kovacz ist bereits angelaufen. Nicht nur innerhalb Deutschlands, sondern dank Interpol in großen Teilen Europas. Aktuell fehlt von Kovacz noch jede Spur, aber sobald es irgendwelche Hinweise gibt, werden wir es erfahren.«

Er tippte die nächste Karte an, auf der ENTFÜHRER-AUTO stand.

»Akina Kuyper hat in der Nacht des Überfalls das Auto gesehen, in dem ihre Mutter verschleppt wurde«, sagte er. »Wir suchen einen Mercedes, C-Klasse, T-Modell, Baureihe 203. Der Wagen ist wahrscheinlich blau oder grün lackiert. An das Nummernschild kann das Mädchen sich nicht erinnern. Den Fahrer konnte sie nicht sehen.«

Wie alle anderen blätterte auch Emilia in ihren Unterlagen eine Seite weiter. Dort war ein Bild des gesuchten Wagentyps als Muster abgedruckt. Davon gab es Hunderttausende. Diese Spur würde sie wohl kaum weiterbringen.

»Jetzt zu dem verschwundenen Jungen«, sagte Hauptkommissar Lohmeyer mit Blick auf die nächste Pinnwand-Karte. »Sascha Kuyper. Sieben Jahre alt. Geht in die Bartholomäus-Grundschule in Leindorf, das ist der Nachbarort von Oberaiching. Der Junge wurde zuletzt am vergangenen Samstag in der Schule gesehen. Nach der großen Pause ist er nicht mehr ins Klassenzimmer zurückgekehrt. Ihm war an diesem Vormittag ein bisschen übel, das hat ein Freund von ihm ausgesagt. Deshalb sind alle davon ausgegangen, dass er nach Hause gegangen ist. Die Lehrerin hat bei seiner Mutter angerufen, um ihr zu sagen, dass er sich unerlaubt vom Schulgelände entfernt hat – was nicht zum ersten Mal vorgekommen ist. Wie auch immer – zu Hause ist Sascha Kuyper jedenfalls nie angekommen. Wir wissen nicht, was in der großen Pause mit ihm passiert ist. Es ist, als wäre er vom Erdboden verschluckt worden.«

Für alle, die neu im Team waren, wiederholte Lohmeyer

noch einmal die wesentlichen Fakten zu den anderen Stichworten an der Pinnwand: Die Blutspuren auf dem Kuyperhof stammten ausschließlich von dem Hofhund, der im Stall angeschossen worden und im Feld verendet war. Fingerabdrücke und Haare oder Hautpartikel, die auf die Identität des zweiten Entführers schließen ließen, gab es nicht, weder im Wohnhaus noch im Stall oder in einem der anderen Nebengebäude.

Auch über das Motiv der Täter gab es im Moment nur Vermutungen. Eine naheliegende Erklärung war, dass die Entführung etwas mit Goran Kuypers Beruf als Reporter zu tun hatte. Vielleicht hatte er bei seinen Recherchen zu tief in ein Hornissennest hineingestochen, und der Überfall vom Samstag sollte als Rache oder zur Abschreckung dienen. Vielleicht war er aber auch auf andere Art in Schwierigkeiten geraten, vielleicht hat er Schulden bei den falschen Leuten gemacht.

»Hauptkommissar Kessler wird uns jetzt den aktuellen Ermittlungsstand in Frankfurt erläutern«, sagte Lohmeyer und gab Kessler mit einem Nicken zu verstehen, dass er jetzt am Zug war. Mit seiner Kaffeetasse in der Hand setzte er sich.

Mikka Kessler stand auf, ging zum Pult und begann, knapp und präzise zu berichten: von Goran Kuypers Tod im *Hotel Postmeister* und von dessen Begleitumständen. Von dem geliehenen Laptop, dem Alkohol und von der Internetseite www.bringlight.to. Ob Goran Kuyper ermordet worden war oder ob er Selbstmord begangen hatte, ließ Kessler offen.

»Zur gleichen Zeit, als Goran Kuyper in Frankfurt starb, fand der Überfall in Oberaiching statt«, fuhr Kessler fort. »Kurz vor Beginn dieser Besprechung habe ich von der Einsatzleitung in Frankfurt erfahren, dass um 21.58 Uhr jemand in Oberaiching angerufen hat, und zwar vom Apparat an der Rezeption des *Hotels Postmeister*. Es könnte Goran Kuyper selbst gewesen sein oder aber jemand anderes. Das wissen wir im Moment noch nicht. Fest steht aber, dass Goran Kuyper genau dreizehn Minuten später, also um 22.11 Uhr, vom selben Apparat aus bei seinem Bruder in Amsterdam angerufen hat. Er hat ihm auf den Anrufbeantworter gesprochen und ihn gebeten, nach Oberaiching zu kommen und dort nach dem Rechten zu sehen. Kurz darauf starb er in seinem Zimmer. Der Sohn der Hotelbesitzerin, Kolja Rostow, befindet sich in Untersuchungshaft, weil seine Fingerabdrücke auf der Waffe waren, mit der Goran Kuyper getötet wurde. Außerdem hat er für die Tatzeit kein Alibi, und er ist von dem einzigen anderen Hotelgast in der Nähe des Tatorts gesehen worden, kurz nachdem die tödlichen Schüsse gefallen sind. Falls es Mord war, ist er unser Hauptverdächtiger.«

Kessler kam nun auf Goran Kuypers Schlüsselbund zu sprechen. »Daran befanden sich fünf Schüssel«, erläuterte er. »Einer für die Haustür, einer für die Garage, zwei für die Redaktion, in der er arbeitet. Der fünfte Schlüssel hat uns einiges Kopfzerbrechen bereitet. Er ist kleiner als die anderen, und auf ihm ist die Zahl 33 eingraviert. Interpol ist es inzwischen gelungen, ihn zu identifizieren.« Sein Blick blieb kurz auf Emilia haften, und sie lächelte. Erst vor einer Stunde war die Nachricht aus Lyon eingetroffen.

»Er passt zu einem Schließfach der Galerie Adler«, sagte Mikka Kessler und sah wieder in die Runde. »Das ist eine Ausstellung für zeitgenössische Kunst in Frankfurt. Meine Kollegen haben das Schließfach bereits geöffnet. Es befand sich nur ein einziger Gegenstand darin: Goran Kuypers Handy. Von seinem Geldbeutel und seinen Papieren fehlt immer noch jede Spur. Wenn jemand eine gute Idee hat, warum jemand nur sein Handy in ein Schließfach sperrt, dann heraus damit. Ich habe dafür im Moment keine Erklärung.«

Aber niemand meldete sich, um eine Vermutung zu äußern.

39

Auf der Rückfahrt zu Clara Winterfeld pulsierte Avrams geschwollenes Gesicht im Takt seines pochenden Herzens. Wo Daiss ihn getroffen hatte, war die Lippe aufgeplatzt, aber wenigstens blutete es nicht mehr. Vorsichtig betastete er mit den Fingern die wunde Stelle.

Daiss war ein psychopathisches Arschloch. Aber ein psychopathisches Arschloch mit Geschäftssinn. Für dreißigtausend Euro in bar hatte er Avram verraten, dass Milan Kovacz sich morgen Abend um 22.00 Uhr in einem Kieswerk bei Nürnberg mit einem Typen namens Jasper Overrath treffen wollte. Wahrscheinlich handelte es sich dabei um eine Art Übergabe, aber sicher wusste Konrad Daiss es nicht.

Avram stieß einen stillen Fluch aus. Das Geld reute ihn nicht. Was ihn ärgerte, war, dass das Treffen erst morgen Abend stattfinden sollte. Verdammt viel Zeit bis dahin! Er dachte an Nadja, die sich – falls sie nicht schon tot war – in der Gewalt der Entführer befand, und an Sascha, den wahrscheinlich dasselbe Schicksal ereilt hatte. Jede Minute musste ihnen wie eine Ewigkeit vorkommen.

Avram wollte nicht erst morgen etwas unternehmen, sondern *jetzt*. Aber im Augenblick blieb ihm nichts anderes übrig, als sich in Geduld zu üben. Milan Kovacz war seine einzige Spur.

Er bog an einer Ampel ab, überholte einen Fahrradfahrer und wählte die Nummer von Rutger Bjorndahl.

»Gibt es etwas Neues zu den Dateien auf dem USB-Stick?«, fragte er.

»Nein, immer noch nicht. Wie lief dein Treffen mit Daiss?«

»Wir hatten ein paar Anlaufschwierigkeiten, aber dann sind wir ins Geschäft gekommen.« Er berichtete knapp, was sich zugetragen hatte, dann bat er Bjorndahl um Informationen zu Jasper Overrath und zu dem Kieswerk bei Nürnberg.

Durch das Gespräch platzte seine Lippe wieder auf. Vorsichtig fuhr er mit der Zunge über die aufgerissene Stelle. Irgendwann würde Daiss dafür bezahlen. Aber im Moment hatte er Wichtigeres vor.

Clara Winterfeld stellte keine Fragen über den Zustand seines Gesichts. Sie bot ihm nur einen Beutel Eis und eine Schmerztablette an, was er gerne annahm. Außerdem durfte er ihre Gästetoilette benutzen, um sich zu waschen und sich ein wenig frisch zu machen. Danach fühlte er sich schon besser.

»Hast du zufälligerweise ein paar Überwachungskameras für mich in deinem Lagerkeller?«, fragte er, als er in den Salon kam, wo Clara gerade die Zeitung studierte.

Sie hob überrascht die Augenbrauen. »Was denn, heute gar keine Waffen? Keinen Plastiksprengstoff? Nur Überwachungskameras?«

»Ein Infrarotsichtgerät wäre auch nicht schlecht.«

»Sollst du kriegen. Sonst noch etwas?«

»Gut möglich, dass ich in den nächsten Tagen noch mehr brauche. Aber im Moment genügt mir das.«

»Rogoff wird dir alles hochbringen. Ich hole inzwischen deine Nichte. Sie ist aus der Bibliothek kaum wegzukriegen.«

Akina war sichtlich entsetzt, als sie Avram sah. Aber sie

sprach ihn erst darauf an, als sie im Auto saßen und durch den beginnenden Feierabendverkehr in Richtung Oberaiching fuhren.

»Was ist passiert?«, fragte sie. Avram spürte ihre neugierigen Blicke auf seinem brennenden Gesicht. »Du siehst aus wie jemand, der von einem Güterzug angefahren worden ist.«

Er unterdrückte ein Lächeln, weil seine Lippe sonst wieder aufgerissen wäre. »Übertreib nicht«, sagte er. »Das sind nur ein paar Kratzer und Schrammen. In ein paar Tagen sieht man davon nichts mehr.«

»Jetzt aber schon.«

Er hoffte, dass das Thema damit erledigt war, aber Akina ließ nicht locker.

»Du hast versucht, auf eigene Faust etwas zu unternehmen, nicht wahr?«, fragte sie.

»Wie kommst du denn darauf?« Er hatte ihr gegenüber kein Wort erwähnt, und Clara gewiss auch nicht.

»Papa hat mal ein paar Andeutungen über dich gemacht.«

»Andeutungen?«

Akina zögerte. »Ja. Über deinen Beruf.«

Avram hatte keine Ahnung, woher Goran etwas über seinen Beruf gewusst haben könnte. Sie hatten nie darüber gesprochen, jedenfalls nicht, dass er sich erinnern konnte. Andererseits hatte er sich schon die ganze Zeit über gefragt, warum Goran ihm diese sonderbare Nachricht auf dem Anrufbeantworter in Amsterdam hinterlassen hatte.

Komm nach Hause und räche dich an denen, die uns getötet haben.

Vielleicht hatte er tatsächlich mehr gewusst, als es Avram lieb war. Eine unangenehme Hitze stieg in ihm auf. »Was genau hat dein Papa dir erzählt?«, wollte er wissen.

»Ich denke, er ist sich nicht sicher, aber er hat gesagt, dass du ein Privatdetektiv bist.«

Ein Stein der Erleichterung fiel Avram vom Herzen. Privatdetektiv. Damit konnte er gut leben.

Plötzlich dachte er daran, dass ihm noch die leidvolle Aufgabe bevorstand, Akina den Tod ihres Vaters beizubringen. Er seufzte. Wie sollte er das nur schaffen? Es war für ihn schon schwierig genug, selbst mit der Tragödie fertig zu werden. Die Vorstellung, wie verzweifelt Akina sein würde, brach ihm das Herz.

Er beschloss, erst zu Hause mit ihr über die traurige Wahrheit zu sprechen.

»Und?«, fragte sie.

»Und was?«

»Bist du nun ein Privatdetektiv?«

»So etwas Ähnliches.«

»Aha.«

Das sollte ihn wohl ermuntern, mehr von sich zu erzählen, aber Avram ging nicht darauf ein. Er wollte die Beziehung zu seiner Nichte nicht auf Lügen aufbauen.

»Hast du etwas herausgefunden?«, fragte sie nach einer Weile. »Eine Spur, die zu Mama und Sascha führt?« Wenn man bedachte, was sie durchgemacht hatte, war sie erstaunlich gefasst.

»Ich weiß es noch nicht«, sagte Avram. »Kann sein, dass ich morgen Abend jemanden treffe, der mir weiterhelfen kann. Wir werden sehen.«

Akina nickte. Danach fuhren sie schweigend weiter.

40

Im Anschluss an die Lagebesprechung im Polizeipräsidium stimmte Emilia mit Hauptkommissar Lohmeyer noch einige Details bezüglich der Schnittstellen zwischen Polizei und Interpol ab, um unnötige Doppelarbeiten zu vermeiden. Als sie danach an ihren provisorischen Arbeitsplatz zurückkehrte, war Kessler gerade dabei, einen Bericht zu schreiben.

»Wie wäre es mit Abendessen?«, fragte er und sah von seinem Laptop auf. »Ich lade Sie ein.«

Augenblicklich begann Emilias Magen zu knurren. Zu Mittag hatte sie nur einen Salat gehabt. »Gerne. Wenn das Essen nicht wieder zweihundert Euro kostet«, sagte sie und lächelte. »Ich will nur noch rasch meine Mails checken.«

»Dann tippe ich meinen Bericht noch fertig.«

Er widmete sich wieder seinem Laptop, und Emilia setzte sich an ihren Platz, bemüht, ihre Freude unter Kontrolle zu halten. Den ganzen Tag über hatte sie Kessler kaum für sich alleine gehabt – dauernd waren die Kollegen der Münchner Kripo mit dabei gewesen. Ein Abendessen zu zweit schien ihr ein geeignetes Mittel zu sein, um dort anzuknüpfen, wo die Autofahrt gestern Nacht geendet hatte. Verlockende Aussichten!

Als sie ihren Laptop aufklappte, lag ein Kuvert darin. Darauf stand in Druckbuchstaben: *FRAU NESS, PERSÖNLICH*.

Was war das? Ein Brief von Kessler? Nein, wohl eher

nicht. Neugierig öffnete sie den Umschlag. Zum Vorschein kam ein DIN-A4-Papier mit einer handschriftlichen Nachricht – ebenfalls in Druckbuchstaben, als wolle der Schreiber verhindern, dass man ihn anhand des Schriftbilds identifizieren konnte. Vielleicht war seine Handschrift aber auch einfach nur undeutlich.

Emilia las:

BITTE KOMMEN SIE HEUTE ABEND UM 21.00 UHR IN DEN IRISH MAN-PUB IN GARCHING. ES IST WICHTIG. ICH BIN EIN FREUND VON GORAN KUYPER UND HABE ERFAHREN, DASS ER TOT IST. ICH HABE ETWAS, DAS IHNEN BEI DER AUFKLÄRUNG DES FALLS HELFEN WIRD. KOMMEN SIE UNBEDINGT ALLEINE, SONST WERDE ICH MICH NICHT ZU ERKENNEN GEBEN. DIE POLIZEI IST IN DIE ANGELEGENHEIT VERWICKELT. TRAUEN SIE NIEMANDEM, NICHT EINMAL IHREM KOLLEGEN AUS FRANKFURT.

Emilias Herz schlug plötzlich wie ein Hammer in ihrer Brust. Von wem stammte dieser Brief? Wer außer der Polizei wusste, dass sie hier war, und hatte überdies Zugang zu diesem Büro?

Am meisten beunruhigte sie die Bemerkung, dass die Polizei nicht vertrauenswürdig sei, vielleicht nicht einmal Mikka Kessler. Sie warf einen unauffälligen Blick zu ihm hinüber. Er war völlig in seinen Bericht vertieft. Konnte es tatsächlich sein, dass hinter seiner smarten Fassade ein böser Kern steckte?

Nein, das war absurd!

Andererseits kannte sie Kessler erst seit wenigen Tagen. Und sie musste sich eingestehen, dass sie in Bezug auf ihn vom ersten Moment an nicht objektiv gewesen war. Aber hatte ihre Menschenkenntnis tatsächlich vollkommen versagt?

Sie steckte den Brief in das Kuvert zurück und verstaute es in ihrer Handtasche. Dann tat sie so, als würde sie ihre Mails lesen. In Wahrheit musste sie erst einmal über alles nachdenken.

Eine halbe Stunde später saß sie mit Kessler in einem kleinen, gutbürgerlichen Restaurant in der Innenstadt und aß Braten mit Speckknödeln. Obwohl sie riesigen Hunger hatte, wollte sich der Appetit nicht so recht einstellen. Stand Kessler auf ihrer Seite? Oder hatte er tatsächlich etwas mit dem Tod von Goran Kuyper zu tun? Bis zu der anonymen Nachricht hätte sie nicht im Traum an Kessler gezweifelt. Und jetzt sollte er auf einmal ein Wolf im Schafspelz sein?

Sie wollte das nicht glauben. Dennoch hatte der Brief einen Argwohn in ihr ausgelöst, den sie nicht mehr so einfach ablegen konnte.

»Was ist los mit Ihnen?«, fragte Kessler. »Sie sind so still.«

Emilia zuckte innerlich zusammen. »Gar nichts«, sagte sie. »Ich bin nur noch ein bisschen geschlaucht.« Das war nicht einmal gelogen. Die gestrige Autofahrt war anstrengend gewesen. Und dann hatte sie sich auch noch die halbe Nacht im Bett hin und her gewälzt, weil sie Kessler nicht mehr aus dem Kopf bekommen konnte.

Derselbe Kessler, der jetzt plötzlich ein Bösewicht sein sollte!

Damit er nicht misstrauisch wurde, musste sie versuchen, sich ihm gegenüber ganz normal zu verhalten. »Erzählen Sie mir etwas von sich«, sagte sie und trank einen Schluck Bier. »Beim letzten Essen habe ich Ihnen alles über mich erzählt. Diesmal sind Sie dran. Wie sind Sie zur Polizei gekommen?«

Er schluckte seinen Bissen hinunter und tupfte sich den Mund mit seiner Serviette ab. »Das war ziemlich unspektakulär«, begann er. »Ehrlich gesagt, wusste ich nicht, was ich nach der Schule machen sollte, und Polizist schien mir aufregend genug zu sein, um damit bei den Mädchen zu protzen.«

»Ah – das ist *psychologisch sehr interessant*.«

Er lächelte und sah dabei einfach umwerfend aus. »Das erinnert mich an unser Gespräch in Frankfurt. Das Wagyu Kobe Rindersteak.«

»Ja, nur dass Sie diesmal von mir analysiert werden, nicht umgekehrt.«

»Also schön, was wollen Sie noch wissen?«

»Warum sind Sie ausgerechnet zur Kripo gegangen? Und nicht zum Drogendezernat oder zur Sitte.«

»Weil die von der Kripo immer die besten Frauen abbekommen«, sagte er und bedachte sie mit einem Blick, als habe er die Bemerkung direkt auf sie gemünzt.

Emilia spürte, wie ihr die Röte ins Gesicht stieg. »Dann war Ihre Berufswahl also ausschließlich darauf ausgelegt, Frauen herumzukriegen?«, fragte sie, schnitt ein Stück Braten ab und schob es sich in den Mund. »Das klingt ein bisschen oberflächlich, finden Sie nicht?«

»Ich finde, es gibt schlechtere Gründe für die Berufswahl«, entgegnete er. »Geldgier, Statusstreben, Sicherheitsdenken ...« Er lachte und schüttelte den Kopf. »Nein, aber jetzt im Ernst: Ich glaube, ich hatte ganz ähnliche Gründe wie Sie, zur Polizei zu gehen. Ich wollte meinem Vater etwas beweisen.«

»War er auch Polizist?«

»Nein, Rechtsanwalt. Und ein ziemlich guter obendrein. Hat mit seiner Kanzlei eine Menge Geld verdient. Natürlich lief es darauf hinaus, dass er mich irgendwann zu seinem Nachfolger machen wollte. Seit ich sechzehn war, hat er mir gepredigt, wie wichtig es sei, dass ich die Kanzlei einmal übernehme. Die Kanzlei war sein Ein und Alles. Nur hätte ich mich dann immer gefühlt wie jemand, der sich in ein gemachtes Nest setzt. Das wollte ich nicht. Ich wollte es aus eigener Kraft zu etwas bringen. Und ich wollte keinen langweiligen Schreibtischjob, sondern einen Beruf, bei dem man etwas erlebt.«

Emilia nickte. Obwohl der anonyme Brief sie verunsichert hatte, fand sie es schön, dass Kessler sich ihr gegenüber öffnete. »Das lässt tief blicken, Herr Kessler«, sagte sie.

Er trank einen Schluck und lehnte sich in seinem Stuhl zurück. »Ich weiß, wir kennen uns noch nicht sehr lange«, sagte er. »Aber wie wäre es, wenn Sie mich Mikka nennen würden?«

Unter anderen Umständen hätte sie sich über das Angebot gefreut. Im Moment war sie sich nicht mehr sicher. »Gerne«, log sie und hob ihr Glas, damit sie miteinander anstoßen konnten. »Ich heiße Emilia.«

Jetzt musste sie sich allerdings schleunigst etwas einfallen lassen, um ihn für den Rest des Abends loszuwerden. Denn erstens wollte sie noch zum Kuyperhof, um sich vor Ort ein genaues Bild vom Ablauf des Überfalls zu machen, und zweitens hatte sie sich längst entschieden, der Bitte des anonymen Briefeschreibers Folge zu leisten und um 21.00 Uhr in den *Irish Man*-Pub in Garching zu kommen.

Bei beidem wollte sie Kessler lieber nicht dabeihaben.

41

Als Avram und Akina Oberaiching erreichten, strahlte die Sonne von einem wolkenlosen Abendhimmel. Auf den Weiden links und rechts der Straße grasten Rinder, hier und da auch Schafe und ein paar Pferde.

Sie fuhren schweigend durch die Ortschaft und bogen am Ende in die Abzweigung zu den Aussiedlerhöfen ein. Nach einigen hundert Metern passierten sie den Bott'schen Rinderhof. Ludwig und Esther reparierten gerade vor den Ställen ihren Traktor und winkten ihnen zu, als sie sie erkannten. Avram begrüßte sie mit einem Kopfnicken und fuhr weiter. Akina reagierte überhaupt nicht. Offenbar war sie zu sehr mit ihren eigenen Gedanken beschäftigt.

Sie passierten die Anhöhe und fuhren hinunter in die Senke, in der sich der Kuyperhof befand. Erinnerungen an glücklichere Zeiten stiegen in Avram auf, als er das Anwesen sah. Ruhig und friedlich lag es vor ihnen – ein idyllisches Fleckchen Erde, eingebettet in die umliegenden Hügel. Wie gerne hatte er seine Kindheit hier verbracht!

Und wie widerwillig kehrte er jetzt hierher zurück! Nadja entführt, Sascha vermutlich auch. Selbst Gorans Tod in Frankfurt war untrennbar mit diesem Ort verbunden, auf irgendeine grausame Art und Weise, die Avram noch nicht verstand. Irgendwie hing alles zusammen. Nur wie? Die Ungewissheit lastete auf dem Hof wie ein Fluch.

Avram parkte den Wagen vor dem Haus. Beim Aussteigen fragte er sich, ob sie beobachtet wurden. Wahrscheinlich schon. Gestern war ihm ein schwarzer Lieferwagen gefolgt, heute hatte man einen Peilsender an seinem Wagen angebracht. Wer immer ihn unter Kontrolle halten wollte, hatte bestimmt noch nicht aufgegeben.

Ja, jemand beschattet uns, dachte Avram. Kovacz oder einer seiner Leute. Er liegt irgendwo da draußen auf der Lauer, weil er wissen will, was ich weiß. Und weil Akina eine Augenzeugin ist, die er beseitigen muss.

Avram fragte sich, ob es wirklich klug gewesen war, mit Akina hierher zurückzukehren. Es konnte gefährlich werden. Aber er hatte einen Plan.

»Ich gehe vor und öffne die Tür«, sagte er. »Sobald sie offen ist, kommst du nach. Bleib nicht stehen, okay?«

»Warum nicht?«

»Tu es einfach, in Ordnung?«

Akina nickte.

Sobald sie drinnen waren, schloss er die Tür. »Bleib von den Fenstern weg, bis ich die Rollläden runtergelassen habe«, sagte er.

»Du glaubst, sie wollen mich erschießen, nicht wahr?«

Avram schluckte. »Ich weiß es nicht«, antwortete er. »Aber du bist der einzige Mensch, der Milan Kovacz hinter Gitter bringen kann. Das wird ihm nicht gefallen. Und Kovacz ist ein gefährlicher Mann. Am besten gehst du erst einmal in dein Zimmer. Ich bringe dir einen Kakao, in Ordnung? Später werde ich draußen nach dem Rechten sehen.«

Sie nickte, und er begleitete sie nach oben, um sicherzugehen, dass während ihrer Abwesenheit niemand ins Haus eingedrungen war und sich hier versteckte. Danach durchsuchte er auch noch den Rest des Hauses. Alles schien in Ordnung zu sein.

Als er Akina wenig später den heißen Kakao brachte,

hockte sie mit dem Rücken an der Wand auf ihrem Bett, die Decke über die angewinkelten Beine gelegt. An ihren geröteten Augen sah er, dass sie geweint hatte. Dabei stand ihr die schwerste Prüfung noch bevor.

»Darf ich mich zu dir setzen?«, fragte er und reichte ihr die dampfende Tasse.

Sie nippte daran und nickte.

Avram nahm am Bettrand Platz. Wie um alles in der Welt sollte er nur beginnen?

»Du hast schwere Tage hinter dir«, sagte er. »Du hast Dinge erlebt, die man niemandem wünscht. Aber es gibt noch etwas, das ich dir erzählen muss. Als wir heute Morgen bei der Polizei waren, habe ich erfahren, dass dein Vater ...« Er stockte mitten im Satz, als eine dicke Träne an ihrer Wange herablief. Sie wusste, was er ihr sagen wollte, und es brach ihm beinahe das Herz.

Eine halbe Stunde später hatte sie sich endlich in einen gnädigen Schlaf geweint. Ihre Wangen waren noch nass, aber ihr Atem ging ruhig und gleichmäßig, und auf ihren Lippen lag sogar ein zartes Lächeln. Sie war jetzt in einer anderen Welt, einer Welt ohne Schmerz und Kummer.

Zärtlich strich Avram ihr über den Kopf. Sie sah aus wie Dornröschen aus dem Märchen, nur, dass ihr kein hundertjähriger Schlaf vergönnt sein würde.

Mit der leeren Kakaotasse in der Hand stand er auf und verließ das Zimmer. Obwohl auch er sich am liebsten hingelegt hätte, wusste er, dass das nicht ging. Er hatte noch einiges zu tun.

Aus dem Wagen holte er das technische Equipment von Clara Winterfeld. Auf dem Wohnzimmertisch breitete er alles aus und baute die Einzelteile zusammen, soweit das nötig war. Dann nahm er die Infrarotkamera und ging damit nach oben.

Akinas Tür war angelehnt. Er spähte hinein. Sie schlief noch immer tief und fest. Sehr gut!

Von ihrem Fenster aus beobachtete er das Umland. Mit dem Infrarotsichtgerät vor den Augen suchte er den Waldrand am oberen Ende der Pferdekoppel ab, die Baum- und Buschreihe entlang der Dräu und das hohe Gras an der Böschung des Waidbachs. Ein Reh graste auf der Anhöhe zum Wolfhammerhof. Avram hatte die Empfindlichkeit des Geräts so eingestellt, dass der von der Abendsonne aufgeheizte Boden in einem Gelbton dargestellt wurde, das Reh dagegen in leuchtendem Rot. So würde ihm auch ein menschlicher Körper sofort auffallen.

Aber da war niemand.

Avram wiederholte die Prozedur in allen anderen Räumen – in Saschas Kinderzimmer, im Elternschlafzimmer, in Gorans Büro und im Bad. Überall suchte er mit dem Infrarotsichtgerät die Gegend um den Hof ab. Danach war er sicher, dass zumindest im Moment keine Gefahr bestand.

Sein Gesicht begann wieder zu pulsieren. Er ging nach unten und nahm sich aus dem Apothekerschrank ein Aspirin. Dann holte er sich aus dem Gefrierfach einen Kühlakku, wickelte ihn in ein Geschirrtuch und presste alles auf die geschwollene Wange.

Nachdem der Schmerz nachgelassen hatte, installierte er die für den Betrieb der Überwachungskameras nötige Software auf seinem Laptop und seinem Smartphone. Anschließend ging er nach draußen, um die Geräte in Position zu bringen.

Clara Winterfeld hatte ihm allerbeste Ware verkauft. Die Kameras waren kaum größer als ein Fingerglied und sendeten ihre Signale kabellos innerhalb eines Radius von hundert Metern an eine Zentralstation, die die Filme wiederum auf ein Smartphone weiterleitete. Man konnte die Kameras wahlweise anschrauben, mit Saugnäpfen befestigen oder an Miniatur-Standfüßen aufstellen.

Avram brachte eine Kamera am Pferdestall an, so dass man den kompletten Innenhof überblicken konnte. Eine zweite Kamera installierte er hinter dem Haus, wo sich der Eingang zum Keller befand. An einer der Ulmen zum Wolfhammerhof befestigte er die dritte Kamera, an einem der alten Silos zum Bott'schen Hof die vierte – so konnte er sehen, wenn Autos sich näherten.

Als er wieder drinnen war, hatte er nur noch eine Kamera übrig, die er neben dem Fernseher auf dem Bücherregal aufstellte, und zwar so, dass man den gesamten Wohn- und Essbereich im Blick hatte, inklusive des Hauseingangs und der Kellertreppe, die neben dem Eingang nach unten führte.

Falls irgendjemand ins Haus eindrang, würde Avram es bemerken. Und er würde darauf vorbereitet sein.

42

Es war ein schöner Abend, fast wie im Bilderbuch. Die Sonne stand als glühender Feuerball am Horizont und tauchte die wenigen Wolken am Himmel in leuchtendes Orangerot. Die Wälder und Weiden schimmerten in einem diffusen, unwirklichen Licht voller warmer Farbtöne.

Das Taxi fuhr auf der abschüssigen Zubringerstraße auf den Kuyperhof zu und hielt hinter einem anthrazitfarbenen BMW mit holländischem Kennzeichen. Emilia bezahlte den Fahrer, stieg aus und sah sich um.

Es sah genauso aus wie auf den Bildern in der Polizeiakte. Hätte hier nicht vor wenigen Tagen eine Entführung stattgefunden, wäre es ein hübsches Fleckchen Erde gewesen. So aber war es nur ein Tatort.

Ihre Gedanken wanderten zu Kessler. Es war ein sonderbares Gefühl, ihn nicht in ihrer Nähe zu wissen. Aber solange sie nicht wusste, ob sie ihm trauen konnte, war sie wohl auf sich allein gestellt.

Nach dem Abendessen hatte sie Kopfweh und Müdigkeit vorgetäuscht und sich von ihm ins Hotel fahren lassen. Dort hatte sie gewartet, bis er wieder gegangen war. Er wolle sich noch ein bisschen die Stadt ansehen, hatte er gesagt. Aber vielleicht traf er sich ja auch mit anderen Kollegen, die genauso korrupt waren wie er, um die nächsten Vertuschungsmanöver zu planen.

Sie seufzte. *Genauso korrupt wie er* – das klang, als sei seine Schuld bereits bewiesen. Seit sie die anonyme Nachricht erhalten hatte, wusste sie nicht mehr, was sie denken sollte.

Natürlich hatte sie sich auch schon gefragt, wie vertrauenswürdig der Nachrichtenschreiber selbst war. Welche Hinweise zu Goran Kuypers Tod hatte er? Und woher wusste er, dass die Polizei in die Angelegenheit verstrickt war?

In zwei Stunden würde sie sich mit ihm treffen. Danach sah sie hoffentlich klarer. Aber jetzt wollte sie erst einmal das Gehöft genauer unter die Lupe nehmen.

Sie ging ein paar Schritte über den Innenhof, ließ die Gebäude auf sich wirken und rief sich den Polizeibericht ins Gedächtnis, um den Tathergang mit den tatsächlichen Gegebenheiten vor Ort in Einklang zu bringen. Sie hatte nur dann eine Chance, ein Verbrechen aufzuklären, wenn sie sich alles ganz genau vorstellen konnte.

Es hatte geregnet in jener Nacht. Die Entführer hatten ihren Mercedes an der Laterne neben dem Treppenaufgang des Hauses abgestellt. Der Hund hatte angeschlagen. Als einer der Entführer auf ihn schoss, war der Hund in den Pferdestall gerannt, der Entführer hinterher. Dort waren weitere Schüsse gefallen. Schwerverletzt hatte der Hund es durch den Hinterausgang des Stalls ins Freie geschafft. Den Blutspuren und dem Einschuss am Wohnwagen zufolge war er um den Stall herumgekommen und hatte es irgendwie in die Felder geschafft, wo Goran Kuypers Bruder ihn am Sonntagvormittag sterbend gefunden hatte.

Der zweite Entführer – Milan Kovacz – war ins Haus eingedrungen und hatte Nadja Kuyper in der Küche überrascht. Er hatte sie überwältigt und mit einem Betäubungsmittel außer Gefecht gesetzt. Aber sie hatte zumindest noch genug Zeit gehabt, um Akina zu warnen, die einen Stock höher in ihrem Zimmer gewesen war.

Emilia ging ein paar Schritte weiter bis zur Mitte des Hofs, um einen besseren Blickwinkel zu bekommen. Das Fenster über dem Garagendach musste zu Akinas Zimmer gehören. Nach ihrer Aussage war sie nach der Warnung ihrer Mutter dort ausgestiegen und am Holzvorrat auf der Garagenrückseite heruntergeklettert. Von dort war sie zum Bach gerannt, der hinter dem Haus verlief. Sie hatte sich an der Uferböschung versteckt und beobachtet, wie ihre Mutter von Milan Kovacz und seinem Komplizen entführt worden war. Das Ganze bei Nacht und strömendem Regen. Wie unheimlich musste das alles für das Mädchen gewesen sein?

Mutiges kleines Ding!

Emilia hörte ein Geräusch im Stall und ging hin. Drinnen roch es nach Heu und Pferdedung. Durch das Eingangstor und ein paar kleine Fenster drang in breiten Streifen das orangerote Licht der untergehenden Sonne. In der Luft tanzte feiner Staub.

Sie fand Avram Kuyper in der hinteren Pferdebox. Auf einem Schild am Gatter stand Cascada – offenbar der Name der Fuchsstute, die er gerade fütterte. Er stand mit dem Rücken zu Emilia, in seinen Ohren steckten Kopfhörerstöpsel. Dennoch drehte er sich zu ihr um, als habe er ihre Anwesenheit erspürt.

»Frau Ness! Ich habe mich schon gefragt, ob Sie heute noch kommen.« Er zog die Kopfhörer aus den Ohren, schaltete sein Smartphone aus und kam ans Boxengatter.

Emilia erinnerte sich an die Befragung im Polizeipräsidium. Dort hatte sie erwähnt, dass sie später auf dem Hof vorbeischauen wolle.

»Was hören Sie denn?«, fragte sie.

»Nichts Besonderes«, antwortete er. »Ein bisschen Musik, um auf andere Gedanken zu kommen.«

Es klang traurig und ehrlich und ziemlich erschöpft. Sie bemerkte, dass seine Augen gerötet waren, aber vielleicht lag es auch nur an dem schlechten Licht im Stall oder an seiner Brille. Wesentlich auffälliger als die roten Augen waren die bläulichen Schwellungen und die aufgeplatzte Unterlippe.

»Was ist mit Ihrem Gesicht passiert?«, fragte Emilia.

»Ich bin ausgerutscht«, antwortete er.

Sie nickte nachdenklich und fragte sich, für wie blöde er sie eigentlich hielt. »Erwarten Sie von mir, dass ich das glaube?«

Er zuckte gleichgültig mit den Schultern. »Darf ich Sie auf einen Kaffee einladen?«, fragte er. »Ich bin hier fertig und könnte selbst eine Tasse vertragen.«

Emilia nahm das Angebot gerne an. Sie wollte sich das Haus ohnehin von innen ansehen.

Avram Kuyper gab der Stute einen Klaps auf die Flanke, damit sie das Gatter freigab, und kam heraus. Den Futtertrog stellte er an der Boxenwand ab. Dann gingen sie zum Haus.

Drinnen war es angenehm kühl, aber auch ein bisschen düster, weil die kleinen Fenster nur wenig Licht hereinließen.

»Bitte, nehmen Sie Platz«, sagte Kuyper und wies mit der Hand auf den Esstisch zur Rechten. Er selbst ging in die Küchenecke und füllte Wasser in die Kaffeemaschine.

Emilia sah sich um. Der Raum war etwa fünfzig Quadratmeter groß und beherbergte neben den eher rustikalen Essmöbeln und der Landhausküche auch einen modernen Wohnzimmerbereich. Das alles wirkte wie ein Loft, bei dem jemand sich nicht für eine einheitliche Stilrichtung hatte entscheiden können.

Emilia beobachtete Avram Kuyper, der hinter dem Anrichteblock stand und Pads in die Kaffeemaschine steckte. Laut Polizeibericht hatten ungefähr an der Stelle Glasscherben auf dem Fußboden gelegen. Dort musste ein Teil des Kampfes stattgefunden haben.

Warum da hinten?, dachte Emilia. Warum so weit vom Hauseingang entfernt? Kannte Nadja Kuyper Milan Kovacz? Hatte sie ihn leichtfertig ins Haus gelassen, nicht ahnend, dass er sie überfallen wollte? Oder hatte sie die Tür geöffnet, sofort die Gefahr erkannt und versucht, sich zur Küche zu retten, zum Beispiel in der Hoffnung, dort an ein Messer zu gelangen, mit dem sie sich verteidigen konnte?

»Wo ist Ihre Nichte?«, fragte Emilia.

»Sie schläft in ihrem Zimmer«, antwortete Avram Kuyper und holte aus einem Küchenschrank zwei Tassen. »Milch und Zucker?«

»Beides. Vielen Dank. Haben Sie ihr vom Tod ihres Vaters erzählt?«

Er nickte. »Sie ist völlig zusammengebrochen. Ich bin froh, dass sie jetzt schläft.«

»Nur leider kann ich nicht schlafen.« Die Stimme kam aus dem Gang zum anderen Gebäudetrakt. Dort stand Akina Kuyper in Jogginghose, weitem Sweatshirt und dicken Wollstrümpfen. Ihr Haar war zerzaust, ihre Augen verquollen. In ihren Armen hielt sie einen Teddy. »Ich muss die ganze Zeit an Mama und an Sascha denken. Und ...« Eine Träne rann über ihre Wange. »Und an Papa. Es tut so schrecklich weh ...« Ihr versagte die Stimme. Mit bebenden Schultern stand sie da und begann zu weinen.

Ihr Onkel eilte zu ihr, um sie in den Arm zu nehmen. Auch Emilia ging instinktiv auf sie zu und legte ihr eine Hand auf den Kopf, so wie sie es bei Becky immer tat, wenn sie getröstet werden musste.

Minutenlang sprach niemand ein Wort. Akina versuchte es ein paarmal, aber ihr kamen nur unverständliche Laute über die Lippen. Schließlich verstummte auch sie.

»Möchtest du, dass ich gehe?«, fragte Emilia schließlich. »Wenn es dir lieber ist, komme ich ein andermal wieder.«

Akina Kuyper schüttelte den Kopf. »Nein, bleiben Sie. Es ist nur ... Ich vermisse Papa so sehr.«

Emilia schluckte. »Ich kann das gut verstehen«, sagte sie. »Als mein Vater starb, hat es Monate gedauert, bis ich halbwegs darüber hinweg war. Manchmal vermisse ich ihn heute noch.«

Das Mädchen presste die Lippen aufeinander, um den nächsten Weinkrampf zu unterdrücken.

»Möchtest du dich zu uns setzen?«, fragte ihr Onkel. »Ich mache dir noch einen Kakao, wenn du willst.«

Sie nickte.

Während ihr Onkel sich in der Küche zu schaffen machte, begleitete Emilia sie zum Esstisch, und es gelang ihr tatsächlich, das Mädchen ein bisschen zu beruhigen. Ein paar Minuten später saßen sie zu dritt am Tisch, jeder mit einer Tasse vor sich.

»Ich weiß, dass das alles sehr schwer für dich ist«, sagte Emilia und rührte ihren Kaffee um. »Aber im Lauf des Tages sind mir noch ein paar Dinge eingefallen, die ich dich fragen möchte. Fühlst du dich dazu stark genug?«

Akina nickte tapfer. »Was wollen Sie wissen?«

»Die Überprüfung der Telefonate vom Samstag hat ergeben, dass jemand zur Zeit des Überfalls aus Frankfurt hier angerufen hat. Genauer gesagt von der Rezeption des Hotels, in dem dein Vater später gefunden wurde.« Emilia legte den Löffel auf der Untertasse ab und nippte an ihrem Kaffee. »Dein Vater hatte kein Handy bei sich – das haben wir heute in einem Schließfach gefunden. Deshalb vermute ich, dass er es war, der bei euch angerufen hat. Hast du das zufällig mitbekommen?« Natürlich war es auch möglich, dass Goran Kuypers Mörder hier angerufen hatte, vielleicht als eine Art Startsignal für den Überfall auf den Hof. Aber das wollte Emilia lieber nicht so offen ansprechen.

Akinas Stirn legte sich in Falten. »Ja, ich glaube, dass das Telefon tatsächlich geklingelt hat«, sagte sie. »Jetzt fällt es mir wieder ein. Ich hatte mir etwas zu trinken aus der Küche geholt und war gerade wieder in meinem Zimmer. Ich erinnere mich, weil ich keine Lust hatte, noch mal runterzugehen – das Telefon steht drüben im Flur.« Sie deutete mit dem Finger auf den Gang, der zwischen Küche und Kellertreppe in den anderen Gebäudeteil führte.

»Und dann?«, hakte Emilia nach.

»Nichts. Es hat nur kurz geklingelt, und das war's. Zwei oder drei Minuten später hat Mama geschrien, ich bin aus meinem Zimmer geflüchtet – den Rest kennen Sie.«

Emilia strich sich eine Haarsträhne aus dem Gesicht und überlegte. So wie Akina es schilderte, war das Telefonat wahrscheinlich doch eher ein Angriffssignal gewesen – was wiederum dafür sprach, dass Goran Kuyper nicht Selbstmord begangen hatte, sondern umgebracht worden war.

»Als die Polizei das Haus hier durchsucht hat, hat sie festgestellt, dass euer Anschluss angezapft war«, sagte Emilia. »Weißt du etwas darüber? War in letzter Zeit jemand wegen des Telefons hier? Jemand, der sich zum Beispiel als Techniker ausgegeben hat?«

Akina nickte aufgeregt. »Ja, am Freitag war einer von der Telefongesellschaft da, weil es in unserer Gegend in letzter Zeit Probleme mit der Verbindung gab. Das hat er zumindest behauptet. Der war, glaube ich, nur ein paar Minuten da, um sich den Apparat anzusehen, und ist dann wieder verschwunden.«

»Kannst du mir den Mann näher beschreiben?«

Doch das Mädchen schüttelte den Kopf. »Als er kam, war ich oben in meinem Zimmer. Habe Hausaufgaben gemacht. Ich habe nur gehört, wie er im Flur mit Mama gesprochen hat. Gesehen habe ich ihn nicht.«

Emilia versuchte, sich ihre Enttäuschung nicht anmerken zu lassen. Diese Spur führte wohl ins Leere. »Es gibt da noch eine andere Frage, bei der du mir vielleicht weiterhelfen kannst«, sagte sie. »Hat dein Vater in letzter Zeit die Internetseite www.bringlight.to erwähnt? Oder weißt du etwas darüber?«

»Warum fragen Sie das?«, wollte Avram Kuyper wissen.

»Weil Ihr Bruder diese Seite aufgerufen hat, kurz bevor er starb. Und zwar nur diese eine Seite. Deshalb dachte ich, es könnte wichtig sein.«

Akina trank einen Schluck Kakao. Die Tasse behielt sie in der Hand. »Ob Papa diese Internetadresse kannte, weiß ich nicht«, sagte sie. »Aber am Samstagmittag hat jemand hier angerufen, der sie erwähnt hat. Mama war einkaufen, deshalb habe ich das Gespräch angenommen.«

»Wer war der Mann?«, hakte Emilia nach.

»Keine Ahnung. Er hat keinen Namen gesagt. Jedenfalls kann ich mich nicht daran erinnern.«

»Und wann hat er angerufen?«

»Ich denke, so gegen vier.«

Emilia zog einen Block aus ihrer Tasche und machte sich eine Notiz. Vielleicht ließ sich anhand der Liste der eingehenden Anrufe nachvollziehen, wer der Anrufer gewesen war. »Was genau hat der Mann gesagt?«, fragte sie.

»Zuerst wollte er Papa sprechen, aber der war ja nicht da.

Deshalb hat er mich gebeten, ihm etwas auszurichten. Aber weil Papa sich am Samstag nicht mehr gemeldet hat, habe ich es total vergessen. Ich dachte auch nicht, dass es so wichtig ist. Hier rufen immer mal wieder Leute an, die eine Nachricht für Papa hinterlassen wollen. Weil er doch Reporter ist.«

»Was genau solltest du deinem Vater ausrichten?«, fragte Emilia.

Akina nippte noch einmal an ihrer Tasse. »Na ja, der Mann sagte, dass Papa sich diese Seite anschauen soll – www.bringlight.to. Er sagte, dass das sehr wichtig für ihn sei. Dann hat er noch etwas von einem Passwort gesagt.«

Emilias Haut begann zu kribbeln. Jetzt wurde es interessant.

»Kannst du dich an das Passwort erinnern?«

Akinas Augen zuckten hin und her, als sie darüber nachdachte. »Es ist ein Tiername«, sagte sie schließlich.

»Ein Tiername?«, wiederholte ihr Onkel. »Welcher?«

»Weiß ich nicht. Der Mann hat nur gesagt: Das Passwort ist ein Tiername.«

Emilias Hoffnungen verpufften. Ein Tiername – das war ziemlich vage – von Lassie bis Black Beauty war da alles drin. Woher hätte Goran Kuyper wissen können, von welchem Tier der Anrufer gesprochen hatte?

Ihr kam eine Idee. »Eines eurer Pferde heißt Cascada, nicht wahr? Das habe ich vorhin im Stall gesehen.«

Akina nickte.

»Wie heißen die beiden anderen Pferde?«

»Die zweite Stute heißt Sunflower, der Wallach Agamemnon.«

Emilia notierte die Namen. »Was ist mit dem Hofhund?«, fragte sie.

»Das ist Odin. Besser gesagt – das *war* er.« Die Erinnerung daran, dass auch der Hund tot war, trieb ihr plötzlich wieder die Tränen in die Augen. Ihr Onkel nahm ihre Hand und drückte sie.

Ein eigenwilliges Bild, dachte Emilia. Es hatte beinahe dieselbe Herzlichkeit und Wärme wie in dem Kinderbuch von Heidi und dem Großvater. Nur Avram Kuypers stahlgraue Augen passten nicht dazu. Sie verströmten eine Härte, die sie frösteln ließ.

Emilia notierte sich *Hofhund Odin* und fragte nach weiteren Tieren auf dem Hof. Aber da war nur noch die Katze namens Bella.

Nachdem sie ihren Kaffee ausgetrunken hatte, besichtigte sie Akinas Zimmer. Von dort aus ließ sie sich auch noch einmal ganz genau zeigen, welchen Weg Akina bei ihrer Flucht eingeschlagen und von wo aus sie die Entführung ihrer Mutter beobachtet hatte. Allmählich bekam Emilia eine ziemlich genaue Vorstellung von den Ereignissen des vergangenen Samstagabends.

Die Sonne verschwand gerade hinter dem Horizont, als Emilia wieder von einem Taxi abgeholt wurde. Akina hatte beschlossen, in ihrem Zimmer zu bleiben, weil sie nun doch müde geworden war. Avram Kuyper begleitete Emilia nach draußen, um sie zu verabschieden.

An der offenen Taxitür hielt sie inne. »Sie wissen, dass Ihre Nichte und Sie vielleicht in Gefahr schweben?«, sagte sie.

»Warum glauben Sie das?«

Sie seufzte. »Bitte halten Sie mich nicht zum Narren, Herr Kuyper. Ich habe eine Überwachungskamera am Stall gesehen und eine im Wohnzimmer. Die waren auf den Fotos in der Polizeiakte noch nicht da. Sie wissen ganz genau, dass die Kerle, die am Samstag den Hof überfallen haben, es möglicherweise noch einmal versuchen werden. Ich fände es besser, wenn Sie sich in nächster Zeit ein Hotel nehmen würden. Am besten eins, das ein paar Kilometer entfernt ist.«

Avram Kuyper sah sie mit seinen kalten, grauen Augen an. »Vielen Dank für die Warnung«, sagte er. Kein Wort davon, ob er ihren Rat befolgen würde.

»Wenn Sie wollen, kann ich Sie und Akina in Schutzhaft nehmen lassen«, sagte sie.

Jetzt zeigte sich sogar ein kleines Lächeln auf seinen Lippen. »Ich denke, das wird nicht nötig sein. Falls mir etwas verdächtig vorkommt, werde ich die Polizei rufen.«

Emilia nickte, obwohl sie ihm das nicht abkaufte. »Geben Sie mir Bescheid, falls Ihnen oder Akina noch etwas einfällt, das für den Fall wichtig sein könnte«, sagte sie.

»Selbstverständlich. Das verspreche ich Ihnen.«

Aber in Emilias Ohren klang auch das wie eine Lüge.

Auf dem Rückweg nach München spielte sie mit dem Gedanken, eine Streife anzufordern, die regelmäßig am Kuyperhof vorbeifahren sollte, um nach dem Rechten zu sehen. Dann fiel ihr wieder die Warnung des anonymen Briefschreibers ein, dass die Polizei in die Sache verwickelt sei, und sie verwarf die Idee. Stattdessen ließ sie sich den ganzen Fall noch einmal in Ruhe durch den Kopf gehen und ergänzte ihre Notizen. Leider gab es noch viele offene Fragen, aber drei davon schienen ihr von zentraler Bedeutung zu sein, weshalb sie sie mit ihrem Kugelschreiber dick umrandete:

Erstens: Wer war der Anrufer, der Akina am Samstagnachmittag die Internetadresse durchgegeben hatte? Zweitens: Wenn Goran Kuyper am Samstag gar nicht mehr zu Hause angerufen hatte – wie hatte er dann von dieser Internetadresse erfahren? Und drittens: Wer hatte Samstagnacht mit seinem Anruf vom *Hotel Postmeister* aus den Überfall auf den Kuyperhof eingeläutet?

43

»Du schläfst ja gar nicht«, sagte Avram. Nachdem er das Geschirr weggeräumt hatte, war er nach oben gegangen, um nach Akina zu sehen. Sie saß wieder mit dem Rücken zur Wand auf ihrem Bett, die Beine an den Körper gezogen, den Kopf auf den Knien. Ihre Augen waren nass.

»Denkst du, dass sie auch tot sind?«, murmelte sie, ohne ihn anzusehen. »Mama und Sascha meine ich.«

Avram setzte sich zu ihr auf die Bettkante. Die ehrliche Antwort wäre gewesen: Ich fürchte, wir müssen davon ausgehen. Stattdessen sagte er: »So etwas darfst du nicht einmal denken! Ich verspreche dir, dass ich alles tun werde, um deine Mutter und deinen Bruder zu finden.«

Akina krabbelte zu ihm und umschlang seinen Arm. Sie zitterte am ganzen Leib.

Avram spürte, wie dringend sie ihn brauchte, und genau das versetzte ihm einen Stich: Er war für sie beinahe ein Fremder – und doch hatte sie außer ihm im Moment niemanden mehr.

»Möchtest du etwas zu Abend essen?«, fragte er. »Eine Suppe vielleicht? Das gibt dir wieder Kraft.«

Der Druck an seinem Arm verstärkte sich. »Ich habe keinen Hunger«, sagte sie und gähnte. »Bleib bei mir. Wenn du da bist, fühle ich mich sicher.«

Er lächelte. »Die meisten Menschen fürchten sich vor mir.«

»Genau deshalb sollst du hierbleiben. Dann wird niemand es wagen, noch mal hier einzubrechen.«

Eine Weile saßen sie Seite an Seite auf dem Bett, und allmählich entspannte sich Akina. Ihr Griff lockerte sich, und sie gähnte immer häufiger. Schließlich legte sie sich hin und ließ sich von Avram zudecken. Ein paar Minuten hielt sie noch seine Hand, aber dann übermannte sie die Müdigkeit, und die letzte Spannung wich aus ihrem Körper.

Avram blieb noch einen Moment bei ihr sitzen, streichelte ihr übers Haar und sah zu, wie sich die Bettdecke im gleichmäßigen Rhythmus ihres Atems bewegte. Als er sicher war, dass sie fest schlief, ging er nach nebenan in Gorans Büro, weil ihm eine Idee gekommen war. In einem der Schränke hatte er am Sonntag einige Hefte des *Horizont*-Magazins gesehen. Nicht die Gesamtausgabe, aber die Neuerscheinungen der letzten zwei oder drei Jahre.

Akinas Stimme hallte wie ein Echo in seinem Kopf nach – *Ein Tiername ... Tiername ... Tiername ...*

Auch das hatte etwas in ihm ausgelöst. Nur eine verschwommene Erinnerung, aber er war sicher, dass er die Lösung des Rätsels in einer der letzten *Horizont*-Ausgaben finden würde.

Tatsächlich musste er nicht lange suchen. Vor etwa einem Jahr hatte Goran einen Artikel geschrieben, dessen Überschrift »Die Schöne und das Biest« lautete. Es ging darin nicht etwa um das Musical oder um eine Verfilmung, sondern um den grausamen Mord an einer Kellnerin, die wenige Wochen zuvor in Regensburg zur Schönheitskönigin gewählt worden war. Man hatte sie, in einen Plastiksack verschnürt, auf einer Mülldeponie gefunden, erdrosselt, vergewaltigt und mit Bissspuren übersät. Es waren zwei oder drei Hundebisse dabei gewesen, vor allem aber die Abdrücke eines Menschengebisses. Kaum einen Körperteil hatte der Mörder ausgelassen, an Brüsten und Oberschenkeln hatte er der armen Frau sogar ganze Fleischstücke herausgerissen.

Avram überflog den Artikel, bis er die Stelle fand, die er gesucht hatte: *Wie ein Tier hat der Mörder sich über sein Opfer hergemacht, getrieben von sexuellem Verlangen und Blutgier. Das hat der als mutmaßlicher Täter verhaftete Künstler Konstantin Weilwein gegenüber Polizei und Presse selbst ausgesagt.* »Manchmal erwache ich aus meinen Träumen nicht als Mensch, sondern als Tier. Dann gibt es keine Vernunft mehr, kein Gewissen, kein Halten. Dann gibt es nur noch Lust und Trieb.« *Inzwischen gilt es als erwiesen, dass Weilwein noch mindestens zwei weitere Morde in der Region begangen hat. Am vergangenen Dienstag erhängte er sich in seiner Gefängniszelle. Seinen Abschiedsbrief an die Nachwelt unterschrieb er mit: Der Wolf von Regensburg.*

Avram fühlte sich wie elektrisiert. Um sicherzugehen, dass Akina nicht plötzlich hinter ihm in der Tür auftauchte, ging er nach unten ins Wohnzimmer. Dort schaltete er seinen Laptop an, startete den Internet-Browser und tippte www.bringlight.to ein. Der Bildschirm wurde weiß, der Cursor verwandelte sich in eine Sanduhr. Dann erschien ein Eingabefenster: ENTER PASSWORD.

Avram probierte es mit »Weilwein« in Groß- und Kleinschreibung, dann mit »Konstantin« und schließlich mit »Konstantin Weilwein«. Letzteres schien zu stimmen, denn kaum hatte er das Passwort bestätigt, wechselte der Bildschirm seine Farbe von Weiß nach Schwarz, und auf dem Monitor baute sich in blutroter Farbe ein Schriftzug auf, krakelig wie in einem alten Horrorfilm:

WELCOME TO THE WORLD OF
ENTERPAINMENT.

Darunter stand in normaler Schrift:

A Belial-Production
Press Button to start movie.

Enterpainment – das bedeutete bestimmt, dass er gleich einen ähnlichen Film zu sehen bekommen würde wie die auf dem USB-Stick. Perverse Aufnahmen von Folter, Demütigung, Erniedrigung, Schmerz und Tod. Aber inzwischen gab es wohl nichts mehr, das ihn noch erschrecken konnte. Die Szenen auf dem Stick hatten kaum eine Grausamkeit ausgelassen, zu der ein Mensch fähig war.

Dennoch beschlich Avram ein ungutes Gefühl, als er den Mauszeiger in Position brachte. Gleich würde er dasselbe zu sehen bekommen wie Goran in den letzten Minuten seines Lebens. In welchem Zusammenhang stand dieser Film mit seinem Tod?

Avram klickte auf das Wiedergabesymbol.

44

Das Taxi schob sich im dichten Abendverkehr auf dem Mittleren Ring in Richtung Norden nach Garching. Dort lag das Lokal, das der anonyme Nachrichtenschreiber als Treffpunkt angegeben hatte. Die anbrechende Nacht tauchte die Stadt in ein freudloses Grau, nur am Horizont strahlte der Himmel noch in stimmungsvollem Orangeviolett.

Emilia betrachtete wieder ihr Smartphone. ENTER PASSWORD stand dort. Sie seufzte. Längst hatte sie alle Namen durchprobiert, die sie auf dem Kuyperhof aufgeschrieben hatte. Cascada, Sunflower, Agamemnon, Odin, Bella. Keiner davon hatte gepasst, und auch keiner der anderen Tiernamen, die ihr eingefallen waren: Lassie, Black Beauty, Boomer, Harvey ... Sogar die komplette Disney-Parade hatte sie eingegeben – ohne Erfolg. Es musste irgendein Name sein, der Goran Kuyper sofort in den Sinn gekommen wäre. Nur welcher?

Im Moment konnte sie sich nicht darauf konzentrieren, weil sie im Geiste schon bei dem Treffen mit dem anonymen Nachrichtenschreiber war. Deshalb rief sie in Lyon an und ließ sich mit Luc Dorffler verbinden, dem Kollegen aus der Rechercheabteilung, der heute Nachtschicht hatte. Sie schilderte ihm ihr Problem und bat ihn, sich um das Passwort zu kümmern.

»Ich könnte mir vorstellen, dass es etwas mit Goran Kuypers Job als Reporter zu tun hat«, sagte sie. »Vielleicht hat er einmal einen Artikel über Zuchtbullenhaltung oder Pferdechampions geschrieben. Irgendetwas in der Art. Und sieh zu, ob du herausfinden kannst, wer am vergangenen Samstag gegen 16.00 Uhr auf dem Kuyperhof angerufen hat. Derjenige kennt diese Internetadresse nämlich auch.«

Dorffler versprach, sich um beides zu kümmern. Emilia bedankte sich und steckte das Smartphone wieder weg.

Einigermaßen zufrieden ließ sie sich in ihren Sitz sinken. Dorffler war ein netter Kerl und ein zuverlässiger Kollege. Bei ihm waren ihre Fragen gut aufgehoben. Endlich hatte sie den Kopf frei für das bevorstehende Treffen.

Zum hundertsten Mal an diesem Tag fragte sie sich, wer ihr diese Botschaft hinterlassen hatte? Wer konnte Hinweise zum Tod von Goran Kuyper haben – und überdies Zugang zu ihrem provisorischen Büro? Wer wusste überhaupt von ihrem Besuch in München? Sie war erst heute Morgen hier angekommen!

War es am Ende doch ein Gag von Mikka Kessler? Eine schräge Einladung zu einem Rendezvous, nur um zu sehen, wie sie darauf reagierte? Sie hörte schon seine Stimme: *Sie sind ein faszinierender Fall, Frau Ness.*

Nein, inzwischen waren sie ja beim Du.

Du bist ein faszinierender Fall, Emilia. Psychologisch sehr interessant.

Irgendwie hätte das zu ihm gepasst.

Oder war es kein Gag, und der anonyme Nachrichtenschreiber sagte die Wahrheit, nämlich, dass die Polizei und womöglich auch Kessler in den Fall verwickelt waren?

Sie seufzte, weil sie allmählich nicht mehr wusste, was sie glauben sollte.

Das Taxi hielt an einer Ampel. Im Wagen daneben saß ein kleiner Junge, etwa fünf Jahre alt, der Emilia durchs Fenster

Grimassen schnitt. Als Antwort verzog Emilia ebenfalls das Gesicht und schielte. Der Junge lachte. Dann fuhr das Taxi weiter.

Emilias Gedanken wanderten zurück zu dem Gespräch auf dem Kuyperhof. Wie passten die neuen Informationen mit dem zusammen, was sie schon wusste? Am Samstagnachmittag hatte jemand um etwa 16.00 Uhr in Oberaiching angerufen und bei Akina die Nachricht hinterlassen, sie möge ihrem Vater ausrichten, dass er sich die Internetseite www.bringlight.to ansehen solle. Goran Kuyper hatte an diesem Tag aber nicht mehr mit Akina gesprochen. Dennoch hatte er sich die Internetadresse mit Kugelschreiber auf die Handfläche gekritzelt. Wie hatte er davon erfahren? Wer hatte gewusst, wie er Goran Kuyper in Frankfurt erreichen konnte – ohne Handy? Oder hatte er das Handy erst später ins Schließfach gesperrt?

Überhaupt: Warum hatte er das Handy eingeschlossen? *Nur* das Handy? Und wo waren seine Papiere? Irgendwie ergab in diesem Fall noch nichts richtig Sinn. Fest stand nur, dass Goran Kuyper irgendwie von der Internetseite erfahren hatte. Und er musste gewusst haben, dass das, was er dort sehen würde, nur für seine Augen bestimmt war, sonst wäre er in ein Internetcafé gegangen, anstatt sich von seinem Freund, dem Architekten Stefan Wieland, eigens einen Laptop mit Surfstick zu leihen. Mit dem Laptop war er dann in sein Hotelzimmer zurückgekehrt. Dort hatte er sich ins Internet eingeloggt und die Adresse www.bringlight.to eingegeben. Nur diese eine Adresse, nichts anderes. Und wenig später hatte ihm jemand – entweder er selbst oder sein Mörder – einen Schuss in die linke Hand und in die Schläfe verpasst.

Welche Puzzlesteine gab es noch in diesem Fall?

Klar, den Alkohol.

Goran Kuyper hatte am Samstagabend fast eine ganze Flasche Schnaps geleert, während er im Internet gewesen war. Hatte er da schon seinen Selbstmord geplant? Oder war ihm klar gewesen, dass man ihn umbringen würde, und er hatte mit dem Alkohol die Angst betäubt? Inzwischen tendierte Emilia mehr zur zweiten Variante: Mord. Dazu passte der Schuss in die Hand und auch der Anruf vom *Hotel Postmeister* nach Oberaiching, kurz vor dem Überfall. Der Anruf musste das Startsignal gewesen sein, jedenfalls fiel Emilia im Moment keine bessere Erklärung ein. Aus irgendeinem Grund hatte der Anrufer den Festnetzanschluss der Kuypers dafür gewählt. Und dann war auf dem Hof die Hölle losgebrochen.

Wer hatte dieses Startsignal gegeben? Mit hoher Wahrscheinlichkeit Goran Kuypers Mörder. Und dafür kam im Moment kein anderer in Betracht als Kolja Rostow. Dieter Grabert, der Hotelgast aus dem dritten Stock, hatte ihn unmittelbar nach dem zweiten Schuss im Flur gesehen. Grabert selbst konnte es nicht gewesen sein, denn der obdachlose Herbert Holbeck hatte ihn nur wenige Sekunden nach dem ersten Schuss an seinem Hotelfenster gesehen. Laut Grabert und Holbeck gab es auch sonst niemanden, der sich am Tatort aufgehalten hatte und als Mörder in Betracht kam. Wie man die Sache auch drehte und wendete – der jetzige Kenntnisstand ließ für Emilia nur eine logische Schlussfolgerung zu: Goran Kuyper hatte sich nicht selbst umgebracht, sondern er war ermordet worden, und zwar von Kolja Rostow.

Das Taxi hatte inzwischen Garching erreicht und steuerte die Innenstadt an. Es hielt vor einer urigen Kneipe namens *Irish Man*, die man über eine Kellertreppe erreichte. Drinnen empfing Emilia ein langgezogenes Gewölbe mit eng beieinanderstehenden Tischen, aber die meisten davon waren unbesetzt.

Emilias Blick wanderte durch den Raum. Die wenigen Gäste schienen sie gar nicht zu bemerken. Falls der anonyme Nachrichtenschreiber dabei war, gab er sich zumindest noch nicht zu erkennen.

Um das Lokal in seiner Gänze beobachten zu können, wählte Emilia einen Tisch am hinteren Ende des schlauchartigen Gewölbes. Sie setzte sich mit dem Rücken zur Wand und bestellte beim Kellner ein Bitter Lemon. Zwar stand ihr der Sinn im Moment eher nach einem kühlen Bier, aber für das bevorstehende Gespräch wollte sie lieber einen klaren Kopf behalten.

45

Avram Kuyper saß wie versteinert am Esstisch und starrte auf seinen Laptop. Nur zwei Wörter standen auf dem Bildschirm: *The End*. In derselben krakeligen Horrorschrift wie beim Vorspann.

Horror – das traf es ganz genau.

Avrams Atem ging schwer. Seine Augen und Wangen glänzten feucht. Er hatte stumm geweint, Gott allein wusste, wie lange. Ein Blick auf die Uhr sagte ihm, dass es nur eine Viertelstunde gewesen sein konnte. Ihm kam es vor wie eine Ewigkeit.

In der Eingabezeile stand www.bringlight.to. Wie viel Hohn und Spott darin steckte! Avram hatte den Film auf dieser Seite vom Anfang bis zum bitteren Ende angeschaut, und im finstersten Sinne war er tatsächlich erhellend gewesen. Eine Offenbarung aus Schmerz, Angst und Blut.

Bring light to – das klang so harmlos! Inzwischen war Avram jedoch die diabolische Dimension dieser drei kleinen Wörter klargeworden. Sie waren eine Anspielung auf den Teufel. Lichtbringer hieß auf Lateinisch Luzifer. Und wer diesen Film gedreht hatte, war ein echter Teufel.

Einen schlimmeren Albtraum als das, was er gerade gesehen hatte, konnte Avram sich nicht vorstellen. Er hatte nur aus einem Grund bis zum Schluss durchgehalten: weil er sich an jede Szene und an jedes einzelne Bild erinnern können wollte, wenn er Belial und Milan Kovacz zu fassen bekam – den Satan und seinen Diener.

*WELCOME TO THE WORLD OF
ENTERPAINMENT.
A Belial-Production*

stand auf dem Monitor. In puncto Grausamkeit lag der Film jenseits aller Vorstellungskraft. Nie hätte Avram geglaubt, dass ein Mensch zu solch einer Tat fähig sein könnte. Er war gerade eines Besseren belehrt worden. Dieser Film war ein Blick in die tiefsten Abgründe der menschlichen Seele.

Er brauchte jetzt dringend einen Schluck Scotch oder Whiskey. Wo hatte Goran seine verdammten Vorräte? Nach kurzem Suchen fand Avram die Flaschen in der Wohnzimmervitrine. Er goss sich ein halbes Glas ein, nahm einen großen Schluck und spürte, wie sich die vertraute Wärme des Alkohols in seiner Kehle und von dort aus im ganzen Körper ausbreitete. Endlich Linderung!

Aber der Schmerz war hartnäckiger.

Avram nahm noch einen Schluck, hielt dann jedoch inne und spuckte ihn wieder ins Glas zurück. Wenn er eine Chance haben wollte, Nadja zu retten, musste er nüchtern bleiben, so unerträglich ihm das im Moment auch erschien. Vor allem musste er schnell handeln. Nadja war in die Hände eines skrupellosen Irren geraten, und jede Minute in seiner Gewalt musste ihr wie eine quälende Ewigkeit vorkommen.

Falls sie überhaupt noch lebte.

Avram stellte den Whiskey ins Regal zurück und schloss die Vitrine. Dann kippte er sein Glas in der Spüle aus, ging nach oben und spähte noch einmal mit dem Infrarotsichtgerät aus allen Fenstern.

Bitte lass jemanden das Haus beobachten!

Auf der Wiese hinter dem Waidbach grasten zwei Rehe. Ihre Körper zeichneten sich als rote Silhouetten in dem Gerät ab. Ansonsten gab es hinter dem Haus nichts zu sehen. Auch auf der Weide zum Bott'schen Hof und zum Wolfhammer-Hof gab es keine Auffälligkeiten. Um diese Uhrzeit fuhr nicht einmal mehr ein Auto auf der Durchgangsstraße.

Aber am Waldrand oberhalb der Pferdekoppel gab es etwas, das Avrams Aufmerksamkeit erregte. Ein roter Fleck auf dem Boden, versteckt hinter Büschen. Nicht besonders groß, ungefähr wie ein Hase oder ein Dachs.

Oder wie ein Mensch, der mit dem Kopf nach vorne auf der Erde lag und das Haus beobachtete.

Nachdem Avram sich vergewissert hatte, dass Akina immer noch friedlich schlief, traf er eine Entscheidung. Leicht fiel sie ihm nicht, denn er hatte Akina sein Wort gegeben, bei ihr zu bleiben und sie zu beschützen.

Jetzt musste er sein Versprechen brechen.

46

Allmählich verlor Emilia die Geduld. Ihre Armbanduhr zeigte 21.10 Uhr, und der anonyme Nachrichtenschreiber war immer noch nicht aufgetaucht. Sie leerte ihren Bitter Lemon und wollte gerade um die Rechnung bitten, als der Kellner wie gerufen zu ihr kam.

»Sind Sie Frau Ness?«, fragte er.

»Bin ich.«

»Jemand hat für Sie angerufen. Ich soll Ihnen ausrichten, dass draußen ein Wagen auf Sie wartet.«

Emilia bedankte sich, zahlte ihr Getränk und machte sich auf den Weg zum Ausgang.

Draußen war der Himmel inzwischen dunkelgrau und die Luft so kühl, dass sie ihre Jacke überstreifte. Ein paar nächtliche Spaziergänger schlenderten im Schein der Laternen über die Gehwege. Überall am Straßenrand parkten Autos. Welches davon wartete auf sie?

Bei einem weißen VW Passat wurde ein Fenster heruntergelassen, und der Fahrer winkte sie herbei.

»Steigen Sie ein«, rief er.

Emilia zögerte. Sich mit einem Unbekannten in einem Lokal zu treffen, ging für sie in Ordnung. In einen fremden Wagen einzusteigen, ohne zu wissen, wohin es ging, war dagegen ein unkalkulierbares Risiko. Wenn sie wenigstens ihre Waffe mit nach Deutschland gebracht hätte! Aber für die Zeugenaussage im Frankfurter Madukas-Prozess war das nicht nötig gewesen.

Sie fasste sich ein Herz, öffnete die Tür und nahm auf dem Beifahrersitz Platz. Der Mann hinter dem Steuer war etwa sechzig Jahre alt, hatte ein aufgedunsenes Gesicht und eine rotgeäderte Nase wie bei einem Säufer. Sein Blick zuckte nervös hin und her, als wolle er nicht nur Emilia, sondern die ganze Umgebung im Auge behalten.

»Sind Sie allein?«, fragte er mit heiserer Stimme.

»Ja, bin ich.«

»Sind Sie sicher, dass Ihnen niemand gefolgt ist?«

»Ziemlich sicher jedenfalls.«

Der Mann startete den Wagen und fuhr, keiner eindeutigen Richtung folgend, durch die nächtlichen Straßenfluchten. Dabei sah er ständig in den Rückspiegel.

»Wohin fahren wir?«, wollte Emilia wissen.

Der Mann reagierte gar nicht darauf.

Nach einigen Minuten lenkte er den Wagen in eine Tiefgarage und parkte ihn in einer dunklen Nische.

Emilia beschlich ein ungutes Gefühl. »Was soll das?«, fragte sie.

Statt einer Antwort zog er eine Pistole aus der Jacke und hielt sie Emilia an die Schläfe. »Bleiben Sie ruhig sitzen und bewegen Sie sich nicht«, zischte er.

Warum habe ich auch in diesen verdammten Wagen einsteigen müssen?

Emilia begann zu zittern, als er sie mit der freien Hand von oben bis unten begrabschte. Erinnerungsfetzen aus ihrer Kampfausbildung rasten durch ihren Kopf – Lektionen, die sie in den letzten Jahren nicht mehr gebraucht hatte ... Die acht Schwachpunkte des menschlichen Körpers. Augen, Kehlkopf, Solar plexus, Knie ...

Aber noch bevor ihr Reaktionsvermögen zurückkehrte, ließ der Mann wieder von ihr ab.

»Sind Sie übergeschnappt ...?«, keuchte sie und zupfte sich die Kleidung zurecht.

»Tut mir leid, aber ich musste sichergehen, dass Sie keine Waffe tragen und nicht verkabelt sind.«

Wenigstens schien er kein Vergewaltiger zu sein. Aber noch konnte Emilia sich nicht entspannen.

»Und was jetzt?«, wollte sie wissen.

»Abwarten«, sagte er.

Eine Weile saß Emilia schweigend neben ihm und wartete. Der Mann machte keinerlei Anstalten, sich zu erklären. Sein Blick wanderte nur immer wieder durch die Tiefgarage, als wolle er sichergehen, dass sie nicht verfolgt wurden.

»Kommen Sie«, sagte er schließlich und stieg aus.

Emilia folgte ihm zum Aufzug. Einen Stock höher gelangten sie durch eine gläserne Schiebetür nach draußen. Die frische Luft war wie eine Befreiung.

Der Mann führte Emilia in eine urige Kneipe namens *Brauerhannes*, wo sie sich weit hinten in eine kleine Nische setzten.

»Bitte entschuldigen Sie die Geheimnistuerei und die ganzen Umstände«, sagte der Mann. »Aber ich musste sichergehen, dass wir ungestört sind und ich Ihnen trauen kann.«

Emilia nickte. »Ich bin gespannt, was Sie mir erzählen wollen. Ich hoffe, es lohnt den Aufwand.«

Der Mann zeigte ein freudloses Lächeln. »Ich werde Sie nicht enttäuschen«, sagte er. »Das verspreche ich Ihnen.«

Die Bedienung kam. Emilia bestellte ein Mineralwasser, der Mann ein Bier.

»Nun, ich weiß nicht so recht, wo ich anfangen soll, Frau Ness ...«, sagte er, als die Bedienung wieder weg war.

»Wie wäre es mit Ihrem Namen?«

»Oh, natürlich. Pauling. Theo Pauling. Bitte entschuldigen Sie, ich muss Ihnen schrecklich unhöflich vorkommen.«

»Zumindest sehr ungewöhnlich«, korrigierte Emilia.

»Weil diese ganze verfluchte Geschichte ungewöhnlich ist. Ungewöhnlich und gefährlich. Wenn ich Ihnen alles erzählt habe, werden Sie verstehen, warum ich so vorsichtig bin.«

»Warum wollen Sie sich ausgerechnet mir anvertrauen?«, fragte Emilia.

»Weil Goran Kuyper Ihnen vertraut hat«, sagte Pauling. »Er hat mich am Tag seines Todes angerufen. Von irgendeinem öffentlichen Apparat in Frankfurt. Er hat mir gesagt, dass er gute Fortschritte macht. Aber er hatte auch eine verfluchte Angst, weil er sich verfolgt fühlte. Hat sein Handy weggesperrt, damit er nicht geortet werden kann. Er hatte nur noch wenig Kleingeld, deshalb haben wir nicht lange miteinander gesprochen. Aber er hat gesagt: Wenn irgendetwas schiefläuft, soll ich mit Ihnen Kontakt aufnehmen.«

Emilia schüttelte den Kopf. Goran Kuyper hatte Theo Pauling gebeten, sich im Notfall an Emilia zu wenden. Und kurz vor seinem Tod hatte er eine Nachricht für sie im *Hotel Postmeister* hinterlassen. *Helfen Sie mir! BITTE! Ich weiß nicht, wem ich noch trauen kann. G. K.*

»Ich kenne Goran Kuyper überhaupt nicht«, sagte Emilia. »Wie kommt er ausgerechnet auf mich?«

»Er hat einmal einen Artikel über Sie geschrieben«, antwortete Pauling. »In diesem Magazin, für das er arbeitet. Eine Story über Korruptionsfälle bei der Polizei. Damals war Ihr Fall in den Medien sehr präsent, und er hat ihn natürlich auch aufgegriffen. Emilia Ness, die Unbestechliche. Hieß es damals nicht so?«

»Die Fabiani-Affäre«, murmelte Emilia. Auf diese Weise war Goran Kuyper also auf sie aufmerksam geworden. Aber woher hatte er gewusst, dass sie letzte Woche in Frankfurt gewesen war? Sie beantwortete sich die Frage gleich selbst: Weil er es in der Zeitung gelesen hatte! Die hatten nämlich ausführlich über den Madukas-Prozess berichtet, denn die Säure-Anschläge hatten einiges Aufsehen erregt. Und als Hauptzeugin der Anklage war Emilias Name in der vergangenen Woche beinahe täglich erwähnt worden.

Emilia Ness, die Unbestechliche.

Sie hatte den Vergleich mit ihrem großen Namensvetter Elliott Ness stets für übertrieben gehalten. Kaum zu glauben, dass es nach all den Jahren immer noch Leute gab, die sich daran erinnerten. Irgendwie peinlich. Aber auch irgendwie schmeichelhaft!

»Sie haben in Ihrer Nachricht geschrieben, dass ich niemandem vertrauen soll«, sagte Emilia. »Vor allem nicht der Polizei. Wen genau meinen Sie damit?«

»Vor allem die Münchner Kripo«, entgegnete Pauling wie aus der Pistole geschossen. »Die sind auf jeden Fall korrupt.«

»Was ist mit den Kollegen aus Frankfurt?«

»Das weiß ich nicht genau. Augsburg und Nürnberg stecken auch mit drin, so viel steht fest. Bei Würzburg und Ulm bin ich nicht hundertprozentig sicher, aber ich würde viel Geld darauf wetten. Keine Ahnung, wie weit der Kreis reicht.« Er rieb sich mit einer Hand über die rotgeäderten Wangen. »Ich arbeite übrigens bei der Kripo München. Heute Morgen habe ich von Gorans Tod erfahren. Deshalb habe ich beschlossen, mich an Sie zu wenden. Das wäre Gorans Wunsch gewesen. Außerdem musste ich mit jemandem darüber sprechen.«

47

Nachdem Avram durchs Infrarotsichtgerät die menschliche Gestalt am oberen Rand der Pferdekoppel entdeckt hatte, war sein erster Gedanke, sich dorthin zu schleichen und den heimlichen Beobachter zu überraschen. Entweder war das Milan Kovacz oder einer seiner Helfer. Jedenfalls war er gekommen, um das Haus auszuspionieren und bei nächster Gelegenheit Akina zu töten, die einzige Zeugin des Überfalls vom vergangenen Wochenende. Wenn es Avram gelänge, den Kerl dort oben am Waldrand zum Reden zu bringen, könnte er vielleicht Nadja retten.

Aber er wusste, dass es schwierig, wenn nicht sogar unmöglich wäre, sich nahe genug heranzupirschen, ohne verräterische Geräusche im Unterholz zu verursachen. Er würde den Kerl höchstens vertreiben, oder es würde zu einem Kampf mit ungewissem Ausgang kommen. Nein, um schnell die gewünschten Antworten zu bekommen, musste er es schlauer anstellen. Er musste ihn in eine Falle locken.

Inzwischen hatte er dazu auch eine Idee.

Er überprüfte noch einmal die Überwachungskameras und seine Pistole, dann ging er nach draußen, stieg in seinen BMW ...

... und zögerte.

Tat er das Richtige? Immerhin hatte er Akina versprochen, bei ihr zu bleiben. Jetzt brach er dieses Versprechen nicht nur, nein, er wollte sie darüber hinaus auch noch als Köder benutzen! Obwohl sein Verstand ihm sagte, dass das die beste Möglichkeit war, Nadja zu helfen, schalt ihn sein Gewissen als herzlos, berechnend und kalt.

Er startete den Motor, drehte auf dem Innenhof und fuhr in Richtung Oberaiching davon. Dabei musste er sich zu einem gemächlichen Tempo zwingen, denn der Kerl am Waldrand sollte den Eindruck gewinnen, dass Avram auf ein Bier in die Dorfkneipe fuhr. Selbst nachdem er den Bott'schen Hof hinter sich gelassen hatte, trat er noch nicht aufs Gas, um keinen Verdacht zu erregen. Erst auf der Hauptstraße wagte er, den Motor aufheulen zu lassen. Viel zu schnell schoss er durchs Dorf, aber zum Glück war um diese Uhrzeit niemand mehr auf der Straße.

Mit quietschenden Reifen parkte Avram seinen Wagen am Marktplatz vor der Kirche. Bevor er ausstieg, kontrollierte er rasch sein Smartphone, das ihm auf einen Blick die Bilder der Überwachungskameras zeigte. Noch war niemand zu sehen. Er aktivierte den Vibrationsalarm für den Fall, dass eine der Kameras ein bewegliches Ziel erfasste. Dann zog Avram sich das Infrarotsichtgerät über den Kopf und rannte auf dem Fußweg entlang des Waidbachs zurück zum Kuyperhof.

48

Die Getränke kamen, und sie nippten an ihren Gläsern.

»Herr Pauling«, sagte Emilia und stellte ihr Glas ab. »Beginnen wir doch damit, wer Sie sind und woher Sie Goran Kuyper kannten, in Ordnung?«

Pauling nickte in kleinen, zuckenden Bewegungen und nahm einen kräftigen Schluck Bier, als müsse er sich erst Mut antrinken. Dann begann er zu erzählen: »Ich bin Polizist in München, seit achtundzwanzig Jahren. Zuerst bei der Sitte, dann bei der Drogenfahndung und die letzten zehn Jahre bei der Mordkommission. In der ganzen Zeit habe ich schon einiges erlebt, aber das hier …« Er schüttelte mutlos den Kopf. »Ich war nie besonders ehrgeizig. Ich sage das nur, damit Sie nicht denken, ich treffe mich mit Ihnen, um mich zu profilieren. Wenn ich einen Fall zugeteilt bekomme, versuche ich natürlich, die Wahrheit herauszufinden, allerdings nicht um jeden Preis. Ich bringe mich nicht unnötig selbst in Gefahr. Aber in diesem Fall kann ich nicht anders, weil ich mich schuldig fühle. Schuldig an Gorans Tod.«

»Waren Sie mit ihm befreundet?«

»Wir waren früher im selben Sportklub. Fußball. Dann hat sein Knie schlappgemacht, und er hat damit aufgehört. Aber wir haben uns auch danach regelmäßig auf ein Bier getroffen. Ich wohne in Kirchbrunn, das ist ein Nachbarort von Oberaiching. Goran war ein netter Kerl, müssen Sie wissen. Nicht besonders redselig, aber ein guter Zuhörer – musste er bei seinem Job wohl auch sein.« Pauling hielt inne und seufzte. »Goran war immer auf der Suche nach einer heißen Story«, fuhr er fort. »Er hat ständig versucht, an Insidertipps zu kommen, aber natürlich habe ich ihm gegenüber nie etwas erwähnt. Bis auf dieses verhängnisvolle eine Mal.« Er machte eine Pause, nippte wieder an seinem Bierglas, dachte nach. »Das Ganze hat vor etwa zwei Monaten angefangen, als bei der Münchner Kripo ein Brief mit einer selbstgebrannten CD-ROM einging. Mein Gott, die hatte es in sich! Brisantes Material. Snuff-Movies, verstehen Sie? Tötungs- und Folterszenen der grausamsten Art. Ich schwöre beim Leben meiner Kinder: So etwas hatte ich bis dahin noch nicht gesehen.« Er begann seine Finger zu kneten, war aber so vertieft, dass er gar nicht darauf achtete. »In dem Kuvert für die Polizei befand sich auch noch ein Begleitschreiben – ein Computerausdruck, verfasst von jemandem, der sich Goliath nannte. Er schrieb, dass er noch mehr Informationen für die Polizei habe. Beweise, die genügen würden, um den Verantwortlichen für diese Filme zu fassen. Allerdings forderte Goliath dafür zwei Millionen Euro.«

»Die die Polizei nicht bezahlen wollte«, vermutete Emilia.

Pauling nickte. »Aber es wurde ein Sonderermittlungsteam ins Leben gerufen. Es bestand aus acht Kripo-Beamten, darunter auch ich. Wir kamen nur schleppend voran, aber wir hatten sehr schnell den Verdacht, dass sich hinter dem Namen Goliath ein Computerhacker namens Ulf Heidecker verbirgt, der in München-Pasing wohnt. Wir glaubten, dass er uns die CD-ROM zugespielt hatte.«

»Eine selbstgebrannte CD-ROM scheint mir ziemlich altmodisch für einen Computerhacker zu sein. Wie sind Sie auf Heidecker gekommen?«

»Er hat sich große Mühe gegeben, auf der CD-ROM keine

Spuren zu hinterlassen«, antwortete Pauling. »Er hat auch nicht das Briefkuvert abgeleckt oder mit den Fingern berührt. Aber beim Eintüten ist ihm irgendwie eine Wimper ins Kuvert gerutscht. Anhand dieser DNA konnten wir ihn dann identifizieren.«

Emilia lächelte. Oft waren es winzige Kleinigkeiten, die jemanden überführten. »Wie hat er auf Ihren Besuch reagiert?«, fragte sie.

Paulings Gesicht verfinsterte sich. »Gar nicht. Als wir ihn festnehmen wollten, war er nicht zu Hause. Wir haben seine Wohnung observiert, aber er tauchte nicht auf. Einen Tag später war er tot.«

»Glauben Sie, dass er ermordet wurde?«

»Offiziell war es ein Autounfall mit Fahrerflucht. Den Fluchtwagen hat man später gefunden. Er wurde ein paar Stunden vor dem angeblichen Unfall als gestohlen gemeldet.«

»Woher wissen Sie, dass Heidecker ein Hacker war?«

»Er stand vor ein paar Jahren schon mal vor Gericht. Wegen Wirtschaftsspionage. Damals hatte er sich in das System einer Bremer Werft eingehackt, die auch Schiffe für die deutsche Marine herstellt. Das Verfahren gegen ihn wurde später aus Mangel an Beweisen eingestellt.« Pauling dachte einen Moment nach. »Nach seinem Tod haben wir seine Rechner konfisziert und untersucht«, fuhr er schließlich fort. »Die Tools, die unsere Experten darauf gefunden haben, lassen keinen Zweifel daran, dass er auch nach dem Verfahren in Bremen noch aktiv Computer gehackt hat.«

»Waren auf seinen Rechnern auch die Beweise gegen den Macher der Foltervideos, die er in seinem Begleitbrief erwähnt hat?«, fragte Emilia.

Pauling schüttelte den Kopf. »Leider nicht. Nur dutzendweise weiterer solcher Filme. Allerdings nachweislich keine echten.«

»Wie meinen Sie das?«

»Es waren Spielfilmszenen. Kaum einer der Filme ist in Deutschland veröffentlicht worden. Es waren vor allem Produktionen aus Japan und Korea. Splatter-Movies. Nichts für weiche Gemüter, aber auf jeden Fall nur geschauspielert. Das warf den Verdacht auf, dass vielleicht auch die Filme auf der CD-ROM nur gestellt seien. Dass Heidecker die Polizei an der Nase herumführen und dafür auch noch zwei Millionen Euro kassieren wollte. Deshalb wurde der Fall ad acta gelegt und unser Team aufgelöst – alles mit dem Einverständnis der Staatsanwaltschaft.«

»Wollen Sie damit andeuten, dass die da auch mit drinhängen?«

»Ohne deren Einwilligung hätte der Fall nie so schnell abgeschlossen werden können. Und niemand von denen hat unangenehme Fragen gestellt, zum Beispiel, warum fast alle Dateien auf Heideckers Rechnern so gut verschlüsselt waren, dass die Polizei ihren Inhalt nicht einsehen konnte – nur bei diesen Spielfilmszenen aus Fernost hat Heidecker ein Passwort benutzt, das jedes Schulkind herausbekommen hätte – das Geburtsdatum seiner Mutter.« Pauling seufzte. »Ich glaube, dass die Filme erst nach seinem Tod auf seine Rechner gespielt wurden. Um den Verdacht zu erwecken, dass auch die Dateien auf der CD-ROM harmlos sind – was ja auch geklappt hat.«

Emilia nippte an ihrem Mineralwasser. »Sie glauben also nicht, dass die Szenen auf der CD-ROM nur geschauspielert waren.«

Pauling schüttelte den Kopf und starrte dabei auf sein Glas. »Ein Kollege – Wilhelm Lechner – und ich, wir hatten unsere Zweifel, weil eines der Opfer Ähnlichkeit mit einer Leiche hatte, die vor Jahren in einem Wald bei Passau gefunden wurde. Nur konnten wir das nicht beweisen, und die anderen haben es nicht geglaubt – oder sie wollten es nicht mehr hören, weil sie zu diesem Zeitpunkt schon gekauft worden waren.«

»Das sind schwere Anschuldigungen. Sind Sie wirklich sicher?«

»Da gibt es für mich nicht den geringsten Zweifel. Keiner von denen hatte ein Interesse an der Wahrheit. Die wollten den Fall einfach nur abhaken. Und dann Heideckers plötzlicher Tod – genau einen Tag nachdem er bei uns unter Verdacht geraten war. Niemand außer uns wusste, dass die CD-ROM von ihm stammte. Wer sollte ihn also umgebracht haben, wenn nicht einer meiner Kollegen? ... Ich denke, Heidecker ist beim Hacken auf diese Dateien gestoßen. Vielleicht hat er gezielt danach gesucht, vielleicht war es Zufall. Jedenfalls wusste er, dass das ganz heißer Stoff war, denn er hatte ja nicht nur die Videos, sondern auch einen Beweis dafür, wer diese Videos gedreht hat. Er wollte etwas Gutes tun, und er wollte auch ordentlich Geld absahnen. Deshalb hat er sich an die Polizei gewandt. Nur leider kam ihm diese dumme kleine Wimper in die Quere. Das hat er mit seinem Leben bezahlt.«

Emilia nickte. Wie Pauling es schilderte, erschien das alles logisch. Doch leider gab es keine Beweise für seinen Verdacht, sondern nur einen Haufen Mutmaßungen. »Ich würde gerne mit Ihrem Kollegen sprechen«, sagte sie. »Mit Wilhelm Lechner. Damit jemand diese Geschichte bestätigen kann.«

»Das wird nicht mehr möglich sein. Er ist ebenfalls tot.« Paulings Gesicht schien plötzlich auszubleichen, seine Augen wurden wässrig. »Ich selbst bin ein eher ruhiger Mensch, der es gerne harmonisch mag. Lechner war das nicht. Im Gegenteil, er hat nie eine offene Konfrontation gescheut. Deshalb hat er auch keinen Hehl aus seiner Meinung gemacht, dass an diesem Fall etwas faul ist. Jedem, der es hören wollte, hat er erzählt, dass die Sache zum Himmel stinke und dass es in unserer Behörde schwarze Schafe gäbe.«

»Was ist passiert?«

»Er wurde erstochen, abends, als er mit seiner Frau spazieren ging. Ein paar maskierte Männer haben ihn überfallen. Sie wollten angeblich seinen Geldbeutel, aber als er ihn herausrückte, haben sie ihn trotzdem niedergestochen. Sieben Stiche in Bauch und Brust. Er ist noch am Tatort gestorben. Nach dem Geldbeutel seiner Frau haben die Scheißkerle nicht einmal gefragt. Ich wette mein letztes Hemd darauf, dass das ein Auftragsmord war, weil er die Klappe zu weit aufgerissen hat.«

Emilia kaute auf ihrer Unterlippe. Das war in der Tat eine auffällige Häufung von sonderbaren Zufällen. »Hat man Sie auch schon in irgendeiner Weise bedroht?«, fragte sie.

Pauling schüttelte den Kopf. »Die gehen wohl davon aus, dass ich keine Gefahr für sie bin.«

»Na schön, nehmen wir für den Moment an, dass Sie recht haben. Einige Ihrer Kollegen wollen den Fall unter den Teppich kehren. Wie kam Goran Kuyper ins Spiel?«

»Dass wir befreundet waren, hatte ich ja schon gesagt. Eines Abends waren wir wieder ein Bier trinken. Das war am Tag von Wilhelm Lechners Beerdigung. Ich hatte ziemlich miese Laune, wie Sie sich vorstellen können. Deshalb habe ich viel mehr getrunken, als mir guttat. Ich war zornig auf meine Kollegen und auf die Staatsanwaltschaft. Und ich fühlte mich machtlos, weil es nichts gab, was ich tun konnte, um die Sache noch mal ins Rollen zu bringen. Vielleicht war ich auch nur enttäuscht von mir selbst, dass ich mich nicht getraut habe, es wenigstens zu versuchen. Jedenfalls habe ich Goran in meiner Bierlaune davon erzählt. Er ist natürlich voll darauf angesprungen. So eine Story war ganz nach seinem Geschmack.« Pauling leerte sein Glas mit einem kräftigen Schluck und bestellte bei der Bedienung mit einem Handzeichen nach. »Ich wollte, dass Goran die Sache als Reporter aufrollt«, fuhr er fort. »Ich wollte, dass er herausfindet, wer hinter den Videos steckt und welche Polizisten in die Angelegenheit verwickelt sind. Ich wollte es, weil ich selbst zu feige dazu war, weiterzumachen. Damit werde ich für den Rest meines Lebens zu kämpfen haben, Frau Ness. Mit dem Wissen, dass ich Goran ins Messer habe laufen lassen.« Eine Träne rann über die Wange. Er wischte sie mit dem Handrücken weg. »Die haben Heidecker umgebracht. Und Lechner. Und Goran. Ich weiß nicht, wer die sind, aber sie dürfen nicht damit durchkommen. Versprechen Sie mir, dass Sie sich darum kümmern werden. Ich weiß nicht, an wen ich mich sonst wenden kann.«

Emilia zögerte. Im Grunde tat Pauling mit ihr gerade dasselbe wie mit Goran Kuyper: Er köderte sie mit seiner sonderbaren Geschichte und hoffte, dass sie anbeißen würde, weil er selbst nicht den Mut aufbrachte, etwas zu unternehmen. Das Problem war, dass sie schon am Haken hing, auch wenn die Sache gefährlich war.

»Wo ist diese CD-ROM?«, fragte sie. »Ist sie noch unter Verschluss?«

Pauling winkte ab. »Das ist auch so eine merkwürdige Sache«, sagte er. »Die CD-ROM ist nämlich verschwunden.«

»Verschwunden? Wie meinen Sie das?«

»Nachdem der Fall offiziell abgeschlossen war, wurde

Heideckers beschlagnahmter Besitz an seine Frau zurückgeschickt. Die CD-ROM war nicht dabei. In der Asservatenkammer ist sie aber auch nicht mehr. Sie scheint sich in Luft aufgelöst zu haben.«

»Wer hat die Freigabe der Beweismittel unterschrieben?«
»Lohmeyer.«
»Hauptkommissar Lohmeyer, der auch im Fall der Kuyper-Familie ermittelt?«
»Sonderbar, nicht wahr? Er scheint da ganz besonders tief mit drinzuhängen. Deshalb habe ich Ihnen meine Nachricht auf den Tisch gelegt, während Sie Einsatzbesprechung hatten. Ich wollte nicht, dass mich jemand aus dem damaligen Team sieht, schon gar nicht Lohmeyer. Das hätte ihn skeptisch gemacht.«

Lohmeyer hatte bisher einen ganz vernünftigen Eindruck auf Emilia gemacht. Er schien zwar nicht übermäßig motiviert zu sein, aber er leitete den Fall gewissenhaft und kompetent. War das nur Schau, weil Interpol sich in die Ermittlungen eingeklinkt hatte?

»Im Moment haben wir kaum etwas in der Hand, mit dem ich arbeiten kann«, sagte Emilia nachdenklich. »Außer Ihnen gibt es niemanden, der die Geschichte bestätigen wird, und das einzige Beweismittel – die CD-ROM – ist nicht mehr auffindbar. Was soll ich Ihrer Meinung nach tun?«

Paulings Augen begannen zu funkeln, als habe er noch einen Joker im Ärmel. »Lechner hat die Dateien heimlich auf seinen privaten PC überspielt, weil er schon befürchtet hatte, dass jemand die CD-ROM verschwinden lassen würde«, sagte er. »Das hat er mir am Tag seines Todes verraten. Und er hat mir die Dateien auf einen USB-Stick kopiert, gewissermaßen als Datensicherung. Diesen Stick habe ich später Goran Kuyper gegeben, als Basis für seine Recherchen. Ich selbst habe mir natürlich auch eine Kopie angefertigt. Hier ist sie.«

Pauling zog aus seiner Jackentasche einen USB-Stick und schob ihn über den Tisch. »Ich bin fest davon überzeugt, dass dieser Stick der Schlüssel zu Gorans Tod und zur Entführung seiner Familie ist«, sagte er. »Schauen Sie sich die Dateien an, Frau Ness. Und wenn Sie wie ich glauben, dass die Filme echte Morde zeigen, dann versuchen Sie, Irina Panakova ausfindig zu machen. Sie ist eine Prostituierte aus Nürnberg. Lechner hielt sie für die wichtigste Zeugin in diesem Fall. Das habe ich auch Goran gesagt.«

»Wie kam Lechner darauf?«

»Das weiß ich leider nicht. Aber er hatte mit ihr gesprochen. Und er war davon überzeugt, dass sie uns zu dem Mörder führen könnte.«

49

Avram war außer Atem. Er keuchte wie eine Dampflok, sein Herz hämmerte in seiner Brust, kalter Schweiß stand ihm auf der Stirn. Die Stellen, wo Daiss ihn mit der Faust im Gesicht getroffen hatte, pulsierten im Takt seines Herzschlags und taten dabei verflucht weh.

In seinem Kopf rasten die Gedanken – Bilder des Grauens, die stroboskopartig vor seinem inneren Auge flackerten. Szenen eines Albtraums, aus dem es kein Erwachen gab.

www.bringlight.to
Der Name des Tiers.
Belial Productions.
Enterpainment.

Er war nur einen Schritt vom Wahnsinn entfernt, so sehr schmerzte ihn das, was er im Internet gesehen hatte. Die Sehnsucht nach körperlichem Schmerz war übermächtig – ein Schnitt ins Fleisch, ein gebrochener Finger, irgendetwas, um den Terror im Kopf zu vertreiben. Er war jetzt sicher, dass Goran sich selbst in den Handteller und anschließend in den Kopf geschossen hatte. Genau aus diesem Grund. Am liebsten hätte Avram es ihm nachgemacht.

Aber das hätte Nadja nicht geholfen. Deshalb musste er jetzt stark sein und versuchen, nicht durchzudrehen.

Eines Tages würde Belial dafür büßen. Avram würde ihn suchen und jagen, und er würde ihm genau dasselbe antun wie das, was er vor einigen Minuten im Internet gesehen hatte. Die Bestie hatte es nicht anders verdient!

*Komm nach Hause und räche dich an denen,
die uns getötet haben.*

Das waren Gorans Worte auf dem Anrufbeantworter in Amsterdam gewesen. Von Anfang an hatte Avram geahnt, dass sein jüngerer Bruder in etwas durch und durch Böses hineingeraten war. Aber *das*? Niemals hätte er *damit* gerechnet! Es war die Hölle auf Erden, und Goran hatte nicht nur sich, sondern seine ganze Familie da mit hineingezogen.

Getrieben von diesen finsteren Gedanken, rannte Avram zurück zum Kuyperhof und hoffte inständig, dass sein Plan aufgehen würde. Normalerweise hatte er ein gutes Gespür für Timing. Im Moment fiel es ihm jedoch schwer, die Lage realistisch einzuschätzen. Zwar konnte er mit dem Infrarotsichtgerät vor Augen trotz Dunkelheit gut sehen, doch der Weg entlang des Waidbachs war viel länger und anstrengender, als er es aus seinen Kinder- und Jugendtagen in Erinnerung hatte.

Er hoffte, dass er nicht zu langsam war. Sonst würde Akina das mit dem Leben bezahlen.

50

Emilia ertappte sich dabei, wie sie nervös mit einer Haarsträhne spielte, während sie im Taxi auf dem Weg zum Hotel saß. Was Pauling ihr erzählt hatte, ging ihr nicht mehr aus dem Kopf. Sie brannte darauf, die Dateien auf dem USB-Stick anzuschauen, fürchtete sich gleichzeitig aber auch davor.

Folter, Schmerz, Tod ...

Sie hatte in ihrer Laufbahn schon viel Schreckliches erlebt – zuletzt die Säureanschläge von Robert Madukas, der Bestie von Hanau, dessentwegen sie in Frankfurt vor Gericht ausgesagt hatte. Aber wenn Pauling nicht übertrieben hatte, würden die Filme auf dem USB-Stick alles andere in den Schatten stellen.

Sie seufzte. Nicht einmal auf polizeilichen Beistand konnte sie bauen. Paulings Worte hallten wie ein Echo in ihren Ohren nach: Die Münchner Kripo war in den Fall verwickelt, ebenso wie Augsburg und Nürnberg. Wahrscheinlich auch Würzburg und Ulm, und vielleicht reichte der Kreis sogar noch viel weiter.

Womöglich sogar bis nach Frankfurt?

Mit leerem Blick starrte sie aus dem Fenster und ließ die nächtlichen Straßenfronten an sich vorbeiziehen. Sie kam sich einsam vor, isoliert wie nie zuvor in ihrem Leben. Stand Mikka Kessler auf ihrer Seite oder nicht?

Sie nahm ihr Handy aus der Tasche und rief Luc Dorffler in Lyon an.

»Das ist Gedankenübertragung!«, sagte Dorffler, kaum dass er den Hörer abgenommen hatte. »Ob du es glaubst oder nicht, ich bin hier gerade auf eine ganz heiße Spur gestoßen!«

Im ersten Moment wusste Emilia nicht, worauf er hinauswollte. Dann erinnerte sie sich an das Telefonat, das sie vor dem Treffen mit Pauling geführt hatten. »Hast du schon herausgefunden, wer am Samstagnachmittag auf dem Kuyperhof angerufen hat?«

»Der Anruf kam von einem öffentlichen Anschluss in der Fußgängerzone in Ingolstadt.«

»Gibt es dort Überwachungskameras?«

»Nicht in der Nähe dieser Telefonsäule.«

Damit war es aussichtslos, den Anrufer vom Samstag zu identifizieren. Emilia seufzte.

»Es gibt aber auch noch eine gute Neuigkeit«, sagte Dorffler. »Ich habe das Passwort zu dieser Internetseite herausbekommen. Goran Kuyper hat vor vier Monaten einen Artikel über einen Mörder in Regensburg geschrieben. Überschrift: Die Schöne und das Biest. Die Details lasse ich jetzt mal weg. Aber du hast ja nach dem Namen eines Tiers gefragt. Und ein Biest ist ein Tier, oder etwa nicht? Der Kerl hat Selbstmord begangen und seinen Abschiedsbrief mit »Der Wolf von Regensburg« unterschrieben. Ich denke, deutlicher geht es nicht.«

»Der Name des Mörders ist also das Passwort?«, fragte Emilia.

»Ganz genau. Er hieß Konstantin Weilwein. Zwei Wörter, jeweils großgeschrieben. Aber ich warne dich vor dem, was du auf dieser Internetseite sehen wirst. Mir ist jetzt noch schlecht, wenn ich nur daran denke.«

Das klang nach viel Blut. Ein eisiger Schauder lief Emilia über den Rücken. »Ich hätte da noch eine Bitte an dich, Luc«, sagte sie.

»Schieß los, ich bin gerade gut in Fahrt.«

»Genau genommen sind es sogar zwei Bitten.«

Dorffler stieß einen theatralischen Seufzer aus. »Das Schicksal eines Genies. Worum geht's?«

Emilia schmunzelte. »Erstens um jemanden, mit dem ich hier zusammenarbeite«, sagte sie. »Ein Hauptkommissar der Frankfurter Kripo. Mikka Kessler. Ich weiß nicht, was ich von ihm halten soll. Kannst du ihn mal für mich überprüfen?«

»So gut wie erledigt. Zweitens?«

»Es gibt da eine Prostituierte namens Irina Panakova. Nach meinen Informationen schafft sie im Bahnhofsviertel in Nürnberg an. Wahrscheinlich ist sie eine wichtige Zeugin in meinem Fall. Ich gehe davon aus, dass Goran Kuyper sie kurz vor seinem Tod getroffen hat. Kannst du sie für mich ausfindig machen?«

Dorffler versprach, sich wieder zu melden, sobald er etwas herausgefunden hatte. Emilia beendete das Telefonat, verstaute das Handy in ihrer Tasche und streckte sich. Es würde eine lange Nacht werden.

51

Am Uferweg entlang des Waidbachs gab es keine Laternen, und die Taschenlampe hatte Avram bewusst im Wagen gelassen. Licht wäre in dieser dunklen Nacht viel zu auffällig gewesen. Einmal gestattete er sich einen kurzen Blick in sein Smartphone, weil der Vibrationsalarm anschlug. Aber der Auslöser war nur die Katze, die über den Hof in Richtung Pferdestall trottete. Sie musste über die Katzenklappe ins Freie gelangt sein und begab sich wohl gerade auf Mäusejagd.

Avram steckte das Smartphone wieder weg. Nicht auszudenken, wenn das der heimliche Beobachter vom Waldrand gewesen wäre! Bis zum Hof war es noch ein ganzes Stück. Er hätte niemals schnell genug dort sein können, um Akina zu retten!

Keuchend rannte er weiter. Das Smartphone hatte 22.12 Uhr angezeigt. Seit er den Kuyperhof verlassen hatte, waren genau dreizehn Minuten vergangen.

Beeil dich! Ohne dich hat Akina keine Chance!

Trotz Infrarotsichtgerät musste er vorsichtig sein. Erstens war es möglich, dass Kovaczs Leute auch hier irgendwo lauerten, und zweitens wollte er nicht riskieren, sich ein Bein zu brechen oder es sich auch nur zu verstauchen. Er kam sowieso viel zu langsam voran!

Endlich erreichte er die Abzweigung zum Kuyperhof, die linker Hand entlang des Bott'schen Weidezauns nach oben führte. Schwitzend und mit rasselndem Atem nahm Avram die Steigung zur alten Jagdhütte. Von hier aus konnte er schon das Gehöft sehen, das sich als Ansammlung grauer Schemen von der noch dunkleren Umgebung abhob. Nur die Fenster schimmerten im Infrarotsichtgerät in warmem Orangerot – und der Fleck am Waldrand auf der gegenüberliegenden Seite der Senke!

Also war der Kerl immer noch auf seiner Position! Er hatte dort ausgeharrt, um sicherzugehen, dass Avram nicht nur kurz ins Dorf gefahren war, um eine Schachtel Zigaretten zu holen.

Aber jetzt begann sich der orangerote Fleck zu regen. Er richtete sich auf, streckte sich, hielt kurz inne. Dann bückte er sich und hob etwas vom Boden auf. Vielleicht eine Waffe, auf diese Distanz konnte Avram das nicht erkennen.

Es war eindeutig eine menschliche Gestalt. Von der Statur her eher ein Mann als eine Frau. Und er schlug jetzt den direkten Weg zum Hof ein, querfeldein über die Pferdekoppel.

Avram rannte los. Nach seiner Schätzung hatten er und der andere es ungefähr gleich weit bis zum Haus. Wenn er sich beeilte, würde er es gerade noch rechtzeitig schaffen!

Wie am Sonntag wählte er den Kellereingang hinter dem Haus, wo er einen Moment innehielt, um seinen keuchenden Atem unter Kontrolle zu bringen. Vorsichtig öffnete er die Tür und schlich auf leisen Sohlen in den Flur zum Treppenaufgang.

An der Eingangstür blieb er stehen, um zu lauschen. Aber er hörte nichts außer dem Rauschen des Bluts in seinen Ohren und seinem eigenen Atem. Wo steckte der Kerl? Weit konnte er nicht mehr sein!

Avram nahm seine Pistole zur Hand und schraubte den Schalldämpfer auf den Lauf, während er an der Küche vorbei in den anderen Gebäudetrakt ging. Nur schwer widerstand er dem Drang, die Treppen nach oben zu steigen, um einen Blick in Akinas Zimmer zu werfen und sich zu vergewissern, dass sie noch friedlich schlief. Aber er fürchtete, sie zu wecken, was unnötige Komplikationen verursacht hätte.

Deshalb blieb er im Erdgeschoss. Er entsicherte seine Waffe und bezog Position im Bügelzimmer neben der Telefonkommode. Hier kam er vollends zur Ruhe. Wartete. Und lauschte.

52

Das Taxi hielt vor dem Hotel. Emilia zahlte und machte sich auf den Weg zu ihrem Zimmer.

Im Aufzug klingelte ihr Handy. Es war Dorffler.

»Ich habe einen Schnellsuchlauf für deinen neuen Kollegen durchgeführt«, sagte er. Offenbar sprach er von Kessler.

»Was genau willst du wissen?«

»Fang einfach mal an.«

»Also gut. Schulzeit und Kindheit im Waisenhaus überspringe ich einfach mal. Da gibt es keine besonderen Vorkommnisse, zumindest steht davon nichts in seiner Polizeiakte. Nach dem Abitur hat er zwei Semester BWL studiert, dann aber abgebrochen und sich für eine Ausbildung bei der Polizei in Duisburg entschieden. Es folgten zwei Jahre bei der Sitte, danach ist er ins Drogendezernat gewechselt, wo er eine ziemlich passable Karriere hingelegt hat. Dann, vor acht Jahren, gab es bei einem Fall ein paar Ungereimtheiten. Ich verschone dich mit Details, aber Kessler schien sich einiges nebenher dazuverdient zu haben, wenn du verstehst, was ich meine. Jedenfalls ist er vor Gericht gelandet, wegen des Verdachts auf Bestechlichkeit und Unterschlagung von Beweismaterial. Man hat ihm vorgeworfen, dass er bei einer Razzia ein paar Pakete Heroin beiseitegeschafft hat, um sie anschließend selbst an den Mann zu bringen.«

Der Aufzug kam in Emilias Stockwerk an, und sie trat in den Flur. »Was ist aus der Anklage geworden?« Sie flüsterte, weil es schon spät war und sie sich ihrem Zimmer näherte. Kesslers Zimmer lag direkt daneben.

»Man hat ihn freigesprochen«, sagte Dorffler. »Aber ihm hat es danach wohl nicht mehr in Duisburg gefallen. Acht Wochen nach dem Freispruch ist er zur Frankfurter Kripo gegangen.«

Emilia seufzte. Dorfflers beiläufige Bemerkung über Kesslers Kindheit traf sie noch mehr als die Anklage in Duisburg. »Erzähl mir noch etwas über das Waisenhaus. Wie lange war er dort?«

»Seine Eltern sind bei einem Autounfall ums Leben gekommen. Da war er sechs. Aus irgendeinem Grund wurde er nie adoptiert. Wahrscheinlich war er schon zu alt. Die meisten Ehepaare, die ein Kind suchen, wollen ein Baby.«

»Sonst noch etwas, das ich über ihn wissen sollte?«

»Im Moment nicht. Aber wenn du willst, kann ich noch ein bisschen tiefer bohren.«

»Nein, lass es gut sein, Luc«, sagte Emilia. »Wenn ich noch mehr wissen muss, melde ich mich wieder bei dir. Hast du auch schon etwas über Irina Panakova herausgefunden?«

»Ich bin schnell, aber ich bin kein Hexer«, entgegnete Dorffler ein wenig gekränkt. »Ich melde mich, sobald ich etwas für dich habe.«

Emilia bedankte sich und steckte ihr Handy wieder weg.

In ihrem Zimmer setzte sie sich einen Moment aufs Bett, um in Ruhe über Kessler nachzudenken. Von seiner Anklage in Duisburg hatte er ihr nichts erzählt. Das allein wäre für sie sogar noch verständlich gewesen – bestimmt war er auf diese Geschichte trotz erwiesener Unschuld nicht besonders stolz. Aber er hatte ihr nicht nur diese unangenehme Wahrheit verschwiegen, er hatte sie darüber hinaus auch noch bewusst belogen: Sein Vater sei ein wohlhabender Rechtsanwalt, hatte er behauptet, und er, Mikka Kessler, habe die Nachfolge der Kanzlei ausgeschlagen, um zur Polizei zu gehen.

Alles Lüge!

Aber wenn sein Vermögen nicht von seinem Vater stammte, woher hatte er dann das Geld für seinen teuren Lebensstil? Für seine elegante Wohnung, seinen neuen A6, seine schicken Klamotten? Allein von seinem Polizistengehalt konnte er sich das nicht leisten! War er womöglich doch korrupt? Hatte er in Duisburg so viel Geld abgesahnt, dass er bis heute gut davon leben konnte? Oder verdiente er sich auch jetzt noch etwas dazu, nur dass er es in Frankfurt schlauer anstellte und sich nicht erwischen ließ?

Ein Fernsehgeräusch aus dem Nebenzimmer ließ Emilia aufhorchen. Offenbar war Kessler noch wach.

Nachdenklich schüttelte sie den Kopf. Vor nicht einmal vierundzwanzig Stunden wäre sie hinübergegangen und hätte an seiner Zimmertür geklopft. Jetzt wusste sie nicht mehr, was sie von ihm halten sollte.

Die Enttäuschung saß tief, aber im Moment gab es Wichtigeres als ihre persönlichen Befindlichkeiten. Da war zum einen der USB-Stick von Theo Pauling, dessen Dateien sie sich unbedingt ansehen wollte. Davor musste sie allerdings wissen, was es mit dieser Internetseite auf sich hatte. Sie öffnete den Browser, loggte sich ein und tippte die Adresse www.bringlight.to ein. Es dauerte ein paar Sekunden, dann wurde der Bildschirm weiß, und das Fenster für die Passworteingabe öffnete sich.

Mit steigender Nervosität gab sie den Namen ein, den Dorffler ihr genannt hatte: Konstantin Weilwein.

Der Name des Tiers.

Kaum hatte sie die Enter-Taste gedrückt, wechselte der

Bildschirm von Weiß nach Schwarz, und in blutroten, krakeligen Lettern wurde sie in der Welt des *Enterpainment* willkommen geheißen.

Ein kalter Schauder lief ihr über den Rücken, während sie weiterlas:

Belial Production ...
Press button to start movie ...

Genau das tat sie: Sie drückte den Wiedergabeknopf. Die Schrift verschwand, und auf dem Monitor erschien ein kleiner Junge, etwa sieben oder acht Jahre alt. Er hing an Ketten gefesselt über dem Boden, wehrlos, zitternd und weinend. Seine Hände steckten in Handschellen, die von oben ins Bild baumelten, an seinen Füßen hingen Gewichte. Der Junge war nackt bis auf die Unterhose. Seine vor Angst geweiteten Augen richteten sich auf jemanden, der in diesem Moment vor die Kamera trat: ein Mann im weißen Schutzanzug, mit weißen Latexhandschuhen und mit weißer Ski-Maske über dem Kopf. Er verschmolz beinahe mit den strahlend weißen Kacheln an den Wänden und auf dem Boden. Außer seinen Augen und dem Mund war nichts von ihm zu erkennen. Seine Faust hielt ein Messer. Die Klinge war auf der einen Seite glatt, auf der anderen gezackt. Irgendein Motiv war im glänzenden Metall eingraviert, eine Art Schlange. Sicher war Interpol schon dabei, zu recherchieren, wo man ein solches Messer bekommen konnte.

Der Mann trat hinter den zitternden Jungen, roch an seinen Haaren, ließ die Klinge über seine nackte Haut streifen. Emilias Kehle war wie ausgedörrt. Als das Monster in Weiß den ersten Schnitt setzte und das hilflose Kind vor Schmerz laut aufkreischte, füllten sich ihre Augen mit Tränen. Sie bebte vor Angst, Wut und Verzweiflung. Das also waren die Bilder, die Goran Kuyper kurz vor seinem Tod im Internet angeschaut hatte.

In diesem Moment stellte Emilia mit Entsetzen fest, dass sie den Jungen kannte. Sie hatte Bilder von ihm in der Polizeiakte gesehen und auch bei ihrem Besuch auf dem Kuyperhof. Sein Gesicht war auf mehreren Fotos an der Wohnzimmerwand zu sehen.

Dieser Junge war Sascha Kuyper.

53

Das Smartphone vibrierte in Avrams Hand. Auf einem der kleinen Bilder erschien die Silhouette eines Mannes am Stall. Er hatte sich viel Zeit gelassen, aber Avram war geduldig.

Der Mann sah sich kurz um und huschte dann, beschienen von der Straßenlaterne, zum Haus, wo er sich an der Eingangstür zu schaffen machte.

Das Smartphone vibrierte erneut. Diesmal zeigte die Kamera im Wohnzimmer, wie die Tür sich öffnete und der Mann hereinschlich. Als er die Tür wieder schloss, wurde das Bild beinahe schwarz. Avram schaltete das Gerät aus und steckte es zurück in die Tasche. Stattdessen setzte er wieder das Infrarotsichtgerät auf und lauschte.

Gleich würde es losgehen.

Adrenalin durchflutete seinen Körper wie flüssiges Feuer. In all den Jahren und nach unzähligen Einsätzen fast überall auf der Welt war immer noch Nervosität mit im Spiel. Jedes Mal. Weil jedes Mal etwas schiefgehen konnte. Aber Avram hatte gelernt, sich nicht von seinen Ängsten beherrschen zu lassen, sondern sie sich zunutze zu machen. Die Energie zu kanalisieren und sie in Kraft und Konzentration umzuwandeln.

Deshalb ging sein Atem trotz innerer Anspannung gleichmäßig und ruhig. Sein Puls hatte sich längst von dem nächtlichen Dauerlauf erholt. Kein Rauschen mehr in den Ohren, kein Pochen in den Schläfen. Nur Stille.

Und leise Schritte, die zögernd näher kamen.

In völlige Dunkelheit gehüllt, stand Avram im Bügelzimmer an der Tür und lauschte, das Infrarotsichtgerät vor der Brille, die entsicherte Pistole in der Hand. Um sich lautlos fortbewegen zu können, hatte er die Schuhe ausgezogen.

Trotz der Finsternis hielt er sich versteckt, falls der andere ebenfalls ein Infrarotsichtgerät oder einen Restlichtverstärker hatte. Avram glaubte es zwar nicht, aber man konnte nie wissen.

Im Geiste versuchte er abzuschätzen, wo der Kerl sich gerade befand. So, wie es sich anhörte, hatte er soeben die Küche hinter sich gelassen und kam den Flur entlang.

Ich darf ihn nicht töten, dachte Avram. Das war sogar wichtiger, als selbst nicht verletzt zu werden, denn tot konnte der Kerl ihm keine Antworten mehr geben. Und ohne Antworten gab es keine Rettung für Nadja – falls sie überhaupt noch lebte.

Bilder von Saschas grausamem Tod flackerten durch Avrams Kopf. Blutende Wunden, das schmerzverzerrte Gesicht eines siebenjährigen Kindes, Folterinstrumente, wie von Teufelshand geschaffen. Nein, er würde den Kerl im Flur nicht töten. Aber er würde ihm alle nötigen Informationen abringen, gerne auch mit Gewalt. Er war in bester Stimmung dafür!

Die Schritte wurden einen Tick lauter – der Eindringling konnte höchstens noch zwei oder drei Meter von der Treppe zum Obergeschoss entfernt sein. Avram wartete, bis er das sanfte Ächzen der unteren Stufe hörte. Das bedeutete, dass der andere mit dem Rücken zum Flur stehen musste. Selbst mit Nachtsichtgerät würde er ihn also nicht sehen können.

Auf Zehenspitzen trat Avram aus dem Bügelzimmer, die Pistole im Anschlag. Er zielte auf die Beine, um nicht versehentlich aus alter Gewohnheit einen tödlichen Schuss abzufeuern. Aber er musste gar nicht schießen. Mit zwei schnellen Schritten war er hinter dem Mann. Ein Schlag mit dem Waffenknauf gegen den Hinterkopf brachte diesen ins Taumeln, ein Tritt in die Kniekehlen fällte ihn wie einen Baum. Bewusstlos stürzte er zu Boden. Das Ganze dauerte keine drei Sekunden – die Macht des Überraschungsangriffs.

Avram atmete auf. Sein Plan hatte funktioniert, zumindest bis hierher. Aber erst, wenn er wusste, wo Nadja war, konnte er wirklich zufrieden sein.

Er richtete den Oberkörper des Mannes auf, griff ihm unter die Arme und schleppte ihn in den Weinkeller. Dort fesselte er ihn auf einen Stuhl, so dass er sich nicht mehr bewegen konnte.

Dann ging er nach oben und weckte Akina. Er wollte das Haus für sich alleine haben, wenn er den Kerl zum Reden brachte.

54

Von dem Weiß war nicht mehr viel übrig. Rote Sprenkel und Schlieren, ja ganze Lachen verunstalteten die gekachelten Wände und den Boden.

Emilia saß wie paralysiert vor ihrem Laptop und starrte auf das letzte Bild. *The End* stand dort in roten, krakeligen Lettern. Im Hintergrund hing der tote Junge an Ketten von der Decke herab wie ein geschlachtetes Stück Vieh.

Emilia ging zur Toilette und übergab sich. Als sie ein paar Minuten später wieder an ihren Hotelzimmertisch zurückkehrte, fühlte sie sich ausgelaugt, leer und unendlich traurig. Niemand auf dieser Welt hatte einen solchen Tod verdient, schon gar nicht ein unschuldiges Kind. Fast zwanzig Minuten hatte es gedauert, bis sein kleiner, geschundener Körper dem zunehmenden Schmerz und dem Blutverlust nicht mehr gewachsen gewesen war und sein letzter heiserer Schrei verstummte.

Möge Gott seiner Seele gnädig sein, dachte Emilia.

Sie konnte kaum atmen. Ihr Brustkorb schien in ein unsichtbares, viel zu enges Korsett eingezwängt zu sein. Sie hatte das Gefühl zu ersticken.

Etwas in ihr schrie danach, sich unter die Dusche zu stellen, um das viele Blut abzuwaschen, das sie beinahe physisch auf ihrer Haut spüren konnte, nass, warm und klebrig, als wäre es ihr eigenes. Aber sie fürchtete, Kessler damit auf sich aufmerksam zu machen. Er würde bei ihr klopfen und sich nach ihrem Befinden erkundigen. Darauf hatte sie keine

Lust. Es grenzte sowieso an ein Wunder, dass er ihre Würgeorgie gerade eben nicht gehört hatte.

Sie atmete durch und versuchte, wieder einen klaren Kopf zu bekommen, aber es gelang ihr nicht. Die Schreie des Jungen hallten in ihren Ohren nach, sein schmerzverzerrtes Gesicht tanzte vor ihrem inneren Auge. Nie zuvor in ihrem Leben hatte sie so sehr mit dem Opfer eines Verbrechens mitgelitten wie in diesem Fall.

Wie war es dann erst Goran Kuyper ergangen, als er diese Bilder am Samstagabend gesehen hatte? Konnte es für einen Vater etwas Schlimmeres geben, als mitzuerleben, wie das eigene Kind vor laufender Kamera grausam zu Tode gefoltert wurde?

Sie rieb sich mit den Handballen über die brennenden Augen. Es war spät, und sie gehörte eigentlich ins Bett. Aber sie wusste, dass sie heute Nacht keinen Schlaf finden würde.

Also konnte sie auch weiterarbeiten.

Ihre Finger zitterten noch immer, als sie den USB-Stick von Theo Pauling in den Laptop steckte. In dem Fenster, das sich daraufhin auf dem Monitor öffnete, erschien eine Reihe von kryptischen Dateinamen. Aus keinem ließ sich auf den Inhalt schließen. Die Dateiendungen deuteten darauf hin, dass es sich zum größten Teil um Videos handelte. Wahllos klickte Emilia eins davon an, und tatsächlich entpuppte es sich als schaurige Fortsetzung dessen, was sie kurz zuvor im Internet gesehen hatte.

55

»Was ist passiert? Weißt du, wie spät es ist?« Ludwig Botts graues Haar stand nach allen Seiten ab, sein Bademantel saß schief. Sicher hatte er schon geschlafen. Dann betrachtete er Avram genauer. »Dein Gesicht sieht aus, als hättest du bei einem Boxkampf verloren«, stellte er fest.

»So ähnlich war es auch«, sagte Avram und dachte dabei an den ungleichen Kampf mit Konrad Daiss heute Mittag. »Dürfen wir reinkommen?«

Ludwigs Blick wechselte zu Akina, die in eine Decke gehüllt neben Avram stand, dann zog er die Tür vollends auf. »Geht nach oben, da können wir reden.«

Avram schob seine Nichte ins Haus. »Am besten, du lässt das Licht ausgeschaltet, Ludwig«, sagte er. »Ich will keine Aufmerksamkeit erregen.«

Ludwig Bott nickte, sah dabei aber ziemlich verwirrt aus.

Hinter ihm erschien seine Frau im Flur. »Was ist denn hier los?«, wollte sie wissen und gähnte.

»Wir hatten auf dem Hof wieder Besuch«, sagte Avram. »Ich bitte euch, Akina heute Nacht hierzubehalten. Bei uns ist es im Moment nicht sicher.« Das war zwar nur die halbe Wahrheit, aber über den Gefangenen im Weinkeller wollte er lieber nichts erzählen.

»Klar kannst du hierbleiben, Akina«, sagte Esther Bott, deren Müdigkeit schlagartig verflogen schien. Sie drängte sich an ihrem Mann vorbei, nahm Akina bei der Hand und zog sie mit sich. »Komm mit, wir richten dir das Gästezimmer her.«

Auch Avram und Ludwig stiegen die Treppen zum Wohnzimmer hinauf. Durch die offenen Vorhänge drang von draußen genug Licht ins Haus, dass man Umrisse erkennen konnte.

Während Esther und Akina im Gästezimmer das Bett bezogen, reichte Avram Ludwig eine Tragetasche. »Da ist Akinas Kulturbeutel drin. Und ein paar frische Sachen zum Anziehen«, sagte er. »Ich weiß nicht, wie lange es dauert, bis ich sie wieder abholen kann. Vielleicht schon morgen, aber ich kann es nicht versprechen.«

Er hörte Ludwig Bott trocken schlucken. »Ist es so ernst?«, fragte er mit tonloser Stimme.

»Viel ernster kann es nicht mehr werden«, antwortete Avram. »Achtet darauf, dass Akina nicht vor die Tür geht. Sie soll im Haus bleiben, so lange, bis ich Entwarnung gebe. Und falls die Polizei nach ihr fragt, kein Wort davon, dass sie hier ist, verstanden? Goran hat geglaubt, dass die Polizei bei dieser Sache ihre Finger im Spiel hat. Vielleicht stimmt das, vielleicht auch nicht. Jedenfalls müssen wir extrem vorsichtig sein, bis wir wissen, wem wir trauen können.«

Ludwig Bott nickte. »Brauchst du Hilfe? Ich habe zwar eine verkrüppelte Hand, aber wenn es etwas gibt, das ich tun kann, dann sag es mir. Goran war mein Freund.«

Avram war ehrlich gerührt über das Angebot. »Ich danke dir, Ludwig«, sagte er und drückte ihm freundschaftlich die Schulter. »Aber ihr helft mir am besten, wenn ihr Akina bei euch versteckt.«

»Mach dir darüber keine Gedanken«, antwortete Ludwig Bott. »Sie ist bei uns gut aufgehoben.«

Avram nickte dankbar. Eine Sorge weniger. Dennoch gab es noch etwas, das ihn bedrückte. »Du weißt, dass es gefährlich werden könnte?«, fragte er. »Nicht nur für Akina, sondern auch für euch. Nimm das – nur für den Notfall.« Er hielt Ludwig Bott die Ersatzpistole aus dem Handschuhfach seines Wagens hin. »Weißt du, wie man damit umgeht?«

Bott betrachtete die Waffe mit unbewegter Miene. Dann nickte er, nahm sie an sich und steckte sie schnell in seine Bademanteltasche, als wolle er nicht, dass seine Frau etwas davon mitbekam. Im fahlen Licht der Nacht glänzten seine Augen plötzlich feucht. »Esther und mir war es nie vergönnt, Kinder zu haben«, raunte er. »Aber Sascha und Akina waren in den letzten Jahren so oft bei uns, dass wir sie in unser Herz geschlossen haben, als seien es unsere eigenen. Wir werden auf Akina aufpassen und sie beschützen, so gut es uns möglich ist. Das verspreche ich.«

Wenige Minuten später war Avram wieder auf dem Kuyperhof. Er parkte das Auto vor dem Haus, holte aus dem Werkzeugkeller eine Kneifzange und ging damit in den Weinkeller.

Der Gefangene war inzwischen wieder bei Bewusstsein. Als das Licht anging, kniff er geblendet die Augen zusammen und versuchte, sich wegzudrehen, aber Avram hatte ihn so auf einen Stuhl gebunden, dass er sich kaum rühren konnte.

Er war Mitte zwanzig, hager und groß, hatte schulterlanges blondes Haar und ein Piercing in der Nasenwand. Es war der Kerl aus dem schwarzen Transit, der Avram am Montag verfolgt hatte. Seine Miene sollte wohl so etwas wie Gleichgültigkeit signalisieren. Seine zuckenden Augenlider verrieten jedoch, dass er die Hosen gestrichen voll hatte.

Als Einstimmung auf das bevorstehende Gespräch versetzte Avram ihm ein paar harte Ohrfeigen. Der Blonde war darauf nicht vorbereitet gewesen. Sein Kopf flog hin und her. Aus seiner aufgeplatzten Lippe floss Blut.

»Ich hoffe, ich habe jetzt deine ungeteilte Aufmerksamkeit«, sagte Avram und stellte sich vor den Mann.

»Fick dich!«

Avram schlug ihm noch einmal ansatzlos ins Gesicht. »Das ist nicht das, was ich hören wollte. Um dir weitere Unannehmlichkeiten zu ersparen, schlage ich vor, dass du ab jetzt gut zuhörst und meine Fragen beantwortest. Ich habe vor kaum einer Stunde im Internet mit ansehen müssen, wie mein Neffe qualvoll getötet wurde. Mir ist nicht nach Quatschen zumute, sondern danach, meinen Zorn an jemandem wie dir auszulassen. Also gib mir nur einen einzigen beschissenen Grund, mich an dir zu vergreifen, und ich werde es mit dem größten Vergnügen tun, du Arschloch.«

Avram atmete durch, versuchte, seine Wut zu zügeln. Tot nützt er mir nichts, sagte er sich immer wieder. Bring ihn zum Reden, das ist das Einzige, womit du Nadja vielleicht noch helfen kannst.

»Du hast die Wahl«, sagte Avram. »Wenn du mir meine Fragen ehrlich beantwortest, wirst du die Nacht überleben. Aber wenn du versuchst, mich zu verarschen, wirst du schnell merken, dass ich keinen Spaß verstehe.« Er streckte seine Hände aus. In der einen hielt er die Kneifzange, in der anderen seine Pistole. »Die erste Lüge bedeutet Schmerzen, die zweite Tod. Hast du das verstanden?«

Der Mann auf dem Stuhl nickte. Auf seiner Stirn glänzte ein feiner Schweißfilm.

»Also gut, dann bin ich gespannt, was du mir zu erzählen hast.« Avram steckte die Pistole weg, trat neben den Gefangenen und zwängte dessen kleinen Finger in die Zangenöffnung. »Beginnen wir mit deinem Namen«, sagte er.

Der Blonde keuchte vor Angst und Aufregung. Er versuchte, seine an die Stuhllehne gefesselte Hand zu einer Faust zusammenzuballen, schaffte es aber nicht. »Marquardt«, zischte er schließlich und gab seine Gegenwehr auf. »Eric Marquardt.«

»Na bitte, das war doch gar nicht so schwer«, sagte Avram. »Gleich die nächste Frage: Am Samstag hat es hier einen Überfall gegeben. Warst du dabei?«

Marquardt sah ihn von unten herauf an, als wäge er ab, wie viel Avram bereits wusste. Sein Augenlid zuckte. »Ja«, gab er schließlich zu. »Ja, verdammt nochmal, ich war dabei. Verfluchte Scheiße!«

»Und hat außer dir und Kovacz noch jemand daran teilgenommen?«

Der Blonde schüttelte den Kopf.

Avram glaubte ihm, weil Akina auch nur von zwei Entführern gesprochen hatte. »Ihr habt am Samstag die Frau meines Bruders entführt«, fuhr er fort. »Ich will wissen, wo sie ist.«

Marquardts Kinn begann zu beben. »In Ingolstadt«, raunte er schließlich. »Da gibt es eine Werkstatt, nicht weit von der Autobahn entfernt. An der Ausfahrt Langenbruck. An der B300 in Richtung Geisenfeld.«

»Wie heißt die Werkstatt?«

»Ich ... ich ...«

Avram spürte, dass Marquardt ihn belügen oder zumindest Zeit schinden wollte. Er drückte die Zange fester zusammen und drehte sie, so dass der eingeklemmte Finger nach oben gebogen wurde.

»Dragan Cars!«, presste Marquardt hervor.

»Wo genau habt ihr sie dort versteckt?«

Marquardt biss vor Schmerz die Zähne zusammen, seine Kiefer mahlten. Offenbar gehörte er nicht gerade zur harten

Sorte. Avram spürte, dass er alles tun würde, um seine Haut zu retten.

»Dragan hat einen Hinterhof mit einem Lagerschuppen«, zischte Marquardt. »Da ist auch eine alte Werkstattgrube. Dort haben wir sie hingebracht.«

»Und ist sie noch dort?«

Der Blonde schüttelte den Kopf. »Ich weiß es nicht«, jammerte er.

Avram drehte die Zange noch einen Tick weiter. Nicht mehr viel, und das Gelenk würde brechen.

»Ich schwöre, dass ich es nicht weiß!«, keuchte Marquardt. »Mein Auftrag war nur, sie dort abzuliefern. Wenn jemand weiß, wo sie ist, dann Dragan.«

»Wie heißt der Kerl mit vollem Namen?«

»Komakur. Dragan Komakur.«

»Gibt es dort noch mehr Leute, die für euch arbeiten?«

»Nur seine Frau. Ivana.«

Avram war davon überzeugt, dass Marquardt die Wahrheit sagte. Damit das so blieb, hielt er den Druck auf dessen Finger weiterhin konstant. »Machen wir mit Milan Kovacz weiter«, sagte Avram. »Wo finde ich ihn?«

Marquardt brach nun völlig in sich zusammen. »Ich weiß es doch nicht!«, wimmerte er. Eine Träne rann ihm aus dem Augenwinkel. »Sie müssen mir das glauben! Ich habe keine Ahnung, wo er steckt. Er wollte ein paar Tage aus der Stadt verschwinden. Wohin, hat er mir nicht gesagt.«

»Hör auf zu heulen!«, knurrte Avram. »Ich glaube dir ja!«

Der Junge war ein kleiner Fisch. Ein Handlanger, der wahrscheinlich wirklich nicht mehr wusste als das, was er bereits erzählt hatte. Aber immerhin hatte er Avram eine konkrete Spur geliefert, die mit etwas Glück zu Nadja führen würde. Das war die Hauptsache.

»Ich habe noch eine letzte Frage. Sagt dir der Name Belial etwas?«

Marquardt schüttelte vehement den Kopf, doch sein Augenlid zuckte verräterisch. Diesmal log er, da war Avram sicher. Allerdings kam er nicht mehr dazu, Marquardt den Finger zu brechen, denn in diesem Moment flog die Tür auf, und am oberen Ende der Steintreppe erschien eine Gestalt im Kellereingang: ein Mann im Tarnanzug. In der Hand hielt er eine Pistole mit aufgeschraubtem Schalldämpfer, deren Mündung genau auf Avram zeigte.

In diesem Moment übernahmen jahrelang trainierte Reflexe die Kontrolle. Avram duckte sich hinter den Mann auf dem Stuhl. Schon ploppte der Schalldämpfer, und die erste Kugel pfiff durch den Raum. Irgendwo hinter ihm spritzte Putz von der Wand, eine zweite Kugel ließ eine Weinflasche in tausend Splitter zerbersten.

Avram zog den Kopf ein, riss seine eigene Pistole aus dem Holster und erwiderte das Feuer. Ohne seine Deckung zu verlassen, schoss er einfach in Richtung Tür. Als er glaubte, es riskieren zu können, warf er sich mit einem mächtigen Satz in die hintere Kellernische, die von der Tür aus nicht einsehbar war. Hart krachte er hinter der Eckwand auf den Boden. Immerhin hatte er keine Kugel abbekommen.

Er rappelte sich auf, wartete ab, versuchte, eine günstige Gelegenheit für den Gegenschlag abzupassen.

Dann plötzlich Stille.

Was hat er vor?, fragte sich Avram, während er gleichzeitig nachrechnete, wie viele Schüsse der andere auf ihn abgefeuert hatte. Höchstwahrscheinlich musste er nachladen.

Vorsichtig lugte Avram hinter der Wand hervor. An der Treppe war niemand mehr zu sehen, offenbar hatte der Kerl sich hinter der Tür verschanzt.

»Eric?«, rief eine Stimme. »Bist du in Ordnung?«

Aber Eric Marquardt konnte nicht mehr antworten. In seinem Hals klaffte ein großes, blutiges Loch, seine Augen starrten trüb ins Leere.

Avram hatte kein Mitleid mit ihm. Der Kerl hatte Nadja entführt, vielleicht auch Sascha. Der schnelle Tod war viel zu gnädig für ihn gewesen.

»Du Schwein hast ihn umgebracht!«, brüllte die Stimme aus dem Kellergang. Männlich. Ein wenig heiser. Kein Akzent.

»Das hast du ganz alleine geschafft«, rief Avram, ohne dabei den Eingang aus den Augen zu lassen. »Gratuliere. Ein sauberer Schuss.«

Statt einer Antwort hörte er jetzt dumpfe Geräusche, als würde der Kerl etwas über den Flurboden schleifen. Was zum Teufel hatte er vor?

Sekundenlang geschah nichts. Dann flog plötzlich etwas Großes, Eckiges in hohem Bogen durch die Luft und landete krachend vor den Füßen des auf den Stuhl gefesselten Toten: ein Benzinkanister, aus dessen aufgeschraubter Öffnung klare Flüssigkeit schwappte. Schnell breitete sich auf dem Estrich eine Pfütze aus. Avram war klar, dass ein einziger Funke, ausgelöst durch einen Schuss auf den Boden, alles in Brand stecken konnte. Wenn er hierblieb, saß er in der Falle.

Mit vorgehaltener Pistole rannte er auf den Ausgang zu. Kaum hatte er das untere Ende der Steintreppe erreicht, erschien der Kerl im Tarnanzug in der Tür und schoss dreimal. Wie durch ein Wunder ging der Keller nicht in Flammen auf.

Rasch feuerte auch Avram ein paar Schüsse ab – nicht exakt gezielt, aber zumindest so, dass der Mann an der Tür zurückwich. Jetzt waren oben Schritte zu hören – schleppend und ungleichmäßig.

Ich habe ihn getroffen!

Doch Avrams grimmige Freude währte nur kurz. Als er die Treppen hinaufrennen wollte, spürte er einen stechenden Schmerz in der Seite. Er sah an sich hinab. Sein Hemd war blutdurchtränkt. Vorsichtig betastete er die verletzte Stelle. Es brannte höllisch, schien jedoch nur eine Fleischwunde zu sein. Ein glatter Durchschuss, knapp oberhalb des Hüftknochens. Er hatte Glück im Unglück gehabt.

Avram biss die Zähne zusammen und nahm die Verfolgung auf. Oben an der Treppe hielt er inne, weil er nicht blindlings in eine Kugel rennen wollte. Aber er hörte die humpelnden Schritte des anderen, die sich rasch entfernten, riskierte einen Blick um die Ecke und rannte keuchend weiter.

Auf halber Strecke knickten ihm die Beine weg, und er stolperte. Nur mit Mühe konnte er das Gleichgewicht halten. Er brauchte einen Moment, um neue Kraft zu sammeln, und lehnte sich gegen die Wand. Der nasse Fleck an seiner Seite war größer geworden.

Ihm fiel eine Pistole auf, die neben dem Eingang zur Waschküche auf dem Boden lag. Offenbar hatte der Kerl im Tarnanzug sie fallen gelassen. Da Avram selbst keine Kugel mehr im Magazin hatte, standen die Chancen damit wieder gleich.

Ein unterdrücktes Stöhnen holte ihn aus seinen Gedanken: Der andere hatte inzwischen die Treppe zum Wohnzimmer erreicht. Halb humpelnd, halb hüpfend machte er sich an den Aufstieg, wobei er sich das linke Bein hielt und immer wieder gehetzt über die Schulter sah.

Avram setzte die Verfolgung fort. Als er die Treppe erreichte, war der andere schon beinahe im Wohnzimmer. Das Brennen in seiner Seite ignorierend, nahm Avram zwei

Stufen auf einmal. Dann ein letzter, gewaltiger Sprung, und er bekam die Beine des anderen zu fassen. Beide stürzten der Länge nach zu Boden. Avram wurde schwarz vor Augen, als der Schmerz der offenen Wunde wie eine Explosion durch seinen Körper jagte. Etwas traf ihn am Kopf, vermutlich ein Schuh. Er wälzte sich zur Seite und versuchte, sich aufzurichten, ohne dabei das Bewusstsein zu verlieren. Eine Sekunde lang taumelte er benommen, dann wurde er wieder klar.

Der Kerl im Tarnanzug hatte sich schneller wieder im Griff. Er versetzte Avram einen Fußtritt und schleppte sich hastig hinter die Mitte der Kücheninsel.

Er will zum Messerblock!, schoss es Avram durch den Kopf. Sofort stürzte er dem anderen hinterher, doch der hatte sein Ziel schon erreicht. Er vollführte eine blitzschnelle Drehung und ritzte Avram die Brust auf. Sofort setzte das Brennen auch an dieser Stelle ein, aber Avram konzentrierte sich jetzt nur noch auf den Kampf. Er packte die Faust mit der Klinge, schlug sie hart gegen die Kante der Kücheninsel, doch der Kerl ließ nicht los. Stattdessen versetzte er Avram einen Faustschlag in die angeschossene Flanke, so dass plötzlich Sterne hinter seinen Augen tanzten.

Avram sah ein, dass es zu gefährlich war, den Kerl am Leben lassen zu wollen, um vielleicht weitere Antworten aus ihm herauszupressen. Angeschossen und mit einer Schnittwunde an der Brust, ließ Avrams Kondition bereits spürbar nach. Wenn er diesen Kampf gewinnen wollte, musste er den anderen töten.

Mit letzter Kraft stieß er den Kerl von sich. Der kurze Moment, den der andere wankte, genügte ihm, um selbst nach einem Messer zu greifen – einem großen Fleischmesser mit einer Zwanzig-Zentimeter-Klinge. Er holte nicht aus, sondern stieß direkt zu – am Bauch, wo er nicht versehentlich eine Rippe treffen konnte.

Der Mann im Tarnanzug erstarrte mitten in der Bewegung. Ein gurgelndes Röcheln kam über seine Lippen, seine Augen wurden trüb, und er begann zu zittern. Das Messer glitt ihm aus der Hand, und er sackte in sich zusammen. Mit einem dumpfen Poltern schlug er auf den Küchenboden auf, zusammengekrümmt, die Hände auf den Bauch gepresst. Nach einer gefühlten Ewigkeit ließen die krampfartigen Zuckungen endlich nach, und er blieb reglos liegen.

Stumm wartete Avram, bis es keinen Zweifel mehr gab, dass der Mann tot war. Erst jetzt fiel die Spannung von ihm ab, und er registrierte, wie erschöpft er tatsächlich war. Auf wackeligen Beinen schleppte er sich zur Couch. Er öffnete sein Hemd, um die Schnittwunde zu inspizieren, aber obwohl sie wie Feuer brannte, war sie harmlos.

Mehr Kummer bereitete ihm die Schusswunde. Es war zwar ein glatter Durchschuss, aber er verlor viel Blut.

Mit zusammengebissenen Zähnen holte er aus dem Auto seinen Erste-Hilfe-Koffer, der neben der üblichen Ausstattung noch ein paar andere Dinge enthielt, die sich in der Vergangenheit als nützlich erwiesen hatten. Damit humpelte er ins Bad, wo er sich die Wunden auswusch und sie anschließend desinfizierte. Mit Kompressen und Mullbinden versuchte er, die Blutungen zu stoppen. Zuletzt nahm er eine Tablette gegen den Wundbrand und noch eine gegen die Schmerzen.

Als er sich endlich notdürftig verarztet hatte, war er so schwach, dass ihm beinahe die Augen zufielen. Er schleppte sich wieder auf die Couch und legte sich hin. Nur einen Moment, dachte er. Ausruhen, und wieder zu Kräften kommen.

Mit diesen Gedanken entglitt ihm das Bewusstsein.

56

Nach anderthalb Stunden hatte Emilia genug gesehen. Die Filme auf dem USB-Stick waren genauso grausam, wie Theo Pauling es behauptet hatte – eine Sammlung von Filmen, die zeigten, wie Menschen gefoltert, verstümmelt und am Ende getötet wurden.

Als Emilia beim letzten Film auf den Stopp-Button klickte, fühlte sie sich hohl und zittrig, ihre Hände waren eiskalt. Aber zumindest hatte sie sich nicht noch einmal übergeben müssen.

Sie holte sich aus dem Hotelzimmerkühlschrank ein Mineralwasser und trank einen Schluck, um ihre trockene Kehle zu befeuchten. Vor ihrem geistigen Auge flackerten die Schreckensbilder nach.

Sie konnte sich nicht vorstellen, dass diese Filme gestellt waren. Dass die Opfer bezahlte Schauspieler und ihre Wunden nur Spezialeffekte von Tricktechnikern hinter der Kamera waren. Nein, diese Filme waren echt. Echte Vergewaltigungen, echte Schmerzen, echte Verstümmelungen.

Echte, bestialische Foltermorde, ausgeübt von Sadisten der übelsten Sorte. Wer waren diese Leute?

Zwar konnte man keine Gesichter erkennen, doch die Filme waren hinsichtlich Tatorten, Opfern und Foltermethoden so unterschiedlich, dass es mit hoher Wahrscheinlichkeit mehrere Mörder waren. Was sie verband, war die Erbarmungslosigkeit, mit der sie vorgingen. Und die Freude, die sie dabei empfinden mussten. Sie alle hatten einen perversen Gefallen daran gefunden, andere zu Tode zu quälen und diese grausamen letzten Minuten im Leben ihrer Opfer filmisch festzuhalten. Zwanzig Filme waren auf dem USB-Stick. Zwanzig Schwerverbrechen vor laufender Kamera. Und wahrscheinlich gab es noch viel mehr davon – Filme, die nicht auf dem Stick abgespeichert waren.

Emilia massierte sich mit zwei Fingern die Nasenwurzel. Obwohl sie in dieser Nacht mit dem USB-Stick und dem Internet-Passwort einen großen Schritt weitergekommen war, passte irgendwie noch nichts wirklich zusammen. Sie hatte eine Menge Puzzlesteine: die Filme auf dem Stick, Sascha Kuypers Foltervideo im Internet, die Entführung seiner Mutter und den Tod seines Vaters, ob es nun Mord oder Selbstmord gewesen war. Was sie noch nicht hatte, war ein Zusammenhang. Etwas, das dem Ganzen eine Art grausamen Sinn gab. Ein Motiv. Fest stand nur, dass Goran Kuyper von Theo Pauling den USB-Stick bekommen und daraufhin begonnen hatte, auf eigene Faust zu recherchieren. Vermutlich hatte er nach dem Verantwortlichen für all diese Filme gesucht: Belial. Und Belial musste wiederum mitbekommen haben, dass Goran Kuyper ihm auf den Fersen war.

Also hatte Goran Kuyper aus Belials Sicht beseitigt werden müssen. So weit leuchtete Emilia die Sache ein. Aber warum die ganze Familie? Sascha Kuyper war am Samstagmorgen aus der Schule entführt und wenige Stunden später zu Tode gefoltert worden. Der Mörder hatte die letzten grausamen Minuten im Leben des Jungen mit einer Kamera aufgenommen, den Film ins Internet gestellt und dafür gesorgt, dass sein Vater ihn zu sehen bekam. Außerdem musste er den Überfall auf den Kuyperhof organisiert haben, der beinahe zur selben Zeit stattgefunden hatte. Warum dieser Aufwand? Was hatte er damit bezweckt?

Sosehr Emilia sich auch bemühte, sie verstand es nicht. War es ein simpler Racheakt? Möglich, doch eine innere Stimme sagte ihr, dass mehr dahintersteckte.

Sie stand auf und kippte das Fenster, weil sie das Bedürfnis nach frischer Luft verspürte. Unten auf der Straße war kaum noch Verkehr. Die Stadt schlief. Nur sie konnte keine Ruhe finden.

Wir suchen jemanden, dem es Spaß macht, andere zu quälen und zu töten, dachte sie. Einen Sadisten. Keinen Einzelgänger, sondern jemanden mit guten Kontakten zur Unterwelt. Jemanden, der in der Lage ist, zwei Verbrechen an zwei verschiedenen Orten auf die Minute genau zu koordinieren.

Emilias Jagdinstinkt war geweckt.

MITTWOCH

*Komm nach
Hause
und räche dich
an denen,
die uns
getötet haben*

57

Die ganze Nacht über tat Emilia kaum ein Auge zu. Nur einmal nickte sie kurz vor dem Laptop ein und wurde von einem fürchterlichen Albtraum heimgesucht, in dem sie auf einer Anklagebank saß und von den Angehörigen der Toten gefragt wurde, warum sie nichts unternommen hatte, um die Täter zu fassen. Als sie aus dem Traum aufschreckte, fühlte sie sich wie gerädert.

Die frühen Morgenstunden brachte sie damit zu, Screenshots von den Filmen auf dem USB-Stick zu erstellen und die Bilder der Opfer über eine gesicherte Verbindung in die biometrische Datenbank von Interpol einzuspielen. Anhand einer Gesichtserkennungssoftware glich sie diese Fotos anschließend mit den Vermissten- und Mordopfer-Dateien ab. Es war eine Fleißaufgabe, die sie ein paar Stunden Zeit kostete, aber der Aufwand lohnte sich: Mindestens vier der Opfer auf dem Stick waren in der Datenbank gelistet. Natürlich gab es keine hundertprozentige Sicherheit. Die Bildauflösung und die Lichtverhältnisse der Videos waren nicht immer gut genug für ein eindeutiges Ergebnis. Außerdem stimmten die Gesichtsperspektiven der Screenshots nicht exakt mit denen der Interpol-Fotos überein. Überdies konnten zwischen den Vergleichsbildern Monate, wenn nicht gar Jahre liegen, in denen sich Frisuren und Bartwuchs oder auch das Gewicht der betroffenen Personen geändert hatte. All diese Faktoren beeinträchtigten die Genauigkeit des Ergebnisses. Aber bei den vier identifizierten Personen gab die

Gesichtserkennungssoftware eine Treffergenauigkeit zwischen 92 und 96 Prozent an. Emilia sah es damit als erwiesen an, dass zumindest diese vier Filme keine Fakes waren, sondern echte Morde vor laufender Kamera. Snuff-Movies der brutalsten Sorte, und mit hoher Wahrscheinlichkeit waren auch die anderen echt.

Obwohl sie bereits fest damit gerechnet hatte, lief ihr ein kalter Schauder über den Rücken. Sie rief noch einmal die Profile der vier Opfer auf und versuchte, Gemeinsamkeiten zu entdecken. Vielleicht gab es eine Verbindung zwischen ihnen, die einen Hinweis auf den Mörder lieferten. Aber sosehr sie sich auch bemühte, sie fand keine. Drei der Opfer waren weiblich, eines männlich. Der Mann stammte aus einem Vorort von Nürnberg, die Frauen aus Würzburg, Donaueschingen und Passau. Der Mann war am 28. März 2005 auf dem Weg zur Arbeit verschwunden, die Frau aus Würzburg am 17. Juli 2012, die Frau aus Donaueschingen am 22. November 2009 und die Frau aus Passau in der Silvesternacht von 2003 auf 2004. Auch in Bezug auf Alter, Beruf, gesellschaftlichen Status und Hobbys gab es keinen gemeinsamen Nenner.

Vielleicht bin ich auch einfach zu müde, um einen zu erkennen.

Je mehr sie darüber nachdachte, desto klarer wurde ihr, dass die Bürde dieses Falls inzwischen eine Dimension angenommen hatte, die sie nicht mehr alleine schultern konnte. Es war unmöglich, zwanzig Mörder gleichzeitig zu jagen. Sie musste sich auf ihren Fall fokussieren – auf den Mörder von Goran und Sascha Kuyper. Auf Belial. Den Rest musste sie den Kollegen von Interpol überlassen, zumindest im Moment. Sonst würde sie an der Last zerbrechen.

Deshalb schrieb sie an ihren Chef in Lyon eine Mail, in der sie ihn darum bat, Dorffler und dessen Team auf die Analyse der USB-Stick-Dateien anzusetzen. Als sie den Laptop zuklappte, zeigte der Wecker auf ihrem Nachttisch 6.35 Uhr. Sie hatte die ganze Nacht durchgearbeitet und fühlte sich wie durch den Fleischwolf gedreht. Außerdem meldeten sich ihre Kopfschmerzen wieder.

Sie schluckte eine Tablette und duschte kalt. Das Wasser erfrischte sie, aber kaum dass sie angezogen war, kehrte die Müdigkeit zurück. Sie brauchte jetzt dringend ein paar Tassen Kaffee, sonst würde sie den Tag nicht überstehen.

Als sie in den Speiseraum kam, saß Kessler schon am Frühstückstisch. Er war frisch rasiert und sah in seinem Haifischkragenhemd und der Boss-Orange-Jeans aus wie aus dem Ei gepellt.

»Guten Morgen«, sagte er und strahlte sie an. Dann wurde sein Gesicht wieder ernst. »Dir geht es wohl immer noch nicht besser?«

Ich muss noch schlimmer aussehen als ich mich fühle, dachte Emilia. Sie setzte sich zu ihm und schenkte sich eine Tasse Kaffee ein. »Mir war die ganze Nacht übel«, sagte sie. Es war nicht einmal gelogen. Die Filme waren ihr ordentlich auf den Magen geschlagen. »Jetzt geht es wieder einigermaßen. Aber ohne Koffein wird heute nichts mit mir anzufangen sein.«

»Ich habe gestern Abend noch an deiner Tür geklopft«, sagte Kessler und aß einen Löffel Joghurt. »Ich wollte sehen, wie es dir geht. Aber du hast wohl schon geschlafen.«

Emilia nickte. Zu der Zeit hatte sie sich wahrscheinlich mit Theo Pauling über die Foltervideos unterhalten und erfahren, dass nicht nur die Kripo in München, sondern auch in anderen deutschen Städten den Fall unter den Tisch kehren wollte. Gehörte auch Kessler diesem korrupten Kreis an? Und ahnte er, dass sie ihn verdächtigte? Was Dorffler über ihn herausgefunden hatte, sprach nicht gerade für Kessler – der Bestechlichkeitsvorwurf in Duisburg und die Lüge in Bezug auf sein Elternhaus. Auch darüber hatte Emilia in der Nacht viel nachgedacht.

Sie nippte an ihrer Tasse. Der Kaffee war eine Wohltat. »Ich war gestern ziemlich fertig«, sagte sie. »Letzte Woche der Madukas-Prozess, dann die Ermittlungen in Frankfurt und hier in München – das alles hat mich ganz schön geschlaucht.«

»Soll ich dir etwas vom Frühstücksbuffet holen? Die Brötchen sind köstlich.«

»Danke, aber ich glaube, das schaffe ich alleine.« Es klang schroffer als beabsichtigt, aber sie wollte keine Fürsorge von jemandem, den sie nicht mehr einschätzen konnte. Überhaupt wollte sie auf Abstand bleiben. Deswegen aß sie auch nur ein Croissant auf die Schnelle und trank dazu ihren Kaffee. Danach gab sie vor, dass ihr wieder übel sei, und ging auf ihr Zimmer.

Eine Viertelstunde später stand Kessler bei ihr in der Tür, um sich zu erkundigen, ob er etwas für sie tun könne. Emilia behauptete, sich immer noch krank zu fühlen, und bat ihn, sie auf dem Präsidium zu entschuldigen. Als sie die Tür wieder schloss, hörte sie, wie er in sein Zimmer ging. Wenig später machte er sich auf den Weg zur Arbeit. Durchs Fenster beobachtete Emilia, wie er auf dem Hotelparkplatz in seinen Wagen stieg und davonfuhr. Gleich darauf rief sie sich ein Taxi.

58

Avram schlug die Augen auf. Er lag auf der Couch im Wohnzimmer, von draußen tröpfelte Regen gegen die Scheiben. Der Himmel war grau.

Avram fühlte sich fiebrig und ausgedörrt. Der Versuch aufzustehen, bereitete ihm infernalische Schmerzen. Erst jetzt erinnerte er sich an den Schusswechsel im Weinkeller und an den Messerkampf in der Küche. Mit zusammengebissenen Zähnen stand er auf.

Das Hemd hatte er gestern nur noch lose übergestreift und nicht mehr zugeknöpft. Der Verband um seinen Brustkorb war noch strahlend weiß, aber der um seinen Bauch zeigte einen großen roten Fleck über der linken Hüfte.

Keuchend humpelte er zur Küche. Der Kerl im Tarnanzug lag noch genauso da wie in der Nacht – auf die Seite gerollt und zusammengekrümmt wie ein Embryo. Das Messer steckte bis zum Schaft in seinem Bauch. Die dunkle Lache um ihn herum war bereits größtenteils eingetrocknet, weshalb sich der kupferartige Geruch nach Blut in erträglichen Grenzen hielt. Avram würde die Schweinerei später aufwischen.

Er zog dem Toten die Maske vom Kopf und betrachtete ihn eingehend. Kovacz war es jedenfalls nicht. Vermutlich einer seiner Helfer.

Avram nahm die Milchtüte aus dem Kühlschrank und trank ein paar Schlucke. Die Flüssigkeit tat ihm gut und erfrischte ihn, auch wenn er noch weit davon entfernt war, sich gut zu fühlen. Aber wenigstens hatte er die Nacht überlebt – im Gegensatz zu den beiden Kerlen, die ins Haus eingedrungen waren.

Er schleppte sich ins Bad, schluckte noch einmal zwei Tabletten und nahm den Bauchverband ab. Wo die Kugel ihn getroffen hatte, befand sich ein kleiner, dunkler Fleck, der noch nässte, nur an den Rändern bildete sich schon eine Kruste. Die Haut drum herum war rostrot verschmiert. Er drehte sich um und betrachtete mit einem Blick in den Spiegel die Austrittswunde. Sie sah ähnlich aus, war aber deutlich größer. Avram beträufelte ein Handtuch mit warmem Wasser und wusch sich vorsichtig. Anschließend legte er sich einen neuen Verband an.

Er hoffte, nun kein Blut mehr zu verlieren, sonst wäre er gezwungen, einen Arzt zu konsultieren. Aber erstens waren Schusswunden meldepflichtig, und zweitens hatte er sowieso schon viel zu viel Zeit verloren. Zumindest halfen die Tabletten. Schmerzen und Fieber waren schon viel erträglicher als vorher. Die aufgeplatzte Lippe und die Schwellungen im Gesicht spürte er gar nicht mehr.

Schwer atmend ging er nach oben, um sich etwas Frisches anzuziehen. Als Oberteil wählte er einen leichten Pullover, unter dem man den Verband nicht sofort erkennen konnte. Darüber streifte er sein Schulterholster. Um es zu kaschieren, schlüpfte er zu guter Letzt noch in ein Sakko. Der Kleidungswechsel war schmerzhaft und anstrengend. Mit einem Stofftaschentuch wischte Avram sich den Schweiß von der Stirn.

Ihm fiel ein, dass er die Pistole nachladen musste. Gestern Nacht hatte er das Magazin komplett leergeschossen. Aber im Auto befand sich genug Munition für die nächsten Tage, selbst wenn noch ein paar Schießereien auf ihn warteten.

Es klingelte.

Verdammt! Wer wollte schon so früh am Morgen zu ihm?

Mit zusammengebissenen Zähnen ging er nach unten. An der Tür hielt er inne und schaute durch den Späher. Draußen stand Ludwig Bott. Hoffentlich war Akina nichts zugestoßen!

Avram öffnete die Tür – nur einen Spaltbreit, damit Ludwig das Chaos im Haus nicht sehen konnte. »Was führt dich so früh zu mir?«, fragte er.

Bott hielt eine Stofftüte hoch. »Ein paar Scheiben Brot, etwas Käse und Wurst«, sagte er. »Esther hatte Angst, dass du verhungerst. Außerdem haben wir uns Sorgen gemacht, vor allem Akina. Wir wollten wissen, ob es dir gutgeht.«

»Hier ist alles in Ordnung«, log Avram. »Aber wenn es Esther und dir nichts ausmacht, wäre es gut, wenn Akina noch ein oder zwei Tage bei euch bleiben könnte.«

»Ich habe dir schon gesagt, dass das kein Problem ist.«

»Du bist ein guter Freund, Ludwig.«

Bott sah Avram nachdenklich an, als läge ihm noch etwas auf dem Herzen. »Gibt es schon Neuigkeiten in Bezug auf Goran, Nadja und Sascha?«, fragte er.

Avram schluckte trocken und schüttelte den Kopf. »Mit etwas Glück finde ich heute etwas heraus«, sagte er. »Ich habe da eine Spur. Sobald ich etwas weiß, melde ich mich.«

Vom Bott'schen Hof näherte sich ein Taxi – ungewöhnlich für diese Uhrzeit. Aus irgendeinem Grund wusste Avram, dass es zum Kuyperhof fahren würde, und er hatte kein gutes Gefühl dabei.

Bott ging die Steinstufen hinunter und setzte sich auf sein Fahrrad. »Lass uns wissen, wenn wir dir irgendwie helfen können«, sagte er.

»Mach ich. Danke für das Angebot.«

Während Ludwig Bott wieder den Heimweg antrat, rollte das Taxi heran. Es hielt vor dem Wohnhaus, die Beifahrertür öffnete sich, und die Interpol-Agentin stieg aus. Emilia Ness.

Avram unterdrückte ein Seufzen. Das Allerletzte, was er jetzt brauchte, war eine neugierige Ermittlungsbeamtin. »Es tut mir leid, aber Sie kommen ungelegen«, sagte er.

Sie nickte. Ihre Augenringe verrieten ihm, dass ihre Nacht kaum weniger anstrengend gewesen war als seine.

»Wir müssen miteinander reden«, sagte sie unbeirrt. »Über Ihren Neffen. Ich weiß, was mit ihm passiert ist.«

Also hatte sie das Internet-Passwort herausgefunden und alles gesehen. Avram schluckte. Wenn er nur an diesen schrecklichen Film dachte, stieg ihm die Galle hoch.

»Herr Kuyper, lassen Sie uns bitte drinnen sprechen«, drängte sie. »In aller Ruhe, nicht hier zwischen Tür und Angel. Ich fürchte, ich bringe keine guten Neuigkeiten.«

Wie konnte er sie jetzt noch abwimmeln? *Vielen Dank, dass Sie sich extra herbemüht haben, aber ich kenne das Foltervideo schon.* Bestimmt wollte sie ihm nicht nur sagen, dass Sascha tot war. Sie hatte gewiss auch eine Menge Fragen. Es gab keine Möglichkeit, ihr auszuweichen. Er musste sie ins Haus lassen.

Avram nickte als Zeichen dafür, dass er ihren Vorschlag annahm, und sie bezahlte den Taxifahrer. Avram wartete, bis sie im Haus war und schloss die Tür hinter ihr.

»Bitte, nehmen Sie Platz«, sagte er.

Sie machte nur zwei Schritte in Richtung der Couch, dann blieb sie wie angewurzelt stehen. Offenbar hatte sie begriffen.

Avram richtete die Pistole auf ihren Rücken und spannte den Hahn. Dass die Waffe nicht geladen war, wusste Emilia Ness ja nicht.

»Bleiben Sie genau so stehen und nehmen Sie die Hände hoch«, sagte er.

Sie tat es.

Er trat von hinten an sie heran, tastete sie ab und durchsuchte ihre Handtasche. Das Handy nahm er an sich. Mit dem Rest würde sie weder Hilfe rufen noch sich befreien können.

»Jetzt nehmen Sie ihre Hände auf den Rücken und machen Sie keine Dummheiten«, sagte Avram. »Wenn Sie meine Anweisungen befolgen, wird Ihnen nichts geschehen.«

59

Der Albtraum nahm kein Ende! Emilia hatte Avram Kuyper nur die traurige Nachricht vom Tod seines Neffen überbringen wollen – von Angesicht zu Angesicht, weil das persönlicher war als ein Telefonat. Und weil sie gehofft hatte, dass Avram oder Akina Kuyper noch irgendwelche Details zu den Geschehnissen vom Samstag eingefallen waren. Irgendetwas Wichtiges, das sie gestern vergessen hatten.

Dass Avram Kuyper sie gefangen nehmen würde, weil er hier ein Blutbad angerichtet hatte – damit hatte sie nicht gerechnet.

Sie lag seitlich auf der Couch, Hände und Füße mit Kabelbindern hinter dem Rücken gefesselt. Es war völlig unmöglich, sich daraus zu befreien, geschweige denn aufzustehen. Auch der Knebel in ihrem Mund saß bombenfest.

Avram Kuyper ging vor ihr in die Hocke. Sein Gesicht war kreidebleich, aber seine grauen Augen versprühten diese eiserne Entschlossenheit, die ihr schon gestern auf dem Revier aufgefallen war. »In zwei Stunden werde ich jemanden schicken, der Sie befreit«, sagte er. »So lange werden Sie hier durchhalten müssen.«

Ein Stein fiel Emilia vom Herzen. Wenigstens wollte Kuyper ihr nichts antun. Ihr Blick fiel auf den Toten, der zwischen Kühlschrank und Kochinsel lag, zusammengekrümmt, in einer Lache Blut. Seine leeren Augen starrten auf den Fliesenboden, sein Mund stand offen.

»Er hat es nicht anders verdient«, raunte Kuyper ihr zu. »Der Kerl im Keller auch nicht. Das sind Kovaczs Leute. Übelster Abschaum, alle beide. Sie wissen, was die mit Sascha angestellt haben – ich habe das Video auch gesehen. Und wenn ich es noch rechtzeitig schaffe, werde ich verhindern, dass sie meiner Schwägerin dasselbe antun. Kommen Sie mir nicht in die Quere, das ist eine Sache zwischen denen und mir.«

Mit diesen Worten verschwand er aus dem Haus und ließ sie alleine zurück. Einen Moment später hörte sie, wie der Wagen ansprang und er davonfuhr.

Emilia versuchte, sich aus ihren Fesseln zu winden, erreichte damit aber nur, dass ihr die Kabelbinder ins Fleisch drückten.

Wie soll ich das zwei Stunden lang aushalten? Ich kann meine Hände schon jetzt kaum noch spüren! Und was, wenn er gar nicht vorhat, jemanden zu informieren?

Verfluchter Mist!

Sie versuchte zu schreien, aber der Knebel in ihrem Mund ließ das nicht zu. Ausspucken konnte sie ihn auch nicht, dafür saß er zu fest. Ihr würde nichts anderes übrigbleiben, als reglos hier auszuharren und darauf zu hoffen, dass dieser Verrückte tatsächlich irgendwann Hilfe schickte.

Wie hatte sie nur so dumm sein können, hierherzukommen, ohne jemandem etwas davon zu sagen? Weder Kessler noch die Münchner Polizei, noch Interpol wussten, wo sie war. Selbst wenn irgendwann jemand Verdacht schöpfte – orten konnte man sie nicht mehr, denn Kuyper hatte ihr das Handy weggenommen. Sie saß hier fest und war zum Warten verdammt!

Tippelnde Schritte näherten sich. Mühsam drehte Emilia den Kopf und sah eine Katze heranlaufen. Sie umrundete die Kochinsel, beschnupperte die Blutlache auf dem Boden und setzte sich dann vor die Couch, wo sie sich zu putzen begann, als sei nichts geschehen.

Emilia beneidete das Tier um seine Gleichgültigkeit. Sie selbst war dafür viel zu aufgewühlt. Wie hätte sie ahnen können, dass Avram Kuyper plötzlich durchdrehte? Dass Trauer in Zorn umschlagen konnte, hatte sie schon oft erlebt. Aber bei Kuyper waren heute sämtliche Sicherungen durchgebrannt! Er hatte einen Menschen getötet, hier, in diesem Raum, vielleicht sogar einen zweiten im Keller. Er hatte Emilia mit einer Pistole bedroht und sie gefesselt, damit er seine Spuren alleine verfolgen konnte! Wer zum Teufel war dieser Mann?

In seinem jetzigen Zustand war er jedenfalls unberechenbar. Eine tickende Zeitbombe! Was er vorhatte, brachte nicht nur ihn selbst in Gefahr, sondern jeden, den er für schuldig hielt, und auch jeden, der es wagte, sich ihm in den Weg zu stellen. Er war zu allem entschlossen, Recht und Gesetz kümmerten ihn nicht mehr. Er hielt sich für Richter und Henker zugleich und wollte seine Jagd ohne Regeln bestreiten.

So weit durfte sie es nicht kommen lassen! Avram Kuyper war im Moment unberechenbar und gefährlich. Sie musste ihn unbedingt aufhalten! Wenn es ihr gelänge, ihn aufzuspüren und ihn dazu zu überreden, sich ihr anzuvertrauen, könnte sie ihn davor bewahren, sich ins Unglück zu stürzen, und mit etwas Glück würden sie Milan Kovacz und Belial schnappen.

Dazu musste sie sich aber zuallererst von ihren Fesseln befreien. Noch einmal zerrte und rüttelte sie daran, aber sie erreichte damit nur, dass die Schmerzen in ihren Gelenken stärker wurden. Hände und Füße kribbelten schon unangenehm, weil sie nicht mehr richtig durchblutet wurden.

Emilia sah ein, dass es im Augenblick nichts gab, das sie tun konnte. Müdigkeit, Wut und Hilflosigkeit trieben ihr die Tränen in die Augen.

Entkräftet gab sie auf.

60

Avram fuhr den Überlandweg nach Kirchbrunn und bog kurz nach dem Ortsausgangsschild in nördlicher Richtung auf die Landstraße nach München ein. Der Regen war stärker geworden, und das monotone Hin und Her der Scheibenwischer wirkte auf ihn irgendwie beruhigend. Dennoch brannten die Schnittwunde an der Brust und die Schussverletzung an der Hüfte wie die Hölle.

Er versuchte, sich auf etwas anderes zu konzentrieren, und seine Gedanken wanderten zu Emilia Ness. Ungewöhnlich, dass eine Polizistin alleine unterwegs ist, dachte er. Zuerst gestern und heute schon wieder. Er fragte sich, warum das so war.

Aber er machte sich nichts vor. Sicher wussten ihre Kollegen, dass sie bei ihm hatte vorbeischauen wollen, und in spätestens einer Stunde würde die ganze Münchner Polizei nach ihm suchen. Er hatte eine Interpol-Beamtin mit einer Waffe überwältigt, und auf dem Kuyperhof lagen zwei Tote. Wahrscheinlich würde sich bei der Identifikation herausstellen, dass es sich um gesuchte Verbrecher handelte, aber bis es so weit war, würde die Polizei Avram als flüchtigen Mordverdächtigen behandeln.

Umso wichtiger war es, sich jetzt nicht erwischen zu lassen. Wenn Nadja noch lebte, würde er sie befreien – eigenhändig, trotz seiner Verletzungen und obwohl ein Alleingang natürlich höchste Risiken barg. Doch im Moment waren Schnelligkeit, Entschlossenheit und nötigenfalls Rücksichtslosigkeit gefragt – Attribute, die Avram nicht zwangsläufig mit der Polizei verband.

Er musste bremsen und zwei Gänge herunterschalten, weil vor ihm ein Traktor tuckerte und die kurvige Straße kein Überholmanöver zuließ. Nervös trommelte er mit den Fingern aufs Lenkrad, bis er eine Gelegenheit fand, aufs Gas zu treten und auszuscheren. Endlich wieder freie Bahn!

Saschas schmerzverzerrtes Gesicht erschien vor seinem geistigen Auge, die verzweifelten Schreie des Kleinen hallten in seinen Ohren. Beinahe konnte Avram seine warmen Tränen auf der Haut spüren. Niemals würde er diese grauenhaften Szenen vergessen können. Aber er würde dafür sorgen, dass diejenigen, die Sascha das angetan hatten – Milan Kovacz und Belial –, es mit gleicher Münze heimgezahlt bekamen. Erst danach würde er wieder Ruhe finden.

Er passierte ein Waldstück, bog in einen Forstweg ein und fuhr so weit, bis er sicher war, von der Straße aus nicht gesehen werden zu können. Dann stieg er aus, holte aus dem Kofferraum Werkzeug und deutsche Ersatznummernschilder und tauschte sie mit den alten aus.

Ihm war klar, dass er damit nicht mehr weit kommen würde. Aber es sollte genügen, um das Auto irgendwo eine Weile stehen lassen zu können, ohne die Aufmerksamkeit der Polizei zu erregen.

Emilia Ness' Handy warf er irgendwo unterwegs aus dem Fenster. Unweit der Autobahnauffahrt auf die A8 hielt er an einer Hertz-Station und mietete mit einem falschen Pass auf den Namen Peter Salinger für drei Tage einen unauffälligen Opel Astra an. Bevor er damit weiterfuhr, packte er alles, was ihm nützlich erschien, in den Mietwagen. Seinen BMW ließ er unweit des Hertz-Parkplatzes stehen.

Einigermaßen zufrieden, bog er auf die Autobahn. Zwar hatte ihn die Finte wertvolle Zeit gekostet, dafür war er jetzt aber sicher, unbehelligt nach Ingolstadt durchzukommen.

61

Die Katze lag zusammengerollt auf dem Sofa und schnurrte, während Emilia stumm vor sich hin weinte. Tränen der Verzweiflung liefen ihr über die Wangen und tropften auf die Couch. Sie lag immer noch unverändert da: auf die Seite gedreht, die Hände hinter dem Rücken an die angewinkelten Beine gefesselt.

Eine Weile hatte sie versucht, gegen die Kabelbinder anzukämpfen. Sie hatte daran gezerrt und gerüttelt, war mächtig ins Schwitzen geraten und hatte dabei in ihren Knebel gekeucht. Aber schließlich hatte sie einsehen müssen, dass es sinnlos war. Es gab kein Entkommen.

Seitdem lag sie still weinend da und versuchte, den Toten beim Kühlschrank zu ignorieren, aber ihr Blick wanderte ganz automatisch immer wieder dorthin. Ein schauderhaftes Bild – die weit aufgerissenen Augen, der offenstehende Mund, ein Ausdruck des Entsetzens im Gesicht, als er erkannt hatte, dass er sterben würde.

Sie fragte sich, ob das wirklich einer von Milan Kovaczs Männern war. Vermutlich schon. Akina Kuyper war die einzige Zeugin des Überfalls vom vergangenen Samstag. Kovacz musste also ein Interesse daran haben, sie aus dem Weg zu räumen, damit es im Falle seiner Ergreifung nicht zu einer Gegenüberstellung kommen konnte.

Ein Geräusch an der Tür riss sie aus ihren Gedanken. Wer war das? Avram Kuyper? Aber warum sollte er zurückgekommen sein?

Oder war das womöglich jemand, der nach dem Toten suchte? Emilias Magen krampfte sich zusammen. Was würden Kovaczs Leute mit ihr anstellen, wenn sie sie hier fanden? Sie kämpfte noch einmal mit aller Kraft gegen ihre Fesseln an, versuchte sie zu dehnen, um sich vielleicht doch noch daraus befreien zu können – vergeblich.

Dann pochte es an der Tür, laut und deutlich.

»Emilia ... Bist du da drin?«, rief jemand.

Mikka Kessler! Eine Zentnerlast fiel ihr von der Seele. Nie hätte sie gedacht, dass sie sich noch einmal so über seine Stimme freuen würde. Sie schrie in ihren Knebel. Die Katze sprang vom Sofa auf und trollte sich.

»Emilia, bist du das?«

Wieder brüllte sie in den Knebel. Es sollte »Ja« heißen.

Jetzt donnerte Kesslers Faust gegen die Tür. »Herr Kuyper, hier ist die Polizei! Machen Sie sofort auf, sonst werde ich gewaltsam ins Haus eindringen!«

Sekundenlang geschah nichts. Dann zerbarst ein ohrenbetäubender Knall die Stille, und die Tür flog auf. Im Eingang erschien Mikka Kessler mit einer Pistole im Anschlag. Als er das Chaos im Haus erkannte und Emilia gefesselt auf der Couch sah, war er sichtlich überrascht. »Bist du in Ordnung?«, rief er ihr zu.

Sie brachte ein Nicken zustande.

Kessler sicherte sich mit der Waffe nach allen Seiten ab und betrat das Haus. »Ist außer dir sonst noch jemand hier?«, fragte er.

Emilia schüttelte den Kopf, obwohl sie es nicht mit Gewissheit wusste. Kessler entspannte sich ein wenig, eilte zu ihr herüber und nahm ihr den Knebel ab. »Bist du verletzt?«

»Nein, es geht mir gut«, sagte Emilia. »Ich kann nur meine Arme und Beine nicht mehr spüren.«

Kessler ging zur Küche und zog ein scharfes Kartoffelmesser aus dem Messerblock, womit er Emilia von ihren Fesseln befreite. Dann prüfte er die Vitalfunktionen des zusammengekrümmten Mannes auf dem Boden.

»Für den hier können wir nichts mehr tun«, stellte er fest und setzte sich zu Emilia aufs Sofa. »Was um alles in der Welt ist hier passiert?«

Emilia massierte sich die kribbelnden Hände und erzählte ihm, was Kuyper ihr gesagt hatte. Sie berichtete auch, wie sie von ihm ins Haus gebeten und überrumpelt worden war. Dabei brachen Müdigkeit und Erleichterung offen aus ihr heraus, und sie begann, hemmungslos zu weinen.

»Ich ... ich ... wollte doch nur ...« Mehr brachte sie nicht über die Lippen. Schluchzend schlug sie die Hände vors Gesicht. Sie hatte die Nacht über kein Auge zugetan und war nervlich am Ende. Nicht nur, dass Avram Kuyper sie wie einen Anfänger in eine Falle gelockt hatte. Viel schlimmer war, dass irgendwo da draußen ein Killer frei herumlief, der Menschen vor laufender Kamera abschlachtete, sogar kleine Kinder.

Sie spürte eine Berührung an der Schulter und sah auf. Mikka Kessler lächelte ihr aufmunternd zu. Seine Hand wanderte an ihre Wange, mit dem Daumen wischte er ihr zärtlich eine Träne weg.

Sie spürte die Wärme, die von ihm ausging, seine Berührung war wie pure Energie. Als er sie an sich zog und sie in die Arme schloss, vergaß sie für einen Moment alles um sich herum – den Toten, Avram Kuyper, Belial, Kovacz. Ein paar Sekunden lang gab es nur noch sie und Kessler. Willenlos ließ Emilia es geschehen, dass er einen Finger unter ihr Kinn schob, es mit sanftem Druck anhob und sie küsste. Sein Atem roch nach Pfefferminz, und auch sein unwiderstehliches Parfum stieg Emilia wieder in die Nase. Ganz und gar gefangen in dem Moment, öffnete sie die Lippen und erwiderte seinen Kuss.

Bis die warnende innere Stimme sich zurückmeldete. Der Verdacht, dass er mit in dieser Sache drinhängen könnte, stand immer noch wie eine Mauer zwischen ihnen. Unwillkürlich wich sie vor ihm zurück.

Einen Moment lang herrschte peinliches Schweigen. »Entschuldige«, sagte Kessler schließlich. »Ich wollte die Situation nicht ausnutzen.«

Es war Emilia nur recht, wenn er ihre Zurückhaltung auf sein forsches Vorgehen zurückführte. »Schon gut«, sagte sie. »Es ist ja nicht viel passiert.«

Kessler schluckte.

»Kuyper hat erwähnt, dass es im Keller einen zweiten Toten gibt«, sagte Emilia. »Wir sollten nachsehen.«

Gemeinsam gingen sie die Treppen hinunter. Verschmierte Blutspuren auf den Stufen und im Kellergang führten sie zum Ort des Geschehens.

»Großer Gott, was ist hier passiert?«, raunte Kessler in der Tür zum Weinkeller. Dort saß ein gefesselter, junger Mann auf einem Stuhl, blutüberströmt, den Kopf vornübergebeugt. Ein offener Treibstoffkanister lag auf dem Boden. Splitter zerborstener Flaschen lagen in einem See aus Wein, Blut und Benzin. Der Geruch, der von diesem Raum ausging, war widerwärtig.

Kessler watete zu dem Gefesselten und prüfte seinen Puls, schüttelte aber den Kopf. »Der muss schon seit Stunden tot sein, genau wie der Kerl in der Küche. Wenn Kuyper von den beiden erfahren hat, wo seine Schwägerin ist, warum hat er dann bis zum Morgen gewartet, um nach ihr zu suchen?«

Emilia wusste darauf keine Antwort.

Sie beschlossen, das ganze Haus zu durchsuchen. Im Keller fanden sie nichts Ungewöhnliches mehr, also gingen sie wieder nach oben. Wohnzimmer, Küche und Essbereich hatten sie schon in Augenschein genommen, weshalb sie sich auf den anderen Gebäudeteil konzentrierten. Dort lag der Teppich im Flur schief, und eine Ecke war umgeschlagen.

Vielleicht Spuren eines Kampfs.

Kessler warf mit vorgehaltener Pistole noch einen Blick in die Toilette, das Bügelzimmer und das Gästezimmer, aber hier war alles in Ordnung, ebenso wie im Obergeschoss. Er steckte seine Waffe wieder weg und zog sein Handy aus der Tasche.

»Was willst du tun?«, fragte Emilia, obwohl es nicht schwer zu erraten war.

»Wir müssen eine Suchmeldung herausgeben«, sagte Kessler. »Wenn es stimmt, was Kuyper dir erzählt hat, befindet er sich gerade auf seinem persönlichen Rachefeldzug, und dafür gibt es im deutschen Rechtssystem keinen Platz. Wir müssen ihn finden und aufhalten. Und wir müssen seine Schwägerin aufspüren. Vielleicht hat seine Nichte eine Ahnung, wohin er gefahren sein könnte. Weißt du, wo sie steckt?«

»Nein, keine Ahnung.«

»Er wird sie nicht mitgenommen haben«, überlegte Kessler. »Das wäre viel zu gefährlich für sie. Vielleicht ist sie vorübergehend bei Freunden untergekommen.«

Er begann, die Nummer der Münchner Kripo in seinem Handy zu suchen, doch Emilia hielt ihn zurück.

»Ich glaube nicht, dass das eine gute Idee ist«, sagte sie und legte eine Hand auf das Gerät. Ihre Finger berührten sich.

»Warum nicht?«, fragte Kessler.

Emilia zögerte. Wie sollte sie ihm erklären, was sie wusste? Vor allem, wie sie an diese Informationen gelangt war – ohne ihn.

»Ich glaube, dass die Münchner Kripo in diesen Fall verwickelt ist«, sagte sie. »Auch Lohmeyer. Wenn wir die Sache melden, könnte es sein, dass nicht nur Kuyper zur Zielscheibe für die Polizei wird, sondern auch du und ich.« Sie versuchte, gelassen zu wirken, bereitete sich aber innerlich auf einen Kampf vor. Falls Kessler tatsächlich auf der anderen Seite stand und versuchen würde, die Waffe auf sie zu richten, wäre sie darauf vorbereitet.

Aber Kessler sah sie nur fassungslos an und ließ die Hand mit dem Handy sinken. »Wie kommst du denn auf diese Idee?«, fragte er. Es klang ehrlich verwirrt, aber vielleicht war es auch nur eine schauspielerische Glanzleistung. Noch weigerte sich etwas in ihr, ihm wieder voll und ganz zu vertrauen.

»Wie hast du mich gefunden, Mikka?«, wollte sie wissen.

Die Frage schien ihn noch mehr zu verwirren. Seine Lippen bewegten sich, doch es dauerte einen Moment, bis die Worte kamen. »Ich bin dir nachgefahren«, sagte er schließlich. »Du warst heute Morgen beim Frühstück so merkwürdig. Das hat mich misstrauisch gemacht. Ich dachte mir, dass irgendwas mit dir nicht stimmt. Deshalb bin ich nicht ins Revier gefahren, sondern habe gewartet und dein Taxi verfolgt.«

»Und warum hat es so lange gedauert, bis du gemerkt hast, dass hier im Haus etwas faul ist?«

Kessler war nun völlig überfordert. »Wegen ... dieser Baustelle ... zwischen Riedhofen und Oberaiching«, stammelte er. »Du bist mit deinem Taxi gerade noch ungehindert durchgekommen, aber gleich danach haben sie die Straße gesperrt, weil ein Laster rückwärts ausparken musste. Das hat ein paar Minuten gedauert. Natürlich konnte ich mir da schon denken, wohin du dich fahren lässt, und als ich in die Zubringerstraße zu den Aussiedlerhöfen abgebogen bin, kam mir dein Taxi entgegen. Ich bin zur Anhöhe gefahren, hab den Wagen dort geparkt und gewartet, weil ich dachte, dass du irgendwann wieder rauskommst. Woher hätte ich wissen sollen, dass etwas nicht stimmt? Ich dachte, du wärst hier drin und unterhältst dich mit Kuyper.«

Emilia war noch nicht überzeugt. »Wenn es wahr ist, was du sagst, dann hätte Kuyper direkt an dir vorbeifahren müssen«, sagte sie.

Kessler schüttelte hilflos den Kopf. »Ist er aber nicht. Er muss einen anderen Weg eingeschlagen haben. In der Zeit, als ich den Hof beobachtet habe, ist er nicht aus dem Haus gekommen. Er muss schon weg gewesen sein, bevor ich Position bezogen habe.«

»Dann habt ihr euch wohl leider um ein paar Sekunden verpasst!« Es sollte nur eine Feststellung sein, aber sie hörte selbst, wie vorwurfsvoll und undankbar das klang.

Kesslers Miene erstarrte regelrecht. »Tut mir leid, wenn ich deine hohen Erwartungen nicht erfüllen konnte«, sagte er. »Aber allzu leicht hast du mir deine Rettung auch nicht gemacht. Seit gestern Nachmittag gehst du mir aus dem Weg, sprichst kaum ein Wort mit mir und ziehst aus irgendeinem Grund heimlich dein Ding hinter meinem Rücken durch. Verdammt, ich habe Eibermann regelrecht angebettelt, dass ich dich nach München begleiten darf. Weil ich dich mag und weil ich dachte, dass es dir genauso geht. Aber je länger wir uns kennen, desto weiter entfernen wir uns voneinander. Warum bist du plötzlich so abweisend? Habe ich etwas falsch gemacht? Etwas Falsches gesagt? Wenn ja, dann sag es mir. Weißt du denn nicht, wie gern ich dich habe?«

Doch, sie wusste es. Bis gestern hatte sie ja ganz genauso gefühlt. Und dann hatte Pauling mit seinem anonymen Brief alles in Frage gestellt. Im persönlichen Gespräch mit ihm war zwar herausgekommen, dass es gegen die Frankfurter Kollegen keinen konkreten Verdacht gab. Aber da war die Kluft zwischen Emilia und Kessler schon so groß gewesen, dass sie Dorffler damit beauftragt hatte, Erkundigungen über ihn einzuziehen. Was er herausgefunden hatte, konnte sie nicht so einfach ignorieren.

»Du bist mir gegenüber nicht ehrlich gewesen, Mikka«, sagte Emilia. »Du standest in Duisburg vor Gericht, weil man dich für bestechlich gehalten hat. Davon hast du mir gegenüber kein Wort erwähnt.«

»Du hast mir auch nichts über die Fabiani-Affäre erzählt, obwohl du damals ganz schön in der Kritik gestanden hast, bevor deine Unschuld erwiesen war«, sagte Kessler trotzig. »Sind wir schlechte Menschen, nur weil wir nicht gleich bei der ersten Begegnung die weniger schönen Punkte unserer Vergangenheit herausposaunen? Wir haben beide vor Gericht gestanden und wurden beide freigesprochen. Was soll's?«

Der Vergleich mit der Fabiani-Affäre traf Emilia. Sie musste sich eingestehen, dass sie an Kessler höhere Maßstäbe angesetzt hatte als an sich selbst und dass das ein Fehler gewesen war.

»Du hast recht«, gab sie zu. »Ich habe dir auch nichts von meinem Prozess erzählt. Aber ich habe dich zumindest nicht bewusst belogen.«

Kessler zuckte mit den Achseln. »Wovon um alles in der Welt redest du?«

»Von deinen Eltern. Als ich dich gefragt habe, wie du dir deinen Lebensstil leisten kannst, hast du behauptet, dass deine Eltern wohlhabend sind. Dass dein Vater dich als Nachfolger für seine Anwaltskanzlei vorgesehen hätte. Aber du bist in einem Heim aufgewachsen und nie adoptiert worden.«

Jetzt war Mikka Kessler endgültig fassungslos. »Du hast in meiner Vergangenheit herumgewühlt, als wäre ich ein Verbrecher!«, zischte er. »Herrgott nochmal, was habe ich dir bloß getan, damit du so misstrauisch geworden bist?«

»Ich wusste nicht, ob ich dir noch trauen kann.«

»Dann weißt du ja jetzt, dass du es nicht kannst! Gratuliere, du hast den richtigen Riecher gehabt!«

Emilia begriff, dass sie zu weit gegangen war. Sie hatte ihn verletzt, und sie bereute es. »Ich möchte dir gerne vertrauen, Mikka«, sagte sie. Es war die Wahrheit. »Aber dazu musst du offen zu mir sein. Warum hast du mich belogen?«

Seufzend wandte er sich von ihr ab. Emilia dachte schon, er würde jetzt vollends dichtmachen, aber dann begann er zu erzählen. »Das war keine Lüge«, sagte er. Es klang matt und irgendwie traurig. »Aber ich gebe zu, dass ich meine Geschichte ein bisschen ausgeschmückt habe. Meine Eltern sind bei einem Autounfall gestorben, als ich sechs Jahre alt war. Verwandte hatte ich keine, außer einem versoffenen Onkel. Also kam ich in ein Heim. Sechs Jahre ist ein schlechtes Alter für ein Heimkind. Adoptiveltern wollen Babys, keine Schulkinder. Folglich bin ich in dem Heim geblieben.« Er machte eine Pause, überlegte. »An meinem 18. Geburtstag erfuhr ich, dass meine Eltern mir ein ansehnliches Vermögen hinterlassen hatten, das bis dahin von einem Treuhänder verwaltet worden war. Du siehst: Ich habe nicht gelogen. Nur die Geschichte mit der Rechtsanwaltskanzlei habe ich erfunden, weil es mir bei unserem Gespräch irgendwie interessanter erschien als eine simple Erbschaft. Außerdem wollte ich nicht auf Mitleid machen: der arme Junge aus dem Heim. Verstehst du?«

Emilia nickte. Obwohl immer noch ein letzter Rest Skepsis vorhanden war, beschloss sie, Kessler wieder zu vertrauen. Er hatte sich ihr geöffnet, hatte sich von seiner verletzlichsten Seite gezeigt, und seine Geschichte klang irgendwie echt. Er verdiente eine zweite Chance.

»Ich habe den Anfang gemacht«, sagte Kessler. »Jetzt bist du dran. Vertrauen basiert auf Gegenseitigkeit. Was ist vorgefallen, damit du mir dermaßen misstraust?«

Emilia seufzte. Er hatte recht. Wenn sie von ihm Offenheit verlangte, musste für sie dasselbe gelten. »Erinnerst du dich an die gestrige Einsatzbesprechung bei der Münchner Kripo?«, fragte sie.

»Natürlich. Was ist damit?«

»Als wir danach in unser Büro kamen, lag auf meinem Platz ein anonymer Brief ...«

62

Dragan Cars war eine unscheinbare Autowerkstatt, etwas außerhalb von Ingolstadt. Verkehrstechnisch lag sie nicht sonderlich günstig. Man musste von der Landstraße in einen asphaltierten, nicht ausgeschilderten Waldweg einbiegen, dann gelangte man nach etwa hundert Metern auf ein ziemlich verwahrlostes, von dichtem Nadelwald umsäumtes Firmengelände. Ohne Navi hätte Avram es niemals gefunden.

Die Herfahrt war ohne Zwischenfälle verlaufen – keine Polizeiautos, keine Polizeihubschrauber, keine Suchmeldungen im Radio. Falls sie bereits nach ihm fahndeten, taten sie es sehr unauffällig. Oder in der falschen Region. Aber vielleicht lag die Interpol-Agentin auch immer noch gefesselt auf der Couch.

Er zog sein Handy aus der Tasche, rief Rutger Bjorndahl an und bat ihn, in etwa einer Stunde bei der Münchner Polizei Meldung zu erstatten. Wenn Rutger das tat, konnte man den Anruf nicht zu Avram zurückverfolgen. Außerdem wusste er nicht, ob er in einer Stunde überhaupt noch lebte. Emilia Ness sollte nicht länger als nötig gefesselt im Haus seines Bruders liegen.

Auf der Fahrt hierher hatte der Schmerz etwas nachgelassen. Vielleicht lag es daran, dass Avram sich kaum bewegt hatte, vielleicht lag es an den Tabletten. Aber als er aus dem gemieteten Astra stieg, spürte er die Wunden sofort wieder brennen. Wenigstens war der dunkelrote Fleck auf dem

Pullover unter seinem Sakko seit München nicht größer geworden.

Das Firmengelände bestand aus einem großen Parkplatz, auf dem ein paar zerbeulte Unfallwagen standen, und einem zweistöckigen Kastengebäude mit verblasstem Anstrich. Unten befand sich die Werkstatt mit drei großen Klapptoren, die im Moment jedoch geschlossen waren. Die Fenster im Obergeschoss deuteten auf eine Wohnung hin.

Avram warf einen Blick auf seine Uhr. Kurz vor neun, und das Gelände wirkte wie verwaist.

Links führte eine asphaltierte Zufahrt um das Gebäude herum zu einem Hinterhof. Übermannshohe Mauern drängten den angrenzenden Wald zurück. Abgesehen davon, boten sie guten Sichtschutz für Dinge, die von außen nicht gesehen werden sollten. Irgendwo hier musste Nadja versteckt sein.

Den Abschluss des Hinterhofs bildete ein großer, offener Wellblechschuppen, eine Art Lagerhaus, in dem sich in deckenhohen Schwerlastregalen eine wilde Sammlung von Schrottteilen stapelte. In den Ecken standen Eimer, alte Fässer, Kisten, Werkzeugkästen und vieles mehr. Alles wirkte unaufgeräumt und dreckig.

Hier muss es sein, dachte Avram. Marquardt hatte erzählt, dass sie Nadja in einer ehemaligen Werkstattgrube versteckt hatten. Wo genau war das?

Avram musste einen Moment lang suchen, bis er die Bodenklappe fand. Sie bestand nicht aus Metall, sondern aus Beton, und sie war auch nicht so groß wie erwartet, sondern maß nur etwa einen auf zwei Meter. Öffnen konnte er sie nicht, denn sie war mit einem Vorhängeschloss gesichert.

»Kann ich Ihnen helfen?«, fragte eine Stimme hinter ihm.

Avram drehte sich um. Ein Mann im blauen Overall stand

vor ihm, Mitte dreißig, mit Halbglatze, dunklem Bartansatz und skeptischem Blick.

»Sind Sie Dragan Komakur?«

Der Mann nickte. »Ist das Ihr Astra, da vorne auf dem Parkplatz?«

»Ich bin nicht wegen des Wagens hier«, sagte Avram. Er zog die Pistole aus dem Holster unter seinem Sakko und zielte damit auf Dragan, der zusammenzuckte, sich dann aber wieder in den Griff bekam und scheinbar gelassen blieb.

»Ich suche jemanden«, fuhr Avram fort. »Meine Schwägerin. Sie ist am Samstag entführt und hierhergebracht worden. Ich will wissen, wo sie ist.«

»Sind Sie Polizist? Dann brauchen Sie einen Durchsuchungsbefehl.« Er hatte zweifellos Erfahrung mit solchen Situationen, sonst hätte er nicht so kalkuliert reagiert.

»Ich bin kein Polizist«, antwortete Avram. »Und ich brauche auch keinen Durchsuchungsbefehl. Ich werde einfach auf Ihre Knie schießen, wenn Sie mir nicht sagen, was ich wissen will. Ist meine Schwägerin da unten drin?«

Dragan zögerte einen Moment, dann schüttelte er den Kopf. Dabei wirkte er viel weniger selbstsicher als gerade eben noch.

Avram traute ihm nicht. »Schließen Sie auf«, befahl er. »Ich will wissen, was da unten ist.«

»Der Schlüssel ist im Haus«, sagte Dragan. Vielleicht ein Trick.

»Dann holen Sie ihn«, befahl Avram. »Aber machen Sie keine hektischen Bewegungen. Und nehmen Sie Ihre Hände hoch, damit ich sie sehen kann.«

Der Mann tat es, und Avram folgte ihm mit vorgehaltener Pistole ins Haus. Drinnen war es eng und düster. Links neben dem Eingang führte eine Treppe nach oben. Avram blieb stehen, um sie im Auge zu behalten, falls oben jemand war. Er wollte nicht in einen Hinterhalt geraten.

Dragan ging noch ein paar Schritte weiter und blieb dann vor einer Kommode stehen. »Der Schlüssel ist da drin«, sagte er.

»Holen Sie ihn raus. Aber langsam.«

Als der Mann die Schublade aufzog, erschien am oberen Treppenende eine Frau.

»Dragan, ist alles in Ordnung?«, fragte sie und erstarrte, als sie Avram mit der Pistole sah.

Avram zielte auf sie. »Kommen Sie runter, dann geschieht Ihnen nichts«, sagte er.

Im Augenwinkel registrierte er eine Bewegung des Mannes. Wahrscheinlich befand sich in der Kommode nicht nur der Schlüssel, sondern auch eine Waffe. Sofort riss Avram wieder die Pistole herum. Dragan rührte sich nicht mehr.

Ohne den Blick von ihm zu lassen, sagte Avram zu der Frau: »Wenn Sie nicht wollen, dass ich Ihren Mann erschieße, kommen Sie jetzt ganz langsam zu mir herunter.«

Sie war vernünftig genug, um zu gehorchen. Unten angekommen, befahl Avram ihr, sich mit dem Rücken vor ihn zu stellen. Auch das tat sie anstandslos.

»Nicht erschrecken«, raunte Avram und griff mit der Linken in ihr volles, dunkelbraunes Haar. Jetzt war sie sein menschlicher Schutzschild, damit Dragan nicht doch noch versuchte, ihn zu überrumpeln. »Wenn Sie tun, was ich sage, muss ich Ihnen nicht weh tun, verstanden?«

Die Frau nickte. Ihr Atem ging vor lauter Angst nur noch stoßweise.

»Ist außer Ihnen und Ihrem Mann noch jemand im Haus?«

»Nein.«

»Dann werden wir drei jetzt nach draußen gehen und das Schloss öffnen.«

Vorsichtig ging Avram rückwärts. Die Frau ließ sich bereitwillig von ihm führen. Nur Dragan Komakur zögerte. Avram sah ihm an, wie es hinter seinen dunklen Augen arbeitete. Wie er versuchte abzuwägen, was Avram mit ihm und seiner Frau vorhatte. Wie er fieberhaft nach einer Lösung suchte, ohne eine zu finden. Schließlich biss er die Zähne zusammen und folgte Avram und seiner Frau nach draußen.

»Gehen Sie vor!«, befahl Avram.

Dragan Komakur nickte und überquerte den Hinterhof. Im Lagerschuppen öffnete er das Schloss und klappte die Bodenluke auf. Schmale Betonstufen führten steil hinab in ein dunkles Loch.

Auf einer Werkbank sah Avram eine Taschenlampe liegen. Er wies Dragan an, sie zu holen, und der Mann tat es. Als er in das Loch leuchtete, zeigte sich unter dem Lagerboden ein schmaler, knapp mannshoher Gang.

»Ist das dort unten das Versteck?«, fragte Avram.

Dragan Komakur nickte.

»Ich will es mir ansehen«, sagte Avram. »Sie gehen vor.«

Mit der Taschenlampe in der Hand stieg Dragan die Stufen hinab. Anschließend folgten seine Frau und Avram.

Die Grube war gerade breit genug für einen Erwachsenen und führte, kaum, dass man unten angekommen war, unter eine zweite, fest in den Boden eingelassene Betonplatte. Der Gang war so niedrig, dass Avram den Kopf einziehen musste, um sich nicht an der Betondecke zu stoßen. Durch das Treppensteigen pulsierte auch die Schussverletzung wieder stärker.

»Was ist das?«, fragte er. In einer der Grubenwände war eine verriegelte Betontür eingelassen.

Dragan schob den Eisenriegel zur Seite und zog an einem rostigen Griff. Mit leisem Quietschen schwang die Tür auf. Dahinter lag ein kleiner Raum, etwa zwei Meter lang, einen Meter breit und auch einen Meter hoch. Es gab kein Fenster, kein Licht, keine Toilette. Wände, Boden und Decke bestanden aus kaltem, nacktem Beton. Es war ein winziges, menschenunwürdiges Verlies, ein kaltes, schwarzes Loch, gerade groß genug, damit ein oder zwei Personen darin liegen oder allenfalls darin sitzen konnten.

Es war leer.

Avram schluckte. Also war Nadja tatsächlich nicht mehr hier. Aber die Vorstellung, dass sie in dieser Gruft gefangen gewesen war, schmerzte ihn beinahe mehr als seine Schusswunde. Wie lange hatte sie hier unten ausharren müssen? Um ihr Leben bangend, nicht wissend, was mit Akina und Sascha geschehen war? Sie musste beinahe wahnsinnig vor Angst geworden sein!

»Wie lange war sie hier eingesperrt?«, fragte Avram mit belegter Stimme.

Dragan schwieg. Seine Frau antwortete für ihn. »Einen Tag«, sagte sie. »Von Samstag- auf Sonntagnacht.«

Avram hielt sie wieder an den Haaren und spürte, wie sie vor Angst zitterte. Auch er zitterte, allerdings vor Wut. Ein ganzer Tag in diesem gottverlassenen, schwarzen Loch!

»Was habt ihr mit ihr gemacht?«, fragte er.

»Nichts«, sagte die Frau. »Sie hat nur hier drin gelegen. Hat die meiste Zeit geschlafen. Sie hatten sie betäubt.«

»Sie? Meinen Sie damit Kovacz und seine Leute?«

»Ja.«

»Die haben sie also hier abgeliefert, und ihr habt sie hier eingesperrt.« Avram riss Dragans Frau den Kopf ins Genick, obwohl das gar nicht notwendig gewesen wäre. Aber er konnte sich kaum noch bremsen. »Wie ging es am Sonntagabend weiter?«

Die Frau keuchte vor Aufregung und Schmerzen. »Sie wurde abgeholt. Dragan und ich, wir bringen Kovaczs Lieferungen nur kurzfristig unter, bis jemand kommt und sie wieder mitnimmt.«

Lieferungen! Als spräche sie von Maschinenteilen! Avram fragte sich, wie viele Menschen schon vor Nadja hier unten gefangen gewesen waren.

»Wo ist meine Schwägerin jetzt?«

»Ich weiß es nicht!«

Avram riss noch ein wenig fester an ihrem Haar und drückte ihr gleichzeitig den Lauf seiner Pistole an die Schläfe.

»Ich schwöre, dass ich es nicht weiß!«, keuchte sie.

»Was ist mit Ihnen, Dragan?«

»Ich weiß es auch nicht! Das müssen Sie mir glauben!«

Aber im Lauf der Jahre hatte Avram gelernt, die Verzweiflung eines Unschuldigen von der eines Heuchlers zu unterscheiden. Der Mann log.

Avram drückte den Abzug durch, der Schalldämpfer ploppte. Ein faustgroßes Stück Beton spritzte von der Grubenwand. Die Frau zuckte zusammen und schrie vor Schreck auf.

»Der nächste Schuss geht nicht daneben!«, zischte Avram. »Also, ein letztes Mal, bevor ich Ernst mache: Wo ist meine Schwägerin?«

Dragans Frau verlor jetzt endgültig die Kontrolle und begann, hysterisch zu schreien. Auch der Mann war mit den Nerven am Ende. »Ich habe sie nach Nürnberg gebracht«, sagte er. »Bitte, tun Sie meiner Frau nichts.«

»Warum Nürnberg?«, fuhr Avram unbeeindruckt fort.

Dragan Komakur schüttelte den Kopf, sein Kinn bebte.

»Kovacz will sich dort mit jemandem treffen. Heute Abend. Aber ich weiß nicht, ob das etwas mit Ihrer Schwägerin zu tun hat.«

Avram horchte auf. Die Erwähnung des Treffens zeigte ihm, dass Dragan diesmal die Wahrheit sagte, denn Konrad Daiss hatte ebenfalls davon gesprochen.

»Was will Kovacz in Nürnberg?«, fragte Avram.

Dragan Komakur schluckte. »Er hat Mädchen bestellt.«

»Bestellt? Was soll das bedeuten?«

»Er braucht oft Frauen mit bestimmten Eigenschaften. Sie müssen eine bestimmte Größe, eine bestimmte Haarfarbe oder ein bestimmtes Alter haben. Das ist immer anders.«

»Und bei wem *bestellt* er diese Frauen?«

»Bei Lejlek.«

»Lejlek?«

»Das ist ein albanischer Mädchenhändlerring. Ihr Anführer in Deutschland heißt Overrath, glaube ich. Kovacz sagt, welche Ware er will, und Lejlek liefert.«

Overrath – den Namen hatte Konrad Daiss ebenfalls erwähnt. Offenbar wagte Dragan Komakur nicht, Avram zu belügen. Immerhin etwas. Er fragte sich, ob Nadja ebenfalls eine Bestellung gewesen war. Aber was hatte das mit Gorans Tod zu tun? Und warum hatte Sascha auf so grausame Weise sterben müssen? Noch ergaben die Mosaiksteine kein erkennbares Bild.

»Wofür bestellt Kovacz diese Frauen?«, herrschte er Dragan Komakur an.

»Manchmal werden sie ins Ausland verkauft, manchmal drogenabhängig gemacht und zur Prostitution gezwungen. Ab und zu verkauft Kovacz sie auch als Spielzeuge für irgendwelche Perversen.«

»Was soll das heißen?«

Komakur zögerte, und Avram half noch einmal mit einem Schuss aus seiner Pistole nach. Diesmal splitterte der Beton von der Decke auf Dragans Kopf.

»Ich habe gehört, dass ein paar von Kovaczs Kunden darauf stehen, wenn sie gefilmt oder fotografiert werden, während sie sich an den Frauen vergreifen. Ich nehme an, die Aufnahmen sollen eine Art Trophäe sein.«

Avram dachte an die Videos auf dem USB-Stick. Und an den Film mit seinem Neffen.

»War am Samstag auch ein Kind hier?«, fragte er. »Ein kleiner Junge, sieben Jahre alt, dunkelblondes Haar.«

Dragans Frau fing an zu weinen, der Mann auch. »Ja, der Junge war auch hier«, gab er zu. »Er ist schon am frühen Nachmittag gebracht worden. Aber er war nicht da drin eingesperrt, weil er gleich weitergefahren wurde. Einer von Kovaczs Männern hat ihn abgeholt und nach Nürnberg gebracht. Kovacz selbst wollte zurück nach München.«

Weil er den Überfall auf den Hof vorbereiten musste, dachte Avram. Der Geschmack von Galle lag ihm wieder auf der Zunge. Sascha war am Samstagnachmittag also nach Nürnberg gebracht worden, Nadja einen Tag später. Ob ihr ein ähnliches Schicksal widerfahren war wie das ihres Sohns? Wahrscheinlich schon, da machte Avram sich nichts vor. Dennoch würde er alle Hebel in Bewegung setzen, um sie zu retten, falls sie noch am Leben war. Und um Kovacz und Belial für ihre Taten büßen zu lassen.

»Wohin werden die Leute von hier aus gebracht?«, wollte er wissen.

Dragan Komakur nannte ihm die Adresse.

Avram überlegte. Er hatte alles erfahren, was er wissen wollte, und fühlte sich plötzlich leer und erschöpft. »Jetzt rein da!«, befahl er und winkte mit der Pistole. Dragan Komakur presste die Lippen aufeinander, duckte sich und kroch widerstandslos in das Loch.

»Sie auch!«, raunte Avram der Frau zu. Leise wimmernd folgte sie ihrem Mann.

»Ich hoffe, ihr habt mir die Wahrheit erzählt«, sagte Avram. »Wenn nicht, werdet ihr hier unten verrotten, das schwöre ich.«

Er drückte die Tür zu. Die Frau kreischte panisch, aber als Avram den Riegel vorschob, war es kaum noch zu hören. Er ging nach oben, verschloss die Bodenklappe wieder und lauschte einen Moment lang. Doch die Schreie aus dem Verlies gingen im Gesang der Waldvögel und im gedämpften Verkehrslärm unter, der von der Straße hierherdrang.

Avram steckte die Waffe ins Holster und ging zu seinem Wagen zurück. Sein nächstes Ziel hieß Nürnberg.

63

Emilia Ness saß in ihrem Hotelzimmer und sah sich noch einmal die Filme auf dem USB-Stick an, den Theo Pauling ihr am Vorabend gegeben hatte. Es war fast noch schlimmer als beim ersten Mal, weil sie nun schon wusste, welche Gräuel den armen Opfern bevorstanden. Das beklemmende Gefühl in der Brust ignorierend, versuchte Emilia, sich diesmal auf Details zu konzentrieren, denen sie in der Nacht keine Beachtung geschenkt hatte. Es gab da etwas, das ihr aufgefallen war. Etwas Wichtiges, das spürte sie ganz genau. Aber im Moment kam sie nicht darauf, was das war.

Weil ihre Gedanken dauernd abschweiften! Nicht nur zu den beiden Toten auf dem Kuyperhof, sondern vor allem zu Kesslers Kuss. Natürlich war es in höchstem Maße unprofessionell, sich durch so etwas von der Arbeit abhalten zu lassen, doch es gab nichts, was sie dagegen tun konnte. In Gedanken durchlebte sie immer wieder den prickelnden Augenblick, als ihre Lippen sich berührt hatten. Sie glaubte, seinen warmen Atem riechen und seine Zunge spüren zu können. Obwohl ihr Kopf immer noch einen gewissen Restzweifel gegen ihn hegte, hatte sie ihr Herz längst wieder an ihn verloren. Sie war Avram Kuyper in die Falle gegangen, und Mikka Kessler hatte sie gerettet. Er war da gewesen, als sie ihn gebraucht hatte.

Und er hatte sich anschließend rührend um sie gekümmert, hatte sie ins Hotel gefahren und ihr aus dem Speisesaal einen heißen Tee besorgt. Erst nachdem sie ihm ein dutzend Mal versichert hatte, dass mit ihr alles in Ordnung sei, hatte er sich auf den Weg in die Münchener Kripozentrale gemacht.

»Es wäre zu auffällig, wenn wir heute beide nicht zum Dienst antreten«, hatte er gesagt. »Außerdem muss ich die beiden Toten auf dem Kuyperhof melden.«

Emilia war zuerst dagegen gewesen. Wenn tatsächlich Beamte der Münchener Kripo in die Angelegenheit verwickelt waren, wenn sie sogar Theo Paulings unbequemen Kollegen hatten erstechen lassen, dann würden sie auch einen Weg finden, Kessler und Emilia zu beseitigen, falls ihnen das ratsam erschien. Aber letztlich hatte sie einsehen müssen, dass es sinnlos war, so zu tun, als seien sie nicht auf dem Kuyperhof gewesen. Ihre Fingerabdrücke waren überall im Haus verteilt, außerdem hatte der Nachbar auf dem Fahrrad, Ludwig Bott, gesehen, wie Emilia dort angekommen war. Nicht zuletzt hatte Mikka Kessler eine Kugel durchs Eingangsschloss gejagt, um die Tür öffnen zu können.

»Wenn wir den Vorfall verschweigen, wird das später viele unangenehme Fragen aufwerfen«, hatte er gesagt. »Am Ende wird man uns womöglich verdächtigen, selbst in den Fall verwickelt zu sein.«

»Was immer noch besser wäre, als wenn Lohmeyer uns eine Gruppe Messerstecher auf den Hals hetzt«, hatte Emilia geantwortet. Aber dann hatte sie akzeptiert, dass er recht hatte, und ihn schweren Herzens gehenlassen.

Das Klingeln des Handys riss sie aus ihren Gedanken. Rasch hielt Emilia das Video auf dem Laptop an. Das Standbild zeigte eine Frau, die mit nacktem Oberkörper und blutender Brust auf einen Stuhl gefesselt war. Ihr Gesicht war eine schmerzverzerrte Fratze. Eine Träne hatte sich in einer Wunde unter dem Auge mit Blut vermischt und rann an ihrer Wange herab. Ihre Finger krallten sich in die Armlehnen. Der Hintergrund bestand aus nichts als weißen Kacheln. An der Wand links hinter dem Kopf der Frau war ein kleiner, dunkler Fleck zu sehen. Was war das?

Das Handy klingelte noch einmal. Es war Dorffler aus Lyon. Nach ihrer Ankunft im Hotel hatte Emilia ihn gebeten, alles zusammenzustellen, was Interpol über Avram Kuyper wusste, und ihr das Ergebnis so schnell wie möglich mitzuteilen.

»Oberflächlich betrachtet, gibt es über ihn nicht viel zu berichten«, sagte Dorffler. »Er hat einen holländischen Pass, sein Wohnsitz liegt in Amsterdam. In seiner Steuererklärung gibt er an, Consultant für Sicherheitsfragen zu sein. Vor zehn Jahren ist er einmal im Gefängnis gewesen, weil er versucht hat, mit gefälschten Papieren in die USA einzureisen. Seitdem gibt sein Strafregister nicht mehr viel her. Ein Bußgeld wegen Falschparkens in Rom vor drei Jahren und vorletztes Jahr zwei Geschwindigkeitsübertretungen, eine im Elsass und eine in der Nähe von Barcelona.«

Die Strafzettel waren belanglos, aber der gefälschte Pass warf ein interessantes Bild auf ihn. Was hatte es damit auf sich gehabt?

Bevor Emilia danach fragen konnte, fuhr Dorffler fort: »Es gibt da eine Sache, die wichtig sein könnte. Ich glaube, dass Kuyper am 24. August 2012 in Port-au-Prince war. An dem Tag fand das Attentat auf den französischen Botschafter statt, André Balamont.«

»Worauf willst du hinaus?«, fragte Emilia. »Dass er von Balamont als Sicherheitsberater engagiert worden ist und versagt hat?« Ihr Blick wanderte wieder zum Laptopmonitor. Irgendetwas an dem Bild mit der blutenden Frau störte sie. Aber was?

»Kuyper wurde zu der Angelegenheit polizeilich befragt«, sagte Dorffler. »Er hat bestritten, Balamont zu kennen oder an diesem Tag im Land gewesen zu sein. Er hat auch ein Alibi.«

»Aber du glaubst, dass er lügt.«

»Es gibt da ein Phantombild, das von dem mutmaßlichen Täter erstellt wurde. Ich habe es dir gerade gemailt.«

Emilia öffnete ihren Posteingang und lud das Bild hoch. »Es hat tatsächlich eine gewisse Ähnlichkeit mit Avram Kuyper«, sagte sie. »Aber einen Eid würde ich nicht darauf schwören.«

»Dasselbe Problem hatten die haitianischen Behörden. Also haben sie ihn wieder laufenlassen. Aber warte, es kommt noch besser. Hast du auch meinen zweiten Anhang bekommen?«

Emilia öffnete ihn. Auf dem Monitor erschien das grobkörnige Foto eines Mannes mit Aktenkoffer, der gerade ein Gebäude betrat. Leider hatte er sein Gesicht weggedreht, so dass es nur von schräg hinten zu sehen war. Dennoch sah der Mann auf dem Bild Avram Kuyper verdammt ähnlich.

»Das wurde am Flughafen von Bogotá aufgenommen«, sagte Dorffler. »Am 18. Februar 2008, genau dreißig Minuten nachdem Carlos Varga, der kolumbianische Drogenkönig, durch zwei Kopfschüsse getötet worden war.«

»Willst du damit andeuten, dass Kuyper ein Attentäter ist?«

»Er hat auch für diesen Tag ein Alibi. Es gibt fünf angesehene französische Geschäftsleute, die beschwören, dass er zu dieser Zeit mit ihnen auf einer Jagdhütte in den Pyrenäen gewesen sei. Aber ja – ich glaube tatsächlich, dass er diese Morde begangen hat.«

Emilias Magen fühlte sich plötzlich an, als habe sie ein

glühendes Stück Kohle verschluckt. Avram Kuyper ein Killer? Sie konnte es kaum glauben.

Aber Dorffler ließ ihr keine Zeit, um darüber nachzudenken. »Jetzt zu der Prostituierten, die ich für dich ausfindig machen sollte«, sagte er. »Irina Panakova.«

Emilia hatte Dorffler nach dem Treffen mit Theo Pauling damit beauftragt, etwas über die Frau herauszufinden, weil sie angeblich eine wertvolle Zeugin in Bezug auf die Foltermorde auf dem USB-Stick war.

»Sie ist 24 Jahre alt. Geboren am 11. Februar 1992 in Erlangen«, sagte Dorffler. »Derzeitiger Wohnsitz: Galgenhofstraße 23 in Nürnberg. Allerdings lebt sie seit etwa zwei Wochen in Frankfurt bei einer Freundin in der Rudolfstraße 9. Bin ich gut, oder bin ich gut?«

»Luc, du bist wundervoll!« Emilia notierte sich beide Adressen. »Sonst noch etwas, das ich wissen muss?«

»Eine letzte Sache noch, ja. Zu diesem Anruf am Samstagnachmittag, der von der Ingolstädter Fußgängerzone aus geführt wurde. Ich habe bei der Deutschen Telekom recherchiert und herausgefunden, dass das Gespräch mit Akina Kuyper um 15.52 Uhr begann und um 15.58 Uhr beendet wurde.«

Emilia erinnerte sich, dass Dorffler beim letzten Mal erwähnt hatte, es gebe dort keine Überwachungskameras. »Die Uhrzeit bringt uns nicht weiter, wenn wir nicht herausfinden können, wer dieser Anrufer war.«

»Vielleicht doch«, sagte Dorffler. »Denn von 15.58 Uhr bis 16.17 Uhr wurden von dieser Telefonsäule aus noch vier weitere Gespräche geführt. Nahtlos hintereinander. Bei der *Horizont*-Redaktion und bei drei von Goran Kuypers engsten Informanten. Ich habe mit ihnen gesprochen. Sie haben alle dieselbe Botschaft erhalten wie Akina Kuyper. Mit einem dieser Informanten – Franz Bogner – hat Goran Kuyper am Samstag tatsächlich telefoniert. Von Bogner hat er erfahren, dass er sich auf www.bringlight.to einloggen soll. Mit *dem Namen des Tiers* als Passwort.«

»Hat Bogner oder einer der anderen etwas Genaueres über den Fall gewusst?«

»Nein. Zumindest haben sie das behauptet.«

Emilia bedankte sich bei Dorffler und beendete das Gespräch. Ein paar Minuten lang saß sie nachdenklich auf ihrem Stuhl und spielte mit einer Haarsträhne. Das half ihr, die Gedanken zu sortieren. Wenn der Anrufer aus Ingolstadt – entweder Belial selbst oder einer seiner Helfer – am Samstag so viele Telefonate geführt hatte, konnte das im Grunde nur eines bedeuten: Er hatte nicht gewusst, wie er Goran Kuyper erreichen konnte, weil der in Frankfurt untergetaucht war. Deshalb hatte er auf gut Glück Goran Kuypers wichtigste Kontaktstellen informiert in der sicheren Annahme, dass seine Botschaft ihn über einen dieser Wege erreichen würde.

Dorffler war wirklich Gold wert! Er hatte herausgefunden, dass Avram Kuyper ein mutmaßlicher Killer war, und er hatte Irina Panakovas aktuelle Adresse recherchiert. Ganz nebenbei hatte er auch noch geklärt, wie Goran Kuyper an die fatale Internetadresse www.bringlight.to gelangt war.

Emilia rief Mikka Kessler an, um ihm die Neuigkeiten zu berichten.

»Wenn Kuyper so gefährlich ist, muss das in der Fahndungsmeldung stehen, damit die Kollegen gewarnt sind«, sagte er. »Ich werde das in die Wege leiten. Was machen wir mit Irina Panakova?«

»Dorffler hat gesagt, dass sie seit ein paar Wochen in Frankfurt wohnt. Ich denke, das ist der Grund, warum Goran Kuyper dorthin gefahren ist. Er wollte sich mit ihr treffen, um von ihr zu erfahren, was sie über die Foltervideos weiß. Meinst du, Bragon könnte sie für uns ausfindig machen?«

»Wenn ich ihn darum bitte – klar.«

»Wie lange kennst du ihn?«

Kessler überlegte. »Vier oder fünf Jahre. Warum?«

»Hältst du ihn für vertrauenswürdig?«

»Vertrauenswürdiger als jeden anderen, mit dem ich bisher zusammengearbeitet habe. Ich lege meine Hand für ihn ins Feuer.«

»Dann bitte ihn, Irina Panakova für uns zu finden. Sie ist im Moment die Einzige, die uns weiterhelfen kann.«

»Wird gleich erledigt. Eine Sache habe ich aber auch noch ...« Er hielt inne, und Emilia hörte, wie er ein paar Schritte ging. Dann fuhr er mit gesenkter Stimme fort: »Ich habe versucht, mich ein bisschen umzuhören. Wegen dieser Korruptionsgeschichte innerhalb der Münchner Kripo. Natürlich hat mir gegenüber niemand einen konkreten Verdacht geäußert. Ich bin hier nur ein Fremder. Aber es gab ein paar Andeutungen. Lohmeyer fährt beispielsweise seit vier Wochen einen neuen Wagen. Keinen Luxusschlitten, aber immerhin einen Q5. Hat ihn sich als Jahreswagen gekauft. Ein paar Kollegen aus der Nachbarabteilung fragen sich, woher er das viele Geld hat, zumal er einen Haufen Unterhalt an seine Exfrau bezahlen muss.«

»Ein neues Auto muss nichts bedeuten«, gab Emilia zu bedenken. »Aber es würde natürlich zu Paulings Vorwürfen passen. Ermittelt die Interne gegen ihn?«

»Soweit ich weiß nicht. Vielleicht sind die aber auch bestochen worden.«

Emilia seufzte. Bis vor einer Stunde hatte sie Kessler zu Unrecht der Korruption verdächtigt, und sie wusste aus eigener Erfahrung, wie schnell so etwas geschehen konnte. Sie wollte nicht schon wieder falsche Schlüsse ziehen. »Stochere noch ein bisschen herum. Aber sei vorsichtig, ich will nicht, dass du in Schwierigkeiten gerätst.« Oder getötet wirst, fügte sie in Gedanken hinzu. »Und melde dich, falls Kuyper gefasst wird.«

»Das werde ich. Versprochen.«

Emilia klappte ihr Handy zusammen und atmete durch. Zwar steckte ihr die Müdigkeit noch in allen Knochen, und die Aussicht, die Videos auf dem USB-Stick weiter anzuschauen, gefiel ihr auch nicht. Aber es tat gut, endlich wieder jemandem vertrauen zu können.

Aus dem Mini-Kühlschrank holte sie sich ein Mineralwasser. Als sie zum Schreibtisch zurückkehrte, starrte ihr noch immer das Standbild auf dem Laptop-Monitor entgegen. Die Frau mit der Träne aus Blut. Eine Minute lang ließ Emilia das Bild auf sich wirken. Was war es nur, das ihre Aufmerksamkeit so fesselte?

Plötzlich wurde es ihr klar: dieser kleine, dunkle Fleck an der Wandkachel hinter der Frau. Das Loch, die Schraube, der Wandhaken – was immer es war, es war auch auf mindestens drei oder vier der anderen Videos zu sehen. Zwar variierten die Filme hinsichtlich Setting, Beleuchtung, Kameraeinstellungen und vor allem hinsichtlich der Art und Weise, wie die Opfer gefoltert und umgebracht wurden. Aber zumindest ein paar der Filme auf dem Stick waren am selben Ort aufgenommen worden.

Blieb nur noch eines zu prüfen. Mit kribbeligen Fingern startete Emilia die Internet-Seite und gab www.bringlight.to in die Adresszeile ein. Der Vorspann erschien, dann der gefesselte Sascha Kuyper. Und tatsächlich war im Hintergrund der verräterische kleine Fleck an der Wand zu sehen.

64

Die Fahrt von Ingolstadt nach Nürnberg verlief ohne Komplikationen. Wegen des starken Regens und der schlechten Sicht konnte Avram zwar nicht so schnell fahren, wie er gerne wollte. Doch ein Unfall hätte ihn nur noch mehr Zeit gekostet. Also zwang er sich zur Vernunft.

Der Schnitt an der Brust hatte aufgehört zu pulsieren, auch sein Gesicht tat kaum noch weh. Nur die Schussverletzung an der Hüfte bereitete ihm nach wie vor Schmerzen. Die Wunde brannte wie Feuer. Wenigstens war der Blutfleck unter dem Sakko nicht größer geworden.

Mit einem Taschentuch wischte Avram sich den Schweiß von der Stirn. Im Moment wusste er selbst nicht, ob ihm heiß oder kalt war. Er schwitzte und fröstelte zugleich. Vielleicht bekam er Fieber als Reaktion auf die Verletzung. Vorerst musste er sich damit begnügen, noch eine Tablette zu schlucken. Erst wenn er Nadja befreit hätte, würde er sich verarzten lassen. Er kannte einen ehemaligen Chirurgen in Bamberg, der ihm noch einen Gefallen schuldete. Der würde seine Wunde nähen, ohne Fragen zu stellen.

Im Radio hatte es immer noch keine Suchmeldung nach ihm gegeben, obwohl Avram ziemlich sicher war, dass die Polizei inzwischen nach ihm fahndete. Allerdings bezweifelte er, dass sie schon herausgefunden hatten, mit welchem Wagen er jetzt unterwegs war. Im Augenblick fühlte er sich sicher.

Er hatte die Adresse, die Dragan Komakur ihm genannt hatte, ins Navi eingegeben und folgte nun der Wegbeschreibung, die ihn um Nürnberg herumführte, zu einem kleinen Vorort namens Buttendorf. Das Haus, das er suchte, stand ein Stück außerhalb des Städtchens an der Landstraße auf einem eingezäunten Grundstück mit verwildertem Garten. Drum herum standen Maisfelder.

Auf den ersten Blick wirkte das Haus unbewohnt. Nur an der Zufahrt war das Gebüsch zurückgeschnitten, als würde sich der Eigentümer bei der Pflege des Grundstücks auf das Notwendigste beschränken.

Avram klingelte. Drinnen rührte sich nichts. Als nach dem zweiten Klingeln immer noch niemand öffnete, passte er einen Moment ab, in dem kein Auto auf der Landstraße fuhr, und schoss das Torschloss auf, weil er wegen seiner Verletzung nicht über den Zaun klettern wollte.

Er holte die Taschenlampe und das Ersatzmagazin für seine Glock aus dem Kofferraum. Beides verstaute er in seiner Sakkotasche. Dann machte er sich über die etwa dreißig Meter lange, geschotterte Einfahrt auf den Weg zum Haus. Gras und Unkraut wuchsen zwischen den Steinen. Aber zwei lange Reihen abgeknickter Halme deuteten darauf hin, dass hier erst vor kurzem ein Auto aufs Grundstück gefahren sein musste.

Der Regen hatte inzwischen nachgelassen. Dennoch beeilte Avram sich, zum Haus zu kommen. Über dem Eingang befand sich ein kleines Vordach, unter dem er stehen blieb und lauschte. Drinnen war nichts zu hören.

Avram putzte seine Brille und zog sie wieder auf. Im Falle einer Schießerei musste er klar sehen.

Er klopfte. »Hallo? Ist jemand zu Hause?«

Niemand antwortete. Aber das musste nichts bedeuten.

Er spielte mit dem Gedanken, das Haus zu umrunden, um einen Blick durch die Fenster zu werfen. Aber dadurch lief er auch Gefahr, selbst zur Zielscheibe zu werden. Deshalb entschied er sich für den direkten Weg.

Er presste sich gegen die Hauswand und schoss das Türschloss auf. Niemand eröffnete das Feuer auf ihn, auch nicht, als er der Tür einen Stoß gab, und sie mit leisem Quietschen aufschwang. Mit vorgehaltener Pistole löste Avram sich von der schützenden Wand, um einen Blick ins Innere zu riskieren. Er sah einen altmodischen Flur mit Linoleumboden und einer Garderobe, an der keine Kleidung hing. Dahinter lag ein Esszimmer, aber niemand saß dort am Tisch.

Vorsichtig betrat Avram das Haus, die Waffe im Anschlag und bereit, sich im Ernstfall zu verteidigen. Rechts bog eine Treppe in den Keller ab. Aber zuerst wollte er die Wohnräume inspizieren, um sicherzugehen, dass dort keine böse Überraschung auf ihn lauerte.

Nach wenigen Augenblicken war er fertig. Falls hier jemand wohnte, hatte er das Haus in einem mehr als ordentlichen Zustand zurückgelassen. Es gab nirgends dreckiges Geschirr, Blumen, einen halbvollen Aschenbecher oder irgendetwas anderes, das auf eine aktive Nutzung des Hauses hindeutete. Nicht einmal der Kühlschrank war eingesteckt. Und es roch so muffig, als wäre schon seit Monaten nicht mehr gelüftet worden.

Avram ging zum Flur zurück und nahm diesmal die Treppe zum Keller. Da der Lichtschalter nicht funktionierte, führte sie wie ein dunkler Schacht in die Tiefe. Mit seiner Taschenlampe in der einen und der Glock in der anderen Hand stieg Avram die Stufen hinab. Aber niemand tauchte aus der Finsternis auf, um auf ihn zu schießen oder sich auf ihn zu stürzen. Allmählich entspannte er sich wieder.

Vom Kellergang zweigten vier Räume ab, alle mit Vorhängeschlössern gesichert. Avram klopfte an der ersten Tür.

»Hallo? Ist jemand da drin?«, rief er.

Keine Reaktion.

Da er auf die Schnelle keine Brechstange oder etwas anderes Geeignetes fand, um das Schloss aufzustemmen, schoss er es kaputt.

Drinnen war es stockfinster. Die Taschenlampe verströmte gerade genug Licht, um Schemen erkennen zu können. Der Abfluss im Boden deutete darauf hin, dass es sich um die ehemalige Waschküche handelte, doch statt einer Waschmaschine oder eines Trockners standen nur ein paar Klappliegen herum. An der hinteren Wand erkannte Avram ein Fenster, aber es musste irgendwie verbarrikadiert worden sein, so dass kein Licht von außen hereindrang. In einer Ecke standen zwei Eimer für die Notdurft.

Dieser Ort musste ein Gefängnis gewesen sein, in dem man Menschen wie Tiere eingesperrt hatte.

Ein ähnliches Bild bot sich auch in den drei anderen Räumen: überall ein paar Liegen und leere Eimer in völliger Finsternis. Auf dem Boden des vierten Raums erkannte Avram zudem einen dunklen Fleck, wahrscheinlich getrocknetes Blut. Aber auch hier war niemand.

Avram stieß einen lautlosen Seufzer aus. Seine Wunde pulsierte jetzt wieder stärker.

Wohin hatte man Nadja von hier aus gebracht? Würde er sie jemals finden oder zumindest erfahren, was mit ihr geschehen war?

Oder war das hier das Ende seiner Spur?

65

Es klopfte an der Hotelzimmertür, und einen Moment lang befürchtete Emilia, dass es ein von Lohmeyer engagiertes Killerkommando sein könnte. Wenn Lohmeyer sie loswerden wollte, musste er schnell handeln, denn je länger er sie unbehindert recherchieren ließ, desto größer wurde für ihn die Gefahr, dass sie tatsächlich auf etwas Belastendes stieß.

»Ich bin's! Mikka!«

Emilia atmete erleichtert auf und ließ ihn herein. »Ich hatte gar nicht so früh mit dir gerechnet«, sagte sie und hauchte ihm einen Kuss auf die Lippen, den er sofort erwiderte.

Dann ließ sie wieder von ihm ab. »Du wirst es nicht glauben, was ich herausgefunden habe«, sagte sie und zog einen zweiten Stuhl zum Schreibtisch, wo ihr aufgeklappter Laptop stand. »Setz dich und staune!«

Er nahm neben ihr Platz. »Müssen wir das wirklich anschauen?«, fragte er sichtlich angewidert, als Emilia eines der Foltervideos startete. Bisher kannte er die Filme nur von ihren Erzählungen.

»Nur einen kleinen Ausschnitt«, entgegnete Emilia. »Versuch, nicht auf das Opfer zu achten, sondern auf die Wand im Hintergrund. Hier ... siehst du das?« Sie fror das Bild ein und deutete auf den kleinen, dunklen Fleck an einer der Kacheln.

»Was ist das? Ein Insekt?«

»Inzwischen bin ich ziemlich sicher, dass das eine Schraube ist.«

»Und was ist daran so interessant?«

»Dass sie nicht nur in diesem Film auftaucht, sondern in insgesamt acht der zwanzig Videos auf dem Stick. Manchmal ist sie, so wie hier, einfach nur als kleiner Fleck an der Kachel zu sehen, manchmal dient sie dazu, Fotowände oder andere Kulissen aufzuhängen. Für den Zuschauer erweckt das den Eindruck, als seien diese Filme an unterschiedlichen Orten aufgenommen. Aber das sind sie nicht. Mindestens acht dieser Filme sind in diesem Raum mit der Schraube an der Wand entstanden. Und das gilt auch für das Foltervideo mit Sascha Kuyper. Weißt du, was das bedeutet? Dieser Belial ist für all diese Morde verantwortlich. Er ist ein verdammter Serienkiller!«

Kessler nickte nachdenklich. »Dann bin ich froh, dass wir ihm endlich auf die Spur kommen«, sagte er. »Vor einer halben Stunde habe ich eine SMS aus Frankfurt bekommen. Bragon hat die Prostituierte aufgetrieben, die Goran Kuyper interviewen wollte. Irina Panakova. Sie ist bei ihm auf dem Revier und bereit, eine Aussage zu machen.«

Wenige Minuten später hatten sie über Emilias Laptop eine Videoschaltung nach Frankfurt hergestellt. Bragon saß links im Bild, Irina Panakova rechts. Der sauber aufgeräumte Tisch vor ihnen ließ darauf schließen, dass sie für diese Unterhaltung kein Büro, sondern einen Vernehmungsraum oder ein Besprechungszimmer gewählt hatten.

Irina Panakova war eine gesprächige, junge Frau mit blondem Lockenkopf, freizügigem Dekolleté und auffallend viel Make-up im Gesicht. Ihr Mund leuchtete so rot, als hätte sie extra für dieses Gespräch noch einmal Lippenstift aufgetragen, ihre Lider schillerten in einer auffallenden Mischung aus Blau und Violett. Optisch entsprach sie damit genau dem Klischee, aber in einem Punkt überraschte sie Emilia doch: Ihr Gedächtnis war präzise wie eine Maschine.

»Frau Panakova, wir ermitteln in einem Fall, bei dem ein Reporter aus München getötet wurde. Sagt Ihnen das etwas?«, fragte Emilia.

Der Kirschmund verzog sich. »Neulich wollte ein Reporter mit mir sprechen. Er hieß Kleinert. Georg Kleinert. Ich weiß nicht, ob er aus München stammt.«

Emilia warf Kessler einen Blick zu. Unter diesem Namen hatte Goran Kuyper sich im *Hotel Postmeister* eingemietet. »Etwa eins achtzig groß, Ende vierzig, graues, kurzes Haar?«, fragte sie.

»Das war er.«

»Was wollte er von Ihnen?«

Irina Panakova zuckte mit den Achseln. »Mit mir über meine Freundin sprechen.«

»Welche Freundin?«

»Mara Liebknecht. Ich teile mir mit ihr ein Zimmer in Nürnberg. Zumindest habe ich das, bis sie plötzlich verschwunden ist.«

»Verschwunden? Wie meinen Sie das?«

»Sie ist fortgegangen und nicht mehr aufgetaucht. Hat vor ein paar Wochen einen neuen Macker aufgerissen, der ihr das Blaue vom Himmel herunter versprochen hat. Die beiden kannten sich erst ein paar Tage, und ich hab ihn nur ein- oder zweimal gesehen. War irgendwie unheimlich, der Kerl. Einer, dem man lieber nicht bei Nacht begegnen will, verstehen Sie? Aber er hat Mara mit Komplimenten um den Finger gewickelt. Sagte, sie sei viel zu hübsch für den Straßenstrich, und wollte sie mit ein paar Leuten aus der Filmbranche bekannt machen. Die könnten sie groß rausbringen, hat er behauptet. Und Mara, die blöde Gans, hat ihm geglaubt. Sie *wollte* ihm glauben, weil sie die Hoffnung auf ein besseres Leben längst aufgegeben hatte. Sie hätten sehen sollen, wie glücklich sie plötzlich war.«

»Wie sah Maras neuer Freund aus?«, fragte Kessler und zog ein Blatt Papier aus der Tasche.

»Schlank, fast dürr. Halbglatze. Dunkle Augen, beinahe schwarz, würde ich sagen. Augen, die einen mit Blicken durchbohren können.«

Kessler faltete das Blatt auseinander und hielt es vor die Webcam. »Ist das der Mann?«, fragte er.

»Ja. Den würde ich unter Hunderttausenden wiedererkennen.«

Kessler legte das Papier auf den Tisch. Es war das Fahndungsfoto von Milan Kovacz.

»Frau Panakova, dieser Mann ist ein gesuchter Verbrecher, der im Verdacht steht, wiederholt Menschen gekidnappt zu haben. Wir glauben, dass einige seiner Opfer für Filmaufnahmen missbraucht wurden. Gewaltaufnahmen, um genau zu sein. Können Sie uns irgendetwas erzählen, das uns zu ihm führt?«

Irina Panakova begann zu weinen. Sie zog ein Taschentuch aus ihrer Handtasche und betupfte damit ihre Augen.

»An dem Abend, als Mara verschwunden ist, hat sie sich mit diesem Kerl getroffen«, sagte sie. Ihre Stimme klang jetzt zittrig und dünn. »Ich habe versucht, sie davon abzuhalten, aber sie war taub gegen meine Warnungen. Hat mich hingestellt, als sei ich neidisch auf sie, weil sie für den Film entdeckt worden war und ich nicht. Zuerst war ich sauer auf sie. Aber ich hab mir auch Sorgen gemacht. Als sie aus der Wohnung gegangen ist, bin ich hinter ihr her. Sie hat ein Taxi genommen, ich mein Auto. Am Türkischen Generalkonsulat hat sie sich absetzen lassen. Dort stand sie ein paar Minuten rum. Dann kam ihr Macker in seinem Wagen angefahren, und sie ist bei ihm eingestiegen.«

»Können Sie sich an das Auto erinnern?«, fragte Emilia.

»Klar. Ein Škoda Octavia. Ich hab mich nämlich noch gewundert, dass der Kerl so eine biedere Karre fährt.«

»Wahrscheinlich wollte er damit nicht auffallen.«

Irina Panakova nickte und trocknete noch einmal ihre Augen mit dem Taschentuch. »Jedenfalls sind sie in Richtung Lauf gefahren. Ein paar Kilometer weiter gibt es einen Ort namens Rudolfshof. Dort liegt ein Stück außerhalb eine alte Fabrik. Das Gelände ist ziemlich verwahrlost, die müssen schon vor Jahren den Betrieb eingestellt haben. Dorthin sind sie gefahren. Ich hab eine Weile draußen gewartet, weil ich dachte, dass sie irgendwann wieder rauskommen. Sind sie aber nicht. Seitdem hab ich Mara nicht mehr gesehen.«

»Wissen Sie, wie die Fabrik heißt?«, fragte Bragon neben ihr.

Irina Panakova drehte sich zu ihm und legte die Stirn in Falten. »Merox«, sagte sie. »Ja, Merox. Jetzt erinnere ich mich wieder.«

»Haben Sie Ihre Freundin bei der Polizei als vermisst gemeldet?«

»Klar hab ich das getan! Mara ist am 20. Mai verschwunden. Am Tag darauf war ich bei der Polizei!« Irina Panakova schnäuzte in ihr Taschentuch. »Aber es hat nichts genutzt. Die haben nur meine Personalien aufgenommen und meine Aussage protokolliert. Rausgekommen ist dabei nichts! Verdammte Scheiße!«

Emilia gab ihr Zeit, sich wieder zu beruhigen. »Frau Panakova, warum haben Sie Nürnberg verlassen? Hat das etwas mit diesem Vorfall zu tun?«

Sie schluckte. »In der Nacht, nachdem ich bei der Polizei gewesen war, hat jemand versucht, in unsere Wohnung einzubrechen und mich zu überfallen. Der wollte nicht mein Geld klauen, der wollte mich kaltmachen. Ich bin nur entwischt, weil ich dem Arschloch eine Ladung Pfefferspray ins Gesicht sprühen konnte. Danach wollte ich nur noch weg. Hier in Frankfurt hab ich eine alte Freundin, die mir angeboten hat, mich eine Weile bei sich aufzunehmen.«

Emilia nickte. »Und das alles haben Sie auch dem Reporter erzählt?«

»Ja. Er hat mich in Frankfurt ausfindig gemacht und gesagt, er recherchiere über vermisste Personen, die bei ihrem Tod gefilmt worden sind. Er wusste, dass ich wegen meiner Freundin in Nürnberg bei der Polizei war. Jedenfalls haben wir uns getroffen, und ich habe ihm meine Geschichte erzählt.«

»Haben Sie sonst noch mit jemandem über Maras Verschwinden gesprochen? Jeder Mitwisser könnte in Gefahr sein.«

Irina Panakova schluchzte auf. »Klar hab ich darüber gesprochen. Mit der Nürnberger Polizei, mit meinen Freunden in Nürnberg, mit meinem Zuhälter – mit jedem, der mir zugehört hat. Aber keiner hat etwas unternommen, außer Kuyper. Er war der Einzige, bei dem man gespürt hat, dass er daran interessiert war, die Sache aufzudecken.«

Etwas an dieser letzten Aussage machte Emilia stutzig. »Frau Panakova, woher kennen Sie den richtigen Namen des Reporters?«, wollte sie wissen.

Etwas im Gesicht der Frau änderte sich, wurde zu Stein. »Den haben Sie vorhin erwähnt!«, behauptete sie.

»Nein. Sie sprachen von Georg Kleinert. Ich habe in unserem Gespräch keinen anderen Namen genannt.«

Irina Panakova setzte sich auf. Sie weinte jetzt nicht mehr, dafür zuckten ihre Augen, als suche sie krampfhaft nach einer plausiblen Erklärung.

»Dann muss der da den Namen erwähnt haben«, sagte sie und deutete mit dem Kopf auf Hauptkommissar Bragon.

Der hob abwehrend die Hände. »Wir haben nicht mal ansatzweise darüber gesprochen«, versicherte er in die Kamera. Zu Irina Panakova sagte er: »Wenn Sie wollen, können Sie gerne ein paar Nächte in einer unserer Zellen schlafen. Vielleicht fällt Ihnen dann wieder ein, woher Sie den Namen kennen.«

Einen Moment harrte die Frau in ihrer kämpferischen Sitzhaltung aus. Dann schien sie plötzlich die Kraft zu verlassen, und sie sackte in sich zusammen. »Ich habe Kuyper meine Geschichte erzählt und war froh darüber, dass sich endlich jemand ernsthaft dafür interessierte«, sagte sie resigniert. »Das war in seinem Hotel. Eine ziemliche Bruchbude, aber er meinte, dort würde es nicht auffallen, wenn Damenbesuch kommt. Wir haben also miteinander geredet. Aber – na ja, wie soll ich es sagen? Kuyper wusste natürlich, dass ich eine Nutte bin. Und weil ich bei unserem Gespräch so viel geheult hab, wollte er mich trösten, wenn Sie verstehen, was ich meine. Als er mich danach bezahlt hat, hab ich seinen Pass im Geldbeutel gesehen. Daher kenne ich seinen Namen.«

Emilia warf Kessler einen Blick zu. Der verdrehte die Augen. Der letzte Teil von Irina Panakovas Aussage war völlig unglaubwürdig. Als man Goran Kuyper tot in seinem Hotelzimmer fand, hatte sein Geldbeutel gefehlt. Mit ziemlicher Sicherheit hatte Irina Panakova ihn mitgehen lassen. Aber natürlich würde sie das niemals zugeben, und im Moment waren andere Dinge wichtiger.

»Ich danke Ihnen für Ihre Auskünfte, Frau Panakova«, sagte Emilia. »Sie haben uns sehr geholfen.«

66

Eine Minute später telefonierte sie mit Interpol. Dorffler hatte seine Schicht beendet, deshalb war sein Kollege Claude Richeaud am Apparat, ein Sechzig-Kilo-Männlein mit Einstein-Frisur, das Emilia noch nie ohne Kaugummi im Mund gesehen hatte.

»Ich möchte, dass du dich bei der Nürnberger Polizei nach einer Vermisstenanzeige erkundigst«, sagte sie. »Datiert auf den 21. Mai. Es geht um eine Prostituierte namens Mara Liebknecht.«

»Geht klar«, sagte Richeaud. »Sonst noch was?«

»Ja. Versuche, bei den Nürnberger Kollegen alles über Merox herauszufinden. Das ist eine verlassene Fabrik bei Rudolfshof, etwa fünfzehn Kilometer nordöstlich von Nürnberg. Dort ist Mara Liebknecht angeblich verschwunden. Vielleicht gibt es noch mehr aktenkundige Fälle, bei denen Merox erwähnt wird. Achte auch auf den Namen Milan Kovacz. Er ist der mutmaßliche Entführer. Wie es aussieht, arbeitet er Hand in Hand mit einem Serientäter, der im Internet als »Belial« auftritt. Dreht Folter- und Snuffvideos der übelsten Sorte und schreckt nicht mal vor Kindern zurück. Kovacz hat Mara Liebknecht versprochen, sie mit jemandem aus dem Filmgeschäft bekannt zu machen, und sie zum Merox-Gelände mitgenommen. Ich könnte mir vorstellen, dass dort Belials Studio zu finden ist.«

»Soll ich veranlassen, dass eine Streife dorthin geschickt wird?«

»Nein. Kessler und ich werden uns das selbst ansehen. Du konzentrierst dich darauf, bei den Nürnberger Kollegen ein bisschen zu bohren. Aber lass dich nicht mit Ausreden abspeisen – von wegen keine Zeit und so weiter. Ich will diese Informationen innerhalb der nächsten zwei Stunden haben. Falls du auf Widerstand stößt, merk dir die Namen. Gut möglich, dass ein paar Kollegen der Nürnberger Kripo in den Fall verwickelt sind.«

Richeaud versprach, sich wieder zu melden, sobald er etwas herausgefunden hatte, und legte auf.

»Mal sehen, was wir im Internet über Merox herausfinden können«, sagte Emilia und startete am Laptop den Browser. Zunächst gab sie nur den Firmennamen in die Suchmaschine ein, was aber viel zu viele Treffer ergab. Nachdem sie die Suche auf das stillgelegte Gelände bei Nürnberg eingeschränkt hatte und dann noch Filterbegriffe wie »verschwunden«, »verschleppt« oder »ungewöhnlich« benutzte, wurde die Ergebnisliste übersichtlicher. »Na, das hier ist interessant!«

Kessler rutschte mit seinem Stuhl näher heran, und gemeinsam überflogen sie die Seiten, die ihnen interessant erschienen. Nach einer halben Stunde stießen sie auf einen drei Jahre alten Artikel aus den *Fränkischen Nachrichten Online*. Die Überschrift lautete: *Ungewöhnliche Vorkommnisse in verlassener Fabrik*. Sie lasen, dass zwei betrunkene Jugendliche im Rahmen einer nächtlichen Mutprobe das ehemalige Merox-Firmengelände betreten und dabei Schreie aus einem der Kellerräume gehört hatten. Die Angelegenheit wurde ihnen zu unheimlich, deshalb kehrten sie wieder um und verständigten die Polizei. Doch die Ermittlungen blieben ergebnislos. Am Ende räumten die beiden Jugendlichen ein, dass sie wohl doch etwas zu viel getrunken hatten.

»Das könnte ein erster Hinweis sein«, raunte Kessler. »Aber wirklich überzeugend klingt es nicht.«

Emilia nickte und klickte weiter.

Bald fanden sie zwei weitere Internetartikel, die eventuell relevant waren. Der erste stammte aus dem Jahr 2006. Geschrieben hatte ihn ein Blogger namens Sammy79, der berichtete, wie er in einer Sommernacht gegen zwei Uhr morgens unweit des Merox-Geländes eine Panne gehabt hatte. Auf der Suche nach Hilfe war er an dem abgesperrten Areal vorbeigekommen und hatte dabei beobachtet, wie ein Auto ohne Licht vom Grundstück gefahren war und der Fahrer das Firmentor wieder abgesperrt hatte. Aufgrund der Dunkelheit und der großen Distanz hatte er weder das Nummernschild noch den Wagentyp erkennen können. Dennoch hatte er den Vorfall bei der Polizei gemeldet, weil er ein Drogendelikt vermutete. Aber auch in diesem Fall waren die polizeilichen Ermittlungen im Sande verlaufen.

Der andere Internetartikel war vor drei Jahren in einem Forum über Gruselgeschichten im Wald erschienen. Er handelte nicht von Merox, sondern von einem Vorfall, der sich etwa einen Kilometer davon entfernt, im Günthersbühler Forst, zugetragen hatte. Die Überschrift hieß: *Blair Witch Project bei Nürnberg*. Ein Wanderer hatte sich von seiner Gruppe abgespalten, weil er von zu Hause einen Notruf erhalten hatte. Um Zeit zu sparen, verließ er auf dem Rückweg die Wanderroute und schlug den direkten Weg zu seinem Parkplatz ein. Dabei kam er an einem umzäunten Grundstück vorbei und hörte einen Schrei. Nur einmal, danach war alles wieder still.

»*Blair Witch Project bei Nürnberg*«, murmelte Kessler. »Das könnte auch frei erfunden sein.«

Emilia nickte. »Die Quelle wirkt nicht gerade zuverlässig, aber du musst zugeben, dass sie irgendwie ins Bild passt.«

In diesem Moment klingelte ihr Smartphone. Sie nahm das Gespräch an und stellte auf Lautsprecher. Es war Claude Richeaud – mit schlechten Neuigkeiten. Er hatte mit sieben verschiedenen Beamten in Nürnberg gesprochen, aber es gab keine Vermisstenanzeige zu einer Frau namens Mara Liebknecht, weder vom 21. Mai noch von irgendeinem anderen Tag.

Jemand von der Nürnberger Kripo ließ also tatsächlich Beweise verschwinden! Und wenn die Nürnberger Beamten da mit drinsteckten, dann womöglich auch Lohmeyer und andere Kollegen aus München. Weil Milan Kovacz in beiden Gebieten operierte.

Kessler war durch Richeauds Nachricht ebenfalls nachdenklich geworden. »Ein Schrei in einem Merox-Gebäude. Ein Auto, das nachts ohne Licht das Firmengelände verlässt. Ein Schrei in einem Waldgrundstück, das quasi nebenan liegt. Nicht zuletzt Mara Liebknecht, die vor ein paar Wochen von Milan Kovacz dorthin gebracht wurde und seitdem verschwunden ist. Und irgendjemand von der Nürnberger Polizei hält schützend seine Hand über diese ganze verdammte Angelegenheit, so dass bisher kaum etwas davon an die Öffentlichkeit gelangt ist. Ich schätze, du hast recht – wir sollten uns das Ganze einmal selbst ansehen.«

Emilia nickte. »Ja, das sollten wir«, sagte sie entschlossen.

67

Avrams Armbanduhr zeigte Viertel nach acht Uhr abends, als er seinen Mietwagen in einer öffentlichen Tiefgarage in der Nürnberger Innenstadt abstellte, die beiden Taschen mit Ausrüstung aus dem Kofferraum nahm und damit zur nur hundert Meter entfernt liegenden Europcar-Filiale in der Frankenstraße ging. Für den Fall, dass die Polizei inzwischen herausgefunden hatte, wie er hierhergekommen war, erschien es ihm sicherer, noch einmal den Wagen zu wechseln. Diesmal entschied er sich für einen Renault Mégane, den er für ebenso unauffällig hielt wie den Astra.

Sein Magen knurrte. Es war fast vierundzwanzig Stunden her, seit er zum letzten Mal etwas gegessen hatte. Das Antibiotikum hatte ihm den Appetit genommen, aber jetzt fühlte er sich plötzlich wie kurz vor dem Verhungern.

An einem Imbiss kaufte er sich ein paar Bratwürste mit Sauerkraut und eine Cola light. Die Wunde an der Seite schmerzte zwar immer noch wie die Hölle, aber nach dem Essen kehrte die Kraft zurück, und er fühlte sich besser.

Nur die Ungewissheit, ob er Nadja jemals finden würde, zerfraß ihn von innen heraus, als habe er Säure geschluckt. Das Haus am Feldrand war leer gewesen. Wohin hatte man Nadja von dort aus gebracht? Avram hatte nur noch eine Chance, das herauszubekommen: Konrad Daiss hatte ihm gestern erzählt, dass Milan Kovacz sich heute Abend mit einem Typen namens Overrath traf. Um 22.00 Uhr in einem Kieswerk im Norden der Stadt. Niemand außer Kovacz konnte ihm jetzt noch helfen.

Es hatte den ganzen Tag über geregnet, und das änderte sich auch nicht, als Avram am Sollberg-Nehm-Kieswerk ankam. Von außen sah die Anlage verwaist aus, niemand arbeitete mehr zu dieser späten Stunde, nirgends brannte Licht.

Nach Konrad Daiss' Informationen fand das Treffen in einem Baucontainer am nördlichen Abbruchgelände statt. Da das Eingangstor geschlossen und elektrisch verriegelt war, beschloss Avram, sich von außen einen Weg zu suchen. Er umfuhr das Gelände in nördlicher Richtung, fand einen geschotterten Seitenweg und stellte den Mégane hinter ein paar mannshohen Büschen ab, so dass man ihn von der Straße aus kaum sehen konnte. Aus dem Kofferraum holte er seine Regenjacke und schlüpfte vorsichtig hinein. Dann zog er aus einer seiner beiden Ausrüstungstaschen einen schwarzen Hartplastikkoffer, öffnete ihn und steckte sein Scharfschützengewehr mit geübten Handgriffen zusammen. Das leise Klicken der einrastenden Bolzen und Federknöpfe war wie vertraute Musik in seinen Ohren. Zuletzt setzte er das Visier auf das Gewehr und verstaute eine Packung Munition in seiner Jackentasche. Eine Mischung aus nervöser Anspannung und angenehmer Wärme durchströmte seinen Körper vom Scheitel bis in die Zehenspitzen.

Jagdzeit!

Mit einer Kneifzange schnitt er ein Loch in den Zaun und schlüpfte hindurch. Nach etwa zweihundert Metern erreichte er den oberen Rand des Abbruchgeländes. Vom Rand des Plateaus spähte er die Steilwand hinab. Der gesuchte Baucontainer lag zwanzig Meter tiefer und etwa zweihundert Meter weit entfernt neben einem Monster von Schaufelradbagger und mehreren Radladern. Durch die kleinen Fenster schimmerte orangegelbes Licht. Ein Ford Mondeo und ein Renault Kangoo standen neben dem Container.

Verdammt! Das Treffen sollte laut Konrad Daiss erst in einer halben Stunde stattfinden. War es schon in vollem Gange?

Hinter einem hüfthohen Steinquader bezog Avram Stellung auf dem Plateau. Hier konnte er einigermaßen bequem knien und das Gewehr auflegen – unverzichtbar für ein paar gezielte Distanzschüsse. Je nachdem, wie viele Begleiter Kovacz und Overrath dabeihatten, würde er ein paar von ihnen liquidieren müssen. Kovacz selbst durfte er nur verwunden – bei stockdunkler Nacht und strömendem Regen keine leichte Aufgabe.

Avram legte den Gewehrlauf auf den Stein vor sich, stellte am Visier die Entfernung ein und beobachtete durch das Objektiv, was im Innern des Baucontainers vor sich ging.

Mindestens acht Personen waren zu sehen. Von Avrams erhöhter Position aus war der Winkel zu steil, um Köpfe erkennen zu können, aber nach der Kleidung zu urteilen, handelte es sich um sechs Männer und zwei Frauen. Die Männer standen, die beiden Frauen saßen auf Stühlen. Plötzlich sprang eine von ihnen auf und versuchte, zum Ausgang zu rennen. Einer der Männer packte sie roh am Arm, riss sie zurück und schlug sie, so dass sie zu Boden fiel. Sie hatte schulterlanges blondes Haar, war etwa Mitte zwanzig und blutete aus der Nase. Ihre Hände waren gefesselt.

Der Mann packte sie an den Schultern, zerrte sie auf die Beine und schubste sie auf ihren Stuhl zurück. Dort blieb sie jetzt sitzen und wischte sich mit ihren zusammengebundenen Händen das Blut aus dem Gesicht.

Das hier war zweifellos eine Übergabe! Milan Kovacz hatte bei Overrath die beiden Frauen bestellt, und einer von ihnen war gerade klargeworden, dass sie in eine Falle geraten war. Die andere saß nur apathisch auf ihrem Stuhl und hatte sich offenbar schon aufgegeben.

Wie viele Menschen hatten in diesem Baucontainer wohl schon den Besitzer gewechselt? War Nadja auch hier gewesen? Und was war danach mit ihr und all den anderen passiert?

Avram zwang sich zur Ruhe. Er durfte sich jetzt nicht von Ungewissheit und Zorn leiten lassen! Das würde ihn anfällig für Fehler machen, und Fehler konnte er sich nicht leisten – heute weniger denn je.

Er atmete tief durch und beobachtete weiter durch sein Visier das Geschehen im Baucontainer. Beide Frauen hockten nun widerstandslos auf ihren Stühlen. Zwei Männer flankierten sie, wohl um weitere Fluchtversuche zu verhindern. Die anderen Männer standen in einer Gruppe zusammen und schienen miteinander zu sprechen. Wahrscheinlich ging es dabei um den Preis.

Hätte Avram die Gesichter sehen können, hätte er ohne zu zögern gefeuert. So aber musste er weiter abwarten.

Nach ein paar Minuten reichte einer der Männer einem anderen eine schwarze Ledertasche. Der Empfänger öffnete die Tasche, holte ein Bündel Geldscheine heraus und steckte sie wieder zurück. Dann schüttelten die beiden sich die Hände, und drei der Männer gingen nach draußen, wo sie in den Mondeo stiegen und über die unbefestigte Straße zum Ausgang des Steinbruchs fuhren. Milan Kovacz war nicht dabei. Folglich musste er noch im Container sein.

Geduldig wartete Avram ab, während der Regen ihn trotz Jacke bis auf die Knochen durchnässte. Er spürte, wie sein Verband an der Hüfte aufweichte und die Wunde dadurch wieder zu bluten begann. Im Moment konnte er nichts dagegen tun.

Durchs Visier beobachtete er, wie zwei der Männer, die noch im Container waren, die Frauen festhielten, während ein dritter ihnen jeweils eine Spritze in den Arm stieß. Nach wenigen Sekunden sackten sie wie Stoffpuppen in sich zusammen. Die Männer, die sie festgehalten hatten, trugen sie nach draußen in den Kangoo und verstauten sie in der geschlossenen Pritsche. Der dritte Mann folgte ihnen und setzte sich hinters Lenkrad.

Avram seufzte. Keiner von ihnen war Milan Kovacz.

68

Die Überraschung verflog, und es kam der Zorn. Warum war Kovacz nicht hier? War ihm etwas dazwischengekommen? Oder hatte Konrad Daiss ihn ganz einfach belogen? Ihm für dreißigtausend Euro ein Märchen erzählt?

Aber im Moment hatte Avram keine Zeit, sich darüber zu ärgern, denn ihm blieb nichts anderes übrig, als den Lieferwagen zu verfolgen. Vielleicht wurden die Frauen ja in dasselbe Versteck gebracht, in dem auch Nadja gefangen gehalten wurde. Oder vielleicht trafen die drei Kerle sich erst jetzt mit Kovacz. Dann würde Avram ihn sich schnappen, sobald sie dort waren.

So schnell es die brennende Wunde an der Hüfte zuließ, rannte er zurück zu seinem Parkplatz. Als er durch das Loch im Zaun schlüpfte, verhedderte sich die Regenjacke an einem durchgezwickten Draht. Keuchend streifte Avram sie ab und eilte zu seinem Wagen. Die Munitionsschachtel und die Kneifzange steckte er in seine Sakkotasche.

Er fuhr los, ohne das Licht einzuschalten, um sich nicht zu verraten. Die Schotterpiste hob sich gut genug vom Gebüsch links und rechts ab, um trotz Dunkelheit auch bei zunehmender Geschwindigkeit in der Spur zu bleiben.

Erst am Ende der Piste schaltete Avram das Licht ein, kurz bevor er mit einem letzten Holpern in die Hauptstraße einscherte. Er biss die Zähne zusammen, kämpfte gegen den Schmerz an. Dann lag der Wagen endlich ruhig auf der Fahrbahn, und es gelang ihm, sich ein wenig zu entspannen.

Aber erst, als er fünfhundert Meter vor sich den Lieferwagen aus der Einfahrt des Kieswerks kommen sah, stellte sich bei ihm das Gefühl der Erleichterung ein. Jetzt musste er ihm nur noch in sicherer Entfernung folgen.

Und beten, dass der Wagen ihn zu Nadja führen würde.

Zwanzig Minuten lang fuhr der Kangoo auf Landstraßen etwas außerhalb der Stadt in südöstlicher Richtung. Dann bog er auf die B 14 nach Lauf ein. Aber schon nach wenigen Kilometern verließ er sie wieder und folgte einer wenig befahrenen Seitenstraße, die laut Beschilderung zum Günthersbühler Forst führte.

Je unbelebter die Gegend wurde, desto mehr Abstand hielt Avram, um nicht aufzufallen. Auf der Straße zum Günthersbühler Forst schaltete er sogar wieder das Licht aus. Er ahnte, dass sie sich allmählich dem Ziel näherten.

Vor einem mit übermannshohem Zaun umgrenzten Firmengelände hielt der Lieferwagen an. Avram stoppte ein gutes Stück entfernt am Straßenrand und versuchte, die Dunkelheit mit Blicken zu durchdringen. Aber da es hier keine Straßenlaternen gab, konnte er außer Schatten und Schemen kaum etwas erkennen.

Im strömenden Regen stieg einer der Männer aus dem Wagen und machte sich am Eingangstor zu schaffen. Dann fuhr der Lieferwagen auf das Firmengrundstück, und der Mann schloss das Tor wieder.

Avram stieg aus und eilte, mit dem Scharfschützengewehr in der Hand, zum Zaun. Mit der Kneifzange aus seiner Sakkotasche verschaffte er sich binnen Sekunden Zugang zum Betriebsgelände. Vorsichtig sah er sich um.

Viel konnte er nicht erkennen. Die Nacht war finster, und der Regen klatschte in dicken Tropfen auf seine Brillengläser. Aber dann zuckte ein Blitz über den Himmel, der die

Szenerie für eine Sekunde in ein diffuses Flackern aus Licht und Schatten verwandelte. Genug Zeit für Avram, sich einen Überblick zu verschaffen: In einiger Entfernung hoben sich die Umrisse von mehreren großen Gebäuden gegen den wolkenverhangenen Himmel ab, ein Büroblock und mehrere gigantische Silos, die mit einem Netz aus Rohren, Stegen und Stahlleitern miteinander verbunden waren. Der Lieferwagen rollte auf eine quaderförmige Lagerhalle mit Wellblechverkleidung zu, auf der in großen, verwitterten Lettern der Schriftzug Merox GmbH prangte.

Avram eilte zu Fuß hinterher. Nirgends auf dem Gelände brannte Licht, weder in den Gebäuden noch draußen an den Firmenlaternen. Auf einem großen, asphaltierten Parkplatz wucherten an einigen Stellen Büsche und mannshohe Disteln aus dem rissigen Teer. Das ganze Gelände wirkte wie seit Jahren verlassen.

In geduckter Haltung eilte Avram zur Lagerhalle. Er schlich an der Außenwand entlang, bog um die Ecke und sah in hundert Metern Entfernung einen schwachen Lichtschimmer in der geöffneten Einfahrt.

Vorsichtig schlich er weiter, bis er auf halbem Weg eine rostige Stahltür mit der Aufschrift *Notausgang* erreichte. Einen Moment lang spielte er mit dem Gedanken, hindurchzuschlüpfen, aber die Gefahr, dass die Tür quietschen würde, war ihm zu groß. Er musste es vorne durch den Haupteingang versuchen.

Am offenen Lagertor hielt er inne und lauschte. Als er nichts hören konnte, riskierte er einen Blick hinein. Der vordere Teil des Lagers war leer, im hinteren Bereich stand eine lange Batterie leerer Schwerlastregale. Auf manchen davon waren Piktogramme für feuergefährliche und explosive Stoffe zu sehen. Auf einem Schild stand *Vergiftungsgefahr*.

Auf der Freifläche vor den Regalen parkten drei Autos: der Kangoo aus dem Kieswerk, ein Škoda Octavia und ein Mercedes Sprinter. Der Octavia hatte das Parklicht eingeschaltet, so dass man halbwegs erkennen konnte, was dort geschah.

Abgesehen von den drei Kerlen aus dem Kieswerk waren noch zwei weitere Männer dort. Einer trug eine Schirmmütze, einen hellen Pullover und eine ärmellose Daunenjacke mit der Aufschrift *Yankee*. Avram hatte ihn noch nie gesehen.

Der andere war Milan Kovacz.

Avram schlich in die Halle und versteckte sich hinter ein paar rostigen Stahlfässern. Von hier aus hatte er einen guten Blick auf das Geschehen. Und er wurde Zeuge einer gut organisierten Übergabe: Die drei Kerle aus dem Kangoo waren gerade dabei, die beiden bewusstlosen Frauen in den Mercedes Sprinter zu tragen. Der Kerl mit der Yankee-Jacke begutachtete sie kurz, nickte dann und reichte Kovacz ein Kuvert, vermutlich voller Geldscheine. Kovacz öffnete es nicht einmal, sondern schüttelte dem anderen nur die Hand. Er traute ihm offenbar. Die beiden machten nicht zum ersten Mal Geschäfte miteinander.

Aber wer war der Kerl mit der Yankee-Jacke und der Schirmmütze? Avram schätzte ihn etwa auf sein Alter – Anfang bis Mitte fünfzig. Er war etwas kleiner, hatte aber eine kräftigere Statur – vielleicht jemand, der körperliche Arbeit gewohnt war oder regelmäßig ins Fitnessstudio ging. Etwas an seinem Gesicht verwirrte Avram: Obwohl der Mann den Mund nicht verzog, schien er ständig zu lächeln. Dabei wirkte er freundlich, beinahe harmlos. Niemand, der ihn so sah, würde vermuten, dass er soeben zwei gefangene Frauen gekauft hatte.

Was zwangsläufig zu der Frage führte, was er mit ihnen

vorhatte. War er ein Zuhälter, der sie zur Prostitution zwingen würde? Ein Mädchenhändler? Jemand, der sie umbrachte und ihre inneren Organe meistbietend verkaufte?

Oder war er ein perverser Filmemacher, der Menschen vor laufender Kamera abschlachtete?

War dieser Mann Belial?

Die drei Kerle von der Kiesgrube stiegen wieder in ihren Kangoo. Der Motor startete, und die Lichter sprangen an. Kovacz und der Mann mit der Yankee-Jacke klopften sich auf die Schulter, wie alte Freunde, die sich nach einem gewonnenen Fußballspiel voneinander verabschiedeten.

Langsam schob Avram den Gewehrlauf zwischen den beiden Stahltonnen vor sich hindurch. Er stellte die Entfernung am Visier ein, atmete einmal tief durch und zielte auf Milan Kovaczs Oberschenkel.

In diesem Moment schrie jemand: »Stehen bleiben und keine falsche Bewegung! Hier ist die Polizei!«

69

Die Pistole in Emilias Hand fühlte sich fremd und ungewohnt schwer an. Mikka Kessler hatte ihr seine Ersatzwaffe aus dem Handschuhfach geliehen, als sie sich vor einer Stunde unerlaubt Zugang zum Merox-Firmengelände verschafft hatten.

»Nimm die«, hatte Kessler gesagt. »Ich will nicht, dass du unbewaffnet bist, wenn wir uns hier umsehen. Wer weiß, was wir finden.«

Emilia hatte nicht wirklich damit gerechnet, die Waffe benutzen zu müssen. Sie hatte gehofft, Belials Folterkeller zu finden und mit etwas Glück Mara Liebknecht und vielleicht auch Nadja Kuyper befreien zu können. Aber dann waren im Abstand von wenigen Minuten Autos auf das Firmengelände gefahren, und ein paar Männer hatten zwei Frauen von einem Renault Kangoo in einen Mercedes Sprinter getragen. Ob die Frauen tot oder nur bewusstlos waren, konnte Emilia auf diese Entfernung nicht erkennen. Fest stand jedoch, dass hier gerade ein Verbrechen stattfand.

Emilia hielt die schwere Parabellum in ihren ausgestreckten Händen und zitterte vor Aufregung. Zwar hatte sie im Lauf der Jahre einige Routine gesammelt, aber jede Verhaftung verlief anders, und es blieb immer ein Restrisiko, dass etwas schiefging. Außerdem hatte sie schon lange nicht mehr an vorderster Front mitgemischt.

Sie stand am Rand eines alten Frachtcontainers und zielte auf die drei Männer im Lieferwagen, während Kessler, am anderen Ende des Containers, Kovacz und den Kerl mit der Schirmmütze in Schach hielt. So hatten sie es vorher abgesprochen.

Im Grunde war es verrückt! Zwei Polizisten gegen fünf Verbrecher! Aber hier fand gerade eine Form von Menschenraub statt, und die Zeit drängte. Sie hatten also eingreifen *müssen*, wie ungleich die Kräfte auch verteilt sein mochten.

Niemand wagte, sich zu bewegen. Kovacz und der Kerl mit der Baseballmütze zeigten instinktiv die leeren Handflächen. Ob auch die drei Kerle im Kangoo vernünftig blieben, ließ sich schwer sagen, denn durch die spiegelnde Frontscheibe konnte man kaum etwas erkennen.

Um besser sehen zu können, beschloss Emilia, ihr Versteck zu verlassen. »Kommen Sie aus dem Wagen und nehmen Sie die Hände hoch!«, rief sie. »Sie sind alle verhaftet!«

Die Tür des Lieferwagens schwang auf, und der erste Mann stieg aus. Mit erhobenen Händen ging er ein paar Schritte zur Seite, um dem Kerl hinter sich Platz zu machen. Doch als der hinter der Wagentür hervortrat, riss er plötzlich eine Pistole hoch und eröffnete das Feuer.

Dann brach die Hölle los.

70

Avram blieb hinter seinen Stahltonnen in Deckung, als die Schießerei begann. Er zog den Kopf ein und duckte sich, so tief er konnte, um nicht versehentlich von einem Querschläger getroffen zu werden. Im Moment hatte er noch keinen Überblick, von wo die Kugeln überall geflogen kamen.

Er hatte nicht damit gerechnet, dass die Polizei hier auftauchen würde. Wie waren sie auf dieses nächtliche Treffen aufmerksam geworden? Ihn selbst konnten sie nicht verfolgt haben, da war er sicher. Aber vielleicht hatten sie Kovacz oder einen der anderen beschattet.

Avram erwartete, dass jeden Moment Suchscheinwerfer aufleuchten und Polizeisirenen losheulen würden. Auch das Geratter eines Einsatzhubschraubers hätte ihn nicht gewundert. Aber nichts davon geschah.

Von seinem Versteck aus hatte er die Interpol-Agentin gesehen, Emilia Ness, außerdem noch eine zweite Person, die er in der Dunkelheit aber nicht erkannt hatte. Beide waren am anderen Ende der Lagerhalle und versteckten sich gerade wieder hinter einem alten Transportcontainer.

Waren sie tatsächlich nur zu zweit?

Jemand schrie und riss Avram aus seinen Gedanken. Der erste Kerl, der aus dem Kangoo ausgestiegen war, brach zusammen und hielt sich den Bauch. Zusammengekrümmt wie ein Embryo wälzte er sich auf dem Boden und brüllte dabei wie am Spieß. Die anderen Männer konnte Avram von seiner Position aus nicht sehen, weil sie sich zwischen den Autos verschanzt hatten wie ein amerikanischer Planwagentrack, der von Indianern überfallen wurde.

Weitere Schüsse krachten durch die Lagerhalle. Kugeln durchschlugen Metall, rissen Löcher in morsche Kisten und ließen Fenster zersplittern. Immer noch schrie sich der verletzte Kerl am Boden die Seele aus dem Leib.

Plötzlich heulte der Motor des Kangoos auf. Avram hatte gar nicht mehr darauf geachtet, dass der Fahrer noch hinter dem Steuer saß. Der zweite Kerl aus dem Kieswerk sprang mit einem riesigen Satz durch die offene Tür auf den Beifahrersitz, dann raste der Wagen mit quietschenden Reifen los und gab von Avrams Versteck aus die Sicht auf die anderen Männer frei.

Der davonrasende Kangoo interessierte Avram nicht. Aber wo war Kovacz? Im Eifer des Gefechts hatte er es irgendwie geschafft, sich aus dem Staub zu machen. Bei den parkenden Autos war nur noch der Kerl mit der Yankee-Jacke und der angeschossene, schreiende Mann auf dem Boden.

Um besser sehen zu können, wagte Avram einen Blick über die Stahltonnen hinweg. Seit die Schießerei begonnen hatte, war kaum eine halbe Minute vergangen. Weit konnte Kovacz noch nicht sein!

Im Augenwinkel registrierte er eine Bewegung. Jemand rannte in geduckter Haltung zwischen den Schwerlastregalen auf einen Notausgang zu. Avram konnte sein Gesicht nicht sehen, aber er erkannte die Kleidung.

Er ignorierte die schmerzende Wunde und nahm die Verfolgung auf.

71

Emilia schoss in Richtung der Autos, ohne ein konkretes Ziel zu erkennen. Sie gab Kessler damit Feuerschutz, denn der war dem Kangoo nachgerannt, um ihn nicht entwischen zu lassen. Emilia sah durchs offene Lagertor, wie der Wagen jetzt langsamer wurde. Einer der beiden Flüchtenden schlug die Beifahrertür auf und rannte in Richtung Zaun. Kessler schrie ihm etwas hinterher, schoss auf ihn, verfehlte ihn jedoch. Schon verschwanden seine Umrisse in der nächtlichen Dunkelheit.

Am Lieferwagen angelangt, zielte Kessler mit seiner Pistole ins Wageninnere, ließ sie dann aber wieder sinken und zerrte den Fahrer heraus, der offenbar getroffen worden war.

Eine Kugel flog zischend an Emilias Kopf vorbei. Sofort konzentrierte sie sich wieder auf den Kerl mit der Schirmmütze und schoss zurück. Dabei achtete sie darauf, möglichst nicht den Laderaum des Sprinters zu treffen, um die gefangenen Frauen nicht zu verletzten. Doch der Mann hinter dem Wagen machte sich diesen Umstand zunutze, indem er sich genau dort verschanzte, wo Emilia die Frauen vermutete.

Vorsichtig spähte sie hinter ihrem Container hervor. Sie musste versuchen zu erahnen, hinter welcher Ecke des Wagens der Kerl für den nächsten Schuss auftauchen würde. Tatsächlich lag sie diesmal richtig: Der Kopf des Mannes erschien am Heck des Kleinlasters, dann die Hand mit der Pistole.

Sie schoss. Der Mann wurde nach hinten geschleudert und fiel mit einer halben Drehung zu Boden. Das Ganze ging so schnell, dass Emilia es kaum glauben konnte. Von ihrer Position aus konnte sie nur seine Schuhe und den Hosenansatz sehen. Der Rest von ihm war hinter dem Ladekasten und den Heckrädern verborgen.

Draußen hörte sie Kessler schreien, der den flüchtenden Fahrer verfolgte. Offenbar war er nicht schnell genug.

Vorsichtig kam Emilia aus ihrem Versteck. Der Kerl mit dem Bauchschuss schrie nicht mehr. Vielleicht war er bewusstlos, vielleicht tot. Der Kerl mit der Schirmmütze rührte sich auch nicht mehr. Aber wo war Milan Kovacz?

Ihre Augen zuckten nervös hin und her. Sie versuchte, die gesamte Halle im Blick zu behalten, falls Kovacz irgendwo hier lauerte. Doch anscheinend war ihm im Schutz der überall herumstehenden Tonnen und Container die Flucht geglückt.

Mist!

Der Mann mit dem Bauchschuss lag auf dem Rücken, die Hände lagen auf der Wunde. Seine Augen starrten an die Hallendecke, sein Mund stand offen. Für ihn würde jede Hilfe zu spät kommen.

Wie es um den anderen Kerl stand, ließ sich nicht so einfach feststellen. Er lag auf dem Bauch, einen Arm nach oben gestreckt, den anderen unter dem Körper begraben. Seine Schirmmütze war ihm beim Sturz vom Kopf gefallen und lag neben dem Vorderrad auf dem Boden.

»Stehen Sie auf, und heben Sie die Hände hoch!«, rief Emilia, die Waffe auf ihn gerichtet.

Der Mann rührte sich nicht. Schwer zu sagen, ob er überhaupt noch atmete. Bewegte sich sein Brustkorb unter der Yankee-Weste?

Emilia stieß ihn mit dem Schuh am Fußknöchel an. Immer noch keine Reaktion. Wo war seine Waffe? Emilias Blick flog über den Boden, aber sie konnte sie nicht finden.

Er muss sie in der Hand unter seinem Körper haben! Das ist eine Falle!

Mit vorgehaltener Waffe kniete Emilia sich neben ihn und drehte ihn auf den Rücken. Schlaff ließ er es mit sich geschehen. Seine Augen starrten ins Leere, wie bei seinem Kameraden, und auch sein Mund stand offen. Speichel floss ihm aus dem Mundwinkel. Dieser Mann würde nie wieder eine Frau kaufen.

Aus dem Innern des Wagens hörte Emilia ein Geräusch – ein Kratzen, als würde jemand mit Fingernägeln an der Tür scharren. Eine der beiden Gefangenen musste aufgewacht sein!

Mit der Pistole im Anschlag öffnete sie die Tür. Die zwei gefesselten Frauen lagen auf dem Boden und rührten sich nicht. Neben ihnen kauerte aber ein wimmernder, schwarzgekleideter Mann, seitlich liegend, die Hände hinter dem Rücken und schlotternd vor Angst.

»Bit-te, tun Sie m-mir n-nichts«, stotterte er.

»Keine Angst, es ist vorbei«, sagte Emilia mit sanfter Stimme. »Ich bin von der Polizei. Sie sind jetzt in Sicherheit.«

Doch als sie in den Laderaum stieg, um dem Mann beim Aufstehen zu helfen, traf sie plötzlich sein Fuß mit der Wucht eines Vorschlaghammers an der Hand. Ihre Pistole fiel herunter und rutschte scheppernd über den Boden. Ihr Handknöchel schien zu explodieren, so heftig war der Schmerz. Viel zu spät erkannte sie, dass der Mann gar nicht gefesselt gewesen war, sondern hinter seinem Rücken selbst eine Pistole verborgen hatte.

Die Schrecksekunde im Moment dieser Erkenntnis ließ

ihr gerade so viel Zeit, dass sie sich ein Bild von dem Mann machen konnte: Er war schlank, rund 1,80 m groß und hatte rötliches Haar. Den Krähenfüßen an seinen Augen zufolge musste er mindestens vierzig sein, aber die dicken Sommersprossen auf der Nase ließen ihn viel jünger erscheinen. Am Kinn hatte er eine schlecht verheilte Narbe, und an einem seiner Schneidezähne fehlte eine Ecke. Seine Augen versprühten eine Mischung aus Belustigung und Verachtung, als wäre das Ganze hier nur ein Spiel, bei dem er schon längst als Gewinner feststand. Siegessicher stand er vor ihr, die Pistole auf sie gerichtet.

Jetzt ist es aus!, dachte Emilia, noch immer wie gelähmt. Becky und Mikka Kessler erschienen vor ihrem geistigen Auge. Sie würde keinen der beiden wiedersehen.

Aber der Mann schoss nicht. Stattdessen kam er auf sie zu, betrachtete sie von oben bis unten, griff in ihr Haar und schnupperte daran. Emilia fühlte den Lauf der Pistole an ihrem Bauch. Zitternd und starr vor Angst, wagte sie kaum zu atmen. Sie roch den Atem des Rothaarigen, eine widerliche Mischung aus Bier und Pfefferminz. Die Pistole wanderte hinauf zu ihren Brüsten, gleichzeitig zog der Mann so fest an ihrem Schopf, dass sie sich kaum bewegen konnte. Er hatte sie fest in seiner Gewalt.

Sein Gesicht war nur noch einen Zentimeter von ihrem entfernt. »Gleich wird Belial dich ficken, du Hure!«, raunte er. »Und ich werde dafür sorgen, dass alle Welt es zu sehen bekommt!«

Eine Träne rann Emilia über die Wange.

Belial.

Das war das Ende!

Aber da schrie jemand: »Keine Bewegung! Lassen Sie die Frau los, oder ich schieße!« Sie kannte die Stimme, nur dauerte es einen Moment, bis sie begriff, dass es Kessler war. Ein Stein fiel ihr vom Herzen.

Belial riss sie herum und hielt sie vor sich wie einen Schutzschild. Kessler war etwa dreißig Meter entfernt. Mit der Waffe zielte er in die offenstehende Wagenluke.

»Schieß!«, schrie Emilia. Sie betete, dass er nicht versehentlich sie treffen würde.

Belials Pistole drückte gegen ihre Schläfe. »Mach keine Dummheiten, oder sie ist tot!«, rief er Kessler zu. »Waffe weg! Wird's bald?«

Kessler zögerte.

»Hör nicht auf ihn!«, kreischte Emilia.

Belial riss an ihren Haaren und brachte sie so zum Schweigen. Mit der anderen Hand spannte er den Hahn seiner Pistole. Kessler lenkte ein. Mutlos ließ er seine Waffe sinken und warf sie auf den Boden.

Eine bange Sekunde lang geschah nichts. Emilia überlegte krampfhaft, was sie tun konnte, um das Unvermeidliche doch noch zu vermeiden. Aber bevor sie einen klaren Gedanken fassen konnte, richtete Belial seine Pistole auf Kessler und drückte ab. Ihr kam es vor wie in Zeitlupe, als Kessler von den Beinen gerissen wurde. Er stürzte rückwärts zu Boden und blieb reglos liegen.

Emilia schrie.

Nein! Das durfte nicht sein! Nicht Mikka!

Dann traf sie der Pistolenknauf an der Schläfe, und ihr wurde schwarz vor Augen.

72

Avram keuchte durch die Nacht. Wo war Milan Kovacz? Er war aus einer Seitentür der Lagerhalle ins Freie geflohen und im Schutz der Dunkelheit weggerannt, hakenschlagend und anscheinend ohne festes Ziel. Er wusste offenbar, dass er verfolgt wurde, denn er nutzte jede Deckung geschickt aus, die sich ihm auf dem Gelände bot. Außerdem war er flink wie ein Wiesel und körperlich topfit. Avram hingegen kämpfte gegen die Schmerzen in seiner Hüfte an, die mit jedem Schritt unerträglicher wurden. Zweimal schoss er auf Kovacz, verfehlte ihn aber knapp, was ihn weitere wertvolle Zeit kostete und den Vorsprung vergrößerte.

Er darf mir nicht entkommen, sonst ist Nadja verloren!

Als er schwer atmend um die Ecke eines ehemaligen Bürogebäudes bog, bot sich ihm die Chance für einen dritten Schuss. Kein Autowrack versperrte die Sicht, kein alter Baucontainer, kein sonstiges Hindernis. Es gab nur ihn und Milan Kovacz, der wie ein Schatten an der Hauswand entlangspurtete, als wolle er einen neuen Weltrekord aufstellen.

Avram blieb stehen, legte das Scharfschützengewehr an und versuchte, seinen Atem unter Kontrolle zu bringen, um zielen zu können, was freihändig und im Stehen ohnehin schwer genug war. Zudem rauschte das Blut in seinen Ohren, seine Hüftwunde brannte wie Feuer, und er bekam nicht genug Luft.

Nicht daran denken! Konzentrier' dich auf den Schuss!

Er drückte ab, spürte den Rückstoß an der Schulter. Das

Gewehr gab ein metallisches Ploppen von sich. Beinahe gleichzeitig knickte Milan Kovaczs rechtes Bein weg. Brüllend vor Schmerz stürzte er zu Boden.

Dennoch blieb Avram vorsichtig, als er näher trat. Erst als er sah, wie hilflos der Serbe versuchte, sich wiederaufzurichten und weiterzuhumpeln, wusste er, dass von ihm kein Widerstand mehr zu erwarten war.

Rasch holte Avram auf. Kovacz versuchte, hinkend durch eine Tür ins Bürogebäude zu flüchten, aber sie war verschlossen. Er sah ein, dass Weiterlaufen keinen Sinn mehr machte, blieb stehen und drehte sich zu Avram um. Er hob sogar die Hände.

»Wo ist Nadja Kuyper?«, fragte Avram. »Was hast du mit ihr gemacht?«

Kovacz hielt seinem Blick stand. »Aus mir kriegst du nichts raus«, knurrte er mit zusammengebissenen Zähnen.

Avram schoss ihm ins unverletzte Bein. Kovacz stürzte, brüllte auf und wälzte sich vor Schmerz auf der Erde.

»Das war für meinen Neffen«, sagte Avram kalt. »Und jetzt noch mal: Wo ist meine Schwägerin?«

Kovacz sah ihn von unten herauf an und begann, heiser zu lachen, ohne zu antworten.

Vor Avrams geistigem Auge flackerten Szenen von Saschas Foltertod. Er sah das Blut des Jungen, hörte seine Schreie, spürte seine Angst und seine Hoffnungslosigkeit. Ihm konnte er nicht mehr helfen. Aber er konnte ihn rächen – ihn und Goran, der den grausamen Tod seines Sohnes nicht hatte verkraften können und sich aus lauter Verzweiflung zuerst in die Hand und dann in den Kopf geschossen hatte. Daran gab es für Avram keinen Zweifel mehr.

Komm nach Hause und räche dich an denen,
die uns getötet haben.

So hatte die Nachricht auf Avrams Anrufbeantworter gelautet. Gorans letzter Wille. Genau das würde Avram jetzt tun. Und falls Nadja noch lebte, würde er sie retten. Dazu war ihm inzwischen jedes Mittel recht.

»Rede mit mir!«, befahl er. »Wo ist meine Schwägerin?«

Doch Kovacz blieb stur. »Du wirst sie nie finden!«, keuchte er mit einem Wolfsgrinsen im Gesicht. »Und wenn, dann ist sie längst tot!«

Avram richtete das Gewehr auf Kovaczs Unterleib, genau zwischen die Beine. Die meisten Männer fanden die Vorstellung, ausgerechnet dort getroffen zu werden, weitaus beängstigender als einen Schuss in jedes andere Körperteil.

»Wenn du mir nicht sofort sagst, was ich wissen will, drücke ich ab«, drohte Avram. »Ich schieß dir dorthin, wo es am meisten weh tut, und ich werde dir dabei zusehen, wie du langsam verblutest. Also, was ist? Machst du jetzt endlich dein Maul auf?«

Aber Milan Kovacz schwieg beharrlich.

73

Als Emilia aus ihrer Bewusstlosigkeit erwachte, fühlte sie sich völlig benommen. Ihr Schädel brummte, als würde er jeden Moment explodieren. Der beißende Geruch von Ammoniak stieg ihr in die Nase, und sie musste sich beinahe übergeben.

Mühsam blinzelte sie gegen die Helligkeit an. Wo war sie? Was war mit ihr geschehen? Warum konnte sie sich kaum bewegen?

Sie registrierte, dass sie auf dem Boden lag, in einem fensterlosen Raum, in dem Weiß die vorherrschende Farbe war.

Weiße Fliesen, weiße Schränke, weiße Stühle, ein weißer Tisch. Aber das wenige, das sich aus all dem Weiß abhob, jagte Emilia einen eisigen Schauder über den Rücken, vor allem das Studioset in der Ecke und die auf den Regalen liegenden Geräte: eine elektrische Heckenschere, eine Bohr- und eine Schleifmaschine, ein Schweißbrenner, exakt nebeneinander aufgereiht und sauber poliert wie neu.

Emilias Magen krampfte sich zusammen, als die Erinnerungsfetzen in ihrem Kopf sich wieder ordneten.

Belial.

Sie befand sich in seiner Gewalt! In seinem Folterkeller! Wo steckte er? Im Augenblick war er nirgends zu sehen, aber weit konnte er nicht sein.

Emilia versuchte aufzustehen – erfolglos. Ihr Körper und ihre Beine waren mit Klebeband umwickelt wie bei einer Mumie. Sie drehte sich auf die Seite, versuchte, das Klebeband durch Dehnen und Strecken zu lösen. Sie zappelte mit der Verzweiflung eines Wurms, der am Haken hing. Es brachte nichts. Das Band saß so stramm, dass es nicht nachgab.

Wie lange war sie schon hier? Es hätten Minuten sein können, aber auch Stunden. An einer Wand hing eine Uhr, die 22.45 Uhr anzeigte. Seit der Schießerei auf dem Merox-Gelände war kaum eine halbe Stunde vergangen.

Jetzt wusste sie auch wieder, was geschehen war. Sie erinnerte sich an die Lagerhalle, den Schusswechsel, Belials gekonnt gespielte Opferrolle in dem Mercedes Sprinter.

Und daran, dass Mikka erschossen worden war.

Selbstvorwürfe stiegen in ihr auf. Sie allein war schuld daran, dass er hatte sterben müssen, denn sie hatte sich wie ein Anfänger von Belial übertölpeln lassen. Früher wäre ihr ein solcher Fehler nicht passiert. Doch seit sie bei Interpol arbeitete, befasste sie sich hauptsächlich mit der Analyse von Verbrechen und mit der länderübergreifenden Koordination von polizeilichen Aufklärungsmaßnahmen. Sie war schon viel zu lange nicht mehr ganz vorne mit dabei gewesen und hatte offenbar ein paar entscheidende Dinge verlernt.

Sie hatte Mist gebaut. War einem Mörder auf den Leim gegangen, weil er ihr das Unschuldslamm vorgespielt hatte. Sie hatte sich wie ein blutiger Laie von ihm bluffen lassen. Mikka hatte dafür mit dem Leben bezahlen müssen.

Ein leises Wimmern ließ sie aufhorchen. Es kam von irgendwo hinter der weißen Ledercouch. Sie winkelte die Beine an und schob sich ein Stück über den Boden wie eine Raupe, dann noch einmal und noch einmal, bis sie hinter die Couch sehen konnte. Dort kauerte eine der beiden anderen Frauen in einem Stahlkäfig, eingesperrt wie ein Tier. Sie weinte und war so in ihrer Angst gefangen, dass sie Emilia gar nicht bemerkte.

Die zweite Frau aus dem Sprinter lag neben ihr auf einem chromfarbenen Seziertisch, an Händen und Füßen mit Lederriemen gefesselt. Aber noch schien sie unversehrt zu sein.

Hinter dem Seziertisch war noch jemand – eine weitere Frau, nackt und schmutzig. Ihr Körper war von unzähligen Wunden übersät, ihr Gesicht blutverschmiert und verkrustet. Dennoch wusste Emilia sofort, wer sie war. Sie kannte die Frau aus der Fahndungsakte.

Nadja Kuyper.

Völlig apathisch hockte sie auf dem Boden. Ihre Hände waren auf den Rücken gefesselt, ihr Hals steckte in einem Eisenring, der mit einer Kette an einer massiven Wandöse befestigt war.

Emilia versuchte flüsternd, mit den drei anderen Frauen Kontakt aufzunehmen, aber noch bevor eine von ihnen reagierte, schwang die Tür auf, und Belial kam herein.

Emilia stellte sich sofort bewusstlos, verfolgte aber durch halbgeöffnete Lider mit, was nun geschah.

Belial trug inzwischen einen weißen Schutzanzug und sah aus wie ein Mitarbeiter der Spurensicherung. Sogar über die Schuhe hatte er sich weiße Überzieher gestreift. Nur sein Gesicht und seine Hände waren noch zu sehen. Er achtete gar nicht auf die Frauen, sondern machte sich an einem Gerät auf dem Sideboard zu schaffen.

Jetzt geht es los, dachte Emilia, und ihr wurde schlecht vor Angst. Mit wem würde er beginnen?

Aber da setzte *Thunder* von AC/DC ein, und Emilia begriff, dass Belial erst noch mit seinen Vorbereitungen beschäftigt war. Die passende Musik. Das passende Setting. Das passende Licht. Sie hatte noch ein paar wertvolle letzte Sekunden, bevor sie vom Leben würde Abschied nehmen müssen.

Belial drehte die Musik lauter und stampfte den Rhythmus mit dem Fuß mit.

Gott, hatte der Nerven! Noch vor einer halben Stunde war er in eine Schießerei verwickelt gewesen, aber das hinderte ihn offenbar nicht, jetzt schon wieder einen bestialischen Mord zu begehen. Wie stark musste dieser Trieb in ihm verwurzelt sein, wie groß die Sucht nach dem Nervenkitzel, dass er nicht einmal warten konnte, bis die Gegend wieder sicher war? Denn weit konnte er in einer knappen halben Stunde nicht gekommen sein. Vielleicht lag dieses Versteck ja sogar auf dem Merox-Firmengelände. Emilia und Kessler hatten das Grundstück nach ihrer Ankunft zwar abgesucht, aber in der Kürze der Zeit hatten sie das natürlich nur oberflächlich tun können.

Wo war ein geeigneter Ort für dieses Verlies? Es gab keine Fenster, folglich lag es vermutlich unter der Erde. Die vielen Kacheln deuteten darauf hin, dass es sich vielleicht um einen ehemaligen Waschraum handelte.

Aber wäre Belial tatsächlich so dreist, auf dem Firmengelände zu bleiben? Es lag zwar ein gutes Stück außerhalb der nächsten Ortschaft, aber der Schusswechsel musste kilometerweit zu hören gewesen sein. Vermutlich wimmelte es dort bereits vor Polizisten.

Es sei denn, Belials Kontakte zur Polizei waren so gut, dass er nichts zu befürchten hatte. Aber Emilia konnte sich das kaum vorstellen. Die Vermisstenanzeige einer Prostituierten verschwinden zu lassen war eine Kleinigkeit. Aber niemand konnte eine Schießerei so einfach unter den Tisch kehren.

Nein! Je mehr Emilia darüber nachdachte, desto sicherer wurde sie, dass sie sich nicht mehr auf dem Firmengelände von Merox befanden. Aber wo dann? Wie weit hatte Belial in so kurzer Zeit kommen können? Wenn man die Zeit abzog, die er benötigt haben musste, um sie und die beiden anderen Frauen vom Wagen hierherzubringen, sie mit Klebeband zu umwickeln und dann noch seinen Schutzanzug anzuziehen, blieb als reine Fahrzeit höchstens eine Viertelstunde übrig.

Doch dann erinnerte sie sich daran, wie sie mit Mikka die Berichte über ungewöhnliche Vorkommnisse rund um das Merox-Gebiet gelesen hatte. Dabei waren sie auch auf einen Bericht über Gruselgeschichten im Wald gestoßen. War da nicht dieser Wanderer gewesen, der wegen eines Notfalls zu seinem Parkplatz hatte zurückkehren müssen und einen Weg quer durchs Unterholz genommen hatte? Er war an einem umzäunten Gelände vorbeigekommen und hatte einen unheimlichen Schrei gehört.

Blair Witch Project bei Nürnberg.

Emilia hatte Claude Richeaud in Lyon darauf angesetzt, und kurz bevor sie auf dem Merox-Gelände angekommen waren, hatte er zurückgerufen. Seinen Recherchen zufolge gab es in der genannten Region nur ein umzäuntes Areal. Es war, wie der gesamte Günthersbühler Wald, gemeindefreies Gebiet, umfasste etwa zwei Quadratkilometer und diente der Forstwirtschaft. Darauf befand sich ein alter, unterirdischer Luftschutzbunker, der jedoch nur noch auf historischen Karten vermerkt war.

Emilia hatte all dem wenig Bedeutung beigemessen, weil sie davon überzeugt gewesen war, Belials Folterverlies auf dem Merox-Firmengelände vorzufinden. Jetzt erschien ihr der Bunker im Wald allerdings wie ein idealer Ort dafür.

Nur eines passte nicht ins Bild: Dieser Wanderer hatte vor drei Jahren einen Schrei gehört. Das bedeutete, dass es hier irgendwo eine undichte Stelle geben musste – einen Lüftungsschacht vielleicht. Aber warum waren dann nicht schon viel mehr Schreie gehört worden? Alle Opfer hatten geschrien, in jedem einzelnen Film auf dem Stick. Sie hatten sich vor Schmerzen die Seele aus dem Leib gebrüllt.

Das Forstgebiet lag abseits der regulären Wanderwege – das ging aus dem *Blair Witch Project*-Bericht hervor. Dennoch würde ein Luftschacht zur Erdoberfläche für Belial ein potentielles Risiko bedeuten. Warum sollte er das eingehen? Nein, wahrscheinlich hatte Belial diesen Keller schalldicht isoliert. Aber welche Erklärung gab es dann für den *Blair Witch*-Schrei? War das Opfer damals einfach zu früh aus seiner Bewusstlosigkeit erwacht? Hatte es geschrien, als Belial es aus dem Auto zerrte? Diese Variante ergab für Emilia mehr Sinn, doch wie es wirklich gewesen war, würde sie wohl niemals erfahren.

Sie zuckte zusammen, als Belial auf sie zukam – ein Monster in Weiß. Emilia hatte sich so tief in ihre Gedankenwelt hineingeflüchtet, dass sie ihre eigene Situation völlig verdrängt hatte. Jetzt kehrten Angst und Panik zurück, heftiger als zuvor.

Belial kniete sich neben sie. Er hatte ein Stück Mullbinde in der Hand, das er Emilia vor Nase und Mund hielt. Sie versuchte, sich wegzudrehen, aber Belial packte sie mit der freien Hand so fest am Kinn, dass sie sich seinem schraubstockartigen Griff nicht entwinden konnte. Der süßliche Geruch von Äther stieg Emilia in die Nase. Schon wurde ihr Körper träge und schwer. Ihre Gegenwehr erlahmte.

Wenn du ohnmächtig wirst, ist es aus mit dir.

Mit diesem letzten Gedanken versank sie erneut in Dunkelheit.

Beißender Gestank holte sie zurück in die Realität. Sie schüttelte den Kopf, drehte sich weg. Diesmal funktionierte es. Als sie die Augen aufschlug, schien ihre Wahrnehmung verzerrt zu sein. Sie war größer als Belial, der vor ihr stand und das Fläschchen, das er ihr unter die Nase gehalten hatte, wieder verschraubte. Viel größer, mindestens einen Meter.

Dann begriff sie, dass sie nicht wie er auf dem Boden stand, sondern vor ihm hing. Hektisch sah sie sich um. Ihre Hände steckten in dicken Lederfesseln, die mit einer Eisenkette miteinander verbunden waren. Die Kette hing wiederum an einem massiven Haken, der über ihr an der Decke befestigt war.

Verzweifelt blickte Emilia nach unten. Ihre Beine waren immer noch mit Klebeband umwickelt. An ihren Füßen hing etwas, das sie mit roher Gewalt nach unten zog. Genau konnte sie es nicht erkennen, aber es schien eine Art Gewicht zu sein.

Wie bei Sascha Kuyper.

Die Erinnerung an das, was Belial mit dem kleinen Jungen angestellt hatte, jagte ihr einen eisigen Schauder über den Rücken. Hatte er dasselbe mit ihr vor? Oder ließ er sich für sie ein anderes perverses Todesspiel einfallen?

Um sie herum standen Scheinwerfer, Reflektoren und mehrere Kameras. Ein paar waren auf Dreibeinstative aufgeschraubt, ein paar fest installiert. Kabel führten, sauber verlegt, zu einem weißen Laptop, der auf einem Beistelltisch stand. Die Musik hatte sich geändert. Es lief nicht mehr AC/DC, sondern irgendein anderer Hardrock-Song, den Emilia nicht kannte.

Belial trat einen Schritt zurück und betrachtete sie etwa so, wie ein Bildhauer einen unbearbeiteten Holzblock betrachtet, bevor er mit der Arbeit beginnt. Er dachte darüber nach, wie er beginnen wollte. Welche Technik er anwenden wollte. Welches Kunstwerk daraus entstehen sollte. In diesem Fall bedeutete das: welche Wunden er ihr zufügen wollte, mit welchen seiner vielen schrecklichen Instrumente. In welcher Reihenfolge er es tun würde und wie er die Schreckensbilder hinterher zu einem filmischen Gesamtwerk zusammenschneiden wollte, um ihren qualvollen Tod im Internet zur Schau zu stellen.

Emilia fröstelte. Tränen rannen ihr über die Wangen. Sie hing vor ihm wie ein Stück Vieh an einem Fleischerhaken und konnte nichts dagegen tun. Ihr blieb nur noch die Hoffnung auf einen schnellen Tod, auch wenn sie ahnte, dass ihr das nicht vergönnt sein würde.

Belial zog einen Rollwagen mit chirurgischem Besteck heran, sauber nebeneinander aufgereiht, auf einem weißen Tuch: Skalpelle, Scheren, Tupfer, Wundspreizer, Klemmen, Nadeln und Spritzen. Sogar eine Knochensäge war dabei.

Als der Mann sich zu ihr wandte, starrte ihr nicht mehr der Mensch entgegen, sondern das Tier in ihm. Die Bestie. Belial, der Dämon. Langsam, wie ein Dirigent vor dem Auftakt, hob er seine Hände, vertieft in die stampfenden Rhythmen aus den Lautsprechern. Die Finger in den weißen Latexhandschuhen zitterten vor Freude, als sie sich Emilias Körper näherten. Sie legten sich an ihre Hüften, wanderten zu ihrem Bauch, öffneten ihre Jeans und streiften sie bis zum Klebeband an ihren Knien herunter. Belials Blick lag auf ihrem Slip, kalt und gierig. Sein Gesicht hatte wieder diesen siegessicheren Ausdruck, als sei er der König der Welt.

Genießerisch drehte er Emilia einmal um die eigene Achse, wohl, um sie von allen Seiten zu begutachten. In einer der Wandfliesen sah sie die kleine, hervorstehende Schraube, die ihr gezeigt hatte, dass der Mörder von Sascha Kuyper derselbe war, der auch die Filme auf dem USB-Stick gedreht hatte. Aber das war jetzt nicht mehr wichtig. Sie spürte Belials Hände auf ihren Hüften, wurde weitergedreht und hing jetzt wieder frontal vor ihm.

Eine Minute lang geschah nichts. Belial sah sie einfach nur an, versonnen, beinahe entrückt, während er in Gedanken seinem blutigen Werk den letzten Feinschliff gab. Dann nahm er ein Skalpell vom Rolltisch, und Emilia schloss die Augen.

74

Der Teufel sollte Milan Kovacz holen! Insgesamt vier Schüsse hatte Avram ihm verpasst, zwei in die Beine und zwei in die Arme. Ein Unterleibsschuss war ihm zu riskant gewesen, weil er nicht wollte, dass Kovaczs verblutete, bevor er ihm endlich verriet, wo Nadja versteckt war. Aber Kovacz hatte bis zum Schluss beharrlich geschwiegen. Stures Arschloch!

Als der Mercedes Sprinter vom Gelände gerast war, hatte Avram von ihm abgelassen, denn der davonrasende Wagen schien ihm erfolgversprechender zu sein. Falls er ihn nicht ans Ziel führen sollte, würde Avram später zurückkommen und sich weiter um Kovacz kümmern.

Außer Atem und mit stechenden Schmerzen in der Seite, hatte Avram sich zu seinem Mietwagen geschleppt, Vollgas gegeben und die Verfolgung aufgenommen. Die Straße war schnell in ein Waldstück gemündet. Zum Glück gab es auf der Strecke keine Kreuzungen oder Abzweigungen, sonst hätte Avram den Sprinter womöglich verloren.

Doch dann waren die Rücklichter vor ihm aufgetaucht, klein und rot, und Avram hatte die Fahrt gedrosselt. Nach wenigen Minuten war der Sprinter in einen unbefestigten Waldweg eingebogen, zwischen den Bäumen verschwunden und nach etwa einem Kilometer auf ein umzäuntes Grundstück gefahren.

Avram hatte in sicherer Entfernung gewartet, bis der Wagen hinter einer Kuppe verschwunden war. Um am Zauntor keine Zeit zu verlieren, hatte er es kurzerhand umgefahren.

Jetzt stand er neben dem leeren Sprinter und suchte mit seiner Taschenlampe den Waldboden ab. Wohin um alles in der Welt war der Kerl verschwunden? Er konnte sich doch nicht in Luft aufgelöst haben! Schleifspuren im nassen Reisig führten vom Wagen aus etwa fünf Meter weiter. Dort endeten sie abrupt, mitten im Nirgendwo.

Avram ging in die Hocke, um die Stelle genauer in Augenschein zu nehmen. Langsam ließ er den Lichtkegel der Taschenlampe über den Waldboden gleiten. Mit der freien Hand wischte er die Erde frei.

Da war etwas! Eine in den Boden eingelassene Steinplatte, massiv und schwer. Sie war fast nicht zu erkennen, weil jemand altes Reisig und Unterholz aufgeklebt hatte, so dass es beim Öffnen nicht wegrutschen konnte – die perfekte Tarnung!

Avram fand einen Griff und zog daran. Die Platte ließ sich erstaunlich leicht öffnen, ohne Knarren, Quietschen oder schabende Geräusche. Der Kerl, der hier untergetaucht war, hielt diese Luke gut in Schuss.

Eine an der betonierten Schachtwand angebrachte Aluminiumleiter führte Avram etwa vier Meter in die Tiefe. Danach kam ein kurzer Gang, ebenfalls rundum mit Betonplatten ausgekleidet und gerade hoch genug, um aufrecht darin stehen zu können.

Avram leuchtete mit der Taschenlampe den Weg vor sich ab. Erstaunlicherweise gab es kein Ungeziefer hier unten, weder Spinnen, Asseln, noch Käfer. Nicht einmal Ameisen. Allerdings hatten matschige Sohlenabdrücke eine deutliche Spur auf dem ansonsten sauberen Boden hinterlassen.

Avram folgte der Spur. Nach wenigen Metern, die in einem schrägen Winkel weiter ins Erdreich hineinführten, erreichte er eine Tür. Er schulterte sein Gewehr und zog stattdessen die handlichere Pistole aus dem Schulterholster.

Vorsichtig drückte er die Klinke herunter und öffnete die Tür. Drinnen war es unerwartet hell, und es dauerte einen Moment, bis seine Augen sich an das Licht gewöhnten. Dann schob er sich leise hinein.

Er befand sich in einer Art Schleusenkammer. Ein Paar Wanderstiefel stand in der Ecke, darüber hing an einem Kleiderhaken eine schwarze Lederjacke. Links befand sich ein Waschbecken an der Wand. Daneben lagerten in einem offenen Regalschrank Latexhandschuhe, weiße Überstülper für die Schuhe und mehrere Päckchen mit Schutzoveralls. In einem Eimer unter dem Waschbecken standen Flaschen mit Putzmittel und Ammoniak. Deshalb wohl auch der beißende Geruch.

Gedämpfte Hardrock-Musik drang durch die Tür zum nächsten Raum. Dort musste der Kerl sich also aufhalten, und dorthin musste er auch die Frauen gebracht haben.

Ein Schrei, hell und durchdringend, bestätigte Avrams Vermutung. Jetzt musste er schnell sein! Er fasste sich ein Herz und öffnete die Tür. Sofort wurde der Geruch von Ammoniak intensiver, und die Musik dröhnte ihm in voller Lautstärke entgegen. Der Raum musste gut isoliert sein, weil man oben davon nichts hörte.

Es sah aus wie in einer Leichenhalle. Überall weiße Fliesen und Kacheln, an manchen Stellen auch Chrom. Eine Ecke des Raums fiel allerdings aus dem Rahmen. Dort stand eine komplette Studioausrüstung mit Lichtanlage und Kameras. Eine Frau – Emilia Ness – hing mit zusammengeketteten Händen an einem Fleischerhaken, der von der Decke baumelte. Ihre Jeans war bis zu den Knien heruntergezogen, ihre Oberschenkel waren blutverschmiert. Vor ihr stand ein Mann in einem weißen Schutzanzug. Seine Hände steckten in rötlich verfärbten Latexhandschuhen. Er hielt ein Skalpell, ließ es über die Haut der Frau streifen wie einen Pinsel über eine Leinwand. Grausam langsam erhöhte er den Druck auf das nackte Fleisch. Die Haut platzte, Emilia Ness schrie wieder auf.

Avram hob seine Glock und schoss. Nicht in den Kopf oder ins Herz, sonst hätte die Kugel wegen der Wucht des Durchschlags auch die Frau getroffen. Außerdem war ein schneller Tod viel zu gut für dieses Schwein.

Nein, Avram schoss aufs Knie. Sofort sackte der Mann zu Boden. Sichtlich überrascht drehte er sich um. Mit dem gesunden Bein schob er sich über die weißen Fliesen, weg von seinem Angreifer, und zog dabei eine rote Spur hinter sich her.

Avram kam unaufhaltsam näher, während in ihm noch einmal all die Bilder hochkochten, die er im Internet gesehen hatte. Hier, direkt vor ihm, vor Schmerz keuchend und mit Angst in den Augen, kauerte der menschliche Abschaum, der Sascha in den Tod gequält hatte. Für ihn würde er sich etwas ganz Besonderes einfallen lassen. Er würde ihn nicht einfach nur töten, er würde ihm das Hundertfache der Schmerzen seiner Opfer zufügen. Nichts davon würde Sascha oder einen der anderen wieder zum Leben erwecken. Aber nur so würde Avram eines Tages wieder ruhig schlafen können.

Einen Meter vor Belial blieb er stehen. Der weiße Schutzanzug hatte sich um das verletzte Knie herum dunkelrot verfärbt. Das austretende Blut bildete auf dem weißen Fliesenboden eine glänzende Lache.

»Wirf das Skalpell weg!«, befahl Avram.

Belial sah ihn von unten herauf an und zögerte, als versuche er abzuwägen, was in dieser Situation das Richtige war. Ein Funkeln in seinen diabolischen Augen signalisierte Avram, dass er etwas im Schilde führte. Wollte er das Skalpell auf ihn werfen? Oder sammelte er gerade seine Kräfte, um aufzuspringen und sich auf Avram zu stürzen? Mit seinem zerschossenen Knie würde er das niemals schaffen!

Aber Belial hatte gar nicht vor, anzugreifen. Das begriff Avram erst, als das Skalpell in Belials Hand mit voller Kraft in seinen eigenen Hals fuhr. Irgendwie schaffte er damit auch noch einen letzten, entscheidenden Ruck. Dann weiteten sich seine Augen, als wollten sie aus ihren Höhlen springen, und er stieß ein unmenschliches Röcheln aus, während sein Körper gleichzeitig zu zittern und zu beben begann. Eine qualvolle Minute ging das so, ehe sein Kopf kraftlos auf den Boden sank, und sein Körper erschlaffte. Der Schaft des Skalpells ragte aus der blutenden Wunde in seinem Hals. Avram hoffte, er möge für seine Taten im Fegefeuer brennen.

Wie aus weiter Ferne hörte er Emilia Ness schluchzen. Avram suchte nach einem Schalter, um den Fleischerhaken von der Decke abzulassen, fand aber keinen. Deshalb umschlang er ihre Beine und hob sie ein Stück an, bis die Eisenketten ihrer Lederfesseln über die Hakenspitze rutschten. Bei dem Versuch, sie behutsam abzusetzen, verlor er das Gleichgewicht und kippte um. Emilia Ness fiel genau auf seine Wunde. Einen Moment lang tanzte ein schillerndes Sternenmeer vor seinem Gesicht, und er bekam keine Luft mehr. Er war erschöpft, wollte nur noch liegen bleiben. Aber noch hatte er nicht gefunden, was er suchte.

»Denken Sie, dass Sie aufstehen können?«, fragte er.

Emilia Ness nickte tapfer, obwohl sie an ein paar Stellen tiefe Schnitte abbekommen hatte. »Das sind nur Fleischwunden«, sagte sie. Gemeinsam kamen sie wieder auf die Beine. Avram brauchte einen Moment, um zu verschnaufen, und blieb vornübergebeugt stehen, während Emilia Ness sich die Hose hochzog und das Klebeband von ihren zusammengebundenen Knien wickelte. Beim Abnehmen der Lederschellen an ihren Handgelenken half Avram ihr.

»Ihre Schwägerin ist dort drüben«, sagte sie und deutete mit dem Kinn in die entsprechende Richtung. »Gehen Sie zu ihr, ich kümmere mich um die beiden anderen Frauen.«

Nadja saß auf dem Boden, nackt, schmutzig, die Hände um die angewinkelten Beine geschlungen. Als Avram ihr sein Sakko um die Schultern legte, zeigte sie keinerlei Reaktion.

»Du bist jetzt in Sicherheit«, sagte er. »Ich bin gekommen, um dich zurückzuholen.«

Sie machte nicht den Eindruck, als würden seine Worte zu ihr durchdringen.

Nach einigem Suchen fand er den Schlüssel zu dem Eisenring um ihren Hals und befreite sie davon. In einem offenen Regalschrank lag ihre Kleidung, sauber zusammengelegt wie in einer Modeboutique. Schweigend, beinahe apathisch, zog Nadja sich an.

Zusammen mit Emilia Ness brachte Avram die gefangenen Frauen nach draußen. Die frische Waldluft war wie eine Erlösung, der Regen wie eine symbolische Reinigung für die geschundenen Körper und die gepeinigten Seelen. Avram half seiner geschwächten Schwägerin, die Leiter hinaufzusteigen. Oben angekommen, war auch er völlig entkräftet. Der Blutverlust forderte seinen Tribut.

Das Heulen von Martinshörnern drang durch den Wald. Die Schießerei auf dem Merox-Gelände war offenbar nicht unbemerkt geblieben. Avram wusste, dass er nicht hierbleiben konnte. Er hatte heute Nacht Menschen erschossen, und die ballistischen Untersuchungen würden ergeben, dass mit seinen Waffen im Lauf der letzten Jahre noch mehr Menschen getötet worden waren.

Er gab Nadja einen Kuss auf die Wange. Sie blinzelte nicht einmal. Avram hoffte, dass sie sich bald wieder ins normale Leben zurückkämpfen würde, um Akina eine gute Mutter zu sein.

»Haben Sie ein Auge auf sie«, bat Avram Emilia Ness. »Ihre Tochter braucht sie jetzt dringender als jemals zuvor.«

Er wandte sich zum Gehen. Seine Schritte schmatzten im nassen Dreck.

»Bleiben Sie stehen, Herr Kuyper!«, befahl eine Stimme hinter ihm. Als er sich umdrehte, stand Emilia Ness mit erhobener Waffe vor ihm. Es war seine Pistole. Sie musste sie ihm entwendet haben, als er unter ihr zusammengebrochen war. Er hatte es nicht einmal gemerkt.

»Wenn Sie mich erschießen müssen, dann tun Sie es«, raunte Avram müde. »Vielleicht wäre das sogar besser.«

Sein Blick ruhte noch einen Moment lang auf ihrem Gesicht, und etwas daran verriet ihm, dass sie nicht abdrücken würde. Er hatte ihr das Leben gerettet, und sie würde nun dasselbe für ihn tun.

Erschöpft hinkte er zu seinem Auto. Er stieg ein und fuhr durch den nächtlichen Wald davon.

DREI TAGE SPÄTER

*Komm nach
Hause
und rache dich
an denen,
die uns
getötet haben*

75

Emilia klopfte an Zimmer 12 der Chirurgie des Klinikums Nürnberg, wartete einen Moment und trat ein. Drinnen waren die Vorhänge zugezogen, dennoch erfüllte die Mittagssonne den Raum mit strahlender Helligkeit.

Mit zusammengebissenen Zähnen durchquerte sie das Krankenzimmer. Die Schnittwunden, die Belial ihr mit seinem Skalpell zugefügt hatte, waren nicht tief, taten aber bei jedem Schritt weh. Sie würde wohl noch ein paar Tage humpeln müssen.

Mikka Kessler lag schlafend in seinem Bett, den Kopf zum Fenster gedreht. Sein Oberkörper war bandagiert und bewegte sich gleichmäßig im Rhythmus seines Atems. Er lächelte im Schlaf, als sei er sich selbst im Traum des unfassbaren Glücks bewusst, das er gehabt hatte. Belial war offenbar ein miserabler Schütze gewesen, denn er hatte ihn nur an der Schulter getroffen. Dabei war ein Stück Knochen abgesplittert, mehr aber nicht. In ein paar Tagen würde man Mikka wieder aus dem Krankenhaus entlassen.

Tiefempfundene Dankbarkeit durchflutete Emilia in dem Wissen, dass Mikka bald wieder gesund sein würde. Sie hatte ihn seit der Schießerei auf dem alten Chemiefabrikgelände nicht mehr gesehen, weil sie selbst ein paar Tage lang das Bett hatte hüten müssen. Umso größer war jetzt die Wiedersehensfreude.

Sein Mundwinkel zuckte, seine Lider flackerten. Dann schlug er die Augen auf. Einen Moment lang schien er verwirrt, als sähe er das Krankenhauszimmer zum ersten Mal. Als er Emilia erkannte, kehrte sein Lächeln zurück. »Ich bin froh, dass du lebst«, krächzte er und räusperte sich. »Als der Kerl mit dem Sprinter dich entführt hat, dachte ich, ich würde dich nie wieder sehen.«

»Wir hatten beide wahnsinniges Glück«, sagte Emilia und gab ihm einen Schluck zu trinken.

»Also geht es dir gut?«

Emilia nickte.

»Ich erinnere mich an den Schuss in der Fabrikhalle und daran, dass ich umgefallen bin«, sagte Mikka nachdenklich. »Ich muss so hart mit dem Kopf auf dem Boden aufgeschlagen sein, dass ich das Bewusstsein verloren habe. Das hat mir wahrscheinlich das Leben gerettet, sonst hätte der Kerl in dem Sprinter bestimmt noch ein paar Kugeln mehr auf mich abgefeuert. Als ich wieder aufgewacht bin, wart ihr weg. Ich konnte nur noch meinen Notruf absetzen und warten, dass Hilfe eintrifft. Seitdem liege ich hier.« Er machte eine Pause, dachte nach. »Gestern waren zwei Kollegen von der Nürnberger Kripo bei mir und haben einige Fragen gestellt«, fuhr er schließlich fort. »Aber sie haben nicht viel erzählt. Was ist in der Zwischenzeit alles passiert?«

Emilia rückte einen Stuhl neben das Bett, setzte sich und berichtete ihm in allen Einzelheiten, was sich in jener Nacht zugetragen hatte. Nur die unangenehmen Details – ihre persönliche Erfahrung mit Belial – ließ sie dabei weg. Vielleicht würde sie es ihm später einmal anvertrauen können, wenn sie sich besser kannten. Im Augenblick war das alles noch viel zu nah.

Sie schilderte ihm auch die neuesten polizeilichen Untersuchungsergebnisse, die Interpol ihr heute Morgen per Mail geschickt hatte. Die beiden Frauen, die Belial in jener Nacht gekauft hatte, waren illegale Einwanderinnen aus Rumänien – Prostituierte, die wahrscheinlich nie jemand vermisst hätte. Vermutlich war die Wahl genau deshalb auf sie gefallen.

Milan Kovacz lag mehrfach angeschossen auf der Intensivstation eines anderen Krankenhauses in Nürnberg. Er war außer Lebensgefahr, aber man hatte ihm das rechte Bein amputieren müssen, weil eine der Kugeln sein Knie inoperabel zertrümmert hatte. Sobald seine Verletzungen es zuließen, würde man ihn dem Haftrichter vorführen und den Prozess gegen ihn einleiten.

In Belials Bunker waren grauenhafte Dinge zum Vorschein gekommen. Nicht nur weitere Snuffvideos und eine unglaubliche Sammlung von Folterinstrumenten, sondern auch ein Nebenraum mit Säurefässern und einem Säurebad, in dem die sterblichen Überreste der Opfer entsorgt worden waren.

Belial hieß mit bürgerlichem Namen Leon Bruckner und hatte als Förster der Region Lauf auch einen Instandhaltungsauftrag für den Günthersbühler Forst. Auf diese Weise hatte er all die Jahre unbemerkt auf das Grundstück gelangen können. Er lebte allein und zurückgezogen in Heuchling, einem Stadtteil von Lauf, und war nach Aussage seiner Nachbarn ein freundlicher, zurückhaltender Mensch gewesen. Niemand hatte ein schlechtes Wort über ihn verloren. Und natürlich hatte es niemand für möglich gehalten, dass dieser freundliche, zurückhaltende Mensch so grauenhafte Morde begangen hatte.

Bei der Durchsuchung des Bunkers waren auch ein paar nützliche Dinge aufgetaucht – Namenslisten und Bücher, anhand deren nicht nur die Opfer identifiziert werden konnten, sondern auch Polizisten in verschiedenen bayerischen

Großstädten, die mit Belial kooperiert hatten. Lohmeyer gehörte nicht dazu, wohl aber zwei andere Münchener Kriminalpolizisten und ein hochrangiger Beamter der Münchener Staatsanwaltschaft.

Ansatzweise ging aus den sichergestellten Unterlagen auch hervor, wie dieses Netzwerk aus Korruption und menschenverachtenden Verbrechen funktioniert hatte: Leon Bruckner alias Belial hatte viel Geld für Bestechungen und teilweise auch für die Anschaffung seiner Opfer bezahlt, weil sie oft ganz bestimmte körperliche Voraussetzungen erfüllen mussten. Vermutlich handelte es sich dabei weniger um seine persönlichen Vorlieben als um die seiner zahlenden Kunden – und davon gab es erstaunlich viele: Menschen, die Zeugen eines echten, grausamen Verbrechens sein wollten, zumindest vor dem Bildschirm. Gegen Zahlung beachtlicher Summen hatten sie sich den Zugriff auf verschiedene passwortgeschützte Bereiche der Enterpainment-Produktionen erkauft. Auf diese Weise hatte Belial sich und sein kriminelles Unternehmen finanziert. Allerdings enthielten die sichergestellten Unterlagen keine vollständigen Namen, sondern nur eine Menge Kürzel, so dass es schwierig, wenn nicht gar unmöglich sein würde, herauszufinden, wer auf Belials Internetportal zugegriffen hatte. Auch die Bankgeschäfte waren so abgewickelt worden, dass die Spuren sich schnell verliefen. Und die direkte Auswertung der Zugriffe auf die Seite www.bringlight.to war nicht möglich, weil es sich dabei um die Domäne von Tonga handelte, einem Land, bei dem sich die Kooperation mit Interpol traditionell schwierig gestaltete.

Leider gab es in Belials Büchern auch viele Lücken – absichtliche oder unabsichtliche, das stand nicht fest. Beispielsweise war nirgends aufgeführt, wie die Mittelsmänner hießen, die die Opfer besorgt hatten, oder auch nur, zu welchen ausländischen kriminellen Kreisen er Kontakt gehalten hatte. So tauchte Milan Kovacz in den Büchern ebenso wenig auf wie Jasper Overrath.

Auch was die Motivation für die Morde betraf, lieferten die Aufzeichnungen nur eine unzureichende Erklärung. Aus einer Skizzensammlung mit Ideen für neue Foltermethoden ging hervor, dass nicht Leon Bruckner, sondern Belial die Eingebungen dazu gehabt hatte. Auch andere Stellen deuteten darauf hin, dass Bruckner eine schizophrene Ader gehabt hatte, denn immer wieder fielen Begriffe wie »Belial hat von mir Besitz ergriffen« oder »Der Dämon hat heute wieder Blut gefordert«.

Interpol war dabei, in Zusammenarbeit mit der Nürnberger Kripo post mortem ein psychologisches Gutachten von Leon Bruckner erstellen zu lassen. Alles in allem gab es aber noch eine Menge offener Fragen, und Emilia war sich darüber im Klaren, dass einige davon bis zum Ende unbeantwortet bleiben würden. Leider war das Teil ihrer beruflichen Realität.

Wenigstens stand inzwischen fest, wie Goran Kuyper gestorben war, denn auf Bruckners privatem PC in Lauf fand sich ein Mitschnitt des Überfalls auf den Hof in Oberaiching, anhand dessen sich die Ereignisse jenes Abends rekonstruieren ließen: Goran Kuyper hatte an jenem Abend nicht nur den Tod seines Sohnes mit ansehen müssen, sondern auch die Liveübertragung des Überfalls auf seine Frau und seine Tochter. Milan Kovacz hatte alles mit einer Helmkamera gefilmt. Als Akina durch ihr Zimmerfenster geflohen war, hatte ihn das so wütend gemacht, dass er der bewusstlosen Nadja Kuyper mehrmals mit der Faust ins Gesicht geschlagen hatte. Goran Kuyper musste in dieser Nacht halb wahnsinnig vor Angst um seine Frau gewesen sein, nachdem er kurz zuvor seinen Sohn hatte sterben sehen. Die Live-Übertragung ging über in einen geschriebenen Abspann, der von Belial eingespielt worden sein musste: *Vernichte alle Beweise, und dann töte dich selbst. Nur so kannst du sie retten.*

Goran Kuyper war einem grausamen Verbrecherring mit Belial an der Spitze auf die Spur gekommen. Er hatte Zeugenaussagen und Beweise gesammelt, die dieses Netzwerk vernichten konnten, und er war schlau genug gewesen, in Frankfurt unter falschem Namen unterzutauchen.

Belial hatte nicht gewusst, *wo* Goran zu finden war, aber er hatte herausgefunden, *wer* er war. Um den gefährlichen Reporter zum Schweigen zu bringen, hatte er dessen Sohn entführen lassen, ihn qualvoll getötet und das Ganze mit Kameras aufgenommen. Den Film hatte er auf sein Internetportal www.bringlight.to eingespielt, auf einen Navigationsbereich, der nur für Goran Kuyper bestimmt war. Da es für Belial keine Möglichkeit gab, Goran Kuyper direkt zu informieren, hatte er Gorans wichtigsten Kontaktleuten und auch seiner Familie einen verschlüsselten Hinweis auf das Passwort hinterlassen – *den Namen des Tiers* – in der sicheren Annahme, dass dieser Hinweis Goran irgendwie erreichen würde. Und während Goran sich in Frankfurt einen Laptop mit Internetstick besorgt hatte, hatte Belial die Vorbereitungen für den Überfall auf den Kuyperhof treffen lassen. Der Rest dieses verhängnisvollen Samstags musste sich ungefähr folgendermaßen abgespielt haben: Goran Kuyper hatte sich den Film vom Tod seines Sohnes in seinem Frankfurter Hotelzimmer angesehen und dabei versucht, seinen Schmerz mit einer Flasche Schnaps zu lindern. Irgendwann war ihm in diesem Nebel aus Trauer, Angst und Alkohol klargeworden, dass auch der Rest seiner Familie in Gefahr schwebte.

Da er sein Handy in einem Schließfach deponiert hatte, um nicht geortet werden zu können, hatte er von der Rezeption des *Hotels Postmeister* aus in Oberaiching angerufen, um Nadja und Akina zu warnen. Aber die Entführer – Milan Kovacz und Eric Marquardt – hatten zu diesem Zeitpunkt schon Stellung unweit des Hofs bezogen. Belial musste ihnen den Befehl dazu erteilt haben, sobald er Gorans Login auf seinem Internetportal mitbekommen hatte.

Milan Kovacz und Eric Marquardt hatten in dieser regnerischen Nacht also in ihrem Auto gesessen, zunächst noch ein Stück außerhalb des Hofs, vielleicht sogar in Oberaiching, sonst hätte der Hund schon früher angeschlagen. Sie hatten gewartet, bis Goran endlich bei seiner Familie anrief. Laut Akina Kuypers Aussage hatte es in dieser Nacht nur einmal geklingelt. Emilia vermutete, dass die Entführer das Gespräch über das angezapfte Telefon angenommen und Goran befohlen hatten, sich wieder vor den PC zu setzen. Von dort hatte er die Live-Übertragung des Überfalls auf den Hof mit ansehen müssen, bis hin zu der Aufforderung, Selbstmord zu begehen, um seine Familie zu retten. Alkoholisiert und völlig verzweifelt hatte er das auch getan, allerdings nicht, ohne zuvor noch zwei Personen um einen letzten Gefallen zu bitten: Emilia und seinen Bruder Avram.

Mikka Kessler lag die ganze Zeit über schweigend in seinem Bett und hörte Emilia zu. Gelegentlich schloss er dabei die Augen. Einmal unterbrach Emilia ihre Erzählung, weil sie glaubte, er sei eingeschlafen. Aber als er die Augen wieder erwartungsvoll aufschlug, wusste sie, dass sie seine volle Aufmerksamkeit hatte.

»Was ist mit Nadja Kuyper?«, fragte Kessler, nachdem Emilia alles erzählt hatte, was ihr eingefallen war. »Wie geht es ihr?«

»Sie ist in einer Münchner Klinik, wo sie medizinisch und psychologisch betreut wird. Ihre Tochter ist vorübergehend auch dort eingezogen. Die beiden haben viel zu verarbeiten.«

»Und Avram Kuyper? Was ist mit dem?«

Emilia zuckte mit den Schultern. Diesen Teil der Geschichte hatte sie Kessler ebenfalls nur bruchstückhaft erzählt. »Keine Ahnung«, sagte sie. »Er ist in dem Bunker aufgetaucht wie ein Geist und ebenso schnell wieder verschwunden.«

»Denkst du, dass er wirklich ein Profikiller ist?«

Emilia nickte nachdenklich. Alles deutete darauf hin. Und obwohl sie wusste, dass sie ihn nicht hätte gehenlassen dürfen, war sie ihm auf ewig dankbar. Er hatte ihr und den anderen Frauen das Leben gerettet. Das würde sie ihm nie vergessen, auch wenn sie ihn jetzt jagen musste.

»Welcher Tag ist heute?«, fragte Kessler plötzlich.

»Samstag«, sagte Emilia.

»Wolltest du am Wochenende nicht bei deiner Tochter sein?«

»Das war mal so geplant«, antwortete Emilia. »Aber Becky hat es vorgezogen, das Wochenende mit ihrer Freundin auf einem Pferdehof zu verbringen.«

Kessler lächelte. »Teenager!«, sagte er. »Aber ich bin froh, dass du hier bist.«

»Ich auch«, sagte Emilia und nahm seine Hand.

Epilog

Es war ein wunderschöner Nachmittag im September, mit strahlend blauem Himmel und spätsommerlichen Temperaturen. Im Englischen Garten färbte sich das Laub der Bäume bereits goldgelb. Das herbstliche München zeigte sich von seiner schönsten Seite.

Seit Belials Tod waren drei Monate vergangen – Zeit, die Avram nicht nur dazu genutzt hatte, sich auszukurieren, sondern auch, um noch einmal über alles in Ruhe nachzudenken. Gorans und Saschas Tod hatten Wunden hinterlassen, die im Gegensatz zu seiner Schussverletzung an der Hüfte immer noch schmerzten.

Deshalb hatte er beschlossen, sich mit Nadja zu treffen. Für sie musste das letzte Vierteljahr noch viel schlimmer gewesen sein. Avram hatte sie seit ihrer Befreiung aus dem Bunker nicht mehr gesehen. Vielleicht konnten sie sich bei der Bewältigung ihrer Vergangenheit gegenseitig helfen.

Sie saß vor einem Straßencafé am Odeonsplatz unter einem Sonnenschirm und trank einen Cappuccino. Ab und zu blätterte sie eine Seite in dem Buch um, das sie las. Sie trug Schwarz. Das Haar hatte sie nach hinten zu einem Dutt zusammengesteckt.

Avram beobachtete sie schon, seit sie vor zwanzig Minuten angekommen war. Insbesondere hatte er darauf geachtet, ob sie verfolgt wurde, aber es sah so aus, als sei die Luft rein. Die Polizei rechnete wohl nicht mehr damit, dass er sich mit ihr traf.

Er setzte sich zu ihr. Sie war immer noch genauso schön wie früher, auch wenn in den letzten acht Jahren ein paar Fältchen dazugekommen waren. Unwillkürlich musste er an ihre einzige gemeinsame Nacht denken. Ein wundervoller, schrecklicher Fehler. Goran hatte das nicht verdient gehabt.

Sie legte ihr Buch beiseite und sah Avram an, schweigend und ernst.

»Wie geht es dir?«, fragte er.

»Wir kommen über die Runden, Akina und ich«, sagte sie. Aber in ihren Augen war etwas, das Avram signalisierte, wie schwer sie sich damit tat, wieder ein normales Leben zu führen. Sie hatte ihren Ehemann und ihren Sohn verloren und sich tagelang in der Gewalt eines grausamen Mörders befunden. Das alles war noch längst nicht vergessen.

»Warum wolltest du mich sprechen?«, fragte sie.

»Weil ich wissen will, ob du etwas brauchst«, sagte Avram. »Ob ich dir irgendwie helfen kann.«

Sie lächelte freudlos, als wolle sie damit andeuten, dass das Angebot ein bisschen zu spät kam.

»Wie geht es Akina?«, fragte Avram.

»Ganz gut. Sie vermisst ihren Vater und ihren Bruder, aber alles in allem verkraftet sie es besser als ich. Ich weiß nicht, ob ich jemals darüber hinwegkommen kann. Vielleicht sollte ich es wie Goran machen. Er hat es wenigstens hinter sich.« Tränen rannen an ihrer Wange herab.

Avram nahm ihre Hand und drückte sie fest. »So etwas darfst du nicht einmal denken!«, sagte er. »Akina braucht dich! Versprich mir, dass du keine Dummheiten machst!«

Sie nickte halbherzig und löste sich aus seinem Griff. »Als Goran sich von mir verabschiedet hat, wusste ich schon, dass es nicht gut ausgehen würde. Er hatte die Pistole eures Vaters aus dem Keller geholt und gesagt, dass er für ein paar Tage wegmüsse. Ich hatte Angst. Ich wollte nicht, dass er geht. Aber er sagte, dass noch viele Menschen sterben würden, wenn er nichts unternähme. Jetzt ist er selbst tot.« Aus ihrer Handtasche zog sie ein Taschentuch und tupfte sich damit die Tränen aus dem Gesicht. Ihr Kinn zitterte. »Sie haben ihn gezwungen, sich umzubringen. Sie haben ihm gesagt, dass das die einzige Möglichkeit sei, um mich zu retten. Sonst würden sie mir dasselbe antun wie Sascha. Goran hatte gar keine Wahl! Das ist so unfair!«

Avram schluckte. Nadjas innere Wunden platzten wieder auf, und er konnte nichts dagegen tun. Vielleicht war das Treffen mit ihr doch keine so gute Idee gewesen. »Die Männer, die euch das angetan haben, sind tot«, sagte er, wohl wissend, dass das kein Trost sein konnte.

»Weder Sascha noch Goran kommen dadurch zurück«, sagte Nadja prompt.

»Ich weiß, aber du musst jetzt versuchen, stark zu sein.«

Mit tränennassen Augen sah Nadja ihn an. »Das kann ich nicht«, murmelte sie. In ihrem Blick lag so viel Trostlosigkeit, dass es Avram fast das Herz brach. »Vielleicht kannst du mich besser verstehen, wenn ich dir sage, dass Sascha gar nicht Gorans Sohn war«, fuhr sie fort. »Goran hat ihn geliebt. Der Kleine war sein Ein und Alles. Aber er hat gewusst, dass er nicht der leibliche Vater war.«

Etwas in Avram begann sich zu drehen, ein dunkler Strudel aus Ahnung und Angst, als würden die Geister der Vergangenheit mit kalten Händen nach ihm greifen, um ihn endlich für all die Sünden zu bestrafen, die er in den letzten Jahren begangen hatte. »Willst du damit sagen, dass Sascha *mein* Sohn war?«

Nadja nickte, und Avram begriff jetzt erst, welchen Schmerz sie ertrug. Er spürte plötzlich eine Leere, die Saschas Tod hinterließ, die sich wie ein gähnender Abgrund vor ihm auftat, bodenlos und düster.

»Ich wollte es dir all die Jahre ja sagen, aber du hast dich so selten gemeldet«, wisperte Nadja. »Außerdem hatte ich Angst, dass Goran nicht damit umgehen könnte, wenn du es weißt. Es tut mir so leid.«

Avram erwiderte nichts. Er akzeptierte ihre Entscheidung. Sie hatte vor sieben Jahren sein Kind zur Welt gebracht, und er war nicht da gewesen. Selbst wenn, hätte es nichts geändert, denn er, Avram, war ein Getriebener, ein Wolf, rastlos und stets auf der Jagd. Er wäre nie ein guter Vater gewesen.

Dennoch kam es ihm vor, als habe das Leben ihn um etwas betrogen. Sascha war tot. Es fühlte sich an wie der letzte, entscheidende Zug in einem grausamen Spiel, das Belial am Ende doch noch gewonnen hatte.

Ende Teil 1

Danksagung

Es gibt ein paar Menschen, denen ich an dieser Stelle gerne danken möchte, weil das Buch ohne sie nicht das geworden wäre, was es ist, ja, weil es ohne sie vielleicht sogar nie entstanden wäre. Das gilt vor allem für meine Familie, die ich über alles liebe, und die mir viel Inspiration gegeben hat. Beim Schreiben habe ich mich oft gefragt, wie ich reagieren würde, wenn meine Frau oder meine Kinder einem Verbrechen zum Opfer fielen. Mit Sicherheit würde ich, wie die meisten Menschen, die Aufklärung der Polizei überlassen – das ist Emilias Seite in mir. Aber ich gebe zu, dass ich es genossen habe, auch immer wieder in Avrams Rolle zu schlüpfen. Insofern ist ›Tränen aus Blut‹ ein sehr persönliches Buch, weil viel von mir darin steckt.

An zweiter Stelle möchte ich meinen Freunden vom Club danken. Unsere gemeinsamen Abende sind stets eine Quelle der Motivation für mich, und ich bin froh und stolz, schon so lange dazu zu gehören.

Außerdem schulde ich einer Person großen Dank, die ich weder kenne noch jemals kennen lernen werde, es sei denn, in einem anderen Leben: dem inzwischen leider verstorbenen S. L., dem Meister, von dem ich viel gelernt habe.

Auch an meinen Agenten, Bastian Schlück, möchte ich einen herzlichen Dank richten. Mit mir ist es bestimmt nicht immer leicht gewesen, aber in all den Jahren hat er mir stets die Treue gehalten. Das weiß ich sehr zu schätzen.

Nicht zuletzt möchte ich mich auch bei meinem neuen

Verlag aufrichtig bedanken, insbesondere bei Andrea Diederichs und Julia Schade, für die angenehme Zusammenarbeit und die freundliche Aufnahme ins Fischer-Team. Ich habe mich von Anfang an sehr willkommen gefühlt!

M. R., April 2015

**Lesen Sie,
wie es weitergeht**

MARK RODERICK

POST
MORTEM

ZEIT DER ASCHE

THRILLER

Prolog

Claus Thalinger saß in einem beigefarbenen Ledersessel am Fenster seines Learjets und starrte in den Abendhimmel, ohne das spektakuläre Farbspiel aus Weiß, Lila und Orange wirklich wahrzunehmen. In Gedanken war er bei den Geschäften des vergangenen Tages – dem Deal mit TOCON in Barcelona, der ihm mit etwas Glück fünfzig Millionen Euro Gewinn einbringen würde. Das heutige Gespräch unter vier Augen mit dem TOCON-Inhaber Pablo Ortega war positiv verlaufen, und beide Parteien waren in bestem gegenseitigem Einvernehmen auseinandergegangen. Thalinger rechnete fest damit, dass er den Vertrag schon in den nächsten Wochen unterschriftsreif auf dem Tisch haben würde.

Im Grunde konnte er also zufrieden sein. Aber das war er nicht, denn noch viel mehr als der TOCON-Deal beschäftigte ihn eine andere Frage, nämlich die, ob sie schon Simon Nadicz, diesen gottverdammten kleinen Pisser, in ihre Gewalt gebracht hatten.

Mit Daumen und Zeigefinger massierte Thalinger sein glattrasiertes Kinn – ein deutliches Zeichen seiner Nervosität. Diese schlechte Angewohnheit verfolgte ihn bereits seit Kindertagen, und trotz aller Bemühungen war er sie nie ganz losgeworden. Im Geschäftsleben hatte er diesen verräterischen Tick zum Glück gut im Griff, sonst wäre er bestimmt nie so erfolgreich geworden. Das Schachern um Millionenbeträge war wie ein Pokerspiel, und es gab keinen guten Pokerspieler, dem man die Nervosität offen am Gesicht ablesen konnte. Aber in Momenten wie diesen, wenn er allein und unbeobachtet war, gönnte er sich den Luxus dieser kleinen Schwäche und knetete sein Kinn.

Ein schmales Lächeln umspielte seine Mundwinkel. Er war sich bewusst, dass er eine ambivalente Persönlichkeitsstruktur besaß. Nach außen hin verkörperte er den perfekten Geschäftsmann. Er trug maßgeschneiderte Anzüge, handgefertigte Lederschuhe aus London, eine Uhr für hundertfünfzigtausend Euro und einen goldenen Siegelring. In seiner Freizeit spielte er Tennis und Squash, und dreimal die Woche stemmte er Gewichte in seinem Fitnessraum. Er war Mitte vierzig und in bester Form. Sein Haar begann an den Schläfen zwar ein wenig zu ergrauen, aber aus irgendeinem Grund fanden das die meisten Frauen attraktiv.

Soweit der Vorzeige-Geschäftsmann, dessen strahlendes Äußeres man aus den Wirtschaftsmagazinen kannte. Doch er wäre niemals das geworden, was er heute war, hätte es nicht auch diese dunkle Seite in ihm gegeben – die Bereitschaft, Dinge zu tun, die nicht nur gegen das Gesetz verstießen, sondern auch gegen jegliche Vorstellung von Moral und Anstand. Dinge, die die meisten Menschen als abstoßend empfanden. Furchtbare, abgrundtief böse Dinge.

Anfangs hatte ihn seine Skrupellosigkeit noch erschreckt. Doch im Laufe vieler Jahre hatte er sich immer mehr daran gewöhnt und letztlich sogar Gefallen daran gefunden. Nicht immer, aber doch so häufig, dass er sich, wenn er ehrlich zu sich selbst war, eine gewisse Art von Perversion eingestehen musste.

Thalingers Lächeln wurde jetzt breiter. Und kälter. Hinter seinem Saubermann-Image verbarg sich ein messerscharfer

Geschäftssinn, aber er war auch jederzeit bereit, blutige Wege einzuschlagen, wenn das seinen Zielen diente. Er war ein Wolf im Schafspelz. Ein als harmloser Dr. Jekyll getarnter Mister Hyde.

Das Geheimnis seines Erfolgs.

Er warf einen nervösen Blick auf seine Patek-Philippe-Armbanduhr. Kurz nach halb sieben. Lange konnte es nicht mehr dauern, bis der Anruf kam, dass Nadicz sich in seiner Gewalt befand.

Er nahm das Diktaphon zur Hand, das auf dem Tisch vor ihm lag, und versuchte, sich wieder auf TOCON zu konzentrieren. Bis zum tatsächlichen Vertragsabschluss mit dem spanischen Chemieunternehmen gab es noch viele Details zu klären, aber die Eckpfeiler der Zusammenarbeit hatten Ortega und er heute klar definiert. Claus Thalinger wollte die Ergebnisse dieses Gesprächs festhalten, solange die Erinnerung daran noch frisch war, um sie morgen von seiner Sekretärin niederschreiben und dann seinen Anwälten vorlegen zu lassen, damit sie daraus einen ersten Vertragsentwurf fertigen konnten.

Eine halbe Stunde lang versuchte er, seine Gedanken zu ordnen und sie in das Aufnahmegerät zu diktieren. Normalerweise fiel ihm das leicht. Heute musste er jedoch immer wieder zurückspulen, um Sätze neu zu formulieren oder sogar um ganze Absätze neu zu strukturieren. Er war nicht hundertprozentig bei der Sache. Denn trotz der verlockenden Aussicht auf den immensen Gewinn bei dem TOCON-Geschäft drängten sich immer wieder der Name und das Gesicht von Simon Nadicz in sein Bewusstsein.

Wie oft hatte er ihm in den letzten Jahren den Schädel einschlagen wollen? Ihm ein Messer in den Bauch bohren, ihm seine lüsternen Finger abschneiden wollen, damit er nie wieder eine Frau anfassen konnte? Seine Phantasie kannte diesbezüglich keine Grenzen. Aber nicht mehr lange, und dieser dreckige kleine Hurensohn würde für seine Sünden bezahlen.

Claus Thalinger legte das Diktaphon beiseite und nippte an seinem Mineralwasser. Aus einem Lautsprecher in der Seitenverkleidung des Jets drang die Nachricht des Piloten, dass die Schlechtwetterfront über Frankfurt abgezogen sei und der Landeanflug keine Probleme bereiten werde. Die Limousine stehe abfahrbereit am Hangar.

Thalinger sah noch einmal auf seine Armbanduhr und überlegte, ob er noch rechtzeitig zur Eröffnung der Lindstoem-Vernissage in der Innenstadt sein würde. Aber im Grunde stand ihm der Sinn gar nicht nach vielen Menschen und noch viel weniger nach Smalltalk über den Interpretationsspielraum moderner Kunst. Nein, wenn er es sich recht überlegte, wollte er nur noch einen Happen essen und dann früh ins Bett.

Das Handy klingelte. Thalinger zog es aus der Sakkotasche und nahm das Gespräch an.

»Wir haben ihn«, sagte ein Mann.

Ein wohliges Kribbeln breitete sich von Claus Thalingers Nacken über seinen gesamten Körper aus. Wie lange hatte er auf diesen Augenblick gewartet? Fünfzehn Jahre? Mindestens!

»Was sollen wir mit ihm machen?«, fragte die Stimme am anderen Ende der Leitung.

Übergebt ihn Belial! Das wäre Claus Thalingers erste Wahl gewesen. Denn Belial hatte ihm nicht nur jahrelang loyal gedient, sondern ihn darüber hinaus mit unzähligen exquisiten und überaus lukrativen Filmen versorgt. Er war ein Profi gewesen – mehr noch, ein Künstler –, vor und hinter der Kamera. Niemand hatte Angst, Schmerz, Verzweiflung und Resignation besser in Bilder fassen können als er.

Aber jetzt war Belial tot, sein Folterkeller existierte nicht mehr. Das war mehr als bedauerlich, denn genau dorthin hätte Thalinger sich Nadicz gewünscht.

Doch es gab Alternativen, sehr gute Alternativen sogar, und eine davon hatte er bereits ausgewählt. »Bringt ihn nach Avignon«, sagte er und nannte eine Adresse. »Saikoff wartet dort auf euch. Er wird sich um ihn kümmern.«

1

Etwas in ihm weigerte sich, in die reale Welt zurückzukehren. Da, wo er war, umhüllte ihn die Dunkelheit wie ein schützender Kokon, der Angst, Schmerz und Demütigung von ihm fernhielt und ihm das Gefühl gab, wieder in Sicherheit zu sein. Niemand konnte ihn hier beleidigen, niemand konnte ihm etwas anhaben. Im nachtschwarzen Universum seines innersten Selbst hatte er Zuflucht gefunden. Ein Ort des Friedens, der Ruhe und der Harmonie.

Alles wird gut, dachte er, und doch wusste er gleichzeitig, dass es eine Lüge war.

Etwas berührte ihn am Bauch. Nein, es war keine Berührung, es war ein Schlag, so unvermutet und heftig, dass die Dunkelheit hinter seinen geschlossenen Lidern in einem gleißenden Feuerball explodierte. Instinktiv kniff er die Augen noch fester zusammen, aber das half nichts. Er war wieder zurück im wahren Leben.

In einem grauenhaften Albtraum!

Vom Magen aus rauschte der Schmerz wie eine glühende Welle durch seinen Körper. Simon Nadicz versuchte, sich zusammenzurollen, um weitere Schläge gegen seinen ungeschützten Bauch zu verhindern, aber es gelang ihm nicht. Etwas zerrte an seinen Händen und Füßen und zwang ihn, in einer aufrechten Position zu verharren.

Dann setzte die Atemnot ein. Der Schlag war so brutal gewesen, dass er keine Luft mehr bekam. Nadicz riss den

Mund auf und japste, aber der so dringend benötigte Sauerstoff gelangte aus irgendeinem Grund nicht in seine Lungen. Etwas steckte in seinem Mund und drückte seine Zunge gegen den Gaumen. Er versuchte, es auszuspucken, schaffte es aber nicht.

Panik stieg in ihm auf. Fühlte sich so der Tod an? Er war noch nicht bereit zum Sterben. Was würde aus seiner Frau und den Kindern werden?

Nadicz riss die Augen auf. Der Schmerz ließ immer noch grelle Lichtpunkte in seinem Kopf tanzen, so dass er nichts sehen konnte, aber wenigstens gelang es ihm endlich, ein bisschen Luft einzusaugen – nur mit großer Anstrengung, wie durch ein halbverstopftes Ventil, aber immerhin. Alles war besser, als zu ersticken!

Dann erloschen die Lichtpunkte allmählich, und er erkannte seine Umgebung im trüben Schein einer Taschenlampe: schäbige Wände, von denen der Putz großflächig abgebröckelt war. Abgewetzte Bodendielen. Zerbrochene, mit Brettern vernagelte Fensterscheiben. Massives Dachgebälk.

An einem der Balken hing er, die gefesselten Hände in einen Karabinerhaken eingeklinkt, der von der Decke baumelte. Seine Arme spürte Simon Nadicz nicht mehr, sie waren längst taub. In seinem Mund steckte ein Knebel, der ihn jetzt husten und würgen ließ. Aber dann hatte er sich wieder im Griff, und die Erinnerung sickerte in sein Bewusstsein wie lähmendes Gift.

Die Vorstandssitzung. Die Heimfahrt im Auto. Der schwarze Lieferwagen, der ihn auf der einsamen Landstraße zuerst halsbrecherisch überholt und dann ausgebremst hatte. Sein aufwallender Ärger. Dann die Überraschung, als die Männer ausgestiegen waren und ihn mit vorgehaltener Pistole gezwungen hatten, bei ihnen einzusteigen. Einer hatte ihm eine Spritze in den Arm gejagt. Fast im selben Moment war er ohnmächtig geworden.

Und hier wieder aufgewacht. In einem gottverlassenen, halbverfallenen Landhaus – seiner ganz persönlichen Hölle.

Wie hatte es nur dazu kommen können? Und aus welchem Grund? Warum hatten diese Scheißkerle sich ausgerechnet ihn als Opfer ausgesucht?

Vermutlich weil er Geld hatte. Und Einfluss. Sie wollten ihn erpressen, keine Frage. Erstaunlicherweise beruhigte ihn dieser Gedanke ein bisschen. Wenn es um Erpressung ging, würden sie ihn nicht töten, zumindest nicht gleich. Das würde ihm etwas Zeit verschaffen, und Zeit war im Moment das Kostbarste, das er sich vorstellen konnte.

Die Taschenlampe richtete sich auf ihn, und er musste die Augen zusammenkneifen.

»Er ist wieder munter«, sagte eine Stimme. Sie klang heiser, beinahe tonlos, und dadurch umso unheimlicher. »Ich denke, wir können jetzt weitermachen.«

Nadicz blinzelte gegen das Licht an, konnte aber nur wenig erkennen. Der Kerl mit der Taschenlampe war groß und wirkte athletisch. Neben ihm stand ein kleinerer, untersetzter Mann. Beide hatten schwarze Skimasken übergezogen. Der Kleinere trug darunter eine Brille, in der sich Nadiczs angestrahlter Körper widerspiegelte. Ziemlich bizarr.

Außer den beiden Männern war niemand im Raum. Bei der Entführung am Abend waren sie mindestens zu fünft gewesen. Wo die anderen jetzt steckten, wusste Nadicz nicht.

Der kleinere Mann nickte. »Endlich. Ich will, dass sich dieses Arschloch vor Angst in die Hosen scheißt!« Seine Stimme klang irgendwie weibisch.

»Dann gehört er jetzt Ihnen.« Das war wieder die tonlose Stimme mit der Taschenlampe. »Machen Sie mit ihm, was

Sie wollen. Ich warte solange draußen und passe auf, dass Sie ungestört bleiben. Auf dem Tisch liegen ein paar Sachen. Suchen Sie sich aus, was Ihnen gefällt. Und geben Sie mir Bescheid, wenn Sie hier fertig sind. Ich kümmere mich dann um den Rest.«

Nadicz wollte schlucken, aber der Knebel in seinem Mund ließ das nicht zu. Er brachte nur ein kurzes Würgen zustande, und einen Moment lang hatte er wieder das Gefühl, ersticken zu müssen. Erst als er sich wieder unter Kontrolle hatte, begann er, die ganze Tragweite dessen zu begreifen, was die beiden Kerle gerade miteinander gesprochen hatten. Hier ging es gar nicht um eine Lösegeldforderung. Hier ging es darum, ihm etwas anzutun.

Der große Mann reichte dem Kleineren die Taschenlampe und machte sich auf den Weg zur Tür, ohne sich noch einmal umzudrehen. Der Kleinere mit der Brille blieb noch einen Moment vor Nadicz stehen, als wisse er nicht, was er als Nächstes tun sollte. Endlich drehte er sich um und ging zu dem alten Holztisch in der hinteren Ecke. Als der Lichtkegel der Taschenlampe darauf fiel, erkannte Nadicz eine Reihe von Messern und Werkzeugen, sauber nebeneinander aufgereiht wie chirurgisches Besteck. Auch ein Fuchsschwanz und ein Rohrschneider waren dabei, außerdem ein gewaltiger Vorschlaghammer.

Der Mann mit der Maske legte die Taschenlampe so auf den Tisch, dass sie in den Raum leuchtete. Dann griff er mit beiden Händen nach dem schweren Hammer und kam damit zurück.

»Ich denke, wir beginnen mit deinen Kniescheiben, Arschloch!«, zischte er und holte aus.

Simon Nadicz brüllte in seinen Knebel.